정본 노작 홍사용 문학 전집 2

정본 노작 홍사용 문학 전집 2
노작과 『백조』 문학 연구

초판 1쇄 인쇄 2022년 10월 20일
초판 1쇄 발행 2022년 10월 31일

지은이   최원식 박수연 외
편찬자   최원식 박수연 이장열 노지영 허민
기획   노작홍사용문학관, (사)홍사용기념사업회
펴낸이   이영선
책임편집   김선정

편집   이일규 김선정 김문정 김종훈 이민재 김영아 차소영 이현정
디자인   김회량 위수연
독자본부   김일신 정혜영 김연수 김민수 박정래 손미경 김동욱

펴낸곳 서해문집 | 출판등록 1989년 3월 16일(제406-2005-000047호)
주소 경기도 파주시 광인사길 217(파주출판도시)
전화 (031)955-7470 | 팩스 (031)955-7469
홈페이지 www.booksea.co.kr | 이메일 shmj21@hanmail.net

* 이 책은 한국문화예술위원회 2021년 한국작고문인선양사업에 선정되어 발간되었습니다.

정본 노작 홍사용 문학 전집
2

노작과 『백조』 문학 연구

최원식 박수연 외 지음
노작홍사용문학관 기획

서해문집

서
문

노작과 한국문학 100년

이 책은 노작 홍사용의 문학을 그 시작부터 마무리까지 작품들의 갈래 및 문학장의 양상과 함께 살펴본 것이다. 100년 남짓한 역사를 지닌 한국 근대문학에서 홍사용이 차지하고 있는 자리를 생각한다면, 이런 연구서가 이제야 발간된다는 사실은 매우 문제적이다. 홍사용이 그의 문학을 시작했던 시기가 한국 근대문학이 출발점을 갓 넘어선 때이므로 그의 문학은 결국 한국 근대문학의 씨앗과도 같다고 할 수 있는데, 연구서가 없다는 것은 그에 대한 논의가 일천하다는 의미이기 때문이다. 우리가 지금 알고 있는 문학의 여러 개념과 체계가 한국 근대문학의 출발과 함께 만들어져 흘러왔을 테니, 홍사용 문학의 시작점이 한국 근대문학의 출발선과 같다면 홍사용 연구야말로 한국문학의 중요한 핏줄과 뼈대를 확인하는 일임이 분명하다. 그 연구가 깊지 않다는 것은 한국문학의 연구가 깊지 않다는 점을 환기하는 것이기도 하다.

한 시대의 예술이 자신의 개념과 전체 체계, 그리고 그것들의 지반이 되는 제도의 결과들이라는 사실에 비춰볼 때 홍사용 문학의 연구가 포괄해야 할 내용들은 명확하다. 그의 문학을 이룬 기본적 개념들, 그의 문학적 체계와 그것들에 생명을 부여한 외부적 조건들이 그것이다. 이 개념, 체계, 제도들을 살펴보는 일은 결국 한국 근대문학의 그것을 살펴보는 일이며, 따라서 한국문학이 현재 자신의 내면에 갖춰놓은 언어의 영역들을 그 가능조건들과 함께 되짚어보는 일을 가리킨다. 한국 근대문학의 출발선에 서 있는 홍사용과 관련하여 그 일이 제대로 되어 있지 않았던 것이다. 더구나 피식민지의 민족적 저항이 3·1운동을 거쳐 문학적 낭만주의로 방향을 잡던 때의 문학이고 보면, 이런 결여는 매우 심각한 역사의 결여이기도 하다.

이 책의 제1부는 홍사용 문학의 원형질로서 민요와 시조를 살펴보는 글로 채워졌다. 최원식은 홍사용이 민요에 부단히 보여준 관심에 주목하고, 특히 창작민요의 형식과 주제를 본격적으로 탐구하고 분류한다. 동시에 홍사용의 소설을 따라 읽으면서 민족해방을 열망한 작가의 반열로 규정한다. 그는 「귀향」을 소설로 분류하여 기존의 전집과는 다른 홍사용 이해를 새롭게 드러내면서도 저간의 연구가 소홀히 취급한 몇 가지 점을 지적해두었는데, 그중 중요한 것이 『청구가곡』에 대한 연구이다. 이 요구를 채워주는 논문이 임기중의 글이다. 그는 육필 시조집 『청구가곡』의 전체 체재와 주제를 일목요연하게 분류하고 작품 창작의 연원은 물론 형식적 특징과 내용을 해설하여 홍사용 문학의 기원에 무엇이 있는지를 새삼 숙고하게 만든다.

제2부는 홍사용이 한국 낭만주의 문학의 큰 별이라는 사실에 주목하고, 그 사실들을 실증하는 한편, 그러한 논의가 꺼내 올 수 있는 여러 면모들을 집중적으로 다룬다. 정우택은 근대문학의 초기 잡지 『백조』를 만든 홍사용이 그 이전에 어떤 매체들을 활용했고, 그것이 그의 시에 어떻게 연결되어 있는지에 대해 집중적으로 탐구한 후, 그 결론으로서 홍사용을 멀티미디어 문화기획자로 규정한다. 송현지는 홍사용의 정체성처럼 여겨지는 '눈물'을 홍사용 민요시의 중요한 모티프로 전제하고, 그것이 홍사용 문학의 민요시적 전환에 어떤 역할을 담당하고 있는지 분석한다. 허희는 시인 홍사용으로서는 매우 특이하다고 할 수 있는 소설들을 1920년대와 1930년대로 나누어 살펴본다. 소설이 근대문학의 정수이기도 하다면, 그 소설의 맥락을 살피는 일은 곧 근대문학의 체계를 살피는 일이기 때문에 홍사용 문학에서도 이 접근은 매우 중요하다. 이 논문은 그것을 홍사용의 시와 희곡이라는 양면의 자장 속에서 파악하려는 시도이다. 윤지영은 홍사용과 그의 고향의식을 주로 『백조』 시기에 맞춰 탐색하고 있는데, 그가 특히 주의를 기울인 것은 '고향'

에 대한 각성과 내면의 발견이라는 연구 주제이다. 이에 대해서는 지나치게 유명한 명제적 전제의 압력을 벗어날 수 있는 실증적 태도가 필요하다는 점을 그는 몸소 보여주고 있다.

　제3부에 수록된 것은 홍사용 연구에서 빠트릴 수 없는 요인들로서 가요 운동과 희곡 운동의 양상과 의미를 다룬 글들이다. 박수연은 홍사용이 시 쓰기를 중단하고 신가요 노랫말 만들기에 참여했던 사실의 의미를 살피고 있다. 그가 주장한 것은, 홍사용의 그 가사 작업이 단순한 시류적 행동이 아니라 노래로서의 시의 위상을 확인하는 동시에 민요의 의미를 다른 방식으로 확인하는 일이었다는 사실이다. 구인모는 박수연의 작업에 밑바탕이 된 연구를 수행한 글을 이미 발표했는데, 제3부에 수렴된 글이 그것이다. 박수연과 겹치는 내용이면서도 주장하는 논점이 상이한 바가 있어 흥미롭다. 박수연이 노래의 공통성을 통해 홍사용을 바라보고 있다면, 구인모는 홍사용의 노래가 산업자본의 상품으로 전락할 위험을 내포한다는 평가를 하고 있는 것이다. 윤진현의 글은 홍사용의 연극 세계를 탐구한 것이다. 저간의 홍사용 연구에서 매우 소홀히 다루어졌던 희곡 영역을 다룬 이 글의 의미는 매우 중요한데, 윤진현은 그것을 '시에 대한 대안으로서의 희곡'이라는 말로 정리해 둔다. 손필영의 글도 홍사용의 희곡을 다룬다. 그가 주장하는 것은 홍사용의 메나리가 조선의 연희전통과 연결된 장르라는 사실이다. 이 사실을 논증하면서 그의 글이 제시하고 있는 여러 분석 자료들의 폭이 상당히 넓다는 사실도 흥미롭다.

　제4부는 홍사용의 문학을 이룬 당대의 제도와 문화적 흐름을 다룬 연구들로 이루어졌다. 홍사용 시대의 한국문학장이 다루어지고 있는 셈인데, 특히 『백조』에 연결된 꼼꼼한 배경적 사례와 잡지 소재 이슈들로 충실한 최원식의 글은 한국 낭만주의 문학의 역사적 위상을 재삼 의미화하여 시민문학과 프로문학의 갈림길을 예비한 시민문학을 강조한다. 권보드래의 글은 3·1운동 세대라는 특정적 언어를 사용하면서 개인과 대중의 양면을 포괄하려

했던 당대 문학의 절망과 전망을 살펴본다. 최가은의 글은 3·1운동 이후 일제의 억압을 문화사적 실천으로 돌파하려 했던 문인들의 태도를 분석하면서 문화사적 사건으로서의 1920년대 동인지 문단의 의미를 확인하고 있다. 도재학의 글은 문학 연구의 가장 정교한 실증이랄 수 있는 키워드 분석을 1920년대의 잡지들을 대상으로 수행함으로써 장차 홍사용 연구가 구비해야 할 방향 중 한 가지를 '멀리서 읽기'라는 새로운 개념으로 분명히 제시한다. 이경돈은 잡지『문우』가 동인지의 단일성보다는 다양한 이념과 행동을 지닌 청년지식인 집단의 혼종적 결합물이었음을 살펴보면서 이 다양성이 향후 사회 운동과 문학 운동의 출발점이었음을 설명한다.

한 가지 밝혀둘 사실이 있다. 본 연구서에 수록된 글들은 모두 작성된 시기가 다르고 인용된 작품들의 출처도 다르다. 그러다 보니 이번에 발간되는 전집(1권 작품집)과는 다르게 표기된 인용문이 상당히 많고, 개별 논문들 사이에서도 표기 방식이 달리 이루어지기도 한다. 이런 일은 모두 이제까지 제대로 된 전집이 만들어지지 않았기 때문이다. 그러나 각 서술이 판본과 분석, 출처 및 번역 문제와도 연결되어 있어 본 연구서에서는 집필자가 쓴 표기를 가급적 존중했다. 현대어 표기가 전집의 내용과 완전히 상충되거나 명백한 오류라고 판단될 시에만 최소한으로 교정했음을 밝힌다.

이렇게 홍사용 연구서가 비로소 마련되었다. 이 연구들을 통해 보니, 노작 홍사용의 연구는 한국문학 100년에 대한 연구이며 문화적 사건으로서의 한국문학의 위상에 대해 지금 다시 진지하게 성찰해야 하는 이유를 찾는 연구이기도 하다는 점을 생각하게 된다. 이 계기가 이 책으로 독자들에게도 확인된다면 더없이 의미 있는 일이다.

필자들을 대신하여 편자 박수연 씀

제 1 부

노작 연구의 시작

OI　홍사용 문학과 주체의 각성[1]

최원식

1. 홍사용 연구의 문제점

1920년대 신문학운동을 주도한 작가들 중에서 노작(露雀) 홍사용(洪思容, 1900~1947)만큼 소홀하게 다루어진 문인은 별로 없는 것 같다. "감상(感傷)의 색실로 엮어진 애수의 화환(花環)"[2] ─ 이것이 최근까지 그의 문학적 평가를 지배해온 통념이었다. 1970년대 들어 그에 대한 관심이 새롭게 환기되었다. 특히 김학동(金澤東) 교수는 시·소설·희곡·평론 등 전 장르에 걸친 그의 다양한 작품 활동을 밝히고 창작민요에 처음으로 주목하여 노작 연구의 새로운 길을 열었다.[3] 또한 문학선집 『나는 왕(王)이로소이다』[근역서재(槿域書齋), 1976]가 발간되고,[4] 시 16편이 새로 발굴되어(『문학사상』 57호, 1977.6),[5] 노작 문학의 전모가 거의 드러났다. 이제 본격적 탐구의 기초가 놓인 셈이다.

---

[1]　이 글은 원래 『한국학논집』 제5집(계명대 한국학연구소, 1978)에 발표한 것이다. 첫 평론집 『민족문학의 논리』(창작과비평사, 1982)에 수록하면서 개고했는데, 이번에 다시 대폭 정리 했다. 이것이 정본이다.

[2]　백철(白鐵), 『신문학사조사(新文學思潮史)』, 신구문화사(新丘文化社), 1968, 221쪽.

[3]　김학동, 「노작 홍사용론」, 『한국근대시인연구 [I]』(1974), 일조각(一潮閣), 1995(중판), 145~187쪽.

[4]　그러나 이 선집은 아주 불충분하다. 특히 수록된 시는 원전 비평을 거치지 않아 오류가 많다.

[5]　홍사용의 새로운 발굴작 17편 중에서 「님의 마음」(『불교』 53호, 1928.11)은 목원(牧園)의 것 이다. 신중한 발굴 태도가 아쉽다.

50여 편이라는 적지 않은 작품을 남긴 홍사용 문학에서 우선 주목할 점은 민요에 대한 부단한 관심이다. 민요의 가치를 적극적으로 옹호한「조선은 메나리 나라」(1928)는 대표적 민요론인바, 이러한 의식을 창작민요로 실천했다. 6편의 희곡과 4편의 소설도 남겼다. 특히 검열로 전문이 삭제되어 실전된 희곡「벙어리굿」(1928)이 아깝다. 연극인 박진(朴珍, 1905~1974)은 작품의 줄거리를 다음과 같이 전한다.

어느 해인지 모르지만 3·1운동 이후에 소문도 없이 눈치껏 종로 인경이 울린다는 소문이 퍼졌다. 비밀히 비밀히 인경이 울리면, 서울·시골 할 것 없이 방방곡곡에서 서울 종로로 모이는 것이다. 사람들이 잔뜩 모였는데, 서로 말을 못하고 눈치만 보는 것이다. 굿은 굿인데, 큰 굿인데, 말을 못하니까 벙어리굿이야. 일경(日警)이 눈치채고 사람들을 막 잡아가고 하는 내용이다. [6]

굿을 날카로운 사회성의 외피로 활용한 참으로 기발한 풍자극이다. 이러한 안목은 그의 소설에서 더욱 분명하게 나타난다.「뺑덕이네」(1938)는 제목이 암시하듯이 조선 후기 평민소설『심청전(沈淸傳)』을 패러디하여 식민지 시대를 살아가는 하층민의 고난을 형상화한바, 그의 문학은 3·1운동(1919) 세대로서는 드물게도 서양 및 일본이 아니라 민요·구소설·굿과 같은 우리 평민문학의 전통 위에 건축된 것이다. 나는 노작의 이 개성이 이미 붕괴한 농촌공동체에 대한 양반지주적 복고주의의 소산인지, 아니면 3·1운동이라는 거대한 역사적 체험을 통해 획득된 진보적 지식인의 주체적 각성의 표현인지를 엄밀하게 검토할 것이다.[7]

6   박진,「홍노작 회고」,『나는 왕이로소이다』, 근역서재, 1976, 212쪽.

7   홍사용은 근대작가들 중에서 드물게 양반지주 출신에, 일본 유학의 경험이 없는 작가로 3·1운동에 참가한 후 신문학운동에 뛰어들었다. 1,400석지기에 달했던 그의 재산은 잡지

2. 홍사용의 민요론과 창작민요

그의 민요론은 1920년대 시단에 대한 비판적 진단에서 출발한다.

요사이 흔한 '양(洋)시조', 서투른 언문풍월(諺文風月), 도막도막 잘러놓는 신시(新詩) 타령, 그것은 다 무엇이냐. 되지도 못하고 어색스러운 앵도장사를 일부러 애써 하는 것보다는 차라리 제멋의 제국으로나 놀어라. 앵도장사란 무엇인지 아느냐, 받어다 판다는 말이다. 양(洋)가가에서 일부러 육촉(肉燭)부스러기를 사다 먹고 골머리를 앓어 장발객(長髮客)들이 된다는 말이다. 넋이야 넋이로다 이 넋이 무슨 넋.[8]

그는 서구시의 영향 아래 다양하게 실험된 1920년대 시의 한 경향을 "양가가에서 얻어온 육촉부스러기"라고 비판한다. 이러한 비판은 이미 그의 문학 활동 초기부터 그를 지배했던 의식이다.

무엇을 흉내낸다고 민족적 리듬까지 죽여바리고 아모 뜻도 없는 안조옥(贋造玉)을 만들어 바림은 매우 유감이올시다. 이런 점은 신시에서 더욱 많이 보였습니다. (…) 행방불명하고 사상이 불건강한 우리 문단 자신의 죄이겠지요. 그러나 될 수만 있거든 아모쪼록 순정한 감정을 그대로 썼으면 합니다.[9]

발간, 연극운동, 독립군 자금 등으로 탕진되고 그는 적빈 속에서 방랑과 지조로 식민지 시대의 어둠을 올곧게 살아갔다.

8   홍사용, 「조선은 메나리 나라」, 『별건곤(別乾坤)』 12·13호, 1928.5, 174쪽. 원문의 맛을 살리되 현대 맞춤법에 맞게 고쳤다. 이하 원문 인용도 이에 따랐다. 단 시는 원문대로 인용함을 원칙으로 했다.

9   홍사용, 「6호잡기(六號雜記)」, 『백조(白潮)』 2호, 1922.5.

철저한 방법론적 반성 없이 수용된 서구적 또는 일본적 자유시[10]가 드러내는 서정적 주체의 혼란에 대한 그의 날카로운 비판은 신시의 기반을 민족적 리듬에서 건설하려는 주체적 각성을 보여주거니와, 또한 그는 안으로 중세적 서정을 추방한다.

우리의 메나리는 구박을 받아왔다. 어느 놈이 그런 몹쓸 짓을 하얏느냐. 우리는 몇백년 동안 한학(漢學)이라는 그 거북하고도 야릇한 살매가 들리여 우리의 것을 우리의 손으로 스스로 푸대접해왔다.

메나리는 글이 아니다. 말도 아니요 또 시도 아니다. 이 백성이 생기고 이 나라가 이룩될 때에 메나리도 저절로 따라 생긴 것이니 그저 그 백성이 저절로 그럭저럭 속 깊이 간직해 가진 거룩한 넋일 뿐이다. 사람은 환경이 있다. (…) 사람과 사람, 사람과 환경은 서로서로 어느 사이인지도 모르게 낯닉고 속 깊은 수작을 주고받고 하나니 그 수작이 저절로 메나리라는 가락으로 되어바린다. 사람들의 고운 상상심과 극적 본능은, 저의 환경을 모다 얽어넣어 저의 세계를 맨들어 놓는다. (…) 그 토지와 그 사건의 교묘하게 얽어 뭉친 그 노래는 (…) 오늘날까지 입으로 입으로 불러 전해 나려왔다. (…) 메나리ㅅ속에서 살은 이 나라 백성의 운률적(韻律的) 생활역사(生活歷史)는 굵고 검붉은 선이 뚜렷하게 (…) 그리여 있다.[11]

민요를 철저히 백성의 노래로 파악한 그는 한국 근대시의 서정적 주체를 "이 나라 백성의 운률적 생활역사"의 소산인 바로 민요에서 구한다. 이는 1920년대에 대두되었던 시조부흥론과 일면의 공통점을 가지면서도 구별된다. 시조부흥론도 서정적 주체를 민족적 리듬에서 구했지만, 그들이 부흥

---

10   이 경향의 시는 신체시와 김억(金億)·황석우(黃錫禹)·주요한(朱耀翰)의 시를 가리킨다. 김흥규(金興圭),「근대시의 환상과 혼돈」,『창작과비평』43호 참조.

11   홍사용,「조선은 메나리 나라」, 171~174쪽.

하려고 한 평시조는 백성의 것이 아니라 사대부의 것이다. 조선후기 평민문학의 성장으로 이미 사슬시조로 양식적 붕괴를 겪고 살아 있는 전통으로서의 의의가 소멸한 평시조를 부흥하려는 운동이 결국 복고주의로 떨어진 것은 문학사 발전의 합법칙성에 대한 자각이 불철저했기 때문이다. 이 점에서 노작의 민요론은 시조부흥론과 날카롭게 구별된다. 그의 민요론은 밖으로 서구적인 것을, 안으로 중세적인 것을 동시에 부정함으로써 근대문학이 평민문학의 발전이라는 민족적 주체의 민주적 각성을 정당하게 보여주던 것이다.

노작 민요론은 다양한 체험에 근거하고 있다. 그의 글에 나타나는 메나리를 적기하면 다음과 같다.

- 먹실골서 내려오는 농부가[『청산백운(靑山白雲)』, 1919]
- 날탕패의 잡소리, 육자배기, 수심가, 천안 삼거리, 노들강변, 춘향의 타령, 심청이의 노래(「그리움의 한 묶음」, 1923)
- 나무꾼의 산타령을 따라가다가 건넛산 비탈로 지나가는 상두꾼의 구슬픈 노래(「나는 왕이로소이다」, 1923)
- 산타령, 양구양천, 아리랑타령, 육자배기, 문경(聞慶)어 새재넌 원 고갠고 구비야 구비야 눈물이 나네, 길주명천(吉州明川) 가는베 장사야 첫닭이 운다고 가지 마소, 쓰나다나 된장 먹지 갈그이 사냥을 왜 나갔습나, 흥타령, 산염불, 난봉가, 수심가, 제석거리, 심청전, 춘향전, 흥부전, 토끼전, 염불, 회심곡, 풀이, 거리, 장타령, 산듸도감, 꼭두각시, 쾌지나친친나늬, 배따라기, 배뱅이굿, 평안도 다리굿의 아미타불, 기심노래, 베틀가, 산유화(山有花), 놀량사거리(「조선은 메나리 나라」, 1928)

구비문학의 본격적 채록과 연구가 이루어지지 않았던 1920년대에 서도창과 남도창을 아우른 민요는 물론, 무가·불교가요·판소리·배뱅이굿·탈춤·

인형극에까지 두루 미쳤다. 구전문학에 대한 깊은 애정과 이해에서 출발했기에 그의 민요론은 최남선(崔南善)과 이광수(李光洙)의 민요론처럼 공허하지 않고, 김억(金億)과 주요한(朱耀翰)의 민요시처럼 안이하지 않다.

그럼 그가 1922년에 채록하여 소개한 경상도 구전민요부터 검토하여 그의 창작민요의 단서를 가늠해보자.

생금생금 생가락지
호닥질러 닦어내여
먼데보니 달일러니
곁에보니 처자(處子)ㄹ러라
그처자(處子)― 자는방(房)에
숨소리가 둘일러라
헛들었소 오라버님
거짓말씀 말으소서
동풍(東風)이― 들이불어
풍지(風紙)떠는 소릴러라
아홉가지 약(藥)을먹고
석자세치 목을매여
자는듯이 죽거들랑
앞산에도 묻지말고
뒷산에도 묻지말고
연(蓮)꽃밑에 묻어주소
연(蓮)꽃이나 피거들랑
날만너겨 돌아보소
―『백조』2호

영남에 집중적으로 분포하는 이 유형의 민요는 현재까지 상당수가 채록되어 있다. 〈생금노래〉란 제목으로 경북에서 채집된 것을 효시로,[12] 고정옥(高晶玉)은 경남 함양의 것을,[13] 김소운(金素雲)은 경북 달성·영일과 경남 울산·창원의 것을,[14] 그리고 최근에 조동일(趙東一)은 경북 영양·청송·영천에서 채록한 총 22수를 소개했다.[15] "행동의 통일을 필요로 하지 않는" 길쌈노동의 성격 때문에 이 노래와 노동의 관계는 그리 긴밀하지 않다.[16] 오히려 동요에 가깝다는 보고도 있다.[17] 노동요로서보다는 노동에서 독립된 노래로서 더 불렸던 영남 민요의 대표작이다.

왜 노작은 이 민요에 매혹되었을까? 한국민요의 전형적인 율격인 4음보의 정연한 전개로 이루어진 이 민요는 비극적 아름다움을 잘 보여주거니와, 세 화자(話者)의 서로 다른 목소리로 짜여 있다. 서두의 화자는 이 작품의 주인공 처자를 세련된 수사로 예찬한다. 그러나 둘째 대목에 와서 화자는 슬그머니 처자를 파멸시키려는 오라비의 적대적인 목소리로 전환한다. 그리고 다시 화자는 규범의 외압에 스스로 파멸함으로써 그 강제의 부당성에 항의하는 처자의 비장한 목소리로 바뀐다. 화자의 극적인 전환이 이루어지는 과정에서 오라비와 처자의 갈등은 가족적 갈등이란 국부적 성격을 넘어 중세적 질곡과 그 아래 파멸하는 자의 갈등이라는 전형성을 부여받게 되는데, 노작은 이 민요에서 식민주의의 압박 아래 파멸하는 개인적·집단적 자아의 모

---

12   「경북의 민요」, 『개벽(開闢)』 36호, 1923.6, 28쪽.

13   고정옥, 『조선민요연구(朝鮮民謠研究)』, 수선사(首善社), 1949, 428~429쪽.

14   김소운, 『조선구전민요집(朝鮮口傳民謠集)』, 영창서관(永昌書館), 1950, 145·155·229·284쪽.

15   조동일, 『서사민요연구(敍事民謠研究)』, 계명대(啓明大) 출판부, 1970, 351~360쪽.

16   위의 책, 37쪽.

17   "이것은 순연한 동요다. (…) 경북의 아동들은 경성(京城)의 아동이 달노래 하듯이 대개 이 노래를 한다." 「경북의 민요」, 28쪽.

습을 발견했던 것이다.

1920년대에 확립된 그의 민요의식은 민족적 모순이 더욱 격화된 1930년대 말에 본격적으로 실천된다. 물론 이전에도 「시악시 마음은」(1922), 「비 오는 밤」(1922), 「바람은 불어요!」(1922), 「그러면 마음대로」(1922), 「흐르는 물을 붙들고서」(1923), 「월병(月餅)」(1934)과 같은 창작민요의 실험이 있었지만, 대부분 평범하다. 이 중 「그러면 마음대로」와 「월병」은 주목에 값한다.

해마다 열리는 감이 풍년이라고
짚신 한아비 그것을 지키며 좋아합니다.
씨많은 속소리 떫기만 하여도
소꼽질 가음으로 그나마 놓라고
다팔머리 이웃애들 날마다 꼬여요
"요것들 어린것이 감 따지 말아라"
"당신이 죽으면 가지고 갈테요"
"요녀석 죽기는 왜 죽는단 말이냐"
"그러면 마음대로 오백년 사오"
아이들은 지껄이고 몰리어 가는데
모른체 한아범은 짚신을 삼으며
"첫서리가 와야지 감을 딸 터인데."
―「그러면 마음대로」 전문, 『동명(東明)』 17호, 1922.12

4음보 율격을 기반으로 화자를 복합적으로 구성한 이 작품도, 전게한 서사민요 〈생금노래〉처럼 경험을 생생하게 객관화했다. 그런데 해학이 새롭다. 짚신 한아비와 아이들 사이의 정경은 따뜻하고 풋풋하다. 농촌생활을 화해로 충만한 세계로 이상화하는 그의 태도는 이 작품뿐만 아니라, 「통발」(1922), 「어부의 적(跡)」(1922), 「별, 달, 또 나, 나는 노래만 합니다」(1922) 등에도 나타난바, 아이의 관점으로 쓰인 이 작품들 속에서 노작은 유년기를 보냈던 농촌생활의 즐거운 경험을 짜릿한 흥분 속에 이야기한다. 이미 붕괴한 농촌공동체에 대한 그의 향수는 그 질서가 더 이상 존재할 수 없다는 현실적 인식에 기반을 두었음에도 불구하고 끈질기게 그를 엄습하거니와, 농촌·농민·민요에 대한 그의 워즈워스적 또는 나로드니키적 애정은 향수의 변모라는 한계를 스스로 지니던 것이다.

> 팔월(八月)에도 한가위는
> 고구려(高句麗)의 시름이라
> 칠백리(七百里) 거친벌판
> 무삼일이 있더니까
> 추석절사(秋夕節祀) 아이네들
> 조상내력(祖上來歷) 이르라니
>
> 도래떡 울던겨레
> 오례송편 목이메네
> ─「월병」 전문,『월간매신(月刊每申)』, 1934.11

「그러면 마음대로」가 시인의 어린 시절의 농촌 경험, 즉 일본제국주의 침략 이전의 농촌생활의 이상화라면, 「월병」은 일제의 질곡 아래 피폐하고 파괴된 농촌 경험을 보여준다. 화해의 세계는 식민주의의 압박으로 서러움의 세계로 붕괴했다. 그의 농촌공동체적 질서에 대한 향수가 「월병」에서는 민족적 모순의 서정화로 발전한 터다.

　　노작은 1938년 네 편의 창작민요를 발표한다. 이 중 「각시풀」과 「이한(離恨)」은 또 새로운 면모를 보여준다.

산초(山椒)나무 회추리에 가시가 붉고

뫼비닭이 짝을차저 "꾹구루룩국"

　　잡어뜨더 꼿따지 되는대로 뜨덧소

　　한숨조차 숨겨가며 윗단불당(佛堂) 왓노라

"봄꼿꺾다 마즌삼살(三殺) 무슨법(法)으로 풀릿가"

　　말업스신 금(金)부처님 감중련(坎中連)만하시네

먼산(山)보고 눈물지는 시럽슨마음

맛날사람 하나업시 기다리는실음

　　긴메나리 호들기 불으기도 실혀서

　　보구니쏙 서리서리 되는대로 담엇소

"봄꿈꾸다 마즌삼살(三殺) 무슨법(法)으로 풀릿가"

　　넌즛웃는 금(金)부처님 감중련(坎中連)만하시네

　　　―「각시풀」전문, 『삼천리문학(三千里文學)』 1호, 1938.1

　「각시풀」은 나물 이름을 해학적으로 열거하는 〈나물타령〉과 나물 캐면서
떠오르는 느낌을 노래한 〈나물노래〉가 기반이다.

　　잡아뜯어 꽃다지

　　쏙쏙뽑아 나싱게

　　주벅주벅 국수뎅이

　　바귀바귀 씀바귀

　　　―충남 천안[18]

18　　김소운, 앞의 책, 75쪽. 특히 이 민요의 제1행 "잡아뜯어 꽃다지"가 「각시풀」 1연 제3행에
　　　보인다.

이아이들아 저아이들아

참메나리 캐러가자

종달바구닌 옆에끼고

갈루랑허멘 둘러메고

깊고깊고 깊은논에

참메나리 캐러가자

— 황해도 황주[19]

"후렴 없는 연속체"로 짜인 채채요(採菜謠)의 형식을 후렴을 지닌 "분연체(分聯體)"로 변형시킨 「각시풀」은 총 2연 12행이다. 6행씩으로 이루어진 각 연은 다시 앞사설 4행과 뒷사설 2행으로 구성되는데, 이 뒷사설이 반복적인 후렴의 기능을 맡는다. 앞사설과 뒷사설로 구분하는 형식은 선후창(先後唱)으로 전개되는 노동요의 기본형식[20]으로, 앞사설이 노동하는 기쁨과 괴로움을 노래한다면 뒷사설은 무의미한 음절로 구성된 여음이다. 그런데 이 작품의 뒷사설은 무의미한 음절의 반복이 아니라 앞사설이 드러내는 감정노출을 제어하는 장치로 기능한 점이 독특하다.

3음보와 4음보를 엇섞으면서 시각적 행배열을 시도하여 독특한 형식적 탐구를 보여준 「각시풀」의 화자는 채채요처럼 동녀(童女)로 설정된 점이 또한 주목된다. 동녀는 성적 구별이 불분명한 아동과 결혼한 부인 사이의 중간적 존재다. 따라서 동녀요(童女謠)는, 동요의 유희적 세계와 부요(婦謠)의 현실적 세계 사이에서 불투명한 미래에 대한 동경과 불안을 반영한, 동녀의 독특한 서정의 세계를 보여준다. 동녀요의 이러한 특징을 이해해야 비로소 「각시풀」의 화자가 보여주는 불투명한 서러움을 이해할 수 있거니와, 노작

---

19   위의 책, 369쪽.

20   조동일, 앞의 책, 37쪽 참조.

은 왜 동녀의 관점을 선택했을까? 여기서 우리는 동녀의 서러움 앞에 세운 말없는 "금(金)부처님"의 대조에 주목할 필요가 있다. 침묵하는 부처의 이미지는 그의 작품에 자주 반복되는 심상이다.

누런 떡갈나무 우거진 산길로 허물어진 봉화(烽火)둑 앞으로 쫓긴 이의 노래를 부르며 어슬렁거릴 때에 바위 밑에 돌부처는 모른 체하며 감중련하고 앉았더이다.

　　—「나는 왕(王)이로소이다」, 『백조』 3호, 1923.9

저 자라뫼 미륵당(彌勒堂)이의 돌부처는 여전히 평안하신가. 어리였을 적에는 그 앞으로 지나다닐 제마다 몇번인지 모르게 소원을 빌고 (…) 단단한 언약도 많이 하얏건마는 내가 어리석었음인가 돌부처가 나를 속이었음인가. 글방에서 도강(都講) 때에는 강(講)을 순통(順通)하게 해달라고 절을 열번이나 하얏고 천자문(千字文)을 갓 떼이고 책씻이할 때에는 떡과 과율을 집안 사람들 몰래 가지고 가서 장래의 무엇을 혼자 빌은 일도 있었다. (…) 차디차고 우둥퉁하고 딱딱한 그 돌부처에다가 빌고 바라고 또 기두르기를 얼마나 많이 하얏는가.

　　—「귀향」, 『불교』 53호, 1928.11

유년기의 경험 속에서 돌부처는 세계와의 행복한 화합을 보장하는 살아 있는 상징이지만, 청년기의 경험 속에서는 한낱 돌덩어리에 불과하다. 「각시풀」의 "금(金)부처님"은 후자에 속한바, 인간적 고통 앞에 침묵하는 세계 또는 이제 다시는 회복할 수 없는, 행복한 과거의 이미지던 것이다.

동녀의 관점을 빌려 상실된 과거와 불안한 미래 사이에서 동요하는 중간적 존재의 고뇌를 노래한 노작은 「이한」에서 한 걸음 더 나아간다.

밥빌어 죽을쑤어서

열흘에 한끼 먹을지라도

밧비나 도라오소

　　속못채는 우리님아

타는애 썩는가슴도

　　그동안 발써 아홉해구려

내나희 설흔이면

　　어레먹은 삼십이라

아모려나 죽더라도

　　임자의집 귀신이나

봄풀이 푸르러지니

　　피릿소리 엇지나들으라오

동지(冬至)섯달 기나긴밤을

　　눈물에 자져 드새올쩍에

마음을 다살르고

　　니를 갈며 별럿서요

꿈마다 자로가튼길

　　머다사 얼마나멀리

설음이 압흘서니

　　깜아앗득 주져안소

님의별 엇던별이뇨

　　내직성(直星) 하마 벼틀할미

은하수(銀河水) 말을때까지

　　예안져서 사위라오

　　―「이한」 전문, 『삼천리문학』 2호, 1938.4

이 작품의 화자는 부인으로 설정되었다. 이러한 관점의 선택은, 노작이

동요가 보여주는 화해의 세계에서 불화의 예감으로 불안한 동녀요의 세계
를 거쳐 고난과 갈등으로 가득 찬 부요의 세계로 성숙했음을 드러낸바, 대개
의 부요가 그렇듯이 이 작품의 화자가 놓인 상황도 비극적이다. 그녀는 매우
가난하고 그녀의 남편은 집 나간 지 아홉 해가 되어도 돌아오지 않는다. 땅
을 잃고 날품팔이로 떠돌아다니는 이농민 남편을 기다리는 아내의 하소연
으로 이루어진 이 작품은 식민지 현실을 여실하게 반영한 근대민요 중 특히
〈애원성(哀怨聲)〉과 깊이 연관된다.

산(山)은 산(山)은
얼화 동대산(東大山)은
부모(父母)님 형제(兄弟)엔
이별산(離別山) 일다. 에.

해삼위(海參威) 항구(港口)가
그얼마나 좋건대
신개척(新開拓)이 찾어서
반보따리 로다. 에.

부령청진(富寧清津) 간낭군(郎君)은
돈벌이 가구
공동묘지(共同墓地) 간낭군(郎君)은
영이별(永離別) 일세. 에.

(…)

빗길같은 두손을

이마에 얹고
임행여 오시는가
바라를 본다. 에.
— 함북 무산[21]

「이한」에서 이농민 아내의 관점을 빌려 식민지 현실을 고통스럽게 노래
함으로써 민요의 현장성에 한 걸음 다가선 노작의 작업은 「고초당초 맵다한
들」과 「호젓한 걸음」으로 진전된다.

충주객사(忠州客舍) 들보남글 도편순 아우
품안에든 어린낭군(郎君) 어이나 믿어
  굽은사리 외서촌(外西村)길 푸돌면 가도
  가랑개리 싀뉘마음 그누가 알리

목천(木川)무명 청주(清州)나이 열누새 길쌈
잉아걸고 북잡으니 가슴이 달캉
  달캉달캉 우는바듸 무엇이 설우
  열두가락 가락고치 등골을 빼지

속모르는 시어머니 꾸리만 켰수
오백(五百)꾸리 풀어짠들 이설움 풀까
  이세목(細木)을 다나으면 누구를 입혀
  앞댁(宅)아기 기저귓감 어이두 없네

---

21   고정옥, 앞의 책, 193~194쪽.

칠팔월(七八月)에 자체방아 온밤을 새도

애벌댓김 꽁보리밥 그것두 대견

　강피훑다 누명쓰긴 시누이 암상

　눈결마다 헛주먹질 철없는 낭군(郎君)

　―「고초당초 맵다한들」 전문, 『삼천리』 131호, 1939.4

이 작품에서 주목할 것은, 첫째, 충주, 외서촌길, 목천, 청주와 같은 지명이 시어로 채택되었다는 점이다. 둘째, 들보남글, 도편수, 사리, 푸돌면, 가랑개리, 나이, 열누새, 길쌈, 잉아, 북, 바듸, 가락고치, 세목, 자체방아, 애벌댓김, 꽁보리밥, 암상 등 평민적 생활체험을 반영한 민중언어가 다양하게 드러난다는 점이다. 셋째, 평민여성의 노동요 〈길쌈노래〉와 〈방아찧기노래〉를 기반으로 했다는 점이다. 이 작품의 제목 「고초당초 맵다한들」이 일하면서 시집살이의 고통을 노래하는 노동요에 자주 반복되는 말이란 점에 주목하자.

고초당초(苦草唐草) 맵다더니

고초당초(苦草唐草) 더맵더라

시집살이 삼년만에

삼단가튼 이내머리

다북쑥이 다되얏네

　―강원 춘천 〈밀매노래〉[22]

곳초후초 맵다고한들

시어머니처리사 매우리

22　「이 땅의 민요와 동요」, 『개벽』 42호, 1923.12, 97쪽.

— 함북 성진 〈방아찧기노래〉[23]

　지금까지 그의 창작민요가 노동과 긴밀하게 밀착되지 않은 〈생가락지노래〉, 〈나물노래〉, 〈꽃노래〉와 같이 매우 서정적인 노래를 기반으로 했던 것을 상기하면 이 변화는 흥미롭다. 노동의 현장에서 그녀의 언어로 그녀의 서러움을 생생하게 노래한 부요의 현실적인 세계로 성숙한 노작은 마지막 창작민요 「호젓한 걸음」에서 또 하나의 진경을 보여준다.

　　호젓한 걸음 포청(捕廳)다리 무섭지 않소?
　　　요리(料理)집 살(殺)풀이 장단(長短) 복청교(福淸橋)라오
　　일부러 맞는 함박눈 옷젖은들 대수요?
　　　반천년(半千年) 묵은 쇠북 말없이 에밀렐레
　　호젓한 걸음 도깨비꼴 무섭지 않소?
　　　진딴다 거리의 째즈 귀가 저리네
　　일부러 맞는 함박눈 옷젖은들 대수요?
　　　길넘은 수표(水標)다리 구정물 몇자몇치
　　호젓한 걸음 훈련원(訓練院)터 무섭지 않소?
　　　늦은 일 공장(工場)사이렌 몸도 고달퍼
　　일부러 맞는 함박눈 옷젖은들 대수요?
　　　오간수(五間水) 목이 메니 왕십리(往十里) 어이가리
　　—「호젓한 걸음」 전문, 『삼천리』 131호, 1939.4

　이 작품은 겉으로는 연 구분이 없지만, 속으로는 4행이 한 연이 되는 3연 분연체다. 각 연의 제1행과 제3행이 후렴처럼 변형·반복되면서 독자들에게

23　김소운, 앞의 책, 495쪽.

끊임없이 물음을 던지는데, 특히 각 연의 제1행은 독자들에게 공포를 환기시킨다. 그 공포는 어디서 오는 것일까? 우리는 여기서 이 작품에 나타난 지명에 주목할 필요가 있다. "포청다리"("복청교")는 혜정교(惠政橋)의 개명(改名)으로 우포청(右捕廳)이 있던 곳이다. 조선왕조의 포청은 폐지되고 국치(1910) 후 경찰권은 총독부에 넘어갔다. "쇠북"은 종로(鐘路)의 인경이다. 그의 희곡「벙어리굿」이나 심훈(沈熏)의 시「그날이 오면」에 나타나듯, 인경은 민족적 모순의 상징이다. "도깨비꼴"은 창경궁과 창덕궁 사이의 독갑현(獨甲峴)이다. 궁은 주인을 잃고 말 그대로 도깨비 놀이터가 되었다. 청계천 치수를 위해 세운 "수표다리"는 도시 빈민촌의 상징으로 몰락했고, 병정을 양성하던 "훈련원터"는 군대해산(1907) 후 폐허가 되었다. 동대문과 동소문 사이를 뚫은 다섯 개의 수문을 흐르는 개천 "오간수"[24]는 일찍이 훼손된 채 공장지대로 변했다. 이렇게 지명을 구성해서 전개하는 방식은 〈맹꽁이타령〉과 연관된다.

(…) 왕십리 첫둘세째 논에 울고 우난 맹꽁이 다섯 그리로 동대문 두 사이 오간수 밑에서 놀든 맹꽁이가 오륙월 장마통에 떠나려오난 남막신짝을 집어타고 선류하난 맹꽁이 다섯 그리로 훈련원 잇난 맹꽁이난 남편을 리별하고 둘째 남편을 어덧더니 손톱이 길어 감옥서 가고 셋째 남편을 어덧더니 류칠월 배쵸입에 싸여 발펴 죽엇기로 백지 한쟝 사들고셔 재돈 차지러 가난 맹꽁이 다섯 그리로 광통교 다리 밑에셔 놀든 맹꽁이가 앗참인지 졈심인지 한슐밥을 어더먹고 긴쟝죽 담배대를 흠신 눌러 담아 붓쳐물고 셔퇴를 하량으로 종로 한 마루턱에 썩 올나셔셔 어졍어졍 거닐다가 행슌하난 슌래군을 맛나 결박쩜을 당하고셔 덜미를 치면서

---

24   이상의 지명 해설은 유본예(柳本藝)의 『한성지략(漢城識略)』(탐구당, 1975), 서광전(徐光前)의 『조선명승실기(朝鮮名勝實記)』(대동사, 1914), 백남신(白南信)의 『서울대관(大觀)』(정치신문사, 1955)을 참고했다.

어서 가자 재촉하니 아니 가겠다고 드러 누어 앙탈하난 맹꽁이 다섯 (⋯) 그리로 경복궁 안 엿못세 울고 노난 맹꽁이가 지나간 님진년에 함을 물고 벙어리 되야 말 못하니 (⋯)[25]

홍사용은, 맹꽁이에 가탁해서 중세적 질곡 아래 고통받는 평민층의 의식을 해학적으로 반영한 〈맹꽁이타령〉을 독자적으로 변형시켰다. 평민층의 고난을 드러내던 〈맹꽁이타령〉의 지명들은 「호젓한 걸음」에서 식민지로 전락한 조선의 상징으로 전환된다. 그러나 각 연의 제2행은 이와 대조적인 모습을 보여준다. "요리집"은 노랫가락으로 흥청이고 "거리"는 "째즈"로 귀가 저린다. 망국을 잊은 식민지 도시문화의 기생적 성격이 돌출하는 것이다. 이 대비 속에 "반천년 묵은 쇠북"이 울고 수표교 맑은 물은 "구정물"로 변하고 식민지 도시의 하층민은 "공장사이렌"에 고달프고 시인은 함박눈을 맞으며 목이 멘다. "오간수 목이 메니 왕십리 어이가리"는 점점 깊어가는 민족적 모순을 고통스럽게 바라보는 시인 홍사용의 고결한 탄식이다. 이 작품에 와서 그의 창작민요는 정점에 이르고 그는 1940년대의 어둠을 절필(絶筆)로 대처한다. 총독부에 의해 주거가 제한된 당시 시인의 모습을 조지훈(趙芝薰)은 다음과 같이 전한다.

눈 감으면 몇 십년을 하루같이 흰 모자에서부터 흰 신까지 신고 다니던 그 깨끗한 모습, 술은 마실수록 더욱 조용해지고 날샐 무렵까지 앉은 자리에서 벽에 한번 기대지도 않던 그 단정한 모습이며 불기(不羈)의 민족감정 때문에 (⋯) 남 먼저 붓을 꺾고 만 그 정신이 역력히 살아온다. (⋯) 그의 씻은 듯한 청빈, 서릿발 같은 지조는 언제나 옳은 선비의 거울[26]

25 강은형(姜殷馨) 편, 『유행잡가(流行雜歌)』, 대성서림(大成書林), 1929, 27~28쪽.

26 조지훈, 『시와 인생』, 박영사(博英社), 1959, 158쪽.

이로써 그의 민요론이 3·1운동의 거대한 역사적 체험을 통해 획득된 주
체적 각성의 문학적 등가물(等價物)임을 짐작하거니와, 그의 창작민요 작업
은 서정적 주체를 재건하려는 실천적 탐구였던 것이다. 특히 동요, 동녀요,
부요에 기반을 둔 다양한 작중 화자를 선택함으로써 시인 자신의 주관적 목
소리에 지배되기 쉬운 서정시의 영역을 확대하여 민중체험을 형상화한 그
의 노력은 소중한 자산인바, 다만 농촌공동체적 질서에 대한 강한 향수에서
출발한 때문인지, 민중체험의 소극적인 면만이 확대된지라, 대체로 골력(骨
力)이 약한 게 한계다.[27]

3. 홍사용의 소설과 민족적 현실

그는 모두 네 편의 단편 ―「저승길」(『백조』 3호, 1923.9), 「봉화(烽火)가 켜
질 때에」(『개벽』 61호, 1925.7), 「귀향」(『불교』 53호, 1928.11),[28] 「뺑덕이네」(『매일
신보』, 1938.12.2) ― 을 남겼다. 3·1운동을 배경으로 삼은[29] 첫 소설 「저승길」

---

27 이 점에서 남성의 농업노동요와 어업노동요에 기반을 둔 다산(茶山) 정약용(丁若鏞,
1762~1836)의 창작민요 「타맥행(打麥行)」, 「장기농가(長鬐農歌)」, 「탐진촌요(耽津村謠)」,
「탐진어가(漁歌)」, 「탐진농가」 등과 대조된다. 다산은 이 일련의 작품에서 평민생활을 힘
차게 제시한바, 예컨대, "젖빛 같은 막걸리 새로 거르고 / 큰 사발에 보리밥은 높이가 한 자
/ 밥 먹자 도리깨 쥐고 보리 마당 둘러서니 / 검은 윤기 두 어깨에 햇볕이 타오른다. / 응해
야 소리에 발 맞추어 두드리니 / 삽시간에 보리알이 마당에 질펀하다"는 단적인 예이다.
김지용(金智勇) 편역, 『다산시문선』, 대양서적, 1972, 153쪽.

28 이 작품은 홍사용도 '상화(想華)'라고 발표했고 김학동 교수도 수필로 처리했으나, 필자
가 검토한 바로는 소설이다. 무엇보다 주인공이 양반 출신의 노동자로 설정된 점이 소설
적이다.

29 3·1운동에서 취재한 소설은 뜻밖에 영성하다. 기월(其月)의 「피눈물」(1919), 김동인(金東
仁)의 「태형(笞刑)」(1922~1923), 최서해(崔曙海)의 「고국」(1924), 현진건(玄鎭健)의 『적도
(赤道)』(1933~1934) 등인데, 운동을 정면에서 다룬 것은 「피눈물」뿐이고 나머지는 일종의
후일담소설이다.

은 "만세꾼" 황명수(黃明秀)를 뒷바라지하는 희정(熙晶)의 죽음을 축으로 전
개된다. 두 문장으로 이루어진 짤막한 첫 단락은 희정을 잃고 병원 문을 나
서는 황명수의 절망적인 모습을 보여주는데, 사실은 이야기의 끝이다. 둘째
단락은 플래시백으로 병원을 찾아가는 황명수와 임종 직전 희정의 모습을
제시하면서 그들의 내력을 서술한다.

명수가 스무 살 먹던 해 봄이었다. 한 몸은 난봉꾼을 치는 기생방 주인으로 방
을 빌려 주었고 한 몸은 만세꾼의 신세라, 신변의 위험을 돌보아서 일부러 오입장
이 행세를 하면서 그 방에 있게 되었다. 그 둘의 사귐은 매우 의협적이었고 또한
너무도 밀접하였었다.

황명수는 3·1운동에 참가한 후 민족해방운동에 투신한 지하운동자고, 희
정은 "만세 난리 뒤에 다섯 해" 동안 그를 뒷바라지한 '사상기생'[30]이다. 〈엮
음 수심가〉 한 대목으로 시작하는 셋째 단락은 돌연 희정의 1인칭 관점으로
전환되면서 사경을 헤매는 그녀의 의식을 환상적인 혼의 여행을 통해 탁월
하게 드러낸다. 내적 독백(monologue intérieur)으로 구성된 이 단락의 놀라
운 성과는 홍사용이 작중 화자에 철저하게 밀착시킴으로써 얻어진 것인데,
육신에서 해방된 그녀의 자유로운 혼은 "깨끗하고 아름답고 착한 밤"을 걸
으며 "천한 목숨"으로서 이 세상에서 겪었던 고통을 회상한다.

대체 나는 누구의 까닭이냐. 누구로 말미암아 천한 몸이 되었으며, 또한 무슨
죄며 누구의 죄냐. 나는 다 빼앗겨 버렸다. (…) 아 나의 것을 모조리 빼앗아 간 이
는 누구냐. 그 강도질을 한 죄인은 누구냐. 못살게 군 이는 누구냐, 하느님이냐, 사
람이냐, 이 몸 스스로냐, 항용 말하는 팔자라는 그것이냐, 그렇지 않으면 광막한

---

30   임종국(林鍾國), 「3·1운동 전후와 사상기생들」, 『여성동아』, 1971.3, 부록.

벌판이냐, 우뚝 솟은 묏부리냐, 철철 흐르는 한강수냐, 유연히 뜻없이 돌아가는 뜬구름이냐, 반짝이는 별빛이냐, 안개 속에서 노곤히 조는 참새 새끼냐, 침침한 곳만 찾아 기어드는 배주린 귀신이냐, 정말 어떤 것이 범죄자며, 참말로 나의 똑바른 원수이냐.

끊임없이 제기되는 물음은 그녀의 인간성을 구속하고 파괴하는 외적 강제에 대한 강한 항변인바, 그녀의 혼은 불붙는 마을에 도달한다.

마을은 모두 불빛이다. 불이 붙는다. 이상한 불이 붙는다. 불난리가 났다. 조그만 불이 무더기 큰불이 되어 허공을 내저으며 무섭게 붙는다. (…) 아 저 마을! 저 속에 이때껏 불이 있었다. (…) 무리 선 달빛은 침울한 병이 들어 헐떡인다. 검붉은 하늘과 땅은 어떠한 불안이 있는지 잔뜩 찌푸렸다. 커다란 옛 대궐문 (…) 말없는 돌짐승이 무슨 큰 소리를 한번 크게 지를 듯하다. (…) 날리는 기왓장, 뛰노는 불덩이, 골목골목이 이상한 불길에 어리어진다. 불이 뛰어 다닌다. 귀신의 웃음이 들린다. 사람의 울음소리가 난다. 서로 찾고 서로 부르짖는다. 거기에서 나의 이름도 부르는 이가 있다. (…) 나도 그 불은 가지고 왔다. 나도 불이 있다.

마을은 "대궐문", "돌짐승", "열세층탑"이 암시하듯이 식민지 조선의 상징이다. "침울한 병"에 헐떡이는 이 땅에 "불난리"가 났다. 불은 해방을 상징하는 혁명적 낭만주의의 심상이다. 그녀의 혼은 이 불타는 마을에 와서 그녀의 서러움과 열망이 개인적인 동시에 집단적이라는 깨달음에 이르거니와, 마을을 떠난 그녀의 혼은 아버지의 인도로 비참한 동무 기생들을 만나고, "재물을 갖다주던" 사내들의 아귀다툼을 목격하고, '사랑'을 만나 회상과 비탄 속에 "굳게 닫힌 무쇠 성문"으로 들어감으로써 환상적인 혼의 여행을 맺는다. 전통 몽유록을 재해석한 이 독특한 형식도 흥미롭지만, 노작의 낭만주의와 3·1운동이 어떻게 연동된 것인지를 웅변하는 작품으로서 더욱 중요롭다.

「봉화가 켜질 때에」는 무엇보다 백정을 다룬 선구적 소설이다. 형평운동 (백정해방운동)은 3·1운동의 영향 아래 백정들 자신에 의해 1923년 진주에서 시작하여 1924년 이후 전국적으로 전개되었던 민중운동인데, 이 단편이 문학적 선편이다. 여주인공 귀영(貴英)은 "동래 읍내에서 서남쪽으로 삼 마장쯤 되는" 백정촌에서 태어났다. 백정 부자인 아버지 최씨는 "불한당 같은 양반들"의 끊임없는 수탈의 대상이다. 심지어 그는 아내까지 양반에게 빼앗긴다. "건넛마을, 정생원"에게 잡혀가서 "백정놈도 미흡하나마 사람이외다"라고 외쳤다가 "거의 송장"이 되어 돌아온 날 밤, 그는 소 잡던 칼을 부러뜨리고 마을을 떠난다.

들기름 등잔의 심지똥이 튀느라고 '툭'하고 '푸지지'하는 바람에 눈을 번쩍 떠보니 잠깐 졸았던 것이다. (…) 귀영이는 점점 무서운 생각이 들어 소름이 쭉 끼칠 때에 아버지는 다시 눈을 떴다. (…) 아버지는 한 사발이나 남아 되는 소주를 다 마셨다. (…) 아버지는 비척이며 한 걸음 두 걸음 걸어 웃목에 매인 시렁 밑으로 간다. 그 시렁가지에는 헝겊으로 휘휘 감은 넓적하고도 길쭉한 물건이 얹혔다. 그것은 칼이다. (…) 소 잡던 칼이다. (…) 희미한 불빛에도 칼날은 날카롭게 번쩍거린다. (…) 아버지는 푸른 칼날을 느적느적 놀려도 보고 겨누어도 본다. (…) 이상하게 번쩍거리는 그의 눈에는 살기가 가득 찼다. 그 순간에 귀영이는 하도 놀라서 무서워서 벌벌 떨다가 목이 찢어지게 "아배요!" (…) 다듬잇돌에 부딪쳐 '앵' 소리가 살기스럽게 나며 두 동강이로 부러졌다. 칼은 부러져 버렸다. (…) 아버지는 쌀 담았던 오지 항아리를 기울이고 웅큼으로 쌀을 퍼낸다. (…) 헌 베잠방이쪽 하나를 끄집어내니 항아리 밑창에는 지전이 몇 뭉치가 있고 또 번쩍번쩍하는 은전이 반이 넘게 있다. (…) 첫닭이 울 때 귀영이와 아버지는 나들이 새옷을 갈아입고 싸리문 밖에 나섰다. 아버지는 돈 전대를 짊어지고 머리에 삿갓을 썼다. 마을 앞 길둑에서 어두운 속에서도 길둑배미의 꽉 차게 익은 벼를 아버지는 한참이나 들여다보았다. 그리고 소매로 눈물을 씻으며 다시 걷는다. 새벽기운 찬 바람은 뼛속까지 스며드는데 그들은 이를 갈며 그 밤이 다 새도록 걸었다.

아이의 관점에 포착된 이 장면은 쨍쨍하기 이를 데 없거니와, 백정촌에서 도망한 그녀의 삶이 진정한 전기를 맞은 것은 3·1운동이다. 운동을 통해 "수백 년 동안 학대에 짓밟혀 잠자코 있던" 그녀의 의식은 각성된다. 비로소 귀영은 사람들에 대한 공포에서 벗어나 자기 자신 속에 내재한 생명의 치열한 힘을 자각하는데, 동지이며 남편인 김씨의 배반에 의해 더욱 철저해지는 반어가 예리하다.

　　그렇다, 나는 나 까닭에 산다. 남을 위해 사는 것이 아니다. 살아도 내가 사는 것이요, 죽어도 내가 죽는 것이다. 귀영이의 가슴은 날카롭게 날뛰었다.

이렇게 철저히 해방된 귀영은 상해로 건너가 열사단(烈士團)에 참가하고 비밀단원으로 고국에 돌아온다. 죽음을 예감한 그녀는 기생 취정을 동지로 택해 열사단의 비밀수첩을 건네주고 자신의 짧은 생애를 마감한바, 귀영의 죽음으로 미쳐버린 아버지가 밤마다 영성산 봉우리에 놓는 불빛에 대한 상징적 주석으로 작품은 끝난다.

　　평안하지 않는 곳에는 봉화를 든다. 고요하던 바다는 물결쳐 부르짖는다. 오랫동안 길고 길게 논개울 산돌채로 구겨져 소리없이 흐르던 물은 큰 바다를 이루어 바람이 인 때에 바위에 부딪칠 때에 소리쳐 큰 설움을 부르짖는다. (…) 이 봉우리 저 봉우리 높은 곳마다 서로 응하여 붙는 마음의 불꽃은 끼리끼리 번쩍이며 꺼지지 않으리라.

「저승길」에서 얼핏 보인 혁명적 낭만주의가 대발한다. 3·1운동에서 각성된 백정 출신 여성의 의식의 성장을 추적한 이 단편은 특히 프로문학의 발전에서 한 획을 그은 조포석(趙抱石)의 「낙동강」(1927)과 직접적으로 연락된다는 점이 흥미롭다. 『백조』와 카프의 연관을 증명할 또 하나의 귀중한 예가 될 것인데, 홍사용 문학의 치열한 근원이 3·1운동임을 구체적으로 드러낸 「저 승길」과 「봉화가 켜질 때에」는 구성이나 문체에 적지 않은 결함이 있음에도 불구하고 소설문학이 "타락한 세계에서 진정한 가치를 추구하는 이야기(l'histoire d'une recherche (…) de valeurs authentiques dans un monde dégradé)"[31] 임을 생생하게 보여준 것이다.

「귀향」은 몰락한 양반 출신의 노동자가 7년 만에 귀향하는 이야기다.

> 일곱해 동안에 무엇을 하였느냐. (…) 모군꾼, 전차운전수, 석탄광부, 그러나 그것도 모두 뼛심을 들이여 죽도록 벌어야 한 몸뚱아리의 먹고 입을 치다꺼리도 마음대로 넉넉하게 잘 되지 못하였다. 그나마 그것도 간 곳마다 (…) 주모자 또는 선동가라는 창피스러운 지목을 받고 쫓기여 나게 되니 그제는 일을 하려고 하나 일할 곳도 없어서 한 달 동안이나 벌이도 못하고 공연히 공밥만 치이고 있었다. (…) 아모튼 그리운 고향에나 한 번 가보아야 하겠다고 며칠 전에 어느 동무에게 신세를 끼쳐서 간신이 원산서 기차를 타고 그럭저럭 어제 아침에 청량리역까지는 와서 내렸으나 먹으며 굶으며 오는 길이니 수중에는 노랑돈 한푼인들 있을 까닭이 없다.

이 작품의 배경은 일본인 공장 감독의 노동자 구타 사건에서 발단한 원산 제네스트(1928)다. 원산 공장에서 쫓겨나 고향 집에 이르기까지 주인공 '나'가 겪었던 일들을 피카레스크적으로 전개하는데, 청량리역에서 그는 일군의 이농민들을 만난다.

정들은 고토에서도 살 수가 없어서 낯설은 딴 나라 서북간도로 유리해 가는 이들과 한편에는 간도에서도 살 수가 없어서 변변치 못한 살림이나마 다 털어버리고 고국을 다시 찾아 돌아오는 이들이 정거장 대합실 안과 밖에 여러 백명이었다. (…) "간도도 인저는 도모지 살 수가 없어요." (…) "우리가 어디를 간들 별수가 있겠소마는 그래도 그곳이 여기보담은 좀 살기가 낫다고 하기에"

일제의 조직적 수탈이 초래한 이농민들의 참상은 그가 오랫동안 망각했던 농촌과 농민에 대한 새로운 인식을 일깨운다. 이러한 인식은 이제는 "닭의 소리도 없고" "야견박살(野犬撲殺)통에" "네눈이 검둥이 누렁이 신개떼"의 "세차게 짖는" "개소리도 들리지" 않는 고향에 들어서면서 더욱 구체화된다. "지렁풀잎을 뜯어 각시장난"을 하고 "글방아이들하고 말달리기"를 하던 원두막은 헐리고 그 자리엔 "게딱지 모양"의 집들이 흩어져 있다.

어떤 집은 짓기도 전에 허물어질듯이 반쯤은 찌그러졌고 또 어떠한 집은 부엌은 중방만 들이고 방은 윗가지가 보이는 황토 흙벽에 검은 그으름이 걸렸는데 (…) 깨어진 질부등거리 조각만 비인 봉당에 흩어져 있으니 집 임자는 살 수가 없어 또 어디로 떠돌아 나가버리었는가 (…) 거적문 달은 방안에서는 어린애들의 울음소리가 한참 어지러이 볶아친다.

"물씸 좋고 걸차고 버팅 넓은" "방죽논"은 "몇해 전까지도 이 시골의 사람들이 임자였건만" 이제는 다 빼앗기고, 아버지 산소는 "황토북덕이가 벌겋게 드러났다." "새 시골"을 만들겠다는 아들의 결의 앞에 그의 어머니는 농촌의 현실을 다음과 같이 들려준다.

"농산들 무엇을 먹고 무엇으로 짓니. 또 (…) 풍년이라도 어려울 터인데 더구나 해마다 흉년만 들지. 또 하인배나 동네사람의 인심들도 인저 전과는 아조 딴판이다. (…) 내것이 있어서 양반이 좋지 삼한갑족(三韓甲族)이면 무엇하니. (…) 요새로 날마다 전에 부리던 것들이나 땅해 먹든 것들이 모다 문이 미엿게 들어와서 '어쩌자고 저의가 하든 그 땅마저 팔아 잡수섰어요'하고 울며불며 야단이란다. 가을이 되니까 농장 도지(賭只)를 치러지고 나면은 먹을 것은 한톨도 아니 남는다나."

이제 농촌은 더 이상 목가적 전원이 아니다. 길쌈하고 밭 갈아 새 시골을 만들겠다는 결의가 얼마나 관념적인 허망인가를 깨닫곤 깊은 불면에 빠진다.

나는 또 다시 나가버리자. 멀리멀리 아조 끝없이 달아나 버리자. 그런데 내가 또 그렇게 되면 우리 어머니는 어떻게 되시나. 바람이 또 이는가. 굵은 빗방울이 '후둑뚝'하고 뒷문 창풍지(窓風紙)를 후리여 때린다. 나는 눈물 젖은 벼개를 둘러 비였다. 오늘은 또 폭풍우인가. 폭풍우, 폭풍우, 가만한 폭풍, 들레이는 폭풍우, 아 고향에 온 이 몸이 잠들기 전에 이 밤의 불안도 잠들 수 있을까.

몰락한 양반 출신의 노동자의 관점을 빌려 제국주의적 질곡 아래 파괴된 식민지 조선의 현실을 집약적으로 드러낸 「귀향」은 1920년대 한국 단편이 거둔 탁월한 성과의 하나로 꼽힐 것이다. 이에 비하면 세검정 하층민의 생활을 뛰어난 문체로 보여줌에도 불구하고 작중인물들의 도덕적 타락에 초점을 맞춤으로써 1930년대적 무력감을 반영한 세태소설로 떨어진 마지막 소설 「빽덕이네」는 손색이 있지만, 노작이 식민주의의 질곡 아래 피폐한 민중의 고통에 주목하면서 민족의 해방을 열정적으로 고양한 고매한 작가라는 점은 다시금 확인되던 것이다.

4. 맺음말

3·1운동은 정신사적으로 한국인에게 주체의 문제를 심각하게 제기하였

다. 해방운동이란 인간적 활동의 최고의 형식 속에서 당대 한국인의 주체는 철저하게 각성되었다. 이러한 각성은 필연적으로 인간성을 부당하게 억압함으로써 파괴하려는 일체의 중세적·식민주의적 질곡의 극복을 지향하매, 이로써 어떤 문학, 곧 어떤 나라를 상상할 것이냐를 둘러싼 방법론적 토론이 크게 발진한다. 그 치열한 토론의 과정을 고스란히 반영한 신문학운동의 전개 속에서 우리 문학은 계몽을 넘어 참다운 근대문학의 길로 들어선바,『백조』의 지도자로서 조선 평민문학의 내용과 형식을 재해석한 다른 신문학운동을 상상하고 그 실현을 위해 고투한 홍사용 문학은 3·1운동이 끼친 대표적 유산이던 것이다.

필자는, 필자의 무능 때문에 당연히 다루어야 했음에도 불구하고 부득이 제외했던 노작 연구의 몇 가지 문제점을 지적함으로써 졸고를 마친다. 첫째, 해방 후 그가 관여했다는 근국청년단 또는 조선청년당의 성격이 밝혀져야 한다. 둘째, 미발표 초고본『청구가요』가 공개되어야 한다. 셋째, 그가 가장 정열을 기울인 연극운동이 제대로 조명되어야 한다. 넷째, 노작을 노작이게 한「나는 왕(王)이로소이다」를 비롯한 초기 산문시가 재평가되어야 한다.

02 『청구가곡』과 홍사용

임기중

1. 머리말

『청구가곡(青邱歌曲)』은 홍사용의 시조집이다. 이 시조집을 민요가집(民謠歌集)이라고 소개한 것은 잘못이다.[1]

이 시조집은 홍사용의 장자인 홍규선(洪奎善)이 소장하고 있는데, 홍사용의 부인이며 규선의 생모인 원효순(元孝順) 여사가 옷장 속에 소중하게 간직해온 부군의 다섯 가지 유품 중 하나이다. 이 다섯 가지 유품은 모두 홍사용의 친필로서 그의 체취가 담긴 것들이다.

홍사용과 정백(鄭栢)이 십행(十行)[=십자힐(十字詰)]의 원고용지에 철필(鐵筆) 해서(楷書)로 쓴 수필집 『청산백운(青山白雲)』과 그가 십자힐의 양면괘지에 모필(毛筆) 해서로 쓴 시조집 『청구가곡』은 책으로 만들어진 것이고, 휘문의숙(徽文義塾) 시절의 습자 대회에서 1등을 차지한 해서['남양(南陽) 홍사용(洪思容) 근서(謹書)'라고 적혀 있음]와 2등을 차지한 해서['춘호(春湖)'라고 적혀 있음], 휘문의숙 습자용지에 쓴 10점짜리 시험지 해서[6간×5간 규격에 '대정(大正) 5년 12월 5일 제2학년 갑조(甲組) 45번 홍사용(洪思容)'이라고 적혀 있음]는 각기 한 장씩으로 된 저지(楮紙)이다. 이 유품들을 보면, 홍사용은 글씨를 아주 잘 썼으며 춘호(春湖)라는 아호를 쓰기도 하였다. 그의 아호는 그동안 노작(露

---

[1] 김학동(『홍사용전집』, 새문사, 1985)과 김용환(『경인일보』, 1984) 등이 민요가집(民謠歌集)이라고 소개한 바 있다.

雀)·소아(笑啞)·백우(白牛) 등으로만 알려져왔으나, 학창 시절에는 춘호라고도 하였음을 알 수 있다.

『청구가곡』은 홍규선의 증언과 필체들을 대비하여볼 때 홍사용이 쓴 것임을 쉽게 알 수 있다.[2] 그러나 이 시조집이 언제 누구에 의하여 편찬된 것이며, 어떠한 성격과 가치를 가진 것인가는 아직 한 번도 논의된 바가 없었다. 그뿐 아니라 이 책이 민요가집으로 학계에 소개되어 있는 것은 중대한 오류로서 마땅히 바로잡아야 할 것으로 판단되어 이 글을 쓴다.

2. 편제와 편자 및 편찬 연대

『청구가곡』은 청색 괘선의 미농지에 모필 해서로 쓴 53쪽의 책인데, 그 크기는 22.5×14.7cm이고 5편철(五編綴)로 된 한장본이다. 주사(朱砂)로 관주(○)와 꺾음표(「)를 작품 제목에 일관성 있게 정밀하게 표시하여놓은 것을 볼 때, 필사하여 애독하였던 수택본임을 알 수 있다. 목차는 꾸미지 않고 곧바로 내용을 썼으며, 그 편차별 전모를 소개하면 다음과 같다. 다음의 일람표는 편차를 살려서 필자가 작성한 것이다. 시조 작품은 연번호를 붙여 초장의 첫 구만 썼고, ○○○ 표시는 종장 끝 1음보를 생략하고 있음을 나타낸 것이다. 행수는 원본 본문의 행을 기준으로 한 것이고, 『교본역대시조전서(校本歷代時調全書)』에 있는 작품은 그 연번호를 밝혔다.

---

2 홍규선은 1919년에 출생하였고, 그때 홍사용은 20세였다. 규선과 원효순 여사가 화성(華城)에서 서울 마포구 공덕동으로 이사한 것은 1938년[홍사용이 39세 때로, 이때는 둘째 부인 황숙엽(黃淑燁) 여사와의 사이에서 진선(軫善)이 출생한 4년 뒤임]이고, 화성에서부터 규선이 원효순 여사를 계속 모시고 있다가 원 여사가 기세한 지가 이제 10년쯤 되었다. 그런데 앞에서 소개한 다섯 가지 유품은 화성에서부터 원 여사가 부군의 분신으로 계속 소중하게 간직해온 것으로 되어 있다.

연번호	구분	시조 제목(작자)	시조 작품	부연(작자)	행수	『역대시조전서』연번호
1	조선가곡	종반도조사(種蟠桃調詞)	솔 심어 송정(松亭)짓고 (…) ○○○		2.0	
2	〃	춘일온(春日溫) [북악산인(北嶽山人)]	춘일(春日)이 온난(溫暖) ᄒ야 (…) ○○○	담총(談叢) 위인(爲仁) [춘수당(春睡堂)]	2.0	
3	〃	행로난(行路難)	행로난(行路難) 행로난(行路難) ᄒ니 (…) ○○○	담총(談叢) 경앙(景仰)	2.0	
4	〃	석가산(石假山)	창벽(蒼壁)에 송음(松陰)이요 (…) ○○○	담총(談叢) 유구(惟口)	2.0	
5	〃	일엽주(一葉舟)	일엽주(一葉舟)를 타고 (…) ○○○	담총(談叢) 인심(人心)	2.3	
6	〃	사시청(四時靑)	솔은 속이 ᄎ셔 (…) ○○○	담총(談叢) 불씨(佛氏)	2.0	
7	〃	백발탄(白髮嘆)	청춘(靑春)을 허송(虛送)ᄒ고 (…) ○○○	담총(談叢) 청안(靑眼)	2.0	
8	〃	원예락(園藝樂)	원림(園林)에 봄이드니 (…) ○○○	만묵(漫墨) 교타(驕惰) [천치생(天痴生)]	2.0	
9	조선고대가곡	홍안조(鴻雁調)	밤은 깁허 삼경(三更)에 이루럿고 (…) ○○○	만묵(漫墨) 신고(辛苦)	4.3	1159
10	〃	청총마(靑驄馬)	청총마 타고 보라미 (…) ○○○	만묵(漫墨) 공부(工夫)	2.3	2902
11	〃	간장(肝腸) 여창(女唱)	사랑이 불이되야 (…) ○○○	만묵(漫墨) 비빈(肥貧)	2.0	1397
12	〃	유령분(劉伶墳) 여창(女唱)	이러니 져러니 ᄒ야도 (…) ○○○	만묵(漫墨) 돌돌(咄咄)	2.0	9
13	〃	화망천(畵輞川) 남창(男唱)	십재경영(十載經營) 옥수연(屋數椽)ᄒ니 (…) ○ ○○	만묵(漫墨) 은미(隱微)	3.2	1807

14	〃	적로마(的盧馬) 남창(男唱)	각설현덕(却說玄 德)이 단계(檀溪) 로(…) ○○○		2.1	44
15	〃	청조래(青鳥來) 여창(女唱)	청조(青鳥)야 오 는구나(…) ○○ ○		2.0	2885
16	〃	진시황(秦始皇)	신농씨(神農氏) 못어든 약(藥)을 (…) ○○○	만묵(漫墨) 문견(聞見)	2.1	2693
17	〃	도화(桃花)	늬집은 도화동 (桃花洞)이요 (…) ○○○	만묵(漫墨) 부서(婦壻)	2.2	2697
18	〃	여창(女唱)지름	날밝고 셔리찬 밤 에 (…) ○○○	만묵(漫墨) 전재(錢才)	2.2	768
19	〃	파연곡(罷宴曲)	북두칠성(北斗七 星) 호나둘셋 (…) ○○○	만묵(漫墨) 음세(淫勢)	3.2	1316
20	〃	소식전(消息傳)	기럭이 산니로 잡 아 (…) ○○○	만묵(漫墨) 금산(金山) 만묵(漫墨) 유호시(喩乎是)	1.3	402
21	〃	반도연(蟠桃宴)	솔아리 구분길에 (…) 계시더이다		3.0	3152
22	〃	대동강(大同江)	백구(白鷗)난 편 편(翩々)대동강상 (大同江上) (…) ○○○	만묵(漫墨) 증련(憎憐)	3.1	1170
23	〃	월황혼(月黃昏)	식벽셔리 찬바람 에 (…) ○○○		5.0	2893
24	〃	장판교(長坂橋)	장판교상(長坂橋 上)에 환안(環眼) 을 (…) ○○○		3.3	
25	〃	주렴월(珠簾月)	주렴(珠簾)에 달 빗치고 (…) ○○ ○	만묵(漫墨) 약시(若是) 만묵(漫墨) 해대(害大)	3.0	2631
26	〃	권주가(勸酒歌)	불로초(不老草) 로 슐을비져 (…) ○○○		2.0	1337

27	조선신가곡	백화절(百和節)	세월(歲月)이 여류(如流)ᄒ야 (…) ○○○		2.1	
28	조선고대가곡	연분(緣分)	사랑인들 임마자 ᄒ며 (…) ○○○	만묵(漫墨) 의겁(疑劫) 담총(談叢) 신호반(愼乎反)	2.1	1409
29	조선신가곡	종지리(從地理)	춘기화창(春氣和暢)ᄒᄆᆯ 나날이 (…) ○○○	만묵(漫墨) 감탄(堪歎)	2.1	
30	조선고대가곡	동정호(洞庭湖)	삼월삼일(三月三日) 이백도강(李白桃江) (…) ○○○		2.0	1485
31	〃	행화촌(杏花村)	창파에 낙시넛코 (…) ○○○		2.0	2715
32	〃	권주가(勸酒歌)	ᄒᆫ 잔 먹사 이 다 쏘ᄒᆫ 잔 (…) ○○○	담총(談叢) 춘풍중(春風中)	2.0	3190
33	조선가곡	삼척금(三尺琴)	누중(樓中)에 만권서(萬卷書)요 (…) ○○○		2.0	
34	〃	수전노(守錢虜)	황금(黃金)을 산(山)갓치 ᄊᆞᆺ고 (…) ○○○		2.0	
35	〃	별유천(別有天)	편주(扁舟)를 홀니져어 (…) ○○○	만묵(漫墨) 장수(莊叟) 담총(談叢) 부동(不同)	2.1	
36	〃	도화행(桃花行)	도화유수(桃花流水) 묘연거(杳然去)ᄒ니 (…) ○○○		2.2	
37	〃	만만사(萬々絲)	춘풍(春風)에 수양(垂楊)버들 (…) ○○○		2.1	
38	〃	청천월(靑川月)	청천(靑天)에 두렷ᄒ 달은 (…) ○○○		2.1	

39	〃	북악산(北嶽山)	북악산(北嶽山) 상상봉(上上峰)에 (…) ○○○	담총(談叢) 문장(文章)	2.2	
40	〃	환우앵(喚友鶯)	동산(東山) 어제 밤바람에 (…) ○ ○○		2.2	
41	〃	무가보(無價寶)	만리장성(萬里長城) 역사시(役事時)에 (…) ○○○		5.0	973
42	〃	황학루(黃鶴樓)	명만고(鳴万古) 천하문장(天下文章) (…) ○○○		5.0	
43	〃	계축춘(癸丑春)	삼월삼일(三月三日) 천기신(天氣新)ᄒᆞ니 (…) ○ ○○		2.2	
44	〃	일미인(一美人)	마음이 고와야 미인(美人)이지 (…) ○○○		3.3	
45	〃	화상월(花上月)	화지상월(花枝上月) 삼경(三更)에 (…) ○○○		2.1	
46	〃	지기우(知己友)	차군(此君)아 무러보즈 (…) ○○ ○		3.0	
47	〃	화월야(花月夜)	꼿피고 달발근 밤이 (…) ○○○		2.1	218
48	〃	유상앵(柳上鶯)	천문양류(千門楊柳) 느러진 그늘 (…) ○○○		3.0	
49	〃	무수옹(無愁翁)	천만고(千萬古) 영웅호걸(英雄豪傑) (…) ○○○		4.1	
50	조선고대 가곡	면경(面鏡)	이져바리즈희도 츠마그려 (…) ○ ○○		2.0	1408
51	〃	반야(半夜)	닥아 우지마라 이른다고 (…) ○○ ○		2.0	787

52	〃	평생(平生)	니먼져 죽어 너를이져야 (…) 그려보렴		3.1	554
53	〃	청춘조(靑春操)	청춘소년(靑春少年)들아 백발노인(白髮老人) (…) ○○○		2.0	2904
54	〃	월명(月明)	적무인(寂無人) 엄중문(掩重門) 흔 데 (…) ○○○		2.0	2566
55	조선가곡	삼춘(三春)	삼춘색(三春色) 자랑마라 (…) ○○○		2.2	1491
56	조선고대가곡	죽창(竹窓)	죽창(竹窓)을 반개(半開)ㅎ고 (…) ○○○		2.0	3188
57	〃	수묵(水墨)	흔즈쓰고 눈물이요 (…) 눌너보오		2.0	
58	〃	해당(海棠)	담안에 셧는꼿시 (…) ○○○		2.0	793
59	〃	반월(半月)	달은 반달이언마는 (…) ○○○		2.1	
60	〃	분수(分手)	이별(離別)을 한(恨)을마라 (…) ○○○		2.1	
61	〃	설월(雪月)	설월(雪月)이 만정(滿庭)흔 데 (…) ○○○	만묵(漫墨) 대본(大本)	2.0	1587
62	〃	풍월(風月)	가노라 임아 언양단천(彦陽端川)에 (…) ○○○	담편(談片) 자수(紫綬)	2.2	1
63	〃	신농(神農)	신농씨(神農氏) 상백초(嘗百草) 흐사 (…) ○○○		2.0	1783
64	〃	백언(百言)	옥에난 틔나잇지 (…) ○○○		2.0	2113

65	〃	소식(消息)	기러기 훨훨 다나라가고 (…) ○○○		2.1	408
66	〃	백골(白骨)	등잔불 그무러질제 (…) 이즐손가		2.1	940
67	〃	생각(生覺)	너갓치 무정혼거슬 (…) ○○○		2.1	614
68	〃	삼추(三秋)	일각(一刻)이 삼추(三秋)라ᄒᆞ니 (…) ○○○		2.1	3421
69	조선가곡 신작	동정호(洞庭湖)	조사백제모창오(朝辭白帝暮蒼梧)ᄒᆞ니 (…) ○○○		2.2	
70	〃	오경종(五更鍾)	내시공언(來是空言) 거절종(去絶蹤)ᄒᆞ니 (…) 일만중(一万重)을		3.2	
71	조선가곡	남덕휘(覽德輝)	오색문장(五色文章) 봉황(鳳凰)시는 (…) ○○○		4.3	
72	〃	지시우(知時雨)	지시일려우(知時一犁雨)에 (…) ○○○		2.1	
73	〃	오월천(五月天)	석양천(夕陽天)에 옷슬박과입고 (…) ○○○		3.3	
74	〃	목란주(木蘭舟)	목란주(木蘭舟) 지어타고 (…) ○○○		2.1	
75	〃	효우성(曉雨声)	벽오동(碧梧桐) 효우성(曉雨声)에 (…) ○○○		2.1	
76	〃	하일(夏日)에장(長)	삼경(三庚)이 갓가우니 (…) ○○○		2.1	
77	〃	하일(夏日)에장(長)	미류백양(美柳白楊) 우거진곳에 (…) ○○○		2.2	

78	〃	벽오동(碧梧桐)	창(窓)밧긔 벽오동(碧梧桐)은 (…) ○○○		2.1	
79	〃	수전노(守錢虜)	가니못지 자본가제군(資本家諸君)(…) ○○○		5.0	
80	〃	득의시(得意時)	미얌미얌우는 져미얌이 (…) ○○○		3.2	
81	〃	도연명(陶淵明)	청송황국(青松黃菊) 의연(依然) 혼듸 (…) ○○○		2.0	
82	조선농구(農謳) 14장	[강운송(姜雲松) 저(著)]	성군(聖君)이 건황극(建皇極)ㅎ니 (…) 이로다		2.2	
83	〃	〃	청신하서(清晨荷鋤) 남묘귀(南畝歸)ㅎ니 (…) 점의(霑衣)오		2.0	
84	〃	〃	산두(山頭)에 일초상(日初上)ㅎ니 (…) 장(長)이로다		2.0	
85	〃	〃	제서막망(提鋤莫忘) 제주종(提酒鍾)ㅎ라 (…) 감용(敢慵)가		2.0	
86	〃	〃	피랑유여(彼莨莠與) 진동(眞同)ㅎ니 (…) 유공(莠空)ㅎ라		2.0	
87	〃	〃	작종시(昨從市) 중과(中過)ㅎ니 (…) 농가(農家)로다		2.0	
88	〃	〃	아신족(我身足) 가석(可惜)이라 (…) 상촉(相促)이로다		2.0	

89	〃	〃	대고용정(大姑春政) 급(急)호고 (…) 부득력(不得力)이로다		2.0	
90	〃	〃	맥반향몽(麥飯香濛) 재거(在筥)호고 (…) 흔희(欣喜)로다		2.0	
91	〃	〃	맥등장(麥登塲)호니 점년상(占年祥)이로다 (…) 칭수상(稱壽觴)이로다		2.0	
92	〃	〃	경장묘묘(竟長畒畒) 정황(正荒)호니 (…) 이로구나		3.0	
93	〃	〃	수계명(水鷄鳴) 당거치(當擧卮)라 (…) 거치(擧卮)로다		2.0	
94	〃	〃	회간사(回看斜) 일이함산(日已啣山)호니 (…) 귀(歸)호리라		2.0	
95	〃	〃	탁족불용(濯足不用) 십분탁(十分濯)호라 (…) 십분탁(十分濯)호쇼		2.2	
96	조선가곡	산호편(珊瑚鞭)	양류사사(陽柳絲絲) 느러진가지 (…) ○○○		2.0	
97	〃	고림가(苦霖歌)	십일동풍(十日東風) 장마비는 (…) ○○○		2.0	
98	〃	문장가(文章家)	종고(從古)로 문장대가(文章大家)를 헤여보니 (…) ○○○		4.2	

99	〃	부용화(芙蓉花)	녹수금당(綠水金塘) 말근물에 (…) ○○○		2.0	
100	〃	순채갱(蓴菜羹)	금풍(金風)이 삽기(颯起)ㅎ니 (…) ○○○		4.3	
101	〃	삼천척(三千尺)	만폭동(萬瀑洞) 진주담(眞珠潭)을 (…) ○○○		2.0	
102	〃	생유운(生幽韻)	은하(銀河)는 청천(淸淺)ㅎ고 (…) ○○○		2.0	
103	〃	인불견(人不見)	용산(蓉山)에 가을이 드니 (…) ○○○		2.0	
104	〃	노로정(勞々亭)	송군남포(送君南浦) 하처거(何処去)오 (…) ○○○		2.0	
105	〃	옥잠화(玉簪花)	남전산(藍田山) 백옥(白玉)으로 (…) ○○○		2.0	
106	〃	파초엽(芭蕉葉)	창(窓)밧긔 파초(芭蕉)를 심은쯧은 (…) ○○○		2.2	

이와 같이 조선가곡, 조선고대가곡, 조선신가곡, 조선가곡신작으로 구분하고, 여기에 조선농구(農謳)를 넣어 다섯 가지로 유형화했다. 그리고 편차별 해당 작품 수는 다음과 같다.

○ 조선가곡   8수(담총 6, 만묵 1)

□ 조선고대가곡   18수(만묵 14)

△ 조선신가곡   1수

□ 조선고대가곡   1수(만묵 1)

△ 조선신가곡	1수(만묵 1)
□ 조선고대가곡	3수(담총 1)
○ 조선가곡	17수(담총 2)
□ 조선고대가곡	5수
○ 조선가곡	1수
□ 조선고대가곡	13수(만묵 1, 담편 1)
● 조선가곡신작	2수
○ 조선가곡	11수
■ 조선농구	14수
○ 조선가곡	11수

　이것을 유형별로 보면, 조선가곡이 48수로 가장 많고, 그다음이 조선고대가곡으로 40수며, 조선농구가 14수, 조선신가곡과 조선가곡신작이 각각 2수씩으로, 총 106수의 시조가 실려 있다. 조선가곡과 조선고대가곡을 각각 다섯 군데로 나누어 배열하고 조선신가곡은 두 군데로 나누어 배열하면서 조선신가곡과 조선농구는 각각 한 곳에 모았는데, 그 까닭은 알 수 없다. 앞의 표에 나타나 있는 바와 같이 이 시조집은 맨 처음 다섯 유형으로 14항목을 설정하고, 그에 따라 시조의 제목을 일일이 붙여가면서 작품을 써나갔다. 그리고 시조의 종장 끝 1음보를 생략한 것은 마치 이희승(李熙昇)본 『청구영언(靑丘永言)』이나, 『남훈태평가(南薰太平歌)』, 『시가요곡(詩歌謠曲)』, 『풍아(風雅)』 등의 시조집과 같은 양상을 보여준다. 각 시조 작품 끝에는 담총(談叢), 만묵(漫墨), 담편(談片)으로 구분하여 또 하나의 다른 제목을 붙여가면서 한문으로 부연 평가와 해석을 가하였다. 그러나 이것은 63번 시조 이후에는 한 군데도 보이지 않는다. 그 까닭도 알 수가 없다.

　종장 끝 1음보를 생략한 것은 주지하는 바와 같이 시조창에는 불필요한 부분이기 때문인데, 조선고대가곡 중 3수(21·52·66)와 조선가곡신작 중 1수

(70), 조선농구 14수(82~95)는 생략 없이 전문을 수록하고 있어 주목을 끈다. 그런데 조선농구를 보면 "一章에曰"에서부터 "十四章에曰"까지 작품 앞에 한결같이 "몇 장(章)에 왈(曰)"을 얹은 것으로 보아 창사(唱詞) 그대로가 아닌 것이 확인되는 셈이어서, 창사로서의 시조와 비(非)창사로서의 시조를 구분하려 한 것이라는 추정을 가능케 한다. 시조의 제목을 창을 의식하면서 붙인 것으로는 1번 「종반도조사(種蟠桃調詞)」, 8번 「원예락(園藝樂)」, 9번 「홍안조(鴻雁調)」, 18번 「여창(女唱)지름」, 19번 「파연곡(罷宴曲)」, 26번 「권주가(勸酒歌)」, 32번 「권주가」, 97번 「고림가(苦霖歌)」 등이 있는데, 18번 「여창지름」은 이 시조집의 독창적 제명법(題名法)에 따른 것이 아니라 고시조집의 곡조별 분류 체제를 그대로 답습하고 있다. 이와 같은 점들로 미루어볼 때 이 『청구가곡』이란 시조집은 그 체제가 아주 독창적인 특색을 띤다고 할 수 있다.

곧 다른 시조집들의 체제와 사뭇 다른 점으로 다음과 같은 몇 가지를 지적할 수 있다.

첫째, 시조를 분류 편찬함에 있어 조선가곡, 조선고대가곡, 조선농구, 조선신가곡, 조선가곡신작이라는 다섯 유형의 분류를 하고 있는 것은 그 용어나 유형화의 발상이 아주 새로운 것이다.

둘째, 전래적인 곡조별 분류명을 쓰고 있는 「여창지름」을 제외하고 모든 시조 작품마다 독창적인 제목을 붙이고 있는 것도 아주 이색적이다.

셋째, 창사로서의 시조와 비창사로서의 시조를 의식하면서 종장의 끝 1음보의 생략 여부를 결정하고 있는 점도 특징적이다.

넷째, 시조 끝에 담총과 만묵과 담편 등을 붙여 편자가 작품평과 해석을 하고 있는 것도 아주 새로운 점이다.

이와 같은 점들로 볼 때 이 『청구가곡』은 우선 독창적 편제로 된 시조집임을 알 수 있는데, 실제 여기에 실려 있는 작품들을 다른 시조집의 작품들과 면밀히 대비해본 결과 기존의 어떤 시조집을 모체로 한 흔적이 전혀 발견되지 않는다. 곧 『청구가곡』에 실려 있는 106수의 시조 중 기존의 다른 시조집들에 실려 있는 작품은 총 38수밖에 되지 않으며, 68수는 이 시조집에만 실려 있는 것으로 여겨진다. 38수도 기존의 어떤 시조집의 계열에 속하는 것이 아니다. 표기법과 특징적인 시어 등이 그 어느 시조집과도 일치하지 않으며 배열 순서 역시 그러하다. 따라서 기존의 다른 시조집들에 실려 있었던 38수의 시조는 『청구가곡』의 편자가 암기하고 있었던 것으로 추정할 수밖에 없다.

그렇다면 『청구가곡』의 편자는 과연 누구일까가 중요한 문제로 대두된다.

우선 가설적으로 편자 설정을 해본다면, 이 책의 글씨가 홍사용의 필체이고 그 소장 내력이 앞에서 밝힌 바와 같이 홍사용의 처 원효순 여사에서 홍규선으로 이어짐을 볼 때 홍사용을 떠올리는 것은 당론이라 할 수 있다. 그러나 편자를 홍사용으로 밝혀놓지 않고 있으므로, 이에 대한 합리적이고 타당한 논증이 요청된다.

김학동 편의 『홍사용전집』에 보면 그가 쓴 시조는 다음과 같은 「한선(寒蟬)」이란 작품 1수뿐이다.

> 놉은숩 맑은이슬 무어그리 맵고씰여
> 매암이 매암매암 씨르람 씨르람이
> 아마나 덧업는 비바람 하도사나워…[3]

그러나 그가 자유시와 이른바 민요시라고 하는 것을 십수 편씩 발표한 것으로 미루어볼 때 유독 시조만 1편을 썼다고 보기에는 수긍이 가지 않는 점이 많다. 그는 시조에도 많은 관심을 가지고 있었다. 『별건곤(別乾坤)』 12~13호에 발표한 「조선은 메나리 나라」라는 글에서 그는 우리 민요를 둘도 없는 보물 또는 특색 있는 예술이라 극찬하고 있으며, 실제 10여 편의 민요시를

---

3   『新朝鮮』 제6호, 1934.10.

쓰기도 하였다. 이것은 우리의 전통 시가인 시조에 대한 간접적인 관심의 표명이라 할 수 있다. 그가 남긴 글들을 면밀히 검토해보면 그는 시조체를 즐겨 썼고 또 옛시조들을 자주 인용하고 있음을 알 수 있는데, 이것은 그의 표현대로 우리의 특색 있는 예술로서의 시조에 대한 애정과 직접적인 관심의 표명이라 할 수 있다.

「궁(窮)과 달(達)」이란 그의 수필의 한 부분을 인용해보기로 한다.

유마유금(有馬有金) 겸유주(兼有酒)할제 소비친척(素非親戚)이 강위(强爲)터니 일조(一朝)에 마사(馬死) 황금진(黃金盡)하니 친척도 수위로상인(遂爲路上人)이로다 세상에 인사(人事) 변하니 그를 슬허하노라. (…)

칠년지한(七年之旱)과 구년지수(九年之水)에도 인심이 순후(淳厚)터니 시리세풍(時利歲豊)하고 국태민안(國泰民安)하되 인정은 험섭천층랑(險涉千層浪)이요 세사(世事)는 위등일척간(危登一尺竿)이로다 고금에 인심부동(人心不同)을 못내 슬허 하노라. 하고 눈물 지운 이도 있기는 하지만은…**4**

이와 같이 그는 아주 자연스럽게 시조체 문장을 그의 글에서 구사하고 있다. 그뿐 아니라 시조를 자주 인용하였으며 시조체의 시를 짓기도 하였다. 그의 글에서 그가 인용한 시조들을 살펴보기로 한다.

[가] 옛날 기생들은 지조와 범절이 있었다. 왕자의 권세로도 빼앗을 수 없고 만종(萬鍾)의 황금으로도 바꾸지 못할 것은 전아하고 청기(淸奇)한 그 몸에 고고하고 기일(覊逸)한 그 뜻이었다. 미색이야 어디엔들 없으랴만 다만 범골(凡骨)로서는 도모지 숭내도 내어볼 수 없는 것이 그의 천여 년간의 묵은 전통을 가진 지조의 꽃과 전형의 미였었든 것이다.

---

4   『每日新報』, 1939.3.12.

솔이라 솔이라 하니 무삼솔만 여겼난다
천심절벽에 낙낙장송 내기로다
길아래 초동(樵童)의 겹낫이야 걸거볼쭐이 있으랴

송이(松伊)는 이렇게 읊었고,[5]

[나] 기생으로 연인…시간적으로 설혹 상대녀에게 엇더한 옛기억이 있든지 또 현재에 아모러한 사실이 흑막 뒤에서 진행이 되든지 그것을 알으랴 할 까닭이 없다. 다만 일순에서도 영원 그것이 있을 뿐이었었다.

동지(冬至)달 기나긴밤을 한허리를 둘을내여
춘풍(春風)이불 아래 서리서리 너헛다가
얼운님 오신날 밤이여드란 구뷔구뷔 펴리라[6]

[다]
어져 내일이야 그릴줄을 몰으던가
있이라 하드면 가랴마는 제구타여
보내고 그리는 정(情)은 나도몰라 하노라

내언제 신(信)이없어 님을 언제 속엿관대
월침삼경(月沈三更)에 올뜻이 전혀없네
추풍(秋風)에 지는닙소래야 낸들 어이 하리오

---

5   洪思容,「白潮時代에 남긴 餘話」중 '七. 巡禮',『朝光』제2권 9호, 1936.9.
6   위의 글 중 '八. 黑房秘曲'.

연애삼매의 흑방비곡…여기에도 그나마 정신연애에도 실연만 맛보는 우전(雨田)은 파계행자인 소정지웅(笑亭之翁)까지 잃어버리고[7]

이와 같이 그는 그의 글에서 자유자재로 시조를 인용하고 있다. 그 표기 양상으로 볼 때나 문맥 등으로 추정해볼 때 평소 그가 암기하고 있는 시조 작품들을 기억을 되살려 인용하고 있다는 것도 알 수 있다. 그리고 그는 시조를 다음과 같이 생각하고 있었다.

봉건제도가 갓부서진 그 사회이지만은 규방(閨房)은 여전히 엄쇄한 채로 있었으니 한창 젊은 이들로서 이성을 대할 곳이 라고는 화류촌(花柳村)밖에 달은데가 없었든 것이었다. 그래서 술 석잔, 시조삼장(時調三章), 기생을 다루는 멋있고 도 띄인 수작, 그것을 몰으면은 당세의 운치 있는 풍류사로는 도저히 행세할 수가 없었든 것이었다.[8]

시조는 이와 같이 풍류사의 필수적인 조건이라는 것이다. 홍사용 자신이 당대의 풍류사였으므로 그와 시조의 관계는 곧 위에 든 그의 표현으로 쉽게 설명된다. 이렇게 체질화된 시조체 표현이 그의 시에는 종종 나타나는데, 그러한 보기를 몇 가지 들어본다.

돌모로[石隅] 냇가에서 통발을 털어
손님갓흔 붕아를 너가지리 나가지리
노마목 내목을 한창시세워 나누다가[9]

---

7   위의 글 중 '九. 雨田의 陰鬱'.
8   위의 글 중 '六. 네동무'.
9   洪思容, 「통발」(부분), 『白潮』 창간호, 1922.1.

밤이 오더니만 바람이 불어요

바람은 부는데 친구여 평안하뇨

창밧게 우는소리 뭇노라 무삼까닭[10]

목천(木川)무당 청주(清州)나이 열두세 길ㅅ삼

잉아걸고 북잡으니 가슴이 달캉

달캉달캉 우는바듸 무엇이 설우[11]

이와 같이 그의 시에는 4음보 고시조체의 골격과 시조시어의 특징적 표현이 많다. 그뿐 아니라 그는 시조를 우리 민족이 가진 그리움의 노래라고 하여 애정 어린 생각의 일단을 밝힌 바도 있다.

점잔타는 시조나, 날탕패의 잡소리나, 교남(嶠南)의 육자박이나 관서(關西)의 수심가(愁心歌)나 천안삼거리나, 노들강변이나, 모도다 그리움의 타령이다. 춘향이타령도 그리움의 타령이오, 심청이의 노래도 그리움의 노래다.[12]

이와 같이 그는 시조가 민족시로서 풍류사의 필수적 이수 과제라고 하였으며, 또한 그리움의 노래라 하여 무한한 애정을 가지고 있었음도 알 수 있다. 그는 자신의 글에서 시조를 자주 인용하고 시조체 문장을 자연스럽게 구사하였으며, 그렇게 해서 체질화된 표현이 그의 시에도 자주 나타나게 되었다. 따라서 그의 습작 과정의 시적 토양은 옛시조였다고도 할 수 있다. 이 점은 곧 그가 『청구가곡』의 편자일 개연성을 설명해주고 있다.

---

10   洪思容,「바람이 불어요!」(부분),『東明』17호, 1922.12.

11   洪思容,「고초당초 맵다한들」(부분),『三千里』131호, 1939.4.

12   洪思容,「그리움 한묵금」,『白潮』3호, 1923.9.

그의 글들을 면밀하게 살펴보면 『청구가곡』이란 시조집의 이름이 어떻게 해서 발상된 것인가 하는 문제도 설명이 가능하다.

삼절(三絶) 황진(黃眞)이나 의암(義岩) 논개(論介)나 계월향(桂月香)이나 옥단춘(玉丹春)이나 채봉(彩鳳)이나 부용(芙蓉)이나 홍장(紅粧)이나 다 같이 청구명기(靑邱名妓)의 전형이었든 것이다.[13]

청산 백운을 누가 알아? 다만 청산은 백운이 알고, 백운은 청산이 알 뿐이지! 전피청구혜(田彼靑邱兮) 애써 갈고 쓸 이는 두 손의 심정 아는 이 없도다.[14]

이와 같이 여러 글에서 그는 청구(靑邱)란 말을 즐겨 쓰고 있다. 게다가 『청구영언』이라는 시조집이 있다는 것을 알고 있었을 터이므로 『청구가곡』이란 명명이 쉽게 착상되었을 것이다. 이 점도 『청구가곡』의 편자가 홍사용일 수 있다는 단서의 하나이다.

앞에서 인용한 바 있는 홍사용의 시조 「한선(寒蟬)」은 종장의 끝 1음보를 생략하고 있다. 이 점은 『청구가곡』의 시조 대부분이 종장의 끝 1음보를 생략하고 있는 것과 일치한다.

『청구가곡』의 중요한 특징 중 하나는 모든 작품에 시제(詩題)를 붙인 점인데, 그 시제의 특성을 살펴보면 대부분이 초장과 중장에서 취한 것임을 알수 있다. 번거로운 중복을 피하기 위해서 초장에서 시제를 가져온 것만을 예시해보기로 한다.

---

13   洪思容,「白潮時代에 남긴 餘話」중 '七. 巡禮'.
14   洪思容,「靑山白雲」중 '머리말'.

	[시제]	[초장]
2	춘일온(春日溫)	춘일(春日)이 온난(溫暖)ᄒ야 (…)
3	행로난(行路難)	행로난(行路難) 행로난(行路難)ᄒ니 (…)
5	일엽주(一葉舟)	일엽주(一葉舟)를 타고 (…)
10	청총마(靑驄馬)	청총마 타고 (…)
15	청조래(靑鳥來)	청조(靑鳥)야 오는 구나 (…)
17	도화(桃花)	늬집은 도화동(桃花洞)이요 (…)
22	대동강(大同江)	백구(白鷗)난 편편(翩々)대동강상(大同江上) (…)
24	장판교(長坂橋)	장판교상(長坂橋上)에 환안(環眼)을 부릅쓰고 (…)
25	주렴월(珠簾月)	주렴(珠簾)에 달빗치고 (…)
32	권주가(勸酒歌)	흔 잔 먹사이다 쏘흔 잔 먹사이다 (…)
36	도화행(桃花行)	도화유수(桃花流水) 묘연거(杳然去)ᄒ니 (…)
38	청천월(靑川月)	청천(靑天)에 두렷흔 달은 (…)
39	북악산(北嶽山)	북악산(北嶽山) 상상봉(上上峰)에 (…)
44	일미인(一美人)	마음이 고와야 미인(美人)이지 (…)
47	화월야(花月夜)	쏫피고 달발근 밤이 (…)
53	청춘조(靑春操)	청춘소년(靑春少年)들아 백발노인(白髮老人) 웃지마라 (…)
55	삼춘(三春)	삼춘색(三春色) 자랑마라 (…)
56	죽창(竹窓)	죽창(竹窓)을 반개(半開)ᄒ고 (…)
59	반월(半月)	달은 반달이언마는 (…)
61	설월(雪月)	설월(雪月)이 만정(滿庭)흔 데 (…)
63	신농(神農)	신농씨(神農氏) 상백초(嘗百草)ᄒ사 (…)
68	삼추(三秋)	일각(一刻)이 삼추(三秋)라ᄒ니 (…)

72	지시우(知時雨)	지시일려우(知時一犁雨)에 (…)
74	목란주(木蘭舟)	목란주(木蘭舟) 지어타고 (…)
75	효우성(曉雨声)	벽오동(碧梧桐) 효우성(曉雨声)에 (…)
78	벽오동(碧梧桐)	창(窓)밧긔 벽오동(碧梧桐)은 (…)
97	고림가(苦霖歌)	십일동풍(十日東風) 장마비는 (…)
98	문장가(文章家)	종고(從古)로 문장대가(文章大家)를 (…)
106	파초엽(芭蕉葉)	창(窓)밧긔 파초(芭蕉)를 심은쯧은 (…)

이러한 특성은 홍사용의 시에 그대로 나타나 있다. 몇 작품을 예시해보기로 한다.

[시제]	[시의 1·2행]
꿈이면은?	꿈이면은 이러한가.
풀은 강물에 물노리치는 것은	풀은 강물에 물놀이치는 것은 아는 이 없어.
시악시 마음은	바람이 얄구져 / 시악시 마음은
봄은 가더이다	봄은 가더이다……
해저문 나라에	그이를 차저서 해저문 나라에
나는 왕(王)이로소이다	나는 왕(王)이로소이다 나는 왕(王)이로소이다.

이것은 우연의 일치로 볼 수 없는 홍사용 시제의 특징이다. 따라서 『청구가곡』의 편자가 홍사용이라는 구체적 단서의 하나가 될 수 있다.

『청구가곡』의 또 하나의 특징은 시조 끝에 그 작품과 관련된 담총·만묵·담편 등을 붙인 점이다. 그것이 홍사용과 어떤 관련이 있을까를 살펴보기로 한다. 그의 글 「백조시대(白潮時代)에 남긴 여화(餘話)」를 보면 다음과 같은 내용이 있다.

탈선무규(脫線無規)한 그들의 생활도 세월이 지터지니, 불규(不規) 그대로가 항례(恒例)가 되어 기계적으로 매일 되푸리하야졌다. 원고 쓰기·담론(談論)·음주·연담(戀談)·수면으로 한해 두해 매일 같이 그대로 되풀이만 하는 회색생활 속에서 다만 우전(雨田)의 큰도라 노래 한 가락만이 시감(時感)을 따라서 높헛다 나졌다 빨럿다 느렷다 하야 일상의 단조를 저윽이 깨트리고 있을 뿐이었다.[15]

이 무렵 홍사용의 생활은 이와 같이 담론(談論)과 연담(戀談) 등으로 되풀이되는 이른바 회색 생활이었다. 그리고 그는 박진(朴珍)의 증언에 의하면 장광설(長廣舌)의 소유자며[16] 그러한 그의 개성은 그의 소설·희곡·수필·시 등에도 잘 나타나 있다. 그는 또 시인적인 영예감과 긍지, 비평안과 신념 같은 것을 가지고 있었다.[17] 앞에서 거론한 바 담론·연담·장광설·비평안(批評眼)을 결합하면 곧 『청구가곡』의 담총·만묵·담편의 내용이 된다. 따라서 이 점 또한 『청구가곡』의 편자가 홍사용임을 강력하게 시사해주고 있다.

다음은 『청구가곡』이 언제 어떤 경위로 편찬된 것인가에 관해서 알아볼 차례이다.

홍사용이 1918년 휘문학교 동창인 박종화(朴鍾和)·정백(鄭栢) 등과 더불어 『피는꽃』이란 유인물을 펴내면서부터 문학에 대한 그의 정열이 점화되기 시작한다.

이듬해 3·1운동에 앞장섰던 그는 일경(日警)에 피체되었다가 곧 풀려나 고향으로 내려간다. 그가 고향 집에 있게 된 이 시기는 그에게 아주 중요한

---

15 洪思容,「白潮時代에 남긴 餘話」.

16 그는 부형과 가문(家門) 덕(德)으로 글깨나 읽고 책권(冊卷)이나 보았다. 절에 가면 주지가 꿇어앉아 그의 설법을 들었고, 학교에 가면 유림(儒林)에게 공맹지학(孔孟之學)을 강(講)했다. 옛 성터에 앉아 지나가는 노인에게 옛말을 하는 열두 가지 재주를 가진 사람이었다. 朴珍, 『歲歲年年 ― 韓國의 演劇 秘藏의 話題』, 京和出版社, 1965, 32쪽.

17 朴斗鎭, 『韓國現代詩論』, 一潮閣, 1971, 59쪽 참조.

의미가 있는 기간이었다. 고향의 산수와 인정을 벗하면서 독서에 열중하고 사색하는 가운데서 그의 시상이 발아할 수 있었기 때문이다. 고향에서 은거하던 이 시기에 정백과 함께 『청산백운』을 썼다. 『청산백운』은 원고 용지에 같은 제목으로 각기 자유롭게 쓴 글들을 모은 것이며, 앞에서 언급한 바와 같이 원효순 여사가 『청구가곡』과 함께 부군의 분신으로 여겨 옷장 속에 소중하게 간직해온 것이다. 그가 서울에 와서 본격적인 활동을 한 것은 1920년부터이다. 박종화·정백 등과 『문우(文友)』를 창간하고, 1921년에는 그의 재종형 사중(思仲)을 움직여 문화사(文化社)를 설립게 하고 동인지 『백조(白潮)』의 창간을 서둘러 1922년 1월에 이 잡지를 세상에 내놓게 된다.

그와 같은 저간의 사정들로 미루어볼 때 모필 해서로 정성껏 쓰고 작품에 담총·만묵·담편 등을 붙여 주사(朱砂)로 관주(貫珠) 표시를 하여 만든 『청구가곡』의 편찬은 『청산백운』을 썼던 1919년 6월부터 1920년 그가 서울에 오기 전 고향에 은거한 시기에 이루어진 것으로 볼 수밖에 없다. 기미 독립운동 이후 그가 고향에 은거하고 있을 때 독서와 사색으로 한가한 시간을 보내면서 모처럼 원효순 여사의 애틋한 보살핌을 받고 편찬한 것이 이 시조집이라고 여겨진다. 그렇기 때문에 『청구가곡』은 『청산백운』과 함께 원고본인 채로 원효순 여사의 옷장에 고이 간직되어왔을 것이라고 생각한다. 특히 홍사용이 1920년 서울로 온 후부터는 둘째 부인인 황숙엽(黃淑燁) 여사와 더불어 가정생활이 시작되므로 원 여사와는 소원해지게 되고 자주 만날 기회가 없어졌기 때문에 그리움은 더해갔을 것이며, 그러한 정이 『청산백운』과 『청구가곡』을 더욱 소중하게 간직하게 한 계기가 되었을 것이다. 이와 같이 볼 때 홍사용 시의 시적 토양과 시상의 발아는 『청구가곡』이라고 할 수 있어서 이 시조집의 문학사적 의미가 도외시되어서는 안 된다고 여겨진다.

3. 조선고대가곡과 조선신가곡과 작자

『청구가곡』에 조선고대가곡이라고 분류한 시조는 모두 40수가 있다. 그중 전해오는 다른 시조집들에 전혀 보이지 않는 작품은 4수인데, 다음과 같다.

17 도화(桃花)

닉집은 도화동(桃花洞)이요 임의집은 행화촌(杏花村)이라

도화동(桃花洞)바리고 행화촌(杏花村) 츠져가니 향기(香氣)러온 분매화(盆梅花)라

동자(童子)야 거문고줄 골나라 탄금장취(彈琴長醉)

56 죽창(竹窓)

죽창(竹窓)을 반개(半開)호고 임에초당(草堂) 구버보니

도화(桃花)에 갈이엿다 님에 초당(草堂)

동자(童子)야 져꼿 헷 치려무나 님을보게

59 반월(半月)

달은 반달이언마는 웬쳔흐를 다발킨다

닉눈은 두눈이어마는 그리는 임을 못보난가

져달아 명긔를 빌이여라 나도보게

60 분수(分手)

이별(離別)을 한(恨)을마라 만날젹에 몰나씀나

약비차지(若非此地)에 난분수(難分手)면 나유타시(那由他時)에 호대안(好對顏)가

아무도 봉우별(逢友別) 별우봉(別友逢)호니 자연지세(自然之勢)인가

이 작품들은 조선고대가곡이라고 분류된 속에 있으나 실은 홍사용이 향리에 은거하고 있을 때(1919년 6월 이후부터 1920년 서울에 오기 전까지) 옛시조에서 시상(詩想)을 얻어 지은 것이 아닐까 하는 의문을 가져본다.

위의 17번 시조 「도화(桃花)」는 『금옥총부(金玉叢部)』와 『가곡원류(歌曲源流)』 규장각(奎章閣)본과 국악원(國樂院)본에 실려 있는 다음 작품의 시상과 유사하다.

닉집은 도화원리(桃花源裏)여늘 자네몸은 행수단변(杏樹壇邊)이라
궐어(鱖魚)ㅣ 살졋거니 그물은 자네 밋네
아희(兒禧)야 덜괴인 박박주(薄薄酒)일망정 병(瓶)을저와너흐라

그리고 56번 시조 「죽창(竹窓)」은 지씨본(池氏本) 『시조(時調)』, 이씨본(李氏本) 『시여(詩餘)』, 『남훈태평가(南薰太平歌)』 등에 실려 있는 다음 작품의 시상과 관련이 있다.

죽장망혜(竹杖芒鞋) 단표자(單瓢子)로 강산천리(江山千里) 드러가니 그곳이 골이깁허 두견(杜鵑)접동이 나제운다 구름은 뭉게뭉게 퓌여 낙락장송(落落長松)에 붕들녀있고 바람은 솰솰불어 시니 암상(岩上)에 곳가지만 떨떨이는고나 그곳지 별유천지(別有天地) 별건곤(別乾坤)이니 놀고갈가

홍사용은 1900년 음력 5월 17일 경기도 용인군 기흥면 농서리 용수골(京畿道 龍仁郡 器興面 農書里 龍水골)에서 태어난다. 생후 100일 뒤에 서울 제동(齊洞)에 와서 유년기를 보내고 1908년 9세 되던 때 용수골에서 멀지 않은 그의 본적지 경기도 화성군 동탄면 석우리(石隅里, 돌모로)에 내려가 1916년 17세가 되어 휘문의숙에 입학하기 전까지 사숙에서 한문 공부를 계속한다. 이 기간에 속하는 1912년 그의 나이 13세 때 원효순 여사와 결혼한다. 1919

년 20세 때 휘문고등보통학교를 졸업하는데, 그해 3·1운동에 참여하여 피체된다. 그러나 바로 풀려나서 그해 6월에 낙향하여 은거하면서 정백과 함께 수필 「청산백운」과 시 「푸른언덕 가으로」를 쓴다. 그해에 장남 규선도 얻게 되어 모처럼 단란한 가족애를 느끼게 되고 새삼스럽게 향리의 아름다운 자연과 인정에 흠뻑 젖게 된다. 이 무렵에 쓴 수필 「청산백운」에는 그러한 심경과 생활상이 다음과 같이 잘 나타나 있다.

청산백운(靑山白雲)을 누가 알아? 다만 청산은 백운이 알고 백운은 청산이 알 뿐이지! 전피청구혜(田彼靑邱兮) 애써 갈고 써리는 두 손의 심정 아는 이 없도다. (…) 모르리로다, 청산백운(靑山白雲)을 누가 알아? 모를세라.[18]

묵군(默君)과 대팻밥 모자를 빗겨, 녹초처처(綠草萋萋)한 앞 벌을 거치고, 콩포기 우거진 세제일루(細堤一縷) 귀도(歸道)에 올랐다. 해는 모운(暮雲)에 어리어 떨어졌다. (…) 황혼의 파도는 석연(夕烟)이 비낀 주봉(朱鳳)뫼 골짜기로 슬슬 밀어 내려온다. 그 파도에 홀로 아니 빠지랴 발돋움하며 허덕거리는 괘등형(掛燈形) 외딴 소나무, 애처롭다. (…) 서녘 하늘 쇠잔한 볕살 사루어지고, 일폭 석류꽃빛 깁바탕에 천만경(千萬頃) 출렁거리던 무수한 청산은 일획의 곡선만 남아 검푸른 윤곽을 그리고, 위로 몇점 화운(樺雲)은 유화(油畫)로 찍어낸 듯, 사위(四圍)는 다 유화색(榴花色)으로 반응한다. (…) 무인어(無人語) 무물음(無物音) 한데 성하(星河)는 일천(一天), 우주는 묵연(默然)한 데에 뜻이 있는 것이다. 물(物)이 있느냐 없느냐, 유중(有中)의 경(境)에 들어간 나는 즐거운지 슬픈지…… 앨써 느끼지 마라.[19]

18   洪思容, 「靑山白雲」 중 '머리말', 1919.8.1.
19   洪思容, 「靑山白雲」 중 '해점은현량개', 1919.7.29.

이 인용문의 청산(靑山)과 백운(白雲)은 17번 시조 「도화(桃花)」의 도화동(桃花洞) 주인과 행화촌(杏花村) 주인으로 환치하여 볼 수 있고, 향리의 아름다운 자연과 인정은 56번 시조 「죽창(竹窓)」의 도화에 가린 초당(草堂) 마을로 생각할 수 있다. 그의 향리 용수골과 석우리 일대를 이상향으로 작품화하고 그 이상향의 서정적 주체들을 은사(隱士)로 설정하여 동자(童子)를 등장시킨 것은 조선조 사대부 시의 전통적인 표현 양식에 접맥되어 있다. 자의건 타의건 현실참여에서 물러나 낙향하게 되면 곧바로 은사가 되어버리는 것은 사대부 시의 보편적인 한 현상이기 때문이다. 그러한 현상을 그는 수학(修學) 과정에서 익혔던 것으로 여겨지며, 한편으로는 그가 신학문 수학과 독립운동으로 인한 피체 등 격동하는 사회 현상 속에서 거칠게 호흡하다가 잠시 정적인 고향의 자연과 안온한 가정생활이라는 새로운 현실에 접하게 되면서 새삼스런 체험을 하는 데서 기인된 것 같다.

59번 시조 「반월(半月)」과 60번 시조 「분수(分手)」는 발상 단계에서 다음과 같은 옛시조들이 연상되었을 것으로 여겨진다.

달아 발근달아 임의동창(東窓) 빗친달아
임흘노 누어든야 어느친구 모셧드냐
명월(明月)아 본듸로 일너라 사싱결단[20]

돌이야 님본다ᄒᆞ니 님보는 돌 보려ᄒᆞ고
동창(東窓)은 반(半)만열고 월출(月出)을 기ᄃᆞ리니
눈물이 비오듯ᄒᆞ니 돌이조차 어두어라[21]

이들 시조에서 임의 실체를 볼 수 있는 존재들은 모두 달이다. 그러나 서정적 주체인 나는 임을 볼 수가 없다. 59번 시조 「반월(半月)」에서도 반월(半月)까지 온 천하를 훤히 알고 있는데 눈을 둘이나 가진 나는 그리는 임의 실체도 볼 수 없어 달의 지혜를 빌려서 임의 실체를 알려고 한다. 이 작품은 홍사용이 그동안 망각하고 있었던 아내의 실체를 고향의 가정에 돌아와 있을 때 장남을 얻으면서 새삼 느끼게 되어 착상된 것이 아닌가 한다.

> 이별(離別)이 잇거들랑 연분(緣分)이 업겻거나
> 연분(緣分)이 잇거들랑 이별(離別)이 업고지고
> 엇젓타 어려운 연분(緣分)이 이별(離別)쉬여[22]

60번 시조 「분수(分手)」는 인용된 위의 작품과 외견상으로는 먼 거리에 있는 듯이 보이나 실은 그렇지가 않다. "봉우별(逢友別) 별우봉(別友逢)ᄒ니 자연지세(自然之勢)인가"와 "이별(離別)과 연분(緣分)"은 그 내면세계가 필연적 관계로 연결되어 있다. 따라서 「분수」의 발상을 이 시조와 연결시켜볼 수 있다. 그러므로 「분수」는 홍사용이 향리에 내려와 그동안 헤어져 있었던 시골 벗들을 만난 심경을 노래한 것으로 여겨진다.

이상에서 논의한 바와 같이 「도화」, 「죽창」, 「반월」, 「분수」 등은 홍사용의 작으로 추정되며, 이 작품들을 그가 조선고대가곡에 포함시킨 까닭은 그 사상이나 발상이 옛시조에 너무 가깝게 직접적으로 연결되었기 때문이었던 것으로 생각할 수 있다.

『청구가곡』에 조선가곡이라 하여 수록하고 있는 작품은 모두 48수이다. 그중 기존의 다른 시조집들에 실려 있는 것은 2수뿐이며, 나머지 46수는 오직 이 시조집에만 들어 있다. 다른 시조집에 소개된 두 작품은 다음과 같다.

---

22   일석본(一石本)『가곡원류(歌曲源流)』에 실려 있다.

41 무가보(無價寶)

만리장성(萬里長城) 역사시(役事時)에 금(金)도나고 은(銀)도나고 화수분(花樹盆)이 보비런가

조거전후(照車前後) 이십승(二十乘)흥든 위혜왕(魏惠王)의 야광주(夜光珠)가 보비런가

벽한옥(辟寒玉) 벽진서(辟塵犀) 화씨벽(和氏璧)과 대자육칠척산호수(大者六七尺珊瑚樹)가 보비런가

목난화제(木難火齊) 부무마노(玞珷瑪瑙) 밀화호박(蜜花琥珀) 보석금광석(宝石金光石)이 보비런가

아마도 세상천하(世上天下) 천만고금(千万古今)에 도적(盜賊)도 못가져가는 무가보(無價宝)는 문장(文章)인가

47 화월야(花月夜)

꼿피고 달발근밤이 인간제일양소(人間第一良宵)언마는

달발그면 꼿이업고 꼿피면 달이업다

지금(至今)에 화개월명(花開月明)흥니 못늬즐겨

이 두 작품은 『악부(樂府)』에만 실려 있다. 『악부』는 당시 손꼽히는 풍류객이었던 이용기(李用基)가 수집열을 내어 모아 정리한 가집으로 1930~1934년에 이룩된 것이다.[23] 따라서 그는 홍사용과 같은 시대를 살았으며 『청구가곡』이 1919~1920년 사이에 만들어진 것이므로 『청구가곡』의 작품이 그대로 『악부』로 옮겨 적힌 것이라고 생각된다. 『악부』를 보면 이 두 작품의 시제도 꼭 같이 「무가보(無價寶)」와 「화월야(花月夜)」로 되어 있다. 이와 같은 사실로 미루어볼 때 결국 조선가곡 48수는 모두 『청구가곡』에 처음

---

23 林基中,「樂府解題」, 金東旭·林基中 共編,『樂府』上, 太學社, 1982, 2~3쪽.

보이는 작품이라 할 수 있는데, 그렇다면 그 작자는 누구일까? 이 문제에 대한 답을 얻기 위해서는 먼저 조선가곡 48수에 대한 면밀한 검토가 이루어져야 한다. 『청구가곡』의 시조 106수 중 작자를 밝혀놓고 있는 것은 조선가곡에 속하는 두 작품밖에 없다. 그러나 그것도 암시적이거나 간접적인 자료밖에 안 된다. 곧 2번 시조 「춘일온(春日溫)」의 작자를 북악산인(北嶽山人)이라 하였고, 그 시조의 담총인 「위인(爲仁)」의 작자를 또 춘수당(春睡堂)이라고 하였다. 그리고 8번 시조 「원예락(園藝樂)」의 만목 「교타(驕惰)」의 작자를 천치생(天痴生)이라고 밝혀놓고 있다. 이것은 조선가곡이 맨 처음 나오는 부분의 앞쪽 작품과 마지막 작품에 작자를 넌지시 밝혀둠으로써 조선가곡 전체의 작자를 일일이 밝히지 않고 대신한 것으로도 볼 수 있다. 그렇다면 북악산인, 춘수당, 천치생이란 각기 다른 사람인지 아니면 같은 작자를 달리 써놓은 것인지, 또 그가 누구인지가 밝혀져야 할 과제이다.

홍사용이 아호를 노작(露雀), 소아(笑啞), 백우(白牛) 등으로 썼음은 널리 알려진 바 있고, 필자는 앞에서 그가 춘호(春湖)라는 아호를 쓰기도 하였다고 소개한 바 있다. 여기에서 춘호가 춘수당으로 된 것은 휘문의숙 시절의 춘호가 향리에 은거할 때 춘수당으로 바뀐 것으로 추측되며, 소아나 천치생은 향리에 은거할 때 자신의 관조적 성찰에서 거의 같은 의미로 쓴 것으로 보인다. 그리고 북악산인의 경우, 같은 조선가곡 39번 시조 「북악산(北嶽山)」을 보면 작자가 북악산에 올라서 시상을 얻은 것으로 되어 있는데, 홍사용의 9세까지 유년기의 생활 무대가 종로 제동이었고 휘문의숙 시절 하숙 생활을 하던 곳이 서대문 의주로였던 점을 상기해보면 그가 북악산인이란 아호를 쓸 만도 하다는 것을 감지할 수 있다. 그뿐 아니라 그의 수필 「그리움의 한 묵금」 등에도 북악산이 나오는 등 그는 북악을 유난히 좋아했다. 이와 같은 점으로 미루어볼 때 조선가곡의 작자를 우선 홍사용으로 추정하는 데 큰 무리가 없을 것 같다. 그러나 그러한 점만으로 성급하게 속단할 수는 없다. 따라서 조선가곡 전반에 대한 시대상의 투영 문제, 자기 고백적인 표현과 심경적인 표현 문제, 작가의 가치관 표출과 체험적 세계의 직접 반영 문제, 사회와 작자의 문제 등을 집중적으로 검토해보려고 한다.

34 수전노(守錢虜)

황금(黃金)을 산(山)갓치 삿고 평생(平生)의 수전노(守錢虜)

공익(公益)은 망언(妄言)이요 자선심(慈善心)은 쑴밧기라

공수래(空手來) 공수거(空手去)를 모로난다

39 북악산(北嶽山)

북악산(北嶽山) 상상봉(上上峰)에 올나 장안대도(長安大道) 구버보니

기정백대(旗亭百隊) 개신시(開新市)요 갑제천맹(甲第千甍) 분척리(分戚里)라

아마도 문명진화(文明進化)가 날노달라

48 유상앵(柳上鶯)

천문양류(千門楊柳) 느러진 그늘속에 괴꼬롱괴꼬롱 우난 져쐬고리야

일년춘색(一年春色)이 번화(繁華)ᄒ다고 자랑느냐 죠흔 벗님 오시라고 부르난냐

엇지타 네말을 영어번역ᄒ듯 알양이면 수작(酬酌)이나ᄒ 게

79 수전노(守錢虜)

가닉못지 자본가제군(資本家諸君) 돈만타 자랑ᄒ고 부자자세(富者藉勢) 무슴일고

돈이만타히도 국가(國家)에 공익사업(公益事業) ᄒ나ᄒ며 사회(社會)에 공동생활(共同生活) ᄒ나힛나

고대광실(高垈廣室) 금의옥식(錦衣玉食) 좌주색(左酒色) 우가무(右歌舞)로 져혼즈 행락(行樂)ᄒ랑이면 교자횡일(驕恣橫溢)ᄒ야 부자자세(富者藉勢) 닉몰너라

지금(至今)에 국가사회(國家社會) 아모관계(關係)읍난 수전노(守錢虜) 너뿐
인가

97 고림가(苦霖歌)
십일동풍(十日東風) 장마비는 한(限)이읍시 흐르도다
아리웃강 사공(沙工)들아 쌀이져어 비딋여라
아마도 우리동포(同胞)들이 표류(漂流)될가

위의 「수전노(守錢虜)」라는 시제로 된 두 작품은 공익과 자선에 인색한 자
본가를 질타한 것으로 같은 주제라 할 수 있다. 그리고 "공익(公益)", "가너못
지 자본가제군(資本家諸君)", "사회(社會)에 공동생활(共同生活)", "국가사회
(國家社會)" 등의 시어들은 그 주제와 더불어 홍사용이 살았던 당시의 시대
상을 반영하고 있다.

한편 「북악산(北嶽山)」의 "문명진화(文明進化)", 「유상앵(柳上鶯)」의 "영어
번역ㅎ 듯", 「고림가(苦霖歌)」의 "우리동포(同胞)들" 역시 홍사용이 살고 간 시
공간의 특성이 투영된 시어들이다. 특히 「고림가」는 홍사용의 시대에 우리
민족이 겪었던 처절한 수난과 암울한 상황을 의식하며 "동포 표류(漂流)"란
표현으로 위기감을 나타내고 있어, 구체적으로 3·1운동의 실패라는 역사적
사실과도 일치하고 있다. 이러한 현상들은 홍사용이 3·1운동으로 피체되었
다가 풀려나 향리로 내려가 있을 때 『청구가곡』이 편찬되었을 것이라는 앞
의 주장과도 합치되어 이 작품들의 홍사용 작자설이 더욱 유력시된다.

조선가곡에 있는 작가의 고백적인 시조들을 찾아보면 다음과 같은 것들
이 있다.

4 석가산(石假山)
창벽(蒼壁)에 송음(松陰)이요 화원(花園)에 석가산(石假山)이라

죽림(竹林)에 청풍(淸風)이요 연당(蓮塘)에 명월(明月)이로다

그즁에 초당(草堂) 짓고 벗과동락(同樂)

8 원예락(園藝樂)

원림(園林)에 봄이드니 나흘 닐이 밧부도다

어듸난 포도(葡萄) 심고 어듸난 노상(魯桑)을 심을난지

그즁에 초당(草堂) 갓가온 평전(平田)에 국화(菊花)모종

80 득의시(得意時)

미얌미얌우는 져미얌이 일년추성(一年秋聲)을 너먼져 지져귄다

네라셔 숙겁(宿劫)을 탈태(脫蛻)ᄒ고 우화등선(羽化登仙)ᄒ야 만천풍로(滿天風露)와 우후사양(雨後斜陽)이 네평생득의시(平生得意時)라 ᄒ난구나

지금(至今)에 벽수초당(碧樹艸堂)에 회앙고풍(懷仰高風) ᄒ기난 나ᄲᆞᆫ인가

35 별유천(別有天)

편주(扁舟)를 흘니져어 무이구곡(武夷九曲) 드러가니

상마우로(桑麻雨露) 견평천(見平川)ᄒ니 제시인간(除是人間) 별유천(別有天)이라

아마도 집을 옴겨셔 이곳으로

위 작품들에서 초당(草堂)은 곧 '무이구곡(武夷九曲)'과 같은 것으로서 작자의 이상향이다. 그 이상향에서 국화(菊花)를 심고 벗과 동락하며 회앙고풍(懷仰高風)하는 것은 향리에 은거할 당시의 홍사용 자신이라고 할 수 있다. 지우(知友) 정백(鄭栢)과의 동락이라든가 단란한 한때의 가정생활에서 느낄 수 있었던 소시민적인 즐거움이 작품화된 것이라 여겨진다. 이러한 사실을 보완 설명해주는 작품으로 「지기우(知己友)」가 있다.

46 지기우(知己友)

차군(此君)아 무러보즈 사시장춘(四時長春)이 기이(奇異)ㅎ다

우리는 중심(中心)이 견고(堅固)ㅎ야 울울만취(鬱鬱晚翠)ㅎ거니와

그디난 중심(中心)이 븨여도 일색불이(一色不移) 어인일고

아마도 낙락장송(落落長松)은 우리 지기지우(知己之友)라 무러므슴

  이 작품의 낙락장송(落落長松)은 앞에서 인용한 청산백운과 같은 것이며, 「청산백운」이란 글에서 뒷날을 기약하는 두 사람의 기상은 곧 낙락장송을 연상케 한다.

  고백적 생활상이 표백된 작품들은 다음과 같은 것이 있다.

43 계축춘(癸丑春)

삼월삼일(三月三日) 천기신(天氣新)ㅎ니 장안수변(長安水邊) 다려인(夛麗人)이라

진유(溱洧)에 작약연(芍藥宴)과 곡강(曲江)에 병란회(秉蘭會)라

그중에 산음(山陰)에 유상곡수(流觴曲水)가 계축모춘(癸丑暮春)

73 오월천(五月天)

석양천(夕陽天)에 옷슬박과입고 뜻슬따라 산보(散步)ㅎ야

임원풍경(林園風景)을 그윽히 구경ㅎ니 지당(池塘)에 연엽(蓮葉)은 전전정제(田田庭除)에 파초(芭蕉)는 정정(亭亭)

맥두괴엽(陌頭槐葉)은 찬찬(簒簒) 계상(階上)에 유화(榴花)은 작작(灼灼)

아무 도 강심초각한(江深草閣寒)ㅎ고 불열의청추(不熱疑淸秋)ㅎ기는 오월천기(五月天氣)

76 하일(夏日)에장(長)

삼경(三庚)이 갓가우니 천기증열(天氣蒸熱)ᄒ다

옥정빙(玉井氷)도 조커니와 벽용주(碧筩酒) 운치잇다

우리도 부리침과(浮李沉瓜)와 감홍로(甘紅露)로 피서음(避暑飮)

위의 작품 중 「계축춘(癸丑春)」은 1913년 작으로 생각되며, 그해는 홍사
용이 원효순 여사와 결혼한 이듬해가 된다. 그때는 석우리에서 부인과 단란
하게 지내던 때였으므로 유상곡수(流觴曲水)를 즐길 만한 상황이었다. 1919
년에 쓴 그의 수필 「해저문 현량개」를 보면 홍사용은 유난히 향리와 황혼과
저녁 하늘을 좋아하고 있다. 이 같은 사실과 「오월천(五月天)」의 "석양천(夕陽
天)에 옷슬박과입고 쯧슬싸라 산보(散步)"하는 것은 같은 맥락에 있으며, 「하
일(夏日)에장(長)」의 피서음(避暑飮) 역시 고백적 생활상의 단면으로 보인다.
이보다 구체적으로 홍사용의 실상이 부각된 시조로는 다음과 같은 작품이
있다.

49 무수옹(無愁翁)

천만고(千萬古) 영웅호걸(英雄豪傑)에 손꼽아 세여보니 그뉘라서 달관(達觀)
인고

호접(蝴蝶)이 위장주(爲莊周)ᄒ고 장주(莊周)가 위호접(爲蝴蝶)ᄒ든 칠원수(漆
園叟)가 달관(達觀)인가

육합청풍(六合淸風)에 옥모독립(玉兒獨立)ᄒ야 명월(明日)이출해저(出海底)
ᄒ든 노중련(魯仲連)이가 달관(達觀)인가

아무도 슐잘먹고 시(詩)잘짓고 평생(平生)에 무수옹(無愁翁)이 달관(達觀)인가

여기에서 술 잘 먹고 시 잘 짓는 무수옹(無愁翁)이란 곧 홍사용 자신이라
고 여겨진다. 그리고 그의 심경과 체험을 읊은 것이라고 가늠하여볼 만한 작
품도 있다.

33 삼척금(三尺琴)

누중(樓中)에 만권서(萬卷書)요 벽상삼척금(壁上三尺琴)이라

문전(門前)에 백경전(百頃田)이요 옥후(屋後)에 천수상(千樹桑)이라

평생(平生)에 사업(事業)을 맛치고 만년귀계(晩年歸計)

101 삼천척(三千尺)

만폭동(萬瀑洞) 진주담(眞珠潭)을 어듸어듸 구경힛노

비류직하(飛流直下) 삼천척(三千尺)ᄒ니 의시은하락구천(疑是銀河落九天)이라

암ᄋ도 제일농천(第一瀧泉)은 박연(朴淵)인가

위의 작품에서 향리에로의 만년귀계(晩年歸計)는 당시 홍사용의 심경이라 할 수 있고, 박연(朴淵)과 진주담(眞珠潭)은 그의 여행 체험이라고 할 수 있다.

작자의 가치관이 표출된 시조 작품으로는 다음과 같은 것들이 있다.

41 무가보(無價寶)

만리장성(萬里長城) 역사시(役事時)에 금(金)도나고 은(銀)도나고 화수분(花樹盆)이 보비런가

조거전후(照車前後) 이십승(二十乘)ᄒ든 위혜왕(魏惠王)의 야광주(夜光珠)가 보비런가

벽한옥(辟寒玉) 벽진서(辟塵犀) 화씨벽(和氏璧)과 대자육칠척산호수(大者六七尺珊瑚樹)가 보비런가

목난화제(木難火齊) 부무마노(玞珷瑪瑙) 밀화호박(蜜花琥珀) 보석금광석(宝石金光石)이 보비런가

아마도 세상천하(世上天下) 천만고금(千万古今)에 도적(盜賊)도 못가져가는 무가보(無價宝)는 문장(文章)인가

98 문장가(文章家)

종고(從古)로 문장대가(文章大家)를 헤여보니 평생(平生)에 곤궁위험(困窮危險)홈이 어인일고

삼장대재(三長大才) 사마천(司馬遷)도 잠실(蠶室)에 신고(辛苦)ᄒ고 시중천자(詩中天子) 이태백(李太白)도 일자불구기(一字不求飢)라 ᄒ엿스며 질퇴악어(叱退鰐魚)ᄒ든 한문공(漢文公)도 동첩득방(動輒得謗)ᄒ여잇고 옥국신선(玉局神仙) 소동파(蘇東坡)도 혜주반(惠州飯)을 자셧도다

아마도 문장(文章)은 천지간(天地間) 보물(寶物)이라 복혜선전(福慧善全)키는 어려운가

위 두 작품에서 보면 문장(文章)이 제일가는 보배라는 것이다. 홍사용은 그의 문장 수업을 위해서 많은 가산을 탕진하였다. 『백조』지의 주재와 토월회(土月會)의 참가, 산유화회(山有花會)의 결성 등이 모두 문장 수업을 위한 활동이었으며, 『문우(文友)』지의 창간 역시 그러하였다.

이상의 논의들을 종합하여볼 때 조선가곡은 홍사용이 지은 시조라고 결론을 내려도 큰 무리가 없을 것 같다. 그리고 조선신가곡 2수와 조선가곡신작 2수 역시 홍사용이 지은 시조로 보인다. 이 작품들을 소개하기로 한다.

27 조선신가곡 백화절(百和節)

세월(歲月)이 여류(如流)ᄒ야 백화절(百和節)이 도라온다

초색(草色)은 사공우(社公雨)요 춘신(春信)은 여랑화(女郎花)라

아마도 청명시절(淸明時節)이 갓가우니 행화촌(杏花村)으로

29 조선신가곡 종지리(從地理)

춘기화창(春氣和暢)ᄒ믈 나날이 징험(徵驗)ᄒ니

들밧혜 종달식난 ᄒ 길두길 놉피쯔네

우리도 쎄조차 활발(活潑)홈이 서만못히

69 조선가곡신작 동정호(洞庭湖)

조사백제모창오(朝辭白帝暮蒼梧)호니 수리청사담기추(袖裏靑蛇膽氣麤)라

삼입악양인불식(三入岳陽人不識)호니 낭음비과동정호(朗吟飛過洞庭湖)라

암도 이 글 지은 여동빈 선생(呂洞賓先生)은 지상선(地上仙)인가

70 조선가곡신작 오경종(五更鍾)

내시공언(來是空言) 거절종(去絶蹤)호니 월사루상(月斜樓上) 오경종(五更鍾)

을 몽위원별(夢爲遠別) 제난환(啼難喚)이요 서피최성(書被催成) 묵미농(墨未濃)

을 납거반롱함비취(蠟炬半篭含翡翠)요 사훈요도(麝熏遙度) 수부용(繡芙蓉)을 유

랑(劉郎)이 이향봉산원(已向蓬山遠)호니 갱격봉산(更隔蓬山) 일만중(一萬重)을

위 작품 「백화절(百和節)」과 「동정호(洞庭湖)」는 홍사용이 3·1운동 이후
잠시 향리에 있을 때 석우리를 마치 동경하던 이상향으로 생각한 데서 착상
된 것으로 보이며, 「종지리(從地理)」는 당시 자유롭지 못하였던 은거 생활과
그의 처지를 종달새와 대조하여 노래한 것 같다. 그리고 「오경종(五更鍾)」과
같은 한시의 인용이나 자작 한시는 그의 수필에 아주 빈번하게 나타나는데,
그가 휘문의숙 입학 전 7, 8년간 한학 수업을 받은 점과 그로 인해 열두박사
라는 별호를 얻었던 점 등이 이러한 글벽과 무관할 수 없다고 생각된다.

'조선농구' 14장(章)은 작자를 강운송(姜雲松)으로 밝혀놓았으며 종장의
끝 1음보도 생략 없이 전재하였다. 강운송이 누구인지는 쉽게 확인되지 않
으나 그의 작품 14수 역시 이 『청구가곡』에 처음 소개된 것 같다.

앞에서 논의해본 바를 통해서 볼 때 『청구가곡』에 있는 조선고대가곡을
제외한 조선가곡, 조선신가곡, 조선가곡신작은 모두 홍사용의 작품으로 여
겨지며, 나머지 조선농구는 강운송이 지은 것이다. 홍사용의 작으로 여겨지

는 총 52수의 시조는『청구가곡』의 맨 처음에 나오는 조선가곡 8수에 간간이 북악산인(2번 시조), 춘수당(7번 시조의 담총), 천치생(8번 시조의 만묵)으로 넌지시 밝혀놓은 작자가 곧 홍사용 자신이기 때문에 그 뒤부터는 낱낱이 작자를 쓸 필요가 없었다고 본다. 그러나 조선농구는 자신의 작품이 아니기 때문에 강운송이란 작자를 분명히 밝혀둘 필요가 있었을 것이다. 이와 같은 정황들로 미루어보면 홍사용의 습작기 시작(詩作) 활동은 주로 시조에 바탕을 둔 것이라고 할 수 있다. 그리고 그의 작품으로 여겨지는 시는 오늘날 전해지는 것이 겨우 30~40편 정도이니 이 50여 편의 시조는 그의 문학을 조명하는데 있어서 절대적인 자리를 차지하고 있다는 점을 지적하지 않을 수 없다.

4. 담총과 만묵과 담편

『청구가곡』에는 다른 시조집들에서 전혀 볼 수 없는 담총(談叢)과 만묵(漫墨)과 담편(談片)이란 것이 붙어 있다. 106수의 시조 중 담총이 붙어 있는 작품은 10수이고 만묵이 붙어 있는 것은 16수이다. 그리고 담편이 붙어 있는

[담총(談叢)]

시조 연번호	시조 제목	담총 제목	담총 작자
2	춘일온(春日溫)	위인(爲仁)	춘수당(春睡堂)
3	행로난(行路難)	경앙(景仰)	
4	석가산(石假山)	유구(惟口)	
5	일엽주(一葉舟)	인심(人心)	
6	사시청(四時靑)	불씨(佛氏)	
7	백발탄(白髮嘆)	청안(靑眼)	
28	연분(緣分)	신호반(愼乎反)	
32	권주가(勸酒歌)	춘풍중(春風中)	
35	별유천(別有天)	장수(莊叟)·부동(不同)	
39	북악산(北嶽山)	문장(文章)	

[만묵(漫墨)]

시조 연번호	시조 제목	만묵 제목	만묵 작자
8	원예락(園藝樂)	교타(驕惰)	천치생(天痴生)
9	홍안조(鴻雁調)	신고(辛苦)	
10	청총마(靑驄馬)	공부(工夫)	
11	간장(肝腸)	비빈(肥貧)	
12	유령분(劉伶墳)	돌돌(咄咄)	
13	화망천(畵輞川)	은미(隱微)	
16	진시황(秦始皇)	문견(聞見)	
17	도화(桃花)	부서(婦婿)	
18	여창(女唱)지름	전재(錢才)	
19	파연곡(罷宴曲)	음세(淫勢)	
20	소식전(消息傳)	금산(金山)·유호시(喩乎是)	
22	대동강(大同江)	증련(憎憐)	
25	주렴월(珠簾月)	약시(若是)·해대(害大)	
28	연분(緣分)	의겁(疑劫)	
29	종지리(從地理)	감탄(堪歎)	
61	설월(雪月)	대본(大本)	

[담편(談片)]

시조 연번호	시조 제목	담편 제목	담편 작자
62	풍월(風月)	자수(紫綬)	

작품은 1수뿐이다. 한편 한 수의 시조에 2개의 담총과 만묵이 붙어 있는 것도 각각 1편, 2편이 있으며, 한 수의 시조에 담총과 만묵이 하나씩 붙어 있는 것도 1편이 보인다. 이를 정리하여 보이면 다음과 같다.

위의 일람표를 보면 담총의 작자는 춘수당이고 만묵의 작자는 천치생이며 담편의 작자는 밝혀져 있지 않다. 앞에서 이미 언급한 바와 같이 춘수당과 천치생은 홍사용의 필명이므로 담총과 만묵을 쓴 이는 홍사용이다. 담편역시 그 내용으로 볼 때 당시 홍사용의 심경으로 판단되고, 앞에서 이미 필명은 두 번이나 밝혔기 때문에 다시 쓰지 않은 것이라고 생각된다.

다음은 담총과 만묵과 담편의 내용과 그 차이점 등에 관해서 검토해보기로 한다. 이것이 붙어 있는 시조들은 조선가곡에 11편, 조선고대가곡에 18편, 조선신가곡에 1편이 있으며 조선가곡신작에는 없다. 이와 같이 골고루 분포되어 있는 것을 볼 때 시조의 유형화에서 착안된 것이 아니라 시조 작품에 따라서 작자가 임의로 선별하여 붙여놓은 것임을 알 수 있다.

이제 담총과 만묵과 담편을 분포의 비중에 따라서 시조 작품과 함께 몇개의 항목만 소개하여 이해를 돕기로 한다.

[조선가곡의 담총]

2 춘일온(春日溫) 북악산인(北嶽山人)

춘일(春日)이 온난(溫暖)ᄒ야 화기(和氣)가 자생(自生)ᄒ다

적설(積雪)도 다진(盡)ᄒ고 층빙(層冰)도 다풀인다

인심(人心)도 춘일(春日)갓치 화기융융(和氣瀜瀜)

담총 위인(爲仁) 춘수당(春睡堂)

貨悖而入者 悖而出 然而理財者何其不由正道也 朱柏廬所謂刻薄成家 理無久享者 豈非珍重箴戒 然則爲富而不仁 何如爲仁而不富

5 일엽주(一葉舟)

일엽주(一葉舟)를 타고 진해풍랑(塵海風浪)을 이섭(利涉)ᄒ다

경치악아(鯨齒鰐牙) 여설산(如雪山)흔 데 사추니(沙鰍泥)션이 도미행(棹尾行)
이라

이즁에 견좌부동(堅坐不動) 안여산(安如山)ᄒ니 심군(心君)이 태연(泰然)

담총 인심(人心)

人心不如我心者 往往有是嘆 我心玆眞宗無僞 正直以待人則人心感化 豈
不如我之心乎 每以我長彼短 紛然相拏而然矣 不若反求諸己

[조선고대가곡의 담총]

32 권주가(勸酒歌)

흔 잔 먹사이다 쏘흔 잔 먹사이다
쏫꺽거 쥬를놋코 무궁무진 먹사이다
동ᄌ야 잔ᄌ로부어라 완월장취

담총 춘풍즁(春風中)

口蜜腹劍 面是背非人心之叵測 自古然矣近世則尤甚 不見灩灩和氣發乎
面目言辭之間 將何以提携擧在春風中

2번 시조「춘일온(春日溫)」이란 작품의 담총인「위인(爲仁)」을 보면, 부정
한 수단으로 얻은 재물은 부정한 수단으로 나가게 되며, 인색한 행위로 부자
가 되는 것은 오래가지 못한다. 이와 같은 사실들을 거울삼아 볼 때 부(富)하
고 어질지 않음보다는 어질고 부(富)하지 않은 것이 낫다는 주장이다. 이것
은 곧 홍사용의 사상으로서 그가 이 담총을「춘일온」의 종장 "인심(人心)도
춘일(春日)갓치 화기융융(和氣灩灩)"할 수 있는 지름길로 본 것이다.

5번 시조「일엽주(一葉舟)」의 담총「인심(人心)」은, 다른 사람들의 마음이

내 마음과 같지 않다고 탄식하지 말라, 내 마음이 거짓이 없고 정직하면 다른 사람들이 마침내 감화를 받게 된다고 함으로써 시조의 "일엽주(一葉舟)를 타고 진해풍랑(塵海風浪)을 건너는 것과 같은 우리들의 삶에서 견좌부동(堅坐不動)의 자세가 안여산(安如山)하다"는 것을 구체적으로 설명하고 있다. 이 담총은 곧 시조 「일엽주」와 함께 홍사용의 처세에 있어서 좌우명과 같은 것이다.

32번 시조 「권주가(勸酒歌)」의 담총 「춘풍중(春風中)」은, 입으로 달콤한 말을 하며 마음에 칼을 품은 뭇사람들의 마음을 측량하기 어려운 것은 예로부터 있었던 일이나 요즈음은 더욱 몹시 심해져서 화기에 넘치는 모습을 보기 어렵게 되었으니, 이러한 때를 당해서 화기애애한 상황의 창출은 「권주가」의 종장 "동주야 잔주로부어라 완월장취"하는 길 외에는 별다른 방도가 없다는 설명이다.

이와 같이 볼 때 담총의 내용은 시조에 담긴 속뜻을 홍사용의 사상과 가치관에 따라서 이해하기 쉽게 설명하고 해석하고 평가해놓은 것이라 할 수 있다.

[조선가곡의 만묵]

8 원예락(園藝樂)

원림(園林)에 봄이드니 나흘 닐이 밧부도다
어듸난 포도(葡萄)심고 어듸난 노상(魯桑)을 심을난지
그즁에 초당(草堂)갓가온 평전(平田)에 국화(菊花)모종

만묵 교타(驕惰) 천치생(天痴生)

富而有驕盈心者 亡日不遠 何不降氣 貧而有怠惰心者 死日不遠 何不振氣

[조선고대가곡의 만묵]

9 홍안조(鴻雁調)

밤은 깁허 삼경(三更)에 이루럿고 구진비는 오동(梧桐)에 헛날닐졔

이리궁굴 져리궁굴 두루 생각(生覺)타가 좀 못이루럿다

동방(洞房)에 실솔성(蟋蟀聲)과 청천(靑天)에뜬 기러기쇼리 ㅅ람에 무궁(無窮)혼 심회(心懷)를 짝지워

울구가난 져홍안(鴻雁)아 가득에 다써거스러진 구븨간장(肝腸)이 이밤지늬우기 어려워라

만묵 신고(辛苦)

厭口膏粱者 豈知農夫之粒　皆辛苦 遍身綺羅者 豈知織婦之絲絲皆辛苦

10 청총마(靑驄馬)

청총마타고 보라미밧고 빅우장젼 천근각궁을 허리에씌구

산너머 구름밧긔 씽산냥하 는 져한가혼 사람아

우리도 성은을 갑흔후에 너와혼쎄

만묵 공부(工夫)

忍耐且忍耐 是百鍊鐵身 愼黙且愼黙 是三緘其口

　8번 시조「원예락(園藝樂)」의 만묵「교타(驕惰)」는, 부자로서 교만한 마음이 가득 차 있는 사람은 망할 날이 멀지 않으니 교만한 기운을 가라앉혀야 한다, 가난한 사람으로서 게으른 사람은 죽을 날이 멀지 않으니 부지런한 기운을 불러일으켜야 한다고 함으로써 시조「원예락」의 포도(葡萄) 심고 노상(魯桑) 심고 국화(菊花) 모종하는 바쁜 생활의 취지를 설명하고 있다.

9번 시조 「홍안조(鴻雁調)」의 만묵 「신고(辛苦)」는, 고량진미의 맛에 빠져 있는 사람이 농부의 고통을 모르는 것처럼 전신을 비단으로 감싸고 사는 사람 역시 베 짜는 아낙네의 고통을 알지 못한다고 함으로써 시조 「홍안조」의 종장 이 밤을 고통으로 지새우는 이의 마음을 누가 알 수 있겠느냐는 독백을 해설하고 있다.

10번 시조 「청총마(青驄馬)」의 만묵 「공부(工夫)」는 인내를 계속하는 단련과 침묵을 계속하는 근신을 말함으로써 시조 「청총마」의 종장 "성은을 갑흔 후"의 상황을 현재 상황에서 재해석하여 새로운 의미를 부여하고 있다.

이와 같이 볼 때 만묵 역시 담총처럼 시조에 내재한 취의(趣意)의 홍사용적 간파에 따른 부연설명이라 할 수 있다. 차이가 있다면 전자가 비교적 간결한 표현을 택한 반면 후자는 보다 장황한 설명법을 동원하고 있는 정도이다.

[조선고대가곡의 담편]

62 풍월(風月)

가노라임아 언양단천(彦陽端川)에 풍월강상(風月江上)으로 가노라
가다가 심양강상(潯陽江上)에 비파성(琵琶聲)을 어이흐리
밤중만 지국총 닷감는쇼리에 잠못일워

담편 자수(紫綬)

紫綬金章我不願 良田廣宅我石願 裘馬玉帶我不願 山紫水明 茅棟数間藏書千卷 花千本逍遙自適 是我願

62번 시조 「풍월(風月)」의 담편은, 호사스러운 인장이나 비옥한 전답이나 좋은 집이나 사치스런 몸치장 등은 모두 내가 원하는 바가 아니다, 내가 바

라는 것은 아름다운 자연 속 몇 칸의 초가집과 많은 장서와 여러 종류의 꽃 속에서 소요자적하는 것이라고 함으로써 시조 「풍월」의 초장을 홍사용적인 주관으로 해석하고 있다. 따라서 담편 「자수(紫綬)」는 홍사용의 이상향으로 시조 「풍월」의 본래 주제에서는 빗나간 설명이므로, 담총과 만묵의 성격과는 다소 차이가 있음을 알 수 있다.

이상 논의해온 바들을 통해서 볼 때 담총과 만묵과 담편은 홍사용이 독창적인 방식으로 각 시조에 내재한 의미를 평가를 곁들여 재해석하고 설명한 것이라고 할 수 있다.

5. 신작의 형식과 내용

홍사용의 작품이라 여겨지는 조선가곡 48수와 조선신가곡, 조선가곡신작 각 2수는 다음과 같은 형식을 보여주고 있다.

형식	조선가곡	조선신가곡	조선가곡신작	계
단형 (2.0~2.2행)	1~8, 33~40, 43, 45, 47, 55, 72, 74~78, 81, 96, 97, 99, 101~106	27, 29	69	38수
중형 (3.0~3.3행)	44, 46, 48, 73, 80		70	6수
장형 (4.1~5.0행)	41, 42, 49, 71, 79, 98, 100			7수

※ 참고: 이 표의 행수는 원전의 필사 행수이다.

이와 같이 단형(短型)시조가 38수, 중형(中型)시조가 6수, 장형(長型)시조가 7수로서 단형시조가 가장 많으며 중형시조와 장형시조 등도 고루 창작하였음을 알 수 있다. 따라서 홍사용의 시대에도 중형과 장형시조의 창작이 보편적으로 이루어지고 있었음을 알 수 있다. 그리고 조선농구 14수는 92번 시조만 중형이고 나머지는 모두 단형으로 되어 있다.

위 시조의 내용을 조선가곡, 조선신가곡, 조선가곡신작으로 나누어 정리해보면 다음과 같다.

[조선가곡]

1   장생불로(長生不老)를 바람

2   인심(人心)이 화기융융(和氣瀜瀜)하기를 기원함

3   세상인심(世上人心)이 험난하고 흉흉함

4   초당(草堂)을 짓고 벗과 동락(同樂)하고 싶은 심경

5   난세(亂世)에는 견좌부동(堅坐不動)이 제일임을 강조

6   송죽(松竹)의 지조(志操)를 예찬

7   청춘(靑春)을 허송하며 늙어감을 탄식

8   원림(園林)에서 꽃을 가꾸는 부지런한 삶

33   서책(書冊)과 화훼(花卉)와 음악(音樂)이 있는 곳에 만년귀계(晩年歸計)할 뜻

34   공익(公益)을 모르는 수전노(守錢虜)의 교화

35   상마우로(桑麻雨露)의 평천(平川)을 이상향으로 동경

36   불변선원(不變仙源)을 동경하는 어주자(漁舟子)의 심경

37   여류(如流)한 세월을 붙잡지 못함을 탄식

38   천만고(千萬古)의 명감(明鑑)인 달을 노래

39   문명진화(文明進化)가 날로 새로워짐에 대한 경외감

40   벗을 찾는 꾀꼬리의 심경

41   문장(文章)만이 도둑맞을 수 없는 무가보(無價寶)임을 강조

42   만고문장(萬古文章)으로 최호(崔顥)가 제일임을 강조

43   계축춘(癸丑春)의 유상곡수(流觴曲水)

44   마음 좋고 슬기 있는 천하박색(天下薄色)을 미인(美人)으로 예찬

[조선신가곡]

[조선가곡신작]

위 시조들의 내용을 유형화하여보면 자연을 즐기며 노래한 것(45, 47, 73, 75, 76, 99, 100, 101, 105)이 가장 많고, 작자의 심경을 노래한 것(4, 7, 36, 69, 70)과 작자의 향리에서의 생활상을 노래한 것(5, 8, 27, 29, 81, 86)이 그다음으로 많다. 작자의 심경은 ① 초당이나 짓고 벗과 즐기고 싶다, ② 젊음을 허송하는 듯하다, ③ 변하지 않는 선원(仙源)이 그립다, ④ 지상선인(地上仙人)이 되고 싶다는 것이고, 작자의 향리에서의 생활상은 ① 난세를 피해서 웅크리고 있다, ② 원림(園林)에서 꽃을 부지런히 가꾸면서 지내고 있다, ③ 이상향을 동경하면서 지내고 있다, ④ 자유롭지 못한 생활을 하고 있다는 것으로서 모두 홍사용이 3·1운동 이후 향리에서 지내던 당시의 고백적 심경과 사실적 생활의 점묘로 여겨진다. 그리고 특기할 만한 내용으로는 ① 당시의 시대상이 구체적으로 투영된 수전노에 대한 야유(34, 79), ② 날로 새로워지는 문명 진화에 당황해함(39, 106), ③ 동포 구제의 긴박감(97) 등이 있다. 한편 작자의 가치체계에서 가장 소중히 여겼던 ① 문장을 예찬한 것(41, 42, 71, 98), ② 작자의 바람이나 요청을 노래한 것(1, 48, 55), ③ 작자의 뼈저린 회한을 읊은 것

(37, 103, 104), ④ 세태의 어려운 상황을 호소한 것(2, 3), ⑤ 지기지우(知己之友)와 지조를 노래한 것(6, 46), ⑥ 이상세계를 동경한 것(33, 35), ⑦ 인물 생각(74), 못 잊는 정(49), 미인 예찬(44) 등도 있어 실로 다양한 현상을 보여준다.

그리고 홍사용이 춘수당이란 자호를 쓴 까닭은 그가 향리의 생활상을 노래한 81번 시조에 잘 나타나 있어 주목을 끈다. 곧 "율리처사(栗里處士) 도연명(陶淵明)과 와룡강(臥龍崗) 초당중(草堂中)에 춘수족(春睡足) 제갈량(諸葛亮)을"이라 하고 있는데, 그가 향리에 은거하면서 때를 기다리는 제갈량으로 자처하고 있었음이 확인된다. 이로써 춘수당이 홍사용임이 틀림없으며 『청구가곡』에서 춘수당 작품은 곧 그가 쓴 것이라는 사실이 다시 확인되는 셈이다.

6. 맺음말

앞의 본론에서 거론된 바들을 중요한 것만 간추려서 결론으로 제시하여 보면 다음과 같은 몇 가지로 요약할 수 있다.

첫째, 『청구가곡』을 민요가집이라고 단정해온 종래의 주장은 잘못이며, 실상은 홍사용이 자신이 창작한 시조와 기존의 옛시조들을 모아 조선가곡, 조선신가곡, 조선가곡신작, 조선고대가곡으로 분류 편찬한 시조집이다.

둘째, 『청구가곡』은 홍사용이 직접 편찬하고 친필로 쓴 한편 그의 독창적 작품 해석 방법을 동원하여 담총·만묵·담편을 붙여놓은 아주 특색 있는 시조집이다.

셋째, 이 시조집은 홍사용이 3·1운동에 가담했다가 피검된 뒤 곧 풀려나 향리에서 정백과 함께 『청산백운』을 썼던 1919년 6월에서 1920년 그가 서울에 오기 전 사이에 만들어진 것으로 여겨진다.

넷째, 이 시조집에는 모두 106수의 시조가 수록되어 있는데, 조선고대가곡 40수는 기존의 옛시조이고, 나머지 조선가곡 48수, 조선신가곡 2수, 조선가곡신작 2수는 홍사용의 작이라 여겨지며, 조선농구 14수는 강운송이 지은 것이다. 이 중에서 조선고대가곡은 지금까지 알려진 어떠한 시조집의 체계와도 다르며 표기법 또한 그러한 것으로 볼 때, 홍사용이 암기하고 있었던 작품들로 추정된다.

다섯째, 담총, 만묵, 담편은 홍사용이 한문으로 각 시조의 심층적 의미를 재해석하고 설명한 것인데, 그 용어의 개념과 작품의 실체를 점검해본 결과 서로 약간의 변별성이 있다.

여섯째, 『청구가곡』에 있는 신작(新作)의 형식은 단형시조가 대부분이나 중형시조도 6편, 장형시조도 7편이나 있어 당시에도 중형시조와 장형시조는 보편적 형식으로 존재해 있었음이 확인된다.

일곱째, 『청구가곡』에 있는 신작의 내용은 자연을 즐기며 노래한 것이 가장 많으나, 작자의 심경과 생활상을 읊은 것도 상당수에 달하며 대개 작자의 고백적 표현이 주종을 이룬다. 한편, 수전노에 대한 야유, 동포 구제의 긴박감, 문명진화에 당황해함을 담은 작품도 여러 수 있으며, 문장의 가치를 예찬하거나 세태의 어려움을 노래하는 등 아주 다양한 내용 세계를 보여주고 있다.

여덟째, 홍사용의 습작기 창작활동은 시조를 통해서 시로 옮겨 간 것으로 보이며 『청구가곡』은 그의 습작기 작품활동의 면모를 전해주는 중요한 작품집이라고 할 수 있다.

아홉째, 홍사용은 이 시조집에서 지금까지 알려지지 않은 북악산인, 춘수당, 천치생이라는 필명을 쓰고 있다.

제2부

낭만과 저항 ‥ 노작 문학 재조명

03   홍사용의 매체 운용과 문학 기획으로서 시

정우택

1. 문학에의 접속 ―『피는꽃』과『청산백운』

한국근대문학사는『창조』·『폐허』·『백조』라는 세 개의 동인지와 동인들에 의해 문단이 형성됨으로써 시발되었다고 설명한다. 이 과정에서『창조』·『폐허』·『백조』는 특권화되었고 이외의 매체나 필자들·글쓰기 방식은 소외되거나 평가절하되었다. 반면『창조』·『폐허』·『백조』는 '최초'라는 점이 신화화되는 한편으로 '미숙성'을 지적받아왔다.

분명 1922년 1월『백조』의 창간은 한국문학사적 사건이었다.『백조』 창간에 홍사용이 주역으로 참여한 것, 즉 동인이자 기획자, 재정적 지원자였다는 것은 잘 알려진 사실이다. 그런데『백조』 창간은 어느 날 갑자기 미숙한 문학청년들이 작당한 돌출 사건이 아니라, 나름의 문학적 수련과 매체 경험과 인적 네트워크를 발판 삼아 구축한 결과였다.

박종화는『백조』를 창간(1922.1)하면서 "뜻한 지 이미 4년, 꾀한 지 2년"이 되었다고 술회했다. "뜻한" 것은 휘문고보 시절 홍사용, 정백, 박종화 등이『피는꽃』(1918)이란 회람잡지를 발간한 것을 말하고, "꾀한" 것은 이들이 사회에 나와 '문우구락부'를 구성하고 문예잡지『문우』(1920.5)를 발간하기 시작한 것을 말한다.

휘문고보 재학 시절 박종화는 우연히 학교 대청소를 하다가 인찰지 뭉텅

I   박종화,「6호잡기」,『백조』 창간호, 1922.1, 141쪽.

이를 발견했는데, 1년 선배 정백이 쓴 기행문이었다. 박종화는 정백의 글에 감동하여 편지를 써서 만나게 되었고, 정백은 다시 박종화에게 홍사용을 소개하여 의기투합했다. 이들은 문학 중독에 걸려 소설과 시집만 읽었다. 마침내 1918년 휘문고보 재학 중에 홍사용, 박종화, 정백과 안석주, 김장환, 송종현 등은 『피는꽃』이라는 등사판 회람잡지를 만들어 매체 발간과 문학에의 꿈을 키워갔다.

홍사용과 정백은 졸업을 앞두고 1919년 3·1운동에 참가했다가 체포되었다. 3·1운동 참여와 체포, 구금은 이들에게 죽음, 체포, 고문, 도피 등을 목격 혹은 체험케 했고, 고통, 공포, 분노, 격정을 느끼게 했으며, 동시에 이들을 독립과 만세, 새로운 세상에 대한 이상과 초월에의 열망으로 들어 올렸다. 3·1운동은 개인의 실존의식이나 사회의식, 민족의식이 심화되고 성숙하는 계기가 되었다. 3·1운동의 여파와 여진은 계속적으로 청년들을 격동시키고 새로운 모색을 하도록 추동했다.

홍사용과 정백은 1919년 3월 공식적인 졸업식도 없이 졸업을 했다. 1919년 6월, 홍사용은 정백과 함께 경기도 화성 동탄면 석우리 집으로 내려가서 미래를 모색하는 동시에 문학적 열망을 담아 『청산백운』이라는 친필 합동수필집을 엮었다. 정백은 이 수필집의 「머리말」에서 3·1운동을 겪으며 세상의 풍파에 몸을 내맡기게 된 자신들의 처지를 다음과 같이 표현했다.

학해(學海)에 동주인(同舟人)되어 기미(己未) 춘삼월(春三月) 풍랑(風浪)에 표류(漂流)를 당하고 이리저리 떠다니다가 다시 한 곳으로 모이니 곳은 화성(華城) 양포(良浦)요 때는 동년(同年) 유월(六月)이라 주인은 소아(笑啞)요 과객(過客)은 묵소(默笑)러라 (…) 그 두 사람은 해 저물어 가는 강가에서 울고 섰는 백의인(白衣人)과 낙원(樂園)을 같이 건너가려고 손목을 마주잡고 배젓기에 바쁜 그들이다.[2]

---

2   묵소(정백), 「머리말」, 『청산백운』; 이원규 편저, 『노작 홍사용 일대기 ― 백조가 흐르던 시

소아(笑啞)는 홍사용, 묵소(默笑)는 정백의 호다. 이들의 사유와 서정, 상상과 전망은 "기미 춘삼월의 풍랑"인 3·1운동의 체험과 의식으로부터 발아하였다. 이를 통해 민족을 발견하고, 자기 해방("낙원")도 민족["백의인(白衣人)"]과 함께함으로써 도달할 수 있다는 신념을 얻게 된다.

홍사용은,

> 이 세상 악풍조(惡風潮)를 어찌 느끼랴. 도도(滔滔)한 탁파(濁波)가 뫼를 밀고 언덕을 넘어 덮어 민다. 조심하라 음탕 사치 유방(遊放) 타태(惰怠) 방만 완고, 이 거친 물결을……"[3]

이라며 타락한 세상의 "악풍조"와 "탁파"에 대항하였다. 3·1운동 체험과 의의를 적극적으로 내면화하면서, 민족과 시대라는 격랑에 몸을 맡기게 된 두 사람의 고양된 의식과 고뇌의 단면을 보여준다는 점에서 의의가 있다.

2. 『서광(曙光)』과 시 「어둔 밤」

이병조(李秉祚)[4]는 문흥사(文興社)를 설립하고 1919년 11월 30일 종합학술교양지 『서광』을 창간하였는데, 정백이 편집 실무를 맡았다. 정백을 매개

대』, 새물터, 2000, 60쪽.

3   소아(홍사용), 「해 저문 현량개」; 이원규 편저, 앞의 책, 66쪽.

4   『왜정시대인물사료』(http://db.history.go.kr)에 의하면 이병조(1892년 황해도 안악 출생)는 보성법률상업학교를 졸업하고 잡지사 문흥사를 설립했으며 이후 신생활사에 들어가 동지 박희도, 장덕수, 김명식 등과 함께 공산주의 및 무정부주의의 선전에 노력하고 재외 공산당과 맥락을 가지고 있는 듯하다고 했다. 이병조는 잡지 『서광』과 『문우』의 발행자이고 『장미촌』 2호도 발행했다고 하며, 신생활사의 사무 이사로 『신생활』 필화사건에 연루되어 심문을 받았다.

로 홍사용, 박종화도『서광』에 참여했다.『서광』은 1921년 1월 통권 8호로 종간되었다.

『서광』은 「발행(發行)의 사(辭)」에서 암흑 중에 있는 조선에 문명을 밝히는 매체임을 자임했다.

> 우리는 금일 문명의 낙오자가 아니냐. 우리 반도에는 아직까지 언론이나 사상을 발표할 만한 일종의 신문이나, 잡지도 없다. (…) 그러나 금(今)에 미성(微誠)을 합하여, 자(玆)에『서광(曙光)』을 간행함은, 우리 반도 암흑(暗黑) 중(中) 일개의 효성(曉星)이 되어, 일은 우리 청년학생의 전진을 계시하기에 미광(微光)을 발하며, 일은 신지식 신사상을 고발(鼓發)하여, 사회 진운(進運)에 만분일을 공헌함이 유할까 자기(自期)함이로다.[5]

「발행의 사」에서 밝힌 것처럼, 청년학생의 교화, 신지식·신사상의 고취, 사회 진보에 공헌하는 것 등이『서광』의 창간 목적이었다.『서광』의 성격은 근대문명을 바탕으로 한 계몽적 문화주의라고 할 수 있다.『서광』의 기획과 창간이 3·1운동으로 촉발되었음은 창간의 기획 의도와 발간 시점, 그리고 잡지의 제호인 '서광(曙光)' 등에 그대로 나타나 있다.

『서광』창간호 표지도 잡지의 이념을 표상하고 있다. 한반도를 상징하는 산하에서 해가 떠오른다. 머리에 관을 쓴 소년의 얼굴을 한 해는 양손에 횃불과 칼을 들고 선각자적 풍모를 하고 있다. 새벽빛을 뜻하는 '曙光(서광)'이란 제호가 찬란한 빛과 종소리와 함께 부각되어 있다. "우리 반도 암흑(暗黑) 중(中) 일개의 효성(曉星)이 되"겠다는『서광』발행사를 시각화한 것이다. 새벽빛, 횃불, 종 등은 시대의 열림 혹은 계명(啓明·鷄鳴)을 표상하고 있다. 새세상의 잉태를 표상하는 이미지들이다.

---

5   「발행의 사」,『서광』창간호, 1919.11, 2쪽.

『서광』 창간호 표지

홍사용은 『서광』 창간호에 산문시 「어둔 밤」을 썼는데, 이는 『서광』 「발행의 사」의 짝 같은 내용과 지향을 담고 있다.

어둔 밤

소아생(笑啞生)

때는 암흑(暗黑) 칠야(漆夜)다

나는 명상(冥想)에 잠기어 암란(暗瀾)이 출렁거리는 마당 한복판에 섰다

천지(天地)에 가득한 어둔 밤이야 만상(萬象)이 어둠에 빠지고 만뢰(萬籟)가 어둠에 죽은 듯

주풍(朱風) 되 괘등형(掛燈形)에 "불켜라" 하는 등잔(燈盞)불 재촉 가추가추 어둔 기상(氣象) 큰 재 봉독두옹(峯禿頭翁)은 응당(應當) 저 어둠속에서 체머리 흔들리라 현량평(賢良坪) 넓은 벌은 천만경암파도(千萬頃暗波濤)가 이리 밀고 저리 민다 온갖 것이 모두 그 속에서 뛰논다

저 자연(自然) 무대(舞臺)에서 무수(無數)한 환영(幻影)이 활동(活動)함은 사람의 공상(空想) 앞도 없고 뒤도 없고 또한 위아래 모두 없다 전후좌우(前後左右)가 무궁(無窮)하니 왜 — 애써 가손을 맺으랴 곽연(廓然)한 우주(宇宙) 모두 내 차지로다 어둔 밤 있는 곳은 모두 내 차지로다

나는 저 어둠을 갖고 싶다 어둠을 사랑한다 즐겨한다 광명(光明)하다는 백주(白晝)보다 차라리 혼흑(昏黑)한 암야(暗夜)가 좋다 암야(闇夜)만 되었으면 이 내 소원(所願)이다

무상신속(無常迅速)한 이 세상(世上)일 어찌 보리 오늘 아침 꽃봉오리 내일 모레 서리란 말인가 누구에게 호소(呼訴)할 데 없는 가련(可憐)한 무리 야박(野薄)한 인간(人間)에 어찌 말하랴 다행(多幸)해라 사람도 어둡고 나무도 어둡고 물도 어둡고 되도 어둡고 모두모두 어둔 그 품에 안기어 맘껏 힘껏 부르짖어라 몸부림하거라 살점을 여의거라 그러다 죽어라 죽어버려라

그렇지 죽지 죽어 거리낌 없이 화평(和平)한 저 세상(世上)에서 죽으면 좋지 사

(死)는 나를 생(生)에서 구(救)할 것이다 여봐라 살려고 난 사람이 왜— 죽어?

살 수 없으니 죽지!

밤— 밤— 어둔 밤 아— 어둡고 어둡고 어둔 저 속에는 아마 생명(生命)을 먹여 살릴 무엇이 있으련만 뭇 사람아 대관절 저 어둠은 어둔 밤 밤별은 나를 사랑하는가? 나에게 키스를 주려는가? 나를 불쌍히 여기는가? 나를 살리려는가?

아— 아니다 속았다

저는 나를 기(欺)함이로다 나를 조롱(嘲弄)함이로다 뚱한 저 얼굴을 보라 일점(一點)의 생광(生光)이 없는 암옥(暗獄)에 몰아넣으려함이 아니냐? 응징스러운 저 어둠을 보라 마옥철창(魔獄鐵窓)을 지키는 옥사정(獄司丁)의 구슬이 아니냐! 얄궂은 저 별이야 반짝거리는 눈깔을 깜짝이면서 나를 골—올리도다 흑장마(黑裝魔) 포플러나무 부스스하는 소리도 또한 음충(陰冲)맞은 코웃음

아— 왜 이러느냐

코웃음은 여전(如前)하고 지붕마루 밤나무 우물두덩 뒷간 콩밭 수수떨기 불 꺼진 모깃불 화로(火爐) 우중충한 댑싸리 포기 온갖 것이 모두 암의흑안(暗衣黑眼)으로 나를 노려본다

아— 무섭다 보지마라

나는 한갓 돌팔매를 던졌다

아— 허의(虛矣)라 공의(空矣)라 돌 떨어지는 소리만 "픽" 사람의 일평생(一平生) 허우적거리는 일이 모두 이뿐이로다 어둠아 어둠아 네가 나를 사랑치 않는게로구나

이웃집 청춘부(靑春婦) "닝닝"거리는 울음소리 뼈가 아프게 구슬프다

어미네야 어미네야! 어둠속에 부르짖는 어리석은 어미네야 그대의 뿌리는 눈물 무릇 몇 방울이며 쉬는 한숨 모두 몇 모금이뇨? 또한 몇 방울 눈물 몇 모금 한숨은 무슨 뜻이냐?

무수(無數)의 고(苦) 무수(無數)의 혈(血) 무수(無數)의 누(淚)로 결정(結晶)된 인생(人生)이라 응당(應當) 슬픔 있으리라만은 슬픈 사람 중(中)에서도 하나는

누항(陋巷) 더러운 지어미를 가리여 이런 밤에 인생(人生)의 다정다감(多情多感)한 모든 일을 제 아람치로 부르짖어 느끼는 것이다

느낄세라 저 유령(幽靈)의 나라 흑마(黑魔)의 곳 이러한 곳에 이렇게 무서운 곳에 빠져있는 사람이 만일(萬一) 뜻 있을진대……

네가 철모르는 연정아(軟情兒)로다 부질없이 느끼지마라 여(汝)의 과거(過去)가 어둡고 장래(將來)가 어두울진대 어찌 현금(現今) 이 어둠을 슬퍼하느냐

사람들아 오늘까지 뚝딱거리는 너의 심장(心臟) 혈구(血球)가 붉더냐 검더냐 차더냐 뜨겁더냐 억세더냐 여리더냐 뜻 있더냐 뜻 없더냐 또한 오는 날 내일 것이 어떠하겠느냐?

그를 어둡게 모르니 알음이 어두울진대 어둔 거로 보아서는 차라리 밤이 어두워 아니 뵘이 너의 사는 능률(能率)에 이익(利益)이 되리라

어떻든지 아니 뵈니 좋다 인간(人間)의 더러운 만겁(萬劫) 참천당(天堂)이오 낙원(樂園)이로세

저 곳을 보라 상인(常人)도 없고 양반(兩班)도 없고 개명(開明)도 없고 완고(頑固)도 없고 빈한(貧寒)도 없고 부요(富饒)도 없고 모두 사람이면 거저 사람 아무 시비(是非) 없는 극락(極樂)의 천지(天地)다

아름답다 평등(平等)의 빛뿐인 저 암흑(暗黑)의 속 평화(平和)의 소리뿐인 저 한적(閑寂)의 사이

이 세상(世上) 맑다고 하던 뜬 이 세상(世上) 백주청명대도세상(白晝淸明大道世上) 너의 맘을 구속(拘束)하는 노옥(牢獄)이 아니냐

부세(浮世)에 쫓겨 다니는 불쌍한 인생(人生)들아 별유천지(別有天地) 어둠을 찾아오너라 자모(慈母) 같은 애처(愛妻) 같은 또한 소녀(少女) 같은 어둔 밤을 찾아오너라

사람들아 ― 잘 살거라 아무 댁(宅) 큰 사랑(舍廊) 댓돌 아래 마주거리 무서워 말고 아무도 아니 보는 어둔 밤이니 마음 놓고 잘 살거라

사람들아 ― 토호(土豪) 도심(盜心)에 부릅뜬 눈자위 아무도 아니 뵈이는 어둔

밤이니 누구를 향(向)해 호령(號令)하려는가

　사람들아― 그대의 고루(固陋)한 완고집(頑固執)도 어두워 아니 뵈니 허무(虛無)로세 골치 아픈 망건(網巾) 당줄 끌러 내던지고 맨머리 바람이라도 너 편(便)할 도리(道理)로 하여라

　사람들아― 너의 가진 것은 개명(開明)의 밝음이라더니 어두운 이 밤에 더 밝을 것 못 보겠니

　사람들아― 두부찜 같은 너의 고리안(高利眼) 돈 동록(銅綠)에 아주 멀라 맘 돌리어라 맘 바로 먹어라 번쩍거리는 저 성광(星光) 무섭지 않으냐 광 속에 부란(腐爛)하는 금곡(金穀) 쌓아두지만 말고 저 별같이 광채(光彩) 있게 어려움에 빠진 불쌍한 빈민(貧民)과 공락(共樂)을 누리지 않으려느냐

　사람들아 ― 아무도 아니 뵈는 어둔 밤이니 빈한(貧寒)에 쫄린다 부끄러워 주접떨지 말고 헌옷 사폭에 헤진 군녁 움켜쥔 손아귀 확 풀어버리고 활활 활개치며 네멋대로 잘 놀아라

　사람들아 ― 아리따운 꼴을 꾸며 사람에게 붙이려 양질호피격(羊質虎皮格)으로 더러운 얼굴에 분(粉) 바르고 얼씬거리는 야천(野賤)한 자태(姿態) 어두워 아니 뵈니 누가 보아 어여쁘다 할까?

　사람들아 ― 인세(人世)의 고해(苦海)를 쉽게 건너가자 술 먹고 “엣튀―” 주정(酒酊)하는 너희들 짓 어찌 어리석지 않은가 그믐 칠야(漆夜) 어둔 밤에 비틀 걸음으로 어찌하려는지 음복(飮福)이니까 술 마셔야 하고 교제(交際)하자니까 밤새 빨아야 하는 버릇들도 어두운 밤이라 남 아니 보니 그만 좀 두소

　사람들아 ― 느끼지 말라 말 못하는 너의 비밀(秘密)이지만 어두운 밤은 암흑일색(暗黑一色)이니 어찌 너의 타는 속 검은 빛을 몰라주랴

　뭇 사람들아 ― 죽으려 말고 살려 하여라 죽지 말고 살거라 살아도 검은 나라 검어도 시커먼 나라에 강렬(强烈)하게 살거라 열정적(熱情的)으로 살거라 저기 저 컴컴한 속에서 아무쪼록 뜨겁게 뜨겁게 살고 싶지 않은가? 참된 이 세상(世上)에서 잘 살아라 어두우면 모두 사해(死骸)라더냐 모두 공각(空殼)이라더냐 모두

마귀(魔鬼)라더냐 왜 슬퍼하랴

　낙망(落望)마라 저기 저 뫼 저 물 어두운 구석에도 생명(生命)이 있느니라 수(水)면 양(量)없는 수(水)요 육(陸)이면 한(限)없는 육(陸)이니라 희망(希望) 있다 어두울수록 큰 희망(希望)이 있다 또한 너무나 사랑 없다 실심(失心)마라 너를 사랑하기에 저 별이 반짝거리지 않는가 저것도 사랑하시는 이가 너희에게 시여(施與)하신 선물이다

　저 별 별! 별! 별 있는 저 어둔 밤! 참 미(美)하다 저렇게 아름답건만 너희는 슬퍼하느냐? 느끼느냐? 이는 물(物)을 대(對)할 줄 모름이로다 너무 슬퍼 느끼지만 말고 기꺼운 눈을 떠 저를 좀 보라 너무 슬퍼 느끼지만 말고 기꺼운 감(感)을 가져 저를 좀 보라 저는 벌써 우울(憂鬱)하지도 않고 초조(焦燥)하지도 않고 번민(煩悶)하지도 않고 고통(苦痛) 하지도 않고 비애(悲哀) 하지도 않고 사랑이 가득한 기쁨이 가득한 신앙(信仰)이 가득한 광명(光明)이 가득한 너를 위로(慰勞)하는 찬미(讚美)로 너의 찬가(讚歌)에 향응(響應)하리라 홀로 암흑(暗黑)한 속에서 암흑(暗黑)을 찬미(讚美)하리라 아아― 저 영원(永遠)―

　그러나 그래도 믿을 수 없는 것은 사람의 말이라 나를 보라 나는 운다 나는 운다 이 쓰린 눈물이 무슨 눈물! 무슨 까닭?

　아― 모를래라

　내가 슬퍼하느냐 사람의 슬픔을 슬퍼하느냐 차(此) 일시(一時) 인류(人類)의 번민(煩悶) 고통(苦痛)을 슬퍼하느냐 모를래라 모를래라 아아 모르리로다 굽이 굽이 행로난(行路難)이라

　암야수○(暗夜愁○) 중(中)에 나는 일보일보(一步一步) 멋없이 왔다갔다 한다 어둔 나뭇가지에선 한 마리 새가 "서촉도(西蜀道)! 서촉도(西蜀道)!"

[一九一九, 九, 二八 화남(華南)에서]⁶

6　　홍사용, 「어둔 밤」, 『서광』 창간호, 1919.11, 107~111쪽.

이 시는 홍사용이 '소아생(笑啞生)'이란 필명으로 1919년 9월 '화남(華南)'에서 썼다. 즉 화성(華城) 남쪽인 화성군 동탄면 석우리 집에서 썼다고 밝혔다.

이 시에서 어둠은 중의적이다.[7] "(슬퍼하며 흐)느끼지 말라 말 못하는 너의 비밀(秘密)이지만 어두운 밤은 암흑일색(暗黑一色)이니 어찌 너의 타는 속 검은 빛을 몰라주랴"고 하여 어두운 밤 암흑은 표현할 수 없는, 내밀한 이상과 의지 등이 억압되는 장이면서 동시에 그것을 비장(祕藏)할 수 있는 모색의 장이다. 어둠 속에서 새로운 희망을 모색하는 의지를 제시한다. "비밀"이란 은밀하고 불온한 도전의 씨앗이자 "검은 빛"이다.

어둠은 고통과 죽음이면서 동시에 새로운 부활의 출발이다. "앞도 없고 뒤도 없고 또한 위아래 모두 없다 전후좌우(前後左右)가 무궁(無窮)"한 경지가 어둠이다. "어둡고 어둡고 어둔 저 속에는 아마 생명(生命)을 먹여 살릴 무엇이 있"다고 본다. 어둠의 세계, 곧 무궁은 "상인(常人)도 없고 양반(兩班)도 없고 개명(開明)도 없고 완고(頑固)도 없고 빈한(貧寒)도 없고 부요(富饒)도 없고 모두 사람이면 거저 사람 아무 시비(是非) 없는 극락(極樂)의 천지(天地)"로서 "아름답다 평등(平等)의 빛뿐인 저 암흑(暗黑)의 속 평화(平和)의 소리뿐인 저 한적(閑寂)의 사이"인 것이다. 마침내 "별유천지(別有天地) 어둠을 찾아오너라"고 권한다.

"별유천지(別有天地) 어둠"은 유토피아이자 사상적 고투의 표상이다. 이런 절대적 평등과 평화, 정의와 미의 세계는 3·1운동을 통해 체험한 역사적 전망이며 새로운 사상이었다. 민주주의와 인권, 세계평화, 공생공영, 만민평등의 사상은 당시에 문학과 동일시되던 아나키즘적 사유와 맞닿아 있다. 어

---

7   필명 '소아(笑啞)'도 같은 사유방식이다. 벙어리 또는 서투른 말을 뜻하는 '아(啞)'이면서 시를 쓰고 미소 짓는 또는 꽃을 피우는 '소(笑)'를 대비시켜 자기 정체를 나타냈다. 벙어리라는 장애, 검열 속에 우주를 담는 낙관적 웃음을 배치하여 문학을 표상했다.

떤 권력이나 명예, 윤리, 도덕, 관습에 구속되어 구차하게 살지 말고 자유의 지대로 "너 편할 도리로 하여라"고 주장한다. 3·1운동은 국권회복을 위한 운동이었을 뿐 아니라, 새로운 체험과 사상을 갖게 한 혁명이었음을 웅변적으로 보여준다. 어둠에서 새로운 빛을 보라는 이 시는 3·1운동을 혁명으로 통과하고 새롭게 생성되는 세상의 전망을 제시하고 있다. "어두울수록 큰 희망이 있다"고 역설한다.

3·1운동을 통해 한국은 마침내 민주공화국의 전망을 확고히 하였다. 민중들은 스스로 조선 민족으로 정체성을 실감하고, 민주주의와 공화국의 인민임을 확인할 수 있었다. 모든 신분제적 굴레, 관습, 권력이나 계급으로부터도 해방된 주체로 스스로를 확인하는 역사적 사건을 통과했다. 이 과정은 '어둠'으로 표현된 아나키적 카오스를 통과하여, 조선과 민족과 인민이 새롭게 태어나는 장이었다.

"사람들아―"를 반복적으로 열거하며 구체적이고 세부적인 해방의 방책을 전한다. 개인을 구속하고 규율하는 제도, 인습이나 권력, 물질욕 등에 구속되어 구차하게 살지 말고 당당하게 활개 치며 자유롭게 살아갈 것을 호소하고, 개인을 최대한 확장하고 개방하여 정열적으로 뜨겁게 뜨겁게 살도록 재촉한다. 낙망하지 말고 권력에 주눅 들지 말고 스스로를 해방하라는 것이다.

이 쓰린 눈물이 무슨 눈물! 무슨 까닭?
아― 모를래라
내가 슬퍼하느냐 사람의 슬픔을 슬퍼하느냐 차(此) 일시(一時) 인류(人類)의 번민(煩悶) 고통(苦痛)을 슬퍼하느냐 모를래라 모를래라 아아 모르리로다 굽이굽이 행로난(行路難)이라

이 시가 현실정합성과 진리를 획득한 것은 이런 "아― 모를래라 / 내가

슬퍼하느냐 (…) 아아 모르리로다 굽이굽이 행로난(行路難)이라"로 끝나는 지점이다. 3·1운동을 통해 죽음과 부활, 개인이 주체가 되는 민주주의의 새로운 세상을 보았으나 3·1운동 이후 펼쳐진 현실은 어둠의 연속이고 죽음과 투옥과 고독의 세계였다. 식민지는 계속되었다. 봉건적 관계에서 해방되었지만 해방된 자율적 개인은 맨몸으로 스스로를 감당해야 하는 고독이었다. 시인은 이 점을 간과하지 않았다. 근대문학은 바로 이 지점에서 출발해야 함을 말하고자 했던 것이다.

『서광』 7호(1920.9)는 더욱 진보적 색채를 띠었다. 「적사조(赤思潮)의 파문」(불평권), 「해방의 도정에 입하야」(이일), 「노동문제의 연원과 유래」(신종석), 「쫓김을 받은 이의 노래」(박종화)를 비롯하여 농민과 부인 문제가 주요하게 다뤄지고 다이쇼데모크라시의 전파자 야나기 무네요시(柳宗悅)의 글도 실렸다. 결국 『서광』은 9호가 '당국'의 검열에 걸려 압수되고, 식민지 당국의 강압을 극복하지 못하고 폐간된 것으로 추정된다.

3. 문예잡지 『문우(文友)』와 시 3편

종합학술교양지로서 『서광』을 내던 문흥사에서 순문예지를 만들어보자는 취지에서 1920년 5월 15일 문예잡지 『문우』를 창간했다. 편집 및 주요 필진은 홍사용, 정백, 박종화, 이서구 등이 맡았다. 1년 4회 발행하는 계간지로 구상했지만, 창간호가 종간호가 되고 말았다. 『문우』는 문예지답게 시, 번역시, 소설, 문예평론 등을 실었다. 필자로는 홍사용, 정백, 박종화, 이서구, 이일, 최종묵, 차동균, 박헌영이 참여했다. 박헌영(朴憲永)이 번역시를 게재했다는 점도 주목된다.

「편집여백」을 통해 『문우』의 창간 목적을 알 수 있다.

어둔 밤 폐원(廢園)에 말할 수 없는 고(苦)··애(哀)에 울며 떨어져 흩어진 흰 꽃

언덕에 부질없이 예술의 단 향 냄새를 찾아 타오르는 불꽃 법열의 동경에 발가벗은 발로 방황하는 이 무리 울음 많고 웃음 많은 4252년을 등진 4253년의 첫날에 저 만에는 어둔 가슴에 불붙어 넘쳐 터지는 붉은 노래를 소리쳐 높이 읊으랴 하였던 것이외다.[8]

'어둔 밤'의 표상을 통해 현실을 표현하려는 것으로 보아 「어둔 밤」이란 시를 썼던 홍사용의 글이 아닌가 조심스럽게 추정해본다. "울음 많고 웃음 많은 四千二百五十二年을 등진 四千二百五十三年의 첫날" "신년호"로서 창간호를 내고자 했다는 것, 1919년과 1920년의 분기점(혹은 3·1 기념호)에 위치시키고자 한 것은 분명한 정치적 언표이다. 그리고 "고(苦)··애(哀)에 울며 떨어져 흩어진 흰 꽃"과 "동경에 발가벗은 발로 방황하는 이 무리"라는 상징어법에 내장된 정치적·미학적 의미는 1919년 3·1운동의 비극과 격정, 초월에의 의지 등을 배경으로 삼고 있다. 3·1운동의 비극적·격정적 체험과 예술을 통한 비약에의 열정을 배경 삼아 『문우』를 전경화하고자 했던 것이다.

위 「편집여백」의 전언을 시적으로 연장시킨 것과 같은 '권두시'를 홍사용이 썼다. 홍사용이 권두시를 썼다는 것은 『문우』에서 그의 위치가 막중했다는 것을 시사한다.

「새해」라는 시의 삽화는 이국적이다. 야자수 아래서 평화롭게 열매를 따는 사람과 먼 지평선은 유토피아를 상상케 한다. 유토피아의 도래를 기약하는 '새해'라는 시간적 기호를 공간적 이미지로 표상했다. 또 둥근 원 안에 시어를 채워서, 태양, 새해를 타이포그래피한 것은 흥미롭다.

"꼬끼오" 하니 닭이 우는가 봅니다
먼 곳에선 쇠북이 울리어 옵니다

---

8   『문우』 창간호, 1920.5, 55쪽.

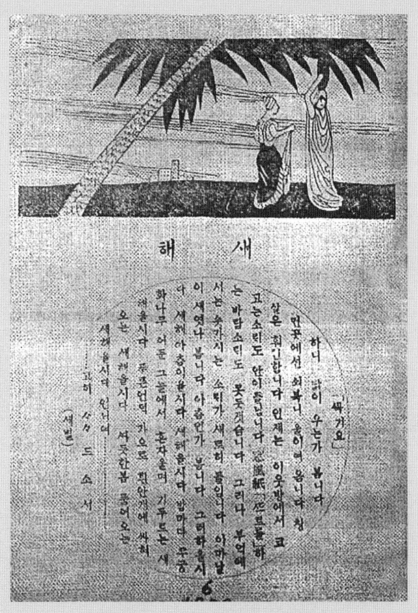

『문우』창간호에 실린 홍사용의 권두시「새해」

창살은 흰합니다

인제는 이웃 방에서 코고는 소리도 아니 들립니다

창풍지(窓風紙) "뜨르를" 하는 바람소리도 못 듣겠습니다

그러나 부엌에서는 솥 가시는 소리가 새로이 들립니다

아마 날이 새었나 봅니다

아침인가 봅니다

그러하올시다

새해 아침이올시다 새해올시다

밤마다 무궁화나무 어둔 그늘에서 혼자 울며 기둘리는 새해올시다

푸른 언덕 가에로 흰 안개에 싸여 오는 새해올시다

따뜻한 봄 품어오는 새해올시다

언니여…………

……고히 고히 드 소 서

― 새별(홍사용), 「새해」 전문[9]

계명성(鷄鳴聲), 종소리, 밝아오는 동창, 밥 짓는 소리의 이미지는 신선하고 희망적이다. '새해'이자 '창간호', 첫 시작이라는 희망과 의지, 열정은 "어둔 그늘에서 혼자 울며 기둘리는" 조선 보편 역사를 기반으로 하고 있다. "무궁화"라는 민족 상징이 "푸른 언덕 가에로 흰 안개에 싸여 오는 새해"와 함께 도래할 해방과 평화를 환기한다.

이어 역시 소아(笑啞)라는 필명으로 「크다란 집의 찬 밤」, 「철모르는 아히가」, 「벗에게」라는 3편의 시를 연달아 게재했다.

푸른 언덕 가에로 흐르는 물이올시다

9　『문우』 창간호, 1920.5, 1쪽.

어둔 밤 밝은 낮
어둡고 밝은 그 그림자에
괴로운 냄새 슬픈 소리 쓰린 눈물로
뒤섞어 뒤범벅 걸게걸게

돌아다보아도 우리 시골은 어드멘지
꿈마다 맺히는 우리 시골집은
어드메쯤이나 되는지
떠날 제 가노라 말도 못해서
만날 줄만 여기고 기둘리는 그
커다란 집 찬 밤을
어찌 다 날로 새우는지!

지난 일 생각하면 가슴이 뛰놀건만
여윈 이 볼인들
비쳐낼 줄이 있으랴
떨리는 이 넋인들
비쳐낼 줄이 있으랴

멀고 멀게 자꾸자꾸 흐르니
속 쓰린 긴
한숨은 그칠 줄도 모르면서
검고 흐리게
어디로 끝끝내 흐르기만 하랴노

퍼―런 풀밭에서 방긋이 웃는

이 계집 아이야

무궁화 꺾어 흘이는

그 비밀을 일러라

귀밑머리 풀리기 전에

― 소아(笑啞), 「크다란 집의 찬 밤」 전문[10]

"커다란 집의 찬 밤"이란 어떤 의미일까? 교도소("커다란 집")에서 "찬 밤"을 지내며 고향과 님을 그리워하는 것인가? 수감된 동지를 시적 화자로 삼아 "무궁화" 만발한 날을 기다리는 것인가? 시적 주체는 고향을 떠날 수밖에 없었다. 고향으로 돌아갈 날은 자꾸 지연되고 멀어진다. 그사이 남루해지고 야위고 쇠락해져간다. 꿈에도 사무치는 고향은 점점 아득해진다고 호소한다. 마지막 연 "퍼―런 풀밭에서 방긋이 웃는 / 이 계집 아이야 / 무궁화 꺾어 흘이는 / 그 비밀을 일러라 / 귀밑머리 풀리기 전에"는 암호 같은 상징이다. 앞의 비극적 분위기를 희망적으로 상승시켜 끝을 맺었다. "무궁화 꺾어 흘이는 / 그 비밀"이 또한 열쇠이다. 상징과 암시, 은유 등의 기법으로 검열을 우회하려 했던 것일 수도 있다. 또는 이별한 님에게 꽃을 바치고 싶은 사랑의 헌화가로 읽을 수 있겠다.

"속이지 마오" 하고 누나를 자꾸자꾸 조르니까 누나는 괴로운 웃음에 수그린 낮을 붉히면서

"아니다" 한다

"무얼 속이지 마오 남 다 보는 꽃송일 감추면 무엇하오 푸른 봄철은 누나 보는 거울에 비쳤으니 그래도 누구 눈에 띄면 거기로 숨으려 하오?

품속에 깊이깊이 감추어 둔 그것이 온통 비쳤나니 어찌하오"

---

10   『문우』 창간호, 1920.5, 2~3쪽.

누나는 또

"아니다 너는 철도 모른다"

"철모르는 나말고 철아는 누나의 일을 생각하오 누나 가슴에 어둠의 구슬을 비추어 주는 이가 누구요 목소리가 저리 떨림은 무슨 일이오 두 볼이 저리 붉음은 무슨 까닭이오"

입술을 악물고 노려보는 누나는 흑— 느끼자 떨리는 손으로 내 눈을 가리며

"철모르는 아이가……"

나는

"응?"

누나는 다시

"애 이 말은 남더러 하지마라"

"그리오 그리고 누나도 날더러 아침 잠꾸러기라고 그러지 마오"

"오냐 나도 어리다 이 팔 이 다리가 못 다 굵었다"

— 소아(笑啞), 「철모르는 아히가」 전문[11]

"철모르는 아이"인 시적 화자가 연애에 눈이 뜬 '누나'의 설렘을 관찰하고 놀리는 내용이다. 당시의 자유연애 풍조에 감응한 것 같다. 이 시는 대화체로 이루어진 것이 특징이다. 연극적이다. 이것은 시극으로 확장될 수 있는 것이다.

떠난다 섭섭하고 쓰리고 아픔

너 나가 달라?

"잘 계시오" 한 마디 던진 뒤에는

---

11   『문우』 창간호, 1920.5, 3쪽.

아무 말도 할 줄 몰라서
입맛만 쩍쩍 다시다가 돌아서
본체만체 우충우충 걸어올 제
힘없이 걷는 걸음 잘 안 나간다
발부리 더불어 휘돌아쳐보니
저도 말없이 막 돌아서네

말없이 돌아서는 그들의 속
오죽이나……
아― 떠남!

떠남을 슬퍼한다
그러나 우습다 슬퍼하는 그 뜻
무엇이 만남이냐
무엇이 떠남이냐

우주(宇宙)는 넓고 시간(時間)은 긴데
여기에 육신(肉身)마다 모두 단독신(單獨身)
이리 가나 저리 가나 부침이 없네
부침이 없으니 무엇이 떠나?
떠남이 없으니 무엇이 남나?
만났다 잃으나 한 몸 아니요
두 사이 공간(空間)이 몇 자 몇 치냐
만나지 않고 떨어진 남과 남
떠났다 잃음도 또 다름없어
그자로 잘 그 공간(空間) 그 남남끼리

입술에 발린 말로

만났다 떠났다 하는 그 소리

공연(空然)히 잊지 마라

반기며 느낄 까닭 없네

육신(肉身)은 유형(有形)하다

다시 합(合)하지 않을 바에

제멋대로 되도록 내버려두고

무형(無形)한 정령(精靈)이나 합(合)해 떠나지 말거나

네 것 은사(銀絲)되고 내 것 금사(金絲)되거나

내 것 은사(銀絲)되고 네 것 금사(金絲)되거나

둘의 것 씨로 날로 서로 걸어서

풀무에 들거든 쇠망치 같이 맞고

베틀에 오르거든 바디질 같이 받아

다― 짜진 뒤

찢어진 데 없고 이어진 데 없이

한 끝 하나이

네 심장(心臟)에 나 내 심장(心臟)에 너

일심실(一心室) 일실(一室)에 너 나가 들어서

저 창(窓)에 걸린 커튼

너와 나로다

창문(窓門)을 열어 놓으니

바람에 나부끼네

너와 나

내 눈으로 봄이 네 눈으로 봄

네 내 눈 한데 합(合)쳐 저 물(物)을 보니

저 물(物)도 보고 이르길

저 커튼

길이길이 같은 감으로

낡고 해지더라도

해지지 말아지자고

축원기도(祝願祈禱)

— 소아(笑啞), 「벗에게」 전문[12]

이별하지만 우리는 길이길이 함께한다는 기약을 전하고 있다. 이별의 시대에 이별을 수습하는 방식을 구상하는 것이다. '이별은 더 이상 슬퍼할 것이 아니다.' "우주는 넓고 시간은 길어진" 근대의 공·시간 속에서 근대적 개인은 "모두 단독자"일 뿐이다. 근대와 더불어 전면화한 '생이별'은 이전 시대의 '이별=사별(死別)'과는 질적으로 다른 이별이다. 하여 시인은 "무엇이 만남이냐 / 무엇이 떠남이냐"는 선문답 같은 문제를 제기하고 "만났다 잃으나 한 몸 아니요"라고 대답한다. 이런 신념은 '유형한 육신 / 무형한 정령(精靈)'의 관계로 지탱한다. 몸은 헤어져 있더라도 마음만은 하나로 함께한다는 논리, 이 '육신/정령'의 관계를 통해 현실의 문제를 해결하려는 또 다른 기획으로 이들이 주목한 것은 상징 혹은 상징주의였다.

같은 잡지에 실린 박종화의 평론 「샘볼리슴」, "상징이란 것은 볼 수 없고 들을 수 없는 무형무상(無形無象)한 것을 유형(有形)한 구상적(具象的)인 것

---

12   『문우』 창간호, 1920.5, 3~5쪽.

으로 표현하는 것이다. 다시 말하면 감각에 부닥치지 못하는 세계 곧 심령의 경(境)을 감각에 부닥칠 수 있는 것을 의뢰하여 표현하게 하는 것이다. 육(肉)으로써 영(靈)을 뵈이는 것이요, 유한으로 무한을 나타내는 것이다. (…) 상징은 '넋[魄]의 창'이라 말하였다"[13]와 뜻을 공유하는 시적 발상이다. 이런 상징주의는 퇴폐와 허무로 이해할 것이 아니고, 식민권력의 가공할 만한 무력과 자본, 견고한 제도를 돌파하고 초월하는 정신성이라고 이해할 필요가 있다. 즉 3·1운동을 통해 죽음과 체포를 넘어 달려갔던 초월과 비약의 경험은 이들의 관념성과 정신성, 상징성에 내재되어 있는 것이다.

4. 『백조(白潮)』와 멀티미디어 문화기획자 홍사용

『문우』는 3·1운동의 정치적·미학적 의의와 열정을 반영하고 있었다. 또 다른 문학청년들은 『서광』·『문우』의 문학적 기획과 실물들을 보고 자극되고 교섭하여 문예잡지 『신청년』을 산출하였다. 이들 중 박영희, 박종화, 노자영 등은 시 전문지 『장미촌』(1921.5)에도 관여했다. 이즈음 최승일은 박영희, 나도향, 박종화, 현진건 등을 초대하여 더 큰 규모를 갖춘 『백홍(白虹)』이란 잡지를 제안했으나, 실현되지는 못했다. 『백홍』의 구상은 이후 『백조』로 실현되었다.

마침내 『백조』는 1922년 1월, 홍사용, 박종화, 박영희, 나도향, 현진건, 이상화, 노자영, 이광수, 오천석 등을 동인으로 창간되었다. 『백조』는 홍사용의 자금과 공헌에 의해 발행되었다. 『백조』는 '감상적·퇴폐적 낭만주의'라는 문예사조의 실현이거나 신경향파 문학의 타자로서만 존재했던 것이 아니라, 3·1운동 이후의 다기한 문학적·정치적 조류와 기획, 그리고 성취를 반영하

13　박종화, 「샘볼리슴」, 『문우』 창간호, 1920.5, 26쪽.

고 있었다.[14]

　문예동인지 『백조』를 발행한 문화사는 사상잡지 『흑조』도 기획했는데, 이는 『피는꽃』과 『서광』, 『문우』를 함께 만들어왔던 정백을 고려한 것이었다. 그러나 정백은 홍사용과 다른 사상과 운동의 길로 갔고 한국 최초의 좌익잡지라는 『신생활』(1922.3)을 담당하게 되었다. 이는 '문화'라는 범주에 함께 묶였던 문학과 사상이 분화하는 지점이기도 했다.

　예술행위는 세계와 주체의 재현이다. 재현(representation)이라는 정의에는 표현, 수행(performance), 전시(display), 동의와 동등(equivalence), 대표, 재생산(reproduction) 등의 의미가 내포되어 있다. 근대문학 형성기 시인 작가들은 '문학(literature)'을 리터러시(literacy, 문자성)에 입각한 표현(expression)이라고 생각하게 되었다. 그런데 홍사용은 이 재현의 다양한 방식과 양식, 장르, 매체를 두루 교차하여 활용하고자 했다. 시이면서 동시에 노래이기를 원했고, 수행되거나 공연되기를 바랐고, 고정되지 않고 계속 재해석하고 재생산시키려고 했다. 그는 민요를 조사 연구하며 부르는 노래와 쓰는 시를 결합하고자 했다. 그는 시를 연행하는 시극을 고안하기도 했다. 그는 희곡을 쓰고 토월회에 참여하여 공연하는 데 진력하였다. 그는 조직과 잡지를 만들어 '문학을 수행하고자' 했다. 그는 쓰고, 노래하고, 수행하고 이를 서로 결합하는 시도를 했다. 홍사용의 정체성은 다층적이고 복합적이다. 그는 시인 작가이고 극작가, 연출가이고 기획자이고 잡지 편집자이자 조직가이기도 했다. 그는 멀티미디어적 문화기획자였던 것이다.

14　『서광』, 『문우』 등을 거쳐 『백조』는 '3·1의 후예'임을 의식하고 있었다. 이는 이광수를 2호 동인에서 배제하는 에피소드를 통해서도 확인할 수 있다. 즉 상해임시정부 청년당에서 활동하던 현진건의 형 현정건(玄鼎健)은 상해에서 『백조』를 받아보고 그 동인에 이광수가 있는 것을 확인하고 편지를 보냈다. "귀순장(歸順狀)을 쓰고 항복해 들어간 이광수"를 동인에서 제거하라는 의견에 적극 호응해, 창간을 위해 추대했던, 이광수를 그들이 제거시켰다는 것이다. 박종화, 『역사는 흐르는데 청산은 말이 없네』, 삼경출판사, 1979, 434쪽 참조.

04 홍사용 시의 '눈물'과 시적 실천으로서의 민요시

송현지

1. 1923년, 변화의 기점

홍사용은 1923년 9월, 『백조』 3호에 「나는 왕이로소이다」를 실은 이래 '눈물의 왕'으로 불렸다. '눈물의 왕'이라는 별칭은 물론 저 작품의 한 구절에서 따온 것이지만, 현재까지 발굴된 그의 35편의 시 중 20편 이상의 작품에서 그가 '눈물'을 다루거나 '눈물'을 야기하는 '울다'라는 동사를 사용한다는 사실은 '눈물'과 '울음'이 홍사용의 시세계를 관통하는 열쇠 말임을 짐작하게 한다. 백철의 비평을 위시한 그간의 평들이 홍사용의 시에서 감상성을 읽을 때에도,[1] 김학동의 글을 비롯한 여러 연구논문들이 그의 시에서 나라를 잃은 슬픔을 발견할 때에도[2] 그 중심에는 '눈물'이 있었다.

이처럼 '눈물'은 홍사용의 존재를 독자에게, 그리고 한국 근대시사에 각인시키는 중요한 요소였으나 아이러니하게도 그것은 우리의 관심이 그의 시에서 멀어지는 요인으로 작용하기도 했다. 감정의 절제를 미덕으로 생각하는 시문학에서 그의 시에 만연한 눈물은 시인의 미숙함과 같은 의미로 통용

---

[1] "노작의 시는 감상(感傷)의 색실로 엮어진 애수(哀愁)의 화환(花環)이었다." 백철, 『조선신문학사조사』, 수선사, 1948, 303쪽.

[2] "노작의 '슬픔', '눈물', '울음'은 그의 체질적인 특유한 표징(表徵)도 된다고 할 수 있겠으나, 그 이면(裏面)에는 '어두운 이 나라'의 현실과 같은 망국한을 내면에 간직하고도 있는 것이다." 김학동, 「향토성과 민요의 율조: 홍사용의 시세계」, 『홍사용전집』 해설, 새문사, 1985, 375쪽.

되어 그의 시를 폄하하는 빌미가 되었는가 하면, 일제 식민지라는 시대상황은 그의 눈물을 민족적 현실에 대한 울분으로 해석하게 하여 늘 비슷한 결론으로 그의 시를 바라보게 하였다. 이처럼 그의 시 속 눈물에 대한 평가가 감상주의라는 폄하와 민족주의의 표현이라는 상찬 사이를 오가는 동안 그것이 표상된 그의 시 역시 감상주의와 민족주의라는 이념으로 성급하게 규정되며 홍사용 시에 대한 연구는 진척 없이 도식화되었다.[3]

물론 여기에는 낭만주의를 폄하하고 민족주의를 고평하는 우리 근대문학사 기술의 오랜 문제가 은폐되어 있지만,[4] 홍사용의 '눈물'에 대한 연구만을 놓고 볼 때 그의 '눈물'은 손쉽게 일반화되었으며 이를 세심하게 살펴보려는 노력이 부족했다. 그러나 홍사용 시의 '눈물'은 그의 시세계의 변화와 함께 그 양상을 달리할 뿐만 아니라 이러한 변화 양상이 홍사용 시의 전회를 보여주는 중요한 요소로 작동한다는 점에서 그의 '눈물'에 대한 보다 섬세한 접근이 요청된다. 겉으로 보기에 그것은 감정의 표현이라는 점에서 비슷해 보일지 몰라도 그 행위의 주체가 다를뿐더러 그것을 다루는 시인의 태도 역시 차이가 난다.

이 글은 '눈물'이 홍사용의 시세계의 중심에 놓여 있다는 관점 아래 그것의 변화 양상을 살핌으로써 그의 '눈물'을 재검토하고자 한다. 특히 그의 '눈물'이 「나는 왕이로소이다」를 기점으로 달라진다는 점에 주목하여 이 작품을 중심에 놓고 그 전후로 어떠한 변화가 일어났는가를 살펴보고자 한다. 그를 일약 '눈물의 왕'으로 등극하게 한 「나는 왕이로소이다」가 그가 민요시 창

---

3   이러한 점은 홍사용에 대한 학술연구가 2000년대 이후 거의 이루어지지 않고 있는 원인 중 하나로 여겨진다. 2000년 이후 홍사용 시에 대한 단독 연구는 학위 논문 2편과 학술지 논문 2편이 전부이며, 2019년에는 그마저 한 편도 발표되지 않았다[2019.11. 학술연구정보서비스(RISS) 기준].

4   박현호, 「낭만, 한국 근대문학사의 은폐된 주체: '질문'을 위한 준비」, 『한국학연구』 25, 2011.

작을 본격화하기 전 마지막으로 발표한 자유시라는 점에서 이러한 '눈물'의 변화를 추적하는 일은 그가 민요시라는 새로운 장르로 이행한 까닭을 밝히는 작업이기도 하다.

2. '눈물'에 대한 판단 유보와 행동의 미결행

홍사용은 1919년 11월, 『서광』 창간호에 「어둔 밤」을 발표하며 본격적으로 시작(詩作) 활동을 시작한다. 그간 홍사용의 첫 작품은 그가 박종화에게 보낸 「푸른 언덕 가으로」(1919.12)로 알려져 있었으나, 2019년 정우택은 그보다 더 이른 시기에 발표된 「어둔 밤」을 발굴하였다.[5] 직접적 설명과 관념어의 잦은 사용으로 습작기의 면모가 보이긴 하지만 「어둔 밤」은 홍사용 시의 '눈물'이 어떻게 시작하였는지를 보여준다.

이웃집 청춘부(靑春婦) "닝닝"거리는 울음소리 뼈가 아프게 구슬프다

어미네야 어미네야! 어둠속에 부르짖는 어리석은 어미네야 그대의 뿌리는 눈물 무릇 몇 방울이며 쉬는 한숨 모두 몇 모금이뇨? 또한 몇 방울 눈물 몇 모금 한숨은 무슨 뜻이냐?

무수(無數)의 고(苦) 무수(無數)의 혈(血) 무수(無數)의 누(淚)로 결정(結晶)된 인생(人生)이라 응당(應當) 슬픔 있으리라만은 슬픈 사람 중(中)에서도 하나는 누항(陋巷) 더러운 지어미를 가리여 이런 밤에 인생(人生)의 다정다감(多情多感)한 모든 일을 제 아람치로 부르짖어 느끼는 것이다

느낄세라 저 유령(幽靈)의 나라 흑마(黑魔)의 곳 이러한 곳에 이렇게 무서운 곳에 빠져있는 사람이 만일(萬一) 뜻 있을진대……

네가 철모르는 연정아(軟情兒)로다 부질없이 느끼지마라 여(汝)의 과거(過去)

---

5   정우택, 「노작 홍사용 미발굴 시」, 『시와 희곡』 1, 2019, 48~52쪽.

가 어둡고 장래(將來)가 어두울진대 어찌 현금(現今) 이 어둠을 슬퍼하느냐

사람들아 오늘까지 뚝딱거리는 너의 심장(心腸) 혈구(血球)가 붉더냐 검더냐 차더냐 뜨겁더냐 억세더냐 여리더냐 뜻 있더냐 뜻 없더냐 또한 오는 날 내일 것이 어떠하겠느냐?

그를 어둡게 모르니 알음이 어두울진대 어둔 거로 보아서는 차라리 밤이 어두워 아니 뵘이 너의 사는 능률(能率)에 이익(利益)이 되리라

어떻든지 아니 뵈니 좋다 인간(人間)의 더러운 만겁(萬劫) 참천당(天堂)이오 낙원(樂園)이로세

저곳을 보라 상인(常人)도 없고 양반(兩班)도 없고 개명(開明)도 없고 완고(頑固)도 없고 빈한(貧寒)도 없고 부요(富饒)도 없고 모두 사람이면 거저 사람 아무 시비(是非) 없는 극락(極樂)의 천지(天地)다

아름답다 평등(平等)의 빛뿐인 저 암흑(暗黑)의 속 평화(平和)의 소리뿐인 저 한적(閑寂)의 사이

이 세상(世上) 맑다고 하던 뜬 이 세상(世上) 백주청명대도세상(白晝淸明大道世上) 너의 맘을 구속(拘束)하는 노옥(牢獄)이 아니냐

부세(浮世)에 쫓겨 다니는 불쌍한 인생(人生)들아 별유천지(別有天地) 어둠을 찾아오너라 자모(慈母)같은 애처(愛妻) 같은 또한 소녀(少女) 같은 어둔 밤을 찾아오너라

사람들아― 잘 살거라 아무 댁(宅) 큰 사랑(舍廊) 댓돌 아래 마주거리 무서워 말고 아무도 아니 보는 어둔 밤이니 마음 놓고 잘 살거라

사람들아― 토호(土豪) 도심(盜心)에 부릅뜬 눈자위 아무도 아니 뵈이는 어둔 밤이니 누구를 향(向)해 호령(號令)하려는가

(…)

뭇 사람들아― 죽으려 말고 살려 하여라 죽지 말고 살거라 살아도 검은 나라 검어도 시커먼 나라에 강렬(强烈)하게 살거라 정열적(情熱的)으로 살거라 저기저 컴컴한 속에서 아무쪼록 뜨겁게뜨겁게 살고 싶지 않은가? 참된 이 세상(世上)

에서 잘 살아라 어두우면 모두 사해(死骸)라더냐 모두 공각(空殼)이라더냐 모두 마귀(魔鬼)라더냐 왜 슬퍼하랴

낙망(落望) 마라 저기 저 뫼 저 물 어두운 구석에도 생명(生命)이 있느니라 수(水)면 양(量)없는 수(水)요 육(陸)이면 한(限)없는 육(陸)이니라 희망(希望) 있다 어두울수록 큰 희망(希望)이 있다 또한 너무나 사랑 없다 실심(失心)마라 너를 사랑하기에 저 별이 반짝거리지 않는가 저것도 사랑하시는 이가 너희에게 시여(施與)하신 선물이다

저 별 별! 별! 별 있는 저 어둔 밤! 참 미(美)하다 저렇게 아름답건만 너희는 슬퍼하느냐? 느끼느냐? 이는 물(物)을 대(對)할 줄 모름이로다 너무 슬퍼 느끼지만 말고 기꺼운 눈을 떠 저를 좀 보라 너무 슬퍼 느끼지만 말고 기꺼운 감(感)을 가져 저를 좀 보라 저는 벌써 우울(憂鬱)하지도 않고 초조(焦燥)하지도 않고 번민(煩悶)하지도 않고 고통(苦痛) 하지도 않고 비애(悲哀) 하지도 않고 사랑이 가득한 기쁨이 가득한 신앙(信仰)이 가득한 광명(光明)이 가득한 너를 위로(慰勞)하는 찬미(讚美)로 너의 찬가(讚歌)에 향응(饗應)하리라 홀로 암흑(暗黑)한 속에서 암흑(暗黑)을 찬미(讚美)하리라 아아 — 저 영원(永遠) —

그러나 그래도 믿을 수 없는 것은 사람의 말이라 나를 보라 나는 운다 나는 운다 이 쓰린 눈물이 무슨 눈물! 무슨 까닭?

아— 모를래라

내가 슬퍼하느냐 사람의 슬픔을 슬퍼하느냐 차(此) 일시(一時) 인류(人類)의 번민(煩悶) 고통(苦痛)을 슬퍼하느냐 모를래라 모를래라 아아 모르리로다 굽이 굽이 행로란(行路難)이라

암야수○(暗夜愁○) 중(中)에 나는 일보일보(一步一步) 멋없이 왔다갔다 한다 어둔 나뭇가지에선 한 마리 새가 "서촉도(西蜀道)! 서촉도(西蜀道)!"

[一九一九, 九, 二八, 화남(華南)에서]

―「어둔 밤」부분

장형의 산문시이긴 해도 이 작품에서 눈물 표상을 찾는 것은 어렵지 않다. 시인은 "나는 운다 나는 운다"라는 직접적 서술로 '나'가 우는 장면을 정확하게 가리킬 뿐만 아니라 '나'의 눈물이 아니더라도 시의 여기저기에 눈물이 산재해 있기 때문이다. 사람들은 어둠 속에서 울부짖으며, '나'는 그것을 보고 눈물을 흘린다. 「어둔 밤」은 이처럼 여러 눈물들과 그것을 야기하는 상징적인 어둠에 대해 이야기하는 시이다.

이 시의 어둠이란 이 작품이 3·1운동이 끝난 해에 씌었다는 점에서 분명 시대상황을 상징하는 것이겠지만, 시인은 이에 대한 직접적인 언급을 피하고 그 대신 어둠의 미학을 역설하는 데 집중한다. 그 내용은 어둠은 인간의 이기심과 세계의 불평등을 가려주는 것이기에 오히려 밝음보다 좋다는 것 정도로 요약되는데, 흥미롭게도 그의 이러한 말의 앞과 뒤에 서로 다른 '눈물'이 놓인다.

먼저, 앞에 놓인 '눈물'은 그가 어둠의 미학을 역설하게 된 배경이다. 어두운 밤에 들리는 이웃집 청춘부의 울음소리는 '나'가 울고 있는 이들을 향해 장광설에 가까운 말들을 쏟아내게 한다. 반복적으로 청자를 부르며("사람들아—"), "죽지 말고 살거라 살아도 검은 나라 검어도 시커먼 나라에 강렬하게 살거라"와 같이 뒤의 말을 앞의 말에 연쇄시키는 그의 화법은 리듬을 이루며 점점 웅변에 가까워진다. 어둠이 "저렇게 아름답건만 너희는 슬퍼하느냐?"라는 책망은 "어두울수록 큰 희망이 있다"는 위로의 다른 표현일 텐데 그의 말은 "저 별 별! 별!"로 어둠을 가리키는 부분부터 최고조에 달한다. 우울하지도 초조하지도 번민하지도 고통하지도 비애하지도 않는 저 어둠의 특성들을 문장을 끊지 않고 긴 호흡으로 이어가며 어둠을 찬미한 그는, 사람들이 어두운 밤을 보내는 동안 너무 슬퍼하지도, 슬퍼 눈물을 흘리지도 않기를 호소한다.

그런데 이 어둠에 대한 찬미는 행갈이와 함께 갑자기 끊기고 만다. 대신 저 긴 호흡이 끊긴 자리에 '나'의 울음이 있다.

그러나 그래도 믿을 수 없는 것은 사람의 말이라 나를 보라 나는 운다 나는 운다

이 끊긴 호흡에는 지금껏 자신이 했던, '슬퍼 눈물을 흘리지 말라'는 말과 다르게 터져 나오는 자신의 울음에 대한 '나'의 당황이 있다. 이 당황은 서둘러 눈물의 원인을 찾게 한다. "사람의 슬픔"과 "인류의 번민 고통"이라는 직접적이고도 거창한 말들을 그는 이유로 꼽아본다. 그러나 그는 자신의 눈물이 이러한 이유에서 비롯되었다는 생각을 유보하고 그것이 무슨 눈물인지, 무슨 까닭에서 생겨난 것인지 모른다는 말로 일관한다.

이 작품을 발굴하며 정우택은 "모를래라"로 일관하는 그의 태도에서 "해방된 자율적 개인이 맨몸으로 스스로를 감당해야 하는 고독"[6]을 읽었다. 홍사용이 이 작품을 발표하기 직전 적극적으로 참여했던 3·1운동은 그에게 "개인이 주체가 되는 민주주의의 새로운 세상"을 보여주었으나 그러한 세상이 요원해지며 그가 어떠한 삶을 살아야 할 것인가를 혼자 고민하며 혼돈에 빠졌으리라는 것이다. 그런데 "모를래라"로 일관하는 '나'의 저 진술은 엄밀히 말하자면 자신이 놓인 상황에 대한 것이 아니라 갑작스레 터져 나온 자신의 눈물에 대한 진술이라는 점에서 다시 읽어볼 필요가 있다.

분명 '나'의 '눈물'은 어둠이 마냥 아름답지만은 않다는 것을 아는 자의 것이다. 그가 어둠의 미학이라는 달콤한 말들로 현실을 애써 가려볼수록 희망을 잃은 사람들의 고통은 그에게 더욱 고스란히 전해졌을 것이다. 그렇다면 그의 눈물은 그가 헤아린 대로 "사람의 슬픔"을 슬퍼하고 "인류의 번민 고통"을 슬퍼함으로써 비롯된 것일 테지만 그는 이 의도치 않게 흘러나오는 자신의 눈물에 의미를 부여하려 하지 않는다. 대신 그는 살아가는 일의 어려움을 이야기한 후 마당 한복판을 멋없이 왔다 갔다 한다. 그것은 어떻게 살아가야 할 것인가를 고민하는, 그리고 사람들을 위해 무엇을 해야 할 것인가를

---

6   위의 글, 53~54쪽.

궁리하는 지식인의 몸짓으로 보인다. 눈물을 흘린 그가 여전히 어떠한 행동을 할 것인가에 대한 생각에 골몰해 있다는 사실은 이때의 그가 '눈물'을 흘리는 일을 행동의 일환이 아니라 단순히 감정의 표현 정도로 여겼음을 알려준다.

홍사용이 초기에 쓴 자유시에 표상된 대부분의 눈물이 시인과 구분되지 않는 화자의 개인적 감정을 드러내며 시의 애상적 분위기를 형성하는 것은 눈물에 대한 시인의 이러한 태도와 관련 있어 보인다.

아—이게 꿈이뇨? 이게꿈이뇨! / 꿈이면은, 건넌산 어슴푸레한 흙구덩이를 / 건너다보고서, 실컨울엇건만은 / 깨여서보니, 거짓이고 헛되구나, 사랑의꿈이야 / 실연의 산기슭도라슬째에 / 가슴이 뮈여지는 그울음은 / 쎠가녹도록 압헛건만은 / 모지러라 매정하여라 / 깨여서는, 흐르는눈물 일부러씻고서 / 허튼잠고대로 돌이고말고녀

　—「꿈이면은?」 부분[7]

밤이 오더니만 바람이 불어요 / 바람은 부는데 친구여 평안하뇨 / 창밧게 우는 소리 못노라 무삼까닭 / 집찻는 나그네 갈길이 어대멘고 / 이밤이 이밤이 구슬흔 이밤이 / 커다란 뷘집에 과부가 울째라

　—「바람이 불어요!」 부분

이가슴에 살어지지안는 그이의얼골을 / 닛치지못하야 그림으로 그릴제 / 알수 업는 그이를 녓보아 그리나 / 다만 눈압헤 나타나 보임은 / 노상 어엽분 얼골쑨이 엿다 / 이가슴에 살어지지안는 그이의얼골을 / 닛치지못하야 그림으로 그릴제 /

7　새로이 발굴된 「어둔 밤」을 제외하고 이 글에서 인용하는 홍사용의 작품은 모두 김학동 편 『홍사용전집』(새문사, 1985)에서 가져온 것이다.

그러나 이몸만 가엽서 젓스니 / 그릴수 업는것은 게집애속이오 / 그릴수 업는것은 그이의마음이라 / 못그리는 그림을 부더안고서 / 나는 이러케 울기만할뿐
　―「그이의화상(畵像)을 그릴 제」부분

예컨대 그의 '눈물'은 실연의 아픔을 겪은 화자가 터트리는 감정이거나(「꿈이면은?」), 스산한 바깥의 풍경과 그에 동화된 '나'의 쓸쓸한 감정을 효과적으로 그려내는 수식어였다(「바람이 불어요!」). 또한 그것은 해결이 요원한 상황에 놓인 '나'의 미약한 심리를 표현하는 동시에 '나'의 설움을 일시적으로 완화하는 것이기도 했다(「그이의화상을 그릴 제」). 이처럼 홍사용의 초기 자유시에서 '눈물'은 개인의 감정을 표현하는 수단으로서 감상적이거나 애상적인 시의 정조를 형성하는 데 일조하는 것이었다.

3. '나는 눈물의 왕이로소이다'라는 선언

자신의 '눈물'에 대한 그의 유보적 태도는 4년 뒤, 「나는 왕이로소이다」에서 확연히 달라진다. 얼핏 어느 눈물 많은 아이의 성장과정을 담고 있는 것으로 보이는 이 시에서 우리는 어떻게 그의 달라진 태도를 확인할 수 있는 것인가?

나는 왕(王)이로소이다 나는 왕(王)이로소이다 어머니의 가장어여쁜아들 나는 왕(王)이로소이다 가장 가난한 농군의아들로서……
그러나 시왕전(十王殿)에서도 쫓기어난 눈물의왕(王)이로소이다

"맨처음으로 내가 너에게 준것이 무엇이냐" 이러케 어머니께서 무르시면은
"맨처음으로 어머니께 바든것은 사랑이엇지오마는 그것은 눈물이더이다"하겟나이다 다른것도만치오마는……

"맨처음으로 네가 나에게 한말이 무엇이냐" 이러케어머니께서 무르시면은

"맨처음으로 어머니께 들인말슴은 '젓주셔요' 하는 그소리엇지오마는 그것은 '으아―'하는 울음이엇나이다"하겟나이다 다른말슴도 만치오마는……

이것은 노상 왕(王)에게 들이어주신 어머니의 말슴인데요

왕(王)이 처음으로 이세상(世上)에 올째에는 어머니의 흘리신 피를 몸에다 휘감고 왓더랍니다

그날에 동내의 늙은이와 젊은이들은 모다 "무엇이냐"고 쓸대없는 물음질로 한창 밧부게 오고갈째에도

어머니께서는 깃거움보다도 아모대답도 업시 속압흔 눈물만 흘리셧답니다

쌝아숭이 어린왕(王) 나도 어머니의 눈물을 쌀해서 발버둥질치며 "으아―" 소리처 울더랍니다

그날밤도 이러케 달잇는 밤인데요

으스름달이 무리스고 뒷동산에 부헝이 울음울든밤인데요

어머니께서는 구슬픈 녯이약이를 하시다가요 일업시 한숨을 길게쉬시며 웃으시는듯한 얼굴을 얼는 숙이시더이다

왕(王)은 노상버릇인 눈물이 나와서 그만 잣까지 쉽게 울어버리엇소이다 울음의뜻은 도모지 모르면서도요

어머니께서 조으실째에는 왕(王)만 혼자 울엇소이다

어머니의 지우시는 눈물이 젓먹는 왕(王)의쌤에 썰어질째에면, 왕(王)도 쌀해서 실음업시 울엇소이다

열한살먹든해 정월(正月)열나흔날밤 맨재털이로 그림자를 보러갓슬째인데요 명(命)이나 긴가 쌀은가 보려고

왕(王)의동무 작난쑨아이들이 심술스러웁게 놀리더이다 목아지업는 그림자라

고요.

왕(王)은 소리쳐 울엇소이다 어머니께서 들으시도록 죽을가 겁이나서요

나무싄의 산(山)타령을 짤하가다가 건넌산(山)비탈로 지나가는 상두군의 구슬픈노래를 처음들엇소이다

그길로 옹달우물로 가자면 지럼길로 들어서면은 찔레나무 가시덤풀에서 처량히우는 한마리 파랑새를 보앗소이다

그래 철업는 어린왕(王)나는 동모라하고 조차가다가 돌쑤리에 걸리어 넘어저서 무릅을 비비며 울엇소이다

한머니산소압헤 꼿심으러가든 한식(寒食)날아츰에

어머니께서는 왕(王)에게 하얀옷을 입히시더이다

그러고 귀밋머리를 단단히 짜어주시며

"오늘부터는 아모ㅅ죠록 울지말어라"

아— 그때부터 눈물의왕(王)은!

어머니몰내 남모르게 속깁히 소리업시 혼자우는그것이 버릇이되엇소이다

누—런떡갈나무 욱어진산(山)길로 허무러진 봉화(烽火)뚝압흐로 쫓긴이의노래를 불으며 어실넝거릴때에 바위미테 돌부처는 모른체하며 감중연하고 안젓더이다.

아—뒤ㅅ동산장군(將軍)바위에서 날마다 자고가는 뜬구름은 얼마나만히 왕(王)의 눈물을 실고갓는지요

나는 왕(王)이로소이다 어머니의 외아들나는 이러케왕(王)이로소이다

그러나그러나 눈물의왕(王)! 이세상어느곳에든지 설음잇는짱은 모다 왕(王)의나라로소이다

— 「나는 왕(王)이로소이다」 전문

이 시에서 단연 눈에 들어오는 것은 반복적인 자기규정이자 시의 제목이기도 한 "나는 왕이로소이다"이다. 스스로를 왕으로 지칭하는 저 발언은 뒤이어 제시되는 "가난한 농군의 아들"로서 왕이 되었다는 불가능한 상황으로 인하여 다양한 해석의 여지가 있지만 그간의 해석은 대체로 비슷한 결론에 다다라 있다. 그것은 이 시를 '나'의 성장담으로 읽으며 '나'가 스스로를 왕으로 규정한 것을 어머니의 귀한 자식으로서 왕처럼 보낸 유년 시절에 대한 그리움으로 해석하는 것이다.

그러나 그가 "나는 왕이로소이다"라는 저 발언을 현재시제로 되뇌고 있다는 점에서 이는 왕이었던 유년 시절을 회상하는 것이라기보다는 현재의 자신에 대한 규정으로 보는 것이 상식적이다. 더군다나 엄밀히 따져볼 때 저 발언은 "나는 '눈물의 왕'이로소이다"를 줄여놓은 것이라는 점에서 "어머니와의 관계에서 자식은 어느 누구나 할 것 없이 왕과도 같이 소중한 존재"[8]라고 해석하는 것은 '눈물'을 염두에 두지 않은 성급한 결론으로 보인다. 그가 "나는 왕이로소이다"라는 저 말을 반복하는 저의와 그 정확한 뜻은 그가 스스로를 '왕'으로 규정하는 이유에서 찾을 것이 아니라 '눈물의 왕'으로 규정한다는 점에 유의하여 찾아보아야 하는 것이다. 우리가 그의 '눈물'에 유의하여 보다 섬세하게 그가 '눈물의 왕'으로 등극하는 과정을 추적해보아야 하는 이유가 여기에 있다.

먼저, 그가 자신을 '눈물의 왕'으로 규정하는 것은 자신이 눈물을 자주 흘리는 존재로 성장한 것에 대한 비유로 읽을 수 있다. 시간이 지남에 따라 그 의미와 양상이 달라지기는 하나 '나'의 울음은 그가 태어나면서부터 시작되

---

8   김학동, 「'어머니'와 '어린 왕'의 '눈물'과 자전성의 시학」, 『홍사용 평전』, 새문사, 2016, 148쪽.

어 성장한 후에도 계속된다. 갓 태어난 그에게 우는 행위란 자신의 의사를 표현할 수 있는 유일한 방법이었으며 성장한 후에도 '나'의 감정을 표현하는 중요한 수단이었다. 이어지는 연들은 그러한 예들의 나열이다. 가령 어머니에게 죽음에 대한 두려움을 표출할 때, 파랑새를 쫓아가다 넘어지자 아픔을 느낄 때 그는 울음을 터트린다. 아이가 성장하여 철이 들면 이러한 울음이 서서히 줄어드는 것이 일반적이지만 그것은 '나'에게는 해당되지 않았다. 상두꾼의 노래를 듣거나 혼자 우는 파랑새를 보며 죽음과 고독을 차츰 알아가고 나서도, 울지 말라는 어머니의 당부가 있은 뒤에도, '나'는 쉽게 울음을 그치지 못한다. 그는 그저 남 앞에서만 울지 않을 뿐 돌부처나 뜬구름만이 그의 눈물을 목도할 때에는 여전히 눈물을 흘린다. 그는 다른 이들보다 더 많이 우는 이로 성장한 것이다.

　그러나 그가 스스로를 '눈물의 왕'으로 지칭하는 것은 이처럼 단순한 이유에서만은 아니다. 시인은 이 시의 마지막 행에 다음과 같은 말을 덧붙임으로써 '나'가 스스로를 '눈물의 왕'으로 지칭하는 것이 단지 누구보다 많은 눈물을 흘리기 때문만이 아니라는 점을 알려준다.

　　그러나그러나 눈물의 왕(王)! 이세상어느곳에든지 설음잇는땅은 모다 왕(王)
　　의나라로소이다

　그가 스스로를 '눈물의 왕'으로 규정하는 것은 그가 어느 곳에 있는 것이든 간에 이 세상의 설움 있는 모든 땅을 자신의 것이라고 여겼기 때문이다. 세상의 모든 설움을 자기의 것으로 삼는다는 말은 그러한 설움에 모두 눈물로 응답할 만큼 눈물이 많다는 의미이기도 하지만, "이 세상 어느 곳에든지"라는 말은 그가 자신의 설움만이 아니라 세상의 모든 설움까지도 자신의 것으로 받아들이게 되었다는 사실을 정확히 가리킨다. 이는 그가 더 이상 자신의 욕구나 두려움, 그리고 아픔과 같은 개인적 상황과 감정에 의해서만 눈물을 흘리는 것이 아니라 다른 이들의 설움에도 적극적으로 눈물을 흘리는 이로 성장했다는 사실에 대한 공표이다. 이러한 공표는 그가 그들의 울음소리에 기꺼이 반응하는 것으로서 자신의 행동을 정립하게 되었음을 의미한다. 이처럼 세상의 모든 설움이 있는 땅에 대한 주권을 주장하기에 그는 '눈물의 왕'으로 등극한 것이다.[9]

　이러한 '나'의 모습은 앞서 본 「어둔 밤」을 떠올리게 한다. 그는 「어둔 밤」에서도 "사람의 슬픔을 슬퍼하고", "인류의 번민 고통"에 눈물을 흘리며 "설운 모든 땅을 자신의 것"으로 삼은 자의 눈물을 보여주었으나 눈물을 대하는 태도에 있어서 두 작품은 확연한 차이를 보인다. 「어둔 밤」에서 그는 그들의 슬픔에 눈물로 공감하는 자신의 눈물을 모른 체하였고, 슬퍼 울부짖는 사람들에게 눈물을 멈추어야 하는 이유를 가르치며 눈물을 흘리는 것보다 더욱 가치 있는 행동을 찾는 데 골몰하였다. 반면, 「나는 왕이로소이다」에서 '나'는 이러한 눈물을 흘리는 자신을 있는 그대로 받아들이며 오히려 자신에게 '눈물의 왕'이라는 이름을 붙여주었다. 「나는 왕이로소이다」를 읽으며 백철은 '왕'이라는 말에서 "중생의 세계를 내려다보는 독존적인 긍지"[10]를 읽었으나, 홍사용은 이 작품에 이르러 오히려 '왕'이라는 이름을 달고도 그 높은 자리에서 내려와 그들의 설움에 눈물로 공감하고자 한다. 그가 이러한 울음을 자처한다는 점에서 "나는 눈물의 왕이로소이다"라는 그의 마지막 말은 더 이상 자기규정도 아니며, 한탄이나 자조는 더욱이 아니다. 이는 모든 설운 땅에 대해 울어주겠다는 일종의 선언이었던 것이다.

9　박두진 역시 이 시에서 '나'가 '눈물의 왕'으로 등극한 데 눈물의 영토와 주권에 대한 선언이 있었다고 보았다. 그는 모든 설움을 자신의 것으로 만들려고 한 '나'의 태도에 주목한 것은 아니었으나 "눈물의 미학, 눈물의 영토와 그 주권을 선언한 눈물의 왕의 시를 남긴 이가 바로 홍사용이었다"라는 말로써 홍사용의 눈물의 미학이 어디에서 비롯된 것인가를 궁구하였다. 박두진, 『한국현대시론』, 일조각, 1971, 56쪽.

10　백철, 앞의 책, 289쪽.

4. '메나리'를 통한 설움의 공유와 민족적 연대

선언은 자신의 주장을 외부에 표명하는 것이며, 그 주장에는 행동이 따른다. "나는 왕이로소이다"를 선언으로 보는 것은 그가 이 시를 기점으로 행보를 달리하기 때문이다. 다른 이들의 설움을 자신의 것으로 만들면서 '눈물의 왕'이 된 그는 이제, '눈물의 왕'의 입장에서 시를 쓴다.「나는 왕이로소이다」이후 그의 민요시를 이런 맥락에서 읽을 수 있다.

　　　　이슬비에 피엇소 마음고아도 찔레꼿
　　　　이몸이 사웨져서 검부사리 될지라도
　　　　꼿은 안이되올것이 이것도 꼿이런가
　　　　눈물속에 피고지니 피나지나 시름이라
　　　　미친바람 봄투세하고 심술피지 말어도
　　　　봄꼿도 여러가지 우는꼿도 꼿이려니

　　　　구즌비에 피엇소 피기전(前)에도 진달래
　　　　이몸이 시여져서 떡가랑닙 될지라도
　　　　꼿은 안이되올것이 이것도 꼿이런가
　　　　새나꼿이 두견(杜鵑)이니 우나피나 피빗이라
　　　　새벽반(半)달 누구설음에 저리몹시 여웻노
　　　　봄꼿도 여러가지 보라꼿도 꼿이려니

　　　　아즈랭이 애조려 가냘히떠는 긴한숨
　　　　봄볏이 다녹여도 못다녹일 나의시름
　　　　불행(不幸)다시 꼿되거든 가시센 꼿되오리
　　　　피도말고 지도말어 피도지도 안엇다가

호랑나뷔 너울대거든 가시찔러 쪼츠리
봄꽃도 여러가지 가시꼿도 꼿이려니
　　―「붉은 시름[민요(民謠)한묵금]」 전문

「붉은 시름」은 「이한」이나 「고초당초 맵다한들」과 같은 민요시들에 비해
잘 알려져 있는 작품은 아니지만, 홍사용이 이 시에서 한 여성의 내밀한 설
움을 담아내는 모습은 인상적이다. 그는 꽃으로 태어났지만 다시 태어난다
면 꽃이 되지 않겠으며, 꽃이 되더라도 피지도 지지도 않는 꽃으로, 다가오
는 호랑나비를 쫓을 수 있는 가시꽃이 되겠다는 그녀의 말을 반복, 병치하며
그 의미를 강조하는데, 이를 통해 우리는 그녀가 관계를 맺는 일에서 느낀
시름의 깊이가 얼마나 깊었는지 짐작하게 된다. 시인은 그녀에게 정확히 어
떠한 일이 있었는지 그 구체적인 정황을 그리기보다 그녀가 간직하고 있는
설움을 저러한 비유와 형식을 가져와 생생히 전달하는 데 집중하는 셈인데,
그로 인해 그녀의 설움은 사랑으로 시름을 앓아본 이라면 누구나 공감할 수
있는 보편적인 것이 된다.

　이 시기 홍사용의 시에는 이와 같이 세상의 여러 설움 있는 이들의 눈물
이 담겨 있다. 그의 시에 표상된 눈물과 울음은 더 이상 시인과 구분되지 않
는 화자의 것이 아니라 그가 관찰한 다른 이들의 것이 된다. 그는 그들이 우
는 이유를 궁금해하면서 열아홉 처녀의 울음에 대해 적는가 하면(「시악시 마
음이란(민요한묵금)」], 봄나물을 캐는 여인의 실없는 눈물이라든가(「각시풀」),
집을 떠난 남편을 기다리는 여인의 눈물(「이한」) 등을 차례로 시에 담는다. 이
러한 눈물과 울음이 모두 여성의 것인 것은 「나는 왕이로소이다」에서 그가
오랫동안 목도한 눈물이 어머니의 것이라는 점에서 자연스러워 보이는데,[11]

11　「어둔 밤」에서도 홍사용이 주목하는 것은 여인의 울음이다. 그는 여러 사람들의 울음소리
　　를 들었다고 적으면서도 이웃집 청춘부의 울음에 대해서만 이야기한다.

이 시기에 이르러 그는 하나로 통일되지 않는 여러 여성들의 목소리들을 빌려 와 그들의 가지각색의 설움을 시 속에 끌어모음으로써 그들의 설움을 자신의 것으로 삼는다.

그런데 흥미로운 점은 그가 설운 모든 땅을 다 자신의 땅으로 삼겠다고 공표한 이후 그 이행을 모두 민요시를 씀으로써 하고 있다는 사실이다. 「나는 왕이로소이다」는 그의 '눈물'의 양상이 변화하는 기점인 한편, 그의 시가 자유시에서 본격적인 민요시의 창작으로 나아가는 시세계의 결절점이기도 한 것인데, 주지하다시피 홍사용은 1923년 「나는 왕이로소이다」를 발표한 것을 끝으로 더 이상 시를 발표하지 않다 10년이 지난 1934년에야 민요시를 가지고 다시 등장하였다. 10년간의 시작(詩作) 공백기 동안 희곡, 소설, 수필, 평론 등을 다양하게 발표하며 시단을 떠난 것으로 여겨졌던 그의 재등장은 그렇다면 어째서 민요시와 함께였던 것인가?

홍사용이 민요시를 창작한 이유에 대해 그간의 의견은 대체로 다음과 같이 모아져 있다. 3·1운동 이후 민족의 주체성에 관심을 갖게 된 그가 우리의 민요를 근대시로 변용하는 작업을 통해 민족주의 이념을 구체적으로 실천하고자 하였다는 것이다.[12] 3·1운동으로 고조된 민족주의는 문단에서는 민요에 대한 관심으로 나타났는데, 민요시 창작은 일종의 문단 내 경향으로서 홍사용뿐만 아니라 김소월, 김억, 주요한, 김동환 등 여러 시인들에게서도 공통적으로 발견되는 하나의 현상으로 이야기되었다.

1920년대에도 민요를 채록하는 등 민요에 관심을 갖고 간간이 민요조 율격의 시를 창작하였으며[13] 3·1운동에도 적극 가담하였다는 점에서 홍사용

---

12   대표적으로, 송재일, 「민요시의 현실 대응 방식: 홍사용의 민요시론」, 『문예시학』 2, 1989; 최원식, 「홍사용 문학과 주체의 각성」, 『한국학논집』 제5권, 계명대학교 한국학연구원, 1978.

13   홍사용은 『백조』 2호(1922.5)에 「봄은 가더이다」를 발표하고 연이어 경상도의 민요 〈생금노래〉를 실었는가 하면 「비 오는 밤」(『동명』, 1921.10), 「시악시 마음은」(『백조』 창간호,

이 민요시를 창작하였던 기저에 민족주의 이념이 작용하였던 것은 분명해 보인다. 그러나 3·1운동 이후 그의 작업은 자유시 창작에 치중되어 있었고, 민요시 창작은 3·1운동이 10년 이상이 지난 후에야 본격화되었다는 점에서 이는 보충 설명을 필요로 한다. 그는 왜 이 시기에 이르러 자유시 창작을 온 전히 중단하고 민요시 창작을 본격화한 것인가? 그러한 시적 전환이 그의 '눈물'의 변화와 같이 일어났다면 거기에는 어떠한 관련성이 있지 않을까?

시작 공백기 동안 그가 소설과 희곡을 쓰며 "설운 모든 땅을 자신의 땅"으로 만드는 일에 골몰했다는 점은 이 글이 그의 민요시 창작의 원인을 "민족적 모순의 격화"[14]와 같은 외부에서 찾기보다는 시 속 '눈물'의 변화와 관련된 질문을 던지며 찾아보려는 또 다른 이유이다. 예컨대, 소설 「봉화가 켜질 째에」(『개벽』, 1925.7)에서 그는 여인 귀영의 설움에 밀착하여 그것이 어디에서 비롯되었는가를 정치하게 따라가고자 하였고, 희곡 「제석」(『불교』, 1929.2)에서도 가난한 한 가족을 무대에 올리며 그러한 작업을 이어갔다. 이러한 점은 그가 민요시를 쓰기 전까지 자신의 앞선 선언을 실현할 수 있는 장르를, 다시 말하자면 사람들의 설움을 내밀하게 담을 수 있는 장르를 모색하였다는 추정을 가능하게 한다. 이처럼 시작 공백기 동안의 작업이 다른 이들의 내밀한 설움을 풀어내는 데 집중되어 있었음을 염두에 둔다면 그가 시 장르로 다시 돌아온 것은 자연스러운 일이다. 다소 거칠게 말하자면, 시는 내면성을 가장 효과적으로 담는 장르이기 때문이다. 그러나 이 말은 한편으로는 그가 그들의 설움을 시에 가져오는 작업은 민요시가 아니어도 가능했다는 것을 의미한다. 그렇다면 앞서 던진 질문을 다음과 같이 바꾸어 물을 수 있겠다. 그는 왜 다른 이의 설움을 다루는 데 있어 자유시가 아닌 민요시를 선택한 것인가?

1922.1), 「흐르는 물을 붓들고서」(『백조』 3호, 1923.9) 등의 민요시를 창작하였다.

14　송재일, 앞의 글, 69쪽.

그가 시작 공백기 동안 발표한 또 다른 글, 「조선은 메나리 나라」(『별건곤』 12·13호, 1928.5)는 그가 여러 설움을 담아내는 데 왜 민요시를 선택하였는가를 짐작하게 한다.

　뫼가 우둑하니 섯스니, 웅징스러웁다. 물이 철철흐르니, 가만한눈물이 저절로 흐른다. 수수꺽기속가티 고읍고도 그윽한 이나라에, 바람이불어, 몸슬년의 그바람이 불어서, 꼿은 피엿다가도 지고, 봄은 왓다가도 돌아선다. 제비는 오것만은 기러기는 가는구나. 백성들이 간다 사람들이 운다. 한만흔 쌕쑥이는, 구슬픈울음을 운다. 울음을운다. 무슨울음을 울엇더냐. 무슨소리로 울엇너냐. 쎠가녹는 실음?, 피를품는 설움?, 안이다 그런것이안이다.

　문경(聞慶)어(에) 세자년(새재는) 워―ㄴ고개―ㄴ고―(웬고개인고) 구비야구비야 눈물이 나게

　한울에는 별도만코 시내강변엔 돌도만타. 한도만타 설음도만타. 그러나 우리는 그것을 나타내이기가 실타. 할말도 만컷만은 쏘한 할말도 업구나. 설음이오거든 웃음으로 보내바리자. 사설이 잇거든 메나리로 풀어바리자. 그러나 메나리그것도 슬프기는 슬프구나. 실그머니 나려안즌가슴이 쏘다시 마음까지 알케되누나. 그러나 이것을 남들이야 알랴. 남들이야 엇지그 마듸 마듸 그구슬픈가락을 알수가잇스랴.

이 민요론에서 그는 메나리, 즉 조선 민요의 우수성을 이야기하는 가운데 그것의 여러 특성을 서술하는데, 인용된 부분에서 확인할 수 있듯 그는 민요를 설움과 관련지어 생각하였다. 그에 따르면 사람들은 "뼈가 녹는 시름"과 "피를 품는 설움"을 우는 대신 민요를 부르며 자신의 설움을 웃음으로 넘기거나, 민요에 담긴 다른 이들의 설움을 함께 앓음으로써 자신의 슬픔을 견딜

수 있었다. 다른 민요 시인들이 민족적 율격과 같은 민요의 형식에 주목하는 동안, 그가 이처럼 민요의 정서를 이야기하는 데 더 많은 비중을 할애하여 민요론을 썼다는 사실[15]은 홍사용이 민요시로 이행하는 데 민요가 담는 설움이 중요하게 작용했을 가능성을 상정하게 한다. 그의 민요시는 풍자와 해학의 민요를 변용하여 설움을 웃음으로 넘기게 한 것은 아니었지만, 여러 사람들의 내밀한 설움을 곡진하게 담음으로써 읽는 이가 그 설움을 공유하여 함께 설움을 앓게 하는 방식으로 민요를 계승하기 때문이다.

　더욱이 그가 생각한 설움이란 개인의 일시적인 감정이 아니라 우리 민족의 깊숙한 곳에 자리한 넋과 같은 것이었다. 앞서 우리는 「나는 왕이로소이다」를 읽으며 '나'의 눈물에만 주목하였으나 홍사용은 이 시에서 눈물을 흘리는 또 다른 사람, '나'의 어머니를 공들여 묘사한다. 자주 눈물을 흘리는 어머니의 모습을 그리며 그는 '나'가 어머니를 따라 눈물을 흘리는 장면을 여러 차례 반복하여 제시하는가 하면 어머니를 따라 울다 눈물이 버릇이 되어버렸다는 서술을 이어감으로써 '나'의 눈물이 개인적인 성향에서 비롯된 것이 아니라 물려받아 생겨난 내력임을 강조하였던 것이다. 이러한 점은 그가 민요시로 나아가는 과정을 「나는 왕이로소이다」 속 '나'의 성장과정과 겹쳐 읽게 해준다. '나'가 어머니에게서 물려받은 눈물을 자기의 방식대로 표출하며 성장하였던 것과 같이 홍사용은 민요라는 전통을, 그리고 그 속에 담긴 설움을 근대시로 변용함으로써 민요시를 쓰는 것으로 나아갔던 것이다.

15　물론 이 글에서 홍사용이 민요의 형식을 이야기하지 않은 것은 아니었다. 그는 '메나리 나라의 백성'이 "'양시조', 서투른 언문풍월, 도막도막 잘 터놓는 신시(新詩)타령" 등을 하고 있다고 비판하면서 메나리 나라로 돌아갈 것을 권한다. 그러나 이러한 서술은 다른 시인의 민요론과 비교하였을 때 민요의 형식보다 정서에 더욱 기울어진 서술이었다. 대표적으로 김억은 민요시가 민요의 "종래의 전통적 시형(형식상 조건)"을 밟는 것으로 보고 이 시형을 따르지 않은 민요시는 민요시다움이 없다는 주장까지 하며 민요와 민요시의 형식적인 특성을 중요하게 언급하였다(김억, 「서문대신에」, 『잃어진 진주』, 평문과, 1924).

이처럼 그가 우리의 넋을 설움으로 인식하고, 그것을 담을 수 있는 장르에 대한 오랜 모색 끝에 민요시에 안착하였다는 점에서 그가 민요시라는 장르를 선택한 것은 단순한 "복고주의"나 "문화적 퇴행"으로 볼 수 없다. 그의 민요시는 "중압되어 오는 역사의 시련에 직면"한 "나약했던 지성인"이 "현실을 도피하는 수단"[16]이었다기보다 메나리가, 즉 우리의 민요가 그러했듯 오래전부터 우리의 넋으로 자리 잡힌 설움을 시에 공유함으로써 우리가 현실을 함께 견뎌내게 하려 한 그의 현실 대응 방식이었다. 그의 민요시 창작은 그간의 연구에서 말하듯 그가 단순히 민요시라는 장르를 선택했다는 점에서, 혹은 민요라는 우리의 전통을 지키는 일의 중요성을 인식하거나 민족의 정체성에 대해 관심을 기울였다는 점에서 민족주의 이념을 실천한 것이 아니라, 세상의 모든 설움들 앞에서 시인으로서 할 수 있는 일이 무엇인가를 궁구하는 과정에서 그가 행한 시적 실천이었던 것이다.

3·1운동이 끝난 해에 그가 "인류의 번민 고통"이라는 다소 거창한 말들로 표현한 우리의 설움을 그는 시를 씀으로써 자신의 것으로 삼을 수 있었다. 민요라는 "가난한 농군"의 노래는 그가 '눈물의 왕'이 됨으로써 시가 되었고, 그가 민요시를 씀으로써 이 세상의 설움 있는 땅은 모두 그의 나라가 되었다.

---

16   오세영, 『한국낭만주의시 연구』, 일지사, 1980, 375~376쪽.

05 홍사용 소설의 낭만적 정치성
― 시(극)적 전략

허희

1. 대수로운 사건으로서의 소설 쓰기

『백조』 3호(1923.9)에 홍사용은 처음으로 소설 「저승길」을 발표했다. 그간 그는 시인으로 살아왔다.[1] 그런 홍사용이 소설을 쓴 까닭은 무엇일까? "「저승길」은 내가 소설에 붓을 잡은 지 두 번째의 시험이다."[2] 그는 이렇게 편집 후기에 썼을 뿐이다. 「저승길」 이전에 홍사용이 첫 번째로 시험한 소설이 무엇이었는가는 알 길이 없다. 여기에서 주목하고 싶은 것은 그가 시 외의 다른 장르를 '시험'해봤다는 진술이다. 문학에 발 들인 지 얼마 안 된 20대 청년이 시 말고 소설에도 관심을 가졌다는 사실. 이것은 별로 대수롭게 여겨지지 않을지도 모른다. 그런데 나는 그것이 바로 대수로운 사건임을 주장하려 한다. 왜냐하면 그즈음부터 홍사용의 희곡 집필 및 공연 작업이 동시에 이루어 지기 때문이다. 1923년 5월 극단 '토월회'에 참여한 이후 그는 꾸준히 연극 활동에 매진했다. 이를 문학 장르를 가리지 않는 홍사용의 전방위적 성격에 따른 것으로 돌리면 그만일 것이나 그에 대한 정확한 해설일 수는 없다.

이 글의 목적은 홍사용이 쓴 소설을 독해하되, 이것을 시와 극의 자장과

---

[1] 수필 「청산백운」(1919.8)과 수필 「노래는 회색 ― 나는 또 울다」를 집필하긴 했으나, 1923년 9월 전까지 홍사용이 주력한 문학 장르는 시였다.

[2] 『백조』 3호, 1923.9; 노작문학기념사업회 편, 『홍사용 전집』, 뿌리와 날개, 2000, 352쪽. 이 하 작품을 포함한 홍사용의 글은 이 『홍사용 전집』을 참조한다. 인용할 때는 각주를 생략 하고 본문에 작품 제목과 쪽수를 표시한다.

연관 지음으로써, 그의 소설이 단독적이라기보다는 시(극)적 전략과 이어짐을 밝히는 데 있다. 이와 같은 접근은 홍사용 문학의 총체성을 모색하는 방법론이기도 하다. 또한 그것은 1920년대 초에 민요조시와 자유시 계열을, 소설을 완성한 다음 1930년대 초까지는 희곡을, 그 뒤부터 민요조시와 수필과 소설을 창작한 그의 문학적 여정을 분리된 것으로 보기보다는 통어해보려는 시도이다. 그 중심에 홍사용의 낭만주의가 자리한다. 1936년 9월 『조광』에 스스로를 3인칭으로 등장시켜 『백조』 시대를 회상한 글에서 그는 "불기(不羈)의 정서에 대한 갈망과 야생적인 우울 그것이 곧 그들의 예술"(「백조 시대에 남긴 여화」, 326쪽)이라고 정의한다. 이를 홍사용은 '자유'와 등치시킨다. "전제나 혹은 유덕한 인사에게는 명령도 복종도 없는 바와 같이 이른바 이 세상의 모든 권위라는 것"에 반하는 이상이다.

낭만주의자는 세계의 진보를 위해 직접 행동에 나서지는 않는다. 그렇다고 현 세계에 순응하지도 않는다. 저곳을 꿈꾸면서 이곳에 있을 수밖에 없는 사람들. 당연히 『백조』 동인 ― 홍사용은 우울을 앓을 수밖에 없었으리라. 이럴 때 낭만주의자는 특유의 정치성을 획득한다. '낭만적 아이러니'의 작용이다. "체계에 도달할 수 없다는 자기-비판적 의식과 체계를 결합시키려는 항상적인 노력에서 시작"[3]하는 움직임이 낭만적 아이러니의 본질임을 염두에 두자. 그러면 홍사용 문학, 특히 그의 소설을 재인식하는 계기를 마련할 수 있다는 것이 나의 문제의식이다. 홍사용은 「저승길」을 비롯하여 총 네 편의 소설을 남겼다. 「봉화가 켜질 때」(『개벽』 61호, 1925.7)·「뺑덕이네」(『매일신보』, 1938.12.2)[4]·「정총대」(『매일신보』, 1939.2.9)이다. 그렇게 보면 그의 소설을 두 부분으로 나눌 수 있다. 1920년대에 쓴 소설 두 편과 1930년대에 쓴 소설 두

---

3   프레더릭 바이저, 『낭만주의의 명령: 세계를 낭만화하라』, 김주휘 역, 그린비, 2011, 24쪽.

4   본고에서 참고한 『홍사용 전집』에는 「뺑덕이네」 출전이 『조선일보』로 표기돼 있다. 편집 상 오류로 보인다. 이 소설은 『매일신보』에 실렸다.

편을 묶어 서술하기로 한다.

2. 1920년대 홍사용 소설: 「저승길」·「봉화가 켜질 때」

「저승길」·「봉화가 켜질 때」를 아우르는 키워드는 '죽음'이다. 『백조』 3호
에 홍사용이 쓴 시 「커다란 무덤을 껴안고 — 묘장 1」과 「시악시 무덤 — 묘
장 2」를 고려한다면 어떨까. 그의 소설에 인간의 이성으로는 도저히 해명되
지 않는 죽음에 관심을 두는 낭만주의 성격이 십분 투영됨을 볼 수 있을 것
이다. 한데 홍사용 소설은 죽음을 다루는 방식이 그의 시와 다르다. 홍사용
시는 한 사람의 죽음 이후 남겨진 자의 애도를 초점화한다. 반면 그가 쓴 소
설은 한 사람의 죽음 이전 그가 살았던 삶을 반추한다. 그래서 홍사용 소설
은 그의 시에 대한 전사처럼 보인다. 죽음이라는 종결된 삶의 감정을 시적으
로 극대화하고, 죽음을 앞둔 이의 구체적 삶을 서사로 형상화하기에 전자와
후자는 분리되지 않는다. 그리고 관건은 무엇으로 인한 죽음인가 하는 점이
다. 병이 「저승길」의 희정을, 「봉화가 켜질 때」의 귀영을 잠식했다. 위와 십이
지장에 생긴 병과 폐병이다.

이것은 물론 '은유로서의 질병'(수전 손택)이다. 내장 기관에 손쓸 수 없는
병이 들었다는 사실은 치유될 수 없는 세계 자체를 의미화하기 때문이다.
이는 관념적인 비유가 아니다. 홍사용은 당대 현실을 거론한다. '3·1운동'
과 '형평운동'이다. 「저승길」에서 희정과 명수의 연애 시기는 "만세 난리 뒤
에 다섯 해"(48쪽)와 겹친다. 희정이 "만세꾼의 신세"(47쪽)였던 명수를 숨겨
주면서 두 사람의 애정은 커져간다. 3·1운동은 홍사용과 무관하지 않다. 그
는 휘문고보 졸업반 시절 3·1운동에 참가했고 3개월간 옥살이를 했다.[5] 따

---

5   정우택, 「『문우』에서 『백조』까지 — 매체와 인적 네트워크를 중심으로」, 『국제어문』 47집,
     2009, 39쪽 참조.

라서 홍사용의 실존적 체험이 민족의식과 결부될 수밖에 없음을 적시하는 것은 타당하다. 그러나 "주인공 희정을 통하여 일제 식민체제 속에서 소외받고 차별받는 민중들의 고난과 투쟁을 우회적으로 보여주고 있다"라든가 "식민지 체제에서 가장 차별받을 수밖에 없는 기생의 일생을 통하여 당대 현실을 고발하고 있는 것이다"[6]라는 기존 해석은 좀 더 섬세하게 들여다볼 필요가 있다.

그것은 「봉화가 켜질 때」의 주인공 귀영이 '백정(의 딸)'이라는 신분 차별에 시달린다는 점에서 연결된다. 단순히 '민중'으로 치환될 수 없는 분할과 배제의 감각에 대한 인식이다. 홍사용은 「저승길」의 주인공을 명수로 설정하지 않았다. 1장은 희정의 죽음 뒤 황망해하는 명수를, 2장은 죽음을 앞둔 희정을 안타깝게 바라보는 명수를 그린다. 죽음 앞에 무력해하는 인간의 초상이다. 만세꾼을 돕는 "민첩하고 의협스러운 여성"(47쪽) 희정. 그녀의 모든 언행은 명수의 입장에서 그에 대한 지고지순한 사랑으로 환원된다. "'당신의 일이면은 죽어도 좋아요' 하며, 희정은 늘 기꺼운 웃음으로 모든 근심을 지워버리었다."(48쪽) 명수는 자신을 물심양면으로 지원한 그녀의 심경을 제대로 알지 못한다. 게다가 그에게 희정은 여전히 '유랑녀'로 간주된다. "희정은 모든 사건을 자기가 안고 나서지 아니치 못할 줄을 깨달은 듯이 '모두 제가 한 일이올시다' 하며, 유랑녀의 아름다운 멋을 모두 풀어서, 형사를 반가이 맞았다."(48쪽)

그러므로 이 소설의 핵심은 3장이다. 명수의 관점으로 재현되는 희정이 아닌, 본인의 시선으로 돌아보는 희정의 삶이 기술돼 있어서다. 이 장은 섬망에 빠진 희정의 독백으로 구성된다. 저승길 초입의 스산한 풍경이 제시됨과 더불어 지난날에 대한 긴 회한이 이어진다. 만세꾼 명수를 도왔다는 그녀의 자부심은 3장에 드러나지 않는다. 명수가 초점화자인 앞 장까지는 민족

---

6   장두식, 「홍사용 「저승길」 연구」, 『동양학』 46집, 2009, 13~14쪽.

담론의 자장을 거론할 수 있었으나, 희정이 초점화자인 이 장에서는 이를 찾을 수 없다. 오히려 민족의 이름으로 구원받지 못하는, 전체 집합으로 셈해야 하나 셈해지지 않는 공집합적 존재의 양상이 뚜렷하게 표면화된다. "세상은 나를, 이름도 없이 천한 목숨이라고만 부른다. 그런 나는, 다른 사람과 같은 사람 행세도 못하여 보았다. (…) 사람 노릇을 하려 하였다. 옳고 착한 일만을 해보려 하였다. (…) 그러나 세상은 나를 모르더라. 모른 체하고 비웃어버리더라. 업수이 여기더라, 사람으로는 대접하지를 아니하더라."(53~54쪽)

희정의 하소연은 과연 식민 통치 체제에 원인을 둘까. 각종 기예를 담당한 예술인으로서의 기생, 사회적 목소리를 낸 주체적 인간으로서의 기생을 긍정하는 것[7]과 별개로 기생은 최하층 신분이었다. 식민 통치 체제 수립 전에도 그랬다. 희정이 느낀 모멸감은 일본 제국주의에 전적으로 기인하지 않는다. 옳고 착한 일, 그러니까 만세꾼 명수를 돕는 행동을 했으나 그녀에 대한 세간의 평가는 달라지지 않는다. 희정은 자조한다. "나는 등신만 남은 허수아비다."(54쪽) 명수를 숨긴 죄로 유치장에 갇히기도 했으나 그녀는 결코 명수와 동등한 위치에 서지 못한다. 3·1운동 선언문의 인류 평등 정신은 네이션(nation)의 층위에서만 유효하다. 만세꾼이 염원하는 세상이 도래한다할지라도 희정에게는 유랑녀의 레테르가 붙어 다닐 것이다. 2장에서 희정과명수의 고유명이 나오는 것과 달리, 3장에서 명수의 고유명이 나오지 않는다는 점도 의미심장하다. "빙그레 웃고 보는 사나이가 있다. 저는 나의 사랑이다"(58쪽)라고만 언급된다.

그 사나이가 명수인가 아닌가? 그 사나이는 희정이 가졌던 모든 사랑의원관념이라는 점에서 명수가 포함되리라. 그런데 희정은 다음과 같이 소회

---

7   이화형, 『기생』, 푸른사상, 2018, 172쪽 참조. 홍사용도 3·1운동 직후 강향란·강명화·문기화의 예를 들어 이른바 '화류계'에서 일어난 각성과 변혁을 언급한다(「백조시대에 남긴 여화」, 339쪽).

를 밝힌다. "사랑이 나를 속일 리는 만무하지마는…… 그래도 나는, 그의 말을 믿어 들어오다가, 너무도 휘돌아온 듯싶다. 나는 나의 가고 싶은 대로만 가는 수밖에 없다. 사랑이 가리켜 주는 길은, 너무도 희미하다. (…) 나는 가고 싶은 대로 간다. 사랑의 말을 돌보지 않고 호올로 간다."(59쪽) 이 문장을 삶의 길로 이끌려는 사랑 대신 죽음의 길로 갈 수밖에 없는 희정의 상태를 나타낸다고 풀이하는 것은 틀리지 않다. 하나 다른 풀이도 가능하다. 열렬한 사랑이 그녀가 처한 상황 전반을 바꿔놓지 못했다는 것이다. "나를 보고 지껄이는 사람들을 보면은, 미운 생각뿐이다."(54쪽) 희정을 죽음으로 내몬 병의 진짜 이유는 이와 같은 편견과 루머였다. 주권을 회복하면 인간다운 삶의 권리를 되찾을 수 있다는 독립운동의 약속은 그녀에게 온전히 적용되지 않는다.

낭만주의에 관해 이런 견해가 있다. "낭만주의적 노력과 열망의 목적은 본질적으로 전체론적이었다. 개인은 그의 세계 안에서 다시 편안함을 느껴야 하며, 그럼으로써 [자신을] 전체로서의 사회와 자연의 일부분으로 느끼게 될 것이다."[8] 이에 동의한다면 낭만주의자로서 홍사용은 「저승길」을 통해 민족으로 전체화되지 못하는 개별자들의 불화에 대한 의문을 던졌다고 볼 수 있다. 「봉화가 켜질 때」도 유사하다. 서울에서 고등학교를 졸업한 귀영은 3·1운동에 참가해 일 년 넘게 옥살이를 했다. 그녀는 같이 감옥에 들어간 동지 김씨와 사랑에 빠져 부부의 연을 맺게 된다. 하지만 둘의 관계는 일 년이 지나 파국을 맞는다. 김씨가 귀영이 백정의 딸이라는 사실을 알게 됐기 때문이다. 귀영은 전부터 고백하고자 하였으나 "스스로 무슨 죄나 지은 듯이 가슴이 두근거리여, 몇몇 차례를 벼르기만 하고 말았다."(68쪽) 결국 그녀는 신생원이라는 사람에게 '양반 아버지' 역할을 맡겼으나 모든 것이 금세 들통나 버린다.

---

8   프레더릭 바이저, 앞의 책, 70쪽.

김씨는 분노한다. 귀영이 자신을 속이려 해서가 아니다. 그녀가 백정의 딸임에 크게 화를 낸다. "귀영이가 나중에는 '밥을 먹기 위하여 일하는 그것이, 무엇이 잘못이오. 사람들에게 먹을 것을 드리는 직업이, 무엇이 천하오' 하고, 소리쳐 부르짖었으나 남편은 들은 체 안하고 '더러운 년 백정의 딸년이……' 하고, 마구 내쫓았다. 한창 시절에는 '동포다, 형제와, 자매이다. 이 나라 사람들은, 눈물에서 산다. 약한 자여—모두 모여라. 한세인 삶을 찾기 위하여……' 하며, 뒤떠들던 남편도, 알뜰한 사람을 저바릴 때에는, 모든 것이 다 거짓말이었다. 허튼 수작으로, 모든 사람들에게 아첨하고 발려 맞추느라고, 쓰던 말이었다."(69쪽) 1894년 갑오개혁의 신분제 철폐와 1919년 3·1운동이 내건 만민 평등주의는 이처럼 실제 생활에서는 통용되지 않았다. 그러하기에 1923년 백정들이 신분 해방을 외친 형평운동도 일어난 것이다. 귀영을 소설 주인공으로 삼아 홍사용은 그들의 주장에 공감을 표한다.

그때 정치적 개혁의 대의는 주창자인 지식인의 위선으로 파열한다. 당신들이 주장하는 전체를 위한 강령은 실현돼봐야 당신들에게만 이로운 변화임을 홍사용은 지적한다. 귀영에게 친밀감을 표시한 의사 전씨도 마찬가지다. "전씨는 귀영이가 백정의 딸이나마, 돈이 많으니까 사람보다도, 돈이 먼저 넘기여다 보였었다."(70쪽) 그러지 않는 유일한 사람이 취정이다. 귀영의 단짝인 그녀는 기생이다. "몸이, 기생이라는 이 세상 제도의 가장 아래층에 있어서, 여러 사람 여러 가지의 희롱과 유린을 받아서, 인생이라는 그것이 어떠한 것인 줄을, 여러 가지의 모양으로, 보고 겪고 해서 알았음이다."(70~71쪽) 제도적으로는 신분 해방이 천명되었으나 신분적 차별이 공고하던 시대. 제일 낮은 곳에 있는 두 사람의 우정과 연대에는 그래서 개연성이 있다. 취정은 귀영의 열사단 수첩을 넘겨받아 그녀의 의지를 잇는 인물로 그려진다. 이처럼 홍사용이 소설에서 여성을 중심인물로 설정해 많은 발언권을 부여했다는 점도 특기할 만하다.

그의 소설에서 문학적 완성도는 차치하자. 홍사용이 소설에서 거둔 성과

가 당대 일류 작가와 비교해 그리 뛰어나다고는 할 수 없는 것이 사실이다. 다만 계급과 젠더의 약자가 침묵하지 않고 어떻게든 말할 수 있도록 그가 애썼다는 소설적 의의는 분명하다. 이와 관련해 귀영의 진짜 적이 일본 제국주의만은 아니었음도 상기해야 한다. 그녀가 상해에 가 열사단에 가입한 동기는 어떤가? 여기에는 조선 독립의 염원만 들어 있는 것이 아니다. "귀영이는 조상 적부터 한 겨레가, 특별히 짐승의 대접을 받았다. 귀영이가, 처음에는 사람들을 무서워하였다. 무서움으로, 스스로 피하였었다. 그러다가, 자기도 힘이 있는 사람임을 깨달을 때에, 세상 사람이 미워졌다. 사나웁다 하는 그이들과 싸워, 원수를 갚고 싶었다. 오히려 싸우는 것보다도, 맨 먼저 사나움에 지즐리어진 무리들을, 여러 사나운 이들보다도, 더 사나운 힘을, 갖게 하고 싶었다."(70쪽) 귀영에게는 사람들을 무서워하지 않는 힘을 얻고자 하는 목적이 있었다.

민족 담론만으로 그녀들의 심리는 설명되지 않는다. 세상 사람들을 향한 희정의 미움을 귀영은 더욱 적극적으로 전유한다. 귀영의 한계점도 있다. 임종을 앞둔 그녀는 아버지에게 당부한다. "다시는 백정 노릇 마소."(73쪽) 김씨에게 백정이 천하지 않음을 항변하던 귀영이 어느새 다시 백정 집안 출신임을 부끄러워하던 과거로 돌아가 있는 장면이다. 그녀가 표상한 근대적 주체의 충실성은 끝내 지켜지지 않았다. 그것이 귀영의 잘못인지, 홍사용의 탓인지, 아니면 시대의 핍진한 반영인지는 더 따져보아야 할 테다. 우선은 이 소설의 결말을 보자. 귀영이 세상을 떠난 뒤 그녀의 뜻을 계승한 취정은 사방팔방 외치고 다닌다. "불질러 버려라. 불질러 버려라. 모든 것을 불질러 버려라."(75쪽) 개선이 불가능한 세상을 차라리 초토화하자는 구호는 급진적 낭만주의의 한 형태이다. 그러니까 '봉화가 켜질 때에'라는 제목의 봉화는 1919년 만세 운동의 재발화로 귀결되지 않는다.

"약한 자의 부르짖음, 서러운 이의 목놓는 울음! 평안치 않은 곳에는, 봉화를 든다. 고요하던 바다는, 물결쳐 부르짖는다. (…) 그 소리를, 온 땅의 사람과 귀신이, 다― 알아듣기 전에는, 이 봉오리는 저 봉오리 높은 곳마다, 서로 응하여 성히 붙는 마음의 불꽃은, 길이길이 번쩍거리여 꺼지지 아니 하리라. 그것이, 곳곳마다 난리를 보도하는 봉화가, 켜질 때에."(75쪽) 이 작품의 마지막 문단이다. 여기에서 봉화는 약한 자의 부르짖음과 서러운 이의 목놓는 울음에서 피어올라 서로 간에 옮겨붙는 '마음의 불꽃'을 지시한다. 표면적인 혁명만으로는 달성할 수 없는 질적인 공명의 가시화다. 희정과 귀영의 죽음의 양태는 같다. 하나 홍사용은 죽음으로 인한 「저승길」의 신세 한탄을 「봉화가 켜질 때」에서는 변혁의 기제로 바꿔놓았다. 전술한 대로 이는 네이션으로 통합되지 않는 공백의 공집합을 발견하는 행위이자, 그가 상정한 전체가 이것을 소외시키지 않는 메커니즘임을 방증한다.

3. 1930년대 홍사용 소설: 「뺑덕이네」·「정총대」

1930년대 후반 홍사용은 두 편의 소설을 『매일신보』에 싣는다. 국민총동원 체제의 사상 선전 매체였던 총독부 기관지 『매일신보』에 그가 소설을 발표했다는 점 자체가 논란이 될지도 모르겠다. 그러나 『매일신보』에 발표된 작품들이 전부 친일적 성격을 내포한다고 보기는 어렵다. "『매일신보』 내의 편집 정책에 따라 연재 지면과의 소통 속에서 그 내용이 구성되고 있었으며 일제의 사상총동원의 이용 도구가 되고 있었지만, 각각의 작품은 한편으로 독자적인 자기 장르적 성격이나 작가의 의식을 고지하고 다양한 목적과 내용을 내포하고 있었음을 뚜렷이 목격할 수 있기 때문이다."[9] 홍사용 소설도 그렇다. 하나는 정치성 결여(처럼 보이는 것)로, 다른 하나는 풍자를 활용한 정치성 표명으로 그는 이 시기 작품을 쓰고 있다. 「뺑덕이네」는 인신매매를 당

---

9 이희정, 「일제말기(1937~1945년) 『매일신보』 문학의 전개양상」, 『한국문학이론과 비평』 21집, 2017, 221쪽.

한 점순이 집의 사정이 담긴 소설이다. 점순이 아버지는 석용이다. 데릴사위인 그는 성실하게 일했으나, 장모의 병을 간호하면서 큰돈을 쓰게 됐고 빚까지 져 가세가 급격히 기울고 만다.

점용과 점순 두 아이를 제대로 먹이지도 못하는 가난은 도무지 나아질 기미가 보이지 않는다. 그러던 어느 날 급전이 필요하게 된 석용의 아내는 밖에 나가 돈을 구해 온다. 그것은 집 아래 절에 있는 승려와의 계약으로 얻은 돈이었다. 명목은 석용의 아내가 불사를 돕는 것이었으나, 그녀는 점순이를 데리고 나가 다시는 돌아오지 않는다. 석용은 전후 사정을 파악한다. 하지만 집 가까이 사는 아내와 딸을 감히 데려올 엄두를 내지 못한다. 오히려 석용과 점용 부자는 점순이 어머니와 딴살림을 차린 승려 집에 돼지 먹이를 나르면서 살게 된다. 그리 세월이 흐르는 동안 점순이가 돈 백 원에 어딘가로 팔려 가게 된 것이다. 한데 어째서 서글픈 이야기의 제목이 '뺑덕이네'인가? 이 소설의 마무리가 이렇다. "옛날 얘기 책에도 '산 남편을 두고 후살이를 간' 그러한 여편네가 더러 있었으니, 효녀 심청이의 옛일을 빌어다가 '점순이'를 '뺑덕이'로 '뺑덕 어머니'라 일컫게 되었을 뿐이다."(83쪽)

빈곤의 비극을 테마로 잡은 「뺑덕이네」는 1920년대 신경향파 문학을 연상시킨다. 그렇지만 이 작품에서 가난은 체제의 책임이 아닌 개인의 불행에서 비롯된 것으로 서술된다. 이 작품에서 1920년대 그가 썼던 소설들과 같은 정치적 메시지는 찾을 수 없다. 『매일신보』에 「뺑덕이네」가 실릴 수 있었던 까닭도 이 점에 있을 테다. 그런데 이 소설은 달리 보면 나이브하게 읽히지만은 않는다. 예컨대 이런 대목. "건너 마을 북실이는 초례 전날 밤에 밤봇짐을 싸가지고 어느 공장으로 달아나서 선 채로 받았던 논을 도로 벌어서 갚겠노라고 애를 무진 쓴다 하더니 그만 어느 틈에 애비 모를 아기를 배어 오는 달이 산삭이라고 포대기 걱정이 부산하게 되었다 한다. 뒷골 큰아기는 어느 술집으로 돈벌이를 하러 갈 터인데, 까다롭게도 호적 초본에 친권자 승낙서까지 들게 된다는 둥 요사이도 날마다 애처로운 소식만이 늘어갈 뿐이다."(77쪽) 이와 같은 구절은 장밋빛 현재를 기사화하는 『매일신보』의 논조와 어긋나 기묘한 느낌을 불러일으킨다. 진실은 어느 쪽에 가까운가.

「뺑덕이네」가 수록된 1938년 12월 2일 『매일신보』 1면에는 "반도 민중의 지원 하에 중요 임무에 노력"하고 있다는 일본 군부의 메시지가 적혀 있다. 그 아래에는 "임부의 건강법"이 소개된다. "총후 모성도 장기 건설에", "튼튼한 애기를 나흡시다", "굿센 국민을 만듭시다"라는 전시 체제의 슬로건이 부각된 것은 물론이다. 반도 민중의 삶이 그럴 수 있나. 「뺑덕이네」를 근거로 둔다면 이들이 맞닥뜨린 삶의 현장은 비참하기 짝이 없다. 석용네 식구뿐이 아니다. 점순이와 같이 인신매매를 당한 명녀, 탈취당한 논을 되찾겠다고 공장으로 간 북실, 술집에 나가는 뒷골 큰아기 등의 '애처로운 소식'만 가득하다. "시국의 항구화"로 인해, 그해 4월 국가총동원법을 공포하고 내선일체를 강조했으나, 균열은 이미 밑바닥에서부터 발생하고 있던 셈이다. 총독부 시국대책조사회에서 그것은 여러 갈래로 논의된다.[10] 「뺑덕이네」는 작품으로만 보면 특색 없는 빈궁소설의 계보에 놓인다. 그러나 시기와 매체의 배치 효과로 이 소설은 불온성을 띤다.

정도가 더 심한 작품이 「정총대」이다. 독자에 따라서는 어떻게 이 소설이 『매일신보』에 발표될 수 있었을까 하는 의구심을 가질 수도 있으리라. 이 작품은 정총대로 피선된 시인 마어풍이 의도적으로 그 직을 사임한다는 내용을 담고 있어서다. 앞에서 논한 대로 국민총동원 체제를 공고히 하려는 식민 통치 권력에게 이는 반동 행위였다. 같은 일자 『매일신보』 1면에 "우리들 십팔 명도 지원병 되게 해주 ― 기특한 김포농교생들"이라는 제목의 기사가 실려 있었음을 볼 때, 홍사용 소설의 의도와 매체 이데올로기의 간극은 더 크게 벌어진다. 1916년 경성부에 설치된 정총대는 현재의 주민 센터와 유사한

---

10   미쓰이 다카시, 「조선총독부 시국대책조사회(1938년)회의를 통해 본 '내선일체' 문제」, 『일본공간』 14집, 2013, 80~96쪽 참조.

기능을 가진 조직이다. 자치를 표방하긴 했다. 그렇지만 일본의 경우와 달리, 식민지 조선에서는 경성부 고시에 근거해 정총대가 설치됐다.[11] 그런 바탕에서 정총대는 일본 정부의 명령을 하달받아 이를 세부적으로 수행했다. 실례로 정총대는 '시국 인식을 보급'하는 데도 앞장섰다.

"총후보국의 만전을 기하고 (…) 애국 저축금 제품의 매각 운동을 적극 장려하는 취지 하에 이에 대한 상세한 설명을 인쇄한 '리프렛' 일백 여매를 인쇄하야 각정 총대를 총동원시켜 매호에 배부케 한 후 부민의 총후보국에 대한 만전을 기코자 적극 노력"[12]에 일조한 것이다. 한데 마어풍은 정총대 활동을 거부한다. 멀쩡한 정신에 안 하겠다 한 것은 아니다. 술의 힘을 빌린다. 그는 평소에는 얌전하지만 술만 마시면 돌변하는 타입이다. "탈선도 금방에 어떤 요술쟁이가 그의 본디 인격을 야바위 쳐놓은 것처럼 아주 발광에 가까운 기상천외의 천재적 탈선이 가끔 많다."(85쪽) 마어풍은 자신에 대한 세간의 고정관념을 이용한다. 일부러 술에 취한 뒤 남의 집에 들어가 행패를 부렸다. 집주인에게 흠씬 얻어맞은 그는 파출소로 붙잡혀 간 뒤 며칠 집에서 요양을 한다. 몸을 추스른 마어풍이 제일 먼저 한 일은 '정총대 사임서'를 작성한 것이었다. 술주정을 했던 그날 그가 정총대로 선출돼서다. 이에 대해 그를 아는 사람들은 다음과 같은 평을 한다.

"이번 어풍 선생의 술주정은 꼭 계획적이었던 것만 같아요. 그날 저녁에 전형위원들이 어풍 선생을 정총대 후보자로 추천하였던 소식을 미리 들어 알았는데도 불구하고 그런 짓을 일부러 저지른 것은……." "글쎄요 (…) 다만 그는 술만 아니 취하면 몹시 청렴공근하고 얌전한 선비이니까 아마 술이 깨이구 보니 너무도 열적구 부끄러워서 그래버렸는지도 모르지요."(90쪽) 이 작품은 이들의 상반된 의견을 제시하면서 끝을 맺는다. 우리는 마어풍의 기

11   서현주, 「경성부의 정총대와 정회」, 『서울학연구』 16집, 2001, 109~131쪽 참조.
12   『동아일보』, 1939.8.5.

행이 전자의 견지에서 받아들여져야 함을 안다. 독자에게 홍사용은 그에 관한 두 가지 선택지를 준 듯하지만 이는 검열을 우회하기 위한 방편에 지나지 않는다. 이것은 남의 집에 불쑥 들어가 난장을 벌인 마어풍의 언행이 희극적으로 표현된 것과 궤를 나란히 한다.[13] 홍사용은 풍자의 기법으로 비판적 전언을 돌려 전했다.[14] 이후 그는 더 이상 소설을 쓰지 않는다. 「정총대」가 홍사용의 마지막 소설로 남았다는 것은 무엇을 가리킬까? 이는 풍자의 기법으로도 지금을 이야기할 수 없는 봉쇄된 현실에 대해 자꾸 생각하게 만든다.

「뺑덕이네」와 「정총대」는 홍사용이 1920년대 썼던 소설과 마찬가지로 빼어난 작품성을 갖고 있진 않다. 위에서 밝혔듯이 이 글이 목표로 하는 바 역시 그의 소설이 문학적 완성도를 얼마나 가졌느냐를 평가하는 것이 아니다. 4절에서는 결어를 겸해 홍사용 문학의 내적 흐름 — 시와 극의 자장에서 소설의 위상을 고찰하고자 하는데, 그 전에 3절 말미에서는 1920년대 홍사용의 소설과 비교해 1930년대 그의 소설에 착목하고자 한다. 1920년대 홍사용 소설에서는 3·1운동의 역사적 기류와 더불어, 기생·백정 등 차별에 내몰린 이들의 해방과 변혁 가능성을 잠재적인 형태로나마 타진해볼 수 있었다. 그런데 1930년대 그의 소설에서는 그러한 잠재성을 포착할 수 없다. 「뺑덕이네」가 『매일신보』와의 불협화음으로 인해 불온한 텍스트로 독해되는 것은 맞다. 총독부 기관지가 밝은 현재와 미래를 약속하는 것과 별개로 가난한 사람들의 삶은 고달프다. 하나 아쉽게도 이 작품에는 1920년대 자신이

---

13   마어풍은 엉뚱하게 집주인에게 일갈하고, 집주인은 그의 막무가내에 헛웃음을 짓는다. "보아 하니 너는 처음 보는 놈인데……, 모처럼 네 집에 찾아온 낯선 손님을 이렇게 꼼짝도 못하게 막 두들겨 놓고도 그래 무사할까?' 주인은 하도 어이가 없는지 '픽'하고 웃으며 고개를 돌리었다. 어풍도 덩달아 '하하하' 하고 미친 듯이 허튼 웃음을 웃었다."(89쪽)

14   아무리 풍자의 기법을 사용해 메시지를 우회적으로 전했다 해도 이 소설은 당시 시책에 정면으로 반한다. 「정총대」가 무슨 연유로 『매일신보』에 실릴 수 있었는지에 대해서는 또 다른 연구에서 해명이 이루어져야 할 듯하다.

썼던 소설 정도의 전체에 대한 통찰이 없다.

「정총대」도 비슷하다. 이 소설이 마어풍을 통해 식민 권력의 통치에 저항하는 양태를 단적으로 형상화한 것은 맞다. 이 작품은 『매일신보』에 서린 국가 이데올로기에 타협하지 않았다. 하나 「정총대」는 그와 같은 일탈이 아니고서는 아무것도 바꿀 수 없는 정치체의 견고성을 역설적으로 증명하는 소설이기도 하다. 마어풍은 주사를 부려 정총대 직에서 물러날 수 있었다. 그리고 바로 그렇기 때문에 정총대는 그 대신 또 다른 누군가가 떠맡지 않으면 안 된다. 그는 주벽으로 시스템 안에서 예외적인 지위를 획득했으나, 시스템을 교란하거나, 시스템에서 탈주하는 데까지는 이르지 못한다. 이를 쉽게 홍사용의 소설적 실패로 돌릴 수도 있을 것이다. 그러나 그 시각이 온당하지는 않아 보인다. 1930년대 후반 식민지 조선의 어떤 작가가 구조를 전복하는, 도래해야 할 미래를 선취하는 비전을 소설로 구현해냈을까. 나는 잘 떠올리지 못하겠다. 가혹한 검열은 당연하고, 조선어 금지 정책(1937)이 확산되던 시대의 소설. 그러니까 이때의 실패는 소설의 실패가 아니라 현실의 실패라고 해야 옳을 것 같다.

4. 홍사용 문학에서 소설의 자리

홍사용 문학에서 소설의 자리는 그가 쓴 시와 극의 자장에서 가늠해야 한다. 이것이 서두에 언급한 나의 주장이었다. 홍사용 문학의 총체성을 조망해보려는 하나의 시도로서, 그의 낭만주의를 시(극)적 전략과 연계하려는 기획이다. 이를 위해서는 홍사용의 시와 극에 대한 정밀한 분석이 선행돼야 하나, 이 글은 그의 소설을 중심에 두고 장르 관계를 설정하려 하므로, 개별 작품 독해를 하나하나 덧붙이지는 않는다. 한 선행 연구에서는 홍사용의 다양한 장르 창작을 이렇게 규명한다. 홍사용의 시는 세계에 대한 객관적 인식이 도달하지 못하는 실패의 과정을 보여준다. 그런 한에서 「저승길」과 같은 다중 시점의 도입이 필요했고, 이를 캐릭터로서 구축시킨 극이 객관적 인식 ─ 거리의 확보를 가능하게 했다는 것이다.[15] 설득력 있는 논점이다. 그러나 이는 연극인 홍사용의 면모를 특화시켜, 그의 문학적 여정이 시와 소설을 거쳐 극에 도달하는 것이었다는 오해를 낳을 소지도 있다.

처음에는 시로 출발한 홍사용은 『백조』 3호에 소설 「저승길」을 발표했고, 이 무렵 '토월회'에 합류해 희곡 연출과 번역 및 창작을 병행한다. 그는 소설 「봉화가 켜질 때」를 발표한 뒤 1930년대 초까지 희곡 작업을 주로 해 왔고, 1930년대 후반에는 수필 외 민요조시와 소설 집필에 집중한다.[16] 이에 대한 나의 입장은 간명하다. 홍사용은 장르적 규칙에 따른 글쓰기를 실천했고, 이 결과물들은 외따로 놓이지 않은 채, 낭만적 정치성의 성좌로 묶인다는 것이다. 그는 초기 시에서 주로 슬픔과 닿아 있는 감정의 편린을 교차시켰고, 후기 시에서는 "조선의 거룩한 넋"이자 "조선의 보물"(「조선은 메나리 나라」, 316~317쪽)이라고 스스로 정의한 민요에 천착해 조선의 리듬을 탐구했다. 홍사용이 쓴 민요조시가 일본 식민 통치가 조선적인 것의 말살로 귀착한 1930년대에 주로 쓰였음을 확인한다면, 그가 끝내 지키고자 했던 메나리의 가치가 무엇이었는지는 더 명확해진다.

홍사용의 희곡은 이차돈의 순교를 극화한 「흰 젖」과 부처의 깨달음을 극화한 「출가」처럼 종교적 구제 및 현실 권력의 갈등과 연관이 있는 동시에, 「할미꽃」에서 보여준 바 죽음에 굴복하지 않는 삶의 에너지를 표출하고 있으며, 「제석」에서는 자본주의의 비정함을 다루고 있기도 하다. 잊지 말아야

---

15   윤진현, 「연극인 홍사용 연구」, 『민족문학사연구』 55집, 2014, 280~281쪽 참조.

16   희곡 「김옥균전」은 1939년 총독부 개입으로 홍사용이 집필을 중단했다고 알려져 있다. 근래에는 이에 대한 반론도 제기되었다. "1939년에 홍사용이 「김옥균전」을 집필하고 있었다면 1940년 2월 송영 원작 〈김옥균전〉의 연출을 예정하고 있지는 않을 것이다. 또한 홍사용에 대한 여러 가지 일화를 남기는 가운데에서도 그 같은 충격적 사건을 누구도 거론하지 않고 있다." 윤진현, 위의 논문, 309쪽.

할 점은 그가 희곡을 창작하는 데 그치지 않고 극을 무대에 올리는 연출도 맡았다는 사실이다. 홍사용은 고답적인 예술이 아닌 대중과의 교류를 지향하는 예술관을 연극 활동으로 이어나갔다. 이에 더해 그는 소설로 세계에 응전하면서 깨지는 인물들을 전면화하여, 시에 내재한 감정들의 이면을 상세히 서사화했고, 극의 대사와 지문만으로는 장악하기 힘든 서정의 층위를 내러티브와 연동하는 세밀한 문체로 감당하려 했다. 이런 그의 모든 시도와 결실이 성공적이었다고는 할 수 없을 테다. 그럼에도 홍사용 소설은 그의 문학을 해명하는 데 빼놓을 수 없는 주요한 위치를 점유한다.

"나는 왕이로소이다. (…) 그러나 그러나 눈물의 왕! 이 세상 어느 곳에든지 설움 있는 땅은 모두 왕의 나라로소이다"(「나는 왕이로소이다」, 36쪽)와 같이 눈물의 비애를 극대화하는 낭만성. "나의 사랑은, 가장 정다운 온순한 말씨로, 모든 그윽한 말은 나에게만 말하였다. 아 — 불쌍한 너와 나의 해골. 으스름 달빛은 조을고, 여우의 울음은 자지러진다"(「저승길」, 58쪽)와 같은 죽음과 사랑을 병치시키는 낭만성. 이와 같은 홍사용의 낭만성은 그저 우수의 감상에 그치지 않는다. 홍사용의 낭만적 아이러니는 체계와 비체계 사이의 진동에서 독특한 정치성을 발휘하기 때문이다. "그들은 이 세상에 태어났다. 그래서 그들이 생존하는 그 순간부터 그들의 내부에는 미의 정령의 어여쁜 양자를 항상 갈망하는 것을 가지고 있다."(「백조시대에 남긴 여화」, 326쪽) 그가 문학적 삶의 초입에 품었던 포부이다. 시간이 지나 다소 변형될지언정 그것은 완전히 사라지지 않는다. 미를 간직한 자는 세계를 미학적으로 변환시키고자 싸우니까. 비정치성은 낭만주의자의 특성이 아니다.[17]

---

17   낭만주의자들은 개인과 사회와 국가마저도 예술 작품으로 여긴다. "사실 그들의 목적은 예술과 삶의 경계를 깨뜨림으로써 전체 세계가 하나의 예술 작품이 되게 하는 것이었다. 만약 개인, 사회, 국가도 예술 작품이 될 수 있다면, 어떤 직접적 의미에서도 낭만주의 예술이 비정치적이며 사회정치적 세계와 관련이 없다는 테제를 유지하기는 힘들어진다." 프레더릭 바이저, 앞의 책, 88쪽.

06　내면의 발견과 배경으로서의 고향

—『백조』시기 홍사용 문학에 나타난 고향을 중심으로[1]

윤지영

1. 머리말

2000년대 초반 대두된 '발견된 고향' 담론은 식민지 체제와 근대화로 인한 고향 상실의 체험이 고향을 새롭게 발견하도록 만들었다는 내용으로 요약할 수 있다.[2] 이러한 논의들에 따르면 근대 이전에는 보편화되지 않았던 고향 상실의 경험이 도시의 발달, 농토의 상실, 전쟁 등과 같은 근대화의 결과로 인해 일상화되면서 고향을 외부자의 시선으로 보게 되고, 그 결과 대상화된 고향이 근대 문학 속에서 미적으로 다루어지게 되었다는 것이다.

고향을 미적 대상으로 바라보는 경향은 1920년대 후반부터 확산된 민족주의 담론과, 1930년대 중반 이후 심화되어가는 식민지 체제로 인해 가속화된다. 그에 따라 고향은 유년의 경험을 간직한 소중한 공간에서 국토의 표상이자 국권에 대한 비유로 굳어지게 된다. 이 시기의 작품에서 유토피아 정서와 "이상화된 고향을 그리워하는" 향수가 광범위하게 발견되는 원인을[3] 고향의 회복 가능성이 차단된 당대의 현실에서 찾는 것도 이러한 맥락에서다.

1　이 논문은 2009년도 동의대학교 교내연구비에 의해 연구되었음(과제번호: 2013AA003).

2　구인모, 「한국 근대시와 '조선'이라는 심상지리」, 『한국학연구』 28, 고려대학교 한국학연구소, 2008.6.30.

3　오성호, 「「향수」와 「고향」, 그리고 향토의 발견」, 『한국시학연구』 7, 한국시학회, 2002, 167~168쪽.

이상화나 정지용의 작품에 나타난 고향의 심미화 경향에 주목하면서[4] 근대 시의 양식적 특징과 문학 주제 사이에 일정한 상관성이 존재한다는 점을 날 카롭게 파헤친 것도 고향 담론이 이룬 중요한 성과 가운데 하나이다. 이러한 논의들은 근대 문학 속에 나타난 도시 표상을 조망하는 논의들과 쌍을 이루 어 '상상의 공동체'로서의 민족과 국민문학으로서의 근대 문학이 출현하는 과정을 구체적으로 보여준다는 의의가 있다.

고향과 향수를 사회역사적 프레임으로 조망하는 이러한 관점은 연구 대 상을 본질주의적으로 바라보는 것을 경계한다. 고향에 대한 인식과 향수의 감정이 원래부터 존재하는 것이 아니라, 만들어져 마치 본래부터 존재하던 것인 양 소급되어 적용된 개념이라는 것을 강조하는 것은 이 때문이다. 타자 를 매개로 하여 자신과 거리두기가 가능할 때 비로소 자신이 발견되는 것처 럼, 근대와 제국의 시선을 통해서 고향과 민족이 발견되었다고 보는 것이다. 그러나 고향이 풍경으로서 실감된 대상으로 작품에 등장하는 현상을 보다 주의 깊게 살펴볼 필요가 있다. 가라타니 고진이 지적한 바와 같이 풍경은 고독하고 내면적인 상태에서 인식될 수 있으며, 주위의 외적인 것에 무관심 한 '내적 인간'에 의해 발견되는 것이기 때문이다.[5] 따라서 고향이 풍경으로 서 지각되는 장면은 내적 인간의 출현을 알리는 표지이기도 하다.

홍사용의 작품은 풍경으로서의 고향 발견이 타자의 시선을 통한 민족적 동일시의 사건이기 이전에 내면의 발견과 동시적인 사건임을 보여준다. 향 토성의 시인으로 주목받은 홍사용은 1920년대 후반 민요시에 대한 의의를 주장하고 직접 민요시를 창작하기도 했지만, 초기의 자유시 중에는 고향 풍

---

4   최현식, 「민족과 국토의 심미화: 이상화의 시를 중심으로」, 『한국시학연구』 15집, 한국시 학회, 2006; 오성호, 「민족의 상상과 국토의 발견」, 『상허학보』 21, 상허학회, 2011; 오성호, 「「향수」와 「고향」, 그리고 향토의 발견」; 오태영, 「'향수'의 크로노토프: 1930년대 후반 향 수의 표상과 유통」, 『동악어문학』 제49집, 동악어문학회, 2007.

5   가라타니 고진, 『일본근대문학의 기원』, 박유하 역, 민음사, 1996, 36쪽.

경의 아름다움을 표현한 작품을 찾아보기 어렵다. 고향 풍경은 초점화되지 않으며, 언제나 배경으로서만 등장한다. 낭만적 감상주의의 시인으로 알려진 것과는 달리 고향에 대한 그리움을 직접 토로하는 작품도 드물다. 대신 유년 체험 그 자체가 주를 이룬다. 뒤에 상세히 살펴보겠지만 향수처럼 보이는 감정도 잃어버린 고향, 즉 조국에 대한 그리움과는 성격이 다르다. 흥미로운 것은 시에서 감정을 촉발시키는 매개물이나 사건의 배경으로만 등장하는 고향이 같은 시기의 수필에서는 직접적인 초점의 대상이 되어 구체적으로 묘사된다는 것이다.

이러한 단절은 사소한 것이기는 하지만, 풍경의 발견과 내면의 발견이 동시적인 사건임을 보여주는 흥미로운 징후이다. 어째서 홍사용은 시라는 장르에서는 고향에 대한 심미화를 시도하지 않은 것일까? 그리고 풍경으로서의 고향은 감상성과 어떤 이유에서 배타적으로 나타나는 것일까? 그에 대한 대답을 찾아가는 과정은 홍사용 시에 나타나는 고향의 정체를 밝히고, 더 나아가 1930년대 한국시를 지배했던 향수의 정서에 대한 기원을 찾는 일이 될 것이다.

2. 유년 체험의 사실적 배경과 감정의 촉매로서의 고향

"풍부한 향토미"의 시인, "곱고도 설은 정조를 잡아서 아릿아릿한 민요체의 곱은 리듬으로 얽어맨 시작" 혹은 "시 짓는 사람들 중에서 가장 민요적 색채를 농후하게 가진 사람"[6]이라는 게 1920년대 초반 홍사용에 대한 평가다. 이러한 평가에는 민요라는 양식과 향토성이라는 주제 간의 착종이 보인다.

---

6   박영희, 「문단의 일년을 추억하야 현상과 작품을 개평하노라」, 『개벽』 제31호, 1923.1, 10
     쪽; 김안서, 「시단의 일년」, 『개벽』 제42호, 1923.12, 46쪽; 김기진, 「현 시단의 시인」, 『개
     벽』 제58호, 1925.4, 27쪽(김학동 편, 『홍사용전집』, 새문사, 1985에서 재인용).

"고향이나 시골의 정취가 담긴 특성", 또는 "향토에 뿌리내리고 살아온 지역 사람들의 일상 속에 서려 있는 정서"가 향토성이라고 할 때,[7] 그의 민요시에서 이러한 면모를 발견하기는 어렵다. 그보다는 불특정 다수의 고향, 누구의 고향도 될 수 있는 보편적이며 따라서 관념적인 모습의 고향[8]이 등장한다. 초기작 가운데 특정한 주체의 개별적인 체험이 이루어지는 특수한 공간으로서의 고향이 등장하는 것은 홍사용의 첫 번째 작품으로 알려진 「푸른 언덕 가으로」이다. 『백조』 창간 이전에 쓰인 이 시에서 고향을 보편적이고 이념적인 공간이 아니라 특수한 공간으로 만드는 가장 일차적인 요인은 시적 주체의 주관적인 정서다.

> 푸른 언덕 가으로 흐르는 물이 올시다.
> 어둔 밤 밝은 낮
> 어둡고 밝은 그림자에
> 괴로운 냄새, 슬픈 소리, 쓰린 눈물로 뒤섞여 뒤범벅 같게.
>
> 돌아다 보아도 우리 시고을은 어디멘지
> 꿈마다 맺히는 우리 시고을 집은 어느 메쯤이나 되는지
> 떠날 제 '가노라' 말도 못 해서 만날 줄만 여기고 기두르는 커다란 집
> 찬 밤을 어찌 다 날도 새우는지ㅡ
>
> 지난 일 생각하면 가슴이 뛰놀건만

---

7   홍신선, 「한국시의 향토정서에 대하여: 노작·만해·지용의 시를 중심으로」, 『기전어문학』, 수원대학교 국어국문학회, 1996, 679~680쪽.

8   최원식, 「홍사용 문학과 주체의 각성」, 『한국학논집』 5집, 계명대학교 한국학연구원, 1980, 900~911쪽 참고.

여위인 이 볼인들 비쳐 낼 줄 있으랴

멀고 멀게 자꾸자꾸 흐르니

속 쓰린 긴 한숨은 그칠 줄도 모르면서

길고길게 어디로 끝끝내 흐르기만 하랴노―

퍼런 풀밭에서 방긋이 웃는 이 계집아해야

무궁화 꺾어 흘리는 그 비밀을 그 비밀을 일러라

귀 밑머리 풀기 전에―

―「푸른 언덕 가으로」

1연에서는 전체적인 배경을 소개하면서 감각을 통해 고통의 정서를 제시하고, 2연에서는 잃어버린 고향과 고향집에 대한 그리움을 직접 표출하고 있다. "돌아다 보아도 우리 시고을은 어디멘지"라는 구절에서 우리는 화자가 고향을 상실했으며, 고향을 매우 그리워하고 있음을 알 수 있다. 고향에 대한 그리움은 3연에서 고향에서의 "지난 일", 즉 사건에 대한 그리움으로 확장된다. 그러나 "지난 일"의 구체적인 내용은 제시되지 않는다. 대신 그처럼 지나가버린 것들을 되돌릴 수 없다는 상실감과 좌절감의 직접적인 토로가 "길고길게 어디로 끝끝내 흐르기만 하"는 강물의 심상을 빌려 제시된다. 여기에서의 강물은 사건의 구체적 배경을 구축하는 물질적 공간 대신 상실의 정서에 대한 비유에 가깝다.

이 작품에 노골적으로 드러나는 감상성, 즉 잃어버린 것에 대한 그리움과 그로 인한 고통의 토로는 전형적인 향수의 감정으로 보인다. 향수가 근대의 이향 체험을 전제로 하여 영원히 회복될 수 없는 고향에 대한 고통스러운 그리움이라고 할 때[9] 이 시가 보여주는 그리움과 고통은 이러한 정의

---

9   오태영, 앞의 글, 210~211쪽.

에 들어맞는 것 같다. 그러나 이러한 사실만 갖고 홍사용의 자유시에 나타난 고향에 대한 그리움이 근대적 향수이며, 그리움의 대상으로 호명되고 있는 "우리 시고을"이 근대 문명에 의해 훼손되어 상실된 공간이라고 단정짓기는 이르다. 근대 문명 이전에도 고향을 그리워하는 마음은 보편적으로 존재했으며, 근원적인 그리움을 고향에 대한 그리움으로 표현하는 경우도 있기 때문이다.

특히 3연에 표현된 그리움은 고향 자체에 대한 그리움만이 아니라 고향으로 표상되는 다른 어떤 것, 예컨대 흘러가버린 유년 시절 같은 상실 그 자체에 대한 그리움도 의미하는 것처럼 보인다. 화자는 그저 고향으로부터 멀어졌을 뿐, 고향 자체가 훼손되거나 변한 것은 아니다. 고향에 대한 상실감, 그것은 고향이라는 공간 자체의 변화에서 비롯된 것이 아니라 시간의 흐름과 공간적 거리가 촉발한 결과이다. 말하자면 이 시에 등장하는 "우리 시고을"이란 고향 그 자체라기보다는 시간의 흐름에 종속된 모든 인간이라면 누구나 떠나와야 하는 근원적인 상태에 대한 비유물에 가깝다.

주목할 것은 홍사용의 초기작 중 고향을 배경으로 하되 그리움을 직접 토로하는 것은 「푸른 언덕 가으로」가 유일하다는 점이다. 고향과 유년의 체험이 등장하는 초기 시는 많지만 대부분 그리움의 감정을 직접 표출하지는 않는다. 홍사용의 초기 시가 감상적 낭만주의의 전형으로 여겨졌다는 사실을 상기하면, 그리고 이 작품들이 유년 시절을 다루고 있다는 점을 감안하면, 대부분의 초기작에서 직접적인 감정 표출을 찾아보기 어렵다는 사실은 의아한 일이다. 그렇다고 고향의 자연경관 그 자체가 초점화되어 나타나지도 않는다. 고향은 유년 체험에 대한 배경으로서만 나타날 뿐이다.

주관적 감상이 배제되어 있음에도 불구하고 이러한 고향이 특수하고 구체적인 공간으로 인식되는 것은 그의 작품에 등장하는 고향이 시인의 실제 고향을 환기하기 때문이다. 흥미롭게도 유년 체험을 다룬 시들은 「그러면 마음대로」를 제외하고는 모두 강을 배경으로 하는데, 이처럼 반복적으로 등장하는 강의 이미지는 「통발」에 제시된 "돌모로[石隅] 냇가"라는 홍사용의 실제 고향에 대한 기표를 중심으로 수렴된다.

뒷동산의 왕대싸리 한짐비여서
달든봉당에 일수잘하시는 어머님 녯이약이속에서
뒷집노마와 어울너 한 개의통발을 맨들엇더니
자리예 누으면서 밤새도록 한가지쑴으로
돌모로[石隅]냇갈에서 통발을털어
손납갓흔붕아를 너가지리 나가지리
노마목내목을 한창시새워 나누다가
어머니졸임에 단잠을 투정해깨니
햇살은 화―ㄴ하고 째는 발서느젓서
재재발은노마는 발서오면서
통발친돌성(城)은 다―무너트리고
통발은 쩨여서 쟝포밧헤던지고
밤새도록 든고기는 다―털어갓더라고
비죽비죽우는눈물을, 쥬먹으로썻스며
나를본다
―「통발」

풀은강물에 물노리치는 것은 아는이업서
그러나 뒷집의코쩔어진 할머니는 그것을안다
옛날청춘에 정들은님과 부여안고서
깁고깁흔 노들강물에 쥭으랴빠젓더니
어부의처노은 큰그물이 건저내면서
말음납헤 걸이어 푸르를쩔더라고

—「풀은 강물에 물노리 치는 것은」

「통발」에서는 개울에서 물고기를 잡았던 유년의 체험을 다루고 있으며, 「풀은 강물에 물노리 치는 것은」에서는 강과 관련하여 마을에서 전해져 내려오던 이야기를 담고 있다. 물론, 이러한 체험이나 에피소드들은 시골에서 흔한 것이며, 따라서 보편성을 갖는다고 말할 수 있다. 그러나 물고기를 잡으려고 쳐놓은 통발을 누군가 망가뜨리고 물고기를 가져가버렸다는 일화의 구체성은 고기잡이라는 보편적 유년 체험을 특수한 것으로 만든다.

한편, 위의 작품들은 사건의 전개에 초점을 맞추는 서사적 구성을 띠고 있는데, 이러한 담화 양식 또한 사실성을 강화하는 효과를 낳는다. 시간의 흐름이나 인과적 순서에 따라 사건의 전개 과정을 제시할 때 두드러지는 것은 집중된 정서의 순간적 폭발이나 대상과의 정서적 동일시가 아닌, 사건의 전말과 그의 전달이기 때문이다. 그와 더불어 붕어를 "손님"에 비유한 것이라든지, "햇살은 화—ㄴ하고 째는 발서느것서" 같은 「통발」의 묘사, "냇가벌던 늘근솔슨 흰모래밧헤 / 탯마당갓치 둥그레들여 어룬의발작"이나 "물째올은 쌈정살을 쌀가둥벗고서" 같은 공간과 시간, 사물에 대한 시각적인 묘사들(「어부의적」) 또한 이러한 유년 체험과 고향 공간에 대한 사실성과 특수성을 강화한다.

고향과 유년에 관해 이야기하면서도 감상성이 배제되는 또 하나의 주요한 이유는 유년의 일화를 타인의 입을 통해 제시하는 구조에 있다. 「통발」의 고기잡이에 대한 일화는 성인이 된 후 어머니에게서 들은 내용이며, 「풀은 강물에 물노리 치는 것은」에서 마을의 정사(情死) 사건은 "뒷집의코떨어진 할머니"의 말을 통해 간접적으로 전달된 것이다. 이루어지지 않은 사랑에 비관하여 죽음을 선택한 일화는 우물이나 저수지, 혹은 강과 가까운 마을이라면 어디나 하나쯤은 전해질 법한 이야기이지만, 특정인의 입을 빌려 그 사건을 전함으로써 사건에 특수성을 부여한다. 화자의 직접 회상이 아니라 타인을 통해 전해 듣게 됨으로써 과거의 체험으로부터 거리두기가 가능해지고, 그로 인해 정서적 개입은 최소화되고 인용의 권위가 효과를 발휘하여 전언의 사실성은 증폭된다.[10] "비죽비죽우는눈물을, 쥬먹으로씻스며 / 나를본다"와 같은 방식으로 감정마저도 행동을 통해 간접적으로 제시하는 것은 이러한 거리두기의 구체적인 사례이다.

이상에서 살펴본 바와 같이 홍사용의 초기 작품에서 고향은 유년 체험의 배경으로 등장하면서도 그리움의 정서로 착색되어 있지 않다. 고향이나 유년 시절에 대한 주관적 감상을 표출하기보다는 고향과 유년 체험 자체에 대한 실감(實感)을 불러일으킨다. 그와 비교했을 때, 「푸른 언덕 가으로」에서 고향은 직접적인 그리움의 대상으로 제시되며, 따라서 그리움과 상실감이라는 감정이 부각된다. 고향은 그러한 감정을 불러일으키지만 사실성과 구체성은 희박하다. 이러한 차이에도 불구하고 홍사용의 초기 시에서는 고향이 심미적인 풍경 그 자체로서 발견되지 않았다는 공통점을 갖는다.

심미적 풍경으로서의 고향 발견이 중요한 문제가 되는 이유는 가라타니 고진이 지적한 바와 같이 풍경의 발견이 근대적 자아의 등장에 대한 신호이기 때문이다. 즉, 중세의 관념적이고 공적인 장 속에서 내적인 자기 자신(self)이 우위에 서게 되면서 자아 외부의 것이 대상화됨으로써 구체성과 심미성을 띤 풍경으로 발견되는 것이다.[11]

10　이와 비교하여 볼 때 「그러면 마음대로」에서는 이와 같은 간접적 사건 전달의 구조와 기능을 대화의 직접 인용이 대신한다고 할 수 있다. 앞선 작품들과 같은 해에 『동명』에 실린 이 작품은 감나무를 지키는 마을 노인과 그를 골탕 먹이려는 짓궂은 마을 아이들 사이의 가벼운 실랑이를 보여준다. 이는 유년 시절의 회상일 수도 있고, 성인이 된 현재의 목격담일 수도 있다. 중요한 것은 작품이 마치 연극의 대본처럼 노인과 아이들의 대화 및 지문과 흡사하게 정황을 설명하는 진술들로 이루어져 있다는 점이다. 이러한 대화를 통해 감이 넉넉히 열린 감나무와 노소(老少) 간의 친밀한 정경을 떠올릴 수 있다.

11　가라타니 고진, 앞의 책, 1996, 42쪽.

3. 심미적 풍경의 발견과 내적 인간의 출현

감정의 배경, 유년 체험의 공간으로 등장하는 홍사용의 초기 자유시의 고향은 1920년대 후반 이후 여러 시인의 시에서 향수와 그리움의 대상으로 미화되는 고향과는 구별된다. 홍사용의 초기작에 등장하는 고향은 전경화되지 않으며 감각적 심미화의 대상도 아니다. 고향 공간은 사건의 배경일 뿐이다. 그런데 앞서 살펴본 시들보다 조금 더 이른 시기에 쓰인 「청산백운」이라는 제목의 수필에서는 고향이 배경이 아닌 풍경으로 등장한다. 뿐만 아니라, 매우 미학적으로 표현되고 있다. 이 작품은 홍사용의 작품 활동이 본격적으로 시작되는 『백조』이전에 창작된 것으로서, "주봉뫼", "먹실골", "현량개"와 같은 고향의 자연이 서정적으로 표현된다.[12]

글은 고향에 대한 사실주의적인 묘사로부터 시작하여 점차 그에 대한 상징적이고 비유적인 의미의 탐색으로 진행된다.

묵군(默君)과 대팻밥 모자를 빗겨 녹초처처(錄草萋萋)한 앞벌을 거치고, 콩포기 우거진 세제일루(細堤一縷) 귀도(歸道)에 올랐다. 해는 모운(暮雲)에 어리어 떨어졌다. 띄엄띄엄 중방(衆芳) 구름 사이로 잔조(殘照)는 억천조(億千條). 대머리 달마옹(達磨翁) 큰재봉(峰) 어른은 찬란한 저녁노을에 눈이 몹시 부시던지 한 어깨를 추석거리며 고개를 돌이켜 현량개 앞벌을 내려다보는 그 그림자 밖으로, 서너 주(株) 세류지(細柳枝)는 한줌 연사(煙紗)의 엷은 선(線)을 드리웠다. 위대한 저가 큰 무엇이 운명할 때처럼 서산 고개에서 마지막 눈을 껌벅거릴 때, 온 만유계(萬有界)는 우글우글하며 임종 준비가 매우 바쁘다. 하늘도 바쁘고 땅도 바쁘고, 뫼나 물이나 집이나 사람이나, 또한 현량개나 모두 바쁘다.

— 「청산백운」 중에서

---

12   김학동, 「향토성과 민요의 율조」, 앞의 책, 357~358쪽.

「청산백운」의 첫 부분이다. 이 글이 고향으로 돌아오는 길의 여정을 다루고 있다는 사실은 "귀도에 올랐다"는 첫 번째 문장에서 알 수 있다. 이어지는 진술들은 서술자의 눈앞에 펼쳐진 고향 풍경에 대한 시각적인 재현이다. 이러한 서술은 서술자가 위치하고 있는 시·공간적 위상을 추론할 수 있게 할 만큼 사실적이다. 시간적으로는 해 질 무렵이며, 서술자는 공간적으로는 마을의 전경이 한눈에 내려다보이는 마을 밖의 한 지점에 자리 잡고 있다. 서술자의 맞은편과 서쪽에 산이 펼쳐져 있고, 너른 벌을 이 산들이 둘러싸고 있는 마을의 형세는 마치 조감도(bird's-eye view)로 포착한 것처럼 사실적이다.

이어지는 부분에서 고향 풍경에 대한 사실적 묘사는 탐미적인 수준으로까지 심화된다. 예컨대, "황혼"이 밀려오며 시시각각 변화하는 마을 풍경을 "일폭 석류꽃빛 깁바탕에 천만경(千萬頃) 출렁거리던 무수한 청산은 일획의 곡선만 남아 검푸른 윤곽을 그리고, 위로 몇점 화운(華雲)은 유화(油畵)로 찍어낸 듯, 사위는 다― 유화색(榴花色)으로 반응한다"고 묘사하는 부분에서 우리는 사실적이고 객관적인 관찰의 대상이던 고향이 탐미적이며 예술적인 인식의 대상으로 전환됨을 확인할 수 있다. 시간의 흐름에 따라 계속 바뀌는 모습을 "유화"라는 근대적 예술의 메타포로 수렴하는 부분에서, 고향은 이미 생활공간으로서의 의미보다는 향유하고 감상해야 할 미적 대상으로 재정립된다.

고향의 자연경관을 한 폭의 그림에 빗대는 인식은 고향 사람들마저도 미적인 대상으로 인식하게 만든다.

서풍은 솔솔 불어온다. 먹실골서 내려오는 〈농부가〉는 바람결에 한번 무더기로 들리자, 버드나무숲 우거진 이쪽저쪽 풀집에서 밥짓는 저녁연기가 소르르 떠오른다. 이것이 시골의 정경이다. 더구나 저를 좀 보라. 평화롭고 깨끗하고 사람답고 또 태고(太古) 맘인 저 연기. 순후한 촌부인, 사랑하는 어머니같다. 나는 저를 안고 싶다. 안기고 싶다. 젖투정하던 어린아기 어머니 품안에 안겨, 한 젖꼭진

입에 물고 한 젖꼭진 어루만지며 어머닐 쳐다볼 때 사랑하는 어머니 마음이랴.

— 「청산백운」중에서

　서술자가 마을에 가까워지면서 마을의 구체적인 일상이 눈에 들어오기 시작한다. 풀집, 〈농부가〉, 그리고 저녁밥 짓는 연기 들은 서술자로 하여금 비로소 진정한 고향에 도착했다는 실감을 불러일으킨다. 그러나 "이것이 시골의 정경이다"라는 말은 이러한 풍경을 처음 보고 경이로움을 느끼는 자나 할 법한 표현이다. 글에서만 보던, 혹은 말로만 듣던 대상을 처음으로 접하게 되었을 때, 즉, '앎(지식)'과 실제의 일치를 깨달았을 때나 할 법한 표현은 서술자가 자신의 고향으로부터 거리를 두고 있음을 시사한다. 이와 같은 표현은 또한 '고향의 발견'에 대한 천명이기도 하다. '외부 세계' 그 자체를 발견할 때 외부 대상에 대한 묘사가 가능하며, 풍경은 본래 외부에 존재하는 것이 아니라 '인간으로부터 소원화된 풍경으로서의 풍경'으로 발견되는 것[13]이라는 사실을 염두에 둔다면 고향에 대한 심미적 묘사야말로 '외부 세계' 곧 고향 발견의 증거인 것이다.

　외부의 발견은 외적인 것에 무관심한 '내적 인간'만이 해낼 수 있다.[14] 고향의 풍경에 관심이 있어서 고향을 아름답게 바라보고 있는 것이 아니라, 그 풍경이 낯설어 보이게 인식 틀이 변화했기 때문에 고향을 새삼스럽게 발견하게 된 것이다. 익숙할 법한 고향 풍경을 이처럼 낯설게 보는 인간은 다름 아닌 고독하고 내면에 집중하는 자, 즉 근대적 자아다.

　그렇다면 고향의 풍경을 이처럼 낯설어 보이게 만드는 내면의 인식 틀은 무엇일까? 그것은 세계를 하나의 유기체로 보는 낭만적 사고라고 할 수 있다. 고향에 대한 사실적인 묘사가 주관에 의한 재해석으로 이어지는 앞의 글

13　　가라타니 고진, 앞의 책, 41쪽.

14　　위의 책, 36~38쪽.

에서 그 증거를 찾을 수 있다. 마을의 뒷산 "큰재봉"을 "대머리 달마옹" "어른"으로 비유하는 것과, 지는 해를 "위대한 저가 큰 무엇이 운명할 때처럼 서산 고개에서 마지막 눈을 껌벅거"리는 것으로 표현하는 의인화는 인간 존재와 마을의 자연경관, 그리고 우주 운행의 원리 사이의 유기성을 내포한다.

고향 마을에 보다 근접했을 때 그의 시선을 끄는 "밥짓는 저녁연기"에 대한 인식도 눈여겨보아야 한다. "밥짓는 저녁연기"는 일차적으로 "평화롭고 깨끗하고 사람답고 또 태고 맘"으로 비유되면서 "촌부인"을 거쳐 "어머니"로 확장된다. 저녁밥을 짓는 시간이야말로 고단한 일상의 시간이 끝나고 평화와 안식이 보장되는 집의 시간이라는 점에서 "밥짓는 저녁연기"가 어머니를 중심으로 하는 유년의 조화롭던 시간과 연결되는 것은 자연스럽다. 그 연상의 패러다임 속에서 서술자는 "젖투정하던 어린아기"가 된다. '고향=어머니'의 결합은 여러 편의 시에서 홍사용이 눈물로 호명하던 어머니를 넘어선다. 아래 인용은 모성이 모든 존재를 품고 지켜주는 보다 근원적이고 원초적인 차원으로 확장되고 있음을 보여준다.

> 나의 영(靈)은 저와 조화하여 몽기몽기 떠올라 가끔 바람에 이리 휘뚝 저리 휘뚝. 그러다 영영히 먼곳으로 떠가면…… 그만이지. 그러나 현량개 사람들아, 행여나 자모(慈母)같은 저 사랑 품을 벗어나지 마라. 이 세상 악풍조(惡風潮)를 어찌 느끼랴. 도도한 탁파(濁波)가 뫼를 밀고 언덕을 넘어 덮어 민다. 조심하라. 음탕·사치·유방(遊放)·나태·오만·완고, 이 거친 물결을…… 저의 사랑이 엷거든 너른 품으로 훔쳐싸주는 주봉뫼의 사랑을 받으라. 그래도 부족하거든 영원한 저곳, 저 하늘을 우러러보라. 주봉뫼는 그 사랑 품에 모로 안기며, 풀집 연기는 저기를 쳐다보며 몽기몽기 오른다.
> —「청산백운」 중에서

마을 사람들에게 하는 충고의 형식으로 고향의 가치를 역설하는 부분이다. 그 가치의 핵심은 모성적 사랑이다. "주봉뫼의 사랑"은 "세상 악풍조"로부터 순박한 고향 마을 사람들을 지켜줄 수 있다. 그 품에 속해 있는 한 "뫼를 밀고 언덕을 넘어 덮어" 밀어닥치는 "도도한 탁파"로부터 안전할 수 있다. 그 품을 벗어나는 순간 순박함은 깨어지고 낙원은 타락하게 된다.

서술자는 고향에서 순수함, 그리고 그 순수함을 수호하는 모성성만 발견한 게 아니다. "쇠코잠방이 아래 젓가락같은 두다리로 땅을 버팅기며 코센 거먹암소 고삐를 다리며 앴는 꼴아야. 저것이 사람인 생명이다"라는 인용하지 않은 구절에서는 노동하는 육체의 건강한 생명력을 강조한다. "저것이 사람인 생명이다"라는 언사는 "이것이 시골의 정경이다"라는 언사와 마찬가지로 발견과 경외의 태도를 함축한다. 이처럼 고향과 고향의 사람들이 발견의 대상이 되는 것은 순결한 고향과 타락한 세상, 건강한 생명과 생명의 상실이라는 이분법적 사유에서만 가능하다. 그리고 그 근저에는 순결한 고향마을과 그곳에 속하는 생명력 넘치는 사람들에 대한 가치부여가 있다. 이러한 관점은 고향을 타자로서 바라보는 시선, 고향 사람들을 자신과 구별하는 인식을 전제할 때 가능하다.

이 글이 홍사용의 이향 체험 후에 쓰인 글이라는 전기적 사실은[15] 홍사용이 고향을 타자의 시선으로 바라보는 계기가 무엇인지 알려준다. 홍사용은 휘문의숙에 재학 중이던 1919년에 3·1 만세 사건으로 투옥되었다가 풀려난 후 낙향한다. 이 글은 낙향 이후 향우이자 휘문의숙 출신인 정백과 함께 "고향의 산수와 인정을 벗하며 독서에 열중"하며 지내던 시절에 쓴 것이다. 그러나 실제 구상은 경성에 체류하는 3년 동안 이루어졌다는 사실을 아래 부분에서 확인할 수 있다.

15　박영길, 「노작 홍사용론」, 『성대문학』 15·16호, 1970, 27쪽(김학동, 앞의 글, 356쪽에서 재인용).

쉬운 거라 이르지 마소. "문군연하태수생(問君緣何太瘦生)고, 총위종전작시고 (總爲從前作詩苦)라."

묵군왈(默君曰) "이것이 3년 동안 밥먹고 지은 거라고……" 누가 밥 안 먹으랴 마는 "밥먹었다" 하는 참 소리가 어려운 것이다. 이것이 비록 보잘것없으나, 학생 모 가죽챙 밑에서부터 참 3년 동안 밥먹어 삭인 것이다. 비노니 못사람들아, "쉬운 거라" 말고 어떻든 무궁화라고 너털웃음을 섞어나 주게나.

— 「청산백운: 끝말」 중에서

고향 밖 세계에 대한 경험이 고향과 고향 이외 공간을 비교할 수 있는 시각을 제공한 것이다. 그 결과는 타락한 세상과 순결하고 천진한 고향이라는 이분법적 대립항이다. 많은 연구자들이 지적했듯 이는 귀향한 탕자를 주인공으로 하는 근대적 고향 이야기의 플롯이기도 하다. 이러한 이유 때문에 이 작품에서 구현되는 순결한 모성적 고향이라는 심상은 근대화에 의해 훼손되는 조국을 은유하는 민족주의적 수사로 볼 수 있다.[16]

그러나 이 고향은 조국의 은유이기만 한 것은 아니다. 서술자는 고향을 앞에 두고 "영원한 저곳, 저 하늘"을 동경하고 있다. 모성적 고향으로도 충족되지 않은 결핍의 상황을 가정하면서, 그 결핍을 채워줄 수 있는 것으로 "영원한 저곳, 저 하늘"을 호명하는데, 이는 "주봉뫼"가 "그 사랑 품에 모로 안기며, 풀집 연기"가 피어올라 도달하고자 하는 곳이다. 즉, 아름답고 순박한 고향은 "영원한 저곳, 저 하늘"을 대체하는 공간이다.

서술자가 궁극적으로 욕망하는 대상 "영원한 저곳"이 어떤 곳인지는 서술자가 동일시하는 "밥짓는 저녁연기"의 행방을 통해 확인할 수 있다. 서술자는 "밥짓는 저녁연기"를 "나의 영(靈)"에 대한 비유적 등가물로 인식한다.

---

16   구인모, 「탕자의 귀향과 조선의 발견: 1920년대 한국근대시와 고향의 발견」, 동국대학교 문화학술원 한국문학연구소 편, 『'고향'의 창조와 재발견』, 역락, 2007, 84~85쪽.

"나의 영은 저와 조화하여 몽기몽기 떠올라 가끔 바람에 이리 휘뚝 저리 휘뚝. 그러다 영영히 먼곳으로 떠가면"과 같은 표현에서 "나의 영"은 저녁연기의 속성을 공유함으로써 구체적인 물질성을 갖게 된다. 저녁연기와 나의 영이 떠올라 마침내 돌아갈 곳이 "영원한 저곳"이다.

안서나 소월 등 1920년대 시인들에게서도 발견되는 "영"은 주체의 개별성을 담보하는 동시에 낭만적 동일성을 이끄는 개념이기도 하다. 그것은 존재의 개별성과 유일무이성을 보장하되 개인이 자연이나 영원과 같이 총체적인 것에 연루되어 있음을 상징한다. 이 글에서도 서술자는 자신을 한편으로는 물질적이며 역사적인 현실의 흐름 속에서 풍파를 온몸으로 겪는 존재이자 초월적이며 탈물질적인 "영원한 저곳", 즉 "영"의 세계와 연결된 존재로 인식한다. "영원한 저곳"은 개별 영들이 궁극적으로 귀의하게 될 본원적인 곳이며, 자연과 유기적인 하나를 이루는 유토피아적 공간이다. 이러한 인식은 '어머니로서의 자연(Mother Nature)'을 강조함으로써 근대 문명의 한계와 도시 산업화의 비인간적 국면을 비판하던 낭만주의에서 전형적인 모습을 찾을 수 있다.[17] 마을의 뒷산을 마을의 수호자로 의인화한 것이라든지, 지는 해를 임종하는 사람의 눈에 비유한 것, 그리고 자연의 흐름에 인간 세계를 대응시킨 것도 이러한 인식의 산물이다.

이러한 점에서 이 산문의 고향은 상실한 고향, 잃어버린 조국에 대한 민족주의적 상징이라고만 볼 수는 없다. 그보다는 오히려 근원적인 차원에서 상실한 어떤 것에 가깝다. 이 수필과 같은 시기에 쓰인 자유시 「푸른 언덕 가으로」도 마찬가지다. 이 작품에서 화자가 감상성에 젖어 그리워하는 대상을 "우리 시고을"이라고 부르고 있지만, 사실은 고향으로 대체된 보다 근원적인 것을 동경하고 있는 것이다.

---

17   리타 펠스키, 『근대성과 페미니즘』, 김영찬·심진경 역, 거름, 1998, 74~75쪽.

4. 고향의 원관념이자 욕망의 원인으로서의 '백조(白潮)'

지젝은 욕망의 원인인 대상 a와 욕망의 대상으로서의 대상 a를 구분해야 한다고 주장한다. 욕망의 대상이 단순히 욕망된 대상이라면, 욕망의 원인은 그 때문에 우리가 대상을 욕망하게 되는 특질, 즉 보통은 지각되지 않고 가끔은 장애물로 인식되기까지 하지만 그럼에도 불구하고 그것을 지닌 대상을 욕망하게 되는 어떤 디테일이나 틱(tic) 같은 것이다.[18] 이를 참조하면, 홍사용의 작품에서 심미화된 이상적인 고향은 욕망의 대상으로서의 대상 a라고 할 수 있다. 이 욕망된 대상 a는 욕망의 원인인 대상 a에 대한 보조관념이다.

이러한 점은 홍사용의 대표작이라고 할 수 있는 「나는 왕이로소이다」에서 발견할 수 있다. 홍사용을 '감상적 낭만성'의 시인, '눈물의 왕'으로 자리매김하게 만든 이 작품은 어머니가 등장하는 「어머니에게」, 「꿈이면은」, 「바람이 불어요!」, 「노래는 회색, 나는 또 울다」 등과 함께 영원한 모성을 그리워하는 유아의식의 발로이자, 현실 생활에서 관념 세계로 도피하여 안락을 추구하는 퇴행의식의 표현으로 간주되곤 한다.[19] 또한 자기 자신을 "눈물의 왕", "설음잇는짱"의 왕으로 지칭하는 작품의 후반부에 주목하여 나라를 빼앗긴 설움을 토로한 것이라고 보는 견해도 있으며,[20] 사회화가 달성되지 않은 당대의 삶에 대한 표상으로 보기도 한다.[21] 모성의 정체가 무엇이든 간에 이들 작품이 하나같이 감상성과 상실감을 두드러지게 담고 있다는 사실과 이러한 직접적인 감상의 토로가 유년의 시간과 공간, 즉 고향에 대한 회상을 거쳐 발생한다는 점을 주목해야 한다.

---

18   슬라보예 지젝, 『How To Read 라캉』, 박정수 역, 웅진지식하우스, 2007, 104쪽.

19   오세영, 「노작 홍사용 연구」, 『한국낭만주의시연구』, 일지사, 1980, 365쪽.

20   박철석, 『한국현대문학사론』, 민지사, 1990, 53쪽.

21   김은철, 「사회화의 관점에서 본 홍사용의 시」, 『한민족어문학』 20권, 한민족어문학회, 1991, 315쪽.

㉠ 열한살먹든해 정월열나흔날밤 맨재텀이로 그림자를 보러갓슬째인데요 명이나 긴가 짤은가 보랴고

왕의동무 작난꾼아이들이 심술스러웁게 놀리더이다 목아지업는 그림자라고요

왕은 소리처 울엇소이다 어머니께서 들으시도록 죽을가 겁이나서요

㉡ 나무꾼의 산타령을 짤하가다가 건넌산비탈로 지나가는 상두군의 구슬픈노래를 처음들엇소이다

그길로 옹달우물로 가자면 지럼길로 들어서면은 찔레나무 가시덤풀에서 처량히우는 한마리 파랑새를 보앗소이다

그래 철업는 어린왕나는 동모라하고 조차가다가 돌쑤리에 걸리어 넘어저서 무릅을 비비며 울엇소이다

(…)

㉢ 누―런썩 갈나무 욱어진산길로 허무러진 봉화(烽火)쑥압흐로 쫓긴이의노래를불으며 어실넝거릴째에 바위미테 돌부처는 모른체하며 감중연하고 안젓더이다.

아―뒤ㅅ동산장군(將軍)바위에서 날마다 자고가는 쓴구름은 얼마나만히 왕의 눈물을 실고갓는지요

―「나는 왕이로소이다」 중에서

이 작품은 울음과 함께 태어나서 "울지말어라"라는 어머니의 당부를 듣게 되기까지의 과정을 시간적 흐름에 따라 재생한다. 먼저 출생할 때의 울음이 있다. 이 울음은 자연발생적인 것이다. 그러나 유아기를 벗어나서도 계속되는 울음은 "어머니의 눈물"이나 어머니의 "구슬픈 녯이약이"에 대한 반응이다. 소년기에는 고향 공간에서 이루어지는 체험들과 조응하며 눈물이 발생한다. 어머니와의 폐쇄적인 이자 관계 속에서 어머니의 슬픔을 거울처럼

되비추는 단계로부터, 어머니와 분리 이후 고향이라는 공간과 직접 대면하는 단계로 이행하고 있는 것이다. 작품의 후반부에 해당하는 위의 인용 부분은 바로 이 이행 시점에 대한 회상을 담고 있다.

㉠은 "열한살먹든해"에 화자를 슬프게 만든 것이 무엇인가 보여주는데, 이때의 눈물은 "맨재텀이"라는 고향 공간을 배경으로 하여 생겨난다. 명을 점칠 수 있다는 속신을 믿고 찾아간 곳에서 그는 동네 친구들의 짓궂은 놀림으로 인해 죽음에 대한 공포를 느끼게 되고, "어머니께서 들으시도록" 소리쳐 운다. 이어지는 부분에서도 화자의 눈물은 고향의 공간들을 배경으로 생겨난다. ㉡에서 화자에게 슬픔을 불러일으키는 직접적인 매개는 "상두군의 구슬픈노래"와 "처량히우는 한마리 파랑새"다. 화자는 "나무꾼의 산타령을 쌀하가다가 건넌산비탈로 지나가는" 상두꾼의 노래를 듣고, "옹달우물로" 가는 지름길에서는 "파랑새"를 만난다. ㉢에서는 "날마다 자고가는 쓴구름"을 바라보며 눈물을 흘리는데, 이 구름은 "누─런쩍갈나무 욱어진산길"을 지나 "뒤ㅅ동산장군바위"에 올라서서 본 구름이다. 화자에게 눈물을 자아내는 상두꾼의 노래, 날아가버린 파랑새, 흘러가는 구름은 모두 죽음 또는 상실의 표상이다. 요컨대, 이 시에 점철된 감상적인 울음은 출생과 동시에 시작되는 죽음과 상실에 대한 감각으로 인해 발생한 것이라고 할 수 있다. 그러나 그보다 더 중요한 것은 이러한 상실감과 유한성에 대한 감각이 고향이라는 공간과 이 고향의 구성 요소들을 매개로 해서 촉발되고 있다는 사실이다.

「그것은 모다 꿈이었지마는」에서도 정서를 촉발하는 사건은 고향에서 벌어진 어떤 장면이다.

> 벌불, 산불 주봉뫼의 붓는불이, 괘등형(掛燈形)으로 치부터…… 검은하늘에는 나는이 불꽃, 쏘다시 퉁탕매화포, 고혹의 누린내음새, 정열에 타오르는 불길, 피에어린 눈동자 미처서 비틀거리고, 두근거리는 가슴은 울둣이 "쒸자!"

"내손을 잡아라 내손을" 손에손낄, 불에불낄, "치마쏘리가 풀어지네요!" "대수⋯⋯" "옷자락에 불이붓네요!" "대수⋯⋯" 압흔발을적이어 쒭니다. "잡아라— 쥐불쥐불"

그것은 모다 쑴이엇지마는, 오늘이 쥐날인데 이상한쑴도 쑤엇다고, 누님이 탄식하며 이약이하시든⋯⋯.

―「그것은 모다 쑴이었지마는」 중에서

정월 대보름을 맞이하여 농촌공동체에서 행해진 쥐불놀이의 역동적인 장면과 그 현장에 있던 한 쌍의 연인을 보여주는 부분이다. 산과 들에 퍼지는 불길을 따라 마을 사람들도 열에 들떠 "불붓듯 몰"리기 시작하더니, 불길이 수놓은 밤의 야외에서 술을 나누어 마시며 흥청거린다. 이와 대조적으로 한 쌍의 남녀는 그들만의 밀회를 즐긴다. "주봉뫼"라는 사실적인 고향 공간을 배경으로 벌어지는 불놀이는 "피에어린 눈동자 미처서 비틀거리고, 두근거리는 가슴은 울듯이" 폭발할 지경으로 감정을 고조시킨다. 친숙하고 일상적인 고향의 공간이 불놀이에 의해 원초적인 열정의 공간으로 전환되면서 그 구성원들의 정열에도 불이 옮겨붙은 것이다. 열에 들뜬 이 남녀의 밀회는 결국 "모다 쑴이엇"다는 누님의 고백으로 귀결이 되지만, 누님이 마지막에 내뱉은 이 고백은 도리어 그 꿈이 얼마나 강렬하게 각인된 것인지 암시한다.

「나는 왕이로소이다」와 「그것은 모다 쑴이었지마는」은 모두 정서의 분출을 보여주고 있지만, 그 내용에는 차이가 있다. 전자의 감상성이 예정된 죽음과 유한함의 감각에서 비롯된 애수의 정서에 가깝다면, 후자의 감상성은 열정과 제어될 수 없는 충동의 정서이다. 중요한 것은 이들 정서의 직접적인 분출이 고향 공간을 배경으로 이루어지고 있다는 사실이다. 이 두 편의 시에 제시된 고향은 수필인 「청산백운」의 고향과는 달리 미적인 인식의 대상이 아니며, 고향의 발견이 의식되고 있지도 않다. 이들 시가 초점을 맞추고 있는 것은 개인의 감정이다. 그렇다면 가라타니 고진의 견해를 따라, 고향에 대한 무관심이 내면의 발견을 가능하게 한 것이라고 말할 수 있을 것이다.

『백조』창간호의 권두시로 실린「백조는 흐르는데 별 하나 나 하나」는 이러한 가설을 보다 분명히 뒷받침한다.

⊙ 저—기저 하날에서 춤추는저것이 무어? 오— 금빗노을! 나의가슴은 군성거리여 견댈수업슴니다.

ⓛ 압강에서 일상불으는 우렁찬소리가 어엽분나를불너냄니다. 귀에닉은음성이 머—ㄹ이서 들일째에 철업는마음은 조와라고 밋처서 쟌듸밧 모래톱으로 줄달음줌니다.

ⓒ 이리다 다리샛고 쥬저안저서 얼업시 짓거림니다 은고리갓치 동글고 밋그러운 혼자이약이를……

ⓔ 상글상글하는 태백성이 머리우에 반쟉이니 발서 반가운이가 반가운그이가 옴이로소이다 분(粉)세수한듯한 오리알빗 동그례달이 압동산봉오릴 집고서 방그레—바시시 소사올으며 바시락어리는 깁 안개우흐로 달콤한 저녁의막(幕)이 소르를처 나려올째에 너른너른하는 허—연밀물이 팔벌려 어렴풋이 닥처옵니다.

ⓜ 이째올시다 이째면은 나의가슴은 더욱더욱 쮭니다 어둠수풀 저쪽에서 어른거리는 거문그림자를무서워 그림이안이라 쟉갈대는 내얼골을 물그럼이 보다가 넌짓이 낫숙여 우수시는 그이를 풋녀린마음이 수접어 언뜻 봄이로소이다.

ⓗ 신부의 고요히 휩싸는 치마짜락갓치 달잠거 썰이는 쟌살물결이 소리업시 어린이의신흥(神興)을 흐느적어리니 물고기갓치 나닷는가슴을 것잡을수업서 물빗도은갓고 물소리도은갓흔 가업는 희열나라로 더벅더벅 걸어감이다……미칠듯키 자지러저 철철흐르는 깃븜에 씌여서—.

ⓐ 아— 씃업는 깃븜이로소이다. 나는 하고십흔 소래를 다—불너봄니다.

ⓞ 이리다 정처업는감락(甘樂)이 왼몸을 고달피게합니다. 그러면 안으랴고 기두리는이에게 쌜버려 안기듯키 어리광처럼 힘업시 넘어짐이다.

ⓒ 올치 이러면 공단(貢緞)갓치 고흔물결이 찰낙찰낙 나의몸을 씨담어쥬노나!

ⓕ 커다란침묵은 기리기리 죠으는데 씃업시 흐르는 밀물나라에는 낫닉는 별하나히 새로히 빗췹니다. 거기서 우슴석거불으는 자쟝노래는 다소히어리인금빗쉼터에 호랑나뷔처럼 훨훨나라듭니다.

ⓗ 엇지노! 이를엇지노 아―엇지노! 어머니젓을 만지는듯한 달콤한비애가 안개처럼이어린녁슬 휩싸들으니……심술스러운 응석을 숨길수업서 뜻안이한 우름을 소리처움이다.

　―「백조는 흐르는데 별 하나 나 하나」

이 작품도 강가를 배경으로 한다. 그러나 이 작품에서 초점이 되는 것은 유년에 대한 회상이 아니라 자연에 대한 화자 자신의 주관적 반응이다. "금빗노을", "상글상글하는 태백성", "분세수한듯한 오리알빗 동그레달", "압동산붕오리", "어둠수풀", 그리고 "압강에서 일상불으는 우렁찬소리" 같은 기표들은 고향 산천의 자연물들을 지시하지만, 이러한 자연물들은 아름다움의 감각을 불러일으키는 미적 대상이 아니라 화자의 정서를 움직이게 하는 기폭제로 기능한다.

노을이 지기 시작하여 달이 뜨고 밤이 점점 깊어가는 시간의 흐름에 따라 강가의 풍경은 변하고 그 변화에 따라 화자의 심적 상태도 변화한다. 작품은 감정이 점차 고양되어 절정에 이르렀다가 마침내 이완되는 종형(鐘形)의 기승전결 구조를 지닌다. 먼저 "나의가슴은 군성거리여 견댈수업습니다"라는 말(ⓐ)이 시사하듯 노을 때문에 마음 설레는 것에서 시작한다. 그러다가 강물 소리에 이끌려 강가를 찾게 되고 "조와라고 밋처서 쟌듸밧 모래톱으로 줄달음"치고는(ⓑ) "다리썻고 쥬저안저서 얼업시 짓거"린다(ⓒ). 이어 태백성과 달이 떠오르고 밤이 깊어가면서 밤안개가 주변을 "달콤한 저녁의막"으로 뒤덮자 신비로운 분위기가 감돌고(ⓓ), 화자는 그 분위기에 취해 "가슴은 더욱더욱 쮜”기 시작한다(ⓜ). 이 감정이 고조되어 “물고기갓치 나닷는가슴을 것잡을수업”게 되는데, 이를 촉발시키는 것은 “잔살물결” 소리이다(ⓗ). ⓗ의 후반부에서 “물빗도은갓고 물소리도은갓흔 가업는 희열나라로 더벅더벅 걸어”가면서 “미칠듯키 자지러저 철철흐르는 깃붐”을 느끼는 것은 바야흐로 그와 같은 도취와 희열이 절정에 도달했음을 의미한다. 마치 「그것은 모다 쑴이엇지마는」에서 열에 들뜬 연인들이 도달한 “피에어린 눈동자 미처서 비틀거리고, 두근거리는 가슴은 울듯”한 상태와 유사하다. 이 터질 듯한 희열의 감정은 “하고십흔 소래를 다— 불너봄”으로써(ⓐ) 외부로 분출된 후에야 사그라들기 시작하여(ⓞ) “달콤한 비애”에 젖은 “쏫안이한 우름”으로 마무리된다(ⓐ).

　서서히 고양되었다가 절정에 이르러 모든 것을 분출해내고 마침내 달콤한 비애와 이유를 알 수 없는 울음으로 귀결되는 종형(鐘形)의 감정선은 오르가슴의 과정과 흡사하다. 흥미로운 점은 이와 같은 감정의 고양과 이완이 어떠한 인간적인 교류도 없이 이루어지고 있다는 사실이다. 감정을 불러일으키고 고양시키는 대상은 자연 그 자체이다. 그러나 그 자연은 새나 나무, 꽃과 같이 이 자연계에 깃들어 존재하는 개별적이고 특수한 자연물이 아니라 달과 별빛, 강물 흐르는 소리, 저녁 안개 같은 자연경관과 기후, 천체의 움직임이 어우러지며 만들어내는 전체적인 분위기, 자연의 아우라라고 할 법한 것이다. 그것은 실제적이고 물질적인 자연이라기보다는 어떤 흐름 내지는 기운과 같다. 그런 면에서 이 자연은 상징계적 질서로 포착되지 않는 실재적인 것(the Real)이다. 이처럼 실체 없는 자연과의 교접이 가능하다는 점에서 화자는 신체를 가진 존재라기보다는 앞서 「청산백운」에 등장했던 ‘연기-영’과 같은 존재다.

　실재로서의 자연에 감정으로 반응하며 교류하고, 마침내 합일에 이르지만 결국 그것은 지속되지 못하고 중단된다. 중단은 결핍을 남기기 마련이다. “어머니젓을 만지는듯한 달콤한비애”를 느끼며 “쏫안이한 우름을 소리처”

우는 것은 그 결핍에의 무의식적 자각이다. 따라서 고향 또는 고향의 자연을 상실한 슬픔이 아니라 실재로서의 자연을 상실한 것에 따른 비애인 것이다. 이 실재로서의 자연이야말로 욕망의 원인인 대상 a라고 할 수 있다. 감정적 교류를 통해 환상적 합일을 이루었지만, 그것이 중단된 후 남는 상실감, 근원적인 결핍이 고향을 욕망하게 만든다. 그러나 고향을 통해서도 그 상실감은 충족될 수 없다. 오히려 아우라로서의 자연, 실재로서의 자연은 그것의 상상적 대리물이라고 할 수 있는 고향의 자연과 풍경들로 인해 다시 강렬하게 욕망된다.

5. 맺음말

홍사용과 함께 『백조』 동인으로 출발하여 「나의 침실로」라는 퇴폐적 낭만주의의 작품을 썼던 이상화는 1926년에 「빼앗긴 들에도 봄은 오는가」를 쓴다. 민족 담론의 자장 안에서 쓰인 이 작품은 주권 상실의 비통함을 국토에 대한 그리움으로 표현하고 있다. 이러한 전환은 "근대적 개인의 형성을 위한 노력이 민족의 상상과 충돌하면서 그에 압도되어 가는 양상"[22]이라고 평가된다. 같은 시기에 홍사용 역시 민요 운동 및 시조부흥운동의 흐름 속에서 민요시를 선보이는데, 민요시로 인해 홍사용은 향토미를 구현하는 시인으로 호명된다. 이때의 향토성이란 민족이라는 보편적이고 집단적인 주체를 중심으로 형성된 것이다.[23]

이와 같은 집단적 주체의 출현은 내면을 가진 근대적 개인을 전제로 한다. 홍사용의 초기 자유시는 내면을 가진 근대적 개인이 고향의 발견이라는 대응쌍과 함께 형성된 것임을 잘 보여준다. 홍사용 초기 시의 고향과 자연

---

22   오성호, 「민족의 상상과 국토의 발견」, 54쪽.

23   최원식, 앞의 글, 900쪽.

은 아예 감정이 배제된 채 등장하거나 감정이 드러난다 해도 향수의 정서라고 보기 힘든 감상과 연관된다. 이를테면, 「통발」이나 「어부의 적」에서 고향은 특수한 개별 주체의 유년 체험을 뒷받침하는 물질적 공간으로만 등장하며, 수필 「청산백운」에서는 심미적 풍경으로 묘사된다. 가장 익숙한 고향 공간에 대한 심미적 인식은 마치 고향을 처음 보는 외지인처럼 하나의 풍경으로 바라볼 때 가능하며, 이는 내면의 발견과 병행하여 이루어진다.

　「청산백운」에는 또한 근원적인 것에 대한 그리움이 암시되어 있는데, 이와 더불어 감상적 낭만주의 시의 대표작이라고 할 수 있는 「나는 왕이로소이다」나 「그것은 모다 꿈이었지마는」은 이러한 내면의 뿌리가 무엇인지 짐작하게 한다. 이 작품들에서 두드러지는 감상성은 향수처럼 보인다. 그러나 화자가 고향에 머물거나 어머니와 함께 있으면서도 이들을 그리워한다는 점에서 이 그리움을 고향에 대한 향수로 보기는 어렵다. 고향은 다만 이러한 그리움과 상실감을 촉발시키는 기폭제일 뿐이다. 고향에 있으면서도 향수를 느끼게 하는 대상이자 고향에 대한 그리움의 외관을 띠고 표현되는 이 대상은 궁극적인 원인으로서의 욕망의 대상, 곧 실재적인 것이라고 할 수 있다. 「백조는 흐르는데 별 하나 나 하나」에서 구체화된 고향의 자연경관은 이 실재적인 것의 대리적 표상이며, '백조(白潮)'는 그에 대한 언어적 등가물이다. 1930년대 이후 고향에 대한 향수의 대중화가 가능한 것은 바로 이 근원적인 것에 대한 결핍감이 지니는 보편성 때문이라고 할 수 있을 것이다.

제3부

노작 문학의 다층적 성격과 문화정치

07 노래의 기억과 영원의 귀향

박수연

1. 조선가요협회와 가요 정화

이 글은 홍사용이 1930년대에 잠시 참여했던 '신가요 노랫말 만들기' 작업에 보충적 의미를 부여해보려는 것이다. 부여될 의미가 '보충적'인 이유는 홍사용이 관여한 노래 운동에 대한 저간의 평가에서, 민요에 대해서는 긍정적으로, 신가요에 대해서는 부정적으로 규정하는 경향이 있었기 때문이다. 이 글은 역시 홍사용의 그 노래 운동에 대한 별도의 의미를 부여하는 작업이다. 시는 당연히 노래와 관련되는 것이지만, 근대시 이후 그것은 보다 복합적인 관계 속에 놓인다. 노래와 연결되면서도 시는 노래 자체는 아니라는 사실이 그것이다. 근대 이후 시는 무엇보다도 눈으로 보는 시였지 노래처럼 불리는 것이 아니었다. 홍사용은 이 사실에 이중적으로 결합되어 있다. 한편으로는 입말로서의 노래를 강조하는 위치, 또 한편으로는 조선의 구어예술을 강조하는 위치가 그것이다.

1920년대 후반에 조선의 시단은 '조선가요협회'로 분주하였다. 1929년 2월 22일에 결성된 이 단체의 목적은 퇴폐적이고 현실도피적인 가요를 비판하고 이른바 진취적인 신가요를 만들어보겠다는 것이었다. 퇴폐적이고 현실도피적인 가요란 〈수심가〉와 같은 재래의 민요들을 가리킨다. 과거로서의 재래의 민요를 미래로서의 신가요로 바꿔놓는 일은 과거에 대한 기억에서 떠나 미래를 기억으로 만들려는 행위였다고도 할 수 있다. 그러므로 정책적 목적에 의해 의도적으로 부각될 기억의 미래는 조선의 민중들에 의해 구성되는 미래와는 다른 것이었다. 그 미래는 비애로 가득한 조선의 과거를 경쾌하고 발랄한 전통으로 재구성하여 기대하는 기억으로서의 미래였다. 이 행위가 식민지 권력으로서의 총독부의 정책에 일부분 연결된 것이었다고 해도, 조선가요협회의 회원들을 총독부의 하수인 정도로 판단하는 일은 옳지 않다. 당대의 맥락을 통해 이 활동을 읽을 필요가 있기 때문이다. 그 맥락이란, 기억을 상실한 자들이 찾아 구성해야 하는 기억의 문제이다. 돌아갈 과거를 잃어버린 사람들은 돌아가야 할 곳으로서의 미래를 기억의 형식으로 미리 당겨 오는 수밖에 없다. 한국 근대문학이 그 행위의 연결선상에 있었다는 사실을 알려주는 것이 주요한의 「노래를 지으시려는 이에게」인데, 1920년대 후반의 조선 민요가 '신민요'라는 새 영역으로 나아갈 때, 이 신민요의 경험은 전통에 대한 새로운 기억을 만들어내는 일로 통하는 것이었다.

'신가요' 운동도 마찬가지이다. '조선가요협회'가 협회 활동을 통해 어떤 결과를 만들어냈는가의 문제와는 별개로 이 활동이 어떤 기억의 맥락을 구성하고 있는가 하는 점은 별도로 살펴야 할 대상이다. '신가요'의 당대적 현황은 '조선가요협회'의 위상을 잘 알 수 있게 하는 요인이다. 이 단체는 그다지 큰 활동을 하지는 않았지만 당대의 주요 예술가들이 다수 참여하여 단체의 지위를 높였음을 알 수 있는데, 문인들로는 이광수, 주요한, 김억, 이은상, 김동환, 김소월, 변영로, 김형원, 안석영, 양주동, 박팔양 등이 있다. 과거의 가요를 비판하고 진취적 신가요를 지향한다는 점에서 당대의 시문학과 음악에 대한 정화운동 단체라고도 할 수 있을 이 조선가요협회는 몇몇 활동과 관련한 기사 이외에 특별히 기록물을 남기지는 않았지만 조선문학의 흐름에 일정한 영향을 미쳤으리라고 추정된다. 참가자의 면면이 당대의 국민문학파로부터 영향을 받을 수밖에 없는 사람들이고, 〈수심가〉, 〈아리랑타령〉 등의 민속 악곡을 비판하면서도 민요를 새로운 문예형식의 원천으로 주장하고 있는 것을 보더라도 그렇다.

새로운 시 운동이라고도 할 수 있을 이 가요운동의 와중에 위에 거론된 문인들이 유성기 음반을 발행하고 있음을 찾아볼 수 있다.[1] 대부분 본인들의 시에 곡을 입혀 노래를 부른 음반인데, 이 음반 활동의 중요한 계기는 근대 서정시를 민중적으로 확산시키려는 의도이다. 근대시를 대중적으로 확산시키겠다는 생각이 나타난 것은 그만큼 조선의 근대시가 대중적이지 않았다는 말이 된다. 전통적인 정형시에 비해 다분히 산문화되어 있었던 조선의 근대 서정시는 시를 음악과 같은 것으로 여겼던 전통적 독자층에게는 매우 낯선 문학이었다. 따라서 시의 독자층이 매우 빈약한 상황이었고, 시인들도 시 창작과 그에 따른 부대 행위로 경제적 곤란을 해결하는 일은 불가능한 상황이었다. 조선가요협회가 등장하고 구성원들이 음반 발매로 나아갔던 것은 그런 상황을 타개하기 위한 계획의 일환이기도 했다.

그러나 '신가요' 운동이 성공적이지는 않았던 듯한데, 장르 자체가 애매할 뿐더러 이른바 히트작이라고 할 만한 것이 있어도 그것을 음악이 아닌 문학적 행위의 일환으로 평가할 수는 없었을 터이다. 더구나 이들의 활동은 뚜렷한 기록으로 남겨지지도 않았고, 이 단체는 1937년부터 친일단체인 '조선문예회'로 변신했기 때문에 긍정적인 평가를 받을 수도 없었다. 입말의 형식에 맞춰졌을 노랫말에 비교해볼 때 고려해야 할 시대적 변수도 있었다. 1930년대는 한국시사에서 구술문화의 전통이 서서히 사라져가는 시기였던 것이다.

그렇지만 근대 서정시의 전개에서 민요와 같은 음률의 노랫말이 차지하고 있는 자리는 매우 중요하다. 주요한은 「불놀이」류의 서구 모방시를 넘어서는 한국 근대시의 형태를 이야기하는 자리에서 조선의 민족적 정조와 사상, 조선말의 아름다움을 강조했다. 이 논의를 전개한 글의 제목이 「노래를 지으시려는 이에게」(『조선문단』, 1924.10~12)라는 사실에서 짐작할 수 있듯이,

---

[1]   이에 대한 본격적인 연구는 구인모, 「근대기 한국 시인들의 매체 선택」(『현대문학의 연구』 42, 2010.9)에서 집중적으로 진행되었다. 이 발표는 구인모의 이 논문에 계발된 바 크다.

시는 곧 '노래'였던 것이다. 이 논의가 조선 민요시와 서구 자유시를 놓고『개벽』에서 대립한 현철과 황석우의 신시 논쟁과도 연결되리라는 사실은 충분히 짐작될 수 있는 것인데, 주요한이 상징주의 분파의 영향을 벗어나고자 했던 노력이 민요시로 귀결된다는 사실은 1920년대의 시적 현재가 어디에 있었는지를 잘 알려주는 대목이다. 시는 노래라는 정통적 관점이 여전히 압도적이었으며, 변한 것이 있다면 그 노래란, 과거에는 현실을 어지럽히는 것이라고 여겨졌을 민중(folk)들의 노래였던 것이다. 이 민중들의 삶의 영역이 내용상으로 폭발한 것이 1920년대의 카프였다면, 형식상으로 폭발한 것은 민요시였다고 해도 될 것이다. 물론 이것은 순수한 형식상의 규정일 뿐인데, 이른바 천도(天道)를 따르는 것으로서의 동양적 정통 음악과는 다른 민중의 음악과 노래가 전면에 부각되고 있는 것이기 때문이다.

1920년대에 주목된 이 구술문화적 전통을 비애와 침체의 정조로 비판하는 와중에, 1930년대에는 귀로 듣던 시를 눈으로 읽는 시로 전환하는 흐름이 등장했다. 시문학파가 그것의 과도기라면, 1930년대 초반의 모더니스트들은 시적 언어의 시각화와 주지화를 계획함으로써 일대 전환을 가져온 것이다.

홍사용은 아무래도 1920년대의 시인으로 분류될 것이다.『백조』와 관련해서도 그렇고, 그의 대부분의 시작품들이 1920년대에 쓰인 것이라는 점에서도 그렇다. 또한 그는 구술문화적 전통이 강조되던 시기, 노래가 강조되던 시기에「조선은 메나리 나라」(『별건곤』, 1928.5)라는 글을 발표하면서 당대의 "양시조', 서투른 언문풍월, 도막도막 잘 터놓는 신시 타령"을 비판한 시인이다.

전통 민요를 강조했던 홍사용이 1932년부터 1934년까지 유성기 음반으로 발매된 유행가요의 가사 작업에 관여했다는 점은 중요하지만 널리 알려져 있지 않다.[2] 홍사용에게는 민요의 흔적을 가지고 있지만 자유시로 구분될 수 있는 1920년대 시가 있고, 민요시로 분류될 수 있는 1938~1939년의 시편들이 있다. 그리고 그 사이에 그 유행가요 노랫말이 있다. 그것은 어떤 전 말을 가지고 있는 것일까? 나아가 이것은 그의 시대와 문학에 대해 어떤 기 억 재구성이라는 효과를 불러오고 있는 것일까?

2. 「조선은 메나리 나라」─ 구술문화와 음악성

홍사용은 1930년대에 신가요의 노랫말을 만들었지만, '조선가요협회'에 는 참여하지 않았다. 그 이유는 아마도 조선가요협회의 전환, 즉 시에서 유 행가요로의 전환에 온전히 동의할 수 없다는 생각이 작용했기 때문일 것이 다. 「조선은 메나리 나라」에는 이런 진술이 있다.

> 요사이 흔한 '양시조', 서투른 언문풍월, 도막도막 잘 터놓는 신시(新詩) 타령, 그것은 다— 무엇이냐, 되지도 못하고 어색스러운 앵도장사를 일부러 애써 하는 것보다는 차라리 제 멋의 제 국으로나 놀아라. 앵도장사란 무엇인지 아느냐, 받아 다 판다는 말이다.
> ─「조선은 메나리 나라」, 『별건곤』, 1928.5

양시조, 곧 서양의 신시에 휘둘리는 조선 시단을 비판하는 진술이다. 조 선의 민요를 강조한 이 글은 잡지 『별건곤』(1928.5)이 특집 기획으로 '조선(朝 鮮)자랑호(號)'를 만들면서 조선의 미적 자부심을 고무하려는 의도에 실려 작성된 것이다. 『별건곤』 편집부가 저간의 자신들의 사회적 역할을 '풍자, 해 학, 매도, 경계'로써 진행코자 했음을 밝히면서, 그 부정적(否定的) 역할을 넘

---

2   이에 대한 연구는 심층적인 것으로 거의 유일한 구인모의 글이 있다. 나의 글은 특히 홍사 용의 유성기 음반 작업 부분에 있어 그의 연구를 넘어서지 못하고 있다. 구인모, 「홍사용과 구술문화 전통의 의미」, 『동악어문학』 56, 2011.2 참조.

어선 또 다른 방법으로 찾은 것이 '조선자랑호'라는 특집호이다. "우리가 이때까지 측면으로 우리의 단점만을 적발해온 대신 한번쯤은 우리의 미점을 들추어내고 우리의 장처를 집어내어 스스로 길러 가질 바를 알고 스스로 좋은 바를 간직하게 하는 동시에 너무 까부러지기만 하는 심정에 좋은 의미의 자존·자부의 심을 일으켜보는 것도 전혀 무의의(無意義)한 일이 아닐까 하여 이에 조선자랑호를 짜려 한 것"[3]이라는 기획 의도를 통해 알 수 있듯이 이 특집은 이른바 조선적인 것에 대한 전면적 소개와 기림으로 채워져 있다. 홍사용의 「조선은 메나리 나라」는 그중 '민요 자랑'이라는 주제로 작성된 것이다. 이 '조선자랑호'가 당대의 신간회로 대표될 사회적 정세에 대한 언론 측의 반영이리라는 점을 생각한다면, 조선의 민요는 예술적 과거 기억을 민족의 역사적 미래로 이어놓으려는 인위적 전통 구성이라고도 할 수 있다.

홍사용은 이 글에서 어머니가 불러주던 자장가를 떠올리면서 그 노래의 구술적 전통을 조선의 보물이라고 규정한다. "우리로서는 아주 알기 쉬운 것. '메나리'라고 하는 보물! 한자로 쓰면 조선의 민요"가 그것인데, 그것은 인위적으로 만들어지는 것이 아니라 나라의 넋이 되어 저절로 흘러나오는 가락이다. 김억이 이미 이야기했던 것으로서의 '시형'과 '음률'을 환기하기도 하는 홍사용의 이 민요론은 그러나 구술성을 강조한다는 점에서 차이가 있다. 김억 등이 민요조 서정시를 이야기한다면 홍사용은 민요 자체를 말하고 있는 것이다. "메나리는 글이 아니다. 말도 아니요 또 시도 아니다." 그것은 눈으로 보는 시가 아니라 '가락'이어서, "입으로 입으로 불러 전해 내려 왔"던 것이다. "노래라는 것은 입으로 부르는 것이요, 글로 짓는 것이 아니매, 구태여 글씨로 적어 내려오지 못한 그것을 그리 탓할 까닭도 없다"는 말은 홍사용이 문자보다 음성 혹은 음악에 더 집중하고 있음을 잘 알려준다.

이렇다는 것은 근대시를 만들어 앞서가려는 계몽적 지식인이 아니라 ―

---

3   「자랑호를 읽으시는 분에게(社告)」, 『별건곤』, 1928.5, 1쪽.

이 계몽성과 관련해서는 한국 근대문학 1세대 중 누구도 자유로울 수 없을 것이다 — 조선 민중과 함께 노래하면서 이른바 나라의 넋을 지키려 했던 홍사용의 특별한 위치를 주목하게 한다. 「조선은 메나리 나라」는 "내것이 아니면 모두 빌어온 것 뿐"이라는 사실을 진술하면서 서구시의 영향 아래 만들어진 조선 근대시에 대한 거리두기를 시도한다. 그런데 이 거리두기의 의미를 단순히 서구시를 부정하는 주체적 차원으로 한정해서는 안 될 것이다. 홍사용 자신이 서구 근대문학의 출발점인 낭만주의적 문학 지향을 조선에서 주도한 인물이기 때문에 이 거리두기란 자신의 『백조』 시대까지 포함한 당대의 조선문학 전체에 대한 비판이기도 할 터이다. 그러므로 근대문학이 기록문학으로서의 자기 정체성을 강하게 드러낸다는 점에 대비하여 홍사용이 기록 이전의 입말의 성격을 강조하고 있다는 점도 특별히 주목할 만하다. 그가 왜 신가요 운동 시기에 노랫말을 만들고 있는지를 이해하는 데 간접적인 도움을 주는 사항이기 때문이다.

이 글은 또한 시론이라기보다는 음악론이라고도 할 수 있다. "메나리는 글이 아니다", "노래라는 것은 입으로 부르는 것이요, 글로 짓는 것이 아니매, 구태여 글씨로 적어 내려오지 못한 그것을 그리 탓할 까닭도 없다", "메나리 속에서 살은 이 나라 백성의 운율적 생활 역사는 굵고 검붉은 선이 뚜렷하게 영원에서 영원까지 길이길이 그리어 있다"고 쓸 때 홍사용이 말하고 있는 것은 문자로 된 시에 대한 것이 아니라 문자 이전의 소리이며 그 소리로서 드러나는 향토성과 넋이다. 이 글은 "넋이야 넋이로다 이 넋이 무슨 넋?"으로 종결된다. 당대의 조선 근대시는 어떤 넋을 표현하고 있는가에 대한 아픈 질문이 이 구절에는 담겨 있다. 이 넋이란 서구적 문예 양식에 의해 파괴되어가는 넋이며, 서구적인 것에 의해 발굴되어 굴절되는 넋이라는 사실을 홍사용은 분명히 인식하고 있었다고 할 수 있다. 주요한이 「노래를 지으시려는 이에게」에서 자신의 근대 자유시 창작을 비판할 때, 요컨대 「불놀이」는 일본 시가를 통해 서구시를 모방한 것에 지나지 않는다고 말할 때, 그는 조선적인 근대시를 탐색하는 와중이었다. 그렇지만 그 탐색의 결과로서 그가 찾아낸 것 또한 실제로는 서구 근대시의 형성 과정을 모방한 것이었다. 서구 근대시가 자신들의 민요로부터 출발했음을 살펴본 후 주요한 또한 조선의 근대시를 민요시 형식에서 찾고 있었던 것이다. 시조 양식을 부흥시키려는 운동 또한 그런 인식의 결과였다고 할 수 있다. 민족을 강조하거나, 서구시의 민족주의적 특징을 따라간다는 점에서 숨겨진 서구중심주의라고도 할 수 있을 이 국민문학파의 근대시 운동이 1920년대 후반에 결성된 조선가요협회의 활동으로 이어진다는 것은 이들의 유행가요가 무엇을 지향하고 있는지와 관련하여 시사하는 바가 크다. 하나의 의도와 그것의 현실적 실현과 의미가 서로 다른 쪽으로 뻗게 되는 경우가 여기에도 있었던 것이다.

조선가요협회의 문인들이 일본 유행창가나 그 번안곡을 대신하여 그들이 창작한 시를 활용한 이른바 '신가요'를 동시대 조선인들에게 보급하고자 한 것은 어쨌든 어려운 상황에 처한 조선 시의 국면을 전환시켜보고자 한 의도였다. 이 시도는 물론 시와 노래의 관계를 중시했던 전통적 태도에서 비롯된 것이다. 그런데 홍사용은 이들 문학인들과 민요 등의 구술문화 전통에 대한 입장이 매우 달랐으므로 함께 어울리기도 어려웠을 터이다. 적어도 「조선은 메나리 나라」만 두고 보자면 홍사용은 동시대 시가 개량의 논리나 그 실천에 대해서도 회의적인 입장에 있었을 것이기 때문이다. 그는 시가 개량론보다는 시가 전통론의 입장에 가까웠다. 그러므로 홍사용이 조선가요협회와 같은 동시대 문예 단체의 움직임을 지켜보면서도 침묵을 지켰던 것은 그리 이해하기 어려운 일이 아니다. 그런데 이 침묵은 홍사용이 바로 유행가요 가사 제작에 나서고 있다는 사실에서 그 의미가 달라진다. 시가 개량론에 대한 침묵은 신가요에 대한 비판인데, 홍사용 자신이 그 신가요의 노랫말 제작에 나서고 있기 때문이다. 이것은 이를테면 생각이나 주장과 현실의 대립에 해당할 터이다. 이것은 어떤 연유를 갖고 있을까?

3. 홍사용의 노래

우선, 홍사용이 강조했던 것은 '고향'으로의 귀환이다. 「조선은 메나리 나라」(1928)라는 글을 발표한 지 얼마 후에 그는 「귀향」이라는 산문 같은 소설[4]을 쓰고 있다.

이런 사연 저런 사설로, 원망도 있고 사랑도 있어, 아무튼 즐거운 하루의 해를, 지웠다. 어찌하였든, 우리는 한시 바삐, 모두 고향으로 돌아와야만 하겠다. 그리워서라도 가엾어서라도, 또 내어버리기가 원통해서라도―. 그리해서, 거기에서 그대로 살 방법도 생각하고 깨달아서, 빛바랜 묵은 시골을 붙들어, 우리가 살 새 시골을, 만들어야만 하겠다. 우리를 낳고 병든 시골을 모른 척 할 수 있으랴.

　　―「귀향」, 『불교(佛敎)』, 1928.11

현진건의 「고향」(1926)을 연상시키는 글이다. 현진건의 「고향」이 기차 안에서 진행되는, 파괴된 고향에 대한 애통과 희망의 발현이라면, 홍사용의 귀향은 저 「고향」의 한 부분, 요컨대 고향에서 만난 옛 애인의 무너진 삶을 확대하여 조명하는 역할을 담당한다고도 할 수 있다. 오랜 세월 세상을 떠돈 화자는 고향에 돌아와 추락하는 사람들의 삶을 확인한다. 위 인용은 귀향 후 가족들과 처음 대면한 후 이루어지는 진술인데, 어머니의 넋두리에 대응하여 고향을 되살릴 결심을 하고 있는 부분이다. 화자는 고향으로 돌아와 새 시골을 만들겠다는 다짐을 하고 있다.

이 자기 다짐이 「조선은 메나리 나라」의 민요에 대한 진술, 즉 전통적인 문예양식을 지켜야 한다는 주장의 상징적 진술이라고 해석하는 것은 충분

4　「귀향」은 소설로도 읽히고 산문으로도 읽힌다. 최원식은 소설로, 김학동은 산문으로 분류하고 있다.

히 가능한 일이다. 조선인들의 '고향'이 식민주의의 침략을 경험하면서 어떤 상태에 놓이게 되었는지는 홍사용 자신이 잘 알고 있으려니와 서양 음악의 진출 앞에 놓인 민요를 고향이라는 말로 바꾸어 읽어도 될 위와 같은 주장은 3·1운동 이후 홍사용의 문학적이거나 심리적인 지향이 어디로 향하고 있는지를 잘 알려준다.

홍사용의 『백조』 시대, 초기 시 작품에 대한 평가는 그의 시가 "향토미"[5]를 가지고 있으며 "민요체의 곱은 리듬"[6]을 실현하고 있고 "시 짓는 사람들 중에서 가장 민요적 색채"를 지니고 있다는 것이다. 이를테면, 홍사용은 민요시는 아니라고 해도 민요적 리듬과 정조를 가진 시를 쓰고 있다고 평가받는 시인이었다. 홍사용은 민요가 대변하는 저 조선적 넋의 흐름을 그의 생애 전체에 걸쳐 가지고 있었다고 해도 될 것이다. 그가 「조선은 메나리 나라」를 쓰고 구술문화를 강조한 후, 고향으로서의 메나리로 돌아가야 한다고 선언했을 때, 그 고향은 그러나 이미 파괴된 현실이었다. 그는 고향으로 돌아갔지만 고향에서 떠나야 한다는 사실을 인식하고 있는 시인이기도 했다.

그런데, 위에서 인용된 「귀향」의 구절이 고향 재생의 희망을 드러내고 있다면, 그다음 페이지의 진술은 홍사용이 민요에서 유행가요로 옮겨 가는 정황을 미리 포착하게 되는 예감과도 같이 읽힌다. 그는 고향으로 돌아갔지만, 누이와 매부가 한밤 내 울음 속에 있음을 보면서 독백한다.

"내가 집에 돌아온 까닭인가, 그러면 내가 떠나가자. 누이를 위하여, 매부를 위하여, 아니 그들이 믿어오던, 그 무식한 행운을, 조금 더 늘이여주기 위하여, 내가 이 집을 또 떠나가자." 하는 생각이 불현 듯이 나돌은다. 나는, 어찌도 이리 간 곳

---

5   박월탄, 「문단의 일년을 추억하야 현상과 작품을 개평하노라」, 『개벽』 31호, 1923.1, 10쪽.
6   김안서, 「시단의 일년」, 『개벽』 42호, 1923.12, 46쪽; 김기진, 「현 시단의 시인(前乘)」, 『개벽』 58호, 1925.4, 27쪽.

마다, 쓸쓸함과 외로움 뿐인고. 고향의 보금자리에서나, 사랑하는 어머니의 품 안에서도, 애 끊는 눈물이 아니면, 넓은 잠자리도 얼리어지지 않는구나. (…) 나는 또다시 나가버리자, 멀리멀리 아주 끝없이 달아나버리자. 그런데 내가 또 그렇게 되면, 우리 어머니는 어떻게 되시나—

  —「귀향」, 『불교』, 1928.11

  그는 돌아갔던 곳, 고향으로부터 떠나가야 한다고 다짐하지만 그를 쉽사리 떠나지 못하게 하는 것에 붙들려 있다. '어머니' 혹은 어머니로 상징되는 것이 그것이다. 이 상징적 진술들과 함께 우리는 홍사용이 놓은 것과 놓지 못한 것을 생각해볼 수 있다. 그것이란, 민요를 떠나면서 그 민요의 음악으로서의 자질을 놓지 못하는 심리이다. 여기에서 민요를 강조하면서 그 민요를 새 가요로 바꾸려 했던 조선가요협회에 합류하지 않고, 그러나 떠날 수밖에 없었던 민요 대신 음악의 넋에 머물러야 했던 홍사용의 고민을 추정해볼 수 있다. 음악에 머물러야 했을 때, 그의 앞에 놓은 것은 신가요로 통칭되는 유성기 음반의 유행가요였다. 그것은, 버릴 수는 없되 떠나야 한다는 이중심리가 선택할 수도 있는 맞춤한 대상은 아니었을까?
  홍사용이 유행가요의 가사로 작사한 곡은 번역한 것까지 포함하여 현재까지 모두 9편이 알려져 있다.[7] 이것들 중 일부나마 가사 복원이 된 작품은 〈댓스오—케—〉와 〈고도의 밤〉 두 편이다. 구인모가 복원한 가사는 다음과 같다.

  1. ○○ ○○○ 어찌 하드○ / 그리워서 만나는 우리 둘인데. / 내일이란 그 날을 어찌 기다려 / ○○ ○○○○ ○○○○ 맘 / 그렇지요? 그렇지요? 맹서해 주 /

---

7   본고에서 참고한 것은 구인모가 「홍사용과 구술문화 전통의 의미」에서 정리한 자료이다. 그 목록은 본서에 수록된 해당 논문의 말미에 소개되어 있다.

오케, 오케, 댓 오케. //

2. ○○서 ○○○○ 어찌 ○○○ / ○○○ ○○○○ ○○○○○ / ○○○ ○○○
○ ○○○○○ / ○○○ ○○는 날 언제까지나 / 그렇지요? 그렇지요? 맹서하
리 / 오케, 오케, 댓 오케 //

— 〈댓스오—케—(THAT'S O.K.)〉

1. 무리서○ 밤 달 그리다 원각사 파도에 그린다 / 큰 눈○○ ○없는○○ 얄밉다
그 못 오시○ ○제 / 아, 너무 힘겨워라. 비린내 나는 ○○대여 //

2. 눈물은 한○ ○○○달. ○○만 찾을 ○○○달 / ○○○는 ○○○없이, 저 모양
이 가난한 소나기. / 아, 누가 돌아오리. 그대는 붉은 무지개야. //

— 〈고도(古都)의 밤〉

모두 대중적 감상의 감흥을 노래하는 내용이다. 이 노랫말이 조선의 메나
리와 어떤 연결성이 있다고 하려면 더 많은 심층적 분석과 논증이 필요할 것
이다. 우리가 살펴볼 것은 홍사용이 참여한 이 유행가요 가사 작성 작업을
어떻게 이해할 것인가 하는 점이다. 이것은 민요에 대한 배반인가 아니면 민
요의 변형인가?

홍사용은 이 유행가요 가사 작업 이후에 1938년부터 본격 민요시를 창작
함으로써 자신의 유행가요 가사 작업과는 크게 차이 나는 영역으로 진입하
였다.[8] 조선의 역사에 대한 현재적 노래화라고도 할 수 있을 이 시기의 민요
시와 관련해서는 이 시기가 중일전쟁 이후의 엄혹한 정세로 점점 흘러가고
있는 때라는 사실도 주목을 요한다. 1938년이면 총력전 체제의 출발기이고

---

[8]　1922년 당시와는 다른 1938년경의 민요시의 세계가 가지고 있는 진보적 측면에 대해서
는 이미 최원식 교수가 집중적인 분석을 시도한 바 있다. 최원식, 「홍사용 문학과 주체의
각성」, 『한국학논집』 5, 1978.3 참조.

조선적인 것은 점점 일본 제국의 일개 영역에 지나지 않거나 소멸되어야 할 세계로 억압되고 있던 시기였다. 조선 문화는 일본화되거나 동양과 아시아의 이념으로 녹아들어 가야 할 때였다.

이 시기에 홍사용이 본격 민요시를 창작한다는 것은 1920년대 국민문학파의 민요시 창작과는 그 의미가 다를 수밖에 없다. 1920년대가 국가 주권을 대체하는 문화주의적 전통 강조의 방향이었다면, 지금 홍사용에게 민요는 아예 삭제될 수도 있는 조선 민족의 육성을 간직해야 한다는 자기 인식의 구현 매재였기 때문이다. 더구나 국민문학파가 여전히 조선에 대한 '계몽'의 입장을 거둔 것이 아니고, 따라서 민요나 시조라는 전통을 통해 조선 국민을 세계 속으로 개조해나가야 한다는 생각을 가지고 있었던 반면에, 홍사용의 민요는 오히려 조선적인 것에 대한 대대적인 긍정을 통해 서구적 계몽을 넘어서려는 성찰을 수행하는 것이기도 하다. 계몽의 대상으로 조선을 놓은 것은 '조선가요협회'도 마찬가지였는데, 그들이 강령을 "우리는 건전한 조선가요의 민중화를 기(期)한다"로 내세우고 슬로건을 "우리는 모든 퇴폐적 악종 가요를 배격하자"와 "조선민중은 진취적 노래를 부르자"[9]라고 정했을 때 그 사실이 잘 드러나고 있었다. 민요를 메나리로 다시 불러낸 홍사용이 선택한 길은 그것과 같은 것이 아니었다.

그러나 우리는 어떤 역설을 생각해보아야 한다. 조선의 메나리를 강조했던 홍사용이 10년 정도의 시기를 그 '메나리-민요'와는 관계가 없는 삶을 살아왔다는 사실을 함께 살펴볼 필요가 있다. 이 장기간의 공백은 여러 이유에서 식민지 지식인에게 강요되었을 침묵이 그의 삶을 오래 지배했음을 의미한다. 그가 조선의 메나리라는 말로써 강조했던 세계의 옆에서 침묵하고 있었을 때, '조선가요협회'는 '조선문예회'로 변신함으로써 본격적인 친일 행로를 보여주고 있었다. 1937년에 출범한 '조선문예회'가 종래의 유행 가곡

---

9   『동아일보』, 1929.5.25.

마저 비판하면서 고상한 사회풍속을 도모한다는 명분으로 친일적 건전가요 운동을 전개하기 시작했을 때, 홍사용은 또 다른 영역의 민요로 돌아감으로써 제국적 주류와 거리를 두기 시작했다는 점이야말로 그의 의미심장한 생애 전환에 해당하는 것이었다. 그가 「귀향」에서 떠나야만 하는 존재의 슬픔을 되뇌었을 때, 그것이 귀향이라는 말로 감싸 안은 이향의 비극이었다면, 1938년부터의 민요시는 저 이향의 비극을 귀향으로 전환시킨 운명의 구체화였던 셈이다. 그는 오랜 침묵과 함께 조선적 민요를 개량한 신가요라는 노래 형식을 한때 자기 표현의 방식으로 선택했었다. 이것은 한편으로는 조선의 메나리를 강조했던 자기 주장의 배반이기도 하지만, 다른 한편으로는 그의 주장이 가지고 있는 속성의 표현이기도 하다. 그 속성이란, 홍사용이 메나리의 특성으로 강조한 노래의 세계와 소리의 세계, 즉 문자 이전의 세계가 가지고 있는 특징을 가리킨다. 문자의 세계 — 근대시의 세계 — 는 그 문자와 문자로 표현된 것의 근원을 따져 묻도록 하는 세계이다. 모든 문자 표현은 그것의 기원으로 돌아가도록 한다. 최초의 문자 표현이 무엇이었는지 따져 묻는 것을 그것은 가능하게 한다. 그러나 소리는 최초의 기원을 따져 묻는 일을 무의미하게 만들고 불가능하게 하는 세계이다. 그것은 항상 지금 이곳에서 실현되는 소리이며, 언젠가 기원적으로 탄생했던 것이어도 그 탄생의 기원을 떠나와서 항상 현재적으로 변형된 채 지금 이곳에서 경험되는 세계이다. 그것은 반복되는 소리이지만 동일하게 반복되지 않는 소리이며, 그러므로 기원을 따져 묻는 일이 불필요한 영역이다.

홍사용의 침묵은 그 불필요성에 대한 무의식적 인식이며, 그의 유행가요 가사 창작은 그 소리의 변형에 대한 무의식적 자기 인식일 수도 있는 것이다. 그렇다고 보는 것이 그가 1938년의 엄중한 시기에 본격 민요시로 나아가는 내적 논리를 이해할 수 있는 길이다. 그의 민요시는 억압된 것들이 본격적으로 돌아오는 모습의 표현이라고도 할 수 있는데, 그것들의 귀환은 침묵과 변형을 거쳐온 조선의 노래가 스스로를 실현하는 모습이었던 셈이다.

그가 번역하거나 작사한 유행가요의 가사들은 그가 강조한 메나리-민요의 배반이 아니라 언제나 스스로를 변형시켜서 자신의 기원을 실현하는 문자 이전의 음악들의 현전이었다고 할 수 있다. 그것은 형식적으로는 다르지만, 소리의 본질에 있어서는 언제나 동일한, 문자 이전의 현상을 의미화하고 있는 음악들이었다. 민요를 기억하는 것은 그 민요가 사라진 후의 일이지만, 민요를 실현하는 것은 그 민요가 현재 살아 있는 순간의 일이다. 홍사용에게 1930년대는 민요에 대한 기억에서 다시 민요의 실현으로 움직이는 시대이다. 홍사용 자신이 그것의 모순적 실현을 직접 경험하고 있었다고 해도 될 것이다. 홍사용의 노랫말 작업이 보다 심층적으로 분석되어야 하는 이유이다.

4. 또 다른 귀향 — 조선적 넋의 민요시

홍사용이 보여준 시적 전개는 1920년대 초반 『백조』 시대의 자유시와 몇 편의 민요시 창작, 1928년 5월의 「조선은 메나리 나라」 발표, 1928년 11월의 「귀향」 집필, 1932년의 유행가요 작사, 그리고 1938년 연간의 민요시 창작으로 나뉜다. 이 시기를 규정한 시적 배경으로는 1919년의 3·1운동, 1920년대 후반의 국민문학파와 민요시, 그리고 조선가요협회의 유행가요 운동, 1938년 중일전쟁 시기의 친일문학 등이 거론될 수 있다. 홍사용은 자유시에서 민요로 나아가고 음악으로 이동했다가 민요시로 돌아온 시인이라고 정리할 수 있다.

"무엇을 흉내낸다고 민족적 리듬까지 죽여버리고 아무 뜻도 없는 안조옥(贋造玉)을 만들어버림은 매우 유감이올시다. 이런 점은 신시에서 더욱 많이 보였습니다"(「육호잡기(2)」, 『백조』, 1922.5)라는 진술에서 보듯이 홍사용의 시적 지향은 아무래도 신시를 비판하고 조선적인 시를 만드는 것이었다. 그런데 조선적인 시를 짓기 위해 민요를 강조하는 것은 민요조 서정시를 창작하기 위한 것이 아니라 조선적 넋을 찾아보기 위한 것이라고 해야 할 것이다. 그 조선적 넋이 음악의 영역으로 변신하면서 유지되는 특이한 사례를 우리는 1930년대 홍사용의 유행가요 작업에서 엿볼 수 있다. 그는 그렇게 유행가요로 나아갔지만, 곧 민요시로 돌아왔다. 그가 돌아온 시기는 그러나 음악의 시대가 아니라 문자의 시대였다. 그의 민요시가 특별히 의미를 갖는 것은 그 때문이다. 더구나 당시는 중일전쟁 이후 총력전 체제의 정황 속에서 조선의 문인들이 갈피를 잡지 못하고 있던 시기였다. 이 시기에 그는 다시 조선의 넋이랄 수 있는 민요로 돌아와 민요시로 그 넋을 재생시키려는 일에 몰두했다.

홍사용과 함께 대비해볼 만한 시인이 있다. 김종한이 그 시인이다. 김종한은 유행가요의 가사 창작자로 활동했고, 민요 시인으로 알려졌으며 1930년대 후반과 전쟁 시기에 조선의 대표적인 국민시인으로 활동했다. 유행가요-민요-서정시를 거쳐 대동아공영의 미래상을 속속 구현하던 김종한은 조선의 민요시가 새로운 시국에서 적극적으로 변화되어야 한다고 주장하기도 했다. 이른바 신민요 운동의 중심에 서 있던 그가 최종적으로 총력전 체제의 대표적인 친일 미학파가 되었다면, 홍사용은 그와는 크게 대비되는 위치에서 당대 조선 민요시의 운명을 실현한 시인이다. 그는 문자 이전의 소리를 강조하고 그로써 기원을 따지지 않는, 그러므로 변화되어야 한다는 주장도 없이 스스로 변화되는 노래의 운명을 실현한 시인이다. 그의 노랫말 창작은 언제나 기원이 되는 노래들의 운동의 결과라고 할 수 있다. 그러나 그것은 기원으로 돌아가기 위한 것이 아니라 언제나 현재적 기원이 되는 운동의 결과이다. 그렇기 때문에 홍사용의 노랫말은 항상 새로워지면서 언제나 민중들의 노래를 복원하는 세계를 떠올리게 한다. 그에게 유행가요와 본격 민요시는 그러므로 크게 다르지 않은 노래의 양면이다. 그것은 시인에게는 영원히 소리의 세계로 귀향하는 것이다.

o8 홍사용과 구술문화 전통의 의미[1]

구인모

1. 머리말

홍사용(洪思容)은 1928년 5월 『별건곤(別乾坤)』지에 「조선(朝鮮)은 메나리 나라」라는 논설을 발표한다. 이것은 홍사용이 대표작인 「나는 왕(王)이로소이다」[『백조(白潮)』, 1923.9] 이후 10여 년간의 창작 공백기를 거쳐 「한선(寒蟬)」[『신조선(新朝鮮)』, 1934.10]을 발표할 때까지 그 사이에 남긴 시에 대한 유일한 언급이라는 점에서 우선 주목에 값한다. 더구나 이것은 이른바 1920년대 한국근대시의 '조선으로의 회귀' 현상, 즉 당시 문학장에서 민요와 시조에 대한 관심이 고조되고, 그것을 근간으로 한 시가개량론이 풍미하던 가운데 이루어진 발화라는 점에서 결코 간과할 수 없다. 그런데 이 「조선은 메나리 나라」는 자타가 공인하는 신시의 개척자였던 홍사용이 시 창작과 다소간 소원해진 후 발표한 '신시(新詩) 부정론'이라는 점에서, 일종의 그의 문학적 입장의 전회를 밝히는 성명서처럼 읽힌다. 특히 오로지 민요를 포함한 구술문화의 전통만이 조선의 문화(학)적 자산임을 천명했다는 점에서 당시로서는 대단히 보기 드문 매우 적극적인 민요예찬론이기도 하다.

---

[1]   이 글은 2011년 동악어문학회에서 발간하는 『동악어문학』 제56집에 발표한 같은 제목의 논문에 근간하여 이 책의 편찬 취지에 맞추어 수정한 것임을 밝혀둔다. 또 이 글에서 인용한 유성기음반 관련 자료들(음반, 가사지, 각 레코드사 홍보잡지 등)은 한국음반아카이브연구소 배연형 소장이 제공한 것임을 밝힌다. 지면으로나마 자료 제공에 대해 새삼 깊은 감사의 인사를 드린다.

그런데 홍사용은 어째서 「조선은 메나리 나라」라는 논설을 발표했으며, 과연 그의 문학적 도정에서 이러한 전회를 어떻게 해석할 것인가? 사실 이 홍사용의 작품들이 이미 동시대 문학인들로부터도 "풍부한 향토미(鄕土味)", "곱고도 설은 정조(情調)를 잡아서 아릿아릿한 민요체의 곱은 리듬으로 얽어맨 시작(詩作)" 혹은 "시 짓는 사람들 중에서 가장 민요적 색채를 농후하게 가진 사람"[2]으로 평가받았던 사정을 염두에 두고 보면, 그가 「조선은 메나리 나라」를 발표한 것은 당연한 귀결처럼 보이기도 한다. 그리고 한국근대시 연구 또한 그러한 평가들에 기대어, 홍사용의 작품들이 『백조』 시절 혹은 3·1운동 이후 식민지시기를 일관하여 민족적 주체성에 근간한 서정적 주체를 재건하려는 실천적 탐구였다거나, 또는 '눈물'로 대표되는 그의 감상성이나 주관주의 또한 민족의 계보와 기원에 관한 사유의 흔적이라고 평가하곤 했다.[3]

설령 이러한 평가들이 저마다 일리가 있다고 하더라도, 과연 홍사용의 이른바 민요풍 시들이 그에 부합할 만큼 일관성을 지니고 있었던가, 그렇다면 「조선은 메나리 나라」 이후 「한선」 혹은 「민요(民謠) 한묵금」[『삼천리문학(三千里文學)』, 1938.1] 연작까지 어째서 무려 10년이 넘도록 침묵했던가 하는 의문은 여전히 남는다. 한편 홍사용은 「조선은 메나리 나라」에서 신문학 이후 신시 양식 일체를 "어색스러운 앵도장사", "양(洋)가가에서 일부러 육촉(肉燭) 부스럭이를 사다 먹고 골머리"를 앓는 일이라고 폄훼하기는 했으나, 과

2　朴月灘, 「文壇의 一年을 追憶하야 現狀과 作品을 槪評하노라」, 『開闢』 第31號, 開闢社, 1923.1, 10쪽; 金岸曙, 「詩壇의 一年」, 『開闢』 第42號, 開闢社, 1923.12, 46쪽; 金基鎭, 「現詩壇의 詩人(前承)」, 『開闢』 第58號, 開闢社, 1925.4, 27쪽.

3　최원식, 「홍사용 문학과 주체의 각성」, 『한국학논집』 제5집, 계명대학교 한국학연구원, 1980, 15쪽; 오세영, 「Ⅲ. 20년대 한국 민족주의문학」, 『20세기 한국시 연구』, 새문사, 1989; 김학동 편, 「제4부 홍사용 연구」, 『홍사용전집』(현대시인연구 4), 새문사, 1985, 381~389쪽; 조은주, 「1920년대 문학에 나타난 허무주의와 '폐허(廢墟)'의 수사학」, 『한국현대문학연구』 제25집, 한국현대문학회, 2008, 23쪽.

연 당시 조선에서 근대적인 의미의 운문은 어떠한 것이어야 하는가, 어떻게 써야 하는가에 대해서는 일절 언급하지 않았다. 이 일련의 의문들은 결국 그의 '민요'에 대한 입장이나 민요시 창작의 진정성마저 의심하게 한다.

그도 그럴 것이 지금까지 전혀 알려지지 않았지만 홍사용은 「조선은 메나리 나라」를 발표한 이래, 「한선」 혹은 「민요 한묵금」 연작을 발표하기 이전 무려 9종의 유행가 가사를 써서 유성기음반을 통해 발표했기 때문이다('[별표] 홍사용의 유성기음반 목록'을 참조할 것). 오늘날 확인된 홍사용이 남긴 운문이 32편인 것을 감안하면 그 가운데 3할 정도를 차지하는 홍사용의 9종의 유행가 가사는 결코 간과할 수 없다.[4] 더구나 그 가운데 절반에 가까운 4종이 근대기 일본 유행가, 특히 엔카(演歌)풍 유행가의 대표적인 작곡가인 고가 마사오(古賀政男, 1904~1978)[5] 작품의 가사를 번안한 것이었다는 점은 예사롭지 않다. 이것은 신시에 대한 홍사용의 비판의 언사(言辭)가 번안 가사를 창작한 홍사용 자신에게 고스란히 돌아가기 때문이다.

이러한 사정을 염두에 두고 보면 홍사용의 논설 「조선은 메나리 나라」와 구술문화 전통의 의미, 민요시 창작의 의의란 무엇인지 원론적으로 검토하지 않을 수 없다. 특히 「조선은 메나리 나라」의 경우 1920년대 민요의 문학적 가치를 역설한 일련의 문학론들과 달리, 민요에 근간한 시가의 개량이 아닌 구술문화 전통 자체의 미학적 가치를 천명하면서, 근대적 의미의 시의 가치를 부정했다는 점에 주목해야 한다. 이것은 근대기 이후 조선의 신시 전체에 대한 홍사용의 입장을 드러낸 것으로 볼 수 있기 때문이다.

이 글은 바로 이러한 문제의식에 근간하여 「조선은 메나리 나라」는 물론

---

4   김학동 편, 앞의 책; 노작문학기념사업회 편, 『홍사용전집』, 뿌리와날개, 2000.

5   야마우치 후미타카, 「일제시대 음반제작에 참여한 일본인에 관한 시론」, 『한국음악사학보』 제30집, 한국음악사학회, 2003, 785~787쪽; 古茂田信男 外 編, 「I. 歷史編」, 『日本流行歌史(戰前編)』, 東京: 社會思想社, 1980, 93~94쪽.

그것을 전후로 한 홍사용의 민요와 구술문화 전통에 대한 입장을 재검토하고자 한다. 이로써 홍사용의 문학세계는 물론 1920년대 이후 조선의 민요에 근간한 시가개량론과 문학인들의 민요를 비롯한 구술문화 전통에 대한 인식과 태도, 그리고 그로부터 비롯한 민족·향토성 이념을 재검토하고자 한다. 나아가 궁극적으로는 시인으로서 홍사용 개인은 물론 1920년대 한국근대시의 한 국면을 이해하는 새로운 관점을 제시하고자 한다. 특히 유성기음반으로만 현전하는 9종의 유행가 가사는 1938년 이후 홍사용의 민요시 창작의 의의를 재검토하는 데에 훌륭한 단서를 제공한다.

2. 메나리, 조선인의 '영혼'과 '넋'

앞서 간단히 언급했듯이 홍사용의 「조선은 메나리 나라」는 매우 흥미롭고도 문제적인 텍스트이다. 오늘날까지 한국근대시 연구는 이 글을 홍사용의 시론으로만 규정해왔지만, 사실은 음악론에 가깝기 때문이다. 그런가 하면 당시 조선에서 이루어진 다양한 운문 장르의 글쓰기, 심지어 글쓰기 자체에 대한 비판이기도 하기 때문이다. 이 텍스트에서 우선 주목해야 할 것은 바로 홍사용의 '메나리'라는 용어이다. 홍사용은 이 '메나리'를 '조선의 민요'라고 정의하고 있으나, 실상 그것은 조선 전래의 구술문화, 특히 음악과 공연예술 장르 전반을 가리킬 만큼 그 함의는 대단히 폭넓다. 예컨대 홍사용이 거론한 〈아리랑〉·〈흥타령〉·〈산염불〉·〈회심곡〉·〈난봉가〉·〈수심가〉·〈배따라기〉·〈배뱅이굿〉·〈놀량사거리〉의 경우 흔히 잡가로 알려진 근세 이후의 통속민요이고, 〈산유화〉·〈기음노래〉·〈베틀가〉는 향토민요이다. 또 〈제석거리〉·〈아미타불〉(평안도 예수다리[延祐橋]굿)을 비롯한 '풀이'와 '거리'들은 무가(巫歌)이다. 심지어 〈산대도감〉·〈꼭둑각시〉는 민중연희이고, 〈심청전〉·〈춘향전〉·〈흥부전〉·〈토끼전〉은 판소리이기 때문이다.[6] 즉 홍사용이 말한 '메나리'는 사실상 '노래'를 가리키는 셈이다.

오늘날의 관점에서 보면 이 모든 음악과 공연예술 장르 전반을 그저 '민요'라든가 '노래'로만 통칭할 수 없다. 그러나 홍사용은 이들 모두가 근본적으로 인간의 상상력과 극적 본능이 이루어낸 전설이나 신화로부터 비롯한 것으로서, 구술 전승되는 가운데 자연스럽게 조선의 향토성을 지니게 되었다는 점에서는 공통점이 있다고 보았다. 홍사용은 이 중 조선의 향토성을 두고 조상의 영혼 혹은 조선인의 넋이라고 명명했다(172쪽). 이러한 인식과 주장은 1920년대 조선의 문학인들은 물론 지식인 사회 일반을 풍미하던 바이거니와, 당시 조선의 신문·잡지들에 걸쳐 민요에 대한 다양한 논설들과 각 지역에서 구술 전승되던 향토민요가 빈번하게 발굴되어 게재되었던 일은 그러한 분위기를 반영한다.[7] 이것은 이른바 문화적 민족주의로 일컫는 당시의 이념적 풍향을 가리키거니와, 홍사용의 「조선은 메나리 나라」 역시 그로부터 분리해서 생각하기 어렵다. 특히 이 논설이 바로 『별건곤』 1928년 5월 '조선자랑호(號)' 가운데 게재되었고, 이 특집호 편집 의도가 "우리의 미점(美點)을 들추어내고 우리의 장처(長處)를 집어내여 (…) 자존(自尊)·자부(自負)의 심(心)을 니르켜 보는 것",[8] 즉 조선의 민족적 자부심을 고취하는 데에 있었던 사정에 주목해보면 더욱 그러하다.

한편 홍사용이 조선인의 영혼과 넋을 공유하는 노래를 '메나리'로 명명하고 있다는 점 또한 주목해야 한다. 그것은 '메나리'가 본래 지역적으로는 한

---

6   露雀, 「民謠자랑: 둘도 업는 寶物, 特色잇는 藝術, 朝鮮은 메나리 나라」, 『別乾坤』 第
     12·13號, 開闢社, 1928.5, 173~174쪽. 앞으로 이 글을 인용할 경우 본문 안에 면수만 표
     기하기로 한다.

7   최은숙, 「VI. 향토민요 탐색과 현실 인식」, 「20세기 초 신문·잡지의 민요 담론 연구」, 경북
     대학교 국어국문학과 박사학위논문, 2004; 구인모, 「제5장 『朝鮮民謠の研究』와 그 이후,
     국민문학론의 전도(顚倒)」, 『한국근대시의 이상과 허상』, 소명출판, 2008.

8   別乾坤編輯局, 「자랑號 넑으시는 분에게(社告)」, 『別乾坤』 第12·13號, 開闢社, 1928.5,
     1쪽.

반도 전역에 분포하는 이른바 '메나리토리' 선율로 이루어진 농요류(農謠類)의 노래를 의미하기 때문이다. 그런데 홍사용은 이 '메나리'를 '메나리토리'의 노래, 즉 지역에 따른 매우 다양한 선율과 창법(토리)의 차이를 초월하여, 보편적 정서['한(恨)'과 '설움']를 드러내는 조선 음악의 미학적 특색으로도 정의하고 있다(173쪽). 이것은 우선 홍사용이 동시대 어떤 지식인보다도 향토민요에 대해 심도 있게 이해하고 있었음을 나타낼 뿐만 아니라, 오늘날의 '메나리'에 대한 일반적 이해와도 부합한다는 점에서 흥미롭다.[9] 또 이 '메나리'를 통해 조선의 노래에 깃든 조상의 영혼과 조선인의 넋이야말로 지역에 따른 조선인의 정서 차이를 초월한 보편적 실재라고 정의했다는 점도 간과할 수 없다. 일찍이 홍사용은 시조나 잡가, 판소리의 공통된 정서가 '그리움'이라고 단언한 바 있거니와,[10] 「조선은 메나리 나라」에서는 그 정서를 초역사적이고 초지역적인 조선인의 민족적 정체성이라고 천명하기 때문이다.

그런데 홍사용이 실상 '메나리'로 거론한 노래들 가운데 대다수는 동시대 일반적인 민요 담론들과 달리 향토민요가 아닌 통속민요, 즉 잡가라는 점에서 분명한 차이를 나타낸다. 이러한 통속민요들은 대체로 1840년경부터 1920년대까지 서울을 중심으로 성창(盛唱)되었던 것으로서, 광무대(光武臺, 1898년 창설)·원각사(圓覺社, 1908년 창설)를 비롯한 서양식 사설극장을 중심으로 공연예술화했다. 또 잡가는 1910년대 이래 일본축음기상회(日本蓄音器商會, 1911년 조선 진출)를 비롯한 음반회사들에 의해 음반산업의 주된 레퍼토리가 되었고, 1930년대까지 허다한 잡가집을 통해 문헌으로 정착했다.[11] 즉

---

9   이보형, 「메나리토리 무가 민요권의 음악문화」, 『한국문화인류학』 제15집, 한국문화인류학회, 1983; 김인숙, 「서도 메나리에 관한 음악적 고찰」, 『한국민요학』 제23집, 한국민요학회, 2008, 321쪽.

10 露雀, 「그리움의 한묵금」, 『白潮』 第3號, 文化社, 1922.9.

11 박애경, 「19세기 시가사의 전개와 잡가」, 『한국민요학』 제4집, 한국민요학회, 1996; 권도희, 「제2부 음악계의 팽창과 음악가의 생존」, 『한국근대음악사회사』, 민속원, 2004; 고은

통속민요로서 잡가란 직업 음악인들에 의해 감상과 유흥을 위한 음악으로 창작되었던 노래였고, 더군다나 전래 향토민요를 개작하고 음악적 기교를 더하여 지역적 고유성을 지니면서도 근대적 매체에 의해 전국적으로 유행한 노래이기도 하다는 점에서 향토민요와는 분명히 다른 것이다.[12]

홍사용이 이러한 통속민요마저도 '메나리'라고 본 이유는 향토민요와 잡가 사이의 선율과 정서의 공통성 때문일 터이다. 바로 이 점에서 홍사용은 예컨대 〈아리랑〉·〈수심가〉류의 잡가의 가사가 조선왕조 내내 학대받은 백성들의 신음·애탄·곡성의 타성적·무의식적 반복이라는 점에서 '악가요(惡歌謠)'이자 '망국가요(亡國歌謠)'라고 비난한 김동환처럼 동시대 수사·리듬·정서와 같은 문학적 차원이나 정치적 이념의 차원에서 민요를 바라보았던 문학인들과는 분명히 다르다.[13] 홍사용은 궁극적으로 조선 음악의 미학적 특색을 이루는 조선인의 영혼과 넋 그 자체를 무엇보다도 강조하는 입장에 있었던 것이다. 그래서 홍사용이 「조선은 메나리 나라」의 첫 문장부터 무가의 사설 가운데 "너희 부리가 엇더한 부리시냐"라는 상투적인 구절을 통해, 굳이 독자에게 '부리'[14]를 물었을 것이다.

그러나 홍사용이 '메나리'가 아니면 모두 빌려 온 것뿐이라면서, 이른바

지,「20세기 전반 소통 매체의 다양화와 잡가의 존재 양상」,『고전문학연구』제32집, 한국고전문학회, 2007.

12   김혜정,「민요의 개념과 범주에 대한 음악학적 논의」,『한국민요학』제7집, 한국민요학회, 1999.

13   金東煥,「亡國的歌謠掃滅策」,『朝鮮之光』, 朝鮮之光社, 1927.8.

14   "너희 부리 수월한 부리냐? 옳소"[〈경기무가 무녀덕담가〉(닛뽄노홍 K203-A, 연주 朴春載, 반주 文泳洙, 녹음 1913)]. '부리'는 무속에서 쓰는 용어로 서울·경기도·충청도 일부에서 대체로 한 집안 조상의 영혼이나 선대부터 모시는 귀신을 일컫는다. 또한 조상의 신기(神氣)가 매우 세거나, 무업(巫業)에 입문한 이가 있어서 그 기운이 자손에게 미치는 것을 일컫기도 한다. 친가(親家)에서 내려오는 신기를 '진조부리', 외가 혹은 친정에서 내려오는 신기를 '외조부리'라고 한다.

'양시조'·'언문풍월(諺文風月)'·'신시(新詩)' 모두 "되지도 못하고 어색스러운 앵도장사"(174쪽)라고 폄훼했던 「조선은 메나리 나라」 마지막 대목은 좀처럼 이해하기 어렵다. 홍사용이 이 글에서 근본적으로 조선 음악의 미학적 특색을 강조하는 데에만 주안점을 두었다면, 굳이 '양시조'·'언문풍월'·'신시' 등 신문학 운문 갈래 전반을 비판하고 부정할 이유는 없기 때문이다. 일견 홍사용의 이러한 태도는 우선 자신과 『백조』 동인을 비롯하여 오늘날 동인지시대라고도 일컫는 신문학 초기의 자유시에 대한 반성을 의미한다고도 볼 수 있다. 이를테면 "양(洋)가가에서 일부러 육촉(肉燭) 부스럭이를 사다 먹고 골머리를 알어 장발객(長髮客)들"(174쪽)이란, 불과 몇 년 전의 홍사용 자신을 비롯한 『백조』 동인들과 문학청년들의 초상이기도 했기 때문이다.[15]

홍사용이 이처럼 신시·신문학을 부정하는 한편으로 '메나리'를 특권화했던 것은 사실 『조선문단(朝鮮文壇)』지 창간(1924) 이후 김억, 주요한 등의 민요시·시가개량담론과 연동하는 측면이 있다. 이를테면 홍사용이 조선 구술문화의 근저를 면면히 가로지르는 초역사적이고 초지역적인 조선인의 민족적 정체성을 결여한 조선의 신문학 혹은 신문화는 무의미하다는 것을 강조한 것은 일찍이 김억이 「조선심(朝鮮心)을 배경삼아」(1924)에서 조선심을 배경으로 하지 않은 시, 창작도 번역도 아닌 시를 두고 "병신(病身)의 작품(作品)"이라고까지 폄훼했던 바와도 통한다.[16] 특히 동인지시대를 결산한 사화집(詞華集)인 『조선시인선집(朝鮮詩人選集)』(1926)이 출판되었으나 필자 대부분이 절필 상태였던 상황, 『조선문단』지의 기약 없는 정간(1927) 이후 시단 전반에 걸친 좌절감의 팽배, 신시(자유시)의 폐색(閉塞)과 한계의 반성, 그리고 그 타개책으로 시의 음악화가 공공연히 거론되던 상황에 반응한 측면

15   洪露雀, 「白潮時代에 남긴 餘話」, 『朝光』 第2卷 第9號, 朝鮮日報社, 1936.9.

16   金億, 「朝鮮心을 背景삼아 — 詩壇의 新年을 마즈며」, 『東亞日報』, 1924.1.1.

이 크다.[17]

다만 김억이 '조선심', 즉 조선인의 공통심성·정서에 근간한 신시와 그 가치에 대한 신념을 지니고 있었고, 부단히 그러한 신시의 창작 방법을 모색하고 있었던 데에 반해 홍사용은 그렇지 않았다. 그도 그럴 것이 홍사용이 「조선은 메나리 나라」에서 권점을 두었던 것은 신시 폐색의 타개책이나 시의 음악화가 아니라 조선 전래의 구술문화의 가치였기 때문이다. 그럼에도 불구하고 홍사용은 자신의 의도와는 상관없이 「조선은 메나리 나라」의 마지막에서 시와 관련한 매우 중요한 의제를 제기했다. 그것은 우선 조선인의 초역사적인 영혼이나 넋이 그토록 절대적인 의미와 가치를 지닌다면, 오늘날 그것을 온전히 재현할 수 있는 조선의 운문 갈래는 무엇이고, 어떻게 문학적으로 재현해야 하는가 하는 문제이다. 또 '메나리'가 어떻게 신시와 신문학을 상대화할 만한 문학적·예술적 가치를 가질 수 있는가 하는 문제이다.

3. 유행가 가사 혹은 '어설픈 앵도장사'

그러나 홍사용은 적어도 「조선은 메나리 나라」를 발표한 무렵에는 이 의제를 심화시키지 못한 것으로 보인다. 그 대신 홍사용이 선택한 것은 장르와 매체의 경계를 넘는 글쓰기였기 때문이다. 예컨대 홍사용이 「조선은 메나리 나라」 이후 앞서 간단히 언급한 9편의 유행가 가사를 발표했던 것이 그 증거이다. 이 가운데 열악하나마 음원이 현전하는 것은 〈댓스오—케—(THAT'S O.K.)〉(1932.1)·〈아가씨 마음〉(1932.2)·〈고도(古都)의 밤〉(1932.2) 이상 세 곡이나, 안타깝게도 가사를 확인할 수 있는 문헌은 전무한 형편이다. 그나마 음원을 통해 일부의 가사라도 채록할 수 있는 곡은 〈댓스오—케—〉와 〈고도의

---

17   구인모, 「제2장 시단의 폐색과 유행시인에의 열망」, 『유성기의 시대, 유행시인의 탄생』, 현실문화, 2013, 66~69쪽.

밤〉두 곡이다.

1. ○○ ○○○ 어찌 하드○ / 그리워서 만나는 우리 둘인데. / 내일이란 그 날을 어찌 기다려 / ○○ ○○○○ ○○○○ 맘 / 그렇지요? 그렇지요? 맹서해 주 / 오케, 오케, 댓 오케. //
2. ○○서 ○○○○ 어찌 ○○○ / ○○○ ○○○○ ○○○○○ / ○○○ ○○○ ○ ○○○○○ / ○○○ ○○는 날 언제까지나 / 그렇지요? 그렇지요? 맹서하리 / 오케, 오케, 댓 오케 //(채록: 필자)
   —〈댓스오―케―(THAT'S O.K.)〉

1. 무리서○ 밤 달 그리다 원각사 파도에 그린다 / 큰 눈○○ ○없는 ○○ 얄밉다 그 못 오시○ ○제 / 아, 너무 힘겨워라. 비린내 나는 ○○대여 //
2. 눈물은 한○ ○○○달. ○○만 찾을 ○○○달 / ○○○는 ○○○없이, 저 모양이 가난한 소나기. / 아, 누가 돌아오리. 그대는 붉은 무지개야. //(채록: 필자)
   —〈고도(古都)의 밤〉

불완전하나마 인용한 두 가사로 보건대, 홍사용이 쓴 것은 사랑과 그리움, 이별의 회한을 주조로 하는 전형적인 유행가 가사였다고 하겠다. 이러한 유행가 가사 창작과 관련하여 홍사용 스스로, 또 주변 인물들도 어떠한 언급을 한 바 없다. 그래서 홍사용이 「조선은 메나리 나라」 이후 유행가 가사를 쓴 이유는 무엇인지 전혀 알 길이 없다. 알려진 바와 같이 홍사용은 시뿐만 아니라 소설과 희곡까지 창작한 바 있거니와, 토월회와 산유화회를 중심으로 신극운동에도 적극적으로 투신한 바 있다. 따라서 유행가 가사의 창작 또한 홍사용의 전방위적 예술활동의 일부로 볼 수도 있다. 그리고 홍사용이 「조선은 메나리 나라」를 통해 주장한 바가 조선의 구술문화, 특히 음악의 미학적 특색과 그로부터 현전하는 조선의 민족적 정체성의 가치였다고 보면,

유행가 가사의 창작은 그러한 가치를 유성기음반이라는 근대적인 음향매체와 유행가라는 근대적인 음악 양식을 통해 실현하고자 한 결과로도 볼 수 있다. 이것은 홍사용이 〈스켓취 북행열차(北行列車)〉(1934.2)를 통해 이른바 '스켓취'라는 일종의 음반극 대본도 썼던 사정을 염두에 두고 보더라도 충분히 짐작할 수 있다.

그렇다고 하더라도 홍사용의 이 유행가 가사는 물론 악곡까지도 그야말로 '양시조'·'언문풍월'·'신시'가 무색할 만큼 조선인의 영혼과 넋을 훌륭히 담고 있다고 보기는 어렵다. 그것은 앞서 인용한 〈댓스오―케―〉·〈고도의 밤〉은 물론 〈달빛 여힌 물가〉(1932.1)·〈아가씨 마음〉까지도 사실은 일본 유행가의 번안곡 가사이기 때문이다. 특히 이 네 편 가운데 〈댓스오―케―〉는 원곡을 분명히 알 수 있고,[18] 〈달빛 여힌 물가〉와 〈고도의 밤〉은 제목은 물론 작곡자·발매일자를 통해 원곡을 추정해볼 수 있다.[19] 이 가운데 〈댓스오―

---

[18] 〈ザッツ・オーケー(That's OK)〉[Columbia25933-A, 작사 多蛾谷素一, 작곡 コロムビア文藝部(奧山貞吉), 연주 河原喜久惠, 반주 コロムビア・ジャズ・バンド, 1930.4]; 昭和館, 『SPレコード60,000曲總目錄』, 東京: アテネ書房, 2003. 이 곡의 가사는 다음과 같다. "1. 만나지 않고는 못 견디겠는걸요(だって逢わずにゃいられない) / 사모해온 두 사람이면(思いいでくるふたりなら) / 내일이라도 기다릴 수 있어요(明日という日も待ちかねる) / 그런 마음으로 헤어져요(そんな心で別れましょう) / [후렴] 좋아요?(いいのね) 좋아요? 맹세해줘요(誓ってね) / 오케이(オーケー), 오케이, 댓츠 오케이(ザッツ・オーケー) // 2. 어떤 거짓말이라도 해봐요(なんの嘘などつきましょう) / 당신의 사람이에요 이대로라면요(貴方のものよこうなれば) / 슬프게 하지는 말아줘요(悲しいことにゃさせないで) / 꿈속에서 만날 날을 언제까지나(夢に見る日をいつまでも) / [후렴] // 3. 실컷 울린 뒤에(たんと泣かせたその後で) / 비위 맞추는 게 버릇이에요(機嫌とるのがくせなのよ) / 조바심 나 등불에 몸을 기대는(じれて灯影に身を寄せりゃ) / 흔들리는 거울에 웃는 얼굴(ゆれる鏡に笑う顔) / [후렴] // 4. 까닭도 모르게 누군가 또(譯も知らずに誰がまた) / 소문내려 해도 듣지 않을 일(噂立てよと聞かぬこと) / 믿을 수 없는 세상에 단 하나(あてのない世にただ一つ) / 두 사람의 사랑만이 의지가 되어요(二人の戀はあてなのよ) / [후렴] //" 古茂田信男 外 編, 「II. 歌詞編」, 앞의 책, 281쪽.

케—〉는 음반을 비롯한 문헌(가사지·음반회사 홍보지·신문광고)에는 작곡자가 고가 마사오로 표기되어 있으나, 사실 원곡의 작곡자는 오쿠야마 데이키치(奧山貞吉)이다. 어쨌든 〈댓스오—케—〉의 원곡은 사실 영화 〈좋아요? 맹세해 줘요(いいのね 誓ってね)〉(1930.9)의 주제가인데, 당시 일본에서는 이 영화의 인기로 인해 "That's OK"가 유행어가 되기도 했다고 한다. 또 이 곡은 일본인이 창작한 재즈인 이른바 '화제 재즈(和製ジャズ)'의 원조로 평가받는 곡이기도 하다.[20]

한편 〈달빛 여힌 물가〉의 원곡인 〈달빛 어린 바닷가(月の濱邊)〉는 고가 마사오가 일본콜럼비아(Columbia)축음기주식회사의 전속 작곡가가 되어 발표한 〈술은 눈물인가 한숨인가(酒は淚か溜息か)〉(1931.10), 〈언덕을 넘어서(丘を越えて)〉(1931.10)와 더불어 데뷔 초기작 가운데 하나이다. 이 곡은 기타 반주만으로 요나누키(ヨナ抜き) 오음(五音) 단음계의 독특한 미감을 드러내는 고가 마사오식 엔카 선율의 본격적인 등장이라는 점에서도 근대 일본 유행가요사에서 획기적인 작품으로 평가받는다.[21] 사실 이 두 곡 또한 〈댓스오—

---

19   〈月の濱邊〉(Columbia26325-B, 작사 島田芳文, 작곡 古賀政男, 연주 河原喜久惠, 반주 ギター 古賀政男, 1931.6);〈博多小夜曲〉(Columbia26373, 작사 西岡水朗, 작곡 古賀政男, 반주 明大マンドリンOrchestra, 발매연도 미상). 昭和館, 앞의 책. 〈月の濱邊〉의 가사는 다음과 같다. "1. 달그림자 흰 물결 위에(月影白き波の上) / 두 사람만 듣는 곡조(ただひとり聞く調べ) / 말하렴 물떼새야(告げよ千鳥) / 그 모습 어디에 저 두 사람(姿いずこかの人) / 아, 괴로운 여름밤(ああ悩ましの夏の夜) / 이별의 마음이라네(こころなの別れ) / 2. 달은 일찍 저물고 바람은 일지 않아(月早やかげり風立ちぬ) / 홀로 흐느껴 우는 바닷가(われ啜り泣く濱邊) / 말하렴 바람아(語れ風よ) / 그 모습 어디에 저 두 사람(姿いずこかの人) / 아, 미칠 듯한 여름밤(ああ狂おしの夏の夜) / 영원한 이별(とこしえの別れ) //"古茂田信男 外 編, 앞의 책, 288쪽.

20   森本敏克, 「歌の夜明け」, 『音盤歌謠史: 歌と映畫とレコードと』, 東京: 白川書院, 1971, 38쪽.

21   森本敏克, 「歌はふるさと」, 앞의 책, 38쪽; 茂木大輔, 「第6章」, 『誰が故鄕を…: 素顔の古賀政男』, 東京: 講談社, 1979, 84~85쪽; 古賀政男, 「キャンプ小唄と月の濱邊」, 『自傳

케―)와 비슷한 시기 조선에서 각각 〈술은 눈물일가 한숨이랄가〉, 〈희망(希望)의 고개로〉라는 제목으로 번안, 발매되어 1940년대까지 지속적인 인기를 누렸던 것으로 보인다.[22] 그리고 작사자와 관련한 정보가 없어서 단정할 수는 없으나 이 두 곡의 가사 또한 홍사용이 번안했을 가능성이 매우 높다.

후일 이하윤의 회고를 통해서도 알 수 있듯이, 조선어 번안 가사로 소개된 곡이든, 혹은 일본어 가사의 원곡이든, 고가 마사오가 작곡한 곡은 1920년대 말 1930년대 초 조선에서 상당한 인기를 누렸던 것으로 보인다. 또 당시 조선에서 고가 마사오 작품의 대중적 인기나, 조선의 유행가 작곡가에게 미친 영향은 매우 컸던 것으로 보인다.[23] 그 무렵은 일본빅터(Victor)축음기주식회사(1928년 조선 진출)를 비롯한 다국적 음반회사들이 본격적으로 조선에 진출하기 시작했던 때이다. 그리고 유성기음반을 중심으로 보면 잡가·판소리 등의 전래음악이 당시 조선 유행음악의 중심적 지위를 차지하고 있었고,[24] 조선인이 창작한 근대적인 유행가가 다국적 음반회사를 통해

わが心の歌』, 東京: 展望社, 2001, 104~105쪽; 菊池淸麿, 「第III部 苦惱する古賀政男」, 『評傳 古賀政男: 靑春よ永遠に』, 東京: アテネ書房, 2004, 151~152쪽.

22 〈술은 눈물일가 한숨이랄가〉(Columbia40300-A, 流行小曲, 작곡 古賀政男, 연주 蔡奎燁, 반주 바이올린·첼로―·씨타―·우구레레, 1932.3), 〈希望의 고개로〉(Columbia40300-B, 流行小曲, 작곡 古賀政男, 연주 蔡奎燁, 반주 明治大學맨돌린오―게스츄라, 1932.3). 한국음반아카이브연구단 편, 『한국 유성기음반: 제1권 콜럼비아 음반』, 한걸음더, 2011, 257~258쪽.

23 "다른 部門에서와 맛찬가지로 우리는 朝鮮의 流行歌 만을 分離해가지고 그 變遷 乃至 發展相을 말할 수는 업다. 그 中에서도 〈酒は淚か〉, 〈丘を越えて〉, 〈時雨ひととき〉, 〈忘られぬ花〉, 〈港の雨〉, 〈哀しき夜〉, 〈無情の夢〉, 〈二人は若い〉 等의 流行을 無視하고 넘어갈 수 업슬 뿐만 아니라 朝鮮에서 製作된 流行歌 以上으로 流行하였고 또 感銘 깁든 그것들이 아니면 아니다. 果然 古賀政男, 江口夜詩, 大關祐而 같은 作曲家는 半島 作曲家의 事實上 先輩요 그들에게 끼처 준 바 影響이 決코 적은 것이 아니라 하겟다." 異河潤, 「朝鮮流行歌의 變遷 大衆歌謠小考」, 『四海公論』, 四海公論社, 1938.9, 102쪽.

24 배연형, 「제1부 한국 유성기음반의 역사: 제6장 전기녹음 시대와 유성기의 전성기」·「제3부 유성기음반 시대의 음악」, 『한국 유성기음반 문화사』, 지성사, 2019.

본격적으로 발매되기 직전의 시기이기도 하다.[25] 즉 홍사용은 다국적 음반 산업에 의해 조선의 전래음악이 상품화되고, 그 가운데 일본의 유행음악이 조선에서 독특한 취향·감수성을 형성해가던 시기에 일본 유행가 가사를 번안했던 것이다.

이러한 홍사용의 일본 유행가 번안 가사 창작은 동시대 문학인들의 비슷한 기획과도 사뭇 거리가 멀다는 점에서 특이하다. 이를테면 이광수를 필두로 김억, 주요한, 김동환 등 1920년대 전래 민요에 근간한 시가개량 담론을 주도했던 문학인들은 음악가 안기영 등과 제휴하여 '조선가요협회(朝鮮歌謠協會)'를 창립하여(1929), 음악회 개최, 악보집 출판, 음반 취입 등을 통해 시의 음악화에 앞장섰다.[26] 노랫말을 창작한다는 점에서는 이들과 홍사용이 다를 바 없었지만, 이광수 등에게 잡가를 비롯한 일본의 유행가란 '악종가요'에 불과했던 반면,[27] 홍사용에게는 민족의 초역사적 심성과 정체성을 현현하는 진정한 문학이자 예술이라는 점에서 분명한 차이가 있기 때문이다. 그래서 홍사용이 이광수 등 조선가요협회 회원들과 의식적으로 거리를 두고 있었는지도 모르겠다. 또 이광수 등 조선가요협회 회원들 역시 '악종가요'인 일본 유행가의 번안 가사를 창작하던 홍사용과 의식적으로 거리를 두고 있었는지도 모르겠다.

물론 홍사용이 유성기음반을 통해 가사를 발표한 일은 대체로 3년이 채

---

25 흔히 조선인 작사자·작곡자가 창작하고 다국적 음반회사에서 취입·발매한 유행가의 본격적인 시작은 〈荒城의 迹〉(Victor49125-A, 抒情小曲, 작곡 全秀麟, 편곡 빅타-文藝部, 연주 李愛利秀, 반주 管絃樂伴奏, 1932.4)으로 알려져 있다. 이 작품의 흥행을 계기로 빅터·콜럼비아·폴리돌 등 다국적 음반회사들은 조선의 유행가 음반을 주력 상품으로 삼았다. 빅타-文藝部長 李基世, 「結婚式날 밤 李愛利秀의 獨唱: 名歌手를 엇더케 發見하엿든나」, 『三千里』第8卷 第11號, 三千里社, 1936.11.

26 구인모, 「제1장 유행시인의 탄생」·「제2장 시단의 폐색과 유행시인에의 열망」, 앞의 책.

27 구인모, 「제1장 유행시인의 탄생」, 앞의 책, 25~26쪽.

못 되는 짧은 기간에 이루어졌고, 번안 가사보다 스스로 창작한 가사가 더 많다. 그리고 홍사용이 창작한 가사가 온전히 남아 있지 않아서 분명히 알 수 없으나, 번안곡의 원곡 가사와 같은 통속성만을 주조로 삼았다고만 볼 수도 없을 것이다. 그래서 홍사용에 대한 비판은 그다지 온당하지 않을 수도 있다. 그렇다고 하더라도 홍사용이 동시대 문학인들의 폄훼는 차치하고서라도, 스스로 천명했던 조선의 향토성이나 조선인의 민족적 정체성을 유행가 가사, 특히 일본 유행가 번안 가사를 통해서 재현하는 일은 대단히 어려웠을 것이다. 홍사용이 선택한 유성기음반이라는 매체는 주로 미국과 일본의 음반산업과 자본을 배경으로 하고 있어서, 그 레퍼토리도 철저하게 상업적 가치에 따라 결정되기 마련이었다. 또 기술적으로는 음반 1매 양면에 최대 6분 정도 길이의 음원만 녹음할 수 있었다. 더구나 상품의 차원에서는 인쇄매체에 비해 상당히 비싸기도 했다.[28]

즉 유행가를 통해 재현되는 조선의 향토, 조선인의 민족적 정체성은 홍사용의 신념과 달리 다국적 산업자본주의의 상품의 차원으로 '소비'될 수밖에 없고, 그것을 언어와 음악으로 충실히 재현하기도 어려울 뿐만 아니라, 심지어 대단히 제한된 범위의 수용자만이 향유할 수 있는 한계를 지니고 있었기 때문이다. 그러므로 홍사용이 순수한 창작 가사를 통해 「조선은 메나리 나라」에서 역설한 바와 같이 "제 멋과 국으로 노는"(174쪽) 글쓰기의 가능성을 모색했다고 하더라도, 그 뜻을 실현하는 일이란 결코 여의치 않았을 것이다. 그럼에도 불구하고 홍사용의 일본 유행가 번안 가사 창작이란, 1934년경부터 일본콜럼비아축음기주식회사의 전속 작사자 혹은 문예부장으로서 본격적으로 유행가 가사를 창작한 김억, 이하윤 등보다 훨씬 앞서 장르와 매체의 경계를 넘는 운문 양식의 가능성을 모색한 선례라는 점은 분

---

28 구인모, 「제6장 유성기 시대의 유행가요 '청중'」, 앞의 책.

명하다.[29]

이처럼 홍사용이 1928년경 문학장에서 신시의 한계를 반성하고 시의 음악화가 거론되던 무렵 일본 유행가 번안 가사를 비롯한 유행가 가사 창작에 나섰던 것은 간과할 수 없는 의미를 지닌다. 그것은 홍사용이 동시대 문학인들과 다른 방식으로 조선인의 영혼이나 넋과 같은 초역사적인 멘탈리티를 담은 운문 장르의 글쓰기를 포기하지 않으면서도, 그것을 유성기음반을 통해 장르와 매체의 경계를 넘는 방식으로 실천하려고 했다면, 그러한 글쓰기는 과연 어떠한 소재·주제, 형식·수사 등을 갖추어야 하는가 하는 매우 중요한 의제를 홍사용 자신은 물론 동시대 문학인들에게 던졌기 때문이다. 그러한 일은 홍사용 스스로 비판한 "어색스러운 앵도장사"로 전락하지 않아야 한다는 매우 어려운 조건에도 부합해야 한다. 하지만 적어도 1920년대까지 홍사용은 그러한 문제 앞에서 명쾌한 해답을 제시하지도, 그것을 실천하지도 못했다.

4. 영혼 혹은 넋의 형식, 전통을 재현하는 방법

이처럼 홍사용이 유행가 가사, 특히 일본 유행가 번안 가사를 쓴 일이 「조선은 메나리 나라」의 진정성, 구술문화의 전통에 대한 그의 입장이나 그의 민족 이데올로기마저 회의하게 하는 것은 부정할 수 없는 사실이다. 그렇다고 하더라도 홍사용이 어째서 동시대 시가개량론이나, 시의 음악화 기획에 대해 거리를 두었으며, 유행가 가사 창작을 통한 장르와 매체의 경계를 넘는 글쓰기를 3년도 채 못 되어서 그만두었던가 하는 의문은 여전히 남는다. 홍사용이 「조선은 메나리 나라」의 말미에서 역설한 조선 음악의 미학적 특색이나 그로부터 현현하는 민족 이데올로기가 그 자체로서 절대적인 가치를

29　구인모, 「제3장 전문 작사자가 된 시인들」, 앞의 책.

지닌다고 하더라도, 그것이 부단히 현재적인 의미를 지니기 위해서는 어떤 종류의 의장(意匠)과 테크놀로지를 통해 특별한 방식으로 형식화되어야만 했던 것이다.

1920, 1930년대 김억·주요한·이광수·최남선 등 시가개량론자들이 저마다 모색했던 것은 바로 이러한 문제였다고 해도 과언이 아니다. 비록 그들이 저마다 주안점이나 선택한 갈래는 달랐지만, 대체로 한자어를 배제하고 남는 고유어나 방언만을 순수한 조선어, 민요나 시조의 수사와 음악성을 정제하고 가공한 형식으로 쓴 운문을 흔히 '조선시'로 규정하고자 했다. 그리고 이러한 언어와 형식을 통해 도회가 아닌 향촌의 자연에 깃든 생명과 우주의 항상성을 재현하고, 그것이야말로 '조선인'이라는 상상의 공동체의 보편심성으로 표상하고자 했다.[30] 그러나 홍사용은 그러한 일들마저도 그저 "어색스러운 앵도장사"라고 비난만 했을 뿐, 그 역시 전통에 현재적 의미를 부여하거나 민족(국민)적 주체를 형성하는 메커니즘일 수 있다고는 인정하지 않은 듯하다.

물론 홍사용은 나름대로 구술문화의 전승을 현재화하는 일의 가치와 의미에 대해 자각하고 있었던 것만큼은 분명하다. 이미 알려진 바와 같이 홍사용은 일찍이 창작 시조와 전래 시조를 모아 『청구가곡(靑邱歌曲)』을 엮기도 했고,[31] 『백조』 시대부터 창작시와 나란히 흔히 〈생금노래〉로 알려진 경상도 구전민요를 소개하기도 했다.[32] 또 고향의 구체적 지명을 비롯하여 방언의 어휘와 구문, 민속놀이 등을 폭넓게 사용하기도 했다.[33] 그리고 「흐르

---

30 구인모, 「제1장 1920년대 한국문학과 전통의 발견」·「제2장 국민문학론의 전개와 시조부흥론」, 『한국근대시의 이상과 허상: 1920년대 '국민문학'의 논리』, 소명출판, 2008.

31 임기중, 「『靑邱歌曲』과 洪思容」, 『국어국문학』 제102권, 국어국문학회, 1989.12.

32 露雀, 「봄은 가더이다·民謠」, 『白潮』 第2號, 文化社, 1922.5.

33 홍신선, 「방언사용을 통해서 본 畿甸, 忠淸圈 정서: 지용·만해·노작의 시를 중심으로」, 『현대시학』 제321호, 현대시학사, 1995.12.

는 물을 붓들고서」(『백조』, 1923.9)에서는 각 연 7·5조 12음절 전 4행으로 이루어진 형식을 선보였는데, 이것은 후일 김억이 민요의 리듬을 현재화한 형식으로 표방했던 격조시형(格調詩形)이나,[34] 김동환이 『삼인작시가집(三人作詩歌集)』(1929)에서 선보인 '소곡(小曲)'·'민요'·'속요'의 형식이나, 이하윤이 『실향(失鄕)의 화원(花園)』(1933)에서 "우리 시(詩)로서의 율격(律格)"[35]이라고 명명했던 번역시는 물론 창작시와 가요시의 기본적인 형식의 원형이라고 볼 수 있기도 하다.

그리고 홍사용은 일찍부터 "들 보군의 나물꾼 소리"(「봄은 가더이다」, 1922.5)라든가, "나무꾼의 산(山)타령"이나 "상두군의 구슬픈 노래"(「나는 왕(王)이로소이다」, 1923.9)와 같은 향토민요를 제재로 삼아 서정적 자아의 정서를 대신하고자 하기도 했다. 또 「봄은 가더이다」·「희게 하아케」·「바람이 불어요!」·「키쓰 뒤에」·「그러면 마음대로」(『동명(東明)』, 1922.12), 「그것은 모다 꿈이엇지마는」·「나는 왕이로소이다」(『백조』, 1923.9) 등 대부분의 시에서, 자신이 소개한 〈생금노래〉와 같이 복수의 화자 사이의 대화를 통해 시적 상황이나 서정적 주체의 정서·태도를 드러내기도 했다.

그런데 홍사용은 이 가운데에서 운문과 산문 구별 없이 무가의 공수 대목에서 입무(立巫)가 앞소리를 메기고 고수(鼓手)인 좌무(坐巫)가 뒷소리를 되받는 장면을 연상케 하는 구문을 즐겨 구사했다. 예컨대 「조선은 메나리 나라」의 첫 문장과 마지막 문장이 "너희 부리가 엇더한 부리시냐 (…) 넉시로다 넉시로다 이넉시 무슨넉?"으로 상응하거니와, 특히 마지막 문장의 경우 경기지역 〈진오귀 무가〉의 '넋청(請)' 대목 첫 문장인 "넋이야 넋이로다" 그대로이기도 하다.[36]

---

34   金岸曙, 「格調詩形論小考」, 『東亞日報』, 1930.1.16~26·28~30.

35   異河潤, 「序」, 『失香의 花園』, 詩文學社, 1933, 3쪽.

36   김태곤, 「1. 서울지역무가: 2. 진오귀무가」, 『한국무가집』(한국무속총서 I) 제1권, 집문당,

(1) 청산백운(靑山白雲)을 누가 알아? 다만 청산은 백운이 알고 백운은 청산이 알 뿐이지! 전피청구혜(田彼靑邱兮) 애써 갈고 써리는 두 손의 심정 아는 이 없도다. 아는 이 없음이라.[37]

(2) 내가 입을담을야, 입을담을어? / 속고도, 말못하는 이세상이다 / 억울하고도, 말못하는 이세상이다 / 내가 터닥거노흔 꼿밧해 / 어른어른하는 흰옷은, 누구? /[38]

(3) 봄은 가더이다…… // "거저 미더라……" 봄이나 꼿이나 눈물이나 슯흠이나 / 온갓세상을, 거저나 미들가? / 에라 미더라, 더구나 미들수 업다는 / 젊은이들의 풋사랑을…… //[39]

(4) "맨처음으로 내가 너에게 준것이 무엇이냐" 이러케 어머니께서 무르시면은 / "맨처음으로 어머니께 바든것은 사랑이엇지오마는 그것은 눈물이더이다" 하겟나이다 다른것도만치오마는…… /[40]

이러한 구문의 반복은 단순히 민요체나 무가체(巫歌體)와의 상호텍스트성을 나타낼 뿐만 아니라, 홍사용 나름대로 리듬감을 부여하는 한편, 그가 「조선은 메나리 나라」에서 조선 구술문화의 본질이라고 밝힌 극적 요소를 드러내기 위한 의장이기도 하다. 앞서 거론한 사례들은 물론 위의 대목들은 홍사용이 조선 전래의 구술문화에 대단히 해박했다는 것을 시사할 뿐만 아

1971/1992, 85쪽.

37 홍사용, 「靑山白雲」, 김학동 편, 앞의 책, 268쪽.

38 露雀, 「꿈이면은?」, 『白潮』 第1號, 文化社, 1922.1, 19쪽.

39 露雀, 「봄은 가더이다」, 『白潮』 第2號, 文化社, 1922.5, 53쪽.

40 露雀, 「나는 王이로소이다」, 『白潮』 第3號, 文化社, 1923.9, 129쪽.

니라, 1920년대 한국근대시에서 대단히 보기 드문 구술문화 전승의 사례라고 해도 과언이 아닐 것이다. 특히 홍사용은 무가에 대해서 「조선은 메나리 나라」에서도 〈제석거리〉·〈아미타불〉과 같은 '풀이'나 '거리' 또한 민요의 일종으로 이해하기도 했던 사정은 이미 검토한 바와 같다. 그렇다고 하더라도 이러한 '전승'만으로 홍사용의 시를 고평할 수는 없다. 그것은 인용한 (1)과 (2)를 통해서 알 수 있듯이, 홍사용에게 민요나 무가체의 상호텍스트성과 그리듬은 구술문화의 미학적 가치의 현재화라는 차원에 앞서, 운문과 산문의 경계를 나누는 최소한의 장치에 불과했기 때문이다.

어쩌면 홍사용은 무가체와의 상호텍스트성과 그로부터 비롯한 리듬과 극적 요소야말로 "낫늑고 속깁흔 수작을 주고 밧는"(171쪽) 메나리의 리듬이자 그 영혼과 넋에 이르는 길이라고 보았는지도 모르겠다. 그래서 홍사용의 시세계가 자유시 혹은 산문시로부터 민요시로의 도정을 거쳐 완성된 것으로 이해하는 한국근대시 연구의 입장들 또한 타당할 수도 있다.[41] 그럼에도 불구하고 인용한 (2), (3)도 홍사용의 말마따나 "도막도막 잘 터 놋는 신시 (新詩)"(174쪽)와 결코 다를 바 없다. 그렇다면 동시대 신시에 대한 비판은 결국 홍사용 자신에게도 향할 터인데, 과연 홍사용은 그러한 형국을 자각하고 있었던가는 알 수 없다. 물론 홍사용은 동시대 어떤 시인보다도 민요를 비롯한 구술문화에 대해 깊이 이해하고 있었을 뿐만 아니라, 그 심미적 감수성과 취향을 지니고 있었던 것만큼은 분명하다. 그러나 개인적 차원의 이해·감수성·취향을 넘어서, 적어도 조선인의 초역사적인 멘탈리티를 담은 운문 장르가 갖추어야 할 개성 있는 문학적 형식을 창안해낼 역량을 갖추었다고 보기는 어렵다. 이미 그의 번안 혹은 창작 유행가 가사가 그러하거니와, 후일 그가 발표한 민요 혹은 창작시를 통해서도 알 수 있다.

41　최원식, 앞의 글, 15쪽; 김학동, 앞의 글, 397~398쪽; 홍신선, 「홍사용의 인간과 문학」, 『불교어문논집』 제3집, 불교어문학회, 1998, 183~184쪽.

(5) 산초(山椒)나무 휘추리에 가시가붉고 / 뫼비닭이 짝을 차저 "꾹구루룩국" / 잡어뜨더 꼿따지 되는대로 뜨덧소 / 한숨조차 숨겨가며 윗단 불당(佛堂) 왓노라 / "봄꼿 꺽다 마즌 삼살(三殺) 무슨 법(法)으로 풀릿가" / 말업스신 금(金)부처님 감중련(坎中連)만 하시네 //[42]

(6) 나물캐러 가면은 먼산(山) 바래기 / 옹당우물 거울삼어 무엇을 보누 / 솔도치에 몽당솔을 감처야 쓰지 / 감출수 없는것은 큰아기궁둥 //[43]

인용한 두 사례는 홍사용이 「조선은 메나리 나라」 이후 다시 10년에 가까운 침묵 끝에 발표한 작품들이거니와, 이 사이에도 어떤 중요한 변화의 국면이 가로놓여 있다는 것을 시사한다. 즉 홍사용이 (5)를 비롯하여 1938년 '민요'임을 표방하고 발표한 일련의 작품들은[44] 반드시 그렇지 않으나, 이듬해 발표한 (6)에 이르러서는 대단히 엄격한 정형시의 형식을 지니고 있다. 이것은 일찍이 「흐르는 물을 붓들고서」에서 선보인 바로 그 형식, 즉 각 연 7·5조 12음절, 전 4행은 물론 각운까지 구사하는 정형시의 형식으로 이루어졌다. 그런데 이것은 사실상 앞서 언급한 바와 같이 김억, 김동환과 이하윤이 민요의 리듬을 현재화한 조선시의 형식으로 명명했던 바로 그 형식이다. 어쩌면 홍사용은 (6)을 유행가로 유성기음반에 취입하고자 했는지도 모르겠다. 그러나 그 형식은 이미 홍사용이 인용한 작품들을 발표한 무렵에는 번역 및 창작시를 비롯하여 유행가 가사 등 허다한 작품에서 두루 활용하는, 오로지 홍사용만의 것은 아니었다.[45]

42 洪露雀, 「民謠 한묵금: 각시풀」, 『三千里文學』 第1集, 三千里社, 1938.1, 90쪽.

43 露雀, 「감출 수 없는 것은」, 『三千里』 第11卷 第4號, 三千里社, 1939.4, 254쪽.

44 洪露雀, 「民謠 한묵금: 각시풀」; 洪露雀, 「離恨, 續民謠 한 묵금」, 『三千里文學』 第2集, 三千里社, 1938.4, 68~69쪽.

45 구인모, 「김억의 格調詩形論에 대하여」, 『한국문학연구』 제29집, 동국대학교 한국문학

물론 인용한 두 사례 모두 소박한 향촌의 정서가 방언 어휘들이 빚어내는 자연스러운 리듬감과 조화를 이루고 있고, 이로써 자연 혹은 우주와 인간의 심성이 서로 분리되지 않는 삶의 이미지를 제시했다는 점에서 김억·김동환·이하윤이 이르지 못한 어떤 경지를 드러내 보이기도 한다. 하지만 일견 홍사용을 비롯한 일군의 조선 시인들이 민요 리듬을 현재화한 형식으로 선택했던 이 정형시 형식이 당시로서는 조선의 구술문화 전승의 최선의 길이었다고 하더라도, 서정적 주체의 내면적 진실과 진정성을 통해 자기를 발견·표상하거나 혹은 세계에 자기를 투사하기에는 제약이 많은 것이 사실이다. 특히 이 형식이란 개인의 자유로운 내면을 초역사적·초지역적인 공동체의 보편적 감각과 어떻게 갈등 없이 일치시킬 수 있는가 하는 딜레마를 애써 무화한 채, 오로지 갈등 없는 일치만을 요구한다.

더구나 그러한 일치에 대한 신념과 요구는 구술문화의 과거성만이 아니라 현재성에 대한 일종의 역사적 의식을 전제로 해야 할 터이다. 그런데 주지하는 바와 같이 김억·김동환·이하윤은 결코 그러하지 못했거니와, 문학청년기에 구가했던 근대 자유시의 이상 또한 스스로 폐기하고 말았다. 인용한 (6)은 홍사용 또한 이들보다 결코 앞서 나아가지 못했다는 것을 시사하기에 충분하다. 더구나 홍사용은 이들보다 훨씬 조선 전래 구술문화에 대해 깊이 이해하고 있었을 뿐만 아니라, 심미적 감수성과 취향을 지니고 있었음에도 불구하고 결국 그것을 형식화하는 데에 이르지 못했다. 그런 점에서 사정은 더욱 심각했다고 하겠다.

연구소, 2005; 구인모, 「제5장 시와 유행가요의 경계」, 『유성기의 시대, 유행시인의 탄생』, 247~257쪽.

5. 맺음말

어느 지역, 어느 시대의 시인이든지 과거와 현재 그리고 미래를 조망하는 역사적 의식에 근간하여 동시대 자국의 시의 현재성은 물론 국경을 초월하여 근대시 일반에 걸친 보편적인 의미와 가치를 구현하는 일은 결코 쉽지 않다. 특히 1920, 1930년대 한국에서 그 일은 매우 지난한 과제였다. 홍사용은 「조선은 메나리 나라」를 발표할 무렵에는 산문적 현실 속에서 드러나는 시적 광휘는 오직 조선 구술문화의 특별한 리듬·수사 그리고 정서에서 비롯할 뿐이라고 여겼을 것이다. 그러한 시적 광휘를 포착하는 길은 세계에 대한 개인의 예민한 감각과 그로부터 비롯하는 고조된 감정의 글쓰기가 아니라, 조선 구술문화의 근저를 면면히 가로지르는 초역사적·초지역적인 조선인 보편의 미학과 민족적 정체성에 근간한 글쓰기라고 보았을 것이다. 그럼에도 불구하고 홍사용은 매우 적은 수의 작품만을 남길 수밖에 없었고, 또 그러한 신념을 일관되게 실천하지도 못했다.

물론 그것은 작가로서 홍사용의 다기하고도 복합한 편력과도 깊은 관계가 있다. 주지하는 바와 같이 홍사용은 『백조』지를 통해 한창 시를 발표할 무렵인 1923년부터 이미 본격적으로 토월회 문예부장으로서 신극 운동에도 앞장섰고, 그해 「나는 왕(王)이로소이다」를 발표한 이후에도 몇 편의 민요, 시조와 시를 간헐적으로 발표했지만, 그것에 전념하기보다는 희곡과 소설 창작에만 몰두했다. 또 「조선은 메나리 나라」를 발표한 이후인 1929년부터 1935년까지 파산과 건강 악화 속에서 방랑 생활을 할 수밖에 없었다. 이러한 사정을 염두에 두고 보면, 홍사용의 유행가 가사의 번안과 창작 또한 어떤 문학적 소신을 따른 일이라기보다는 생활을 위한 외도였는지도 모를 일이다. 그도 그럴 것이 당시의 홍사용은 이미 과거의 시인이었기 때문이다.[46]

---

[46] "풍부한 언어와 일종의 哀調를 띄운 경쾌한 '리틈'을 가진 그가 시를 쓰지 안는다는 것은

그렇다면 홍사용에게 시를 통해 응당 나아가야 할 길로 가지 못했다고 비판하기는 어렵겠다. 더구나 1938년과 1939년 홍사용이 『삼천리문학』이나 『삼천리』에 민요와 시를 투고했던 일도, 여전히 그의 시를 간절히 고대했던 김동환의 배려로 가능했던 것으로 보이기 때문이다.

그렇다고 하더라도 이러한 사정들은 결국 홍사용에게 시적 광휘를 통해 그 자신과 공동체의 삶의 본질에 이르는 열정 혹은 역량이 결코 충만하지 않았다는 것을 거듭 시사할 따름이다. 앞서 검토한 바와 같이 「조선은 메나리 나라」 이전에 발표한 일부 시에서 나타나는 민요나 무가의 리듬과 수사 그리고 정서는 분명히 그만의 독특한 경험과 감수성으로부터 비롯한 것이기는 하나, 다만 산문을 시이게 하는 최소한의 의장에 불과했던 사정이 바로 그 증거이다. 특히 「조선은 메나리 나라」 이후 홍사용이 일본 유행가의 번안가사를 썼던 일, 그리고 다양한 형식의 실험과 모색 끝에 도리어 대단히 엄격한 정형률을 선택했던 일이 바로 그 증거이다.

홍사용의 「조선은 메나리 나라」를 비롯하여 그가 발표한 다양한 갈래와 형식의 운문들은, 우선 근대기 한국의 시에서 구술문화 전통과 그 전승의 의의, 가치는 물론 그에 대한 인식과 그로부터 비롯하는 문학적 과제가 과연 무엇이었는지 되돌아보게 한다. 특히 1920, 1930년대 김억을 비롯하여 당시 조선에서 민요를 비롯한 구술문화의 전통을 현재화하고자 했던 일군의 문학인들을 되돌아볼 때에도 심오한 의의를 지닌다. 조선 전래의 구술문화에 대한 경험도 이해도 부족하거나,[47] 비판적이었음에도 불구하고 도리어

악가운 일이라고 생각한다."[金基鎭, 「現 詩壇의 詩人(承前)」, 『開闢』 第58號, 1925.4] "작년 詩壇에 石松, 榮魯, 月灘, 露雀 등 諸氏가 종적을 감춘 것은 우리의 맘을 섭섭하게 함이 있읍니다."(梁柱東, 「丙寅文壇槪觀, 評壇 詩壇 小說壇의 鳥瞰圖 朝鮮文學完成이 우리의 目標」, 『東光』 第9號, 東光社, 1927.1) "大邱의 李相和, 吳想殉, 또 서울의 洪露雀 이 모든 녯날 사람들이 復活하여 주기를 바라는 心思 간절하다. 그래서 百花燎爛하든 그 한철을 짓고십다."(「文壇雜事」, 『三千里』 第6卷 第11號, 三千里社, 1934.11)

그 개량만을 역설하거나,[48] 혹은 조선 구술문화의 초역사적·초지역적 가치나 심지어 세계문학으로서의 가치만을 역설하기 일쑤였던[49] 동시대 문학인들과 홍사용은 분명히 달랐다. 홍사용은 그들에 비해 조선의 구술문화에 대해 훨씬 폭넓게 경험하고 깊이 이해했으나, 그것의 개량이나 세계적인 가치를 주장하지는 않았기 때문이다. 그러나 홍사용을 비롯한 동시대 조선의 문학인들 모두 당시 조선에서 구술문화 전통의 현재화 방법을 심각하게 모색하는 일에 대해서는 상대적으로 소홀했다거나, 또 정형률을 선택하여 자유시의 이상을 스스로 저버리고 말았다는 점에서는 마찬가지였다.

홍사용을 비롯한 동시대 일군의 문학인이 결국 같은 귀결점에 이르렀던 사정은, 한국근대시의 어떤 한계를 고스란히 반영한다. 그것은 앞서 언급한 바와 같이 홍사용 등이 개인의 자유로운 내면과 공동체의 보편적 감수성이 조화를 이룰 수 있는 형식을 발견하는 데에 실패했던 일을 가리킨다. 더구나 그 한계 혹은 실패는 궁극적으로 홍사용 등이 조선인의 어떤 역사적·보편적 심성을 초월적 가치로 상정하고 개인의 개성적 내면과 그 자유를 희생하도록 했음을 의미하기도 한다. 시의 형식, 특히 율격이란 개인은 물론 공동체의 공리적 질서, 보편적 심성과 감각에 근간하게 마련이다. 그리고 어느 시대이든 시의 형식을 둘러싼 모색은, 그것을 감각적인 것으로 재현·표상하고자 하는 열정과 고투의 소산이라고 할 수 있다. 그러므로 홍사용을 비롯한 동시대 문학인들이 개인의 개성적 내면과 그 자유의 희생을 전제로 하여 정형률을 선택한 것을 두고, 단지 구술문화 전승을 이해하고 문학적 자산으로 삼고자 했다거나, 문학을 통해 민족적 정체성에 대한 어떤 이념을 현현했다

---

47 劉道順,「金東煥君의「藥山東臺歌」를 읽고」,『東亞日報』, 1927.11.13~16; 金岸曙,「제고장서 듣는 民謠 情調, 愁心歌 들닐제」,『三千里』第8卷 第8號, 開闢社, 1936.8.

48 金東煥, 앞의 글.

49 崔南善,「朝鮮民謠の槪觀」, 市山盛雄 編,『朝鮮民謠の硏究』, 東京: 坂本書店, 1927.

거나 하는 이유만으로 고평할 수만은 없다. 특히 홍사용은 시에 전념했던 기간이 매우 짧고 간헐적이었고, 그래서 남긴 작품 수가 상대적으로 적었으므로 더욱 그러하다.

그럼에도 불구하고 홍사용과 그의 시대 문학인들 가운데 조선인의 민족적 정체성과 그에 근간한 문학적 전통을 자각했던 이들이 1930년대 이후 대체로 정형률을 선택했던 것, 더구나 그들 대부분이 공교롭게도 같은 정형률을 선택했던 일은, 어떤 의미에서는 그들 세대의 실존적 결단이었던 것으로 보이기도 한다. 주지하는 바와 같이 홍사용의 시대는 식민지시기였고, 개인의 차원에서든 공동체의 차원에서든 서정적 주체로 하여금 안정된 귀속감을 보장할 수 있는 요소가 일상적으로 위협받거나 혹은 점차 사라지고 있던 시대였다. 홍사용도 1919년의 역사적 체험을 통해 그러한 사정을 절감했을 터이다. 그래서 홍사용과 그의 시대 문학인들이 선택했던 정형률은 제국 일본의 식민지에서 조선인으로 살아가는 임계점으로도 보인다. 이러한 사정을 염두에 두고 보면 홍사용이 중일전쟁 이후 국민총동원체제로 이어지던 1938년과 1939년 무렵에 발표한 시들의 특별한 정서와 삶의 이미지는 대단히 역설적으로 읽히기도 한다. 더구나 홍사용이 그 이후 시로부터 영원히 멀어져버렸다는 점은 더욱 의미심장하다. 오늘날 한국근대시가 홍사용을 다시 돌아보아야 한다면, 바로 이러한 사정들을 이해하는 시금석으로서의 의미를 여전히 지니고 있기 때문이다.

[별표] 홍사용의 유성기음반 목록

1. 〈댓스오―케―(THAT'S O.K.)〉(Columbia40269-A, 流行小曲, 譯詞 洪露雀, 작곡 古賀政男, 연주 蔡奎燁·姜石鷰, 반주 콜럼비아管絃樂團, 1932.1)

2. 〈달빛여흰물가〉(Columbia40269-B, 流行小曲, 譯詞 洪露雀, 작곡 古賀政男, 연주 金仙草, 반주 콜럼비아管絃樂團, 1932.1)

3. 〈아가씨마음〉(Columbia40284-A, 流行小曲, 譯詞 洪露雀, 작곡 古賀政男, 연주 姜石鷰, 반주 絃樂四重奏, 1932.2)

4. 〈古都의 밤〉(Columbia40284-B, 流行小曲, 譯詞 洪露雀, 작곡 古賀政男, 연주 姜石鷰, 반주 콜럼비아管絃樂團, 1932.2)

5. 〈自轉車(大長安主題歌)〉(Columbia40325-A, 작사 洪露雀, 편곡 杉田良造, 연주 姜石鷰, 1932.8)

6. 〈港口노래〉(일츅조션소리판K8-임29-A, 작사 洪露雀, 편곡 杉田良造, 연주 金仙草, 반주 管絃樂伴奏, 1932.11)

7. 〈카페의노래〉(일츅조션소리판K8-임29-B, 작사 洪露雀, 편곡 杉田良造, 연주 金仙草, 반주 管絃樂伴奏, 1932.11)

8. 〈銀杏나무〉(Chieron108-A, 新民謠, 작시 洪露雀, 작곡 尹昌淳, 연주 申泰鳳, 1933.7)

9. 〈아츰〉(Columbia40325-B, 작사 洪露雀, 편곡 杉田良造, 연주 姜石鷰, 1932.8)

10. 〈스켓취 北行列車〉(Columbia40380A·B, 작 洪露雀, 연주 沈影·朴齊行·金鮮英, 반주 管絃樂伴奏, 1934.2)

09   노작 홍사용의 연극 세계

윤진현

1. 머리말

시인 홍사용은 알아도 연극인 홍사용은 모르는 사람이 많다. 예민한 시대의식과 풍부한 감수성으로 한국근대문학의 초석을 놓은 동인지『백조』의 위상도 중요하려니와,『백조』의 정신적, 물질적 중심의 하나였던 노작(露雀) 홍사용과 그의 문학적 실천이 한국연극사상 최초의 근대극 전문극단을 표방했던 토월회에 연속되고 있다는 사실만으로도 한국근대연극사에서 그의 이름은 다시 검토되어야 할 일이다.

홍사용의 희곡은 현재「할미꽃」(『여시』 1호, 1928.6),「흰 젖」(『불교』 50·51 합본호, 1928.9),「제석」(『불교』 56호, 1929.2),「출가」(『현대조선문학전집』, 조선일보사, 1938) 등 4편이 남아 있으니, 이중「할미꽃」과「제석」은 단막극이고「흰 젖」과「출가」는 불교 소재의 장막극이다.[1] 또한 부전 작품으로 1928년 7월『불

---

[1] 홍사용의 작품집은 여러 차례 발간되었다. 제일 이른 것이 1985년 김학동이 편집하여 새문사에서 발간한『홍사용전집』이고, 문인협회 경기도지부에서 편찬하여 1993년 미리내에서 펴낸『노작홍사용문집』이 있으며, 2005년 발간된 범우비평판 한국문학전집의『나는 왕이로소이다』, 노작문학기념사업회에서 편집하여 2000년 뿌리와날개에서 펴낸 판본이 있다. 희곡의 경우, 모든 작품이 망라되어 실린 것은 김학동이 편집한 새문사판과 뿌리와날개에서 출판된『홍사용전집』이다. 전자는 원문대로 표기했으며, 후자는 현대어로 윤문했으나 전문적 교열을 거치지 않아 표기원칙의 일관성이 부족하고 오독에 의한 오식도 적지 않다.

교』에 실으려다가 전문 삭제되었다는 「벙어리굿」, 산유화회의 창립공연작이었던 「향토심」, 홍사용이 주도한 예천좌에서 「출가」와 함께 상연했다는 「명성에 빛날 제」 등이 있으며, 그 외에 「회색꿈」, 이광수의 『무정』, 〈추풍감별곡〉, 마쓰이 쇼요(松居松葉)의 「오남매(又五郞兄弟)」(1928.3) 등을 각색하거나 연출하여 연극인으로서 검토해보아야 할 활동도 적지 않다.

그러나 홍사용의 희곡에 대한 연구는 이제 시작 단계이다. 일찍이 한효는 「향토심」의 줄거리를 자세히 소개하고 극단 산유화회를 염군사 연극부에 의해 뿌려진 현대 연극의 씨가 힘차게 살아난 것으로 보았다. 토월회 연극의 퇴폐와 타락에 실망을 느꼈던 당대 관중들이 연극을 구원할 수 있는 존재로 산유화회를 평가했다는 것이다.[2] 한효의 『조선연극사 개요』는 상세정보에서 오류가 많고 작품 평가도 자의적이어서 한계가 명백하지만 당대에는 홍사용의 산유화회가 토월회를 계승한 것으로 간주했었고 또 「향토심」이 심한 혹평을 받았던 점과는 달리, 염군사 연극부의 계보를 이은 것으로 긍정적으로 평가한 것이 이채롭다. 이어서 유민영 교수가 「허무와 체관」이라는 소제목하에 홍사용의 연극활동에 주목하고 「제석」, 「할미꽃」, 「출가」에 대해 간단한 작품분석을 시도한 이래,[3] 김학동 교수가 그의 작품집을 편집하면서 홍사용의 희곡에 대해 일별하였으며,[4] 민병욱이 장르론적 입장에서 홍사용 문학의 연구과제를 제기하였고 이어 희곡을 중심으로 홍사용 문학의 문학사적 위치를 검토하였다.[5] 서연호 교수는 불교극을 모아 다루면서 홍사용의 「출가」를 언급하였는데, 「출가」의 우아한 문체가 성극으로 기품을 높여주었

---

2   한효, 『조선연극사 개요』, 평양: 국립출판사, 1956, 260~263쪽.

3   유민영, 『한국현대희곡사』, 홍성사, 1982, 171~178쪽.

4   김학동 편, 『홍사용전집』, 새문사, 1985.

5   민병욱, 「홍사용의 희곡문학 갈래선택에 대하여」, 『어문교육논집』 9, 부산대 국어교육과, 1986.12; 민병욱, 「홍사용 희곡의 문학사적 위치」, 『한국근대희곡론』, 부산대 출판부, 1997.

으나 서막 부분에 불필요한 부분이 많아 전체적인 통일성을 해치고 있다고
보았다.[6]

　송재일은 박사학위논문에서 홍사용 문학을 전반적으로 살피면서 주제를
중심으로 희곡을 분석하여 한 장을 할애하였고, 특히 희곡 부분은 소논문으
로 거듭 발표하기도 하였다.[7] 장혜전은 경기지역의 현대극을 개괄적으로 다
룬 논문에 홍사용을 일부 소개하면서 홍사용의 희곡을 민족주의에 기초한
것으로 보았고,[8] 이재명은 홍사용의 1920년대 토월회 연극활동을 일별하는
한편 「할미꽃」과 「제석」을 중심으로 당시 현실 반영양상과 작가의식을 다루
고 있다.[9] 또한 김재석은 희곡 「흰 젖」의 작품 구성방식에 있어 홍사용의 작
가적 전략의 특징과 한계를 논함으로써 극작가로서 홍사용의 역량을 확인
하였다.[10] 그 외에 문협 경기도지회, 노작문학기념사업회 등 홍사용의 출신
지역 단체들이 엮은 전집[11]과 개괄서[12] 등이 발간되어 홍사용 문학에 대한 관
심을 지속적으로 환기하고 있다. 이들 연구는 홍사용의 연극활동과 희곡에

6　서연호, 「불교극에 표현된 언어와 몸짓」, 『동시대적 삶과 연극』, 열음사, 1988, 226~228쪽.

7　송재일, 「홍사용 문학연구」, 충남대 박사학위논문, 1989; 송재일, 「홍사용 희곡의 현실대응
　방식」, 『한국현대희곡의 구조』, 우리문학사, 1991.

8　장혜전, 「경기도 현대극에 대한 연구」, 『광산구중서박사화갑기념논문집』, 태학사, 1996,
　746~749쪽 참조.

9　이재명, 「한국근대희곡문학의 분석적 연구 1 ― 홍사용의 「할미꽃」과 「제석」에 대하여」,
　『예체능논집』 6집, 명지대 예체능연구소, 1996, 29~43쪽.

10　김재석, 「홍사용의 「흰 젖」에 나타난 대중화전략」, 『불교문예』 42, 2008.가을, 20~32쪽.

11　홍사용 작품집의 출간 현황은 다음과 같다.
　홍사용, 『나는 왕이로소이다』, 근역서재, 1976.
　김학동 편, 『홍사용전집』, 새문사, 1985.
　문인협회 경기도지회 엮음, 『노작 홍사용문집』, 미리내, 1993.
　노작문학기념사업회 편, 『홍사용전집』, 뿌리와날개, 2000.
　김은철 편, 『나는 왕이로소이다』, 범우사, 2005.

12　이원규, 『백조가 흐르던 시대』, 새물터, 2000.

대해 개괄하면서 잘 알려져 있지 않았던 해당 작품을 소개하고 작품구조를 분석하는 등 기존의 언급들을 종합한 데 그 의의가 있다. 다만 기존의 언급들을 통합하는 과정에서 확인되지 않은 활동이력 등을 기술하여 오해가 증폭된 지점에 대해서는 재검토가 필요하다.

본고에서는 우선 확인되지 않은 채로 답습되고 있던 홍사용의 연극활동을 검토하고 그의 희곡을 전체 작품세계와 연관하여 검토함으로써 홍사용의 연극적 실천의 한 축을 해명해보고자 한다. 텍스트는 각 작품 및 논고의 원전과 노작문학기념사업회에서 편찬한 『홍사용전집』(뿌리와날개, 2000)을 참고하였다.[13]

2. 시의 의문과 연극이라는 대안

홍사용은 1916년 휘문의숙(1918년 휘문고등보통학교로 개편)에 입학하였고, 박종화, 정백(정지현) 등과 지기상합하여 『피는 꽃』, 『문우』 등을 펴냈다. 이를 박종화는 『백조』의 맹아라 일컫고 있거니와,[14] 이로써 홍사용의 문학적 실천이 이미 청소년 시기부터 공적이며 집단적으로 이루어지고 있었음을 알 수 있다. 또한 1919년 3·1운동의 경험은[15] 홍사용의 문학적 기반을 이루는 주

---

13 원전 소재 문헌은 다음과 같다.
「할미꽃」, 「흰 젓」, 「제석」: 양승국 편, 『한국근대희곡작품자료집』 3, 아세아문화사, 1989.
「출가」: 『현대조선문학집』 7 — 희곡편(조선일보사, 1938), 영인본, 한국학진흥원, 1985.

14 박종화, 「꼬장꼬장한 성격의 고고한 선비 — 홍사용시집 『나는 왕이로소이다』의 序」, 『노작홍사용문집』, 미리내, 1993, 255쪽.

15 홍사용이 3개월간 옥살이를 했다는 기록도 있지만, 1919년 4월 1일 현재 경찰에 구금된 휘문고보생은 8명이며 재판에 회부된 3명의 명단에 홍사용은 없다. 정우택, 「『문우』에서 『백조』까지: 매체와 인적 네트워크를 중심으로」, 『국제어문』 제47집, 국제어문학회, 2009.12, 39쪽.

체의 각성에 연속된다.[16]

홍사용은 1919년 3월 휘문고보를 졸업하고 교우 정백과 고향 석우리에 함께 머물면서 「청산백운」 등의 연작 수필을 쓰기도 하였다. 이해에 이병조(李秉祚)가 창간한 잡지 『서광』에 정백이 편집 실무로 참여하게 되면서 박종화와 홍사용도 여기에 글을 발표하였다. 『서광』은 처음에는 근대문명을 바탕으로 한 계몽적 문화주의적 편집 경향을 띠고 있었으나, 정백이 편집의 방향을 장악하면서 진보적 색채를 더욱 강화해갔다. 한편 『서광』의 발행자 이병조는 『서광』과는 별도로 순문예지를 제안하여 1920년 5월 『문우』가 발간된다. 『문우』의 편집은 정백, 홍사용, 박종화, 이서구 등이 담당하였으며, 이들 외에도 이일, 최정묵, 차동균, 박헌영 등이 필진으로 참여했다. 『문우』의 구성원들은 기본적으로, 문학에 중심을 두던 박종화·홍사용, 사회운동으로 나아간 정백·박헌영, 그리고 잡지 『서광』에 글을 쓰던 이서구·최정묵·차동균 등의 개조론적 지식인 등 세 그룹으로 나눌 수 있다. 이들의 사상적, 실천적 차이는 결국 『문우』 창간호가 발간된 후 『백조』, 『신생활』로 분화되는 데이른다.[17]

이후 박종화가 배재고보 출신들이 중심이 되었던 『신청년』의 최승일, 박영희, 나도향 등을 만나면서 『백조』 동인의 근간이 구성된다. 이들은 시 전문지 『장미촌』 등에도 함께 참여하면서 의취를 모았고, 1922년 1월 홍사용은 재종형 홍사중과 김덕기의 도움을 받아 백조문화사를 설립하고 문예지 『백조』를 만든다. 『백조』의 동인은 춘원 이광수, 회월 박영희, 빙허 현진건, 이상화, 팔봉 김기진, 석영 안석주, 월탄 박종화, 우전 원세하, 도향 나빈 등이었다. 이때 『백조』를 실질적으로 운영한 사람은 홍사용으로서 그가 잡지 『백

16   최원식, 「홍사용 문학과 주체의 각성」, 『민족문학의 논리』, 창작과비평사, 1982, 130~156쪽.

17   이경돈, 「동인지 『문우』와 다점적 혼종의 문학」, 『상허학보』 28집, 상허학회, 2010.2, 200쪽.

조』 발행에 필요한 대부분의 경비를 부담하였다는 사실은 이미 잘 알려져 있다.[18]

즉『백조』는 우연히 발생한 것이 아니라 1910년대 말에서 1920년대 초까지 문학청년들이 각기 다양하게 모색해나가던 문학예술의 방향이 종합되는 장으로서 출발한 것이다.[19] 1920년대 초반, '개인'에서 '비슷한 개인들의 집단'(동인)으로, 여기서 다시 '카프'나 '국민문학파', '절충파' 등 대규모 이념집단으로 발전해가는 문단의 지형은 필연적이었다. 동인지『백조』가 이를 그 중심에서 매개하면서 1920년대 이후 한국문학사의 중요한 기원을 이룬다는 점에서 그 가치와 의미는 혁혁하다. 흔히『백조』의 경향을 단순히 낭만성으로 규정짓기도 하지만,『백조』에는 당대를 관통하는 낭만성과 리얼리즘, 과거에 대한 깊은 동경과 미래에 대한 치열한 구상이 공존하고 있었다. '개인'과 '자아'에 대한 진지한 질문과 '동인'이라는 1920년대 초창기의 특수한 그룹지성으로 표현되는 공적 주체, 여기에서 발전해간 사회주의라는 중대한 사상적 흐름과 카프라는 조직적 실천을 해명하는 데『백조』는 반드시 살펴야 할 거점인 것이다.

이는 탁월한 문학적 재능과 열정을 겸비했던『백조』동인의 복잡하고도 다양한 문학적 실천으로 이어졌다. 박영희와 김팔봉으로 대표되는 카프문학은 물론이려니와 이상화와 현진건, 나도향의 사실과 낭만이 조화를 이룬 특출한 문학적 성취, 박종화와 이광수의 역사문학 등 이후 한국문학사를 주도하는 중요한 흐름이『백조』동인에게서 시작되었던 것이다.

다소의 비약을 감수한다면 홍사용의 문학세계에서 동인지『백조』의 영향은 특히 그의 희곡에 수렴된다고도 할 것이다.

---

18   http://search.i815.or.kr/OrgData/OrgList.jsp?tid=do&id=9-AH1059-000 (독립기념관 한국독립운동사정보시스템, 안창호 문서).

19   정우택, 앞의 글, 41~56쪽.

우선 「제석」은 몰락한 양반 가문이 천박한 물질만능의 자본주의 세태와 충돌하면서 발생하는 비극적 정조를 잘 포착하고 있다. 순후고풍한 전시대의 양반 김정수 노인은 아들 인식 내외가 사는 셋방에 설을 쇠기 위해 올라왔다. 이 집안은 남부럽지 않게 산 적도 있었지만 작은아들이 사업에 실패하여 풍비박산, 뿔뿔이 흩어진 형편이다. 인식은 일본 유학까지 다녀왔지만 월급 자리조차 만만치 않고, 인식의 아내 이씨는 삯바느질을 하고 있다. 설을 준비할 최소한의 마련도 없는 중에 이씨는 바느질값을 받지만 곧 방세를 받으러 온 집주인에게 수모를 당한 끝에 사흘 치 방값으로 빼앗기고, 인식도 적으나마 설 비용을 구해 들어오지만 밀린 외상값으로 모두 빼앗기고 만다. 제야의 밤은 깊어가지만 설 준비는커녕 당장 방세를 받으러 온 주인을 피해 차가운 냉방에 불까지 모두 끄고 숨을 죽인다. 집주인의 소리가 멀어지자 노인 김정수는 "이것이 우리집의 섣달 그믐이다"라고 탄식하고 방 안에서는 여러 사람의 웃음소리가 무섭게 일어나며 작품이 끝난다.

이 작품은 사건이 미흡하고 주요 인물들의 행동이 취약하여 극적으로는 먼저 발표된 「할미꽃」이나 「흰 젖」에도 미치지 못하지만, 전근대 양반계급의 언어가 자연스럽게 재현된 점과 몹쓸 거짓말 바람이 불 때마다 가진 것을 잃게 된 임금의 비유담을 매개로 인과를 이해하기도 전에 바람에 쏠리듯 변화한 현실에 직면한 기층민의 현실적 이해를 적시한 점은 매우 인상적이다. 특히 조선인의 파산 과정과 궁핍한 현실에 대한 고발적 묘사는 『백조』 이후의 신경향파에 연속되고 있다.

「할미꽃」의 서정성과 낭만주의는 특별한 감수성을 생산해낸 『백조』의 문학적 성취에 이어지면서도 과학적 합리성과 객관성을 넘어서고자 했던 능동적 인간에 대한 홍사용의 구상을 내포하고 있다. 또한 이차돈의 순교를 다룬 「흰 젖」과 석가의 출가를 다룬 「출가」의 역사 소재는 이 무렵의 이광수와 박종화가 보여주는 역사문학의 행보와 연결 지어볼 수 있다. 더욱이 이광수는 1935년 9월 30일부터 1936년 4월 12일까지 『조선일보』에 장편소설 『이차돈의 사(死)』를 발표하였으니, 1928년 발표된 홍사용 희곡 「흰 젖」과 같은 소재이기에 더 흥미로운 비교지점이 발생한다.

아울러 이 같은 집단적인 문학 실천의 경로에서 홍사용과 수양동맹회의 연관을 짚어둘 필요가 있다. 수양동맹회는 1926년 동우구락부와 통합되어 수양동우회가 된 초기 단체로 이미 잘 알려져 있지만, 1922년 2월 12일 수양동맹회 발기회에 발기인 10인 중 1명으로 홍사용이 참여했던 사실은 잘 알려져 있지 않다. 이때 발기인 10명 중 창립위원은 김항작(金恒作), 김윤경(金允經), 박현환(朴玄寰) 3인이었고, 창립회의는 1922년 3월 3일에 열렸다. 그리고 이때 청원에 의하여 이광수의 가입이 허가된다.[20] 이후 이광수가 7월, 10월 회의석상에서 강연을 진행하였고 12월에는 이광수의 집에서 오봉빈(吳鳳彬), 박태준(朴台俊)의 가입문답이 있기도 했으므로 이광수의 역할이 지대했던 것은 명백하지만, 수양동맹회가 처음부터 이광수의 주도하에 발기하고 창립되었다고 기술하는 것은 좀 더 확인이 필요한 일인 듯하다.

그보다 여기에서 먼저 주목해야 하는 것은 창립 발기인 10명 중 1인으로 홍사용이 있었다는 점이고, 이들은 "무실역행(務實力行)을 생명으로 덕, 체, 지 삼육(三育)을 일생동안 끊임없이 수련하여 건전한 인격을 완성하기 위하여 노력"한다는 목표를 갖고 있었다는 점이다. 이 무렵 홍사용은 '자아'를 둘러싼 물음과 대답을 지속적으로 제기하였던 동인지 그룹의 목표를 공유하면서[21] 이를 어떻게 수련하고 정립해갈 것인가, 어떤 자들과 함께할 것인가라는 집단에 대한 질문과 고민을 추구하고 있었다고 보아도 좋을 것이다.

이 같은 홍사용의 행보는 시에서 희곡으로 장르적 전이를 전제하고 보면

---

20   http://search.i815.or.kr/OrgData/OrgList.jsp?tid=do&id=9-AH1059-000(독립기념관 한국독립운동사정보시스템, 안창호 문서).

21   권희철, 「"'나'는 누구인가"에 대한 1920년대 문학의 문답지형도」, 『한국현대문학연구』 29집, 한국현대문학회, 2009.12, 153쪽 참조.

더욱 흥미롭다.

홍사용의 시세계는 기본적으로 백조파의 낭만적 경향의 연속으로서 특출한 민요적 감수성으로 설명하고 있지만, 희곡과 연극의 세계를 연속하여 판단할 때는 그리 단순하지 않다. 동인지 『백조』가 보여준 뛰어난 시적 성취 때문에 『백조』 또한 시 전문 동인지처럼 사유되기도 하고, 이것은 홍사용의 경우에 특히 전형적이다. 그러나 홍사용은 『백조』 3호(1923.9)에 소설 「저승길」을 실으며 "소설에 붓을 잡은 지 두 번째 시험"이라는[22] 언급을 하였고, 시 외에도 소설, 수필 등 다양한 장르의 작품을 관심과 필요에 따라 집필하였으니, 이 무렵까지 홍사용은 특정 장르에 안착하지는 않았던 것이다.

예를 들면 소설 「저승길」은 사상기생인 희정과 만세꾼 명수가 사랑하다가, 병든 희정이 사망에 이르는 병실의 한 순간을 다중 시점으로 다룬 작품이다. 1장은 시간적으로는 가장 나중의 일로, 희정이 사망한 후 명수가 홀로 병원을 나서는 장면으로 영화의 프롤로그와 같은 카메라 시점이다. 이어 2장은 3인칭 시점으로 명수의 시선에 한정되어 기술되고 있으며, 3장은 병든 희정의 내면으로 진입하여 희정을 중심으로 삼은 주인공 시점이다. 즉 이 작품의 다중 시점은 명수와 희정의 각기 다른 입장을 객관적으로 포착하기 위한 전략이었던 것이다.

『백조』에 발표한 작품들을 비롯하여 홍사용의 초기 시를 같은 방식으로 읽는다면 가장 두드러지는 것은 작품 내에 등장하는 인물 또는 시적 화자의 성격이 보여주는 천진성이라 할 것이다. 홍사용의 시적 화자들은 천진하고 대상에 대해 무지하며 이를 극복하지 못한다. 그럼에도 그 같은 인물은 홍사용의 시세계에 지속적으로 등장하고 있으니, 천진하면서도 이해되지 않는 세계에 대한 순진한 의문을 포기하지 않는 이 존재는 쉽게는 홍사용 자신으로 볼 것이며, 이 천진하고 순실한 존재가 바라되 도달하지 못하는 세계에

---

22   홍사용, 「육호잡기」, 『백조』 3호, 1923.9, 213쪽.

대한 이해는 홍사용 자신의 문제의식이라고 할 것이다.

예를 들면 『백조』 1호의 표제작에 준하는 시 「백조(白潮)는 흐르는데 별 하나 나 하나」의 인물은 "혼자 이야기"를 "일없이 지껄이는" "철없는 마음"을 가진 순진한 존재이다. 그러나 자신의 마음을 뛰게 하는 대상을 향해 내딛는 발걸음은 성숙한 도전과 대화가 아니라 "어머니 젖을 만지듯한" "어리광"이다. 즉 인물은 대상과 관계를 통해 대등하고 성숙한 성격적 발전을 이루는 것이 아니라 어린아이로 퇴행하여 응석을 부리고 울음을 터뜨리고 있다. 이 같은 소통 능력의 부재, 갈등을 감당할 만큼 성숙하지 않는 인물의 성격은 계속된다. 같은 호에 실린 「꿈이면은」도 구조는 이중적이다. 자신은 "안존치 못"한 것이 아니라 "순실"한 것이라는 "정 모르는 지어미"를 향한 반박을 시작으로 시적 화자는 자신의 꿈을 노래한다. 그러나 그 꿈은 깨어보니 거짓이고 헛된 것이었다. 화자는 스스로 이를 "허튼 잠꼬대"로 돌리고 만다. 이 같은 소통되지 않는 화자만의 상상은 「어부의 적(跡)」에서도 마찬가지로 반복된다.

『백조』 2호의 「시악시 마음은」, 「봄은 가더이다」에서도 화자의 로망은 지속적으로 배반당하고 명확한 이유도 모르는 채 화자는 소외된다. 『백조』 3호에 이르면 이는 더욱 심화된다. 시적 화자의 꿈이고 정념 그 자체인 "시악시"는 이미 죽어 묻혔고[「묘장(墓場)」], "사나희 마음은 도무지 모를 것이며" 그것은 필경은 "도무지 모를 것은, 나라는 나"로 확인된다(「그것은 모다 꿈이었지마는」). 여기에 이르러 홍사용은 드디어 문학적으로 '나'라고 하는 질문을 가시화하였다고 할 수 있다. 그리고 그 '나'는 곧 "눈물의 왕"이며 아직 성숙한 남자, 성숙한 가장에 이르지 못한 어머니의 아들인 "철없는 어린 왕"이라는 인식에 도달하는 것이다(「나는 왕이로소이다」). 그러나 '왕'은 '어린이'가 될 수 없다. 화자는 "십년 전 어린애가 될 수 없"다(「어머니에게」, 『개벽』 37호, 1923.7). 뿐만 아니라 잊지 못한 그이의 얼굴을 그림으로 그리려 하나 "보이지 않도록 감추어둔 그이의 가슴의 붉은 마음"도 그릴 수 없다[「그이의 화상(畵像)을 그릴

제」, 『개벽』 37호, 1923.7]. 즉 '시'를 매개로 세계에 대한 객관적 인식에 도달하는 데 실패했다고 봐도 좋을 것이다.

이 과정에서 소설 「저승길」과 같은 다중 시점이 시도되었다고 본다면 타자와 세계에 대한 이해를 목표로 삼는 홍사용의 갈망은 이미 다른 방향을 모색하고 있었다고 보는 것이 자연스럽다. 희곡, 또는 연극은 등장인물들이 저마다의 이유와 동력을 갖고 움직이며 관객은 이를 객관적 거리를 갖고 관찰할 수 있는 장르이다. 연극에 대한 홍사용의 이해가 이러했다면 불가해한 세계, 어떻게 해야 할지 알 수 없는 갈망에 목마르던 홍사용의 내적 요구는 토월회의 연극과 수월하게 연계될 수 있었을 것이다.

달리 보면 토월회에서 시작한 김기진, 김복진 등이 이탈하고, 토월회 공연에 출연까지 하면서 적극 참여했던 안석주 등이 '카프'에 결합해가면서 이념을 선택할 때, 홍사용은 오히려 토월회에 열성 멤버로서 참여하며 이념 대신 연극을 선택했다. 이러한 대비되는 결정을 감안하면 홍사용에게 토월회와 연극활동은 단순히 요청에 의한 지원이라고 한정할 수 없다.

이미 잘 알려져 있듯이 토월회는 1922년 박승희의 제안과 김팔봉의 동의로 일본 동경에서 창립되었다. '토월회(土月會)'라는 이름은 김팔봉이 작명한 것으로 '현실에 토착해 있되 이상은 명월같이 갖자'는 취지였다. 토월회는 회원 대부분이 문학청년과 미술학도들이었기 때문에 처음에는 자작품에 대한 발표와 강평을 근간으로 하는 독서윤독회의 성격을 갖고 있었다. 그러다 당시 동경극예술협회가 주관했던 '동우회순회극단', '형설회순회극단' 등 동경발 학생연극운동에 고무된 듯 토월회에서도 '하기방학선물'로 '신극'을 상연하기로 하였고, 김팔봉은 1923년 5월 미리 귀국하여 공연 준비를 분담한다. 일부 논자는 토월회 1회 공연은 토월회가 독자적으로 운영하였고 1회 공연의 실패와 부채를 만회하기 위해 2회 공연부터 『백조』의 협력을 끌어내 원우전, 안석영 등이 토월회를 도왔다고 기록하기도 하지만,[23] 1923년 5월 김팔봉은 동경 유학을 완전히 중단하고 아예 귀국하는 상황이었고 1922

년 이미 박영희의 소개로 박종화 등과 만나 『백조』 동인으로 가입한 상태였으므로 『백조』의 협력을 주선하는 것이 하필 1회 이후여야 할 이유는 없었다. 여러 가지 준비가 미흡하여 1923년 6월 먼저 귀국한 박승희도 『백조』의 원우전과 안석영이 무대설치를 도왔고 안석영은 출연까지 자청하여 도움이 되었다고 하였으며, 홍사용이 빈 수표를 주선해주어 재정적 어려움을 일부 해소한 사실에 후일까지도 감사의 뜻을 표하고 있는 점을 고려할 때 『백조』 동인과 토월회의 협력은 정도 차이일 뿐 1회부터 시작된 듯하다.[24]

흥미로운 것은 여타 순회극단과 토월회 공연의 차이이다. 동경극예술협회가 주관했던 동우회, 형설회 등의 공연은 동우회회관 건립 등 특별한 목표의 달성과 이념적 선전을 염두에 둔 형태였고, 따라서 이는 되도록 많은 지역에서, 되도록 많은 사람들을 찾아가는 형식일 때 유리했다. 즉 '순회'의 형식은 기본적으로 다수를 대상으로 선전과 선동을 목표할 때 적합한 것이다. 그러나 토월회의 경우는 경성에서 정규극장인 조선극장을 섭외하여 전문극단과 유사한 방식으로 공연을 기획하였다. 이들에게는 '동우회', '형설회' 등 학생단체의 목표와 이념이 없었으며 대신 그 자리에 '연극' 그 자체가 있었다.

우리가 무엇을 하겠느냐, 제일 먼저 대중을 깨우치는 데 둔다면 연극이다. 연극으로 대중에게 새 사조가 무엇인가 새 지식이란 어떤 것인가, 이것을 알리려면 나의 생각이 옳다고까지 하였더니 여러 사람들도 내 말이 그럴 듯하다고 하였다. 연극이란 대중을 위하여 있는 것이다. 이런 의견이 날이 갈수록 굳어져 결국 연극을 하기로 결정하고 의논을 활발히 진행하느라 여러 날 동안 고심을 하였다.[25]

---

23 토월회의 창립공연이 실패라는 통념도 재고의 여지가 있다. 김재석, 「'토월회' 창립공연 연구」, 『한국극예술학회 2013년 제3차 정기학술발표대회 자료집』, 2013.7.11, 1~17쪽 참조.

24 박승희, 「토월회 이야기」, 『춘강박승희문집』, 서문출판사, 1987, 14~23쪽 참조.

25 위의 책, 11쪽.

대중을 깨우친다거나 대중에게 새로운 지식과 사조를 알린다는 수사 너머에 구체적인 내포는 없다. 다만 연극이 있고 연극이 대중을 위하여 있다는 말뿐이다. 즉 토월회는 그 시작이 여타의 학생극운동과는 달랐기에 이로부터 전문연극집단으로 거듭나게 되었다고 할 수 있다. 그리고 이 같은 박승희의 입장에 홍사용 또한 동의했기에 재편되는 토월회에 합류했던 것이다.

2회 공연이 끝난 1923년 후반 토월회는 김팔봉, 김복진, 연학년, 안석주 등이 탈퇴하고 박승희의 주도하에 전문연극단체로 재출범한다. 회장은 박승희, 경리는 정원택, 미술부는 원우전, 연기부는 이백수 등이 맡았다. 이때 홍사용은 문예부장을 맡아 토월회의 중심 멤버가 되었다. 재출범 후 첫 번째 공연인 3회 공연은 박승희의 〈사랑과 죽음〉이었다. 이는 러시아를 배경으로 한 무용가극으로서 무용가 조택원이 러시아 무용을 선보였다. 그리고 원작자는 확인되지 않고 있으나[26] 홍사용이 번안한 「회색꿈」이 역시 홍사용 연출로 1924년 1월 22일부터 1월 24일까지 종로기독청년회관(YMCA강당)에서 상연되었다. 이때 1~2회에 사용했던 조선극장을 섭외할 수 없었던 것은 조선극장이 1924년 1월 19일부터 소송에 들어가 휴관 중이었기 때문이다.[27]

우수 레퍼토리가 빈번하게 재상연되었던 토월회의 상연목록에서 홍사용의 「회색꿈」은 오직 3회에서만 볼 수 있다. 이로 보면 이 작품의 반향은 미미했던 것 같다. 실제 4회 공연을 알리는 기사에는 "제 2회에 갈채를 받은 〈카츄샤〉와 제 3회에 갈채를 받은 〈사랑과 죽음〉의 두 가지를 뽑았다"고[28] 언급되어 있으니 「회색꿈」의 반응이 좋지는 않았던 것이다.

---

26 박승희는 상연 제목조차 잊었으나 연출만은 번안자인 홍사용이 했다고 기록하고 있다. 위의 책, 29쪽.

27 이 분쟁은 3월경에나 해결되는 듯하다. 『동아일보』 3월 12일 자에 소송이 완료되어 불원간 개원한다는 기사가 있다. 그러나 토월회가 조선극장에서 다시 공연을 한 것은 제7회 공연(1924.6.13~22)에서이다.

28 『동아일보』, 1924.2.25.

이후 홍사용은 1925년 4월 30일부터 있었던 13회 공연의 〈무정〉과 1925년 5월 26일부터 상연한 17회 공연작 〈추풍감별곡〉을 각색했다. 박진은 그의 회고수필집 『세세년년』에서 토월회 연구생 심사에 홍사용이 참여했던 일화, 박제행이 〈춘향전〉에서 옥중 춘향의 몽사를 해석해주는 허봉사 역을 맡다가 〈심청전〉에서 심청이를 인당수로 인도하는 선인(船人)의 두목으로 분하여 제문을 읽으면서 "출천대효 성춘향"이라고 대사를 치는 실수를 저질러 홍사용에게 따귀를 얻어맞은 일화[29] 등을 「풍류객 홍노작」이라는 소절과 함께 남겨두었다.[30]

토월회에 문예부장으로 참여했다는 이력과 달리 토월회에서 홍사용의 연극활동은 그다지 두드러지지 않는다. 그러나 길게 보면 이 시기는 홍사용이 '연극'이라는 새로운 장르를 실험하면서 내적으로 자기 목표를 키워간 시기라 할 수 있다. 1925년 토월회가 1차 해산을 겪으면서 홍사용의 독자행보는 가시화되기 시작한다.

3. 대동세상의 이상과 메나리

1925년 토월회는 광무대를 전세 내어 근대연극사상 최초로 전속극장을 운영하는 극단이 되었다. 그러나 연극 상설공연은 레퍼토리의 빈곤과 운영상의 무리를 자초하였고, 극단 운영을 위한 박승희의 독주는 이백수, 박제행, 김을한, 윤심덕 등의 탈퇴로 이어지고 만다. 결국 토월회는 광무대 임대차 1년 계약도 마무리 짓지 못하고 일시적으로 폐쇄된다. 이때 탈퇴한 이들은 '백조회' 창립을 추진하지만 결국 창립공연도 치르지 못하였고, 전체 구성원의 활동은 소강상태에 빠져든다.

29　박진, 『세세년년』, 세손출판사, 1991, 40~41쪽.

30　위의 책, 201~204쪽.

이때 새로운 구심점이 된 것이 1927년 5월 홍사용, 박진 등이 주도하여 창립한 신극단체 '산유화회'였다. 애초 산유화회는 문화계의 기대를 한 몸에 받으며 출범하였다.

사계의 유지를 망라하여 산유화회를 조직, 조선 신극운동의 서광

토월회 몰락 후 한층 쓸쓸하던 극계에 최근에 이르러 일찍이 신극운동에 열렬한 이상을 가지고 있던 몇몇 유지들로써 건전한 신극운동 단체를 조직하였다는 기꺼운 소식을 듣게 되었다. 그 단체의 이름은 산유화회라 하며 중요한 단원은 홍로작, 박진, 리소연, 박제행, 신일선, 박제당 씨들의 다년간 극운동에 헌신한 사람들로서 목하 제1회 공연을 준비에 분망중으로 늦어도 금월 중순경에는 시내 조선극장에서 동회 제1회 공연회를 열 터이라는데 일반은 적지 않은 흥미를 가지고 동회의 첫 공연을 기대한다는 바 그 임시사무소는 시외 아현리 삼백칠십삼번지에 두었다더라.[31]

"조선 신극운동의 서광", "사계의 유지를 망라", "건전한 신극운동 단체"라는 표현에서 산유화회에 대한 충만한 기대를 엿볼 수 있다. 뿐만 아니라 공연이 있기도 전에 창립공연에 대한 내용을 『매일신보』(1927.5.18), 『동아일보』(5.20), 『중외일보』(5.20), 『조선일보』(5.21) 등 당시 주요 지면에서 기대를 갖고 예고하고 있다.

산유화회는 창립공연으로 1927년 5월 20일부터 5일간 조선극장에서 홍사용의 「향토심」과 기시다 쿠니오(岸田國士)의 「소낙비(驟雨)」를 이소연 번역으로 상연하였다.[32]

---

31   『조선일보』, 1927.5.7.
32   「소낙비」는 한 남녀가 신혼여행에서 서로 생각하던 배우자, 상상하던 결혼생활과 완전히 다른 현실에 직면하게 된다는 내용이다.

그러나 결과는 대실패였다. 박진도 "따분하긴 했"다고 인정하고, 이어 객석의 반응도 나빠 "하품과 졸음이 와서 여기저기서 코고는 소리"가 났다며[33] 그 성과가 신통치 않았음을 자인하고 있지만, 당대의 관극평은 더욱 가혹하다. "그러한 각본은 소설로나 또는 읽히기 위한 희곡으로 출판을 하여 일반에게 읽히었으면 어떨는지 무대극으로는 천리만리나 머나먼 각본이다. 나는 여기서 확실히 시인이라고 각본을 반드시 잘 쓰는 것이 아니라는 것을 절실히 의식하였"으며 "산유화회의 공연은 누구의 말과 같이 은쟁반에 비지를 하나 가득히 담은 셈이다. 조선의 연극사상에 있어서는 무대효과로나 흥행성적으로나 소위 신파연극이라는 재래극단이라도 이번과 같은 공전절후의 실패는 일찍이 시험해 본 적이 없을 것이다"라는 평가가 나올 정도였다.[34] 게다가 연기, 무대, 진행 전체가 대단히 미숙하였다. 시간이 너무 늦어 3막을 아예 공연하지 못하고 끝낸 경우까지 있었으며 그 원인을 연출과 각본의 미숙성에서 찾고 있으니,[35] 홍사용이 주도한 이 산유화회의 공연은 창립에 걸었던 기대에 부응하기에는 한참 미흡했던 것이다.[36]

그러나 이상의 공연평은 주로 공연으로서 그 형식적 미숙을 비판하고 있을 뿐, 「향토심」의 주제, 홍사용의 의도에 대해서는 "나날이 쓰러져가는 고향을 붙들어야겠다는 거룩한 향토심의 발로를 이해치 못하는 바도 아니다"라고 쓰고 있다.[37]

이 점은 확실히 논쟁적이다. 당대를 어떻게 이해하고 문제를 해결하기 위

---

33 박진, 앞의 책, 41쪽.

34 유산대주인, 「산유화회 관후감」, 『조선일보』, 1927.5.24.

35 秋庵, 『중외일보』, 1927.5.23.

36 이구동성으로 가혹한 평가를 내는 데 반하여 『매일신보』에는 이를 비판하며 극에 대한 태도가 진지하고 계속 나아지고 있다는 취지의 격려글이 실리기도 한다. 문외생, 「산유화회의 극평을 읽고」, 『매일신보』, 1927.5.26.

37 유산대주인, 앞의 글.

해서 무엇이 필요한가라는 질문을 내포하고 있다는 의미이기 때문이다. 『조선일보』에 실린 안영의 연극평은 바로 주제에서 접근한다.

이 작품은 향토예찬에 전력을 하라고 하엿든 것인가 보다. 그러나 향토, 이 작자가 말한 향토 복스럽고 안온한 향토는 지금의 조선에서 구하여 볼 수 있을까. 아마도 유사 이전 고대사회에서나 찾아볼 수 있든지 그렇지 않으면 이 작자의 머릿속에서나 볼 수밖에 없다. 추수섬이나 하고 학교깨나 다니고 돈푼이나 써보고 자유사상이니 예술이니 하는 책권이나 읽은 예술가의 머릿속에서 이 따위 거룩한 향토, 향토심을 발견할 수 있는 것이다. 여기에 엇던 시골에 논밭대기나 가지고 농군들의 땀과 피를 짜서 편안히 먹고 살 수 있는 아니 지금도 저렇게 살고 있는 어떤 젊은 사나이가 있으니 그는 도회에서 놀아보고 도회에서 배운 듯한 사람으로 어느 때에는 자기 시골 도회에 사는 친구 몇 사람이 찾아왔다. 이것으로부터 「향토심」의 시작이다. 그는 자연의 아름다움을 말하고 사회주의와 공산주의가 엇더하니 그것은 이 시골 농군에게는 소용없느니 우리는 자본주의의 승리를 엇더하느니 한참 뒤떠들다가 자— 보라 향토미를 보라고 외치면서 바보머슴과(종순하고 기력없고) 농군들을 불러다가 뜰 아래서 춤을 추어라 명령하며 노래를 불르라고 얼러대어 그네들은 높은 마루 위에서 턱을 쓰다듬으면서 간지럽게 웃고 앉아서 법열을 느끼는 것이다. 과연 이것이 향토미일까. 향토심을 나는 꼭 「향토심」이라는 극제를 유한계급의 잔인성이라던지 달리 붙였으면 좋겠다고 단언한다. 향토에는 늘 이 모양일까. 이 무리가 모인 것이 향토일까. 도회인을 뒤섞어서 저주하고 새 사상 새로운 행동을 아모커나 욕질하는 무리의 사는 곳이 향토일까.

한 입에 말한다면 산미정책이니 농촌부흥이니 노동자의 단결을 겪으려는 정책으로 로동자의 귀농을 강제하라는 사람들의 선전극으로 유전(有田) 또락크의 광고극으로는 미상불 잘된 듯하다. 연극 — 산유화회에서도 연극을 한다. 왜 연극을 할까. 이 대답은 가장 간단하다. 자기네의 생각 — 잘된 생각을 선전하려고 어리버기 농군을 더 오래 빨아먹으랴 역사의 진행은 될 수 있으면 늦게 하려고 「향토심」-「향토심」 작자-산유화회가 생기었으며 조선극장서 연극을 하는 것이다. 사재를 기울여 이따위 연극을 하는 사람네에게 포상(襃賞)을 주자. 이네들이 포상을 받도록 우리들은 운동하여 주어볼까.[38]

앞서 『중외일보』에 실린 추암의 관극평이나 『조선일보』에 실린 유산대주인의 관후감과는 아주 다르다. 이로 보면 「향토심」이 이념적 대립을 전제로 소박한 전원주의, 즉 향토미로써 당대의 대안적 사상과 이념을 대신하겠다는 목표에 기반하고 있었기에 이에 격렬하게 반발한 듯하다.

카프 문예가 주류를 이루던 당대의 사회 분위기를 특별히 고려하지 않더라도 당대 문단의 주요 관심사를 살필 때 이러한 접근은 호응을 얻기가 어려웠을 것이다. 예를 들면 1926년 발표된 현진건의 소설 「고향」이나 같은 해 발표된 김정진의 희곡 「그 사람들」과 같은 작품에서 볼 수 있듯이 당시 자본의 재편과정에서 농촌사회는 이미 붕괴가 시작된 상태였다. 산업구조는 재편되고 유이민이 족출하고 있었으니, 향토를 사랑하는 마음으로 제국주의를 극복할 수 있다고 믿기는 확실히 어려운 일이었을 것이고, 이로써 관객을 설득하는 것도 쉬운 일은 아니었을 것이다.

그러나 「향토심」이 각본으로도 공연으로도 완전히 실패한 작품이라고 하더라도 홍사용이 이 작품에서 자신의 이상을 표현하려 했다면 이는 다른 각

38　安影, 「산유화회 시연을 보고 (2)」, 『조선일보』, 1927.5.26.
이에 대해 이재명은 안영을 송영으로 보고 카프의 일원이었던 송영의 이력에 기대어 "단편적이며 의도적인 비난으로 일관하고 있"으며 "송영의 평론은 작품성에 관한 것이기보다는 이념성에 관련된 것이었으므로 곧이 들을 필요가 없다"고 단정하고 있다. 이재명, 앞의 글, 29~43쪽.
그러나 안영이 누구인지는 확인되지 않는다. 송영이 안영이라는 필명을 쓴 바 없으니 송영으로 단정하는 것은 근거가 없다. 이름으로 당대에 가장 근접한 것은 안석영(安夕影)이지만, 같은 『백조』 동인으로 토월회에도 참여하던 안석영은 극계의 현실을 번연히 공유하고 있었다고 할 수 있는바 이토록 가혹한 혹평을 했다고 보기는 어렵다.

도에서 고찰되어야 할 것이다.

1927년 5월 21일 『동아일보』에 비교적 상세한 줄거리가 실려 있으니 다시 살펴보기로 하자.

제1막

시절은 삼월, 서울서 남쪽으로 백리 안밧 어느 시골 산 곱고 물 맑은 동쪽이다. 한일초(韓一草), 백유로(白流露) 두 사람은 고달푼 모양으로 엇비슥이 벽에 기대여 안젓다. 낮닭의 늘어진 울음, 사람도 잇고 소리도 들리것만은 아모것도 업는 이보담 더 정적한 늣김이다. 김명호(金明浩), 한, 백 세 사람은 녯날의 동창이다. 오래간만의 맛나지만은 세정에 각각 부닥끼고난 세 사람의 대조는 한가락 늘어즌 누에다리엿다.[39] 그리웁든 이야기로부터 테험(體驗), 실감(實感), 행로난(行路難), 생활고(生活苦), 사회관(社會觀), 자아(自我,) 혁명(革命), 농촌문뎨(農村問題) 모든 이야기는 쌕국이의 울음, 피리소리, 멀리서 들리는 나무쑨의 산타령을 뒤석거서 씃을 니어 가닥가닥이 던개된다.

"하기는 우리가 말하는 조선이나 쏘는 향토라는 것은 녯사람이나 쏘는 완고가 말하는 것은 아니겟지. 현대에 잇서서 시방 이 환경이 공긔에서 살어있는 곳 향토의 마음이 말하는 것이겟지" 하는 것은 명호의 말이다. 시골은 설음도 많고 자랑도 만흔데 나무쑨의 미나리, 멋들어진 박이춤으로 씃이다.

제2막

째는 전막보다 오륙일 뒤 달 밝은 밤이다. 멍석자리위에서 농군들의 이야기가 흐드러졌다. 실업는 말, 쓸데없는 잔소리가 익살도슬업거니와 저절로 농촌의 정경을 그리어 놓는다. 그러다가 농군들이 헤여진 뒤에 한은 명호의 누이동생 명순

---

39   '누에들이엇다'의 뜻. 무기력하게 늘어져 있는 모양을 의미한다. 원문은 "에누다리엿다"로 글자 순서가 바뀐 오식이다.

과 만나게 된다. 서로 자긔네의 신세타령 곳헤, "명순씨." "네." "이제 봄이지요." "네." "볕은 싸스하고 땅이 보드라워지는 때도 이때이지요?" "네." "날김생 길버러지도 제철을 만나고 논개울 산돌채에 샘물이 터지는 때도 이때이지요?" "네." "제비는 오고 기럭이는 가는데 잎 피고 꽃 피고 낮닭이 늘어지게 우는 때도 이때이지요?" "네." "그런데 말 못하는 시악시의 그윽한 가슴에 새롭고도 거룩한 모든 희망이 한창 보드러히 움도더 눈틀 때도 이때이지요?" "네." "그러면 그 모든 것을 그림으로 보면 그림이요 시로 읊조리면 시이겠지요." "그렇지요." "만일에 한 시인이 있어서 그것을 그리고 읊조리는데 더구나 그 어여쁜 시악시의 속 깊고 풀혼 가슴을 그 마음 그 영혼을 더 아름다웁게 더 거룩하게 그리랴 애를 쓴다면?" "아마 좋겠지요." "그런데 여기에 명순씨를 날로 애처러웁고 안타까이 그리고 읊조리는 시인이 있다하면은?" "네?" "네. 류로(流露)라 일홈하는 시인이 명순이라 부르는 한 아름다운 처녀를 그리워한다면?" "네? 저는 몰라요."

그것은 명순이가 사랑하는 이는 백이 아니고 한인 까닭이다. 그래 백에게서 온 엽서를 자기의 언니 이실(李室, 쫓기여 온 소박떼기)을 주었다는 등 여러 가지 모순이 일어난다.

그러다가 명순의 "……이상한 한마디 수수께끼가 좁은 가슴 어느 구석에 속 깊이 숨어 있든 것이……" 하는 말로 비롯하여 한의 "……친구는 친구요 사랑은 사랑이다. 거룩하고도 영원한 생명이 가는 곳에 시들지 않은 그까진 의리는……" 하는 말로 이상하게도 사랑이 성립된다.

제3막

련록이 물으녹는 야원의 한낮. 명순의 눈물 한의 결심과 백과 한의 질투, 이실의 번뇌, 을순(乙順)의 말괄량, 이실의 실련, 치군(致君)의 사랑, 삼보(三甫)의 익살, 면서기의 축사 모든 것이 차례로 엮이어 울음도 있고 웃음도 있다. 그러나 그것은 모두 아직 향토의 마음으로 가기 전의 일이다. 명호가, "……우리의 새로운 나라는 업수히 녁임과 비웃음의 저쪽 향토의 마음의 푸른 벌판 위에 웃음의 꽃이

질은 곳으로…… 우리는 웃으며 가자. 기꺼워하며 가자." 그리고 외지에서 표랑하고 다니던 명호의 아버지, "오냐, 나도 고향이 그리웁기에 그동안 이렇게 늙었다……. 어서 가자. 어서 가기나 하자. 그리운 고토의 길을 다시 밟아나 보게……." 쓸쓸한 웃음으로 눈물을 지으며 앞서서 것는다.[40]

이 줄거리에 따르면 이 작품은 「조선은 메나리 나라」에서 제시한 전형에 가깝다. 앞산 도령과 뒷내 각시의 이야기에 이들의 어울림을 둘러싼 농군들의 메나리 가락과 멋들어진 춤으로 구성되어 있다. 향토심을 가진 청년 김명호, 농촌으로 돌아오려는 사상가 한일초, 시인 백유로라는 도회 출신의 남성 인물과 향토의 여성 인물들 사이의 로맨스를 기본 사건으로 삼고 있으니, 이들이 겪는 사랑의 우여곡절은 한일초, 백유로 등을 중심으로 '향토심'을 전유해가는 과정을 은유하는 것으로 보인다. 이를 가능케 하는 것은 농촌 인물들의 익살과 메나리, 멋들어진 박이춤과 같은 '향토심'이다. 즉 "덜익은 리론과 어석한 술어(術語)로 해결을 엇지 못하던 현대인의 이 사건도 고요한 시골벌판과 맑은 향토의 공긔가 충분히 해결을 지어"준다는[41] 것이다. 복잡한 인간사를 얽히고설킨 이들의 삼각연애로 지시한다면 이를 해결할 수 있는 것은 무엇인가라는 질문에 홍사용은 '향토심'이라 대답하고 있는 것이다.

더구나 등장인물이 메나리를 부르며 한바탕 춤추고 난장을 벌이는 이 장면은 홍사용이 형상화하고 전달하고 싶었던 주제 장면에 다름 아니다.

저마다 부르는 메나리, 누구나 자유롭게 노래하는 신성의 세계는 제국주의와 자본이 건설한 도회가 아니라 누천년 살아온 자연, 향토 속에서 그 마음과 넋의 표현으로 드러난다는 신념의 담지체이다. 무엇보다 농군들이 메나리를 부르며 한바탕 춤추고 난장을 벌인다는 것은 초반 늘어진 누에 같던

40   『동아일보』, 1927.5.21.
41   『매일신보』, 1927.5.18.

청년들에게 새로운 힘을 주고 목표와 용기를 준다고 해도 좋을 것이다.

여기에서 짚고 넘어가야 할 사실이 있다. 홍사용이 토월회에서 1924년 「산유화」라는 작품을 연출했다는 언급이다. 몇 안 되는 홍사용 희곡 연구마다 부전 희곡이란 전제하에 이 사실을 당연하게 기술하고 있지만, 이 사실은 현재 확인되지 않고 있다. 이 정보의 출처는 김팔봉으로 홍사용을 회고하는 글에서 그의 작품 「산유화」를 관상한 기억이 있다고 기술한 데서 시작되었다.

> 노작은 그 후에도 계속해서 토월회의 무대에 관여해 왔다. 나는 그가 그 후에 박승희와 함께 토월회를 지도하면서 자작 3막짜리 「산유화」라는 극을 당시 '조선 극장'에서 상연하는 것을 관상한 기억이 있다.
> —「노작 홍사용의 족적」, 『조선일보』, 1956.4.9[42]

> 노작은 이때 토월회의 1~2회 공연을 거들어주던 경험이랄까, 취미 때문이랄까, 하여간 연극에 맛을 들여가지고 1924년엔가 토월회 공연 때엔 그의 창작 희곡 「산유화」를 내놓기까지 했었다. 나는 그때 조선극장(현 종로구청자리)에서 「산유화」를 구경하였는데 지금 그 이야기의 줄거리는 기억나지 아니하나 퍽 낭만적이요, 민속적인 '향토예술'이라고 불리울 그런 작품이었다고 추억된다.
> —「토월회와 홍사용」, 『현대문학』, 1963.2[43]

홍사용이 「산유화」라는 작품을 집필, 상연했다는 팔봉의 언급이 두 차례나 있었으니 쉽게 부정하기는 어려운 일이나, 인용에서 볼 수 있듯이 팔봉은 「산유화」란 작품의 내용을 기억하지 못하고 있다. 1924년은 팔봉이 토월회

---

42 김팔봉, 『김팔봉문학전집 II — 회고와 기록』, 문학과 지성사, 1988, 479쪽.

43 위의 책, 524쪽.

에서 손을 떼고『백조』와『개벽』에서 만난 김석송, 이익상, 박영희, 이상화, 안석주 등과 파스큘라를 조직하면서 카프 결성을 예비하고 있던 시기로서 인간적 친분과는 별도로 토월회와는 이미 다른 길을 가고 있던 즈음이었다. 즉 여기에서 1924년은 토월회를 탈퇴한 이후 시기를 포괄적으로 지칭하고 있다고 보아야 한다.

1924년은 토월회가 1~2회의 기획공연을 마치고 전문극단체로 야심 차게 출발하던 시점이었다. 여론과 신문 등은 토월회에 대해 깊은 관심을 갖고 있었고 이들의 행보는 상세히 보도되었으므로, 1924년 홍사용의「산유화」란 작품이 상연되었다면 반드시 기록이 남았을 것이나 찾을 수가 없다. 홍사용이 토월회의 일원으로 활동을 시작한 것은 1924년이다. 앞서 언급하였듯 이 동경에서 시작한 토월회가 1923년 두 차례 연극을 상연한 후, 김팔봉 등의 회원이 연극단체 토월회에서는 손을 떼면서 박승희가 토월회를 단독으로 대표하게 된 사정은 여러 기록에서 확인되는 바이거니와, 이때 전문신극단체를 표방하면서 진용을 정비하여 3회 공연을 준비하였으니 당시 상연작 중 하나가 홍사용이 번역한「회색꿈」이었던 것이다.

따라서 이는 회고형의 글쓰기에서 자주 발생하는 오류로서 몇 가지 정보가 뒤섞여 만들어진 것이다. 이로 미루어보건대 팔봉이 언급한 "퍽 낭만적이요, 민속적인 '향토예술'이라고 불리울" 만한 작품은 즉「향토심」이었고 이를 상연한 것이 '산유화회'였던 것을, 작품「산유화」로 잘못 기억하여 기술하였던 것이다. 게다가 그의 시세계를 구성하는 핵심 요소로 민요조가 두드러지는 점 또한 김팔봉의 기억 조작에 일조하였을 터이다.

홍사용이 하필 '산유화'를 극단 이름으로 정한 것은 그의 문학관의 근저를 이루는 것이 '조선은 메나리 나라'라는 신념이었기 때문이다. 홍사용은 평소 메나리조를 중시하였고, 산유화회의 공연이 있던 이듬해 1928년 5월『별건곤』에 평론「조선은 메나리 나라」를 발표하여 문단의 이목을 모았다. 이는 기존에는 주로 '민요론', '시론'으로 규정되어왔지만, 홍사용이 조직한

252

극단명이 '산유화회'라는 사실과 연관하여 판단하면 그렇지만은 않다.

홍사용은 『백조』 3호(1923.9)에 「나는 왕이로소이다」 외 4편의 시를 실은 후로 1934년 10월 『신조선』에 「한선(寒蟬)」을 싣기까지 10년간 시를 발표하지 않는다. 구인모는 이 시기 홍사용의 시에 대한 유일한 언급이 「조선은 메나리 나라」라는 평론이었음을 지적하고, 이는 '신시(新詩)부정론'으로서 홍사용이 일종의 자신의 문학적 입장의 전회를 밝히는 성명서라고 주장한다.[44] 그리고 이와 연관하여, 홍사용은 「조선은 메나리 나라」를 발표할 무렵 산문적 현실 속에서 드러나는 시적 광휘는 오직 조선 구술문화의 특별한 리듬, 수사 그리고 정서에서 비롯할 뿐이라고 여겼으며, 그러한 시적 광휘를 포착하는 길은 조선 구술문화의 근저를 면면히 가로지르는 초역사적, 초지역적인 조선인 보편의 미학과 민족적 정체성에 근간한 글쓰기라고 설명하면서도 그가 매우 적은 수의 작품을 남겼을 뿐, 그 같은 신념을 일관되게 실천하지는 못했다고 구인모는 평가한다.[45]

홍사용의 작품세계에서 '시'를 중심에 둔다면 이 같은 평가가 가능할지도 모르지만, 홍사용의 시세계 전반을 다루는 것은 본고의 목표가 아니므로 이 같은 평가에 대한 시비는 차치하자. 다만 이 글이 발표되던 1928년을 전후하여 홍사용은 시작(詩作)보다 연극활동에 집중하고 있었다. '메나리'를 미적 이상으로 내세운 극단 '산유화회'를 창단하고, '메나리'를 '향토심'의 내포로 제안하는 연극 「향토심」을 공연하였으며, 「할미꽃」, 「흰 젖」, 「제석」 등의 극작품을 발표하고 있었던 것이다. 즉 평론 「조선은 메나리 나라」와 산유화란 극단(산유화회)의 창립은 홍사용의 문학적 이상과 그 실천의 관계로 보아야 하는 것이다. 「향토심」 1막이 "나무꾼의 미나리(메나리)"와 "멋들어진 박

44   구인모, 「홍사용과 구술문화 전통의 의미」, 『한국어문학연구』 56집, 한국어문학연구학회, 2011.2, 134쪽.

45   위의 글, 155쪽.

이춤"으로 끝난다고 하였으니 조선예술의 중심으로 '메나리'를 호출하는 홍사용의 작가의식은 이로써 본격화되었다고 할 수 있다.

이는 이 무렵 발표하려다 전문이 삭제된 희곡 「벙어리굿」(1928.7)의 내용과도 이어져 있다. "'어느 날 어느 시대 서울 종로의 종이 울리면 나라가 독립한다'하여 경향에서 종각 언저리에 모여들어 말은 못하고 서로 벙어리 노릇을 하며 그 종이 울리기를 기다리는 동안의 일어나는 일로, 그의 수작(秀作)이었다"는[46] 박진의 회고는 연출가로서 그의 욕망을 자극하는 작품이었기에 더욱 안타까운 것이려니와,[47] 말을 잃은 기층민의 한판 난장을 꿈꾸는 홍사용의 상상력은 단순한 전원주의에 머무르고 있는 것이 아니었던 것이다.

「벙어리굿」의 내용을 참고하여 「향토심」을 추정하자면, 안영의 과격한 비평에서처럼 "어리보기 농군을 더 오래 빨아먹고 역사의 진행을 늦추려"는 지배계급의 현실적 욕망을 보여주는 것이 아니라 순직한 농군들과 어우러지는 한바탕 꿈, 일종의 '대동세상'의 이상이 어떤 현실적 방향을 취하고 있는지를 짐작게 한다. 이 때문에 산유화회를 '좌익성향의 극단'으로 보기도 했고,[48] 북한 연극사 기술에서 우호적인 평가가 나오기도 했지만, 당시로서는 좌파 지식인의 격렬한 비판의 대상이 되었다고 보는 것이 옳을 것이다. 오히려 이 같은 작품의 이념적 방향은 1922년 홍사용이 '수양동맹회'에 참여하였던 사실에서 해석의 단초를 구하는 것이 더 개연성 있는 접근이라 할

---

46 박진, 앞의 책, 204쪽.

47 또 다른 글에서는 다음과 같이 언급하였다. "어느 해인지 모르지만 3·1운동 이후에 소문도 없이 눈치껏 종로 인경이 울린다는 소문이 퍼졌다. 비밀히 인경이 울리면, 서울, 시골 할 것 없이 방방곡곡에서 서울 종로로 모이는 것이다. 사람들이 잔뜩 모였는데, 서로 말을 못하고 눈치만 보는 것이다. 굿은 굿인데 큰 굿인데 말을 못하니까 벙어리굿이야. 일경이 눈치채고 사람들을 막 잡아가고 하는 내용이다." 박진, 「홍노작 회고」, 『노작홍사용문집』, 미리내, 1993, 264쪽.

48 유민영, 『한국근대연극사』, 단국대 출판부, 1996, 741쪽.

것인데, 대본이 부전하는 상태에서는 무리한 일이기에 더욱 유감스러울 뿐이다. 다만 인간이 본성을 누리면서 마음껏 감정을 표출한다는 설정은 홍사용의 원시적 인간 본성에 대한 신뢰와 자유로운 감정의 표출이라는 측면에서 『백조』의 감수성이 연장되고 있다고 보아야 할 것이며, 이는 홍사용의 작가의식의 기초를 이루고 있었다는 점을 환기해볼 수 있다.

이에 따라 「할미꽃」(『여시』 1호, 1928.6)을 보는 새로운 관점을 정립할 수 있을 것이다. 「할미꽃」은 현전하는 홍사용의 희곡 중 첫 번째 작품으로 「향토심」(1927.5)과 삭제된 「벙어리굿」을 매개하고 있다.

「할미꽃」은 한 병원에서 젊은 의사와 간호부, 사고로 죽음을 맞이하는 노인이 벌이는 소품이다. 의사 장대식에게는 두 가지 미션이 있다. 하나는 병원에서 주최하는 기념회에 참여할 연극을 만드는 것이고, 하나는 의사회에 제출할 논문 집필이다. 장대식은 연극 레퍼토리를 구상하면서 "연극이란 인생의 한 사실을 예술화한 거라고 볼 것 같으면 극을 보는 사람이 그저 자기의 흥미에 따라 슬프게도 우습게도 볼 수 있다"고 주장한다. 간호부 정영명은 "무엇이든 제멋의 진국으로 그대로 노는 게 좋다"고 맞장구를 친다. 여기에 일요일이지만 사고로 크게 다친 위급한 환자가 도착하고, 천국에 도착할 줄 아는 환자는 다리 부상에도 불구하고 고통도 느끼지 않으며 간호부를 죽은 자신의 가족으로 착각한다. 그러나 이 환자에게 천국이 아니라 병원이라고 알려주자 환자는 극심한 고통을 느끼고, 장대식은 환자가 고통을 잊도록 간호부들이 도와야 한다고 요구한다. 환자는 자신이 천국에 도착한 것이라는 간호부의 연기에 다시 고통을 잊는다. 장대식은 그의 증상에서 의사회에 제출할 '생활력과 의지'에 관한 논문 재료를 얻는데 그것은 의학이 아니라 '철학'이다. 즉 엄혹한 현실을 극복할 수 있는 힘은 의지와 정신에 있다는 것이다. 아무것도 가지지 못한 식민지 민중에게 유일하게 남은 힘이 있다면 그것은 무엇인가. 아무런 현실적 힘과 선택지를 가지지 못했다고 해도 굴하지 않는 정신의 힘을 호출하는 작가적 전략이 노출된다. 그리고 여기에서 병원

기념회에 참여할 대본이 결정된다. 그것은 노인의 영면이다.

정영명   (놀라 물러서며) 어머나, 죽었네.

장대식   그렇게 놀랄 것도 없지요. 벌써 아까부터 그렇게 된 것을. 무어 다만 섭
        섭하니 우리의 입으로 아직 송장이라고 부르기 전에 우리의 연극이 끝
        날 때까지 우리의 의지는 사람으로 보고 있읍시다.

정영명   그렇게 하지요.

        (동시에)

도은옥   좋습니다.

        [좌는 노인, 우는 정, 노인의 옆에는 장, 정의 옆에는 도, 노인·정은 백
        복(白服), 장·도는 흑복(黑服), 서로 팔을 결어선다.]

정영명   참 선생님 연극 이름은.

장대식   글쎄…, 할미꽃이라고나 할까.

도은옥   외과에서는 아가씨꽃, 내과에서는 할미꽃.

        (한 발자국 걸으며)

장대식   흰 옷 입은 할미꽃.

        (한 발자국 걸으며)

도은옥   피기도 전에 스러진 할미꽃.

        (한 발자국 걸으며)

정영명   늙기도 전에 꼬부라진 할미꽃.

        (걸음을 걷는 대로 시체의 머리는 근뎅근뎅)

  —「할미꽃」,『홍사용전집』, 108~109쪽

희고 검은 옷을 입은 자들의 이 행진은 곧 죽은 노인의 장례행렬이다. 이
들은 '할미꽃'에 관한 시 혹은 노래를 읊으며 무대를 가로지른다. 시체의 머
리는 걸음에 맞춰 건들건들 흔들린다. 이는 이들의 노래가 옳다는 듯이, 혹

은 이들의 노래가 신난다는 듯이 장단을 맞추는 것이다. 다소 기괴하게 보일 수도 있지만 그것은 그대로 가락이고 놀이에 가깝다.

이로 보면 한 가지는 명백하다. 홍사용은 이 노인의 죽음을 비극적으로 다룰 의사가 없다. 즉 '할미꽃' 노래에 맞춰 무대를 지나가는 이들의 분위기는 깊은 인간애와 낙천성, 생의 의지와 능동성에 기반하고 있다. 따라서 그 대사가 어떤 형태이든 상두소리가 망자의 한을 노래하는 것이되 산 자의 회한을 위로하면서 그 걸음을 끌어내는 것이듯 비통함에 그치는 것이 아니라 행동과 힘을 함께 상상하고 있는 것이다. 이것은 「향토심」에 사용된 메나리 박이춤과 등장인물 모두가 하나의 행진을 보여주는 3막 결말과 연속되어 있으며 「벙어리굿」의 난장과도 유사하다.

그렇다면 홍사용에게 '메나리'는 무엇을 의미하는가?

사람은 환경이 잇다. 사람은 사람만이 사는 것이 안이라, 그 환경이라는 그거와 아울러서 한데 산다. 그래서, 사람과 사람 사람과 환경은 서로서로 어느 사이인지도 몰으게 낫닉고 속깁흔 수작을 주고 밧고 하나니, 그 수작이 저절로 메나리라는 가락으로 되어 바린다.

사람들의 고흔 상상심(想像心)과 극적본능(劇的本能)은, 저의 환경을 모다 얽어느어 저의 한 세계를 맨들어 놋는다. (…) 무당의 〈제석거리〉는 13도 곳곳마다 다— 갓지 안타 한다. 또한 고전극 그대로를 아직껏 진이고 나려온 소리도 만흐니, 〈심청전〉, 〈춘향전〉, 〈흥부전〉, 〈톡기전〉, 그런 것은 말할 것도 업거니와 중들이 불으는 '념불', 〈회심곡〉, 한 무당이 불으는 '푸리'나 '거리', 장ㅅ돌뱅이의 〈장타령〉, 재주바치의 〈산듸도감〉, 〈꼭두각시〉, 무엇 무엇 그것도 헤일 수 업슬만치 퍽 만타. 가슴이 날뛰는 영남(嶺南)의 〈쾌지나 친친 나—늬〉도 조타만은 뼈가 녹고 넉시 끈어질 듯한 평안도(平安道) 〈배다라기〉도 그리웁구나. 화루ㅅ불 빗헤 붉은 볼을 확근거리며 선머슴이나 숫색시가 밤을 새이여 보는 황해도(黃海道) 〈배뱅이꿋〉은 얼마나 질거운 일이냐. 평안도(平安道) 〈다리꿋〉의 〈아미타불〉도 또한

한가닭 눈물이엿다. 김매는 〈기심노래〉, 베매는 〈베틀가(歌)〉도 조치 안은 것이
업스며 남쪽의 〈산유화(山有花)〉, 북쪽의 〈놀량사거리〉도 진역(震域)에서는 가장
오래인 소리로 그 음조만으로도 우리의 넉을 힘잇게 흐늘거린다. 메나리는 특별
히 잘되고 못된 것도 잇슬 까닭이 업스니 그것은 속임업는 우리의 넉, 넉의 울리
는 소리 그대로이닛가.[49]

이상에서 알 수 있듯이 홍사용은 '메나리'를 무당굿놀이, 판소리, 산대도
감극, 꼭두각시, 배뱅이굿, 놀량 등 허다한 극적 장르를 포함, 조선의 공연문
화 전체를 포괄하여 사용한다. 단순히 '민요'와 '시(詩)'에 대한 홍사용의 입
장을 의미한다기보다 조선의 노래를 가창하는 주체, 가창되고 소통되는 환
경, 조선문화의 심층에서 조선인의 심정과 사유를 표현해온 노래, 굿, 판소
리 등 모든 연행, 공연문화를 포괄하고 있었던 것이다. 이렇게 보면 "너희 부
리가 엇더한 부리시냐"고 물으며 시작하여 "넉시야 넉시로다. 이 넉시 무슨
넉?" 하고 다시 재고하는 마무리는 무당굿사설을 응용한 것으로서, 여기에
는 필자와 독자보다는 연희자와 관객이 전제되고 있다는 점을 주목해볼 수
있을 것이다.

이로 보면 극단 이름을 산유화회라고 붙이면서까지 호출하고 싶던 '메나
리', "어느 사이인지도 모르게 낯익고 속깊어진 수작"은 홍사용의 문학, 시에
국한된 것이 아니라 그의 예술적 중심이라고 할 수 있는 것이다. 더구나 이
'메나리'는 단순히 전승된 것 자체를 의미하는 것이 아니다. 전승되어오면서
"그 시대마다 그 사람에게는 그대로 그것이 완성이" 된 것이니 지금 "우리에
게도 자라고 완성하며 있"는 것이고 우리와 늘 같이 있는 것이다. 짚신을 머
리에 이고 갓을 꽁무니에 차고 다니는 세상에서도 없어지지 않는 것이며 들
으면 저절로 느끼는 것이 있고 좋다는 소리가 저절로 나게 하는 것이다. 즉

---

49   홍사용, 「조선은 메나리 나라」, 『별건곤』, 1928.5, 171~174쪽.

공감과 감동을 기반으로 삼고 있으니 공적인 연행공간을 전제하고 있다.

그렇게 보면 이 글의 결론 또한 의미심장하다.

> 우리는 메나리ㅅ나라 백성이다. 메나리ㅅ나라로 도라가자. 내것이 안이면 모
> 다 빌어온 것뿐이다.
>
> 요사이 흔한 '양시조', 서투른 언문풍월(諺文風月), 도막도막 잘 터 놋는 신시
> (新詩) 타령, 그것은 다— 무엇이냐. 되지도 못하고 어색스러운 앵도장사를 일부
> 러 일부러 앳서하는 것보다는 차라리 제멋의 제국으로나 놀어라. 앵도장사란 무
> 엇인지 아느냐, 바더다 판다는 말이다. 양(洋)가 가에서 일부러 육촉(肉燭) 부스
> 럭이를 사다 먹고 골머리를 알어 장발객(長髮客)들이 된다는 말이다.[50]

남의 것을 받아다 파는 앵도장사를 하느니 제멋대로 제국으로 노는 것이
지혜롭다. 이는 「할미꽃」의 간호부 정영명의 주장이기도 하려니와 농군과
도회인이 함께 어울려 춤을 추는 「향토심」의 난장, 산 자와 죽은 자가 함께
걷는 「할미꽃」의 행렬, 말을 잃은 「벙어리굿」의 굿판으로 구체화되었던 것
이다.

산유화회의 공연이 혹독한 평가를 받았으나 그 정도로 홍사용의 뜻이 꺾
이지는 않았다. 이후 박승희가 재기하여 토월회 활동을 재개하면서 홍사용
또한 진퇴를 함께하였다. 「조선은 메나리 나라」를 발표한 후 1928년 10월에
있었던 재기공연에서 마쓰이 쇼요(松居松葉)의 「오남매(又五郎兄弟)」를 번안,
각색하였으며,[51] 「흰 젖」, 「제석」 등을 연이어 집필, 발표하며 연극활동을 이
어갔다.[52]

---

50   위의 글, 174쪽.

51   마쓰이 쇼요의 「오남매」는 동경 가부키좌에서 1928년 3월 공연된 것으로 알려져 있다.

52   1928년 5월 박진, 이소연, 윤성묘, 서월영, 박제행, 복혜숙, 전옥, 김소영 등이 결성한 화조

연극계에서 홍사용의 이름이 이어지는 것은 일본 쓰키지(築地)소극장에서 활동하던 홍해성이 귀국하여 그를 중심으로 '신흥극장'이 결성되면서이다. 1930년 10월 창립 기사가 나오니, 연출부에는 홍해성, 연기부에는 남자 배우로 이백수, 이소연, 박제행, 이화백, 연치일, 심영, 이호영 외 연구생 7인, 여자배우로 석금성, 강석연, 강석제, 김연실 외 연구생 3인, 문예부에 홍노작, 최승일, 박희수, 미술부에 원우전의 진용이었다. 처음에는 후지모리 세이키치(藤森成吉)의 「상련기」와 「무엇이 그 여자를 그토록 시키었느냐」, 고리키의 「밤주막」 등을 예정작으로 삼고 있었지만 11월의 창립공연에서는 「모란등기(牧丹燈記)」로 변경하였다.

그러나 토월회에서 연극을 해온 이들의 중간적 위치는 홍해성의 근대극적 이상 및 훈련방식과 조화를 이루기 어려웠다. 결국 홍해성은 극예술연구회라는 새로운 파트너를 만나게 되었고 신흥극장은 단발로 끝나고 만다. 이후 박승희는 1932년 2월 미나도좌 전속 태양극장으로 재편하기까지 하면서 토월회를 이어가지만, 박승희와 늘 함께하던 홍사용의 이름이 여기에는 보이지 않는다. 당시 세평은 태양극장으로 토월회의 귀중한 이상이 타락해간 것으로 간주하기도 하였으니 박승희의 이러한 행보를 함께하기는 어려웠던 것 같다.

오늘날도 크게 다르지 않지만, 식민지 시기 연극에 자신을 기투한다는 것은 재산의 탕진과 끝없는 궁핍과 포기할 수 없는 갈망을 약속하는 일이나 다름없었다. 노작 또한 그러하였다. 이 무렵 홍사용은 일본 가요의 번역, 번안자로서 1932년부터 1933년까지 고가 마사오(古賀政男)의 노래 등 콜럼비아 레코드사의 엔카(演歌)풍 일본 유행가 가사 9편을 번역하거나 새로 지었

회를 홍사용이 주도한 것으로 이재명은 기술하고 있으나 이는 확인할 수 없다. 당시 화조회 결성을 알리는 신문기사에도 홍사용의 이름은 전혀 거론되지 않고 있다. 이재명, 앞의 글, 33쪽 참조; 『조선일보』, 1928.4.29; 『동아일보』, 1928.5.1.

다.[53] 일본 엔카의 번역과 음반 제작에 참여한 것을 두고 홍사용의 평론「조선은 메나리 나라」에 의거하여 신시에 대한 비판의 언사가 그대로 자신에게 돌아가는 것이라 비판하는 경우도 있지만[54] 일방적 재단의 소지가 있다. 노작이 이러한 일을 잘했다는 것이 아니라 '메나리'란 짚신을 머리에 이고 갓을 꽁무니에 차고 다닌다고 해도 없어지지 않는 것이기 때문이다.

이때 토월회부터 함께했던 평생의 지우 박진이 콜럼비아 축음기에 출입하면서 레코드 드라마를 연출하며 용돈을 얻어 쓰고 있었다.[55] 그에 따라 강석연, 김선초, 심영, 박제행, 김선영 등 토월회와 신흥극장 등에서 함께했던 배우들이 연주자, 즉 가수로 참여하였다. 이 시기 홍해성은 극예술연구회로 옮겨 갔고 박승희는 미나도좌 전속 태양극장의 일원이 된다. 즉 활동이 잠시 소강상태에 빠지자 경제적 이유로 배우들과 레코드 취입에 나선 것으로 보아야 할 것이다.

연극이란 독야청청할 수 있는 시와 다른 장르이다. 함께했던 연극인들이 생계를 위해 어떤 일이든 해보려는 판국에 홀로 일본 유행가 번역 일을 거절하는 것은 다른 이들의 생계를 비난하는 일이 될 수도 있고 동지애를 해쳐 후일까지 잃는 일이 될 수도 있기 때문이다. 이즈음 노작은 레코드 드라마와 같은 맥락에서 제작되고 방송되던 라디오 드라마에도 참여한다.

그의 첫 번째 라디오 드라마는 1928년 6월 23일 방송된 〈아자미(あざみ)〉라는 작품이다. 이 작품은『매일신보』에는 〈아자미〉로 소개되었는데,『동아일보』에는 〈蘇〉라고 소개되었으니 〈薊〉의 오식인 듯하다. '계(薊)'는 자초(刺草)라고 하는데 '소(蘇)'도 자초(紫草)라고 하므로, 뜻풀이 한자음이 비슷하여

53 한국음반아카이브연구단 편,『한국 유성기음반』1·3·4권, 한걸음더, 2011.

54 구인모, 앞의 글, 136쪽.

55 박진, 앞의 책, 98쪽. 당시 콜럼비아 레코드의 문예부장은 지휘자 안익태의 형인 안익조로서 박진과는 막역한 사이였다.

실수를 했을 수도 있고 글자가 비슷하여 단순히 오식을 했을 수도 있다. '아자미(あざみ)'는 엉겅퀴라는 뜻이다. 어떤 작품인지는 알 수 없지만 제목으로 보아 분명 강인한 생명력을 다루었을 듯하다. 두 번째 라디오 드라마는 1936년 2월 27일 방송된 〈오월동주(吳越同舟)〉이다. 앙숙인 오나라 사람과 월나라 사람이 한배를 탔다는 데서 나온 고사성어가 제목이니 이들의 분쟁에서 오는 소동과 유머를 기반으로 은근히 민족 간 갈등을 환기하는 작품이었을 듯하다.

궁여지책이었다고는 하나 무대의 작업만 고집하지 않고 레코드 드라마나 방송극으로 활동을 확대하며 대중을 만나기 위해 다방면으로 노력을 기울였던 전시대 연극의 고투 또한 음미해봄 직하다. 요컨대, 일본 유행가의 번안, 라디오 드라마 등의 참여는 홍사용의 작가의식이 유약하여 자신의 입장을 버리고 이익을 좇았다기보다는 극단과 어려운 형편의 연극인에 대한 의리를 우선으로 어떤 작업이든 실행하며 엄혹한 시기의 활로를 열어보려던 안간힘이었다고 할 것이다.[56]

4. 인간을 향한 종교적 우회

1929년 3월 25일 불교청년회 제2차 정기대회[57]의 기록에 따르면 홍사용은 5월 이차돈의 1403주기 행사로 열릴 강연회에서 이차돈의 성적(聖蹟)에 대하여 연설하기로 되어 있었다. 이는 1928년 9월 『불교』지의 '박염촉 특집'

56　1920년대 후반이 되면 홍사용의 가계도 상당히 어려워진 듯하다. 자전적 소설 「귀향」(『불교』 53호, 1928.11)에서 그 편린을 볼 수 있으며, 『불교』에 「제석」을 싣고 나서 1929년 후반부터 신흥극장에 관여하던 1930년 10월 이전까지 유랑했던 것 같다. 탐보군, 「코―바듸스?, 행방불명씨 탐사록」, 『별건곤』 30호, 1930.7, 77쪽.

57　경성종로경찰서 고등계 비밀문서 제3518호, 1929.3.25. http://db.history.go.kr/url.jsp?ID=ha_d_099_2240(한국역사정보통합시스템 한국사데이터베이스).

기획에서 비롯된 것이었다. 『불교』지는 50호 기념으로 이차돈의 순교를 기리는 특집을 구상하고 특대호를 발간하고자 하였다. 이는 불교계로 보면 비교적 진보적인 색채를 지니던 불교청년회를 중심으로 종교적 사실에 의지하여 대의를 위해 살신성인한 이차돈을 성인으로 호출한 것이었으니 그 맥락이 의미심장하다고 하겠다. 물론 그 특집의 가시적 성과는 희곡 「흰 젖」을 게재하는 데 그친다.[58] 그러나 이것은 결코 소소한 것은 아니었다. 『불교』는 보통 100면 내외의 규모였다. 「흰 젖」이 실린 50·51호의 이전 호인 49호(1928.7)는 100면에 기사가 14건이었고, 그 이전 46·47호(1928.5) 합본호도 130면에 기사가 20건에 불과했다. 이에 비해 각 지역 대찰의 소식이 많아 기사 수가 늘어난 것이기는 하나 50·51호 합본호는 250면에 기사가 43건에 달하였다. 합본호인 까닭도 있으나 특대호를 발간하고자 하던 편집진의 고투가 엿보인다 하겠다. 그중 「흰 젖」은 90쪽부터 205쪽까지 무려 116면에 달하는 장막극으로서 이차돈의 순교를 다룬다는 기획의도가 표현된 대작이었던 것이다. 이 과정에서 정리된 정보를 기반으로 강연을 했을 것이니, 때로는 심산대찰에 가서 주지승을 앞에 꿇리고 불법을 설하기도 했다는 회고는[59] 여기에서 비롯되었을 것이다.

'순(殉)'이란 헌신의 최대치이다. 더구나 「흰 젖」에 형상화된 이차돈의 순교 목적은 '불법의 융성' 자체가 아니라 쇠약해져가는 신라의 번영이었다. 작중 법흥왕의 딸 '성국(成國)공주'는 성국(盛國)을 상징한다. 성국공주가 병들어 쓰러지는 것은 곧 국가의 운명이 위태로움을 의미한다.

이 점은 1936년 발표된 이광수의 소설 『이차돈의 사』와 비교하면 차이가 확연하다. 『이차돈의 사』에서 중심이 되는 줄기는 이차돈의 연애사이다. 평양공주, 달님, 별님, 버들아기, 반달까지, 즉 공주에서 귀족 아가씨, 시녀와 평

---

58 「편집실에서」, 『불교』 50·51합본호, 1928.9, 222쪽.

59 박진, 앞의 책, 203쪽.

민 처녀에 이르기까지 이차돈을 향한 수다한 여성의 애욕과 숭배가 중심이며, 이를 넘어서 순교를 택하는 과장된 영웅적 선택이 강조된다. 그러나 홍사용은 각기 다른 시대인 『삼국유사』「아도기라(阿道基羅)」와 「원종흥법 염촉멸신(原宗興法 厭觸滅身)」조의 사건을 혼합하는 기교를 구사하여 역사적 사실을 압축적으로 전달하는 한편[60] 이차돈의 순교가 긴 시간에 걸친 역사적 기반 위에서 준비된 것이라는 극적 필연성을 안배한다. 또한 이차돈 순교의 계기가 되는 공적 적대세력과 순교에 갈등을 부여하는 사적 감정을 교차하면서 주요 갈등은 공적, 사적 영역을 아우르며 발전해간다. 뿐만 아니라 여기에서 홍사용은 남녀의 애정 또한 대단히 절제된 방식으로 사용한다. 공적 적대세력과의 갈등을 매개하는 성국공주는 아예 대면하지도 않으며, 사적 갈등의 근본을 이루는 사시와의 로맨스도 제한적이다. 이차돈은 사시와 남녀 간 애정에 기초하면서도 같은 불교도로서 도를 이루기 위해 노력하는 동지적 관계로 결합한다. 덕분에 사시는 상당히 능동적으로 형상화되어 인상적인 극적 성격을 확보하였다. 입체적인 실체를 갖게 되는 무대 위 인물의 특징이 구현된 바라고도 하겠으나, 여성 인물들이 소극적이거나 순종적이거나 질투의 화신처럼 단순하게 표현되는 이광수의 작품과 특히 다른 점이기도 하다. 이는 또한 궁중의 여성 인물 간 암투가 역사를 대체하는 수준에 이르는 박종화와도 대단히 다른 것이다. 즉 역사문학의 두 중심이라 할 수 있는 박종화, 이광수와는 달리 홍사용은 역사적, 사회적 상황을 더 쉽게 남녀 간 갈등으로 상징화할 수 있는 극장르임에도 불구하고[61] 오락적이라기보다는 진지하고 사색적으로, 역사적 상황을 객관적으로 형상화하였다. 이것이 홍사용의 작품이 대중적으로 인정받지 못하는 한 이유가 되기도 하였을

---

60 이 같은 극적 재구성의 효과에 대해서는 다음 논문에서 상세하게 다루고 있다. 김재석, 「홍사용의 「흰 젖」에 나타난 대중화전략」, 『불교문예』 42, 2008.가을, 20~32쪽.

61 산유화회에서 공연했던 「향토심」에서는 그 같은 방식을 일부 사용하였다.

터이다.[62]

「흰 젖」의 주요 갈등은 위태로운 국가상황에서도 변화를 원하지 않는 기존 권력층과 국가의 혁신을 위해 새로운 가치와 흐름을 요구하는 세력 사이에 있다. 전자의 알공은 후자의 이차돈과 대립하는 대표적 인물로서 신라에는 이미 거룩히 밝은 도가 있으므로 불도를 수용할 필요가 없다고 주장하니, 이는 이차돈이 불도에 힘입어 세력을 키워서 권좌를 차지하는 것을 막기 위해서이고, 마찬가지로 성국공주를 욕심내는 것 또한 연모나 정념이 아니라 공주와 결혼하여 왕권을 차지하고 싶기 때문이다.

신라에는 본래의 밝은 도가 있고, 풍월주를 중심으로 왕자를 구하기 위해 순국한 박제상의 헌신과 같이 한때는 거룩하고 진정한 것이었으나 이미 힘을 잃고 말았다. 때문에 성국공주가 쓰러지자 신라 토속신앙의 무당 노선(老仙)은 굿을 하며 신라 토속의 도가 어떻게 쇠퇴하였는가를 들려준다.

노선　(…) 우리의 부리가 어떠한 부리신가. 온누리 모든 것이 모두 다 저 거룩한 동방으로부터 비롯함일세라. 하늘님의 아기시던 씨앗으로 착한 것이 마음이 되고 흰 빛이 몸이 되어 온 누리를 비추어지라. 온 땅을 걸차고 가미로웁게 하여지라. 온갖 것을 싱싱하고 씩씩하게 하여지라고 이 나라에 보내신 거룩하고도 기림 있는 해님의 겨레언마는 흙내를 맡은 뒤부터 영검이 없어지고 미욱한데 무저져서 저절로 이르기를 불쌍한 인간들이로세. (…)

어머니 살려주옵소서. 띠알 사나운 마음과 몸의 무서운 아귀다툼을 눌러 주시옵소서. 불같이 괴로운 시새움의 화살을 뽑아주시어 방여의 칼

62　1942년 박영호는 극단 성군에서 「이차돈」을 상연하였다. 이 연극은 이광수의 소설 『이차돈의 사』에 기반한 것이다. 이광수의 소설은 이차돈의 사랑을 얻기 위한 여성들의 갈등이 중심을 이룬다.

날을 막아주시옵소서. 이제껏 맞는 온갖 궂은 일일랑 거두어 불살러 주시옵고 웅친 것은 풀어주시오며 맺힌 것은 녹이어 주시오며 굳은 것은 느꾸어 주소서. 허룩해진 이 누리를 드잡이해 주시옵소서.

(고개를 내저으며) 그러나 어허 어머니께옵서 손수 해입히신 고운 옷을 시막스러운 우리의 심술로 가리가리 쥐어 찢어 넝마 헌 누더기를 만들어 놓았으니 이제야 그것을 다시 깁고 꼬매어 입히고 거드쳐 주시기를 바랄 수 있으랴. 어허 이제는 여기저기 소담스럽던 귀불주머니도 손때에 절어 끊어 떨어졌고 꽃도 놓고 새도 놓은 타리개 버선은 진창만 함부로 밟어 걸레가 되었고 오목조목 잣누비옷도 오줌똥을 못가리어 너절해졌구나. 어미 젖에 함함이 살찐 타락송아지가 이제는 개밥에 도토리처럼 뒤돌리어 눈총만 맞는 불탄 강아지가 되었으니 어찌하면 좋으료. 이를 어찌하면 좋으료.

—「흰 젖」, 『홍사용전집』, 150쪽

신라는 본래 태양의 겨레로서 '부리'가 있어 하늘님이 아끼시던 씨앗에서 비롯되었다. 여기에서 '부리'는 「조선은 메나리 나라」의 '부리'이다.[63] 그러나 지금은 그 영검이 모두 사라지고 인간은 불쌍하고 초라해졌다. 물론 그렇게 초라해진 것은 심악스러운 우리의 심술 때문이었다. 「나는 왕이로소이다」의 눈물의 왕이 어떤 과정을 거쳐 어떻게 초라해졌는가를 이해할 수 있으려니와, "십년 전 어린애가 다시 될 수 없"게 되었는데 어머니는 다시 "꾸중도 아니 하"시는(「어머니에게」, 『개벽』 37호, 1923.7) 까닭도 납득이 가능하다. 홍사용

---

63 '부리'란 '부루(扶婁)'를 지칭하는 듯하다. 단군의 아들 부루가 어질고 복이 많기 때문에 나라 사람들이 그를 받들어 재신(財神)으로 삼았다. 집 안에 땅을 골라 단을 쌓고 흙으로 만든 그릇에 곡식을 담아서 단 위에 놓아두고 짚을 엮어 덮어놓은 것을 '부루단지(扶婁壇地)'라고 한다. 김교헌, 『신단실기』, 이민수 역, 흔 뿌리, 1987, 44쪽.

의 시세계를 구성하는 원시적 토속세계의 기반을 이해할 수 있는 지점이기도 하다.

노선 (…) 거룩하신 검님이 주신 고운 철 그리운 옛날은 궂은 일에 속고 덧없는 마음에 얽매어 어디론지 사라져 버리었지마는 이제라도 우리의 넋과 우리의 피를 들이부어 고운 마디와 훌륭한 가락으로 이 나라를 어울리게 하는 것이 사람의 힘이며 검님의 뜻일레라. (호령하듯 한다) 어둡던 땅에 먼동을 터주시고 환한 햇볕이 이리 내려 쪼이심은 아직도 두굿기시는 사랑이 남으사 어둠의 홑이불을 걷어치우고 안가슴을 버리어 싸안아 주고자 하심이니 거룩히 흘려주시는 흰 젖을 받아서 겨레의 씨앗이 던져 넌출 뻗는 곳마다 햇빛이 비치는 나라 땅마다 고로고로 축이여 길고 오랠 목숨을 북돋아 기르랴 함일세. 모름지기 여기에서 힘쓰고 부지런하면 얼마나 거룩하고도 붉은 넋과 깨끗하고도 보얀 피가 깊게 깊게 제기어 디디고 간 곱고 어여쁜 발자욱마다 철철 넘게 고여 있어 어마어마하고도 영검스러운 보람과 자취가 뒷누리까지 길이길이 끼쳐 남아있어 사라지지 아니하리라. 없어지지 아니하리라.

—「흰 젖」,『홍사용전집』, 152쪽

이제 검의 세계는 종료되었다. 그러나 우리 자신을 바친 우리의 메나리로 이 나라를 어울리게 하는 것은 사람의 힘이다. '흰 젖'을 받아 겨레를 축이는 것은 무궁한 목숨을 기르기 위해 꼭 필요한 일이다. 예언자로서 노선은 자신의 세계가 종료되었으며 새로이 '흰 젖'으로 사람을 키울 존재가 도래하고 있음을 예언한다.

즉 '흰 젖'은 단순히 이차돈의 순교로 붉은 피가 희게 솟구친 이적에 그치는 것이 아니라, 그것이 '젖'이 되어 세상을 적시고 생명을 기른다는 점이 중요하였다. 헌신의 의미는 목숨을 버렸다는 그 자체가 아니라 그것으로부터 목숨을 키우는 데 있으니, 그것이야말로 사라지지 않을 진짜 보람이며 자취였던 것이다. 따라서 성국공주는 극적 중요성에도 불구하고 이차돈과 적극적인 로맨스는커녕 대면조차 않는다. 이는 국가의 번영, '성국(盛國)'조차도 인간의 목숨을 키운다는 목표, 중생의 구제라는 목표 속에서는 넘어서야 할 마장이나 다름없기 때문인 것이다.

이 같은 주제의식은 아예 왕좌와 가족을 버리고 중생의 구제를 위해 출가하였던 '불타의 일대기'를 다룬 「출가」에서 극대화된다. 홍사용이 석가의 출가를 다룬 작품으로 다시 연극을 시작한 것은 1936년이다. 예천좌를 스스로 조직하여 1936년 1월 27일부터 30일까지 장곡천정 공회당에서 자신의 작품 2편을 상연하였다. 당시 『조선일보』는 다음과 같이 이 사실을 전하고 있다.

극단 예천좌서 종교극을 공연, 시인 홍노작씨의 주재하에

일찍이 우리 시단, 극단에 영명을 날리던 홍노작 씨 10년 가까이 침묵을 지켜서 매양 사계에 관심 있는 사람으로 하여금 그 종적을 궁금하게 하더니 근자에 와서는 다시 그 침묵을 깨뜨리고 정예한 신인들을 모아 예천좌라는 신극운동단체를 만들어가지고 다시 중인의 기대 속에 나타났다. 씨의 이 방면에 대한 경력이라든지 업적은 새삼스러이 소개할 것이 다 아는 바이지만은 금번에는 오랫동안 은거해 있으면서 연구를 거듭한 나머지이니까 이 극단에는 자못 적지 않은 기대를 가질 수 있을 것이다. 앞으로는 어떠한 고난이 가로 막히더라도 끝까지 우리 신극운동을 위해서 헌신적 노력을 하겠다고 하며 금번 첫 공연에는 홍노작의 자작 연출인 종교극 「태자의 출가」와 「명성이 빛날 제」라는 두 편을 상연하리라고 하는데 그 공연일자와 장소와 레퍼토리는 다음과 같다고 한다.

공연일자 1월 27일부터 30일까지, 매일 오후 7시(구정월 4일부터)

공연장소 장곡천정 공회당

상연희곡 홍노작 원작 「태자의 출가」(불타일대기)(전 3막 5장), 홍노작 원작 「명성이 빛날 제」(전 3막)[64]

1928년 발표한 「흰 젓」이 이미 불교연극이었으니, 예천좌를 조직하고 첫 공연으로 '불타의 일대기'라는 부제가 붙은 「태자의 출가」를 상연한 점이 이상하지 않다. 아쉬운 것은 함께 상연했던 「명성이 빛날 제」인데 어떤 내용인지 전혀 짐작조차 할 수 없다. '종교극'이라는 수사가 「태자의 출가」에 한정되는 것이 아니라 「명성이 빛날 제」까지 포괄하는 것일까? 1936년 1월 27일 『매일신보』에 실린 예천좌 기사는 '성극(聖劇)' 「명성이 빛날 제」라고 하였으니 이 또한 일단 불교적인 작품으로 보아야 할 것 같다. 다만 이 또한 1회적이었던 듯 더 이상 공연 기록은 이어지지 않는다.

그리고 이때의 공연작 「태자의 출가」와 연관하여 또 하나 확인되어야 할 사실이 1928년 4월 초파일 경축행사로 「태자의 출가」가 수송동 공회당에서 공연되었다는 언급이다. 이 또한 당대의 어떤 기록에서도 확인되지 않고 있으나 여러 연구에서 무비판적으로 답습되고 있으니, 그 시작은 김용성의 『한국현대문학사탐방』이었다.[65] 이 저서는 김용성이 1972년 『한국일보』에 연재했던 특집 기사를 정리한 것이다. 전국을 누비며 열정을 다하여 쓴 기사였고 연구자들이 쉽게 수집할 수 없는 기록을 풍부하게 포함하고 있으나 모든 것이 학문적 엄정함을 갖고 기술되었다고 볼 수는 없다. 김용성은 여기에서 "불교사 2층에 방을 얻어 불교 잡지 『여시』를 했으나 2호만에 그쳤고[66] 다만 여기에 희곡 「할미꽃」을 발표했다. 그리고 28년 4월 초파일 경축행사의 하나로 「태자의 출가」를 써 공연했고 이차돈의 죽음을 그린 「흰 젓」을 썼다"고 기술하였다. 또한 불교사 2층에 있으면서 초파일 경축행사로 「출가」를 공연했다면 잡지 『불교』의 휘보에 소개되었을 터인데 이 무렵의 『불교』지는 물론이요 여타의 관련 문헌에서도 그 같은 사실은 확인할 수 없다.[67] 이

64   『조선일보』, 1936.1.26.
65   김용성, 『한국현대문학사탐방』, 국민서관, 1973, 126쪽.
66   현전하는 『여시』는 창간호뿐이다.

것이 불교사 주최의 기념공연으로 진화하여 장곡천정 공회당이 수송동 공회당으로 왜곡되었으니, 일제강점기 경성의 공회당은 장곡천정, 즉 오늘날의 소공동에 소재하고 있었다. 수송동에는 당시 불교계에서 운영하던 보성고등보통학교가 혜화동으로 이전한 후 그 교사에 중앙교무원, 불교사, 조선불교소년회 등이 입주하였으니, 수송동 공회당에서 공연이 있었다는 기록은 불교사 주최라는 조합에서 만들어진 것 같다. 이 사실을 확인할 수 있을 때까지 「출가」가 처음 발표된 것은 1936년 예천좌의 「태자의 출가」(불타일대기)로 한정해야 할 것이며, 이것이 오히려 「출가」로 개제되어 1938년 조선일보사의 『현대조선문학전집』에 실렸다고 보는 것이 타당할 것이다.

1922년 헤르만 헤세가 소설 『싯다르타』에서 출가를 앞둔 석가의 인간적 갈등에 주목한 이래 석가를 인간적 욕망을 극복한 특별한 인간으로 형상화하는 경향은 일반적인 것이 된다. 1934년에는 일본의 무샤노코지 사네아쓰(武者小路實篤)의 『석가모니전(釋迦牟尼傳)』이 발표되었다. 이는 당시의 출판 지형을 생각하면 조선에도 소개가 되었을 것으로 짐작할 수 있다. 이 또한 석가의 출생이 중생의 구제를 위한 필연이라는 사실과 석가의 빼어난 재능과 특출한 자비심의 기술에 많은 지면을 할애하면서도 평범한 인간을 혐오스럽게 바라보는 영웅적 시선에 기반하고 있다.[68] 물론 이즈음 잡지 『불교』에는 여전히 경전과 『석보상절』에 기초한 「세존일대긔」가 소개되고 있었으니,[69] 근대문학에서 '부처'가 인간으로 재발견되는 한편으로는 신성으로서

67　근대 불교의 역사를 사건별로 상세히 볼 수 있는 문헌은 다음과 같다. 그러나 두 문헌 모두 초파일 경축공연에 관한 정보는 담고 있지 않다
　　　정광호, 『한국불교최근백년사편년』, 인하대 출판부, 1999.
　　　대한불교조계종 교육원 불학연구소, 『한국근현대불교사연표』, 대한불교조계종 교육원, 2000.

68　武者小路實篤, 『석가의 생애와 사상』, 박경훈 역, 현암사, 1990.

69　오관수, 「세존일대긔」 1~5, 『불교』, 1932.5~12.

종교적인 석가 또한 온존되고 있었던 것이다.

석가의 일대기를 다루는 당대의 그 같은 경향 안에서 홍사용의 「출가」는 출가에 이르기까지 실달태자가 겪은 갈등에 집중하고 있다. 「출가」에서 보여주는 실달태자의 인간적 면모는 고통스러운 문제를 해결하지 못하는 인간의 일반적 고뇌와 가까운 가족에 대한 측은지심으로서 성욕, 애욕, 우월의식 등으로 표현되는 석가의 갈등과는 다른 것이다.

탐욕스러운 부자와 살기 위해 그악스러워지는 걸인은 안쓰럽지만 모두 추하다. 그 와중에도 걸인들은 태자가 걸인을 구제하고 나은 삶을 약속해주길 바란다. 태자는 늙고 병들고 죽는 인간의 운명을 발견하고 고뇌한다. 이를 보여주는 서장을 서연호 교수는 지나치게 장황하여 극적 밀도가 떨어지게 되었다고 비판하였는데, 이는 극작술로 보자면 비교적 타당한 지적이지만 '성국'조차도 인간을 위한 삶에서는 넘어서야 할 대상이라고 본다면 다른 해석이 가능하다. 극 첫머리에서 보여주고자 했던 현실은 고뇌의 근원이다. 실달태자는 그 때문에 아름다운 아내뿐만 아니라 늙은 부모, 어린 아들, 가족 전체라는 마장을 넘어 해법을 찾아서 출가를 단행한다. 즉 헤세나 무샤노코지의 석가와는 달리 홍사용의 석가는 자신의 인간적 욕망에 갈등하는 것이 아니라 다시 중생의 구제를 위한 방법을 찾기 위해 갈등하는 것이다.

> **태자** (묵연히 야수다라의 손을 잡아 일으켜 세우고 엄연히) 야수다라여, 나라도 망할 수 있는 것이며 사람은 죽는 것이오. 시방 나는 그것을 구제키 위하여 영원불멸의 국토와 생명을 찾아서 가는 길이니 차라리 기꺼워할지언정 조금도 서러워는 하지 마시오.
>
> ─「출가」, 『홍사용전집』, 152쪽

인간을 중심에 두는 근대문학의 발전방향을 우선한다면 이는 물론 진부하다. 그러나 나라에도 흥망성쇠가 있고 살아 있는 것은 나면 반드시 죽는다는 진실을 대면하는 식민지의 작가는 무엇을 할 수 있었을까? 「향토심」에서 부터 꿈꿔왔던 모든 인간이 잘사는 '대동세상'은 구체적 구상을 얻지 못했지만 개인적 결단만이 그 시작이 될 수 있음을 믿고 있었다고 하겠다. 홍사용이 1930년대 이후 간헐적으로 연극계 및 문단에 돌아왔을 뿐, 불교의 처사와 같이 유랑하면서 엄혹한 시기를 견뎌낸 것 또한 이 같은 인식의 연장이었다고 할 것이다.

덧붙여 홍사용이 「김옥균전」을 집필하다가 중단했다는 이력에 대해서 언급해두어야겠다. 자제 홍규선은 1939년에 홍사용이 「김옥균전」을 집필하다가 총독부의 개입으로 원고를 압수당하고 주거제한까지 받았다고 회고하고 있고,[70] 이 또한 여러 문헌에서 답습하고 있다.

1940년 2월 25일 자 『조선일보』는 동양극장이 연극제를 거행하면서 호화선과 청춘좌가 연이어 「김옥균전」을 상연한다는 소식을 싣고 있다. 이때 호화선의 연출을 홍사용이 맡았다는 것이다. 그러나 정작 3월이 되자 연극제가 연기되었다는 사실이 보도된다.[71] 그런데 흥미로운 것은 송영 씨 작 「김옥균전」이라 적시하고 있는 점이다. 작가의 신병으로 상연이 연기되었다는 것인데, 이후 극단 아랑이 제일극장에서 상연한 「김옥균전」은 송영과 임선규의 공동집필작으로 박진이 연출했다. 호화선에서 상연하려던 「김옥균전」이 아랑으로 옮겨 갔던 듯하다. 이 「김옥균전」은 현재 전하지 않고 있지만, 송영과 임선규가 함께 쓰이기도 하고 임선규 단독으로 거론되기도 하는 것을 보면 신병으로 송영이 중단한 작품을 임선규가 고쳐쓰면서 대표집필자로 지시되었을 수도 있겠다. 청춘좌의 「김옥균전」은 예정대로 상연되었으니, 이는 당시로서는 신예이던 김건의 작품을 동양극장 문예부에서 손질하여 홍해성이 연출한 것이었다. 당시 신문 등에서는 이들 작품을 모두 호평하

---

70   홍규선, 「유작 출간에 즈음하여」, 『나는 왕이로소이다』, 근역서재, 1976, 275쪽.
71   『조선일보』, 1940.3.9.

면서 비교하기도 했지만, 대체로는 아랑의 작품이 당시 최고의 스타 황철 등이 출연한 만큼 좀 더 비중 있게 다루어졌었다.

만약 1939년에 홍사용이 「김옥균전」을 집필하고 있었다면, 1940년 2월 송영 원작 「김옥균전」의 연출을 예정하고 있지는 않았을 것이다. 또한 홍사용에 대한 여러 가지 일화를 남기는 가운데에서도 그 같은 충격적 사건을 누구도 거론하지 않고 있다. 좀 더 확실한 근거를 갖고 확정할 수 있기까지 「김옥균전」에 대해서는 그 판단을 유보하고 새로운 정보를 기다려야 할 것이다.

5. 맺음말

본고는 연극인 홍사용의 면모를 조명하고자 하였다. 홍사용은 현재 4편의 희곡을 남기고 있고, 부전 희곡 3편 외에도 여러 작품의 번안, 각색, 연출자로 활약하였다. 최초의 근대적 신극전문단체를 표방했던 토월회의 문예부장을 맡고 있었고 극단 '산유화회'를 창단하였으며 신흥극장, 예천좌, 동양극장 등에 각색, 연출 등으로 관여한 작품이 다수 있어 명실상부한 연극인의 한 명이었다.

우선 연극인 홍사용의 진면목은 '토월회'와 제휴하던 『백조』가 해소된 이후 토월회에 적극 참여하면서 시작된다. '토월회'의 활동 중단 이후, 홍사용은 1926년 '산유화회'를 직접 창단하면서 자신의 창작극 「향토심」을 창단공연으로 선보였다. 「향토심」은 당시 극단적인 혹평을 받았으나 '메나리 정신'을 기반으로 하는 대동세상에 대한 이상을 보여주었다. 이후 홍사용은 1928년 6월 불교잡지 『여시』에 「할미꽃」을 발표하고, 1928년 7월 『불교』지에 「벙어리굿」(전문 삭제)을, 1928년 9월에는 「흰 젖」, 1929년 2월에는 「제석」을 게재하였다. 특히 「흰 젖」은 이차돈의 순교를 다룬 작품으로, 『불교』지의 창간 4주년 기념 주제로 내세운 '이차돈의 순교'를 위해 특별히 창작된 것이었다.

홍사용의 희곡은 백조적 낭만정신에 기초하여 토속성, 현실성, 역사성 등을 문제의식으로 삼고 있으며, 이는 당대 주요한 문학적, 연극적 흐름과 연속되어 있다. 우선 「할미꽃」의 서정성과 낭만주의는 특별한 감수성을 창안해낸 『백조』의 문학적 성취에 연속되어 있다. 부전 희곡이지만 「향토심」과 「벙어리굿」은 토속적인 세계의 보존이라는 주제를 매개로 당대 민중의 삶에 대한 홍사용의 이상적 접근을 보여주고 있다. 이것은 조선문화의 근간을 '메나리'에 두고 이를 문학적 기반으로 소환하였던 홍사용의 시세계와 그의 희곡이 밀접한 연관을 갖고 있음을 보여주는 바이기도 하다. 아울러 「제석」은 몰락한 양반 가문이 천박한 물질만능의 자본주의 세태와 충돌하면서 발생하는 비극적 정조를 잘 포착하고 있으니, 이들의 고단하고 궁핍한 현실은 『백조』 이후의 신경향파에 연속되고 있다고 할 것이다.

　　홍사용의 극적 성취는 불교 소재이면서 역사 소재인 장막극 「흰 젖」과 「출가」로 대표된다. 홍사용의 「흰 젖」은 다른 시대를 한 작품 안에 결합한 기교를 보여준다. 아울러 단순한 남녀의 '삼각연애사건'으로 해석되지 않도록 성국공주와 이차돈의 대면을 제한하였고, 덕분에 국가의 번영을 의미하는 것으로도 볼 수 있는 '성국(盛國)'조차도 중생의 구제를 위한 불교적 목표 속에서는 넘어서야 할 마장처럼 해석될 수 있었다. 이 같은 주제의식은 아예 왕좌와 가족을 버리고 중생의 구제를 위해 출가하였던 '불타의 일대기'를 다룬 「출가」에서 극대화된다. 이것은 「향토심」에서 시도되었던 '대동세상'의 이상이 단순히 시류의 이념이 아니라 홍사용의 깊은 작가의식의 일환이었다는 판단을 가능케 한다.

10 시인 홍사용 희곡의 메나리적 요소

손필영

1. 홍사용의 의식과 시대

"눈물의 왕! 이 세상 어느 곳에든지 설움 있는 땅은 모두 왕의 나라로소이다."[1] 설움 있는 모든 땅을 위해 울고자 했던 눈물의 왕, 홍사용을 민족시인 박두진은 시인적인 영예감과 긍지, 비평안과 신념 같은 것을 가졌던 시인[2]으로 소개했다. 민족시인 박두진이 인정한 홍사용의 신념은 무엇이었을까? 그는 현실의 이면에서 무엇을 바라봤던 것일까? 홍사용은 1922년 1월 『백조』를 창간할 즈음에 수양동맹회[3]에 가입하면서 "무실역행(務實力行)을

---

1 「나는 왕이로소이다」 마지막 구절, 노작문학기념사업회 편, 『홍사용전집』, 뿌리와날개, 2000, 36쪽.

2 박두진, 『한국현대시론』, 일조각, 1973, 59쪽.

3 수양동맹회 기록(1922): "1922년 2월 12일 오후 10시에 수양동맹회 발기회를 경성(京城) 서대문 거리 1가 9번지에서 개최하여 발기인 공동서 약례를 행하였음. 발기인 제1회우 김항작(金恒作). 제2회우 박현환(朴玄寰). 제3회우 김기준(金起濬). 제4회우 곽동주(郭童周). 제5회우 홍사용(洪思容). 제6회우 김윤경(金允經). 제7회우 원달호(元達鎬). 제8회우 강창기(姜昌基). 제9회우 김태진(金兌鎭). 제10회우 이항진(李恒鎭).
서약문: 나는 하늘 신과 땅 사람들 앞에서 오늘부터 수양동맹회의 회우가 되어 무실역행(務實力行)을 생명으로 덕, 체, 지 삼육(三育)을 일생 동안 끊임없이 수련하여 건전한 인격을 완성하기 위하여 노력할 것이다. (…)" 이후 청원에 의해 이광수는 나중에 선서를 따로 하고 입단한다. 독립기념관 한국독립운동사정보시스템, 안창호 문서(http://search.i815. or.kr/Search/HistoryCon.jsp?menu=IDP-ID-001&nKey=9-AH1059-000).

생명으로 덕, 체, 지 삼육(三育)을 일생 동안 끊임없이 수련하여 건전한 인격을 완성"할 것을 선서했다. 이때의 선서는 시인 자신과의 약속이기도 하다. 『백조』의 동인들 중 『백조』 간행이 중단되면서 박영희나 이상화는 힘의 예술로 상징되는 민중적 낭만주의로 방향전환을 하고 박종화는 역사문학으로 방향전환을 하였는데, 홍사용은 극단 토월회의 일원으로 활약하다 토월회가 휴면 상태가 되자 극단 '산유화회'를 창단하게 된다. 일반적으로 퇴폐적인 초월의 상상력을 지닌 『백조』 동인들은 내적으로 초월적 순수성을 매개로 새로운 미학적 질서의 구축에 더 순발력 있게 대처[4]할 수 있는 치열한 동력을 지녔다. 노작 홍사용은 사회주의 인식으로 현실을 대응하는 것보다 무실역행을 실천하기 위해 민족주의 문학을 추구하는 데 가치를 두었고[5] 그 정신의 표현 방식으로 연극을 선택한 것이라 할 수 있다. 그의 연극과의 밀착은 학생극으로 출발한 토월회의 1차 공연 이전부터이다. 김기진은 노작이 1923년 5월에 토월회 1회 공연을 준비하는 합숙 장소[6]에 찾아와서 연습하는 단원들에게 자신의 의견을 말하고 주의도 주었다고 하였고, 또 박승희는 토월회 1회 공연 후인 7월에 빚이 육칠천 원이 되었는데 노작이 액수 없는 수표를 마련해주어 두고두고 고마웠다[7]고 말했다. 시인 홍사용은 아일랜드 시인 예이츠처럼 극작가로서의 기질을 동시에 발현하였다고 볼 수 있다. 아일랜드의 애비극장을 창단한 예이츠는 훌륭한 시는 아무리 짧

---

4   이영섭, 「1920년대 한국시의 근대적 성격」, 『亞細亞 文化硏究』 2, 한국경원대학교 아시아문화연구소, 1997, 84쪽 참고.

5   백조파 시인들이나 토월회 멤버들이 카프에 경도되었을 때 홍사용이 가입한 수양동우회는 기관지 격으로 『동광』(1926년 5월 창간)을 창간함으로써 사회주의 의식을 견제하고 민족주의적 입장을 대변하였다. 오세영, 『한국 낭만주의 시 연구』, 일지사, 1980, 127·376쪽 참고. 노작이 지향한 민족주의 문학은 국가의식과 공동체적 민족적 자각이 표현된 문학을 뜻하는 것으로 노작이 의도했던 문학적 신념은 국민문학파 이념의 실천인 것 같다.

6   김기진, 「토월회와 홍사용」, 『현대문학』 제98호, 1963, 249쪽.

7   박승희, 「토월회 이야기 (1)」, 『사상계』, 1963.5, 341쪽.

아도 극적이어야 한다고 주장하고 민속예술이야말로 모든 위대한 예술의
토양이라고 생각했는데, 영국으로부터 독립을 주장한 그의 시적 희곡은 현
실에 대한 도피와 현실에 대한 강한 갈등과 긴장감[8]을 담고 있다. 예이츠의
이러한 면모는 홍사용이 '메나리'를 통해 추구한 민족문화 의식과 연극으로
형상화한 세계에서도 발견되는데, 특히 설화적인 소재를 극화한 예이츠의
시극처럼 홍사용의 극에서도 설화적 이미지와 리듬 등 시적인 요소를 찾아
볼 수 있다.

　　노작이 '메나리'[9]라고 말하는 우리의 리듬과 넋이 서린 소리는 민요를 포
함한 전통연희 방식에서 볼 수 있는 전통적 모티프이다. 개화기를 지나면서
실외에서 행해졌던 굿이나 연희는 '원각사' 이후 극장이라는 실내로 들어오
면서 그 원형을 상실[10]하게 되었다. 무엇보다 동대문이 헐리고 경성에 전철
이 다니면서 생긴 도시공간과 소비문화는 전통연희로 대중문화의 근간을
이루었던 상황을 밀어낼 수밖에 없었다.[11] 더욱이 개인의 정서를 표현하는
제시(製詩) 방식도 소리로 듣기보다 신문이나 잡지의 발간에 의해 보거나

8　　이세순, 「W.B. 예이츠의 극시 메이브 여왕의 노년 연구」, 『한국 예이츠 저널』 13, 2000,
　　13쪽.

9　　"무당의 〈제석거리〉는 13도 곳곳마다 다— 같지 않다 한다. 또한 고전극 그대로를 아직껏
　　지니고 내려온 소리도 많으니, 〈심청전〉, 〈춘향전〉, 〈흥부전〉, 〈토끼전〉 그런 것은 말할 것
　　도 없거니와 중들이 부르는 염불, 회심곡, 한 무당이 부르는 푸리나 거리, 장돌뱅이의 장타
　　령, 재주바치의 〈산대도감〉, 〈꼭두각시〉, 무엇 무엇 그것도 헤일 수 없을 만치 퍽 많다. 가슴
　　이 날뛰는 영남의 〈쾌지나 칭칭 나네〉도 좋다만은 뼈가 녹고 넋이 끊어질 듯한 평안도 〈배
　　따라기〉도 그리웁구나. 화투불 빛에 붉은 볼을 화끈거리며 선머슴이나 숫색시가 밤을 새
　　워 보는 황해도 〈배뱅이굿〉은 얼마나 즐거운 일이냐. 평안도 〈다리굿〉의 〈아미타불〉도 또
　　한 가닥 눈물이었다. 김매는 〈기심노래〉, 베 매는 〈베틀가〉도 좋지 않은 것이 없으며 남
　　쪽의 〈산유화〉, 북쪽의 〈놀량사거리〉도 진역(震域)에서는 가장 오래인 소리로 그 음조만으
　　로도 우리의 넋을 힘 있게 흐늘거린다." 「조선은 메나리 나라」, 『홍사용 전집』, 320쪽.

10　　유민영, 『한국 연극운동사』, 태학사, 2001, 21·44쪽.

11　　위의 책, 22·50쪽.

읽는 형식으로 개화기 이후 진행된 형식적 변화[12]도 3·1운동 이후 정착하게
된다. 이러한 시기에 시인 홍사용이 토월회라는 극단에 참여하고 이후 산유
화회를 창단하여 극을 쓰며 '메나리'를 강조했던 것은 자연스러운 일일 것
이다.

2. 희곡과 메나리

홍사용은 먼저 시를 통해 민족적 리듬을 찾아보려고[13] 했다. 그래서 사설
시조처럼 소리와 통사구조의 반복을 통해 리듬을 형성하고 2, 3음보와 그 변
형으로 호흡을 조절[14]했다. 그는 전통적인 소리내기 방식인 판소리나 전통
연희에서 생산해낸 리듬과 정서를 바탕으로 자신의 시를 주조하였다. 노작
은 「조선은 메나리 나라」(1928.5)에서 지역마다 다른 타령, 염불, 회심곡이나
김맬 때 부르는 〈기심노래〉, 〈산유화〉, 〈놀량사거리〉는 음조만으로도 우리
의 넋을 녹인다고 했다. "사람들의 고운 상상심과 극적 본능은 저의 환경을
모두 얽어 넣어 저의 한 세계를 만든다"[15]라는 메나리를 홍사용은 이미 『백
조』에서 민요 〈시악시 마음은〉(1922.5)을 소개하고 민요조의 시 「봄은 가더
이다」(1922.5), 「흐르는 물을 붙들고서」(1923.9) 등을 발표할 때부터 의식하고
있었다. 그의 대표적인 시 「그것은 모두 꿈이었지마는」이나 「나는 왕이로소
이다」 등도 호흡이 2음보와 3음보의 변형이다. 노작의 민족적 리듬에 대한
추구나 민요에 대한 경도는 단순히 시가 가진 리듬적인 측면만을 고려한 것
을 의미하지 않는다. 이는 1920년대 문단의 화두였던 국민문학론자들의 민

---

12   김준오, 『시론』, 삼지원, 2009, 55쪽 참고.
13   송재일, 「홍사용 문학 연구」, 충남대학교 박사학위 논문, 1989, 65쪽 참고.
14   위의 논문, 55~63쪽 참고.
15   『홍사용 전집』, 317쪽.

족문학론을 실질적으로 실현한 것이라 할 수 있다.

구인모는 "일본 메이지기와 다이쇼기의 문학론들의 '향토의 냄새', '흙의 냄새'에 상응하는, 1920년대 조선의 국민문학론의 '조선심', '조선적 정조', 혹은 '조선의 넋' 등이, 일본의 경우와 같이 공동체의 원초적인 감각의 형태로 현존하는 것이 아니라, 대단히 모호하거나 관념적인 것이었다"라면서 1920년대 김억, 주요한, 이광수 등이 주장한 국민문학론의 실제적인 실현을 부정적으로 보고 있다.[16] 왜냐하면 이들은 음수율을 강조하는 정형시적인 형식을 시도하거나 시조를 대안으로 찾았기 때문이다. 그러나 홍사용은 '조선심'을 구체적으로 이미지화하는 극을 선택했다. 1924년 홍사용이 토월회에 참여하면서 썼다는 부전하는 「산유화」는 그 내용을 알 수 없으나, 그가 창단(1927)한 극단의 '산유화'라는 명칭은 이 시기에 상징적 의미를 갖는다. 이는 앞에서부터 말한 「조선은 메나리 나라」라는 글에서 강조한 그의 예술관을 구체적으로 보여주고 있기 때문이다. 백제 때부터 불러오던 〈산유화〉가 폭넓게 지속적으로 전해 내려오면서 '산유화'는 민요를 뜻하는 일반적인 이름이 되었고, 부여와 선산, 예산 등의 지역에서 불리는 〈산유화〉는 각각 다른 가사와 후렴구를 지니지만 공통적으로 '꽃이 핀다' 혹은 '달이 뜬다'라는 생성과 '꽃이 진다', '달이 진다'라는 사멸의 자연원리를 담고 있어 우주질서의 순환을 상징한다.[17] 따라서 '산유화'는 오랫동안 우리 민족이 지녀온 자연관이나 생관을 드러내고 있다고 할 수 있다. 또한 〈산유화〉는 최남선이 간행한 『소년』에 소개할[18] 정도로 친숙했으므로, 국민문학론을 주창하던 김억의 제자인 소월도 조선적 리듬을 찾기 위해 「산유화」[19]를 창작했고, 노작도

---

16 구인모, 「韓國近代詩와 '國民文學'의 論理」, 동국대학교 박사학위 논문, 2005, 156~157쪽.

17 박혜숙, 「〈산유화〉의 창작 근원과 상징 구조 연구」, 『문학한글』 4, 1990, 145쪽.

18 최남선, 『소년』 제1호, 1908, 11·15~16쪽.

19 김소월, 『진달래꽃』, 매문사, 1925.

조선적 리듬과 넋을 상징하는 '산유화'를 극단의 정신으로 설정했던 것이다. 이 극단 산유화회의 창립공연작인 「향토심」은 국민문학론자들이 찾고자 했던 '조선심'이나 '향토심'을 노작 홍사용이 구체적으로 형상화한 것으로 볼 수 있다. 「향토심」은 부전하나 『동아일보』에 비교적 자세하게 그 줄거리가 실려 있다. 향토심을 가진 명호를 중심으로 시골로 내려간 청년들과 그곳에 사는 여성들의 사랑이 중심 내용을 이루는데, 1막 끝에는 나무꾼의 미나리(메나리)와 박이춤으로 난장이 벌어지고, 2막은 삼각관계가 드러나고, 3막은 고향을 떠났던 명호 아버지까지도 "푸른 벌판 위에 웃음의 꽃이 짙은 곳" 고향으로 돌아간다고 정리되어 있다.[20] 이 극은 조선의 민요가 "글도, 말도, 시도 아니라 조선의 넋일 뿐"이라면서 조선인의 '넋'을 누누이 강조했던 노작 홍사용의 정신을 그대로 드러낸 것이다. 노작은 이 극을 통해 무엇을 어떻게 해야 한다는 구호나 주장을 외치기보다 마음의 즐거움을 느끼는 고향이라는 공간을 감각적으로 보여주고 있다. 박진은 극단 산유화회에서 공연한 「향토심」에 대해 "미려한 시적 문장과 강렬한 민족의식을 고취한 작품"이었으나 공연으로는 실패했다고 회고하면서, 명문장이었지만 독백이 너무 많아 관객들의 여기저기서 코 고는 소리와 들어가라고 고함치는 소리가 객석에서 들려올 정도[21]였다고 했다. 연출과 극 진행의 실수로 인한 공연 자체 문제가 있었다지만 무엇보다 긴 독백 중심의 작품이 관중들과 상응하지 못한 것이 문제였던 것 같다. 귀납적으로 신화와 장르 이론을 설파한 노스롭 프라이는 소설이나 서사적 장르는 이야기의 플롯에 중점을 두고, 시나 비평적 에세이 장르는 주제에 중점을 두기 때문에 독자가 서사적 양식에서는 결말을 궁금해하고 서정적 양식에서는 주제를 궁금해한다[22]라면서 장르의 원론적

---

20   『동아일보』, 1927.5.21.

21   박진, 『세세년년』, 세손출판사, 1991, 41쪽.

22   노스롭 프라이, 『비평의 해부』, 임철규 역, 한길사, 1983, 79쪽.

차이를 시사했다. 극으로 공연된 작품이지만 홍사용이 이 극을 주제 중심적으로 형상화했다면 시극적인 면모를 포함한다. 나아가 시는 정서의 기술이며 시의 '축자적' 의미는 개개인 시인이 품고 있는 정서에 대한 주장에서 기원[23]한다는 프라이의 견해는 홍사용이 여러 형식의 문학작품을 형상화했더라도 그는 각각의 문학적 형식을 통해 시인으로서 정서를 드러낸 것이라는 근거를 마련한다. 따라서 당시 관객은 관극을 통해 결말로 이어지는 행동을 보려 했다면 홍사용은 자신이 말하고자 하는 바를 이미지로 형상화하여 극을 진행했으므로 관객과 작가의 기대가 어긋나 있었다고 볼 수 있다. 정서나 이미지를 통한 주제 중심의 극을 끌어가는 양식은 내면의 가시화라는 표현주의 극[24] 작품에서 드러나지만 홍사용이 이러한 형식을 이론적으로 습득해서 쓴 것이라기보다 본능적인 시인 감각으로 이미지를 극화하였다고 볼 수 있다.

　　서울성 중에는 어느 동네 누구의 집에서인지도 몰라도 가장 지악한 독약을 감추어 두었던 것이다. 그래 그 약의 독기는 안개같이 몽롱하게 품기여 골목골목집 집마다 한 군데도 빼어놓지 않고 샅샅이 찾아다닌다. 그리하여서 그 독기에걸리는 사람이면은 아무든지 모조리 고치지 못할 깊은 병이 든다. 순박한 농민도 서울에 오면은 날탕패가 되어버리고 순결한 처녀도 서울에 오며는 유랑녀가 되어버리고, 팔팔하게 날뛰던 청년도 서울에 오면은 불탄 강아지가 되어 버린다. 뻣뻣던 이는 쓰러져 버리고 부지런하던 이는 게을러 버리고 정성이 있던 이는 맥이 풀리어버리고 웃음을 웃던 이는 눈물을 짓게 되고 단단한 결심을 가지고 온 이는 봄눈 스러지듯이 슬며시 풀리어버리게 되는 곳이 곧 지긋지긋한 서울이다.

　　(…)

23　　위의 책, 138쪽.

24　　오스카 G. 브로케트, 『연극개론』, 김윤철 역, 한신문화사, 1989, 454쪽.

아 — 청솔밭 밑 황토밭가 실버드나무 우거진 속의 한 채의 초가 우리집이 그리
웁다. 보리 마당질 터에서 돌이께를 엇메이는 농군의 얼굴이 그리웁다. 물동이를
이고 가는 숫시악시의 사랑이 그리웁다. 나는 모든 것이 그리워 못 견디겠다…….

　　　　　　　　—「그리움의 한 묶음」,『홍사용 전집』, 278~281쪽

향토에 대한 그리움을 토해낸 위의 수필에서 시인의 극심한 갈등을 볼 수
있다. 1920년대 당시의 서울을 그는 혐오한다. 순박한 농민도, 순결한 처녀
도, 팔팔한 청년도 모두 서울만 오면 자신의 본질을 잃어버리고 고치지 못
할 깊은 병에 걸리는 현실을 보면서 노작은 자연과 사람이 살아 있는 고향으
로 돌아갈 것을 희망한다. 이것이 희곡 「향토심」의 주제이다. 자본과 소비로
이루어진 도시의 삶이 사람을 망가뜨리고 있으므로 농촌으로 돌아가서 다
시 자연의 일부가 되어 병을 회복하길 바라는 소박한 생각을 드러내고 있다.
「향토심」은 시인의 정서를 극화한 것으로, 사건의 결말을 이야기하는 플롯
중심의 서사보다 극을 통해 무엇을 말하려고 하는가 하는 주제 중심으로 읽
는다면 깊이 이해할 수 있을 것이다.

3. 노작 희곡의 특성

노작은 「향토심」 이후 『여시』에 「할미꽃」(1928.6)을, 『불교』에 「벙어리굿」
(1928.7, 전문 삭제), 「흰 젖」(1928.9), 「제석」(1929.2)을 발표하였다. 「할미꽃」은
병원을 배경으로 젊은 의사와 간호부들, 사고로 죽음을 맞게 되는 노인이 등
장한다. 병원 기념일에 맞춰 각 과마다 공연을 해야 하기 때문에 두 명의 간
호부와 의사는 각본을 써야 하는 문제를 안고 있다. 이 와중에 의사 장대식
은 생활력과 인간의 의지가 어떻게 작용하는가에 대한 문제를 의사회에 제
출할 논문 주제로 잡고 고민 중이다. 사고로 실려 온 죽어가던 노인은 자신
이 죽어 천국에 와서 아내를 만났다는 생각에 기운을 차리다가 아니라는 말

에 실신을 한다. 이는 사실보다 생각이 더 중요하게 작용하고 있음을 보여준다. 노인이 죽자 장대식은 각본도 완성이 되었고 논문의 재료도 얻게 되었다고 말하며 연극이 끝날 때까지 죽은 사람도 산 사람으로 보자고 제안하고 다음과 같은 해프닝으로 극을 맺는다.

장대식　흰옷 입은 할미꽃.
　　　　　(한 발자국 걸으며)
도은옥　피기도 전에 스러진 할미꽃.
　　　　　(한 발자국 걸으며)
정영명　늙기도 전에 꼬부라진 할미꽃.
　　　　　(걸음을 걷는 대로 시체의 머리는 근뎅근뎅)
　─「할미꽃」,『홍사용 전집』, 108~109쪽

죽은 사람이 산 사람처럼 양쪽에 부축을 받고 건들건들 춤을 춘다. 설화와는 무관한 내용이지만 할미꽃이라는 소재가 설화적 친숙함을 제공하는 가운데, 삶과 죽음이 보는 시각에 따라 다르다는 시적 역설을 연극이라는 장르로 이미지화했다. 사실과 생각 사이에서 갈등은 생각으로는 죽은 자나 산 자가 차이가 없다는 당대에 대한 시인의 의식이 반영된 것이라고도 할 수 있다.

발표하기 전에 전문이 삭제된 희곡 「벙어리굿」(1928.7)을 "'어느 날 어느 시대 서울 종로의 종이 울리면 나라가 독립한다' 하여 경향에서 종각 언저리에 모여 말은 못하고 벙어리 노릇 하며 기다리는 수작(秀作)이었다"[25]라고 연출가 박진은 회고하였다. 실제 종은 울리지 않았으나 사람들이 모여 기다린다는 것은 이미 종이 침묵으로 울려 독립을 염원하는 마음을 모아 한판 굿판을 벌이고 있는 내용을 추측하게 한다. '침묵'과 '소리'의 결합은 아이러니

25　박진, 앞의 책, 204쪽.

적이며 시적이다. 인경(人定)은 전통적으로 설화의 모티프이고 굿이라는 형식도 제의적 요소를 지니고 있어 상연되었다면 당시 문화적으로 다른 기운을 불러왔을 것이다.

「제석」은 섣달그믐 저녁과 밤을 배경으로 몰락한 양반 가문 사람들이 물질만능 자본주의의 비열한 세태에 극단적으로 몰려 겪게 되는 비참한 상황을 상징적인 이미지와 결합하였다. 현실의 고단하고 궁핍한 삶의 반영은 홍사용의 체험[26]에서 연유된 것이라고도 할 수 있는데 이 작품 속에는 또 다른 이야기가 등장한다. 한 나라 임금님의 모든 것을 거짓말 바람이 나타나서 하나씩 먹어치우다가 결국에는 다 먹어버린다는 이야기는 동화적이기도 하지만 당대의 현실에 대한 메타포(은유)이며 이 집안의 어린 손녀가 장차 당할 일을 상징적으로 보여준다.

정수　　그래 그 거짓말이라 날마다 임금님에게로 도적질을 하러 가는데 그것이 무엇 같을고, 옳지 참, 그것이 가만히 똑 바람처럼 아주 저렇게 부는 바람이 되어서…… 그래 솨― 하는 그 얄궂은 바람이 한 번 임금님 대궐에 스르르 불 적마다 무엇이든지 영락없이 없어져 버리는구나. 솨― 하는 바람이 맨 첫번 불 적에는 늙은 할아버지가 죽고 두 번째 솨― 하고 불 적에는 귀여워해 주던 아버지가 죽고 세 번째 솨― 하고 불 때에는 (창밖에서 멀리 "여보시오" 부르는 소리) 무척 사랑하던 어머니가 죽고.

　　　　　　　　　　　　　　　　　　　―「제석」, 『홍사용 전집』, 120쪽

26　「귀향」(『불교』 53호, 1928.11)에는 고향의 재산을 가져다 모두 써버리고 7년 동안 국경지대를 넘어 간도로 유리걸식하던 '나'가 등장한다. 나는 천신만고 끝에 겨우 고향에 돌아갔으나 자신 때문에 가난해진 살림을 보면서 매형의 눈치 때문에 다시 떠날 것을 생각한다. 전집(『홍사용전집』, 281~297쪽)에는 수필로 분류하였으나, 연구자들은 분량이 길어 자전적 소설로 보고 있다.

집안의 어른이지만 가난 때문에 그 역할을 할 수 없는 할아버지 정수가 어린 손녀에게 모든 좋은 것을 다 가진 임금님은 거짓말이 없어서 거짓말한 테 모든 것을 도둑맞는다는 옛날이야기를 해주는 부분이다. 이야기 속에서 거짓말이 도둑질해 가는 것은 물질이 아니라 '사람'으로 노작이 사람과 가족을 가장 귀히 여기고 있음을 드러낸다.

이러한 시인의 인식처럼 가난 때문에 1930년대에는 가족이 해체되고 유이민이 많이 발생하였다는 것은 주지의 사실이다. 이광수를 위시한 국민문학론자들이 조선인의 공통 심성으로서 '조선심'을 감각적으로 표상하는 사명을 충실히 이행하지 못할 때[27] 노작은 「흰 젖」(『불교』, 1928.9)을 통해 특히 이광수가 이루지 못한 민족적 심성의 개조에 이르는 인물을 제시한다. 불교 소재이면서 역사 소재인 장막극 「흰 젖」과 「출가」에서 모두가 우러러볼 새 조선 사람을 보여주었다고 볼 수 있다. 홍사용은 『삼국유사』의 「아도기라(阿道基羅)」와 「원종흥법 염촉멸신(原宗興法 厭觸滅身)」 조의 사건을 혼합하여 이차돈의 죽음을 재구성했다. 이차돈의 순교를 다룬 「흰 젖」의 주요 갈등은 변화를 원하지 않는 기존 권력층의 욕망과 국가와 백성의 성장을 위해 새로운 가치를 추구하고자 하는 이차돈의 의지가 충돌하면서 발생한다. 그런데 작품 앞부분에 나오는 국가의 위기를 상징하는 성국공주의 위태로운 상황을 해결하기 위해 신성한 공간인 영지에서 접신한 무당 '노선'의 대사는 익숙한 이미지를 보여준다.

노선   어머니 살려주옵소서. 띠알 사나운 마음과 몸의 무서운 아귀다툼을 눌러주시옵소서. 불같이 괴로운 시새움의 화살을 뽑아주시어 방여의 칼날을 막아주시옵소서. 이제껏 맞는 온갖 궂은 일일랑 거두어 불살러주시옵고 웅친 것은 풀어주시오며 맺힌 것은 녹이어주시오며 굳은 것은

---

27   구인모, 앞의 논문, 198쪽.

느꾸어주소서. 허룩해진 이 누리를 드잡이해 주시옵소서. (고개를 내저으며) 그러나 어허 어머니께옵서 손수 해입히신 고운 옷을 시막스러운 우리의 심술로 가리가리 쥐어 찢어 넝마 헌 누더기를 만들어 놓았으니 이제야 그것을 다시 깁고 꼬매어 입히고 거드처주시기를 바랄 수 있으랴. 어허 이제는 여기저기 소담스럽던 귀불주머니도 손때에 절어 끊어 떨어졌고 꽃도 놓고 새도 놓은 타리개 버선은 진창만 함부로 밟어 걸레가 되었고 오목조목 잣누비옷도 오줌똥을 못 가리어 너절해졌구나. 어미 젖에 함함이 살찐 타락 송아지가 이제는 개밥에 도토리처럼 뒤돌리어 눈총만 맞는 불탄 강아지가 되었으니 어찌하면 좋으료. 이를 어찌하면 좋으료.

　―「흰 젖」, 『홍사용 전집』, 150쪽

신라 토속종교의 제사장인 박수 노선이 영신하는 장면은 「나는 왕이로소이다」뿐만 아니라 노작의 시에서 수없이 등장하는 어머니[28]께 하는 호소로 호흡과 이미지가 유사하다. 어머니를 생명의 근원으로 보고 있기 때문에 박수인 노선이 영적인 어머니를 갈구하나, 극의 문제적 상황은 시와 달리 어머니와의 관계가 끊어진 상황과 처지이다. 노작이 신과 인간을 연결하는 매개자를 시인처럼 설정한 것은 그의 의식을 포함한 중요한 의미를 드러내며 그의 신념과도 관계된 일일 것이다. 그리고 극 중에 박수는 이제 신라의 도가 무너져서 이 땅은 하늘과의 관계가 끊어졌으나, 거룩한 도가 누군가의 희생을 통해 이 나라에 뒤덮일 것을 예언한다. 구체적으로 그는 이차돈의 순교를 조명하며 이차돈에게 자신의 역할을 맡기고 사라진다. 초여름부터 팔월 초닷새를 시간적 배경으로 하고 있는 이 희곡도 노작의 다른 작품과 마찬가지로 주제의식이 강조된 작품이다. 역사적 설화를 통해 알고 있는 사실을 시적

28　송재일, 앞의 논문, 87쪽.

정서로 구성하고 실제로 삽입 시가(극 중에 처음과 절정과 끝에 3편)[29]를 넣음으로써 노작은 자신이 말하고자 하는 바를 극을 통해 주장한 것이라 할 수 있다. 노작 홍사용은 이차돈의 희생으로 성숙한 세계를 맞이할 수 있었던 역사적 사건을 당시 현실에서도 희구했다고 볼 수 있다.

이것은 1923년의 「나는 왕이로소이다」에서 시적화자가 열한 살 먹던 날인 정월 열나흗날 맨 잿더미로 그림자 보러 갔을 때 자신을 "모가지 없는 그림자"라고 동무들이 놀려서 울었던 것과 비교하여 볼 수 있는데, 시적화자의 목이 없는 이미지는 이차돈이 목이 잘려 죽은 것처럼 희생을 의미한다. 시인의 내면에는 이러한 인식이 오랫동안 자리하고 있었음을 확인할 수 있다. "시왕전에서도 쫓기어 난 눈물의 왕이로소이다…", 죽었지만 아직 죽음에 이르지 못한 시적화자 '나'는 현재화된 이차돈의 다른 모습이라 볼 수 있다.

기록의 정리가 필요하므로[30] 작품 인쇄를 중심으로 보면 1938년 조선일보사의 『현대조선문학전집』에 실린 「출가」는 출가에 이르기까지 싯달태자가 겪은 갈등에 집중하지만, 석가 자신의 갈등보다 육친으로 남편으로 끈을 놓지 못하는 현실의 행복을 추구하는 사람들의 인연과 모든 사람의 고통스러운 삶의 문제를 해결하고자 하는 태자의 결연성이 갈등으로 나타난다. 태자는 가난하고 늙고 병들고 죽는 인간의 운명을 발견하고 고뇌하다 자신이 아무리 왕자라고 하더라도 현실에서는 근본적인 이 문제를 해결할 수 없으므로 그 해법을 찾기 위해 출가를 결심한 것이다.

---

29 첫 번째는 2막 3장 끝에서 아도가 모례의 집에 매화 피는 것을 이미지화한 것으로 봄이 오고 있음을, 개화의 시기가 왔음을 보여준다. 두 번째는 5막 4장에서 이차돈이 순교하는 장면 대신 일연의 '이차돈 찬송'이 낭송된다. 세 번째는 6막의 끝에 이차돈이 순교한 후에 성국공주도 죽고 '법흥대왕'이 중이 되겠다고 하는데 성국공주와 이차돈의 이름이 사라지지 않을 것을 기대하는 한시가 막이 내릴 때 에필로그처럼 불린다.

30 윤진현, 「연극인 홍사용 연구」, 『민족문학사 연구』 55, 민족문학사학회·민족문학사연구소, 2014.

태자   (묵연히 야수다라의 손을 잡아 일으켜 세우고 엄연히) 야수다라여, 나
         라도 망할 수 있는 것이며 사람은 죽는 것이요. 시방 나는 그것을 구제
         키 위하여 영원불멸의 국토와 생명을 찾아서 가는 길이니 차라리 기꺼
         워할지언정 조금도 서러워는 하지 마시오.

　—「출가」, 『홍사용 전집』, 152쪽

　태자의 이타적인 심성은 종교를 넘어 홍사용이 당시에 절대적으로 필요
한 조선심을 강조한 데서 나온 것이라 할 수 있다. 엘리엇은 시극은 시나 극
만으로는 도달할 수 없는 "무시간의 통일성" 또는 "회전하는 세계의 정지
점"을 위해 필요하다[31]고 말했다. 이는 달리 말하면 순간적으로나마 구원
을 느끼는 종교적 상태를 희구한 것이라 할 수 있다. 불교 신자가 아니라도
「흰 젖」이나 「출가」를 읽거나 공연을 보는 사람들이 종교적 상태를 경험하
게 된다면 이 두 극은 시극의 효과를 지닌다. "「대성당의 살인」은 대주교 토
마스 베켓의 죽음을 극화한 단순히 사실적인 극이 아니라 순교의 의미를 심
층 추구한 '시극'이다. 이 극이 캔터베리의 종교 행사의 일환으로 공연되는
종교극임을 염두에 두고서 시인은 죽음을 각오한 대주교의 심리적 혼동과
갈등을 극화하여, 순교와 죽음의 의미를 부각시키기 위해서 극적 방법과 시
의 주제를 과감하게 자기 시세계 쪽으로 기울이고 있는 것이다. 그런 점에서
이 극은 역사극도 아니고 사실극도 아닌 엘리엇 특유의 시극이다"[32]라는 엘
리엇 시극에 대한 견해를 홍사용의 위의 두 극에 적용시킨다면 「흰 젖」이나
「출가」는 역사극이나 종교극으로 제한하여 보기보다는 홍사용 특유의 시극
으로 볼 수 있을 것이다.
　1920년대 민족주의 우파의 국민문학론은 그 상대편의 프로문학론만큼

---

31   이창배, 『인간과 문학: T.S. 엘리어트 연구』, 민음사, 1993, 25쪽.

32   위의 책, 124~125쪽.

이나 강렬한 정치성을 띠고 있었다.[33] 문학이 어떤 이데올로기에도 종속되지 않고 그 자체로 자유로운 길을 갈 수 있다면 그 사회는 성숙한 사회일 것이고 개인도 그렇게 자유로울 수 있다면 이상적일 것이다. 홍사용은 당대 문학의 정치적 갈등에 예속되지 않고 시인으로서 무실역행의 길을 실천하였다. 그는 일제의 혹독한 억압의 시기인 1920년대를 정치적 단체를 통해 견딘 것이 아니라 신념을 추구하는 개인으로 견뎌냈다. 그렇기 때문에 노작 홍사용이 창조한 자기희생의 극적 인물들은 인격 완성을 추구하려는 그의 신념을 반영한 것이라고 볼 수 있다.

홍사용은 『백조』를 실질적으로 운영하고, '토월회' 운영의 도움과 여러 공연 활동을 통해 1920년대 신문학 운동과 신극 운동을 주도했다. 그는 당시 우리 문단의 서구적인 경향과는 달리 전통적인 정서와 호흡으로 시와 극을 창작하였는데 이는 민족 정서인 메나리를 현재화하려는 의지의 실천이라 볼 수 있다. 무엇보다 중요한 것은 노작 홍사용은 1920년대 중반 이후 식민지 치하에서 민족정신으로 인격을 함양하려는 자세를 문학을 통해 일관되게 드러냈다는 것이다. 이제 설움 있는 모든 땅의 왕, 눈물의 왕이 자기희생으로 이루려는 세계를 우리는 새롭게 다시 바라봐야 할 것이다.

33　구인모, 앞의 논문, 206쪽.

제4부

1920년대 한국근대문학장의 형성과 『백조』의 위치

II 『백조』의 양면성
— 근대문학의 건축/탈건축[1]

최원식

1. 동인지 트로이카

　『백조(白潮)』(1922~1923)는 『창조(創造)』(1919~1921)·『폐허(廢墟)』(1920~1921)와 함께 1920년대 신문학운동을 개척한 동인지 트로이카의 막내다. 주지하듯이 신문학운동을 통해 한국근대문학의 집이 건축되었다. 그들에 의해 우리 시는 오랜 율격의 구속으로부터 벗어나 자유시로 해방되었으며, 그들에 의해 우리 소설은 신소설로부터 근대서사로 나아갔으며, 그들에 의해 우리 연극은 신파극에서 근대극으로 전환되기 시작했으며, 그들에 의해 우리 비평은 비로소 문학제도의 한 축으로 정립되기에 이르렀으니, 이로써 계몽주의시대가 종언을 고했다.[2]

　농민전쟁, 청일전쟁, 갑오경장이 접종(接踵)한 1894년을 직접적인 계기로 태어난 계몽문학은 근대국민국가(nation)를 건설하는 것이 책무였다. 그러나 외세의 압박과 시민계급의 미성숙이란 안팎의 조건으로 굴절을 거듭한 바, 그럼에도 전세계피압박민족운동의 선봉으로 되는 명예를 기룬 3·1운동(1919)을 분발함으로써 도래할 네이션을 선취하였다. 3·1운동은 새로운 문

---

[1]　원래 『백조』 복간호(2020.겨울)에 실은 글로 『기억의 연금술』(창비, 2021)에 수록하면서 크게 보충했다.

[2]　세 동인지 필자를 일별컨대, 신소설의 이인직·이해조·최찬식, 신파번안의 조중환·이상협, 그리고 신체시의 최남선마저 보이지 않는다. 계몽의 종언을 증거할 필진의 세대교체가 뚜렷하다.

293

화적 폭발이었다. 3·1 직전에 발아하여 직후에 대발한 신문학운동은 그 언어적 실현이매, 동인지 창간 붐이란 식민지 치안을 돌파한 문학적 빨치산 활동에 비할까. 그리하여 운동으로 날카롭게 각성된 해방의 동경과 그 현실적 회로에 대한 탐색이 새로운 형식으로 성취됨으로써 탈계몽주의적 근대문학이 문득 도착하던 것이다.[3]

3·1세대가 이룩한 이처럼 중요한 결절점임에도 기존 분석은 동인들의 회고에 지나치게 의존했다. 기억은 풍화한다. 예컨대 "『폐허』와 『백조』 동인들이 거의 경기 이남 사람들임에 비하여 『창조』 동인은 모두 평안도 출생"[4]이라는 회월(懷月) 박영희(朴英熙)의 증언은 대표적이다. 동인지시대를 연 『창조』는 물론 서북인이 중심적 역할을 했다. 창간 동인 5인 중 김동인(金東仁)·주요한(朱耀翰)·전영택(田榮澤)·김환(金煥), 네 명이 평안도다. 그런데 극웅(極熊) 최승만(崔承萬)은 근기(近畿) 양반의 후예다. 8, 9호의 편집 겸 발행인을 새로 맡은 고경상(高敬相)도 당시 광익서관(廣益書館)을 경영한 서울 중바닥 사람이지만 기업적 고려라 차치하더라도, 극웅은 왜 『창조』에 합류했을까? 여기서 주목할 것은 5인 모두가 일본유학생이란 점이다. 창간 이후에 합류한 동인들도 마찬가지다. 종간 9호에 실린 동인 명단 13인[5]에다 잠깐 참여한 망양초(望洋草) 김명순(金明淳)[6]까지 합하면 14인 모두 일본유학생이다.

---

3   『창조』 창간호의 「남은말」에서 최승만이 토로했듯이, "우리의 속에서 니러나는 막을 수 없는 요구로 인하여 이 잡지가 생겨낫습니다."(『창조 영인본』, 태학사, 1980, 81쪽) 억누를 수 없는 새로운 예술의욕(Kunstwollen)과 짝한 이 깊은 내발성이야말로 계몽주의와 차별될 신문학운동의 원점일 것이다.

4   박영희, 「초창기의 문단측면사」, 임규찬 책임편집, 『현대조선문학사(외)』, 범우사, 2008, 258쪽. 「초창기의 문단측면사」는 『현대문학』 56~65호(1959.8~1960.5)에 연재되었다.

5   종간호(1921.5)에 실린 동인 13인을 밝히면, 김관호·김동인·김억·김찬영·김환·전영택·이광수·이일·박석윤·오천석·주요한·최승만·임장화다. 박석윤의 주소는 특이하게도 동경제국대학 법학과다. 『창조 영인본』, 791쪽.

6   그녀는 『창조』의 유일한 여성 동인이다. 7호에 영입되었다 8호에 탈퇴해 단명에 그쳤지

그런데 3호부터 7호까지 편집 겸 발행인을 맡은 김환이『학지광(學之光)』편집부원이고, 3호에 새로 합류한 박석윤(朴錫胤)이『학지광』신임 편집부장인 점을 감안컨대,[7]『창조』와『학지광』의 연관이 예사롭지 않다. 동경(東京)에서 7호까지 발행된『창조』가 경성(京城)으로 귀국한 것은 고경상이 새로 발행인으로 취임한 8호부터인데, '재일본조선유학생학우회' 기관지『학지광』(1914~1930)은 물론 동경에서 출판되었다. 극웅을 비롯한『창조』동인들도『학지광』에 깊이 관여했으니,[8]『창조』는 종합지『학지광』의 문예판인지도 모를 일이다.[9]

『폐허』는 어떨까? 창간호(1920.7)에 밝힌 동인 12인 가운데, 여성 동인으로 일엽(一葉) 김원주(金元周)와 정월(晶月) 나혜석(羅蕙錫), 두 명이 참여한 것도 특기할 바이지만,[10] 서북인이 안서(岸曙) 김억(金億)·유방(惟邦) 김찬영(金瓚永)·일엽, 세 명이나 된다.[11] 그중 안서와 유방은『창조』후기 동인[12]이

---

7 만, 여성의 등장 또한 계몽주의와 차별되는 신문학의 중요 지점이다. 3·1운동의 영향일 것이다.

7 『창조 영인본』, 687쪽.

8 『창조』동인 중『학지광』편집부장을 맡은 건 박석윤이 유일하지만, 편집부원은 이광수·최승만·전영택·김환이고, 기고자는 그 밖에 김찬영·김억·이일·김동인·주요한 등이다.『학지광 영인본』(전 2책), 태학사, 1978.

9 이 점에서『학지광』의 "편집하는 이들이 문예에 너무 이해가 업서서 문예작품을 여지업시 박대한다는 (…) 불만"이『창조』동인들 사이에서 비등했다는 전영택의 증언(「문단의 그 시절을 회고함」,『조선일보』, 1933.9.20)이 흥미롭다. 조남현,『한국문학잡지사상사』, 서울대학교 출판문화원, 2012, 174쪽에서 재인용.

10 『학지광』을 통해 선구적인 여성해방론을 펼친 정월에 이어 일엽도『폐허』2호(1921.1)에 산문「먼져 현상을 타파하라」를 발표했다. 아마도 이 글이 동인지 트로이카에 실린 유일한 여성해방론일 것이다. 최초지만 단명의 여성 동인이 참여한『창조』와 아예 여성 동인이 부재한『백조』에 비할 때『폐허』가 이 점에서는 단연 선진적이다.

11 김억·김영환·김찬영·김원주·남궁벽·나혜석·염상섭·이병도·이혁로·민태원·오상순·황석우(『백조·폐허·폐허이후 영인본』, 태학사, 1980, 666쪽). 그동안 염상섭이 중심이라고 알려졌

고,『창조』8, 9호의 편집 겸 발행인 고경상이『폐허』창간호의 편집 겸 발행인도 아우른 것까지 상기하면,『창조』와『폐허』는 뜻밖에 가깝다.[13]『폐허』동인들도 거의 일본유학생인 점[14]에서『폐허』도『창조』보다는 느슨해도『학지광』의 다른 표현으로 볼 수 있지 않을까.[15]

『폐허』의 제호는, 초몽(草夢) 남궁벽(南宮璧)이 창간호에서 밝혔듯이, 프리드리히 폰 실러(Friedrich von Schiller)에서 취한바,[16]『폐허』2호(1921.1)에 원문과 함께 새로 다듬은 번역을 한 면 전체로 인용했다.

Das Alte stürzt, es ändert sich die Zeit,

Und neues Leben blüht aus den Ruinen.

— Schiller.

지만, 창간호는 김억과 황석우가 주 편집이고, 2호는 남궁벽이 편집자다. 염상섭이 편집인으로 활약한 잡지는『폐허이후(廢墟以後)』(1924.2)인데,『폐허이후』는 조선문인회(1923년 창립) 기관지『뢰네쌍스』의 속간(『백조·폐허·폐허이후 영인본』, 976쪽)이기 때문에『폐허』와 관계가 거의 없다.

12 『창조』8호(1921.1)에 "새글벗"으로 참여했다.『창조 영인본』, 685~686쪽.

13 이 점에서 "처음에는 창조 폐허가 대립의 형세에 (…) 약간 잇섯스나 차차로는 양편의 작가들이 조선의 신문예건설을 위하야 의조케 손을 잡고 노력해 나아갓다"(「문단의 그 시절을 회고함」,『조선일보』, 1933.9.22)는 전영택의 증언을 참고함 직하다. 조남현, 앞의 책, 174쪽에서 재인용.

14 동인 12인 중 김영환과 이혁로는 미상이지만, 나머지 10인은 유학생인 점에서 그들도 유학생이기 십상이다.

15 『폐허』동인도『학지광』에 기고했다.『창조』동인이기도 한 김억과 김찬영을 제외해도 나혜석·민태원·이병도 등이 기고자다.

16 남궁벽에 의하면, "독일시인(獨逸詩人) 실레르의, / 녯것은멸(滅)하고, 시대(時代)는변(變)하엿다, / 내생명(生命)은폐허(廢墟)로부터온다. / 는시구(詩句)에서취(取)한것이다."(「상여(想餘)」,『폐허』창간호, 1920.7)『백조·폐허·폐허이후 영인본』, 672쪽.

넷 것 은 衰 하 고, 시 대 는 變 한 다,

새 生 命 은 이 廢 墟 에서 피 여 난 다.

― 실레르.[17]

출전은 실러의 「빌헬름 텔(Wilhelm Tell)」(1804)이다.[18] 평민들이 귀족의 지원 없이 오스트리아 태수들의 압제에 봉기하기로 결정했다는 전언에 스위스의 애국자 아팅하우젠 남작이 임종하면서 남긴 이 고매한 대사는 이 중적이다. 제국의 시대가 가고 억압받은 약소 민족이 해방될 것인데, 그 사업이 귀족이 아니라 자유민에 의해 수행되리라는 것이매, 해방투쟁이 계급적 변동과 동반한다는 숨은 뜻이 깊다. 일제로부터의 해방과 민중의 도래를 중의(重義)하는 '폐허'라는 이 근사한 제호를 누가 제안했을까? 초몽이 출전을 밝힌 것도 그렇거니와, "발군의 수재로, 특히 외국어에 장(長)"[19] 했다는 수주(樹州) 변영로(卞榮魯)의 증언을 상기컨대, 제안자는 초몽일 것이다. 원문도 정확하고,[20] 번역도 훌륭하다. 요절한 초몽이야말로 『폐허』의 리더였다. 더구나 "폐허의 보헤미안적 기분을 싫어하며 죽는 날까지 창조 동인들과 교유"[21]했다는 김동인의 증언에 미치건대, 『창조』와 『폐허』를 잇는 초몽[22]의 자리가 중요롭다. 요컨대 "모든 핍박과 모욕의 길로라도 더

---

17   『백조·폐허·폐허이후 영인본』, 683쪽.

18   임홍배 교수 덕에 출전을 확인했다.

19   김학동, 『한국근대시인연구 [I]』, 일조각, 1995(중판), 114쪽에서 재인용.

20   Friedrich Schiller, *Werke*, Salzburg: Andreas, 1980, p.568.

21   김학동, 앞의 책, 116쪽에서 재인용.

22   초몽의 생몰연대는 1894~1921년으로, 서울에서 "전 조선일보 사장 남궁훈(南宮薰) 선생의 외아들"로 태어났다(염상섭). 위의 책, 113~114쪽. 남궁훈은 황성신문 사장을 1906~1907년에, 조선일보 사장을 1921~1924년에 지냈다. 『신문백년인물사전』, 한국신문편집인협회, 1988, 268쪽.

욱 용감하게 나아가겟"[23]고 선언한『창조』나 "새 시대(時代)가 왔다"[24]고 선포한『폐허』모두 시민적 이상주의 근처로 수렴된다고 보아도 좋을 것이다.[25]

『창조』와『폐허』가『학지광』의 모국 진출이란 가설을 두고,『백조』동인을 살피건대 우선 국내파란 점이 눈에 띈다. 창간 동인 10인 중 춘원(春園) 이광수(李光洙)와 천원(天園) 오천석(吳天錫), 그리고 3호(1923.9)에 영입한 팔봉(八峰) 김기진(金基鎮)과 소파(小波) 방정환(方定煥)[26]이 유학파지만, 이 4인은『백조』의 축이 아니다. 외국 경험이 있는 빙허(憑虛) 현진건(玄鎮健)·도향(稻香) 나빈(羅彬)·회월 박영희·석영(夕影) 안석주(安碩柱)는 본격적 유학파라고 하기 어렵고, 노작(露雀) 홍사용(洪思容)·월탄(月灘) 박종화(朴鍾和)·상화(尙火) 이상화(李相和)·춘성(春城) 노자영(盧子泳)은 창간(1922.1) 당시 고보를 졸업한 국내파다. 2호에 새로 들어온 원우전(元雨田) 역시 국내파다. 또 하나 주목할 것은, 회월의 회고와 달리, 서북인 춘원과 천원과 춘성이 동인인 점이다. 앞의 두 사람은『창조』의 동인이기도 하니, 지방으로 이들 동인지를 가르는 것은 부질없다. 지방은 물론이고 신분과 남녀의 차이를 넘어 신문학 건설의 대의를 위해 동인들이 결합할 수 있었던 데는 근대학교의 해체적 마술과 함께 3·1운동에서 시현된 네이션의 꿈이 결정적으로 작동한 덕인데,

---

23 창간호의「남은말」에 나오는 최승만의 발언.『창조 영인본』, 81쪽.

24 창간호의「상여」에 나오는 김억의 발언.『백조·폐허·폐허이후 영인본』, 666쪽.

25 그럼에도『폐허』가『창조』와 달리 춘원과 함께하지 않은 점 주목할 일이다. 비록 동인은 아니지만 나경석(羅景錫)이 공민(公民)이란 필명으로 기고한「양혜(洋鞋)와 시가」(『폐허』창간호)는 "평민과 시인의 거리"가 달나라처럼 떨어진 예술의 위상을 비판하며(『백조·폐허·폐허이후 영인본』, 575쪽), "양혜 속에서 시화를 찾고, 시화 속에서 양혜가 산출"(578쪽)되는 경지, 즉 노동과 예술의 일치를 모색한 진보적 산문이다. 공민은 나혜석의 오빠다. 뿌리는 같아도『폐허』가『창조』보다 신문학에 더 투철했다고 하겠다.

26 『백조·폐허·폐허이후 영인본』, 528쪽.

『창조』와 『폐허』와 『백조』는 말하자면 작은 문학공화국들이다.[27] 하여튼 『폐허』를 빼고 『창조』와 『백조』는 춘원을 안고 갔으니, 춘원에 가장 비판적인 김동인조차 춘원과 함께한 점 유의할 일이거니와, 『백조』에는 또한 대구(大邱) 출신 빙허와 상화가 참여한다. 서울을 축으로 근기와 서도와 영남이 연합한 『백조』는 전국구다. 하여튼 세 동인지 사이의 관계가 간단치 않다. 가장 어린 『백조』를 움직인 축은 서울의 학연이다. 노작과 월탄과 석영이 휘문의숙 (徽文義塾) 출신이라면 회월과 도향과 팔봉이 배재고보(培材高普)인데, 이 두 학교를 중심으로 빙허의 보성(普成)고보, 상화의 중앙(中央)학교, 소파의 선린(善隣)상업, 우전의 경신(徽新)학교 등이 포진하여 유학파의 아성 『창조』와 『폐허』에 마주선 것이다.[28]

2. 『백조』를 보는 눈들

간단히 『백조』 연구사를 개관하자. 그 선편을 쥔 평론가는 임화(林和)다. 「백조의 문학사적 의의: 일(一) 전형기(轉形期)의 문학」[『춘추(春秋)』, 1942.11] 은 회고만 횡행하던 동인지시대에 대한 최초의 비평적 접근이자 문학사적 분석이었다. 흥미로운 것은 부제다. '전형기'란 원래 프로문학 퇴조 후 파시즘의 압력 아래 출구를 고민하는 문학적 모색기를 가리키는데, 『백조』를 다른 선구로 놓은 것이다.

3·1운동을 같은 뿌리로 한 트로이카의 막내로서 출현한 『백조』는 과연

---

27 『창조』 2호 「남은말」에서 편집인 주요한은 동인이란 "각각 평등적 책임을 가"졌으므로 그래서 "주간(主幹)이니 주필(主筆)이니 하는 일흠을 부치기를 전연(全然)히 실혀하는 까닭"이라고 강조했다(『창조 영인본』, 145쪽). 동인지운동이란 3·1운동의 계속인데, 언어적으로 실현된 작은 네이션 실험이란 점에서 운동의 전진이기도 하다.

28 『창조』와 『폐허』를 동반관계로 회고한 늘봄이 『백조』를 간과한 것 또한 그 방증이매, 회월이 서북 대 경기 이남으로 『창조』와 『폐허』/『백조』를 묶은 것은 이중의 왜곡일 터다.

어디를 바라보고 있었을까? 임화는 우선『백조』가 "춘원의 이상적 인도주의
와 동인, 상섭의 자연주의와는 확연히 대립"[29]했다고 매긴다. 다시 말하면
춘원은 물론, 김동인·염상섭도 부정했다고 파악한 것이다. 춘원을 이상적 인
도주의라 규정한 것은 "비봉건적인 시민의 이데올로기"(465쪽)의 대변자라
는 뜻일 터인데, 김동인과 염상섭을 자연주의로 묶은 것이 새롭다. "생활에
대한 회의, 환멸은 드디어 그것의 무자비한 폭로로 향하여 자연주의문학으
로 하여금 부정의 문학을 만들었다"(469쪽)에서 드러나듯, 임화는 김동인과
염상섭의 '자연주의'를 춘원의 이상주의와 대립적으로 파지한다. 그런데 "자
연주의문학은 (…) 어느 귀퉁이에 희미한 희망의 일편(一片)을 숨긴 정신의
표현"이란 점에서 "완전한 무망(無望)의 문학"인 데카다니즘과는 차별된다
는 것이다(473쪽). 말하자면 김동인·염상섭의 '자연주의'도 춘원의 이상주의
와 근본적으로는 상통한다고 간파한바, 요컨대 3인은 크게 보건대 조선시민
문학의 범주에 속한다고 판단한 터다.

김동인이『창조』동인이고 염상섭이『폐허』동인이란 점을 감안컨대, 임
화가 두 작가를 '자연주의'로 비판한 것은『백조』를『창조』·『폐허』와 비연
속으로 조정했다는 뜻일진대, 과연 "세기말적인 데카당스의 일색"(472쪽)인
『백조』는 "춘원 이후 (…) 앞으로만 내닫던 신문학의 위기", 그 가장 급진적
표현이란 것이다. "역(力)의 예술"을 갈망했지만 "역의 예술이기보다는 차
라리 무력(無力)의 예술의 표현"(465쪽)이었고, 그토록 열망한 "개인의 발견
은 현실적 인간의 발견이라기보다, 차라리 개인의 의식의 발견에 지나지 않
았"(466쪽)으니,『백조』는 "재래 시민문학의 위기의 표현이면서 동시에 다른
새 문학의 탄생의 전조(前兆)"(481쪽)였다는 판정이다.

"새 문학"이 신경향파 내지 프로문학을 가리키매, 이광수 → 김동인·염상

---

29   『임화문학예술전집 2 ─ 문학사』, 소명출판, 2009, 464쪽. 이하 이 책을 인용할 때는 본문
      에 면수만 표시한다.

섭 →『백조』를 이상주의에서 자연주의로 그리고 프로문학의 전조라는 조선 신문학의 세 계단으로 조정한 임화의 문학사 구상이 날카롭다. 물론 임화도『백조』가 이처럼 날씬하게 단일화되지 않는다는 점을 지적한바, "『백조』내부에 빙허와 같은 자연주의자가 있었다는 사실"(477쪽)을 외면하지 않는다. 그럼에도 임화가『백조』를 프로문학으로 가는 다리로 삼은 것은 프로문학을 축으로 한 근대/현대 도식에 입각했다는 것인데, 이 교조가 문제다. 프로문학은 "근대의 철폐로 나아간 근대 이후의 징표가 결코 아니라, 20년대 신문학운동의 다소 부자연스런 발전, 근대성을 쟁취해나가는 도정의 연장선 위에 위치"[30]해 있으니, 김동인과 염상섭과 현진건을 함께 자연주의로 범주화하는 것도 문제다. 사실의 차원에서도 오류가 없지 않다. 이미 지적했듯이『폐허』를 제외하고『창조』·『백조』가 춘원과 함께한 사실도 누락되었고, 김동인과 염상섭을 각기『창조』와『폐허』의 대표로 간주한 것 역시 단순화의 덫이다. 요컨대 프로문학도 근대민족문학 구성의 새 국면인 점을 비자각한 데 기초한 과잉 설정임에도 불구하고,『백조』를『창조』·『폐허』의 대립으로 파악한 문학사적 시각은 다시금 새롭다.

임화 이후 백철(白鐵)과 조연현(趙演鉉)에 의해『백조』는 문학사로 편입된다. 해방 직후 친일 논란 속에 중간파로 은둔한 백철은 임화의 마르크스주의와 브란데스(Georg Morris Brandes)의 사조사(思潮史)를 절충한 방법으로『조선신문학사조사』를 완성한바, 우선 낭만주의를 이상주의적 프랑스파와 병적인 독일파로 나눈 뒤『백조』를 "병적 낭만주의 계통의 문학"이라고 규정하고,[31] 주요한·김석송(金石松)·조포석(趙抱石)을 이상주의적 낭만주의

---

30 졸고, 「한국문학의 근대성을 다시 생각한다」(1994),『생산적 대화를 위하여』, 창작과비평사, 1997, 32쪽.

31 백철,『조선신문학사조사(朝鮮新文學思潮史)』, 수선사(首善社), 1948, 260쪽. 이하 이 책을 인용할 때는 본문에 면수만 표시한다.

로 마주세웠다(261쪽).『창조』파의 주요한과 신경향파의 김석송과 프로문학의 조포석을 묶어 이상주의적 낭만주의로 파악한 것도 낯설거니와,『백조』를 병적 낭만주의로 일괄 처리한 것은 더욱 문제다. 서양이라는 원본에 맞춰 조선의 문학을 분류하는 기계적 이식관의 표현이 아닐 수 없다. 하여튼 백철은 임화의 '백조 담론'을 뼈대에서는 계승한다. 기존의 문학을 급진적으로 부정하면서 대두한『백조』가 "역(力)의 예술"로 진화했는데(286쪽), 팔봉의 등장과 함께 분열하여(317쪽), 결국 프로문학의 온상 역할을 맡은『개벽(開闢)』으로 이동했다는 것이다(318쪽). 이에 대해 긴 싸움 끝에 1950년대 '순수문학'의 주인으로 자리잡은 조연현은 임화와 백철로 이어지는 마르크스주의적 문학사를 전복하고자, 이념으로 소란한 1920년대를 건너 1930년대 모더니즘을 '현대'의 출발로 삼는다. 이 구도 속에 임화의 '백조 담론'은 좁다. "3·1운동을 치른 뒤에 오는 절망"[32]에 기초한『백조』의 낭만주의가 반항을 내세웠지만 "구속을 느낄 만한 어떠한 문학적인 전통도 조성되어 있지 않았"(294쪽)던 점에서 "반항보다는 새 출발의 기분적인 소박성이 더 강했던 것"(295쪽)이라고 주무른다. 역시 바탕에는 이식사관이다.『백조』낭만주의가 병적이란 고정관념을 깬 것은 좋으나 그 고갱이를 보지 못하고 아마추어적 소박의 산물로 지나친 것은 1930년대 모더니즘을 '순수문학'으로 과잉설정한 일종의 이념적 오류다. 프로문학을 최후의 단계로 설정한 임화/백철의 교조도 문제지만 모더니즘을 특권화한 조연현의 신앙도『백조』를 왜곡했던 것이다.

3.『백조』의 축

나는 무엇보다 텍스트로 귀환한다.『백조』1, 2, 3호를『창조』·『폐허』와 겨

---

32   조연현,『한국현대문학사(제1부)』, 현대문학사(現代文學社), 1956, 294쪽.

누면서 읽건대 우선 『백조』의 축이 노작 1인에 집중되지 않았다는 점이다. 각호의 「육호잡기(六號雜記)」와 간기(刊記)를 통해 『백조』의 물질성을 가능한 한 복원해보자. 먼저 창간호(1922.1)의 간기를 보건대, 맨 앞에 "백조 격월간 간행"이 뚜렷하고 이어 편집인 홍사용, 발행인 미국인(米國人) 아편설라(亞扁薛羅), 인쇄인 김중환(金重煥), 인쇄소 대동인쇄주식회사(大東印刷株式會社), 발행소 문화사(文化社)가 나열되었는데, 주소는 모두 경성이다.[33] 발행인 아편설라는 배재학당 설립자인 미국인 선교사 아펜젤러(Henry G. Appenzeller, 1858~1902)가 아니라 아들 아펜젤러(H.D. Appenzeller, 1889~1953)다. 1920년부터 배재학당 교장으로 봉직한 아펜젤러를 누가 발행인으로 초빙했을까? 동인 중 회월과 도향과 팔봉이 배재 출신이다. 팔봉은 가입 전이니, 회월과 도향 중 아마도 기독교와 영어에 친한 회월이 교섭했을 것이다. 동인들의 편집후기인 「육호잡기」는 월탄, 도향, 회월, 노작 순인데, "검이여 (…) 빗을 주소서"로 시작하여 빙허의 단편 「전면(纏綿)」이 검열로 게재 불가된 사정을 밝히며 "발서붓터 절절히 늣기는 것은 부자유"라고 표현의 자유를 요구하는 노작의 후기는 편집인답게 묵직하다(148쪽). 맨 앞에 자리한 월탄의 후기도 흥미롭다. 반나마 차지한 양도 양이지만 잡지 발간의 뜻을 자상히 밝힌 점이 눈에 든다.

　　뜻한 지 임의 4년 쇠한 지 2년 써 남어지에 비로소 멧낫 뜻이 가흔 글동무와 두낫 뜻깁흔 후원자 김덕기(金德基) 홍사중(洪思中) 양씨를 엇어 이에 우리의 뜻하든 문화사가 출현케 되니 그 써 경영하는 바는 문예잡지 백조와 사상잡지 흑조(黑潮)를 간행하는 동시에 아울러 문예와 사상 두 방면을 목표로 하야 서적과 잡지

33　　『백조·폐허·폐허이후 영인본』, 541쪽. 이 창간호 간기가 3호 뒤에 잘못 편집되었다. 이하 이 책을 인용할 때는 본문에 면수만 표시한다. 가능한 한 원문을 존중하되 산문은 띄어쓰기해 인용할 것이다.

를 출판하야 써 우리의 전적(全的) 문화생활에 만일의 보람이 잇기를 바라는 바
이다 이에 그 제1보로 백조가 출현케 되니

— 147쪽

구상이 웅대하다. 문학과 사상 양면으로 전개될 출판운동을 전담할 문화
사를 따로 꾸렸는데, 그 후원자가 김덕기와 홍사중이다. 후자는 노작의 재종
형이고, 전자는 신원을 알 수 없다. 아마도 서울 중바닥에 안면이 넓은 월탄
이 끌어들였을지 모르거니와, 준비가 오랬다는 점도 주목할 일이다. 1918년
부터 뜻하고 1920년부터 꾀하여 첫걸음으로 격월간『백조』를 출판한다는
청년문학의 호쾌한 선언이다. 월탄의 관여가 깊다.『백조』는 처음부터 노작
과 월탄 2인 체제던 것이다.[34] 3·1운동은 근기 양반 지주 출신 노작과 서울
중바닥 요호(饒戶) 출신 월탄의 뜻깊은 합작을 불러냈으니, 새삼 그 문화열
이 경이다.

2호(1922.5) 간기에 의하면, 편집인 홍사용에 이어 발행인 미국인 쏘이쓰
부인, 인쇄인 최성우(崔誠愚), 인쇄소 신문관(新文館), 발행소 문화사다(313
쪽). 우선 창간호에 보인 "격월간 발행"이 사라졌다. 발행인이 말썽이다. 노작
의「육호잡기」에 자세하다. "3월호를 출간하랴든 일주일 전에 아편설라씨가
발행인을 사퇴"(311쪽)한바, 간청에도 불응한 것을 보건대 총독부의 압력을
받은 모양이다. 겨우 쏘이쓰 부인의 승낙을 얻어 늦게나마 내게 된 것인데,
인쇄소도 신문관으로 바뀌었다. 신문관은 1907년 육당(六堂) 최남선(崔南
善)이 세운 출판사이자 인쇄소로 인쇄인 최성우[35]가 신문관의 대표다. 그래

---

34 월탄에 의하면, 휘문의 세 동지[정백(鄭栢), 노작, 월탄]가『백조』의 기원이다. 월탄이 정백
과 지기가 되었는데 정백이 노작을 소개하여 문학모임을 시작한바,『백조』창간 무렵 이미
사회주의에 투신한 정백이 고사하여 노작과 월탄만『백조』에 참여했다는 것이다. 박종화,
「백조시대의 그들」,『중간 청태집(靑苔集)』, 박영사, 1975, 120~121쪽.

35 월탄의 회고가 참고가 된다. "육당 밑에 최성우라는 분이 있었습니다. 아마 개벽사 때까지

도 발행소는 여전히 문화사나, 창간호와 달리 문화사를 편집인 노작의 주소로 옮겼다. 재정이 나빠진 것이다. 「육호잡기」는 노작, 도향, 춘원, 빙허 순인데, 월탄이 빠졌거니와, 노작이 4분의 3을 차지했다. "조선사람이면은 누구나 다— 말하는 바이지만은 우리는 자유가 업습니다 더구나 출판에 자유가 업서요."(311쪽) 다시 출판의 자유를 외치는 한편, 투고작에 대해서 논평하는 가운데 자신의 문학론을 펼치는데, 아름답다. "무엇을 흉내낸다고 민족적 리슴까지 죽여 바리고 아모 쯧도 업는 안조옥(贋造玉)을 맨드러 바림은 매우 유감이올시다 (…) 행방불명하고 사상이 불건전한 우리 문단의 죄이겟지요 (…) 아모쪼록 순정(純正)한 감정을 그대로 써스면 함니다."(312쪽) 2호에 소개한 경상도 민요와 함께 생각건대 노작의 낭만주의는 이미 민족적이고 민중적이었던 것이다.[36]

종간호(1923.9)는 편집인 박종화, 발행인 러시아인 훼루훼로, 인쇄소 신문관, 발행소 백조사[37] 체제다. 발행인이 다시 바뀌었는데, 망명한 백계 러시아인이란다. 발행소도 문화사에서 백조사로 변경된다. 주소는 노작과 같다. 2호까지는 그래도 명목일망정 문화사를 포기하지 않았는데, 종간호에 이르러 바꼈다. 애초의 기획을 접은 것이다. 노작이 후기에서 "동인들은 이산하고, 사무원은 도망하고"(532쪽)라고 한탄했듯이, 폐간이 박두했다. 그런데 무엇보다 월탄이 돌아왔다. 노작을 대신해 새 편집인으로 나선다. 「육호잡기」가 또한 대폭 늘었다. 월탄, 회월, 노작, 도향, 팔봉 순인데, 월탄은 우선 "세사람이 경영하다가 나잣바진 것을 한 사람의 힘으로 해보겟다고 모든 일을

살았던 사람인데. 한자에 밝아서 간행하는 데 큰 공적을 남겼죠. 오자가 없도록 무진 애를 썼기 때문에 광문회 간이 비교적 정확하다고 볼 수 있겠습니다." 좌담 「초창기 문단 측면 비화」(1971), 『김팔봉문학전집 V』, 문학과지성사, 1989, 187쪽.

36 이에 대한 자세한 논의는 졸고, 「홍사용 문학과 주체의 각성」(1978), 『민족문학의 논리』, 창작과비평사, 1982, 131~135쪽을 참조할 사.

37 영인본에 간기가 없어 조남현, 앞의 책, 251쪽을 참고했다.

도마튼" 노작 덕에 "『백조』가 부활"(528쪽)하게 되었다고 저간의 사정을 밝힌다. 경영의 3인이란 아마도 창간호에 후원자로 거명된 김덕기와 홍사중에 노작을 가리킬바, 이 중 김덕기와 홍사중이 떨어져 나가 노작이 홀로 감당했던 모양이다. 월탄이 3호의 편집책이 된 연유이거니와, 바로 카프(KAPF)의 두 주역으로 될 창간 동인 회월과 신입의 팔봉 후기가 자못 길다. 특히 "쌔르뷰스의 크라르테운동[38]"(529쪽)과 "푸로레타리아 작가들"(530쪽)이라는 용어가 직접 등장하는 회월의 후기는 이미 징후적인데, 월탄에서 비롯된 긴 토론을 소개하여 더욱 흥미롭다.

논쟁의 경과를 잠깐 살펴보자. 그 발단은 월탄의 「문단의 일년을 추억하야: 현상과 작품을 개평(槪評)하노라」(『개벽』 31호, 1923.1)를 비판한 안서의 「무책임한 비평」(『개벽』 32호, 1923.2)이다. 이에 월탄이 「항의 갓지 않은 항의자에게」(『개벽』 35호, 1923.5)로 반박한바, 월탄이 안서의 시를 비판한 데 발끈하여 서로 간의 감정싸움으로 번진 것이다. 무애(无涯) 양주동(梁柱東)이 끼어든다. 월탄과 안서, 아니 우리 문단 전체를 내려다본 무애의 「작문계(作文界)의 김억 대 박월탄 논전을 보고」는 황당하다. "우리에게 아즉 문단이 형성되지 못하얏"으니, "작문계라고 명명"(『개벽』 36호, 1923.6, 54쪽)함이 옳다는 전형적인 유학생 티다. 기어코 활동가가 개입한다. 임정재(任鼎宰)의 「문사 제군에게 여(與)하는 일문(一文)」(『개벽』 37호, 1923.7)은 제목부터 오만하다. 세 평자의 글 모두를 "사회성을 결(缺)한 순연한 유희"(37쪽)라고 비난하며 "쁘루적 심경"에서 탈각, 사유제를 철폐할 "신생의 혁명"(36쪽)으로 전진하라는 나팔이 높다.

---

38 앙리 바르뷔스(Henri Barbusse)가 1919년에 창작한 전쟁소설 『광명(Clarté)』에서 유래한 지식인의 반전평화운동단체. 당시 파리법과대학에 재학한 고마키 오미(小牧近江)가 이에 공명, 일본으로 귀국한 뒤 문예지이면서 동시에 사상지인 『씨 뿌리는 사람(種蒔〈人)』(1921~1923)이란 동인지를 창간하여 프로문학운동을 전개했다. 이 동인지가 조선의 프로문학 굴기에 영향을 끼친 바는 주지하는 터다.

논쟁을 유발한 월탄의 「문단의 일년을 추억하야」는 잘 쓴 평론이다. 우리 문단의 "빈상(貧相)"을 탄식하며 지난 1922년의 업적들을 개관한 이 글은 월탄의 비평적 재능을 새삼 괄목게 하거니와, 임정에서 이탈하여 귀국한 뒤 다시 「민족개조론」(1922)으로 논란의 중심이 된 "이춘원의 몰락!"에 동정하며 "부활이 잇기를" 기원하는(2~3쪽) 각별한 언급도 눈길을 끌지만, "쌀예술 대(對) 푸로예술의 격렬한 투쟁"이 전개되던 일본의 사정을 전하면서(5쪽), "역(力)의 예술, 역(力)의 시"(4쪽)를 제창한 대목이 핵심이다. 안서에 대한 언급은 뒷부분 개평에 나오는데, 솔직히 그리 심한 것도 아니거니와, 이 글의 주지(主旨)도 아니다. 지엽(枝葉)을 시비하는 안서나 이상한 우월감에 떨어진 무애도 한심하지만, 문학의 길을 두고 진지하게 고민하는 월탄에게 대뜸 혁명문학으로 전진하라고 등 떠미는 임정재는 더욱 그렇다.

월탄의 「문단의 일년을 추억하야」는 전해에 발표한 「오호 아(我)문단[부월평(附月評)]」(『백조』 2호)을 잇는 것이다. 조선 문단의 영락을 비탄하면서, 시·소설·극·비평의 발흥을 통해 요컨대 "국민문학을 건설"(297쪽)하자는 것이매, 특히 비평의 효용을 밝힌 것이 선구적이다.

비판이 무(無)한지라 그 어찌 창작의 욕능(慾能)을 격려하고 창작의 경향을 비판하여 그 작품의 진가(眞價)를 보장하고 그 작품의 야비(野卑)를 출론(黜論)하여 써 그 예술의 권위를 옹호하고 민중의 감상을 대언(代言)하여 그 『신곡(神曲)』이 출(出)케 하고 두옹(杜翁)[39]이 탄(誕)케 하며 와일드가 존(存)케 하며 입센이 그 장(長)케 하여 절대(絶代)의 예술이 그 생(生)케 할 수 있으랴.

— 297쪽

39　톨스토이.

근대비평의 기원이라 할 발언이거니와, 월탄은 경서학인(京西學人)의 「문학에 뜻을 두는 이에게」(『개벽』, 1922.3)를 통매한다. 왜 분노하는가? "나는 현재 우리 조선에 문사가 만히 나기를 원치 아니하고 과학자, 그중에도 자연과학자가 만히 나기를 원하는 바"(1쪽)란 대목에 촉발되어 "현재 조선에 문학자가 잇느냐 하면, 업습니다"(6쪽)에서 단연히 갈라선다. 유학생 티도 티지만, "현대의 타락한 악습에 물들지 아니하고 진실로 민중의 정신적 사우(師友)가 될 만한 건전한 인격의 수양에 노력하"(15쪽)라는 설교에 대반발하고 마는 것이다. 월탄은 경서학인이 1년 전에 발표한 「인생과 예술」(『개벽』, 1922.1)에 크게 공명했기 때문에 말하자면 배신감으로 더 노여웠던 것이다.

경서학인은 춘원이다. 그 글 「예술과 인생: 신세계와 조선민족의 사명」은 춘원 최고의 평론이다. "사회주의운동"(2쪽)이나 "노농정치(勞農政治)도 아즉 시험중"(3쪽)이란 데서 짐작되듯이 소련공산주의를 비롯한 좌파사상도 예의 주시한 춘원은 크로포트킨의 "노동(勞動)을 예술화(藝術化)하라"(3쪽)와 예수의 "인생(人生)을 도덕화(道德化)하라" 사이에서 "인생(人生)을 예술화(藝術化)하라"(4쪽)는 제3의 구호를 선택한다. "우리의 낙원은 이 지구상에 우리의 손으로 건설할 것"(6쪽)에서 드러나듯 지상천국의 건설이 목표임을 분명히 하면서 "우리를 신세계로 인도해 줄 (…) 종교와 철학과 과학과 예술"(16쪽), 특히 도덕과 하나된 "생을 위한 예술"(18쪽)에 주목한바, "총명한 조선의 예술가는 조선민중의 생활에 기(基)한 신예술을 창작하는 자"(19쪽)라고 선언한다. "건전한 민중예술"(20쪽)로 "조선전체를 예술화하고 차차는 전인류세계를 예술화하자"(21쪽)는 대기획인데, 그 기초는 "너를 먼저 개조하여라!"(5쪽)다. 그리하여 "동포들이어, (…) 그대 자신의 개조가 완성되는 날이 천국이 임하는 날"(16쪽)이라는 대단원에 이른다. 말인즉 옳다. 그런데 타자가 없다. 타자 없이 자아도 없으매, 이 점이 바로 춘원 개조론의 블랙홀이다. 이 구멍에서 「문학에 뜻을 두는 이에게」와 같은 희한한 글이

나오기도 하거니, 월탄의 절규가 미쁘다. "그 문인이 되고자 하는 이는 기(起)하라. (…) 써 이 빈사(瀕死)의 문단에 불후의 예술을 생(生)케 하며 황락(荒落)의 차간(此間)에 위대의 인생을 색(索)하여 만중(萬衆)으로 더불어 그 탄탄의 진리로 귀(歸)하기를 축(祝)하고 도(禱)하여 불이(不已)하노라."(301쪽) 월탄의 춘원 비판은 유의할 일이다. 월탄이 익명의 춘원일망정 그를 공개적으로 비판한 것은 『백조』가 『창조』·『폐허』와 다른 길을 갈 표징일지도 모른다.

이 글의 후반부는 '월평(月評)'이다 소월(素月)의 「금잔디」를 비롯하여 작품들을 일별하는 솜씨가 좋거니와, 실제비평 속에서도 이론적 지침이 살아 있는 점이 더욱 인상적이다. 가령 횡보(橫步) 염상섭(廉想涉)에 대한 평은 날카롭다. "우리는 이제 아름다움 또는 공교한 그것만으로는 만족할 수 없다. 더 강한 것을 달라, 더 뜨거운 것을 달라, 더 아프고 괴롭고 쓴 것을 달라 하는 것이 지금 우리의, 현재 사람의 슬프게 부르짖는 소리이다. 염씨의 「제야(除夜)」가 처음 조선 사람에게 이 침통을 보여주었다."(308쪽) 횡보의 등장이 지니는 의미를 정확히 짚어낸 월탄의 안목도 안목이지만, 이후 우리 평단의 가장 중요한 형식이 될 월평의 정착에 선구적 역할을 했다는 점이다. 이런 글은 김동인이 효시다. 금동인(琴童人)이란 필명으로 「글동산의 거둠[부잡평(附雜評)]」을 『창조』 5호(1920.3)와 7호(1920.7)에 발표하는데, 내용인즉 월평이다. 월평이란 용어를 처음 사용한 평자는 아마도 횡보일 것이다. 그는 『폐허』 2호(1921.1)에 「월평」을 기고했다. 금동과 횡보와 월탄이 1920년대 중반 이후 『개벽』과 『조선문단(朝鮮文壇)』과 『조선지광(朝鮮之光)』을 통해 정착한 월평의 선구자로 된바, 특히 비평에서 두드러지게 활약한 월탄이 노작과 함께 『백조』의 다른 축을 형성한 점이 이에 다시금 증명될 터다.

4. 내발과 외발의 상호진화

1) 담시, 악부, 그리고 민요

『백조』를 통독한 후 가장 먼저 떠오른 것은 서정시 일변도가 아니란 점이다. 산문시가 소개되고 창작되는가 하면,[40] 놀랍게도 시극도 실험했다.[41] 이야기를 머금은 담시(譚詩)야말로 『백조』의 개척이요 명예다. 노작의 「통발」·「어부(漁父)의 적(跡)」·「풀은 강(江)물에 물놀이 치는 것은」(창간호)이 그 첫걸음인바, 어린 시절의 체험을 다룬 「통발」은 단연 이채다.

뒷동산의 왕대싸리 한짐 비여서

달든봉당에 일수잘하시는 어머님 녯이약이속에서

뒷집노마와 어울너 한개의통발을 맨들엇더니

자리에 누으면서 밤새도록 한가지쭘으로

돌모로[石隅][42] 냇갈에서 통발을털어

손님갓흔붕아를 너가지리 나가지리

노마목내목을 한창시새워 나누다가

어머니쭐임에 단잠을 투정해깨니

---

40 나빈이 번역한 투르게네프의 산문시(창간호와 2호)를 비롯하여 회월의 「객(客)」(창간호)과 노작의 「그것은 모다 쑴이엇지마는」·「나는 왕(王)이로소이다」(3호)가 그 예인데, 솔직히 「객(客)」의 수준은 높지 않다. 노작의 시들을 목차에서는 산문시로 분류했으나 전자는 주요한의 「불놀이」(1919) 아류고, 후자는 산문시라기보다 담시풍의 서정시다.

41 월탄의 단막극 「죽음보다 압흐다」(3호). 아마도 회월이 번역한 「사로메」(창간호와 2호)에 자극받은 듯한 이 시극은 그러나 서정시의 다발에 지나지 않는다.

42 노작문학관에 의하면, 경기도 용인군 기흥면 농서리 용수골에서 태어난 노작은 부친 따라 상경했다가 9세 때 군대가 해산하고 백부의 양자로 들어가면서 본적지 경기도 화성군 동탄면 석우리(돌모루)로 이사하였다.

햇살은 환43하고 쌔는 발서느젓서

재재발은노마는 발서오면서

통발친돌성(城)은 다―무너트리고

통발은 쎄여서 쟝포밧헤더지고

밤새도록 든고기는 다―털어갓더라고

비죽비죽우는 눈물을, 쥬먹으로씻스며

나를본다

―28쪽

현덕(玄德)에 의해 한국 아동문학의 대표 성격으로 자리잡을 '노마'란 말의 첫 용례로도 돋보이는 이 시는 경험의 생생한 재현이란 점에서 서정의 과잉이 지배하던 당대 시단에서 단연 이탈한다. 달 든 봉당에서 어머니의 옛이야기 들으며 뒷동산 왕대싸리를 엮어 뒷집 노마와 통발을 만들어 돌모루 냇가에 설치해놓고 밤새 붕어 잡는 꿈을 꾸다가 어머니의 졸림으로 늦게야 깼더니 통발이 털린 걸 발견한 노마가 '나'에게 달려와 울며 알린다는 이야기가 진진하거니와, 한편 신화적이다. 어머니, 달, 밤, 그리고 내(川)로 구성된 달원리(lunar principle)의 아우라 속에서 고기 잡는 두 아이는 황금시대의 상징이다. 그러나 그 끝은 실낙원이다. 돌성은 무너지고 통발은 던져지고 고기는 사라졌다. 이 특이한 상상력은 냇가 흰 모래밭에 찍힌 발자국을 보고 고기잡이하는 낯 모르는 사내가 젖은 그물을 널어놓고 벌거숭이로 뛰놀았던 자욱이라고 직관하는 「어부(漁父)의 적(跡)」(29쪽)이나, 강물의 파도가 옛날 노들강에 정사(情死)한 연인들이 어부의 큰 그물에 걸려 푸르를 떨던 그 흔적이라고 짐짓 서사하는 「풀은 강(江)물에 물놀이 치는 것은」(29쪽)에도 그윽하게 생동한다. 이 세 작품에 모두 등장하는 어부가 황금시대의 아이콘임

---

43   원문은 "환"이나 오식으로 짐작되어 수정했다.

을 상기컨대,「통발」의 마무리조차도 실낙원이라기보다는 낙원이다. 그런데 세 작품의 어조가 특이하다. 살짝 반어적이다. 몰입을 차단하는 그 어조는 아마도 그 시절과 현재 사이의 거리에 대한 자각에서 오매, 어머니 또한 예사롭지 않다.「통발」의 어머니와「풀은 강(江)물에 물놀이 치는 것은」의 "뒷집 코 떨어진 한머니"가 대지모신(Great Earth Mother)의 현현일진대,「어부(漁父)의 적(跡)」은 어부가 나체로 뛰노는 강가 모래밭이란 배경 자체가 어머니 자연임을 짐작하겠다. 성모자(聖母子)에 기초한 이들 담시의 신화적 상상력이 노작 낭만주의를 풀 열쇠일까?[44]

창간호와 2호에 연재된 춘원의「악부(樂府)[고구려지부(高句麗之部)]」도 흥미롭다. 창간호에서는 금와(金蛙), 해모수(解慕漱), 유화(柳花)를 다룬바,『삼국사기(三國史記)』「고구려본기(高句麗本紀)」의 해당 대목을 번역하고 찬(贊)으로 시를 올린 형식을 취했다. 2호에서는 아예 동명성왕(東明聖王)의 일대기다. 창간호와 달리 시가 중심이고 번역은 중간에 주처럼 끼었다. 그런데 창간호나 2호나 시가 모두 시조다. 말하자면 시조로 엮은 고구려 건국서사시다. 솜씨도 좋다. 유화가 해모수와 사(私)하고 우발수에 유폐되어 가신 님을 그리는 정경을 노래한 아름다운 연시를 잠깐 읽자.

우발수(優渤水) 닙썰린 버들밋헤
　저어인 미인(美人)인고
눈물에 저즌 쌤에
　석양(夕陽)을 담쑥 밧고
한가락 썰리는 노래로

44　휘문의 선배 노작이 정지용에게 타고르의 시집들을 강력히 추천했다는 월탄의 증언(사나다 히로코,『최초의 모더니스트 정지용』, 역락, 2002, 21쪽)에 의하건대, 정지용의 산문시뿐 아니라 노작의 담시들을 타고르와 연계해 분석하는 작업이 요구된다 하겠다.

망부곡(望夫曲)을 부르더라

―71~72쪽

춘원의 「악부」는 평안도 사람들의 태생적 고구려 숭배를 새삼 일깨우거니와, '동명성왕'에는 제국의 꿈이 비등한다. "대제국(大帝國) 서울길"(198쪽), "제국의 판도"(200쪽), "대제국 세우시고"(203쪽) 등. 주지하듯이 악부는 민가(民歌)에서 기원한지라, 역사와 민속과 풍정에서 취재하기 마련이지만, 그럼에도 형식은 한시다. 춘원의 「악부」는 국문 시가다. 아마도 시조 악부의 효시이기 십상인데,[45] 『백조』의 탈서정시적 경향에 일조한 점 더욱 기룹다.

창간호의 끝을 장식한 월탄의 「러시아의 민요」 또한 주목할 글이다. '민중문화를 건설하라! 예술을 달라, 민중에게 예술을 달라!'(142쪽)는 외침이 높은 때 민요에 대한 관심을 촉구한 이 선구적 글에서 월탄은 "국민의 공동창작으로 된 고대 민요는 너무 개성미가 없"(142쪽)어, "근대인의 경향을 솔직하게 표현"(142쪽)한 "현대 노서아에 유행되는"(142쪽) 신민요 대표작을 소개한다. "부자들 생각지는 마러주시오― / 마음으로 사랑을 주시옵소서. / 놉다란 돌집이 다무엇이랴 / 우리들은 초가(草家)집에살사이다"[「사랑에 대(對)한 민요(民謠)」, 142쪽]처럼 가난한 평민의 사랑을 찬미하는가 하면, "시집가지마러라 애기씨들아 / 여편네의생활을 부러말어라 / 못된 사나희나 만나버리면 / 기ㄴ근심만이 생길쭌이다"[「가정(家庭)에 대(對)한 민요(民謠)」, 145쪽]처럼 가부장을 비판하는가 하면, "내가 술주정을 함이안다 / 이몸은 비탄(悲歎)에 쌔여잇는몸, / 조아서 병정(兵丁)이 된게안이라 / 집이 아버지에게 쓸녀갓노라"[「가정(家庭)에 대(對)한 민요(民謠)」, 145쪽]처럼 애비에게 끌려 강

---

45   본격적인 시조부흥운동은 육당의 시조집 『백팔번뇌』(1926)를 계기로 삼는다. 춘원의 「악부」가 그 선구의 하나로 될 것이다.

제로 입영한 병사가 주정뱅이로 살아가는 현실을 저주하기도 한다. 「시사민요(時事民謠)」에는 "맥심은 노국문호(露國文豪) Maxim gorky를 가르쳐 말함"(145~146쪽)이란 주를 달아 사회주의리얼리즘의 창시자 고리키를 밝혀 드러낸 뒤, 의미심장한 논평으로 글을 맺는다.

예술에 총화(叢華)이엇든 러시아가 비록 현시(現時)와 갓흔 혼돈, 소란의 다간(多艱)한 와중에 잇스나 아침과 저녁으로 일즉이 그들의 입에는 노래가 끈임이 업섯다 한다 민요는 러시아사람이 요람으로부터 무덤에 가기까지 그들의 큰 위안의 반려자가 될 것이다 시대 위에 흔 선(線)을 금긋는 그들에게 예술 위에 흔 새빗을 뵈히랴 하는 그들에게 우리는 가장 경건흔 태도로 그네의 장차 압흐로 가질 바 예술에 대하야 만은 촉망을 갓는다.

— 146쪽

월탄 역시 러시아혁명 이후 소련의 실험을 예의 주시하며 그 미래에 한 가닥 희망을 걸고 있으매, 『백조』는 팔봉 이전에 이미 경향적이었다.
이에 화답하듯 노작은 2호에 경상도(慶尙道) 민요를 한 편 소개한다.

생금생금 생가락지 / 호닥질러 닥거내여 / 먼데보니 달일러니 / 겻헤보니 처자(處子)ㅣ러라 / 그처자(處子)— 자는방(房)에 / 숨소리가 둘일러라 / 헛들엇소 오라버님 / 거짓말슴 말으소서 / 동풍(東風)이— 들이불어 / 풍지(風紙)쩌는 소릴러라 / 아홉가지 약(藥)을먹고 / 석자세치 목을매여 / 자는듯이 죽거들랑 / 압산(山)에도 뭇지말고 / 뒷산(山)에도 뭇지말고 / 연(蓮)꼿밋헤 무더주소 / 연(蓮)꼿이나 피거들랑 / 날만녀겨 돌아보소

— 212~213쪽

이는 영남의 대표적 서사민요 〈호작질〉이다. '아이 소꿉놀이, 남녀의 상

열, 쓸데없는 장난'을 두루 가리키는 '호작질'의 중의성이 이 노래의 만만치 않은 문학성에 기여하거니와, 오라버니의 압박에 자살로 저항하는 누이의 비극이 통렬하다.[46] 이 아름다운 평민 여성들의 길쌈노동요에 노작이 매혹된 것은 문학사적 사건이다. '담시에서 민요시로' — 실제 노작은 「흐르는 물을 붓들고서」(3호의 속표지)를 발표한다. 총 3연 12행인데 각 연은 정연히 4행씩이다. 또한 3음보격을 가지런히 맞추었으니 일종의 정형시라고 봐도 좋다. 내용은 떠도는 나그네가 어느 마을 빨래하는 처녀와 정을 맺는데, 처녀의 만류에도 뿌리치고 떠나면서, "혼자울 오늘밤도 머지안쿠나"(319쪽) 하며 자탄하던 것이다. 처녀를 울리면서도 표박을 멈출 수 없는 나그네의 운명을 낭만적으로 표백한 이 시는 귀족적 담시에서 민중적 민요시로 이동하는 그 중간쯤에 있을 터인데, 『백조』의 시가 담시, 악부, 산문시, 시극, 민요시 등으로 분기하는 치열한 실험실이었음을 잘 보여준다. 서정시 바깥으로 일탈하는 이 실험이 민중문학적 지향의 표백임은 더 말할 것도 없다.

2) 번역의 진보성

외국문학의 번역과 소개가 충실한 것이 『백조』의 또 하나의 장점이다. 가령 월탄의 「영원의 승방몽(僧房夢)」(창간호)은 훌륭한 산문인데, 내용인즉 이탈리아 작가 가브리엘레 단눈치오(Gabriele D'Annunzio)의 장편 『사(死)의 승리(Il trionfo della morte)』(1894)와 폴란드 작가 헨리크 시엔키에비치(Henryk Sienkiewicz)의 『쿠오 바디스(Quo Vadis)』(1896)에 대한 자유로운 인상비평이다. 귀족적 심미주의자 조르조(Giorgio)가 불행한 유부녀 이폴리타(Ippolita)와 퇴폐적 향락의 여름을 보낸 끝에 아드리아해로 동반 투신하는 비극을 그

---

46   이 민요와 그의 민요시들에 대한 자세한 논의는 졸고, 「홍사용 문학과 주체의 각성」, 134~148쪽을 참고할 사.

린 전자는 사실 니체의 초인을 대중에 대한 경멸로 바꿔 끝내 파시즘의 선구로 비겨지는 문제작인바, 월탄은 그 죽음을 "육(肉)에 배부른" 주인공의 "청신(淸新)하고 성결(聖潔)한 영(靈)의 새로운 생활"에 대한 동경으로 찬미한다(64쪽). 한편 1905년 노벨문학상 수상으로 유명해진 후자는 로마제국을 빌려 폴란드의 수난을 고발한 민족주의적 역사소설이다. 소설의 제목 '쿠오 바디스'는 로마에서 탈출하던 베드로가 길에서 예수를 만나 물었던 바로 그 말, "Quo Vadis, Domine(어디로 가시나이까, 주여)"다. 로마로 가 두 번째 십자가형을 받겠다는 예수의 대답에 베드로가 발길을 돌려 로마로 가 순교했다는 행적[「외경 베드로행전(行傳)」]이 거룩한 이 제목이 암시하듯 로마 황제 네로에 의해 박해받는 기독인들은 차르의 통치 아래 고통받는 폴란드인들을 짐짓 가리킬 터다. 월탄은 이 소설의 주선(主線)인 로마 장군 비니키우스(Vinicius)와 공주 출신의 노예 리기아(Lygia)가 아니라 보조선인 페트로니우스(Petronius)와 에우니케(Eunice)에 주목한다. 네로의 궁정을 구성하는 협력자였던 전자가 실제라면 그리스 노예 출신 후자는 허구인데, 월탄은 그들의 동사(同死)를 "모든 세상의 것이 한 큰 거짓에 싸힌 암굴(暗窟)임을 깨다를 째에 (…) 종용(從容)히 영구의 진리를 차저 (…) 미적(美的) 적멸(寂滅)로 도라가 버렷다"(67쪽)고 예찬한다. 『사의 승리』가 지닌 한계에 대한 비자각이 문제이긴 해도, 조르조와 페트로니우스를 "경건한 반역자"(69쪽)로 독해한 것은 흥미롭거니와, 『쿠오 바디스』에 대한 이 진지한 관심이 후일 역사소설가로서 입신한 밑돌로 된 점 또한 기억할 일이다.

회월이 창간호와 2호에 걸쳐 오스카 와일드(Oscar Wilde)의 희곡 「살로메(Salomé)」(1893)를 역재한 것도 주목된다. "원문 그대로 조곰도 닷침이 업시 번역한 역자인 회월군의 노력에"(창간호, 147쪽) 감사한다고 월탄이 편집후기에서 밝히고 있듯이, 회월이 영어에서 직접 옮긴 번역이 나쁘지 않다. 『백조』는 왜 와일드의 「살로메」에 매혹되었는가? 『성경』에 이름도 없이 등장하는 헤로디아스 왕비의 딸이요 헤롯 왕의 양녀인 그녀는 와일드에 의해 치명적 여인(femme fatale)으로 재탄생하거니와, 일곱 겹 베일을 쓰고 뇌쇄적 춤을 추어 세례 요한의 목을 얻는데, 공포에 질린 헤롯 왕의 명령으로 결국 병사들에 의해 살해되는 것으로 막이 내린다(2호, 262쪽). 살로메는 햄릿을 닮았다. 헤롯 왕은 흑인 나아만에 의해 교살된(창간호, 127쪽) 이복동생의 아내인 헤로디아스를 취했다. 이 부정한 결혼을 사막에서 온 예언자 세례 요한이 질타하자 헤로디아스가 복수극을 꾸민 것인데, 음란한 양부와 그의 왕비가 된 어미를 역시 경멸하는 살로메가 이에 적극 가담하는 반어가 통렬하다. 요한을 그녀는 왜 죽음에 이르게 하는 것일까? 죽은 요한의 입에 키스하는 대목에서 "어쩌면 연애의 맛인지도 모르겠다"(262쪽)는 독백이 의미심장하다. 그 죽음의 키스는 자신의 대리자인 요한에 대한 전도된 연애이자 부정한 양부와 어미에 대한 급진적 저항이니, 『백조』가 살로메에서 또 하나의 고독한 반역자를 본 것이 전혀 우연이 아닐 터다.

이미 지적했듯이 투르게네프(Ivan Turgenev)의 1878년 작 산문시 13편이 나빈 역으로 창간호와 2호에 걸쳐 소개된 것도 흥미롭다. 러시아 민중의 고통에 연민하는 「마—샤」(2호, 265~266쪽) 같은 작품도 없지 않지만, 대체로 만년의 풍경을 알려주는 가벼운 소품인데, 당대 러시아의 쟁점들이 날카롭게 드러나는 작품들에 유의할 필요가 있다. 「나의쟁경자(爭競者)[47]」는 묘한 작품이다. "엇더한문제(問題)에든지일치(一致)하지안코" 사사건건 대립하던 "정교도(正敎徒)로 쏘한열광가(熱狂家)"였던 그가 그만 "젊어서죽"었는데(창간호, 96쪽), 어느 날 밤 그의 환영(幻影)이 창밖에 나타나자, 나는 묻는다, "자네는익엿다고자랑을하나 뉘우치고원망하나."(97쪽) "그러나경쟁자(競爭者)는 다만아모소래업시 여전(如前)히슬흔듯이고요하게머리를상하(上下)로둘을쌘"(97쪽)인 채 "사라져바렷다."(97쪽) 환영은 누구인가? "로시아의 가장 널니 독자를 가진 경향(傾向)시인" 네크라소프(N. Nekrasov)라고 주(註)는 소

47　競爭者의 오식일 것이다.

개한다. "건락(乾酪)[48]일편(一片)은 푸―시킨의 전편(全篇)보다 존중(尊重)하다'라고" 예술무용론을 외친 "까닭에 예술의 자유를 창(唱)하는 투게네프와는 맛지 안엇"(97쪽)는데, 그는 뜻밖에 열광적 정교도다. 종교적으로는 정통파가 정치적으로는 극좌파인 모순을 한몸에 체현한 네크라소프가 투르게네프에 의해 조롱되는 이 시를 통해 러시아의 경향시인이 소개되는 반어가 흥미롭거니와, 서구파와 슬라브파 사이의 논쟁이 배경에 깔린 「처세법」에는 '사회주의'가 불쑥 튀어나온다. 주는 설명한다. "서구주의자는 노서아(露西亞)의 국수주의에게 배척을 당하엿다 그들은 (…) 미개(未開)의 자국(自國)을 높히고 도리혀 문명을 배척하엿다 (…) 투게네프 자신도 서구주의자 문명의 사도(使徒)로 씃을 맛첫다. 그가 고국의 인망(人望)을 회복하기 위하여 장년월(長年月)을 요한 것도 쓰 까닭이다."(101쪽) 투르게네프가 서구주의자였기 때문에 "구라파의, 사회주의의 노예"(100쪽)라는 욕을 먹었다는 것인데, 물론 투르게네프는 슬라브파가 비난했듯이 '사회주의자'가 아니다. 그럼에도 앞의 '경향시인'과 함께, '사회주의'가 서구적이고 문명적인 무엇으로 소개된 일은 망외의 효과일 터다.

가장 중요한 번역은 "에로시엔코 작"의 「무지개나라로」(창간호)다. 역자는 오천석이다. 평안남도 강서(江西)에서 33인 오기선(吳基善) 목사의 아들로 태어난 그는 후일 제2공화국 시절 문교부 장관을 역임한 교육자인데, 젊은 시절에는 『창조』와 『백조』 동인으로 신문학운동에 투신했다. 작자 "에로시엔코"는 러시아의 맹(盲)시인 바실리 예로셴코(V. Eroshenko). 1914년 내일(來日)하여 오스기 사카에(大杉榮) 등 일본의 진보적 지식인들과 교유하면서 일본어 구술과 에스페란토로 동화를 발표했다. 1921년 일본에서 추방되자 루쉰(魯迅)을 찾아 북경에 2년 체류했다가[49] 소련으로 귀국했지만, 스탈

---

48   건락은 치즈.
49   『新潮世界文學小辭典』, 新潮社, 1985, 144쪽.

린 독재 아래서 아나키스트의 자리는 좁았다.

이 동화는 그의 활동이 가장 빛났던 일본 체류 시절의 작품으로 부기(附記)에 의하면 "이 맹시인이 그의 유장(流帳)한 일본어로써 니야기하는 것을 그의 벗이 필기한 것"(88쪽)이다. 일본어로 구술한 동화의 실례인 셈인데, 형식이나 내용이 획기적이다. 주인공은 어질지만 가난한 노동자의 열 살 난 딸 옥성(玉星)이다. 요절한 형제자매들처럼 영양불량으로 병에 시달리는 옥성이는 양녀로 거두려는 이웃집 부자마나님의 요청을 "아버니와 어머니께서는 진지를 넉넉히 잡수지 못하는데, 저 혼자 맛잇는 음식먹기는 죽기보다도"(80쪽) 싫다고, 또 "저 혼자가 이러한 음식을 먹는 것은 동무들을 배반하는 것"(81쪽)이라며 한사코 거절한바, 이 대목에서 "노동자(勞働者)가 가난하지 안은 나라"(81쪽)라는 유토피아가 "무지개나라"(82쪽)로 제시된다. 마침내 옥성이 무지개다리 건너 무지개나라에 당도하자, 그 죽음 앞에서 어머니는 "우리 노동자에게는 아희를나을 권리가 업"(87쪽)다고 외치며, 남편에 이혼을 요구하던 것이다. 사회주의 유토피아가 이처럼 명백하게 표현된 이 동화는 그동안의 『백조』의 경향성을 초과하거니와, "모도가 자라서 열심으로 일만 잘할 것이면 이 나라도 그 무지개나라처럼 될 수가 잇다"(82쪽)고 아이들에게 당부하는 아버니의 말은 유토피아의 지상화를 가까운 미래의 목표로 들어올린 점에서 먼저 온 프로문학이다.

3) 팔봉 문제

『백조』의 경향성은 춘성에게조차 나타난다. 창작에서는 표절 시비에도 곧잘 말려든[50] 춘성은 그런데 산문은 다르다. 영변(寧邊)의 명승기행으로 홍

---

50   예컨대 횡보는 춘성의 시 「잠!」이 폴 베를렌의 「검고 끗업는 잠은」을 표절했다고 고발했다. 涉, 「筆誅」(『廢墟以後』 창간호, 1924.2), 『백조·폐허·폐허이후 영인본』, 969~971쪽.

미로운 「철옹성(鐵瓮城)에서: 전원미(田園美)의 엑기스 소금강(小金剛)의 자랑」(창간호)은 특히 소월의 시로 유명한 "약산(藥山) 동대(東臺)"를 와유(臥遊)하는 것만으로도 뜻깊거니와, 탐방 곳곳에 촌철살인이 자미롭다. 운산(雲山)의 북진(北鎭)에 금광이 개시된 후 오염된 구룡강(九龍江)을 목격하고 "북진에서 거만(巨萬)의 이익을 보는 서양인은 남의 강산에 잠가둔 보고를 도적질할 뿐만 아니라 남의 그림 갓흔 자연미까지 드립힌다고"(103쪽) 규탄하면서, "아— 나는 세상 이 세상을 깨처바리고 자유롭고 평화롭고 공평한 새 세상을 만들고 십다"(109쪽)고 절규한다. 뜻밖에 진보적이다. 「우연(牛涎) 애형(愛兄)에게: 멀니 한양에 잇는 어린 춘성으로부터」(2호)는 심지어 혁명적이다. 우연(牛涎)이란 인물이 궁금하다. "이 사회의 모든 도덕이나 법률은, 모다 자본가를 위하야, 만들어 노앗다. (…) 10년후이나, 100년후이나, 언제나 한번은, 이 도덕과 법률을 깨칠, (혁명)[51]이 잇고야말 것"(189쪽)이라고 예언하며, "이 부자유하고, 불공평하고, 자미(滋味)업는 사회"를 떠나 "우랄산을 넘어, (소비엣)[52]으로, 또는 돈도 만코, 자유러운 북미주(北美洲)로"(189쪽) 가겠다고 고백한 우연은 드디어 모스크바에 도착, "금전은 불상한 빈자에게 주고, 자유는 (…), 약소(민족)[53]에게 주고"(191쪽) 십다는 포부를 밝히는데, 춘성은 도미(渡美)한 오천석을 축복하며(195쪽), 열렬한 기도로 편지를 맺는다. "아!! 반항의 소리여! 생의 모순이여! (…) 속히 자유와 평등의 샘물이 흘러라!"(196쪽)

이제 팔봉을 검토하자. 3호에 신입한 팔봉은 6편의 시와 산문 「썰어지는 조각 조각: 붓은, 마음을 쌀하」를 발표하는데, 전자는 대체로 평범하다. 다만 연못을 향해 시적 화자 '내'가 말하는 형식을 취한 「한개의 불빗」에 약간

---

51 원문에는 검열로 먹칠되었는데, 내가 짐작으로 복원했다.

52 위와 같다.

53 위와 같다.

의 경향성이 엿보인다. 가령 "스트라익크가화(禍)가되어서 집업시된사람들의눈물, / ─주권자(主權者)에게반항(反抗)한용사(勇士)의부르지짐,"(384쪽)에서 파업이나 저항이 암시되는데, 사실 이 정도야 『백조』에서 약과다. 역시 주목할 글은 후자다. 부제에서 보듯 전형적인 수상(隨想)이다. 신변잡기처럼 시작하여 문학에 대한 진지한 성찰을 예민하게 짚어내는 영혼의 편력을 그대로 드러냄으로써 독자를 흡인하는 이런 산문은 팔봉 득의의 분야인데, 이 글 또한 그렇다. "생활은 예술이요, 예술은 생활"(460쪽)이란 명제를 슬그머니 내놓고, 팔봉은 "How to live를 가리키든 영길리(英吉利)[54]의 문학보다는 What is life를 찾는 노서아의 문학"(460쪽)이 우리에게 절실하다고 독자를 꼬인다. 그럼에도 서둘지 않는다. "계단을 밟지안코 결론만을 찻기를 급히하지말자."(462쪽) 그러곤 "우 나로─드!"가 유명한 일본 시인의 시 한 대목을 인용한다.

> 오랫동안논쟁(論爭)에피곤(疲困)한청년(靑年)들이 이가티모여안젓으나,
> 마치오십년전(五十年前)의노서아(露西亞)의청년들과다름이업스되,
> 그중(中)에서, 니를 깨물고, 주먹을쥐고, 책상(冊床)을치면서, 힘잇는소리로,
> "우 나로─드!"(V NAROD!)라고 부르짓는사람이 하나도업다!
> ─463쪽

이시카와 다쿠보쿠(石川啄木)의 「끝없는 논쟁 후에(はてしなき議論の後)」 첫 연이다.[55] "지도 위 / 조선국에 검게검게 / 먹을 칠하면서 가을바람을 듣는다"[56]라는 단가(短歌)로 조선의 망국을 애도한 유일한 일본 시인으로도 돋

---

54 영국.

55 『石川啄木詩集 あこがれ』, 角川書店, 1999, 254쪽. 이 시는 1911년 6월 15일 동경에서 창작되었다.

보이는 그는 선구적인 사회주의자다. 1870년대 러시아에서 성행한 지식인 혁명운동 나로드니키의 슬로건, 'V NAROD(인민 속으로)'는 1930년대에 식민지 농촌계몽운동의 슬로건으로도 채택되기도 한바, 팔봉에 의해 다쿠보쿠와 나로드니키가 처음 소개된 것이다. 노동자의 계급투쟁보다는 농촌공동체(미르)를 기초로 한 공산주의를 꿈꾸며 차르체제에 대한 테러리즘을 선동한 급진파 나로드니키[57]를 들어 밖으로는 조선의 식민화, 안으로는 대역사건의 조작으로 좌파가 급속히 위축된 '겨울시대'를 배경으로 운동의 새로운 부활을 꿈꾸는 이 시를 통해 팔봉이 겨누는 바는 무엇인가? "10년 전 일본 시인이 외쳤고", 또 "60년 전의 노서아 청년들이 (…) 힘잇게 부루짓든, '우나로―드!'는 지금의 조선에는 아즉것 일는 모양이다!"(463~464쪽) 아직 조선의 단계가 그에 미치지 못했다는 판단이다. 그리하여 인민 속에서 새로운 운동을 조직할 활동가들의 도래를 기약하면서, 조선의 지식인에게 경종을 울리는데, 그래도 "갱생의 준동(蠢動)이 그윽히 보이는 서울"(464쪽)이라고 다독인다. 조선의 현실을 가늠하며 논의를 펼치는 팔봉의 신중함이 미쁘다. 그럼에도 이런 단계론은 전형적인 유학생 티다. 아무래도 이미 충분히 경향적인 그동안 『백조』의 논의를 경시한 데서 오는 어떤 편견이 작용한 글이지 싶다.

『백조』는 더욱이 창작이 받쳐준다. 1, 2호는 번역과 비평이 돋보인 데 비해 특히 3호는 창작이 풍작이다. 내발과 외발의 상호진화 속에 비평적 선도성을 창작까지 받치는 단계에 오른 『백조』의 보람이 만만치 않다. 단편만 해도 빙허의 「한머니의 죽음」, 도향의 「여이발사」, 노작의 「저승길」, 그리고 월탄의 「목매이는 여자」 등 화려한데, 「목매이는 여자」[58]는 이색적인 역사 단

---

56   유정 편역, 『일본근대대표시선』, 창작과비평사, 1997, 42쪽.

57   劉永祐·張桂春 編, 『社會科學辭典』, 노동社, 1947, 161쪽.

58   신숙주가 변절하자 부인 윤씨가 자결하는 것으로 마감하는 이 단편은 뜻은 높으나 작품으

편이다. 후일 본격적 역사소설가로 전신하는 맹아란 점에 유의할 일이지만, 세조 쿠데타에 대한 문학적 토론을 다시 불러일으킨 의의가 중하다. 동농(東儂) 이해조(李海朝)는 세조의 공신 한명회와 홍윤성을 각기 다룬『한씨보응록』(1918)과『홍장군전』(1918)으로 새삼 이 쿠데타의 뜻을 다시 물었거니와,[59] 춘원의『단종애사(端宗哀史)』(1928~1929)와 동인의『대수양(大首陽)』(1941)으로 다시 쟁점으로 올랐다.[60] 그런데 바로 월탄의 이 단편이 동농과 춘원·동인을 잇는 매개던 것이다. 「저승길」[61]은 3·1운동을 다룬 드문 작품이다. 만세꾼 명수도 중요하지만 그를 돕는 기생 희정이 귀중하다. 3·1운동에 직접 참여하기도 했지만, 도망꾼 신세인 남성 운동가들을 숨겨주고 헌신적으로 보살피기도 한 기생은 1920년대 중반 이후 마르크스주의자들을 도운 '사상기생'으로 전진한바, 희정은 그 남상이다. 「목매이는 여자」나 「저승길」이 문학사적 의의로 중요한 데 비하면, 대가족제도의 붕괴를 경쾌하게 그려

로서는 성글다.

59　졸저,『한국근대소설사론』, 창작사, 1986, 160~170쪽.

60　『단종애사』는 15세기 남효온의 「육신전」을 이은 단종 손위(遜位) 사건에 대한 최고의 해석판이다. 월탄이 지적했듯이 단종의 폐위가 대한제국의 망국과 유비된 것도 그렇지만(박종화, 「단종애사 해설」,『이광수전집 4』, 우신사, 1979, 610쪽), 미증유의 시련에 직면한 사대부들의 인정물태를 여실히 파악한 점에서 단연 뛰어나다. 동인은 「춘원연구」에서『단종애사』를 "소설도 아니"라고 장황히 비판했지만(『김동인전집 6』, 삼중당, 1976, 123쪽), 정작『대수양』은 싱겁기 짝이 없다. 오히려 춘원의『세조대왕』(1940)이 낫다. 그런데 이 작품 역시 특히 지루한 불경강의로 시종한 중반 이후 태작으로 떨어진다. 참회하는 세조에 빙의한 아상(我相)의 전경화가 병통이다.

61　이 단편을 비롯한 노작의 소설 4편에 대한 자세한 논의는 졸고, 「홍사용 문학과 주체의 각성」, 148~155쪽을 참조할 사. 이번에 읽으니, 3·1운동으로 고초를 겪은 뒤 상해로 망명, 열사단에 가입해 활약하다가 귀국한 동래의 백정 출신 여성 혁명가 귀영이 죽음을 앞두고 기생 취영에게 유지를 전하는 「봉화가 켜질 째에」(1925)가 남주인공 성운이 백정 출신 여성 혁명가 로사에게 유촉(遺囑)하고 죽어가는 조포석의 「낙동강」(1927)과 바로 연락됨을 알겠다. 노작과 포석의 연계는『백조』와 카프의 또 다른 계선인 것이다.

낸 「한머니의 죽음」은 말할 것도 없고 동경의 이발관 체험에서 취재한 「여이발사」 또한 단편으로 짜였다. 가난한 유학생이 면도하는 "그 여자"의 웃음에 홀려 거금 50전을 팁으로 투척했는데 나오는 길에 "간귀[62] 쑥자국" 때문임을 깨닫고 낭패한다는 가벼운 소극이지만, 쑥자국을 트릭으로 사용한 수법이나 고단한 유학생활의 단면을 드러낸 현실성이나 도향 단편사에서 한 꼭지를 이룰 터다. 다만 시점이 3인칭 "그"(374쪽)에서 중간에 "나"(376쪽)로 전환되는 게 흠이다. 3호는 무엇보다 시가 빛난다. 노작의 「나는 왕(王)이로소이다」와 상화의 「나의 침실(寢室)로」. 노작의 신화적 상상력이야말로 전자를 풀 열쇠이거니와, 후자 또한 담시와 무관하지 않다. 한 호에 한국근대시사를 대표할 명시 두 편이 실린 것 자체가 놀라운데, 해석의 책무가 새삼 새롭다.

5. 결: 조기 퇴장의 뜻

『백조』의 경향성은 이미 도저해서 뒷북에 가까운 팔봉의 시와 산문이 『백조』를 분열시켜 급기야 프로문학으로 변신케 했다는 통설은 성립하기 어렵다. 그렇다면 『백조』는 시민문학인가, 프로문학인가, 아니면 전자에서 후자로 가는 징검다리인가? 단적으로 말하건대 경향성에도 불구하고 『백조』도 『창조』·『폐허』처럼 시민문학으로 수렴될 터다. 3·1운동을 모태로 태어난 동인지 트로이카는 선취한 근대국민국가의 실현을 자신의 고귀한 임무로 삼기 마련이다. 그렇다면 『백조』에 유독 강한 경향성은 무엇을 가리키는가? 러시아혁명 이후 민중 없는 근대성은 반동에 떨어지기 십상이다. 더구나 시민계급이 성숙하지 못한 식민지 조선에서는 민중이 필수다. 그럼에도 프로문학이 새 단계가 되지 못하는 데는 또 식민지라는 조건이 결정적이다. 시민이

---

62 간기(肝氣)란 한방에서 어린아이가 젖에 체하여 얼굴이 해쓱해지면서 푸른 젖을 토하며 푸른 똥을 누는 증세를 이르는바, 쑥으로 다스린다.

미성숙한데 오로지 시민적 근대문학을 주장하는 것과 프롤레타리아트가 부재하는데 프로문학을 주창하는 것은 마찬가지로 교조주의다. 식민지 조선의 근대문학은 근대문학을 건축하는 과정 자체가 그 극복의 도정이 되는 양면성을 띠게 마련인바, 임계점에 예민한 트로이카의 막내 『백조』야말로 이중과제의 실천적 담지자였던 것이다.[63]

신문학운동을 추동한 트로이카가 그런데 모두 중도 퇴장한다. 이것이야말로 조선 시민계급의 허약성을 드러내거니와, 가장 물적 토대가 강한 『창조』가 9호로 마감했고, 『폐허』도 겨우 2호로 종간했고, 가장 구상이 장대한 『백조』는 우여곡절 끝에 3호로 실험이 중단되었다. 안팎에서 프로문학으로의 전환을 급히 서두는 흐름도 한몫했다는 점에서 단명은 충분히 내발적인 것이 아니었다. 특히 '민중 없는 민족'과 '민족 없는 민중'을 동시에 가로지르려 고투한 『백조』의 반강제적 퇴장은 시민문학은 물론 프로문학의 발전에도 장애를 조성한바, 이월의 외재성은 그만큼 독이다.

또한 동구든 서구든 오로지 서양에만 매달린 채, 이웃 아시아에 대한 관심이 거의 결여된 점이 트로이카의 문제였다. 전통을 오로지 수구로 미는 경향도 눈에 띄거니와, 양자는 사실 하나다. 그래서 미르를 공산주의 구상의 기초로 삼는 나로드니키와 농민전쟁을 혁명운동으로 재창안한 마오주의와 같은 창발적 내재성이 빛나는 구상과 실천이 거의 출현하지 못했다. 그래도 『백조』는 달랐다. 민요에 주목하여 근대적 민요시를 시험한 노작이 특히 돋보인다. "문허지는 넷것은 문허지는대로 내어버리고 그보담 더 나은 더 거룩한 새것을 이룩하자"(「그리움의 한묵금」, 3호, 527쪽)는 데 단적으로 보이듯 복고

---

63 1920년대 신문학이 근대문학으로 국한되지 않은 데는 이미 20세기를 호흡하고 있는 점도 감안할 것이다. 20세기 서양문학은 이미 19세기적 사실주의와 낭만주의를 넘어 모더니즘과 사회주의라는 현대성으로 진화한바, 신문학 역시 그 영향에서 자유롭지 못했다. 예컨대 횡보의 『만세전』(1922~1924)은 카뮈의 『이방인』(1942) 훨씬 이전에 이미 『이방인』과 방불한 바 없지 않다.

하자는 게 아니다. 말하자면 '나'에 기초한 조선의 근대문학/민중문학을 건설하자는 뜻이 도탑다.

춘원이 국문악부를 실험한 것도 노작과 상통한다. 동인지 트로이카를 검토하면서 춘원의 위치를 재조정할 필요가 커졌다. 나는 그동안 이인직-이광수 축을 이해조-염상섭 축으로 이동하는 전회를 모색해왔거니와, 축을 바꿀 일은 아니지만, 춘원이 화두다. 노작은 조선의 "3천재 (…) 시방은 어대로 갓느냐"(「그리움의 한묵금」, 526쪽)고 약간은 비꼬듯 물었다. "3천재" 또는 "동경삼재(東京三才)"란 벽초(碧初) 홍명희(洪命憙), 육당 그리고 춘원을 가리키는데, 유일하게 춘원만 『창조』와 『백조』 두 잡지의 동인을 겸했다. 춘원이 논란을 뚫고[64] 계몽주의에서 신문학으로 이월한 뒤, 벽초와 육당과 위당(爲堂) 정인보(鄭寅普)[65]도 1920년대 중반에 합류하게 되니, 춘원이 디딤돌인 셈이다.[66] 계몽주의로 단절할 수 없다는 것이매, 춘원을 비롯한 이 4인방을 어떻

---

64 춘원이 상해 임정에서 이탈하여 귀국한 뒤, 여론이 들끓은 것은 주지하는 터, 『백조』로도 불똥이 튀었다. "상해에서 춘원과 함께 활약하던 빙허 현진건의 중씨(仲氏) 현정건(玄鼎健)은 그의 아우 빙허에게 밀서를 보내서 『백조』에 어찌하여 춘원의 글을 실었느냐고 항의까지 해서 『백조』 3호에는 춘원의 글을 싣지 아니하게까지 되었다." 박종화, 앞의 글, 611쪽. 참고로 현정건은 사회주의자다.

65 위당 또한 천재로 알려진 분이다. 그런데 공교롭게도 『폐허이후』(1924.2)에 벽초는 번역, 육당은 시조, 그리고 위당은 「문장강화(文章講話)」를 기고한다. 편집인 횡보가 춘원을 뺀 세 천재를 1920년대 문단에 새로이 영입한 것이다.

66 춘원의 『단종애사』가 『동아일보』에 연재(1928.11.31~1929.12.11)되기 열흘 전에 벽초의 『임꺽정』이 『조선일보』에 연재되기 시작했으니(1928.11.21), 한국근대역사소설의 두 전형, 즉 조선시대 궁정의 권력투쟁담과 의적의 반란담이 나란히 출현한 것이다. 김동인은 한말의 풍운을 다룬 『젊은 그들』(1930~1931)로 새 길을 모색했지만, 이념적 낙후성과 제휴한 통속으로 떨어졌다. 『젊은 그들』을 환골탈태한 『운현궁의 봄』(1933~1934)이 역작인데, 이 유형으로는 갑신정변을 다룬 팔봉의 『청년 김옥균』(1934)이 압권이다. 월탄의 『금삼(錦衫)의 피』(1936)가 묘하다. 육충혼(六忠魂)과 단종 사건을 환기하면서 시작하는 「서사(序詞)」(1938년 초판)가 암시하듯이(『금삼의 피』, 을유문화사, 1955, 3쪽), 사화(士禍)의 연산군 시대

게 파악할지가 현안이다.

　그동안 1차대전 및 러시아혁명과 연계하거나, 쌀폭동 및 5·4운동과 관련한 논의는 더러 없지 않았지만, 3·1운동과 신문학운동이 스페인독감(1918~1920)의 창궐 속에서 발발하고 발아했다는 점은 거의 주목되지 않았다. 또한 눈여겨볼 과제다.

　모처럼 여러 문제를 다시 생각하게 해준 『백조』 복간호의 출범을 축하하며, 모쪼록 우리에게 돌연히 닥친 이 낯선 세상이 복간 『백조』의 축복이 되기를!

　를 세조 쿠데타의 연장으로 파악한 이 역사소설은 『단종애사』를 직접적으로 계승한다. 권력투쟁을 궁정 여성들의 눈으로 파악한 게 차별인데, 앞으로 월탄 역사소설에 대한 새로운 고찰이 필요할 듯싶다.

I2   3·1운동과 동인지 세대[1]

권보드래

1. 동인지 세대의 '퇴폐'

백철은 1920년대 초 동인지 시대를 가리켜 "퇴폐주의는 없었다. 그러나 퇴폐주의적인 경향은 존재했다"라고 쓴 바 있다.[2] 이 말대로 데카당스는 뚜렷한 문학적 경향이라기보다 생활과 풍속을 아우른 분위기요 풍조였다. 무리 지어 몰려다니며 그 이름을 유명하게 한 것은 특히 『백조』의 동인들이었다. 3·1운동 세대인 그들은 1920년대 초반 "호화한 요정의 찬란한 전등 밑에서 미녀와 속삭이며, 혹은 노래하고 취하고 웃고 울"[3]면서 나날을 보냈고, 문화사 간판을 붙인 낙원동 좁은 '흑방(黑房)'에 모여 앉았다가 "인습타파·노동신성·연애지상·유미주의" 등 온갖 화제를 두고 몇 시간이고 격론을 벌이곤 했으며, 논쟁 끝에 만취해서는 "가자!", "순례다"라는 선창(先唱)과 더불어 기생을 찾아 거리거리를 헤매었다. 낮에도 "기생방 경대 앞에서 낮잠에 생코를 골며 창작을 꿈꾸"는 것이 그들의 방자한 일상이었다. 취흥이 도도해지면 벌거벗고 '살로메' 춤을 추거나 투르게네프의 〈그 전날 밤〉 공연에 나온 노래를 부르기도 했다.[4]

---

1   이 글은 필자의 책 『3월 1일의 밤: 폭력의 세기에 꾸는 평화의 꿈』 제4부 2장에 근거해 일부를 발췌·재배치한 것이다.

2   백철, 『조선신문학사조사』, 수선사, 1948, 190~191쪽.

3   박영희, 「나의 문학청년 시대」, 노상래 편, 『박영희전집』 2, 영남대 출판부, 1997.

4   홍사용, 「백조시대에 남긴 餘話」, 『조광』 2권 9호, 1936.9, 134~136쪽.

술이나 기생집 순례는 『백조』 동인만의 행태가 아니었다. "당시 술을 통음하는 일은 신문기자·변호사·문인이 다 같았다." '명정(酩酊)'은 1920년대 초 지식인 사이의 일반적인 풍조였다. 신문·잡지사에서 원고료 대신 술을 대접하고, 혹 원고료를 지급받았다 해도 당장 추렴해 내 하룻밤 거나한 술판을 벌이는 것이 관례가 되다시피 했다.[5] 『폐허』의 오상순과 염상섭 외에 변영로·이관구가 합세하여 원고료를 선지급받아 술을 마시곤, 비에 젖었다는 핑계로 옷을 남김없이 찢어 던진 후 소 한 필씩을 타고 시내 진출을 시도한 일마저 있었다.[6]

'퇴폐' 혹은 '데카당스'는 "현실을 부정하면서도 그것을 버리지 못하고 그 암흑면을 더듬어가는"[7] 글쓰기를 통해 표현되기 앞서 작가-학생-지식인 사이에 번진 제스처로 존재했다. 『백조』 동인들이 '순례'를 외치며 거리를 떠돌았다면 조선일보사 기자들은 '돌격'을 연호하곤 기생집으로 내달았고, 누구라 할 것 없이 '술 권하는 사회'에서 살았다. "가을의 병든 미풍(微風)의 품에다 (…) / 나는 술 취한 집을 세우련다"[8]는 시적 영탄이나 "무표단(無瓢簞)이면 무인생(無人生)"[9]이라는 소설 속 발화는 이 분위기를 상징하는 문자였으니, "사회란 것"을 "딴 나라에는 없고 조선에만 있는 요릿집 이름이어니" 했던 「술 권하는 사회」(현진건, 1921)의 아내는 한편으론 꽤 날카로웠던 셈이다.

당연한 일이지만 이들은 의장(衣裝) 또한 달랐다. "초승달을 장식한 토이기 모(帽), '루바쉬카', 홍안장발(紅顔長髮)"은 어디서나 이들을 눈에 띄게 해주는 기호였다.[10] 『폐허』 동인 남궁벽의 장발은 "거리의 아름다운 풍경"이었

5   박종화, 『역사는 흐르는데 청산은 말이 없네』, 삼경출판사, 1979, 433~435쪽.

6   변영로, 『酩酊半世紀』, 국민문고사, 1969, 42~45쪽.

7   백철, 앞의 책, 212쪽.

8   이상화, 「말세의 희탄」, 『백조』 1, 1922.1, 69쪽.

9   염상섭, 「표본실의 청개구리」, 『염상섭 전집 9』, 민음사, 1987, 18쪽.

10   홍사용, 앞의 글, 140쪽.

고, 오상순의 "장발을 올백으로 넘겨서 뒷머리가 어깨까지 덮"은 헤어스타일은 "웬 서양 거지"냐는 기성세대의 비아냥을 샀을지언정 3·1운동 세대의 상징이었다.[11] 동인지 세대 작가들은 그 '불량'한 스타일로써 신사의 깔끔한 패션에 맞선다. 길고 덥수룩한 머리는 "대모테 안경과 흔한 양복과 은장식한 단장"[12]과 대비되는 외양으로서 "소위 자연의 미를 나타내는 것"이다.[13] 신사의 말끔한 복장과 대조되기는 루바쉬카나 터키모자 역시 마찬가지이다. 본래 러시아 농민의 작업복인 루바쉬카는 그 풍성하고 거친 선으로 양복의 날렵한 윤곽에 맞서고, 단순한 원통형의 터키모자는 챙 달린 중절모나 대팻밥모자를 번거로워 보이게 만든다.

물론 이때의 '신사'란 1910년대 조선이라는 상황을 전제한 특유한 명사이다. "사회의 중추가 되어 그 사회를 선의의 진보로 인도하는 모범적 인물"이라는 것이 '신사(紳士, gentleman)'라는 호칭에 대한 규범적 기대겠지만, 식민지 조선에서 '신사'는 중산모-금안경-인력거-외투, 혹은 지팡이-머릿짓-금지환(金指環)-양복-별댁(別宅, 곧 첩) 같은 패션이며 행태와 연관된 칭호이다.[14] 경륜과 활동에 의해 스스로를 증명해야 마땅하지만, 흔히 50~60원짜리 값진 양복, 20~30원에서 1백 원까지 가는 금시계 등 일련의 교환 가치로 무장함으로써 자신을 과시하는 존재인 것이다. 동인지 문학 시대 주역들의 장발-루바쉬카-터키모자는 이들 '신사'의 환금성(換金性)을 거부하려는 의지의 표현이었다. 그들의 퇴폐와 불량은 반(反)주류의 신호였다. 그것은 3·1운동 후 젊은 세대가 표현해낸 새로운 시대정신이었다.

---

11   박종화, 앞의 책, 415쪽.

12   나도향, 「幻戱」, 주종연·김상태·유남옥 엮음, 『나도향 전집 2』, 집문당, 1988, 109쪽. 「환희」에서 주인공 선용이 "귀를 거의 덮"는 머리와 "거치러운 수염"(135쪽)으로 묘사되는 데 반해 은행 사장의 아들인 연적 백우영은 "양복 입고 얌전"(142쪽)한 태도로 등장한다.

13   김환, 「신비의 막」, 『창조』 1, 1919.2, 33쪽.

14   頭公, 「신사연구」, 『청춘』 3호, 1914.11, 65~67쪽.

2. 3·1운동의 자유, "타력적(他力的) 진보와 피동적(被動的) 문명"에의 거부

3·1운동을 통해 가장 흔하게 목격되는 단어 중 하나는 '자유'다. "조선청년독립단은 아(我) 이천만 민족을 대표하여 정의와 자유의 승리를 득(得)한 세계만국의 전(前)에 독립을 기성(期成)하기를 선언하노라"고 썼던 「2·8 독립선언서」나 "아(我)의 고유한 자유권을 호전(護全)하여 생왕(生旺)의 낙(樂)을 포향(飽享)"하리라 다짐했던 「기미독립선언서」부터 그렇다. 불교계 인사로 「기미독립선언서」에 서명했던 한용운 역시 옥중에서 집필한 「조선독립의 서(書)」를 "자유는 만유의 생명이요 평화는 인생의 행복이라"는 문장으로 써 열었다. "압박을 피(被)하는 자의 주위의 공기는 분묘(墳墓)로 화(化)하고 쟁탈을 사(事)하는 자의 경애(境涯)는 지옥이 되느니" 그것이 자유와 평화를 위해서라면 생명조차 아끼지 말아야 할 이유라고 했다.[15] 시위 참여자들 다수도 '자유'를 만세 부른 이유로 꼽았다. 식민화 이후 생활이 개선됐는데 왜 독립을 바라느냐고 묻는 신문관(訊問官)에 대해 참여자들은 "타력적 진보는 그 쾌함이 무엇이며 피동적 일시의 안전은 무슨 만족이 또한 있을손가"라고 질타하곤 했다.[16] "세계의 대세상 사람은 자유이어야 한다",[17] "우리는 자유를 속박당하고 있으므로 겨우 월급장이에 만족하는 것 같은 일은 옳은 일이 아니다"[18] — 1차 세계대전의 종결과 아울러 세계적으로 고양되고 있던 '자유'는 식민지인의 불만에 이념적 기반을 제공했다. 식민 통치하 문명의 진보가 있었다손 치더라도 그것은 강요된 진보, 제국을 위한 진보, 착취와 불평

---

15   한용운, 「조선독립의 서」, 『한용운전집 1』, 신구문화사, 1973, 356쪽.

16   『독립운동사자료집 5』, 독립운동사편찬위원회, 1972, 574쪽.

17   「공판시말서」, 『한민족독립운동사자료집 18』, 국사편찬위원회, 1994, 165쪽.

18   「유극로 신문조서」, 『한민족독립운동사자료집 16』, 국사편찬위원회, 1993, 175쪽.

등의 진보일 수밖에 없다는 사실을 날카롭게 공격한 것이다.

3·1운동은 좁디좁은 사적 영역에 유폐된 위축과 비굴을 끝장냈다. 3·1운동 당시 경찰서장을 끌어내고 군수를 공박하고 거리를 시위 행렬로 뒤덮은 기억은 1910년대의 굴종과 주저와 무기력을 몰아내버렸다. 3·1운동으로 많은 사람이 죽고 다치고 갇혀서 고통받은 것은 사실일지나, 그런 만큼 독립이 수포로 돌아갔을 때의 회의와 좌절도 독했을지나, 그럼에도 3·1운동의 경험은 취소되거나 망각될 수 없었다. 봉기의 대중, 거리의 민주주의의 분자(分子) 중 하나로서 특히 3·1운동의 청년들은 새로 열린 삶의 지평으로 용감하게 돌진했다. 그것은 선택의 문제라기보다 불가피한 변화였다. 많은 이들에게 있어 3·1운동 후 이전으로 돌아간다는 것은 불가능해졌기 때문이다. 그것은 식민권력에 의해 찍힌 낙인 때문이기도 했고, '더 알게 된' 주체의 어쩔 수 없는 운동성 때문이기도 했다. 마치 더 행복하진 못할지라도 더 자유로워졌다는 실존의 주체처럼[19] 3·1운동 세대는 '자유'의 윤리에 충실한 새로운 존재 방식을 모색했다. 때로는 불량으로, 때로는 낭만으로, 혹은 혁명과 사회주의로. 어떤 이는 경박하게, 다른 이는 심각하게, 머리와 옷차림에서부터 감성과 생활과 이념에 이르기까지 혁신을 실험하면서.

제1차 세계대전 후 전 지구적인 '개조'의 분위기 속에서, 3·1운동 후 한반도의 백성은 바야흐로 민족해방=인류해방일 수 있는 시기를, 그 투쟁방법조차 유혈(流血)이기보다 평화적 봉기일 수 있는 시기를 맞고 있는 듯 보였다. 꿈이 오래가진 않았다. 1922년 2월까지 끌었던 워싱턴회의는 민족자결주의가 패전국 식민에 대해서나 관철될 수 있는 원칙임을, 그리고 평화 대신 새로운 열강 구도가 출현했음을 알리면서 막을 내렸다. 환멸이 번져나가기 시작했다.

더욱이 3·1운동 이후 일본의 식민지지배는 '문화통치'라는 허울 아래 치

---

19   시몬 드 보봐르, 『제2의 성』.

밀하게 체계화되고 있었다. 러시아를 제1의 적으로 삼아 북방에 배치되어 있었던 일본 군대가 한반도 곳곳에 분산 배치되었고, 헌병이 사라진 대신 경찰력이 대폭 증강되었다. "독립운동의 장래에 다소 희망을 걸고 있던 자도 이제 그를 돌아보지 않게 되"었으며 정의와 평화에 대한 갈구 대신 안위와 행복에 대한 소망이 자리 잡았다. 1910년대 내내 억눌려 있다가 3·1운동으로 출로를 찾았던 민족 감정은 다시 갈 길을 잃은 것처럼 보였다. 다른 한편 '조선'은 이제 지식과 담론의 층위에서라면 엄연한 현실로 자리 잡았다. 3·1운동 이후 언론·출판 공간의 개방 속에서 '조선인 사회'가 형성된 것이다.[20] 그것은 기만적 유사 사회, 입법권도 선거권도 없는 식민지 사회에 불과했지만, 형용모순인 채로나마 '자유'의 여지를 부여하는 듯 보였다.

이 상황에서 경제나 정치도 제약 속에서나마 다소의 진전을 보였다. 물산장려운동이라든가 청년회·소작인조합·노동조합 등 각종 단체의 신흥(新興)이 그 대표적 현상이다. 그러나 청년 대중이 가장 열렬하게 호응한 것은 다름 아닌 문화·예술 분야에서의 실험과 성취였다. 스스로 후진(後進)이라 여기는 처지로서 가장 역전 가능성이 높은 분야가 문화 쪽이기 때문이기도 했겠고, 신채호가 일갈한 대로 문예가로 행사하면 "혁명이나 다른 운동같이 체수(逮囚)와 포살(砲殺)의 위험은 없"기 때문이기도 했을 터이다.

신채호는 1920년대 초·중반 학생 사회가 적막해진 이유를 "학생들이 신문예의 마취제를 먹은 후로 혁명의 칼을 던지고 문예의 붓을 잡으며, 희생·유혈의 관념을 버리고 신시·신소설의 저작에 고심"하는 까닭이라고 통매(痛罵)한다.[21] 그의 말대로 3·1운동의 소망을 이어 정치·경제적 '자유'를 추구하는 길이 험하디험한 길이라면 문화와 예술에서의 '자유'를 추구하는 길은 적

---

20   김현주, 『사회의 발견: 식민지기 사회에 대한 이론과 상상, 그리고 실천 1910~1925』, 소명출판, 2013.

21   신채호, 「낭객의 신년만필」, 『동아일보』, 1925.1 (전집판).

어도 물리적으로는 훨씬 안전한 길이었다. 이미 3·1운동 전 '문단의 혁명'을 고창했던 어느 일본 유학생의 말마따나 "문학의 천지는 자유의 천지라"고 노래해볼 수도 있었다. 그는 "예술파의 남구문학도 가하며, 인생파의 북구문학도 가하며, 절충파의 영미문학도 가하며 잡종파의 일본문학도 가하니 차(此)를 수입지(輸入之), 역술지(譯述之), 저작지(著作之), 소화지(消化之)"하자고 제안하는데, 그 내용은 물론 경박하고 어지럽지만[22] 문화·예술을 경유한다면 세계사적 동시성의 장에 재빠르게 참여할 수 있으리라는 흥분만은 인상적으로 보여주고 있다.

3. '3·1운동 세대'로서의 『백조(白潮)』동인

"여러분이 오시니 종로거리가 새파랗구려."[23] 소파 방정환의 말 그대로, 1920년대 초 이른바 동인지 문단 시대를 이끈 주역 중에서도 『백조』동인들은 유독 젊었다. 『폐허』의 오상순·남궁벽·염상섭 등도 20대 중·후반에 불과했지만, 『백조』의 경우 주축인 "빙허·석영·월탄·회월은 모두 스물 한두 살"로 1900년생이나 1901년생이었으니 젊다기보다 자칫 미숙하게 느껴질 정도다. 같은 또래인 김동인조차 『백조』에 대해 "거기는 아직도 학생 기질이 많이 남아 있었다"고 술회했으니 말이다.[24] 김동인이 지적한 '학생 기질'은 "술을 먹었다. 술을 먹고는 놀러 다녔다 (…) 기생네 집에를 다녔다 (…) 요릿집에서 기생들을 앞에 놓고 문예를 논하였다"는 것으로 요약된다. "창조파에서는 기생의 집에를 놀러 다녀도 (…) 유흥 이외의 다른 일을 기생 앞에 운운하는 것을 어린 것이라 하여 피하였는데 반하여" 『백조』동인은 무분별하

---

22   白一生, 「문단의 혁명아야」, 『학지광』 14, 1917.11, 49쪽.

23   홍사용, 앞의 글, 128쪽.

24 · 김동인, 「속 문단회고」, 『김동인전집 12』, 조선일보사, 1988, 327쪽.

게도 기생과 더불어 예술을 떠들었다는 것이다.

생기발랄한『창조』, 침착·음울한『폐허』와 구별되는『백조』의 특색은 이렇듯 "보헤미안과 유사한 점", "창조파의 밝은 면과 폐허파의 방랑적 면을 합친 것"에 두드러진다. 동인지 문단 시대로 통칭되는 1920년대 초반에서 굳이『창조』와『폐허』와『백조』를 구분 지은 김동인의 감각을 전적으로 신뢰하기는 어렵다 해도, 미와 예술의 가치를 '동인(同人)'[25] 사이의 신성성으로 한정시킨『창조』나『폐허』와 달리『백조』가 문학에 대해 조증(躁症)에 가까운 과시욕과 다변증을 갖고 있었다는 사실은 기억해둘 수 있겠다.

동인지 문단 시대를 이해하는 데 있어『백조』의 '학생 기질'이 던지는 시사는 특별하다. 이 시대를 평가할 때 혼란과 착종이『백조』에 대해 유난한 것이며, 이광수류의 계몽주의-동인지 시대의 순문학주의-신경향파와 KAPF 문학이라는 문학사의 일반적 해석에 있어『백조』의 의미가 각별한 것이며, 당시 문학계에 대한 회고와 증언에서『백조』의 인상이 절대적인 것 등의 여러 정황이 예의 '학생 기질'과 연관되어 있는 듯 보이기 때문이다. 일찍이 문학사 서술의 초기 단계에 있어 동인지 문단 시대는 '잡다성의 바다'·'모색 시대'·'무이상 시대' 등의 평가를 받은 적이 있거니와[26] 이런 시각을 비판하고 "이광수 시대와 신경향파 문학과의 전체적 발전적 연결의 관절"로서 이 시대를 설명하려 한 임화조차『백조』에 대해서는 "낭만적 세기말의 잡다한 경향", 상론하자면 "허무주의·다다이즘·낭만주의·유미주의·악마주의·감상주의 등등"의 혼류를 인정하지 않을 수 없었다.

『창조』와『폐허』의 문학사적 의미나 그를 통해 배출된 문인의 경향이 비

---

25   '동인(coterie)'이라는 존재방식의 의미에 대해서는 김춘식,『미적 근대성과 동인지 문단』,
      소명출판, 2003 참조.
26   각각 신남철·김기진·이종수의 견해이다. 임화,「조선 신문학사론 서설」, 임화전집편찬위
      원회 엮음,『임화문학예술전집』, 소명출판, 2009 참조.

교적 일관되게 정리될 수 있는 반면, 『백조』의 의미와 경향이란 정열적이되 혼잡하기 짝이 없다. '학생 기질'로써 문학을 접했다는 지적과 상통할 법한 이런 특성 때문에 『백조』는 동인지 문단 시대에 대한 혼란을 조장하는 데 결정적인 변수였으며, 자연주의와 낭만주의와 데카당스 사이의 관계를 가리는 데 있어 핵심적인 굴절의 효과를 담당해왔다.

『백조』 동인은 고등보통학교 재학 중에 3·1운동을 경험한 '3·1운동 세대'에 속한다. '동인지 세대'로 통칭돼온 세대 전체가 광의(廣義)의 3·1운동 세대에 속한다 할 수 있겠지만, 『백조』 동인의 경우 그 연관 양상이 한층 직접적이다. 『백조』 동인은 3·1운동 당시 휘문고보와 배재고보에 재학했던 인원이 중심으로, 휘문고보-『문우』 계열과 배재고보-『신청년』 계열의 통합체였다 해도 과언이 아니다.[27] 3·1운동은 4·19처럼 학생층이 절대적 역할을 한 봉기가 아니었고, 따라서 '4·19 세대' 같은 뚜렷한 세대론적 명칭을 남기지 못했지만, 3·1운동을 일종의 성인식으로서 경험한 청년들의 세대적 특이성은 명백하다.

그 자취는 동인지의 주역들 전반에 깊게 남아 있지만, 특히 『백조』 동인들에게 있어 현저하다. 대부분 유학 중이었던 『창조』, 『폐허』 동인들과 달리 1919년 당시 국내 고등보통학교에 재학 중이었던 『백조』 동인들은 시위 행렬에 동참해 시내를 누볐고, 유치장에 갇혀 며칠을 보냈으며, 이후 여러 달 학교가 휴교 중인 동안 또래들과 어울리며 성년을 맞았다. 휘문고보의 홍사용과 박종화와 안석영(안석주), 배재고보의 김기진과 박영희는 1919년 3월 1일 서울 시내를 행진했고 3월 5일 학생 시위에 참여했으며 선언이나 격문류를 배포하기도 했다.

물론 일본 유학을 위해 출국길에 오른 나도향, 중앙고보 수료 후 고향 대구에 머물고 있던 이상화, 후일 의열단원이 된 형 현정건과 함께 상해에 체

---

27   박현수, 「박영희의 초기 행적과 문학활동」, 『상허학보』 24, 2008.10, 174쪽.

류 중이던 현진건 등은 국내 3·1운동을 경험할 수 없었을 터이다. 초기에 동인으로 이름을 올렸다가 곧 배척당한 이광수나 노자영도 '3·1운동기 거리의 청년들'에는 끼어 있지 않았던 것으로 보인다. 그럼에도 김기진·박영희·박종화·안석영·홍사용 등의 당시 행적을 생각한다면 『백조』 동인 일반을 '3·1운동 세대'로 명명해도 무리는 아닐 것 같다. 이미 성인으로 자부하고 있던 일본 유학생의 처지로서 3·1운동을 겪은 다른 잡지 동인들 ―『창조』의 김동인·이동원(이일)·주요한 등이나 『폐허』의 염상섭·오상순·황석우 등 ― 과 '학생 기질'을 갖고 3·1운동을 겪은 『백조』 동인들 사이에는, 비록 그 연령이나 경험의 양태가 비슷하더라도 3·1운동의 영향을 받아들인 각도와 강도에 적잖은 차이가 있었던 듯 보인다. 3·1운동과 동인지 작가들의 연관을 생각할 때 『백조』 동인들이 유난히 주목되는 소이다.

4. '개인'이 '대중'과 만날 때, 자폐를 걷어낸 청년들

3·1운동 이후 청년 세대 문학의 핵심은 '개인성의 고양'이었으되 그것은 군중-대중-다중(多衆)에 적대적이지 않고 오히려 친화적인 개인성이었다. 이광수가 최종적으로는 3·1운동을 군중에 대한 공포와 혐오 ― 그리고 그 반면으로서의 엘리트주의적 연민 ― 로써 경험했고 그것을 르봉의 『군중론』에 기대 이론적으로 체계화해냈다면,[28] 동인지의, 특히 『백조』의 젊은이들은 개인성의 무한한 고양을 예찬하면서도 그 근간을 다중에 대한 찬탄 속에 두었다.

3·1운동 세대는 그렇듯 '양민'을 거부하고 '불량'을 연기하며, '개인'을 추구하면서도 '대중'을 경애하는 자리에서 출발한다. 이후 서로 엇갈리는 행로 속에서 혹은 기원을 부정하고 혹은 반(反)-자기(anti-self)의 욕망 속에 문학

28　이재선, 『이광수 문학의 지적 편력: 문학론의 원천과 형성』, 서강대 출판부, 2010.

을 빚기도 하지만, 3·1운동은 반(反)시대적 정신까지 물들인 거대한 사건이 었다. 1919년 봄 봉기의 경험은 식민지인의 자폐적 생애를 끝장냄으로써 젊은 세대가 만용과 치기 가득한 '불량'과 '낭만'을 살 수 있게끔 했으며, 감히 초월과 절대를 꿈꾸면서 비통과 절망의 포즈를 지을 수 있게끔 했고, 한편에서는 변혁 운동에까지 이르는 길을, 다른 한편에서는 언어와 내면으로 침잠하는 길을 닦았다.[29]

---

29 이 글에서 살펴본 '청년'이란 모두 고학력 남성이다. 계급·인종·젠더 간 평등이 적극적으로 논의되고 있었음에도 여성에 대한 편견과 차별이 완강했음을 마지막으로 기억해두어야 할지 모르겠다. 예컨대 『창조』 동인이었던 김명순에 대한 남성 문인들의 폭력적 시선은 지금껏 악명이 높다.

13 『백조』, 왕복 승차권[1]

최가은

1. 과거로 가는 승차권

지난 2020년 10월, 일민미술관에서 기획한 전시인 '1920 기억극장, 〈황금狂시대〉'를 관람했다. 1920년대의 조선을 배경으로 하는 이 전시는 그 당시 최초의 민간 미디어였던 신문과 잡지 등에 수록된 기록을 선보였다. 그날 전시의 내용만큼이나 나의 흥미를 끌었던 것은 관람 직전 내 손에 쥐어진 입장권의 형태였다. '경성행(行) 왕복 승차권'의 모양을 한 그것은 우리가 과거를 대면할 때마다 즐겨 쓰는 '여행'이라는 메타포를 떠올리게 했기 때문이다. 여행객으로서의 채비와 이에 준하는 특정한 마음가짐을 요하는 '시간 여행'이라는 설정에는 과거를 대하는 우리의 태도가 긴밀히 연결되어 있다.

과거로의 여행이 의무로 주어진 것이 아니라면, 여행자는 무엇보다 스스로에게 해당 여행의 이유를 납득시켜야 한다. 1920년 경성을 도착지로 하는 승차권을 보았을 때, 나는 내 뒤통수가 여전히 머금고 있는 2020년 가을의 햇빛을 가장 먼저 의식할 수밖에 없었다. 오늘의 시간을 미처 다 떨쳐내지 못한 나에게 승차권이 강조하는 것은 '여기'와 '거기' 사이의 헤아릴 수 없는 간극이었으며, 그 간극을 기꺼이 통과하고자 하는 나의 의지가 강하게 요구

---

[1] 이 글은 1920년대 동인지 『백조』의 현시점 연구 가능성과 연구의 새 지평을 이야기하려는 목적하에 쓰인 글이다. 계간 『백조』 복간호(2020.겨울)에 실린 글(최가은, 「『백조』로 여는 문」)을 수정·확장했다.

되고 있었다. "지금부터는 경성, 나는 그곳의 시간으로 간다." 유달리 진지하고도 결연한 마음의 준비가 전시실 입장과 함께 요청되는 것이다.

인식의 경계를 넘어가는 일이 이처럼 까다로운 일이라면, 백여 년 전의 과거를, 이미 '역사'가 되어버린 특정 시공간의 기록을 동시대 연구의 주제와 대상으로 삼는다는 것의 의미는 무엇일까? 더불어 그 과정을 다시 실패가 예정된 기록으로 남기고, 그것으로도 모자라 지금-여기를 살아가는 사람들을 실패한 그 흔적으로 초대하는 일의 의미는 또 무엇일까? 우리는 묵묵하고 일관된 태도로 이와 유사한 작업을 이어가는 사람들에 대해 알고 있다.

특정한 시기의 역사와 문학사를 대상으로 하는 연구서의 서문에는 어딘가 흥미로운 유사점이 있다. 많은 연구자들은 긴 여행을 시작하기에 앞서 주로 '길 잃음'과 흡사했던 지난 여행의 실패담을 미리 고백하곤 한다. '3·1운동'에 관한 스스로의 오랜 '사랑'의 의미를 구체화하는 일에 주력했던 한 연구자의 책 서문에는 이런 말이 있다.

> 사랑은 앎에의 명령이다. 그를 잘 모르면서도 위로와 용기를 얻지만, 그를 매일 만나는데도 더 알고 싶어진다. 좀 더 잘 알려는 욕망은 사랑의 핵심적 동력이다. 그렇지만 3·1운동에 대해서는 정확한 앎이 도통 불가능할 때가 자주 있었다. (⋯) 어쩌면 3·1운동은 길 잃는 게 당연한 사건일지 모른다고 여기게도 됐다. 어떨 때는 종이공예하듯, 어떨 때는 조각보 만들듯 글을 썼다. 종이를 겹겹이 덧붙이고 천을 조각조각 모으듯 어떤 사건은 중첩해 썼고 어떤 사례는 부(部)와 장(章)을 건너뛰어 흩뿌렸다.[2]

매끈하고 평평한 기록 위로 느닷없이 돌출하는 이미지와 이어지는 호기심, 오랜 시간의 축적이 관습화하고 전형화한 명명을 대면하는 내 안의 지루

---

2   권보드래, 「들어가는 글」, 『3월 1일의 밤』, 돌베개, 2019, 12쪽.

함, 지난 기록이 배제한 것들에 대한 옅은 분노와 잊힌 것들을 향해 쌓이는 강렬한 연민……. 그는 3·1운동을 향한 자신의 사랑이 정확히 무엇으로부터 시작되었는지 여전히 확신하지 못한다. 하지만 "식상한 대상, 알려질 대로 알려진 대상"이자, 그 때문에 도무지 얼굴의 "미추가 분간되지 않"는 미지의 여행길에서 숱하게 헤매고 또 방심했던 지난날의 경험을, 그가 '사랑'으로 기억하는 것만은 분명한 사실인 듯하다. 그 사랑의 말들에 동요되어 연구자가 공예하듯 중첩하고 때로는 흩뿌려 다시 기워냈다던 역사의 조각보 구석구석을 오래 바라보았던 어떤 날들이 기억난다.

2020년 겨울, 계간 『백조』는 백여 년 전의 희미한 기억을 현재로 이어가겠다는 과감한 복간 선언을 내어놓았다. 1920년대의 조선 문단, 바야흐로 '동인지의 시대'이자 본격적인 '문학 매체 등장의 시대'에 단 세 차례의 발간만으로 한국문학사, 한국문예사조의 한 주축이 된 『백조(白潮)』(1922.1~1923.9)가 오늘을 출발 일자로 하는 승차권의 목적지인 것이다. 『백조』에 관한 현시점 연구 가능성과 새 지평을 이야기해야 하는 이 글의 몫은 왕복 승차권을 발급하는 승무원의 위치를 가늠하며, 탑승자들에게 그 실패할 여행의 가치를 함께 설득하는 일일지도 모르겠다. 무려 백 년의 시간을 건너 우리에게 재발급된 '백조'라는 이름의 승차권이 눈앞에 있다. 나는 열차의 문을 서둘러 열기 위해 『백조』와 관련한 특정한 관점을 성급하게 제시하지는 않을 것이다. 대신 그에 관한 선행 연구자들의 여행담을 전달하는 것을 이 글의 몫으로 삼으려 한다. 전달의 과정에서 나 또한 그들의 불투명한 사랑에 또 한 번 동요될 수 있기를 기대하기 때문이다.

2. 여행자(역사가)라는 태도

『백조』에 관해 알려진 평범한 수준의 사실부터 나열하자면 다음과 같다. 『창조』(1919.2~1921.6), 『폐허』(1920.7~1921.10)와 함께 우리 근대문학의 대표적인 3대 동인지로서 1922년 1월 9일 창간호를 발행했으며, 1923년 9월 통권 3호로 종간된 잡지라는 사실. 대략 1년 8개월의 시간 동안 노작 홍사용(1900~1947), 월탄 박종화(1901~1981), 도향 나도향(1902~1926), 회월 박영희(1901~?) 등의 동인들이 주축이 되어 참여한 순수 문예지이며, 대체로 시 장르에 집중된 '감상적, 퇴폐적 낭만주의 경향'을 표방한 동인지라는 해석. 종간 무렵 홍사용과의 인연으로 팔봉 김기진(1903~1985)이 동인으로 합류했지만 그가 주장한 '혁명 정신'이 동인 내부의 분열을 촉발시켰으며, 이 분열은 이후 신경향파와 순수문학파라는 우리 문학사의 큰 갈래로 이어졌다는 설까지…….

이 지극히 건조하고도 아득한 기록 앞에 서게 될 때, 우리에게 제일 먼저 제기되는 질문은 매우 근본적인 성격의 것이다. 어째서 저 『백조』를 향한 여행이 지금, 이 시점에 다시 이루어져야 하는가? 도무지 끝이 보이지 않는 동시대 '레트로' 열풍[3]의 한가운데에 『백조』를 배치하는 것은 가장 손쉬운 해법일 것이다. 하지만 그것은 '향수'와 '재조명'의 맥락에 『백조』를 방기하는 일에서 자유로울 수 없으며, 무엇보다 다음과 같은 문자의 흔적 앞에서 우리가 느끼게 되는 혼란의 정체를 설명해낼 수 없다는 점에서도 무력한 방식

---

3   그러나 열풍으로서의 '레트로'는 해당 개념을 비교적 느슨하게 이해한 입장이다. 사이먼 레이놀즈에 따르면, '레트로'와 관련된 용례에는 좁은 버전과 넓은 버전이 있다. 보다 넓게 쓰이는 오늘날의 '레트로'는 과거가 그저 활용되고 남용되는 현상 전반을 일컫는다. 가까운 과거에 흘러간 문화에 대한 노스탤지어로서의 '레트로'는 '모든 세대가 향수를 느끼는'이라는 수식어가 붙는 '80~90년대'를 향한 근래의 호명과 애착 같은 것을 그 예로 들 수 있다. 하지만 좁은 의미의 레트로란 "패스티시와 인용을 통해 의식적·창의적으로 표현된 시대 양식 물신주의"를 뜻하며, "예술 애호가, 감식가, 수집가 등 거의 학문적인 지식과 날카로운 아이러니 감각을 갖춘" 이의 몫이다. 이 글에서 지향하는 역사가적 태도를 레이놀즈가 정의한 엄격한 의미로서의 '레트로'와 연결할 수 있다면, 『백조』의 복간과 그 의미 역시 '레트로'라는 개념 속에서 이해해볼 수도 있을 것이다. 사이먼 레이놀즈, 『레트로 마니아』, 최성민 역, 작업실유령, 2014, 14쪽.

이다.

> 남에게 빗이잇스나 우리에는 아무러한 빗이업스며 남에게 자랑이잇스나 우리
> 에겐 아무러한 자랑이업도다 임의가젹든 빗은낡어 퇴색된지 오래엿고 새로운이
> 에 부르지짐은 아직도 쓰거움지못하야 옛날의 번젹어리든 영화의쑴이약이만 몽
> 롱이 회색하늘에 스러져가는별빗갓흔데 애닯은추억의동네헤매이는 젊은사람의
> 마음은 그얼마나 서늘한가슴위여지는애수에 적시웟스랴

"남에겐 빛이 있으나, 우리에겐 아무런 빛이 없다. 남에겐 자랑이 있으나
우리에겐 아무런 자랑이 없다." 박종화, 현진건, 박영희, 홍사용이 나누어 썼
으며 『백조』의 실질적인 창간사[4]로 이해되고 있는 위의 글 「육호잡기(六號雜
記)」에서 『백조』의 동인들은 3·1운동의 실패 이후 맞이한 전망 없는 전망의
시대와 그 속에서 가누어지지 않는 극단적인 체념의 정조를 문학적 결단의
한 출발로서 알리고 있다. 이들에게만은 주어지지 않았다는 "빛"과 "자랑"
의 의미를, 그것의 없음으로써 이행된 문학적 결기를 이해하는 일의 곤란함
은 이 여행의 당위를 향수와 같은 지극히 감상적인 맥락에 방치할 수 없게
한다.

3·1운동 직후, 더욱더 교묘해진 일제의 폭압과 불안해진 정세 속에서, 지
식인이자 문인으로서, 나아가 새 시대를 짊어져야 할 '청년'이라는 기호로서,
그들에게는 감당해야 할 나름의 사명이 있었을 것이다. 그 몫을 다른 무엇이
아닌, '문학'이라는 예술적 선언과 실천으로 전환하려 했던 동인들의 의중은
무엇이었을까? 『백조』라는 적극적 실험은 그들의 의도를 충분히 포용할 수
있을 만큼 넓고 단단한 이름이 되어주었을까? 『백조』의 해체를 돌아보는 당

---

4   허혜정, 「근대 낭만주의 시에 나타난 미의식과 불교적 정서 연구 ─『白潮』 동인들의 詩와
詩論을 중심으로」, 동국대학교 박사학위 논문, 2002.

대 동인들의 자기 비판적 회고를 고려한다면, 『백조』를 통한 문학적, 시대적 성취란 말처럼 쉬운 일은 아니었을 듯하다. 그렇다면 '백조'라는 선언의 순간에 미처 다 포섭되지 못했던 그들의 '없는 빛'과 '없는 자랑'은 『백조』의 주변을 과연 어떻게, 그리고 얼마나 오랫동안 맴돌 수 있었던 것일까?

그들이 속한 시공간에 대한 이처럼 불투명한 가늠은, 『백조』란 지금의 우리로선 차마 상상조차 할 수 없고, 그 때문에 비판은 물론이고 동경 역시 쉽게 전할 수 없는 차원의 이야기라는 것을 다시 한번 상기시킨다. 하지만 그 불투명한 가늠은 동시에 해당 시기가 결코 상상하지 못했던 과제를 오늘의 우리로서야 마주하게 만드는 '역사의 이상한 지점'이 되기도 한다. 크라카우어는 현재를 살아가던 이들이 삶의 어느 순간에 느닷없이 역사의 한 시점으로 끌려가게 되는 이유를 그러한 맥락에서 설명한다. '역사의 이상한 지점'이란 우리가 발 딛고 서 있는 현재에 개입하는 요인이기를 넘어 '현재'를 살아가는 태도, 그것의 다른 이름이다.

3. 길을 잃고 기다리기

문화비평가이자 영화이론가였던 지그프리트 크라카우어는 처음이자 마지막으로 '역사'에 관해 서술한 한 책의 서문에서, 자신이 『영화 이론』에 쏟았던 지난 몇 년의 시간은 '역사가의 작업'에 다름 아니었다고 말한다. 그것은 영화 매체에 대한 당시의 상념과 몰두가 "독립적인 영역으로 존재할 자격을 미처 인정받지 못한 영역들의 의의를 끄집어내려는" 시도[5]였다는 점에서, 혹은 "대체로 미지의 땅(terra incognita)으로 남아 있는 사유를 가지고 대체로 미지의 땅으로 남아 있는 현실을" 다루었다는 점에서, 사진과 영화 미학에 관한 단순한 서술의 결과가 아니라, 일종의 역사학적 접근이었다는 의

---

5   지그프리트 크라카우어, 『역사: 끝에서 두 번째 세계』, 김정아 역, 문학동네, 2012, 20쪽.

미이다. 그의 말은 '역사학'이란, 학문의 한 분과이기를 넘어 대상을 대하는 특정한 태도처럼 보이게 한다.

그는 이후 자신이 본격적으로 역사에 전념하게 된 까닭을 크게 두 가지로 정리한다. 그 첫 번째 이유는 우리와 비슷한 경험을 한 과거의 시대를 연구함으로써 현재 직면한 사안을 더 잘 이해해보려는 소망과 관련된다. 과거를 경유해 오늘을 똑바로 바라보려는 시도는 역사와 관련해 비교적 흔히 이야기되는 미덕이다. 한편, 이와 상반되는 두 번째 이유는 오늘날의 사안과 전혀 연결되지 않는, 과거의 특정한 순간들에 대한 공감(antiquarian)에서 비롯된다. 개인에게는 마치 프루스트적인 어떤 순간처럼, 죽은 자들이 갑작스레 보내오는 손짓에 불가항력적으로 이끌리며 역사를 대면하게 되는 경우가 있다는 것이다.

일견 대치되는 것처럼 보이는 두 이유에는 기실 공통의 전제가 깔려 있다. 역사학자 개인의 '현재'가 중심이 된다는 것. 오늘날의 사안과 연결되는 것으로서, 혹은 전혀 연결되지 않는 것으로서의 과거가 지닌 매혹은 역설적으로 우리가 현재를 떠나 과거로 향해야만 하는 이유, 더불어 그것을 통과해 다시 이곳으로 돌아와야만 하는 이유, 즉 역사 연구의 현재적 가치를 강조하는 셈이다. 말하자면, 오늘날의 우리 삶과 긴밀한 연관이 있는 사안이든, 혹은 그 반대이든 간에, "역사가 검토해보지 않았던 그 가능성"[6]에로의 접근은 다름 아닌 지금-이곳 삶의 내용을 동시에 변화시킬 것이라는 기대 혹은 두려움을 바탕으로 한다. 과거로 향하는 시간 여행이 괴로움만큼이나 매혹을 동반하는 이유가 있다면 바로 그 때문이다.

하지만 '검토해보지 않았던 과거의 가능성'과 그로 인한 '현재의 변화 가능성'이라는 구도에 매달려 『백조』와 『백조』가 속한 시공간을 한국문학 '이념의 태동기'와 같은 수사적 기원으로 접근하는 방식에는 명백한 한계가 있

---

6   위의 책, 22쪽.

다. 이러한 방식으로 연구의 타당성을 얻고자 하는 말들은 금세 그 승차권으로서의 빛을 잃고, 관습화된 기록이 된다. 크라카우어 역시 '현재 지향적 태도'의 문제를 분명하게 언급하는데, 그것은 먼저 여행자(역사가)가 놓인 현재의 의미를 고정된 것으로 인식함으로써, 현재라는 환경 역시 과거와 마찬가지로 포착 불가능한 '취약한 덩어리'라는 사실을 잊게 한다. 아울러 현재적 요구에만 충실한 여행자(역사가)는 과거를 자꾸만 과거로 도망치게 하고, 죽은 존재들과 대화가 아닌 혼잣말을 하게 된다는 점[7]에서 무력한 여행을 경험하게 된다.

오늘날의 사안만큼이나 중요한 것은 기록된 역사, 기왕의 역사에서 감지되는 '틈새'이다. 이때 "우리가 보지 않으려고 하는 구멍들"에 해당하는 '틈새'는 과거 혹은 현재 속에 숨겨진 것, 따라서 여행자가 발견하거나 발명해야 하는 무엇이 아니다. 여행자로서의 우리가 시간 여행 내내 유지해야 하는 것은 자발적인 '길 잃음'의 상태이다. 길을 잃었을 때에만 들려오는 말과 다가오는 이미지들이 있으며, 그것에 "적극적 수동성"의 자세로 대응할 때에야 비로소 무언가가 변하기 시작한다. 길을 잃은 상태로 그저 기다리는 것이야말로 과거로 향하는 여행의 중요한 조건인 것이다. 몇몇 선행 연구자들의 작업은 그 같은 기다림의 시간이 언어로 전환되는 기이한 풍경을 보여주기도 한다. 그들의 사례를 통해 우리는 『백조』 여행의 경로를 마음껏 확장하여 상상해볼 수 있다.

『백조』라는 '하나의 큰 덩어리'를 덩어리 내부에서 이해하기 위해, 홍사용, 박종화, 박영희 개별 문인들의 흔적을 따라간 이동하의 초기 연구[8]는 경로 이탈의 중요성을 분명하게 보여준다. 연구는 기존의 해석과 수식어가 미

---

7   위의 책, 82~85쪽.
8   이동하, 「동인지 『백조』의 문학사적 성격」, 『한국문화』 4, 서울대학교 규장각 한국학연구원, 1983.

처 다 포섭하지 못한 『백조』의 초과들을 암시한다. 이러한 초과가 세 문인들 개인이 『백조』라는 무대 밖을 서성였던 순간들을 포착함으로써 제시된다는 점이 특히나 흥미롭다. 물론 이들 문인의 이탈을 강조하기 위해, 『백조』를 신경향파 문학과 구분되는 '순수문학', '낭만주의 시운동', 혹은 『장미촌』의 연속적 의미로 고정시킨다는 점은 경계해야 할 사항이다. 하지만 그의 연구에서 우리가 감지할 수 있는 더욱 중요한 것은 바로 역사 연구가 수행하는 틈새의 가능성이다. 홍사용의 무/의식적 "냉담", 박종화의 "분열", 박영희의 "주저" 등. 연구자에 의해 포착된 이 흔들리는 어휘들은 역사적 틈새가 인간 개인이 지닌 모순으로부터 비롯되는 순간을 이해하게 한다.

김행숙의 연구가 거부하는 것은 1920년대 동인지 문학과 당대의 풍경을 낭만주의, 상징주의, 퇴폐주의 등의 외래 사조의 이름을 통해 상상하는 일이다. 연구자에게 그것들은 오히려 적극적인 재구성의 대상이다. 한편 이 시대와 동인지 문학 분출의 장(場)은 당대뿐만 아니라 "현재 우리에게 자명하게 여겨지는 것들이 역사적으로 구성되고 있는 현장"[9]을 보여주는 근거이기도 하다는 점에서 오늘날에도 여전히 매혹적인 여행지이다. 1920년대라는 시기가 근대적 문학과 미학이 비로소 개념으로서 자리 잡은 때라는 시각에서 주목되어왔다면, 김행숙은 이 개념이 구성되는 과정에 집중한다. 이를 통해 과거를 자명한 기록으로, 또는 흔들림 없는 고정된 표식으로 이해하던 기존의 관점(들)이 폐기되면서, 현재 우리가 대하는 문학과 우리가 속한 문학장 역시 그 자체로 자연적인 무엇이 아니라는 사실까지 암시된다. 오늘날 우리 문학은 오랜 역사의 구성물이자 여전히 해체와 형성을 반복 중인 과정인 것

---

9   김행숙, 「1920년대 동인지 문학의 근대성 연구」, 고려대학교 박사학위 논문, 2002. 식민지기 조선 문단의 제도적 형성 방식과 작가 탄생의 메커니즘을 이해하기 위해 현상문예와 동인지 작가 견인 방식을 비교한 연구로는 정영진, 「제도로서의 작가의 형성 과정 연구 ─ 1920년대 전후의 현상문예와 동인지의 작가 견인 방식을 중심으로」, 『현대소설연구』 68, 한국현대소설학회, 2017 참조.

이다.

나아가, 이러한 시도는 과거에 관한 관습화된 관점을 폐기하는 것을 넘어 새로운 의미망 속에서 이를 재구축하는 연구로 이어지기도 한다. 허혜정[10]은 "한국의 낭만주의란 무엇인가"라는 다소 근본적인 질문을 비트는 방식으로, 1920년대의 '낭만주의' 경향이 지니고 있던 두 가지 상반된 요소를 동시에 검토하는 방법론을 택한다. 이러한 모순의 징후로서『백조』동인들의 작업이 호출될 때, 당대 대표적인 시 경향을 식민지 조선이라는 특수한 설정 내부에서 재구축할 수 있는 가능성이 마련되는 와중에,『백조』라는 상상된 무대의 범위가 좁아지는 것으로 담론이 확장되는 흥미로운 결과가 도출된다.

본격 연구 대상은『백조』또는 1920년대라는 시공간과 무관하지만, 한국 문예사조의 의미를 1920년대에서 1930년대라는 순차적, 선형적 역사관 속에서 탐구하는 일을 비판한 손유경의 작업 역시 중요한 여행담[11]이다. 그가 구인회와 카프 사이의 '상호 침투설'을 바탕으로 김남천 개인의 '모순된 갈망'에 집중할 때, 우리에게 성찰의 대상이 되는 것은 과거를 향한 관습적 독해의 방식과 그것을 지속게 한 문학사적 시간관 자체이다. 손유경은 "다다이즘에서 카프에로의 길"[12]이라는 다소 집약적이고 명료한 명제를 의문시함으로써 조선의 '전위'에 다르게 접근할 기회를 얻는다. 말할 것도 없이 이러한 해석의 틀은 카프와 구인회의 가까운 과거로서 이해되는『백조』가 놓인 시간관 역시 재조립할 여지를 제공한다. 선후관계가 곧 인과관계가 되는 직선적, 발전적 문학사관 속에서 가려진『백조』의 어떤 영역을 상상할 수 있게

---

10   허혜정, 앞의 논문.

11   손유경,「식민지 조선에서 전위가 된다는 것」,『한국현대문학연구』41, 한국현대문학회, 2013.

12   김윤식,『임화연구』, 문학사상사, 2000, 35쪽.

되는 것이다.

한편, 가장 최근에 제출된 한 연구는 이처럼 『백조』의 다른 시간을 상상해보는 것을 넘어, 『백조』라는 존재 자체를 한국 근대문학이라는 장소 바깥의 장소, 즉 조선의 '헤테로토피아'로 이해하고 있어 주목을 끈다.[13] 김웅기는 『백조』 창간의 의미를 3·1운동 직후 절망한 문학청년들의 치기 어린 충동의 맥락에 방기하지 않는다. 그보다 당대 문인들이 예술로서의 문학이란 무엇인가에 관해 진지하게 숙고했던 시간으로 『백조』 창간을 이해한 정우택의 입장[14]을 따른다. 또한 임화에 의해 이루어졌던 『백조』 재조명의 의의를 근거로 하여, 『백조』를 "근대문학의 새로운 지향으로서 선구자적 문학의 탈피와 신경향 문학의 도래 사이에 '낀' 주체로서 '낭만주의의 확보'를 고민해야 하는 매개자로서"[15] 파악한다. 이로써 신경향파 문학의 등장 이후 이행된 『백조』의 "공중분해"와 비전향은 단순한 실패가 아니라, 전근대 문학과 신경향파 문학이라는 당대 조선 문단의 주류 경향에 "이의제기"를 하는 헤테로토피아로 위치되는 것이다.

다소 어지럽게 나열한 감이 없지는 않지만, 크라카우어가 지향했던 역사적 태도와 유사한 접근법을 택한 선행 연구들이야말로 우리가 『백조』로의 시간 여행을 승낙해야 하는 좋은 이유가 될 수 있을 것이라고 믿는다. 이들이 머물렀던 과거의 '틈새'와 '분열'의 공간에 우리가 눈길을 둔다면, 기존의 언어로 다 포섭되지 않았던 『백조』의 얼굴이 흐릿하게나마 다시 상상될 수도 있을 것이다. 앞선 여행자들이 벼려놓은 위험한 돌다리를 통해 우리는 『백조』에 관한 평범한 사실과 해석, 『백조』를 둘러싼 불투명한 설들의 사이

---

13 김웅기, 「조선의 헤테로토피아로서 '白潮時代' 연구 ― 『白潮』 동인의 회고록과 상징주의 시의 공간을 바탕으로」, 『우리문학연구』 71, 우리문학회, 2021.

14 정우택, 「『문우』에서 『백조』까지 ― 매체와 인적 네트워크를 중심으로」, 『국제어문』 47, 국제어문학회, 2009.

15 김웅기, 앞의 논문, 190쪽.

를 헤집고 이를 다르게 배치할 수 있는 가능성을 느낄 수 있게 된다. 그렇게 길을 헤매는 중에 의도한, 혹은 실수한 걸음 사이사이에 놓인 우리 몫의 돌다리를 발견하게 된다면 더욱 좋을 것이다.

4. 돌아오는 길

2020년 10월 24일을 출발 일자로 했던 일민미술관의 승차권은 1920년 조선 경성의 거리로 나를 내려다 주었다. 그 낯선 여행길에서 나는 신여성 피아니스트 윤성덕의 집을 방문했고, 그녀가 거주했던 공간의 구석구석을 안내받았는데, 그의 인터뷰를 재구성한 배우의 목소리를 통해서였다. 나는 다음의 말을 고르느라 이어지는 그의 긴 침묵 앞에서 간간이 이어지는 피아노 연주에 귀를 기울였다가, 윤성덕과 함께 오래전 그날 오후의 빛을 바라보기도 했다.

위층에 마련된 "신여성 편집실"에서는 "조선여자의 공고한 단결을 도모"하고 "지위향상을 도모"한다는 근우회의 선언을 마주했고, 이를 통해 근래 우리를 둘러싼 수많은 외침과 행동을 떠올리기도 했다. 빛바랜 사진 속 세 명의 단발머리 여성들로부터 시작되었다던 소설가 조선희의 상상력과, 그 상상을 바탕으로 소환된 허정숙, 주세죽, 고명자 세 사람의 흔적[16]을 대면했을 땐, 식민지 조선의 사회주의 페미니스트들로서 그들이 감당해야 했던 척박한, 그리고 동시에 빛나는 삶을 감히 상상해볼 수도 있었다. 그러나 그

---

16 1927년 5월에 조직된 항일여성운동 단체인 '근우회'에는 허정숙이 속해 있었으며, 근우회가 발간한 여성잡지의 이름은 『근우』이다. '1920 기억극장, 〈황금狂시대〉'의 소개에 따라 이들 인물의 발표 글을 간략히 정리하면 다음과 같다. 허정숙, 「나의 단발과 단발 전후」, 『신여성』, 1925.10; 허정숙, 「조혼 경험 신시험 실패기: 단발했다가 장발된 까닭」, 『별건곤』, 1928.12; 주세죽, 「나는 단발을 주장합니다」, 『신여성』, 1925.8; 주세죽, 「남자의 자기(自己)만 사람인 척 하는 것」, 『별건곤』, 1927.11 등.

숱한 매료와 동화, 때로는 이질의 순간을 넘어 내가 다시 도착해야 할 곳은 2020년 가을의 광화문 거리였다. 미술관의 문을 나선 나는 여행의 이전과 어딘가 '다른' 사람이 되었을까? 변한 것이 있다면 그것은 대체 무엇이었을까?

역사가의 '현재적 관점'에 대해 설명하는 장의 말미에서 크라카우어는 레오 스트라우스의 말을 인용한다. "역사가는 어떻게 끝날지 모르는 여행을 떠난다. 현대라는 해변으로 돌아오는 역사가가 그 해변을 떠났던 역사가와 완전히 똑같은 사람일 가능성은 거의 없다." 일견 하나의 격언처럼 보이기도 하는 이 말보다 나의 눈길을 더 오래 끌었던 것은 이에 대해 크라카우어가 덧붙인 다음과 같은 말이었다. 역사가는 "자기가 떠났던 해변과 완전히 똑같은 해변으로 돌아올 가능성도 거의 없다."[17]

우리 대부분은 역사가가 아니다. 하지만 불안과 동요 속 도무지 포착되지 않는 취약한 현재를 살아가며 끊임없이 과거를 돌아본다는 점에서 우리는 언제나 시간의 여행자이다. 어쩌면 우리는 '똑같은 사람이 되지 않을 가능성', 이와 더불어 '똑같은 해변으로 돌아오지 않을 가능성'에 모험을 거는 심정으로 과거와 현재를 오가는 승차권을 구입해보는지도 모르겠다. 10월 24일을 출발 일자로 했던 1920 경성행 승차권이 다름 아닌 '왕복' 티켓이었다는 사실을 다시금 기억해본다. 지금 우리 앞에 놓인 『백조』라는 승차권 역시 도착지를 현재로 하는 왕복 티켓이다.

나는 조금은 다른 상태로나마 2020년의 서울로 돌아왔겠지만, 이전과 같지 않은 나와 이전과 같지 않은 해변에 대해서라면 아무것도 확신할 수 없다. 그저 오늘의 나는 『백조』라는 또 한 번의 여행을 준비하고 있을 뿐이다. 『백조』를 사이에 두고 백여 년의 시간을 기꺼이 횡단하고자 할 때, 우리는 언제든 다시 시작될 수 있는 시간 여행의 가능성을 본다. 백 년 전 이들의 길은

17　지그프리트 크라카우어, 앞의 책, 107쪽.

우리가 헤맬 수 있고, 헤맬 수 있어야 하는 무한한 영토이다. 혼란한 과거와 현재의 시간이 그 애매성을 잃어버리고, 진리라는 표식으로 굳어가는 것. 어쩌면 우리에게 가장 두려운 것은 그와 같은 일일지도 모른다.

14 키워드를 통해 보는 근대 잡지의 문예사조적 특성
―『백조』와 낭만주의를 중심으로[1]

도재학

1. 머리말

본 연구는 한림대학교 한림과학원에서 구축 중인 〈한림대 근대 문예지 코퍼스〉를 활용하여 근대 잡지의 문예사조적 특성을 확인하는 것을 목표로 한다. 특히『백조』와 낭만주의의 관계에 대해 텍스트의 키워드를 활용하여 논의할 것이다. 한국의 낭만주의는 흔히 백조파라 불리는 동인에 이르러 본격화되었다고 하는 것이 통념이므로 이를 지지하거나 반대할 수 있는 새로운 시각에서의 검토는 의의가 있다고 본다.

〈한림대 근대 문예지 코퍼스〉는『소년』(1908~1910),『청춘』(1914~1918),『창조』(1919~1921),『백조』(1922~1923),『폐허』및『폐허이후』(1920~1924)에 수록된 글을 포함하고 있는 약83만 어절 규모의 형태분석 코퍼스이다. 여기서 각 텍스트에서 사용된 단어들 중 특징적으로 관련이 있거나[positive] 특징적으로 관련이 없는[negative] 키워드를 추출하고 의미 부류별 특성에 따라 군집화해볼 것이다.

키워드는 기본적으로 핵심성(keyness) 수치를 고려하되 빈도를 함께 참조하여 텍스트의 문예사조적 특징을 확인하는 데에 활용한다. 그간 다량의 문학 텍스트에 대한 정량적 분석에 기반한 논의는 소설의 어휘 사용 양상을

---

1   이 글은 한림대학교 한림과학원에서 발행하는 학술지『개념과 소통』제26호(2020.12)에 발표된 것을 재수록한 것이다.

분석하거나,[2] 소설의 문체적 특성을 분석하거나,[3] 작가나 작품, 키워드의 네트워크를 구성하여 분석하거나,[4] 벡터의미론적 분석을 통해 잡지와 대표 비평어를 관련지어왔지만,[5] 문예사조에 대한 논구는 미진한 듯하다.

근대 잡지에 대해 문예사조적 특성을 거론하고 평가하는 것이 과연 문학사의 맥락을 이해하는 데에 있어서 유의미한지는 본 연구의 논점이 아니다. 문예사조의 규정과 할당에 의한 문학사의 도식적 구도화, 작가와 작품에 대한 편의적 유형화 등은 문제적일 수 있다. 이는 문예사조론의 문학사적 혹은 학술사적 가치와 의의를 회의하게 하는 지점일 것이며, 이에 대한 평가를 시도하는 것은 또 다른 문학 내의 담론이 될 것으로 본다.

본 연구의 관심과 초점은 〈한림대 근대 문예지 코퍼스〉로부터 추출 가능한 데이터와 그 활용 방안을 찾고 실질적인 연구를 수행해보는 데 있다. 코퍼스를 통해 얻을 수 있는 데이터는 잡지의 종류, 작가, 장르, 연도 등 여러 기준에 따라 추출되는 키워드 및 주요 단어의 공기어 등으로 각기 다른 주제의 연구에 사용 가능하다.[6] 여기서는 잡지별 키워드를 통해 각 텍스트에 대

---

2 문한별·김일환, 「카프 전후 소설의 어휘 사용 양상」, 『한국언어문학』 제69권, 2009; 문한별·김일환, 「김남천 소설의 어휘 사용 양상에 대한 계량적 연구」, 『현대소설연구』 제48권, 2011 등이 대표적이다.

3 김일환·문한별·이도길, 「계량적 전산 문체론 시고」, 『한말연구』 제33권, 2013; 문한별·김일환, 「한국 현대소설의 문체 분석을 위한 계량적 연구 시론」, 『어문논집』 제70권, 2014 등이 대표적이다.

4 이재연, 「작가, 매체, 네트워크」, 『사이』 제17권, 2014; 이재연, 「키워드와 네트워크」, 『상허학보』 제46권, 2016 등이 대표적이다.

5 이재연, 「'생활'과 '태도': 기계가 읽은 『개벽』과 『조선문단』의 작품 비평어와 비평가」, 『개념과 소통』 제18권, 2016.

6 예컨대 잡지의 종류별 키워드는 잡지의 성향이나 목적, 문예사조적 특성을 파악하는 데에, 작가별 키워드는 작가론 논의의 심화에, 장르별 키워드는 시와 소설의 주요 관심사와 주제적 차이를 분석하는 데에, 연도별 키워드는 당대의 유행과 관심사의 변화, 주제의식의 변천을 살피는 데에 활용될 수 있다. 주요 단어의 공기어를 분석하는 것은 균질하게 정제된

한 비교를 수행할 수 있다는 아이디어를 구체화한 것이다.

2. 논의의 전제

문예 잡지에 대한 정량적 분석인 본 연구가 전제하고 있는 몇 가지 사항에 대해 미리 밝혀둘 필요가 있다. 본 연구의 성립과 의의를 담보하는 몇 가지 중요하고 결정적인 사항에 대해 누군가는 근본적인 회의감을 가질 수 있고, 일면 타당하지만 여전히 해결되지 못한 문제가 있다고 볼 수도 있기 때문이다. 본 절의 내용은 논쟁적일 가능성이 높다고 보아 서술된 것이며 본 연구의 입장에 대해서는 물론 이견이 있을 수 있다.

첫째, 텍스트 분석을 통해서 그 이면에 있는 문예사조적 특성을 따져볼 수 있다는 것이다. 특정한 작가 개인 혹은 동인 집단이 담지하고 있던 사상의 영역이 텍스트만으로 논평될 수 있는가 하는 점은 문제적이다. 작가의 이념과 사상이 작품의 문면에 드러난다고 확언할 수 있는 것은 아니고 인물론적인 종합적이고 총체적인 논평을 통해서만 가능하다고 생각할 수 있다. 본 연구에서는 이런 입장의 타당성을 부인하지 않는다.

다만 지적해둘 점은, 어떤 이념과 사상이든 소위 개념화된 생각들과 그것들이 모여 있는 범주들의 체계로 이루어져 있게 마련인데, 여기서 개념화된 생각이나 이들이 이루는 범주는 대개 어휘로 언어화된다는 점은 주목할 만하다는 것이다. 이러한 아이디어에 착안하여 텍스트의 어휘를 분석함으로써도 인간 사유의 측면에 접근할 수 있다고 가정하는 것이 틀린 것은 아니

다량의 텍스트로부터 얻어지는 통계적으로 신뢰할 수 있는 자료에 의거하여 개념사를 기술할 수 있는 방법이기도 하다. 또한 공기어는 개념어 네트워크 구축의 기초가 되는 자료로서, 복수의 개념어가 공기하는 경향을 비교하거나 개념어 사이의 관련성 및 상이성을 분석하는 데에 활용될 수 있다.

며, 사실 대부분의 문헌 기반 연구는 이런 입장에서 출발한다.

백철은 그의 저서 『신문학사조사』(개정증보판, 1980)에서, 최남선이나 이광수 등 문학적 대가들이 활약했던 1910년대와 대별하여 1920년대를 낭만주의, 자연주의, 사실주의와 같은 문예운동이 일어났던 시기로 규정하고 그러한 새로운 문학의 수입과 변용의 주체를 동인으로 보았다.[7] 그렇다면 그 동인의 활동의 결과, 특히 잡지에 수록된 글의 존재는 특정한 문예사조와 관련될 수 있다고 보는 것이 합당할 것이다.

이재연이 문학을 구성하는 지식에 대한 소위 본질주의적인 탐구에 대해 설명한 바를 참고하면, 문예사조사적 논의는 '낭만주의', '자연주의', '사실주의' 등 서구의 문예사조를 하나의 역사적 사실로 받아들이고 한국문학사를 그것에 상응하는 내적 등가물을 생성해낸 연속적 과정이라고 이해하는 입장에서 전개되는 것이다. 그런데 이와는 달리 문학에 관한 개념을 사실이 아닌 역사적 담론으로 전제하고 문학의 의미를 탐구할 수도 있다.[8]

즉, 궁극적으로는 문예사조의 존재 양상도 분명한 것은 아니라고 할 수 있다. 본 연구는 이런 종류의 쟁점은 차치하고 텍스트에 사용된 어휘의 특성을 분석함으로써 근대 잡지와 문예사조의 상관성을 다루어보려는 것이다. 이러한 작업은 오랜 기간에 걸쳐 변화·발전해온 서구의 문예사조가 19세기 후반에서 20세기 초반의 짧은 시간 동안 한꺼번에 유입·수용되었던 당대 상황을 텍스트의 양적 분석을 통해 이해해보는 계기가 될 수 있다.

둘째, 특정 어휘 부류에 속하는 단어들의 사용을 텍스트의 문예사조를 규정하는 근거로 삼을 수 있다는 것이다. 사실, 텍스트와 문예사조의 관계 설

---

7   이재연, 「작가, 매체, 네트워크」, 258쪽.

8   이재연, 「키워드와 네트워크」, 278~279쪽. 이재연은 역사적 담론으로서의 문학을 연구하는 것을 '푸코적 계보학'이라고 불렀고, 이러한 계보학의 결과 문학사 연구가 확장되어 매체론, 문학제도사, 개념사 등을 포괄하게 되었다고 하였다.

정이 간단한 일은 아니다. 당대인들의 자기 규정도 중요하고, 후대인들의 평가적 지정도 물론 무시하기 어렵다. 어떤 문예사조를 대표하거나 그와 연관되는 어휘의 실제적 사용과 높은 빈도도 참고될 수 있고, 몇몇 어휘의 빈도가 아닌 텍스트 전반을 통해 간취되는 이미지도 고려될 수 있다.

한편으로는 모든 것이 주요하지만 다른 한편으로는 어느 것 하나 오롯한 기준이라고 생각하기는 어렵다. 일단 본 연구에서는 당대인들의 자기 규정이나 후대인들의 평가적 지정, 텍스트 전반을 통해 간취되는 이미지에 대해서는 고려하지 않는다. 본 연구에서 채택한 방법으로는 다룰 수 없는 것이기 때문이기도 하고, 각 사항에 대해 검토하고 분석하는 일은 해당 분야의 전문가가 더 신뢰도 높은 논의를 제출할 수 있을 것이기 때문이다.

셋째, 어떤 문예사조를 구성하는 속성들이 있다는 것이다. 더 구체적으로는, 낭만주의를 특성화하는 데 사용될 수 있는, 즉 낭만주의를 규정할 수 있는 속성들이 있다고 본다. 그리고 이 속성들을 표시하는 어휘 사용을 근거로 문예사조를 특정한다. 물론, 관련된 주변적 요인들이나 상정(또는 추정)된 구성요소들을 살피는 것으로 어떤 실체에 대한 특성 규정이 (충분히) 가능할 수 있는가에 대해서는 입장 차이가 있을 수 있다.

일단 본 연구에서는 이 사안에 대해 긍정적이다. 다 그런 것은 아니지만, 문예적 텍스트에서는 비유와 상징이 주요한 표현 기제이고, 그렇기에 주제 관련 연상 개념들을 표시하는 어휘가 중요하게 마련이다. 물론 문예적 텍스트가 아닌 어떤 종류의 글도 명시적 주제어만으로 특징지어지지는 않는다.[9] 그러므로 주제와 관련되는 어휘의 수효와 의미 부류를 살피는 것은 텍스트

---

9   설명적 텍스트의 경우, 논의되는 주제어가 자연히 전면에 드러나지만 그러면서도 그와 관련되는 어휘가 함께 동원된다. 예컨대 '정치제도'를 설명하는 글에서 '정치'가 언급되지 않을 수 없고, 그러면서도 한편으로 '군주제', '내각제', '대통령제' 등의 주제와 관련된 어휘가 함께 쓰일 것으로 예측하는 것은 자연스럽다.

의 특징을 파악하는 유의미한 방법이 될 수 있다.

한편 김종철은 낭만주의가 문예사조사의 한 항목으로 간단히 정리될 수 있는 것이 아니며, 낭만주의라는 용어 자체가 매우 막연하고 대단히 포괄적이라는 것을 지적하였다. 그리고 낭만주의라는 용어는 사용하는 사람에 따라 개념이 조금씩 달라진다고도 할 수 있다고 하였다. 그럼에도 낭만주의라는 용어가 포기되지 않는 데는 그럴 만한 이유가 있으며, 이것이 담지하는 일정한 예술적 목적과 경향을 '상상력에 대한 신앙'으로 꼽았다.[10]

『한국민족문화대백과사전』의 '낭만주의' 항목에 따르면, 낭만주의는 이성보다는 감성, 합리성보다는 비합리성, 감각성보다는 관념성을 강조하는 사조이면서, 고전주의에 반하는 주관적, 개성적, 공상적, 신비적, 동경적, 과거적, 혁명적, 정열적, 전원적, 원초적 등의 인간의 감정적 속성들을 추구하는 것이라 할 수 있다.[11] 본 연구에서는 근대 잡지 텍스트로부터 특징적인 키워드를 추출한 뒤 이 속성과 관련되는 어휘를 조사하고 분석한다.

즉, 어떤 텍스트의 낭만주의적 특성을 규정짓기 위해서 '낭만주의' 그 자체 혹은 '낭만', '낭만적', '낭만파' 등의 '낭만'이 명시된 단어들에만 집중하지 않고, 이를테면 감정적이고 공상적이고 신비적인 속성을 표시하는 어휘를 찾는다. 이 방법의 타당성은 〈한림대 근대 문예지 코퍼스〉에서 바로 입증된다. 코퍼스에서 '낭만'이 명시된 사례는 총 26회에 불과했는데, 『창조』에서 15회, 『백조』에서 11회였다. 예문을 구체적으로 살펴보자.

10   김종철, 「낭만주의」, 이선영 편, 『문예사조사』, 민음사, 1997, 123~124쪽.

11   「낭만주의」, 한국학중앙연구원 편, 『한국민족문화대백과사전』, 접속일자: 2020.5.18,
      https://encykorea.aks.ac.kr/Contents/SearchNavi?keyword=%EB%82%AD%EB%
      A7%8C%EC%A3%BC%EC%9D%98&ridx=0&tot=13.

〈1〉〈한림대 근대 문예지 코퍼스〉에서 '낭만'이 명시된 용례

(각 문장은 원문자 번호를 매겨 구분, '낭만'의 용례에 밑줄)

가. (1919년『창조』제1호) 벌꽃 주요한의「일본근대시초(1)」: 총 3회

① 지금 대강 明治, 及 大正의 詩壇을 나누면 前半은 로맨티시즘(浪漫主義)
時代요 後半은 심벌리즘(象徵主義) 時代라 할 수 있다.

② 氏와 同時에 나아온, 蒲原有明, 岩野泡鳴氏도 처음에는 浪漫主義로 시
작하였으나, 뒤에 다른 要素를 可하여 심벌리즘으로 變한 고로 다음 時
代로 넣는 것이 옳은 듯하다.

나. (1919년『창조』제2호) 벌꽃 주요한의「일본근대시초(2)」: 총 6회

① 로맨틱·심벌리즘(浪漫的, 象徵主義)

② 나는 먼저, 蒲原有明 氏와 岩野泡鳴 氏를 一面의 심벌리즘의 代表者로
들었지만, 勿論 이들의 本質的 表現은 (時代의 關係도 있었겠거니와) 單純
한 로맨티시즘이었다.

③ 다만 後年에 이르러 어떤 程度까지 심벌리즘에 通한 態度를 가진 거세
지나지 못하였음으로 여기 紹介하는 것은 대개 浪漫的 詞句를 담은 것
이 많다.

④ 詩壇의 先道와 後道 사이에 한 區劃을 지었다 하는 이 詩集의 價值는 全
수히 프레쉬한 浪漫的 官能主義에 있었다.

⑤ 蒲原有明(감바라·유우메이) (여기 든 두 例의 처음은 그의 浪漫的 色彩를 보이
고 다음 치는 그의 後年의 象徵의 色彩를 볼 수 있다)

다. (1920년『창조』제4호) 극웅 최승만의「문예에 대한 잡감」: 총 3회

① (二)로맨티시즘(Romanticism)……日本 사람이 말하는 所謂 浪漫主義인
데 十九 世紀 前半 文藝復興의 運動이 일어난 後로부터 있었던 것이다.

② 尙古主義가 因襲에 갇혀서 模倣을 主要하게 보는데 反하여 로맨티시즘
은 어디까지든지 自由와 獨創을 重視하고 知巧와 形式에 달아나는 데
反하여 사람의 自然한 情緒에 큰 注意를 둔다.

라. (1920년 『창조』 제5호) 김동인의 월평

　① 새빛 君의 薔薇花(曙光 一月) 十八九世紀 <u>浪漫派</u>의 ○○○○○가 보인
　　다.

마. (1921년 『창조』 제8호) 김유방의 「현대예술의 대안에서」

　① 우리의 記憶에는 古典派, <u>浪漫派</u>, 理想派, 自然派, 寫實派, 印象派(筆者
　　가 東亞日報 紙面에 以上의 傳統은 略述하였다)를 가졌고 오늘은 後期印象
　　派, 點彩派, 及 立體派의 多數, 畫家를 가지고 있다.

바. (1921년 『창조』 제9호) 김유방의 「작품에 대한 평자적 가치」

　① 그러나 이는 自然主義 以前 <u>浪漫主義</u> 時代 批評家에도 이러한 傾向이
　　없었던 것이 아니다.

사. (1922년 『백조』 제1호) 노자영의 「표박」

　① 그리하고 끝이 마칠 때마다 나는 꿈같다, 산 詩로다, 참 藝術이다, <u>浪漫的</u>
　　이다 하고 批判을 내리었다.

아. (1922년 『백조』 제2호) 박종화의 월평

　① 내가 언제인가 어느 잡지에 그의 시평을 쓸 때, 빈틈없이도 잘 조화된 <u>낭</u>
　　<u>만</u>과 상징의 노래이리라 하였다.

자. (1923년 『백조』 제3호) 회월 박영희의 육호잡기: 단 한 문장에서 총 9회 사용

　① 그리고 少年的 <u>浪漫</u>이라는 말은 무엇인지, 文學上 <u>古浪漫</u>, <u>新浪漫</u>이 있
　　으니까, 그러면 <u>古浪漫</u>은 老年的 <u>浪漫</u>이라고 하고, <u>新浪漫</u>은 少年的 <u>浪</u>
　　<u>漫</u>이라고 하자, 그러면 靑年的 <u>浪漫</u>은 文學上 무슨 <u>浪漫主義</u>에 속하는
　　지……

　〈1〉을 참고한다면, 『백조』보다 『창조』에서 더 이른 시기, 더 많은 필자의
글과 문장에서 '낭만'이 명시적으로 사용되었다. 3호까지 발행되었던 『백조』
에서는 매 호마다 낭만이 등장하기는 했지만 11회로 절대 빈도가 낮고, 각기
단 한 문장에서만 사용되었기 때문에 편재성(遍在性)이 낮다고 평가할 수 있

다. 이는 곧 '낭만'이 명시적으로 드러난 횟수만을 가지고 잡지에 문예사조적 특성을 할당하기는 어렵다는 것을 지지해준다.

이재연은 키워드를 활용하여 『개벽』의 주제를 분석하면서, 당시에 '생활'이라는 단어가 신경향파 문학을 지시하기 위한 키워드만으로 사용된 것도 아니고 사회주의 담론을 구성하는 단어는 '계급'만 있는 것도 아니었기 때문에 하나의 키워드를 하나의 경향이나 사조에 대응시키는 방식은 지나치게 단선적이라는 점을 언급한 바 있다.[12] 연구자의 임의대로 몇몇 단어를 끌어와 문예사조에 대응시키는 시도의 문제점이 일찍이 지적된 것이다.

본 연구에서도 이러한 가능성에 대해 공감하지만, 두 가지 측면에서 자의성의 위험을 배제하거나 낮추었다. 하나는 텍스트 간 비교를 통해 산출된 키워드를 핵심성(keyness) 수치를 기준으로 한 번 더 걸러내기 때문에 자의적 선별 가능성은 낮다는 점이다. 다른 하나는, 한두 단어로 문예사조와 대응시키는 것이 아니라 복수의 키워드와 그것들의 의미 부류별 특성을 고려하기 때문에 일대일 대응 관계는 상정되지 않는다는 것이다.

마지막 넷째, 코퍼스 자체에 오분석이 있을 수 있다는 것이다. 이는 대규모의 언어 자원을 구축하여 활용하는 양적 연구에서 필연적으로 감안해야 하는 부분이다. 기계 학습을 통해 분석의 정확도를 높이는 방식에서 완벽한 자료는 있을 수 없고, 한편 사람이 수작업으로 하나하나 작업을 한다고 해도 실수로 인한 오류 가능성은 상존한다. 그러므로 본 연구의 결과 수치가 절대적인 것이 아니라 경향성을 보여주는 것임에 유념할 필요가 있다.

---

12   이재연, 「키워드와 네트워크」, 294~295쪽.

3. 근대 잡지와 문예사조

본 절에서는 『소년』, 『청춘』, 『창조』, 『백조』, 『폐허』에 대한 키워드 분석을 통해 문예사조적 특성을 논의한다. 특히 한국의 낭만주의는 『백조』 동인에 이르러 본격화된 것으로 보는 것이 통념이므로 이를 지지하거나 반대할 수 있는 근거를 살펴본다. 여기서는 두 종류의 키워드를 검토할 것인데, 첫째는 한 잡지와 그 외의 모든 잡지를 대조하여 추출된 키워드이고, 둘째는 『백조』와 각각의 잡지를 대조하여 추출된 키워드이다.

키워드는 한 텍스트를 다른 어떤 텍스트와 대조했을 때, 해당 텍스트에서 사용된 단어들 중 특징적으로 관련이 있거나[positive] 특징적으로 관련이 없는[negative] 것을 가리킨다. 키워드 추출에는 AntConc 3.5.8 버전을 사용하였다. 그리고 일관된 대조를 위해 키워드는 로그-우도(log-likelihood) 값으로 정렬한 뒤, 명사, 형용사, 동사 등의 어휘적 단어들 중 핵심성 수치가 100 이상인 것들만 선별하여 고려 대상으로 삼았다.

1) 한 잡지 對 그 외의 것 대조

본 절에서는 한 잡지와 그 외 4종의 잡지의 텍스트를 대조하여 추출된 키워드를 분석해본다. 이로써 나머지 4종의 잡지와 차별화되는 한 잡지의 특성을 규명할 수 있다.

(1) 『백조』 對 그 외: 『백조』의 특성 파악

『백조』와 그 외의 잡지를 대조하여 추출되는 키워드는 〈표 1〉과 같다. 이는 『백조』의 텍스트적 특성을 반영하는 것이라고 평가할 수 있다. 나아가 그 키워드들 중에 낭만주의와 관련지을 만한 혹은 관련지을 수 있는 것이 있다면 그것은 『백조』와 낭만주의의 상관성을 짐작할 수 있게 하는 근거로 판단

〈표1〉『백조』對 『백조』외 잡지를 대조한 키워드

특징적으로 관련 있는 단어 (positive keyword)								특징적으로 관련 없는 단어 (negative keyword)			
순위	빈도	key-ness	단어	순위	빈도	key-ness	단어	순위	빈도	key-ness	단어
1	153	665.93	살로메	22	36	159.47	희정	1	7	142.67	선생
2	105	454.04	누님	23	65	157.62	춤추	2	2	108.22	소년
3	83	367.67	헤롯왕	24	115	153.52	영순				
4	80	343.83	숙주	25	198	152.89	밤				
5	266	318.07	가슴	26	121	151.97	죽음				
6	326	310.65	모든	27	34	150.61	영빈				
7	62	274.64	에로디아스	28	130	146.64	아름답				
8	391	260.99	사랑	29	49	145.68	예언자				
9	75	251.29	할머니	30	102	144.76	푸르				
10	224	240.97	눈물	31	122	138.07	꿈				
11	163	240.23	흐르	32	143	132.99	당신				
12	52	230.34	옥성이	33	34	130.48	그리움				
13	258	204.17	얼굴	34	29	128.46	단종				
14	419	195.91	소리	35	105	126.24	젊				
15	68	194.05	병사	36	35	126.05	시리아				
16	344	188.88	마음	37	62	117.07	비애				
17	171	188.80	어머니	38	36	116.51	경애				
18	135	173.00	웃음	39	117	115.02	희				
19	114	169.05	붉	40	51	113.22	달빛				
20	51	167.33	세조	41	75	111.99	청춘				
21	49	162.43	옥순이	42	60	109.90	혜선				

43	86	109.48	부르짖	46	26	101.22	가나안			
44	131	109.40	그대	47	75	100.86	그림자			
45	138	105.45	빛							

할 수 있다.

『백조』는 47개에 달하는 긍정 키워드와 2개에 불과한 부정 키워드가 확인된다. 3호까지만 발행되어 텍스트의 양이 적은데도 규모에 비해 키워드가 다수 추출된 것은 특징적이다. 〈표 1〉에서 낭만주의와 관련지을 만한 의미부류는 크게 네 가지가 확인된다.

〈2〉 『백조』 키워드의 의미 부류

가. 여성 지시어: '살로메, 에로디아스, 옥순이, 희정, 영순' 등의 여성 고유 명사혹은 '누님, 할머니, 어머니' 등의 여성 명사. 관능과 매혹의 정서를 불러일으키거나 사랑 혹은 그리움의 대상을 연상시킴

나. 감정적 특성: '가슴, 사랑, 눈물, 마음, 웃음, 그리움, 비애' 등

다. 몽환적 특성: '밤, 죽음, 꿈, 달빛' 등

라. 시각적 특성: '붉다, 아름답다, 푸르다, 희다' 등

여성 지시어나 감정적·몽환적 특성을 반영하는 단어들이 낭만주의적 특성을 반영하는 것으로서 주목된다. 한편, 시각적 특성을 반영하는 키워드는, 감각성보다는 관념성을 강조하는 것을 낭만주의의 특성이라고 본다면 다소 특이하다.

(2) 『소년』 對 그 외: 『소년』의 특성 파악

『소년』과 그 외의 잡지를 대조하여 추출되는 키워드는 〈표 2〉와 같다. 이는 『소년』의 텍스트적 특성을 반영하는 것이라고 평가할 수 있다.

〈표2〉『소년』對『소년』외 잡지를 대조한 키워드

특정적으로 관련 있는 단어 (positive keyword)								특정적으로 관련 없는 단어 (negative keyword)			
순위	빈도	key-ness	단어	순위	빈도	key-ness	단어	순위	빈도	key-ness	단어
1	576	537.53	선생	18	117	158.64	기구	1	156	334.38	사랑
2	421	521.76	소년	19	103	157.65	연방	2	1	287.04	작품
3	224	320.85	프랑스	20	65	157.62	학본	3	10	270.24	예술
4	175	294.81	역사	21	100	157.51	이탈리아	4	13	257.50	어머니
5	136	235.06	브리튼	22	63	152.77	걸리버	5	51	200.63	눈물
6	163	232.53	러시아	23	367	130.22	나라	6	49	192.38	생활
7	228	232.15	국민	24	51	123.67	지리학	7	68	187.81	가슴
8	99	229.58	혜성	25	103	120.25	국가	8	1	165.22	독일
9	153	228.92	대륙	26	63	116.24	단군	9	117	149.76	얼굴
10	187	219.85	반도	27	59	116.10	평방	10	347	129.33	소리
11	114	218.41	노예	28	75	114.30	면적	11	319	123.34	눈
12	189	211.31	우리나라	29	70	113.16	원문	12	98	115.30	웃
13	112	201.22	노인	30	50	112.11	이용	13	94	109.95	밤
14	87	193.25	대한	31	117	110.17	기록	14	107	109.77	울
15	92	192.67	아국	32	48	107.34	피터	15	4	108.22	표현
16	177	187.83	인민	33	104	104.87	정부	16	1	105.33	력사
17	191	177.47	가로					17	121	101.52	머리

『소년』에서는 33개의 비교적 많은 긍정 키워드와 17개의 비교적 많은 부정 키워드가 확인된다. 이는 여타의 잡지와 구별되는『소년』의 특성이 비교적 더 분명하다는 것을 시사한다. 긍정 키워드는『소년』의 특성을 가리키고, 부정 키워드는『소년』이 가지지 않는 특성을 가리킨다. 〈표 2〉에 제시된 긍정 키워드 중에서는 눈에 띄는 의미 부류를 세 가지 정도 지적할 수 있다. 그리고 부정 키워드에서도 주목되는 점이 있다.

〈3〉『소년』키워드의 의미 부류

가. 서구 국가명: '프랑스, 브리튼, 러시아, 이탈리아' 등

나. 우리나라 관련어: '우리나라, 대한, 아국, 단군' 등

다. 신지식 관련어: '대륙, 반도, 지리학, 평방, 면적' 등

※ '사랑, 어머니, 눈물, 가슴, 웃다, 밤' 등『백조』의 긍정 키워드(낭만주의 관련 어휘로 볼 수 있는 것들)가 부정 키워드로 다수 등장함

『소년』의 키워드 중에서는 서구 국가명과 신지식 관련어가 특히 눈에 띈다. 그리고 4위에 있는 '역사'도 독특하다. 이들은 당시 소년들을 계몽하기 위해 조선적인 것을 교육하고 서구의 문물을 위시한 새로운 지식을 보급한다는『소년』의 발행 취지를 반영하는 것으로 볼 수 있다. 우리나라와 관련된 어휘는 서구와 대비하는 맥락 혹은 민족적 자긍심을 고취하기 위한 맥락에서 쓰인 것으로 추측할 수 있다. 또한『백조』의 긍정 키워드가 여기서 부정 키워드로 다수 등장한 것은『백조』와『소년』의 텍스트적 차이를 보여준다.

(3)『청춘』對 그 외:『청춘』의 특성 파악

『청춘』과 그 외의 잡지를 대조하여 추출되는 키워드는 〈표 3〉과 같다. 이는『청춘』의 텍스트적 특성을 반영하는 것이라고 평가할 수 있다.

『청춘』에서는 25개의 긍정 키워드와 10개의 부정 키워드가 확인된다. 키

〈표 3〉『청춘』對『청춘』외 잡지를 대조한 키워드

특징적으로 관련 있는 단어 (positive keyword)								특징적으로 관련 없는 단어 (negative keyword)			
순위	빈도	key-ness	단어	순위	빈도	key-ness	단어	순위	빈도	key-ness	단어
1	224	394.83	독일	14	78	126.99	분류	1	5	253.54	작품
2	180	341.46	문호	15	150	125.96	무론	2	86	185.95	선생
3	105	254.70	얼골	16	112	120.85	연설	3	1237	181.40	사람
4	143	223.19	인종	17	49	118.86	에네르기	4	35	157.80	예술
5	156	210.78	동물	18	52	116.92	라듐	5	38	151.58	어머니
6	87	186.85	장발장	19	48	116.43	독일인	6	577	151.13	생각
7	78	154.94	마호메트	20	54	115.14	코제트	7	245	150.65	사랑
8	63	152.82	원자	21	92	110.36	물질	8	121	141.23	얼굴
9	100	148.55	영국	22	86	110.14	장성	9	243	132.53	마음
10	59	143.11	마리우스	23	124	104.82	유하	10	13	100.24	우리나라
11	54	130.99	카이제르	24	233	104.47	노력				
12	176	130.89	그네	25	94	101.90	진실로				
13	84	127.12	조선인								

워드의 수효로는 『백조』와 『소년』의 중간쯤 되지만 의미 부류를 살펴보면 내용적으로는 『소년』에 가까운 특성이 확인된다.

〈4〉『청춘』 키워드의 의미 부류

가. 서구 국가명과 인명: '독일, 영국, 독일인, 장발장, 마리우스, 카이제르, 코제트' 등

나. 과학 분야의 신지식 관련어: '인종, 동물, 원자, 분류, 에네르기, 라듐, 물질' 등

※ '어머니, 사랑, 마음' 등 『백조』의 긍정 키워드(낭만주의 관련 어휘로 볼 수 있는 것들)가 부정 키워드로 다수 등장함

『소년』과 유사하게, 『청춘』의 키워드에서도 서구의 국가명 및 인명, 그리고 과학 분야의 신지식 관련 어휘가 주목된다. 이는 인문, 예술, 과학, 학문, 실용 등 전 분야에 걸쳐 일반교양을 목표로 펴낸 『청춘』의 계몽적 대중지로서의 특성을 드러내는 부분이라고 할 수 있다. 『백조』의 긍정 키워드가 부정 키워드로 나타난 점도 『소년』과 흡사하다.

(4) 『창조』 對 그 외: 『창조』의 특성 파악

『창조』와 그 외의 잡지를 대조하여 추출되는 키워드는 〈표 4〉와 같다. 이는 『창조』의 텍스트적 특성을 반영하는 것이라고 평가할 수 있다.

『창조』에서는 40개의 비교적 많은 긍정 키워드와 3개에 불과한 부정 키워드가 확인된다. 키워드의 수효로 보았을 때에는 『백조』와 유사하다. 키워드를 의미 부류별로 나누어보아도 『소년』 및 『청춘』보다는 비교적 『백조』에 가까운 모습을 보인다.

〈5〉 『창조』 키워드의 의미 부류

가. 문학 작품에 등장하는 인명: '엘리자베트, 영선, 창우, 혜숙, 성희, 동준' 등

나. 평론 관련어: '작품, 비평가, 비평, 작자' 등

다. 감정적 특성: '사랑, 순정, 동경' 등

『창조』는 당대의 새로운 지식과 관련된 어휘가 나타나지 않은 것으로 보아서는 『소년』이나 『청춘』 같은 계몽적 성격은 두드러지지 않았다고 평가할 수 있다. 평론 관련어나 감정적 특성을 드러내는 어휘, 그리고 특히 다수를

〈표4〉『창조』對『창조』외 잡지를 대조한 키워드

	특징적으로 관련 있는 단어 (positive keyword)							특징적으로 관련 없는 단어 (negative keyword)			
순위	빈도	key-ness	단어	순위	빈도	key-ness	단어	순위	빈도	key-ness	단어
1	347	673.19	작품	21	71	188.33	태전	1	29	123.25	소년
2	201	599.95	엘리자베트	22	336	184.22	옷	2	8	108.46	국민
3	152	433.35	영선	23	132	180.70	창조	3	61	105.30	나라
4	134	399.96	엘리자베스	24	105	173.77	작자				
5	133	396.97	창우	25	56	167.14	혜숙이				
6	139	380.42	남작	26	56	157.58	칠성				
7	667	343.03	사랑	27	85	151.01	낯				
8	141	342.84	비평가	28	101	147.77	아우				
9	107	319.37	혜숙	29	120	142.26	문사				
10	106	316.38	성희	30	162	137.78	동경				
11	171	299.53	아내	31	123	135.63	형님				
12	95	283.55	동준	32	42	125.36	혜지				
13	93	252.41	세민	33	226	122.84	어머니				
14	167	250.35	미술	34	72	121.45	언니				
15	1030	245.54	생각	35	40	119.39	은순				
16	138	242.59	비평	36	151	119.01	소설				
17	74	220.87	김옥균	37	225	118.12	대답				
18	184	209.34	영순	38	75	111.52	재미있				
19	85	207.75	순정	39	584	107.11	눈				
20	366	195.05	머리	40	60	106.44	감옥				

차지하는 문학 작품의 등장인물명 등은 우리나라 최초의 종합문예 동인지로서의 『창조』의 특성을 잘 보여주는 것 같다.

(5) 『폐허』 對 그 외: 『폐허』의 특성 파악

『폐허』와 그 외의 잡지를 대조하여 추출되는 키워드는 〈표 5〉와 같다. 이는 『폐허』의 텍스트적 특성을 반영하는 것이라고 평가할 수 있다.

『폐허』에서는 22개의 비교적 적은 긍정 키워드가 확인될 뿐, 부정 키워드는 없다. 이는 다른 텍스트와 대비했을 때 『폐허』의 특징을 규정할 수 있는

〈표 5〉 『폐허』 對 『폐허』 외 잡지를 대조한 키워드

특징적으로 관련 있는 단어 (positive keyword)								특징적으로 관련 없는 단어 (negative keyword)			
순위	빈도	key-ness	단어	순위	빈도	key-ness	단어	순위	빈도	key-ness	단어
1	90	456.81	화실	12	41	185.85	경자	없음			
2	85	423.63	옥순	13	47	184.81	할아버지				
3	93	423.06	폐허	14	31	163.88	복만이				
4	82	395.96	상징주의	15	78	163.69	표현				
5	81	366.66	백작	16	27	142.73	김성녀				
6	180	347.66	예술	17	42	140.95	상징				
7	64	338.33	경삼	18	25	132.16	하경자				
8	69	334.35	사령관	19	69	129.21	요구				
9	116	260.34	종교	20	36	128.48	마님				
10	44	232.60	안흥석	21	23	121.58	양혜				
11	61	207.46	서방님	22	32	119.37	후작				

어휘가 적다는 것을 뜻한다. 그 이유는 두 가지를 들 수 있을 것 같다. 첫째는 『폐허』가 2호까지, 『폐허이후』가 창간호만 발행된 관계로 텍스트의 양 자체가 적은 것이다(『백조』는 약 9만 1천 어절, 『폐허』는 약 5만 9천 어절). 둘째는 『폐허』에서 표방한 어떤 이념이나 주의가 무엇이었든 언어 사용 측면에서는 현저하게 드러난 바가 없다는 것이다. 본 연구의 입장에서는 이 자료를 『폐허』를 특징지을 수 있는 어떤 이념이나 주의가 없었다는 방증으로 삼을 수 있다.

〈6〉 『폐허』 키워드의 의미 부류

가. 특징으로 삼을 만한 부류가 없는 듯함

나. 불분명한 몇 어휘: '상징주의, 예술, 표현, 상징' 등

『폐허』의 경우 긍정 키워드는 적고 부정 키워드는 없는 것, 즉 이 잡지의 특징을 잘 보여주는 키워드가 많지 않다는 것이 주목할 만한 점이다. 『폐허』의 이러한 특징은 (이보다 텍스트의 양이 많기는 하지만) 상대적으로 적은 텍스트 양에도 불구하고 긍정 키워드가 상당히 많이 나온 『백조』의 특징을 더 선명하게 확인할 수 있게 하는 방증이 된다.

이상으로 〈한림대 근대 문예지 코퍼스〉에 수록된 5종의 잡지를 대상으로, 한 잡지와 그 외의 잡지를 대조하여 추출된 키워드를 분석하였다. 요컨대 『백조』는 여성 지시어나 감정적·몽환적 특성을 반영하는 어휘를 근거로 하여 낭만주의적 특성이 뚜렷이 드러난다고 평가할 수 있다. 한편 『소년』과 『청춘』은 서구 국가명과 인명, 그리고 신지식 관련어들을 볼 때 계몽주의적 특성이 잘 드러난다고 할 수 있다. 『창조』는 종합문예 동인지로서의 다양한 측면들이 간취되며, 『폐허』는 특성이 그리 분명하지 않은 것으로 여겨진다.

2) 잡지 간 대조

　본 절에서는 『백조』와 그 외 4종의 잡지 중 한 잡지의 텍스트를 일대일로 대조하여 추출된 키워드를 분석해본다. 이를 통해 『백조』와 다른 한 잡지 간의 차이를 구체적으로 확인할 수 있다. 또한 『백조』를 매개로 하여 다른 잡지들 상호 간의 공통점과 차이점에 대해서도 시사점을 얻을 수 있다.

　먼저 살펴볼 것은 『백조』와 그 외 4종 잡지 각각을 대조하여 얻어진 긍정 키워드이다. 먼저 『백조』 對 『소년』, 그리고 『백조』 對 『청춘』을 대조하여 언

〈표 6〉 『백조』 對 『소년』의 긍정 키워드

순위	빈도	key-ness	단어	순위	빈도	key-ness	단어	순위	빈도	key-ness	단어
1	391	472.06	사랑	13	80	210.40	숙주	25	75	153.79	청춘
2	266	404.61	가슴	14	163	204.52	흐르	26	121	152.38	죽음
3	153	402.42	살로메	15	122	191.27	꿈	27	52	136.76	옥성이
4	171	363.93	어머니	16	130	190.81	아름답	28	138	134.95	빛
5	224	357.30	눈물	17	135	187.36	웃음	29	72	134.80	예술
6	115	302.46	영순	18	75	179.95	할머니	30	131	134.56	그대
7	258	286.24	얼굴	19	114	178.99	붉	31	143	133.60	당신
8	105	276.16	누님	20	182	164.63	울	32	124	132.93	노래
9	419	263.94	소리	21	62	163.06	에로디아스	33	153	129.13	부르
10	86	226.18	녀자	22	60	157.80	혜선	34	49	128.87	옥순이
11	83	218.29	헤롯왕	23	102	155.32	푸르	35	62	122.14	비애
12	198	212.61	밤	24	117	154.53	희	36	65	121.80	춤추

37	49	119.69	그립	41	49	113.24	예언자	45	51	107.96	달빛
38	287	115.90	눈	42	42	110.46	어둠	46	75	107.14	그림자
39	65	114.98	고요	43	68	109.79	병사	47	42	101.59	애인
40	60	113.54	형님	44	86	108.26	부르짖	48	344	101.14	마음

〈표7〉『백조』對『청춘』의 긍정 키워드

순위	빈도	key-ness	단어	순위	빈도	key-ness	단어	순위	빈도	key-ness	단어
1	153	402.34	살로메	16	135	168.38	웃음	31	60	121.31	형님
2	391	333.63	사랑	17	62	163.03	에로디아스	32	124	120.46	노래
3	266	313.78	가슴	18	60	157.77	혜선	33	182	120.15	울
4	115	302.40	영순	19	114	156.96	붉	34	198	118.96	밤
5	258	279.40	얼굴	20	143	153.30	당신	35	68	118.68	병사
6	105	276.10	누님	21	65	148.20	춤추	36	121	116.63	꽃
7	171	275.25	어머니	22	86	147.52	부르짖	37	105	115.77	젊
8	344	260.33	마음	23	52	136.73	옥성이	38	122	115.50	꿈
9	163	237.10	흐르	24	148	136.58	싶	39	62	114.67	비애
10	224	232.94	눈물	25	145	135.60	하늘	40	130	112.77	아름답
11	83	218.25	헤롯왕	26	94	135.60	그리하여	41	75	109.48	그림자
12	419	217.10	소리	27	50	131.47	김주	42	138	108.44	빛
13	80	200.21	숙주	28	784	131.12	시	43	121	104.26	오늘
14	75	197.21	할머니	29	49	128.84	옥순이	44	117	104.14	희
15	121	173.97	죽음	30	102	122.49	푸르				

은 긍정 키워드를 보자. 앞서 3-1)-(2)절과 3-1)-(3)절에서 『소년』과 『청춘』이 서구의 문물을 위시한 새로운 지식을 보급하는 계몽적 대중지로서의 성격이 유사하다는 것을 언급하였는데, 이러한 특성이 여기서도 확인된다.

『백조』와 『소년』을 대조했을 때 긍정 키워드는 48개, 『백조』와 『청춘』의 경우는 44개이다. 이 중 둘 모두에 등장하는 키워드는 총 36개이다. 이는 〈표 6〉의 75%, 〈표 7〉의 82%에 달하는 높은 수치이며, 『백조』와 비교되는 『소년』과 『청춘』의 특성이 상당히 유사하다는 것을 시사한다. 〈2〉와 비슷하게, 공유되는 키워드 36개는 다수가 여성 지시어이거나 감정적·몽환적 특성을 보이는 어휘이다.

〈7〉 〈표 6〉과 〈표 7〉에 공통적으로 나타난 키워드의 의미 부류

가. 여성 지시어: '살로메, 영순, 에로디아스, 혜선, 옥성이, 옥순이' 등의 여성 고유 명사 혹은 '어머니, 누님, 할머니' 등의 여성 명사 총 9개

나. 감정적 특성: '사랑, 가슴, 눈물, 웃음, 울다, 노래, 비애, 춤추다, 부르짖다, 마음' 등 총 10개

다. 몽환적 특성: '밤, 꿈' 등 총 2개

라. 불분명: '얼굴, 소리, 헤롯왕, 숙주, 흐르다, 아름답다, 붉다, 푸르다, 희다, 죽음, 빛, 당신, 형님, 병사, 그림자' 등 총 15개

〈7라〉에 '불분명'이라고 잠정적으로 처리해둔 단어들 중에서도, 감정적 특성과 관련지을 수 있는 경우가 있다. '얼굴'은 인간의 감정이 고스란히 드러나는 신체 부위이며, '아름답다, 붉다, 푸르다, 희다' 등의 형용사는 특정한 감정 상태를 환기할 수 있는 어휘이다. 물론, 이들 키워드의 모든 용례를 개별적으로 조사하여 일반화하지 않는 이상 이들이 감정적 특성과 직결된다고 하기는 어렵다고 보아 '불분명'으로 분류해두었다.

요컨대, 『백조』와 『소년』, 그리고 『백조』와 『청춘』을 대조한 결과는 『백

〈표 8〉『백조』對『창조』및『백조』對『폐허』의 긍정 키워드

백조 對 창조					백조 對 폐허			
순위	빈도	keyness	단어		순위	빈도	keyness	단어
1	153	330.95	살로메		1	391	154.77	사랑
2	105	224.32	누님		2	153	153.56	살로메
3	83	185.64	헤롯왕		3	344	121.38	마음
4	80	178.93	숙주		4	115	115.41	영순
5	68	152.09	병사		5	105	105.38	누님
6	62	138.67	에로디아스					
7	52	116.30	옥성이					
8	75	114.08	청춘					
9	51	114.06	세조					
10	60	112.45	폐하					
11	49	109.59	옥순이					
12	75	101.37	할머니					
13	49	100.58	예언자					

조』와 그 외 잡지 모두를 대조했을 때와 상당히 유사하고 수효도 많은 것이 특징적이다. 이는 곧『백조』가『소년』및『청춘』과 많이 다르다는 것을 시사하는 것으로 해석할 수 있다.

한편『백조』對『창조』, 그리고『백조』對『폐허』를 대조하여 얻은 긍정 키워드는 〈표 8〉과 같다. 둘 모두 긍정 키워드의 수효가 상당히 적은 것이 특징적이고, 이 때문에 키워드의 의미 부류를 묶어내기가 쉽지 않은 듯하다.

다음으로 볼 것은『백조』와 그 외 4종 잡지 각각을 대조하여 얻어진 부정 키워드이다. 워낙 수효가 적어서 의미 부류를 따지기 어렵다. 이 자료는 다

<표 9> 『백조』對 그 외 잡지의 부정 키워드

『백조』對 『소년』

순위	빈도	keyness	단어
1	7	302.82	선생
2	2	243.14	소년
3	1	129.88	프랑스
4	2	101.23	우리나라

『백조』對 『청춘』

순위	빈도	keyness	단어
1	4	110.36	독일

『백조』對 『창조』

순위	빈도	keyness	단어
1	30	132.4	작품
2	2	114.96	미술
3	9	112.71	학교
4	1	101.95	비평가

『백조』對 『폐허』

순위	빈도	keyness	단어
1	1	140.89	백작
2	15	137.63	종교
3	3	134.97	옥순
4	6	133.77	폐허
5	72	105.59	예술
6	13	105.56	시대

른 잡지와 견주어보았을 때, 『백조』와 관련이 없는 것으로서 특징지을 만한 속성은 부재하거나 혹은 딱히 눈에 띄지는 않는다는 것을 보여준다.

본 절의 논의를 정리하면, 『백조』는 계몽적 특성을 가진 『소년』 및 『청춘』 과 많이 다르고, 낭만주의적 특성을 뚜렷하게 보이는 것으로 평가할 수 있다. 한편 이에 비해 『창조』 및 『폐허』와는 큰 차이를 보이지 않는다고 할 수 있다. 이 점은 문예 동인지로서의 동질성을 반영하는 것으로 해석해볼 수도 있다.

4. 맺음말

본 연구에서는 한림대학교 한림과학원에서 구축 중인 〈한림대 근대 문예지 코퍼스〉로부터 추출된 키워드를 활용하여 근대 잡지의 문예사조적 특성을 논의하였다.

이를 위해 2절에서는, 다소 구구한 면이 없지 않지만, 본 연구에서 전제하고 있는 네 가지 (논쟁적) 사항에 대해 밝혀두었다. 첫째, 텍스트 분석을 통해서 그 이면에 있는 문예사조적 특성을 따져볼 수 있다는 점, 둘째, 특정 어휘부류에 속하는 단어들의 사용을 텍스트의 문예사조를 규정하는 근거로 삼을 수 있다는 점, 셋째, 어떤 문예사조를 구성하는 속성들이 있다는 점, 넷째, 코퍼스 자체에 오분석이 있을 수 있다는 점 등이다.

3절에서는 『백조』, 『소년』, 『청춘』, 『창조』, 『폐허』를 대상으로 '한 잡지 對 그 외 전부의 대조' 및 '잡지 간 대조'를 통해 추출된 키워드의 수효와 의미 부류별 특징을 살펴보았다. 한 잡지와 그 외의 모든 잡지를 대조하여 추출된 키워드를 통해, 『백조』는 여성 지시어나 감정적·몽환적 특성을 반영하는 어휘를 근거로 하여 낭만주의적 특성이 뚜렷이 드러난다고 보았다. 한편 『소년』과 『청춘』은 서구 국가명과 인명, 그리고 신지식 관련어들을 볼 때 계몽주의적 특성을 확인할 수 있었다. 『창조』에서는 종합문예 동인지로서의 다양한 측면들이 간취되며, 『폐허』는 특성이 그리 분명하지 않은 것으로 판단하였다. 그리고 잡지 간 대조로 추출된 키워드를 통해, 『백조』는 계몽적 특성을 가진 『소년』 및 『청춘』과 많이 다르고, 낭만주의적 특성을 뚜렷하게 드러내는 것으로 보았다. 이에 비해 『창조』 및 『폐허』와는 큰 차이를 보이지 않는 것을 확인하였다.

요컨대 『백조』의 경우 계몽적인 종합 잡지인 『소년』 및 『청춘』과는 큰 차이가 확인되며, 문예 동인지로 함께 묶이는 『창조』 및 『폐허』와는 상대적으로 차이가 크지 않았다. 소영현은 『창조』와 『폐허』에서 두루 강조되는 것이 내면적 개인의 발견 과정이며, 자기, 내면, 개성의 영역이 예술 창조의 기반임을 지적하면서, 정감적 주체의 발견이 삶의 낭만화 기획의 출발지라고 하였는데,[13] 이런 진술에서도 문예 동인지 사이의 상관성을 엿볼 수 있다.

근대 잡지의 문예사조적 특성을 텍스트에 대한 정량적 접근을 통해서 살펴보고자 시도한 본 연구는 프랑코 모레티의 '멀리서 읽기(distant reading)'와 관련된다. 멀리서 읽기는, 문학 작품을 대용량으로 집적하여 그 연구 대상과 연구자 사이에 거리를 두고 멀찍이 떨어져 읽는 방식이다. 인위적 거리를 상정하고 연구 대상을 추상화시켜 그 형태를 파악함으로써 작품분석이나 문학사 해석을 새롭게 하는 것이 멀리서 읽기의 방법론적 특징이다.[14]

이러한 멀리서 읽기는 꼼꼼히 읽기를 지지하는 입장에서는 비판의 대상일 수 있다. 방대한 데이터에 내재된 오류로 인한 결과의 부정확성, 텍스트의 세부적인 맥락을 제거한 채 파편적으로 얻어진 정보를 분석하는 일의 비구체성, 멀리서 읽기의 결과가 결국은 우리가 이미 아는 바를 확인하는 수준에 그치는 것이라는 비참신성 등이 얼마든지 지적될 수 있다.[15] 『백조』가 낭만주의적 특성을 보인다는 본 연구의 결론도 그저 뻔한 것일 수 있다.

그러나 본 연구는 이러한 방식의 접근이 우리가 익히 접해온 연구 방식의 가치를 새롭게 인식하는 한편, 어떤 연구 대상이 얼마든지 다른 각도에서 더 탐구될 여지가 있다는 사실을 확인시켜주는 것으로서 의의가 있다고 본다. 즉, 전혀 다른 연구 방법으로의 전환을 주장하는 것이 아니라, 다른 방향에서 생각해볼 수 있는 가능성을 열어놓고 기존 논의의 타당성을 점검하는 양

---

13   소영현, 「근대소설과 낭만주의」, 『상허학보』 제18권, 2003, 68~71쪽.

14   프랑코 모레티, 『그래프, 지도, 나무』, 이재연 역, 문학동네, 2020, 137쪽.

15   그러나 현재 이용 가능한 자원을 바탕으로 시도할 만하고 시도할 수 있는 논의를 해보는 것은 의미가 있다. 양적으로 충분하고 균형적이며 질적으로 정제된 코퍼스가 여전히 확보되지 않고 있는 상황에서의 연구라 할지라도 향후에 양적·질적으로 더 우수하다고 평가되거나 파급력·영향력이 남달랐던 텍스트들을 다룰 수 있게 하는 단초가 될 수 있다.

립 가능한 하나의 연구 방법을 제안하는 것이다.[16]

---

16 세 분의 심사위원 선생님께서는 공통적으로 좀 더 깊이 있는 분석과 해석의 가능성을 지적해주셨다. 문학 연구에 훈련되지 못한 필자의 한계로 본 연구의 자료와 관련한 유의미한 설명을 이끌어내지 못한 것이 아쉽다. 특히 한 심사위원 선생님께서는 본 연구의 의의를 평가하면서 다음과 같은 제언을 남겨주셨는데, 필자가 깊이 공감하였기에 아래에 전문을 가져왔다. 본 연구의 한계, 그리고 자료에 대한 더 깊이 있는 해석의 방향과 가능성을 지적해주신 것에 대해 이 자리를 빌려 감사드린다.

"이 논문의 아쉬운 점은 정량적 분석의 결과에 대한 연구자의 해석이 충분히 이루어지지 않았다는 점이다. 무엇보다 근대문예지의 텍스트의 특성이 문예사조사에 기반한 차이로 나타날 것이라고 가설을 세운 부분이 아쉽다. 이 논문에서도 언급한 것처럼 최근 문학사에서는 문예사조사를 통해 근대문학 초창기를 이해하는 방식은 한국의 근대문학사를 온전히 이해하지 못하는 한계가 있다는 것을 숙지하고 있다. 그러므로 정량적 분석을 통해 나온 키워드의 특성을 굳이 '낭만주의'라는 문예사조사에 맞춰 해석할 필요는 없다는 것이다. 『백조』에서 나오는 감정적 키워드 및 감정적으로 호명할 수 있는 인물의 이름은 일단 '지, 정, 의'의 분화 과정 속에서 문학이 '정'의 영역을 담당해야 한다는 문학의 정의를 구현하고 있기 때문에 나온 특성일 가능성이 높으며, 그렇기 때문에 계몽과 교육이 목적인 『소년』이나 『청춘』과는 다른 결과를 보인 것이다. 여기에서 중요한 것은 『백조』가 낭만주의 사조를 나타낸다는 지점이 아니라 '정'을 담당하는 문학의 역할 안에서 문예지에 나타난 작품들이 감정적 고조나 호소를 중시했다는 점이고, 그러한 감정적 호소가 살로메처럼 특정하게 유형화된 문학적 캐릭터를 통해서보다는, 영순이나 누님 등 실제 일상에 존재하는 주변의 인물과의 관계를 통해서 호소되고 있다는 점이다. 이렇게 실제 일상의 인물과의 관계가 그려지는 것은 문예사조상으로 따지면 오히려 리얼리즘 경향에 가깝다. 그렇기 때문에 이러한 특성을 단지 '낭만주의'라고만은 이해할 수 없는 것이다. 또한 『창조』에 평가나 비평 관련 용어가 많이 등장하는 것은 동인 중심의 합평이나 월평의 방식을 통해 등단 관련 문단 시스템을 구축하려는 의도가 있었기 때문이다. 이에 반해 『백조』는 작품 출품 위주의 잡지였고, 정량적으로 추출된 단어들도 연재되는 소설 작품 속에서 반복적으로 쓰이는 언어들이 주요 키워드로 도출된 것 같다. 이런 잡지 간 차이를 단순한 문예사조의 차이만으로 볼 수는 없다. 기존의 근대문예지 및 근대문학 초기의 문학사적인 특징에 대한 연구사에 대한 충분한 검토를 바탕으로 분석의 틀을 정치하게 다듬어야, 정량적 분석을 통해 나온 자료의 의미를 정확하게 파악하여, 의미 있는 연구 결과로 도출할 수 있을 것 같다."

15   동인지 『문우(文友)』와 다점적 혼종의 문학[1]

이경돈

1. 1920년과 동인지시대

근대는 인쇄의 시대이다. 수많은 이념과 사유, 정서와 감각들이 인쇄된 텍스트에 실려 사람과 사람을 잇기 시작했다. 신문과 잡지들이 쏟아지기 시작하며 한반도에도 '인쇄된 근대'의 시작이 예고되었지만, 급변했던 동아시아의 질서 변동 속에서 새로운 시대는 지체되었다. 대한제국에서 통감부로, 다시 총독부로 한반도 정체의 변동과 그로 인한 법적 구속의 유동성 속에서 '인쇄된 근대'의 유예는 오히려 필연적이었다.

그런 의미에서 3·1운동 직후는 인쇄된 텍스트를 통해 세계와 삶이 재발견되고 기록되기 시작한 시점이라 할 만하다. 『동아일보』나 『조선일보』, 『시사신문』은 물론 『개벽』과 『조선지광』, 『신천지』 등 수많은 매체들이 등장했다. 『창조』, 『폐허』, 『백조』로 대표되는 동인지시대의 개막도 이 시기를 전후하고 있으니, 근대문학의 기원적 원류가 이 시기를 관통하고 있음은 이미 자명하다. 따라서 근대문학의 출현에 잇닿은 정황을 살피고자 할 때, 또 그로부터 문학의 가능성을 넓히고자 할 때, 1920년 전후의 문학동인지에 주목하는 것도 당연하다 할 것이다.

동인지시대는 문학의 '예술성' 혹은 '자율성' 개념이 확립된 시대로 평가

---

[1]   『문우』 창간호 원본은 아단문고로부터 학술적 용도로 제공받았다. 귀한 자료를 제공해준 아단문고에 감사한다.

되어왔다. 『창조』와 『폐허』, 『백조』 등 3대 문학동인지는 그러한 평가를 확정하는 주요 텍스트들이었으며, 여기에 『장미촌』이나 『영대』 등에 대한 연구도 자율적 예술로서의 문학을 강화하는 논리의 연장선상에서 해석되었다. 동인지시대 이후, 문학의 자율성은 의심하기 어려운 근대문학의 원형적 성격으로 이해되었다.

그러나 남궁벽이 "오즉 '갓튼 자만 갓튼 자를 이해하는 것이다'. 우리는, 그 '갓튼 자'의 출현을 흔구(欣求)하며 전진할 뿐이다"[2]라고 주장한 문장에서 명백하게 드러나듯, 동인지는 동일한 문학적 지향을 공유하는 소규모 집단의 매체라는 점에서 내적 동질성과 외적 폐쇄성을 자신의 특징으로 한다. 지금 여기서 논하고자 하는 3·1운동을 전후한 시기처럼, 기존의 권위적인 혹은 제도적인 힘이 약화되고 새로운 이상과 방법이 강구되는 지형에서 동인제와 동인지는 매우 매력적이고 효과적인 자기 구현의 형식이었다.

그리하여 1920년, 동인제의 세밀한 차별성과 엄격한 동질성의 요구는 서로 다른 동인집단의 난립을 초래했다. 지향의 차이, 방법의 다름에 따라 동인지는 난립과 혼류 속에 명멸하는 숙명을 안고 태어났으며, 상황의 변화에 따른 이합집산 역시 이 시대의 특성이 되었다. 난립과 이합집산, 그리고 혼류라는 동인지시대의 숙명은 '예술성'이나 '자율성' 등의 단일한 원리적 성격으로 규명하기 어려운 다점성(多點性)과 혼종성(混種性) 속에서 이 시기가 이해되어야 함을 뜻한다. 인쇄미디어와 텍스트의 폭발적 범람 속에 서로 다른 상상력과 지식체계가 공존 병립하는 상황이 창출되었다는 점에서 '다점성'을, 이들의 운동이 섞이고 엮이며 종의 변화가 일어나고 있다는 점에서 '혼종성'을 고려해야 한다는 것이다.

실제로 1920년 전후에 발행된 문학동인지는 『창조』와 『폐허』, 『백조』 외에도 『근화(槿花)』, 『여광(麗光)』, 『문우(文友)』 등이 있었고 이들의 문학적 동

---

2   남궁벽, 「廢墟雜記」, 『폐허』 2호, 1921.1, 152쪽.

력은 상당한 진폭을 가지고 있었다.[3] 노정일과 심훈의 활약이 돋보인『근화』는 언어적 민족수(民族粹)를 중심으로 사회적 문학 운동을 지향했고, 진장섭, 고한승, 마상규 등이 주축을 이룬『여광』은 '개성'이라는 지역적 정체성을 중심으로 전통과 근대가 만나는 새로운 가능성을 제시했다.『문우』역시 또 다른 측면에서 동인지시대의 다점성을 구현하고 있었으니, 그것은 사회 현실과의 적극적 교섭을 통해 전개되었다.[4]『문우』는 문학을 지향했으나 사회적 제 현실로부터 자신을 분리하지 않았으며, 치열한 광장에서 문학을 꽃피우길 원했던 또 다른 상상력의 결과이다.

　　동인지시대의 여러 잡지 중에서도『문우』는 타 동인지들과 달리 다양한

3　　『한국잡지총람』(한국잡지협회, 1972)에 따르면, 1919년, 1920년 발행된 문학동인지는『창조』,『폐허』,『여광』,『근화』,『문우』의 5종이며 이후『장미촌』,『백조』,『영대』등이 발행되었으니, 3·1운동 직후 문학동인지 중 그간 조명되지 않았던 잡지는『근화』,『여광』,『문우』정도이다. 1920년 이전 발행된 문학잡지로『조선문예』와『근대사조』가 있으나,『조선문예』는 잡지라는 근대적 형식에 기존의 전통적 문학 양식을 부어 넣은 과도적 형식이라는 점에서,『근대사조』는 황석우 1인의 잡지로서 동인제도를 갖추지 못했다는 점에서 논의에서 제외했다(『근대사조』에 대해서는 정우택,「『근대사조』의 매체적 성격과 문예사상적 의의」,『국제어문』34, 국제어문학회, 2005; 조영복,「황석우의『근대사조』와 근대 초기 잡지의 '불온성'」,『한국현대문학연구』17, 한국현대문학회, 2005 등을 참조).

　　　같은 이유로, 문학의 형성에 지대한 영향을 끼쳤으나 문학동인지로 평가하기는 어려운『학지광』,『개벽』,『조선지광』,『서광』,『신청년』,『삼광』,『갈돕』,『아성』,『계명』,『대중시보』,『여자계』등도 제외했다. 이들 잡지 역시 문학에 대한 상상을 달리하는 가능성의 일부로서 해석되어야 마땅하겠으나, 문학적 정체성을 잡지의 본령으로 내세운 문학동인지들과 시사종합지를 역할과 효과 면에서 구별하고자 한다. 동인지와 종합지는 문학에 지면을 할애하는 문제에 있어 선명하게 구별된다. 문학동인지 외의 잡지에 대해서는 차후 다른 지면을 통해 논의를 확대하고자 한다.

4　　이러한 이유로 이 논문은『근화』,『여광』,『문우』로 이어지는 1920년 문학동인지의 성격을 재구성하는 시리즈의 일환으로 구상되었다.『근화』와『여광』에 대해서는「잡지『근화』와 문학동인지시대」(『비교어문연구』26집, 비교어문학회, 2009.2),「동인지『여광』과 정체성의 공간」(『한중인문학연구』26집, 한중인문학회, 2009.4) 참조.

경향성이 공존 속에 혼류하는 독특한 특성을 보인다. 내적 유사성을 단단히 공유했던 대부분의 동인지에 비해 다점성과 혼종성이라는 시대의 성격이 단일 동인지 안에서 관철되는 양상을 보여주는 것이다. 이 때문에『문우』는 창간호가 곧 종간호가 되는 비운을 받아들여야 했지만,『문우』에서 형성된 공동의 경험은 그 후 1920년대 각 방면에 영향을 끼친다. 사회적 빈곤과 억압을 표현했던 동인들은 사회주의운동의 주축세력으로 성장하고, 상징주의를 주창하던 동인들은『백조』와 신경향파의 형성에 영향을 미치는 등 사회와 문단에서 중요한 역할을 수행한다.

그리하여『문우』와『근화』,『여광』을 고려할 때, 동인지시대는 난립으로써 다점성을, 섞여듦을 통해 혼종성을 구현했던 시대였으며 그로 인해 문학에 대한 근원적인 관념과 인식의 재구성을 가능하게 할 기초를 제공하는 시대였음을 확인하고자 한다. 나아가 1920년의 문학동인지『근화』와『여광』그리고『문우』를 통해 동인지시대를 재구성함으로써 문학에 대한 다양한 상상력을 오늘에 다시 살피고자 한다.

2.『문우』와 동인들의 단층

『문우』창간호는 1920년 5월 15일 경성의 문흥사에서 계간으로 발행되었다. 애초의 계획은 1920년 새해 첫날 창간호를 발행하는 것이었던 것으로 보인다. 그러나 발행 계획은 계속 미루어졌고 5월에야 선을 보이게 되었다.[5] 편집 겸 발행인은『서광』의 발행인이기도 했던 김병조였고, 대동인쇄주식회

---

5 「편집여백」(『문우』창간호, 1920.5.15, 55쪽)에서 밝힌바, "울음만코 우슴만은 四千二百五十二年을등진 四千二百五十三年의 첫날에 저싼에는 어둔가슴에 불붓허 넘처터지는 붉은 노래를 소리쳐 놉히읇흐랴 ᄒᆞ얏든 것이외다 그러나 失敗로소이다. 新年號가 四月에? 안이 五月號가 되엿사외다 과연한심흔 일이올시다"로 볼 때, 예정했던 발행 일자는 1920년 1월 1일이었으며『문우』의 기획이 3·1운동의 여파 속에 있었음을 파악할 수 있다.

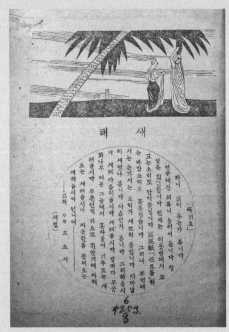

『문우』창간호 표지 및 권두시, 「편집여백」

사의 김중환이 인쇄를 담당했다.

『문우』에 대해 알려진 바는 거의 없다. 다만 박종화와 홍사용의 회고를 통해 『문우』 발행의 정황을 대략 확인할 수 있을 뿐이다. 『문우』의 편집은 노초(路草) 정백(정지현)과 월탄(月灘) 박종화 그리고 노작(露雀) 홍사용이 주도했다고 한다. 이들은 모두 휘문의숙의 동창으로 『문우』의 발행 이전부터 글을 통해 친분을 다져왔으며, 정백이 『서광』의 편집에 참여하고 있었던 관계로 『문우』의 편집을 이들이 맡게 되었던 것으로 보인다.[6] 따라서 『문우』의 발행 겸 편집인으로 기재된 김병조는 『서광』과 『문우』의 발행을 지원하기는 했으나 편집에 직접 간여했다고 보기는 어렵다.

『문우』가 계간지로 기획되었음에도 창간호밖에 발행하지 못한 것도 편집을 주도하던 정백, 박종화, 홍사용의 불화와 관계되어 있다. 사상적, 사회적 지향을 강하게 지녔던 정백과 문학적 관심이 지대했던 박종화, 홍사용과의 갈등이 불거지며 더 이상 발행을 지속할 수 없게 된 것이다. "참삶의 노래를" 부르는 것으로 자신의 "진리의 집"을 상정한 박종화, 홍사용의 길은 정백의 길과 달랐다. 박종화의 평가대로 "X에 이르기까지 이에 노력하고 투쟁하여 최후까지라도 용감하려" 한 정백과 함께 길을 가기가 어려웠을 것이다.[7]

『문우』의 창간호가 발행된 이후, 정백은 『신생활』로 자리를 옮겨 활동하다가 사회주의운동에 투신했고, 박종화와 홍사용은 『백조』를 기획하여 문학의 길에 들어섰다. 후일 박종화가 "역(力)의 예술"을 주창했던 것이나, 『백조』의 동인들이 KAPF 창단에 기여한 바를 고려한다면, 문학운동과 사회운동이라는 활동영역의 차이가 있었을지라도 이 시기 정백과 공유했던 경험이

---

6   후일 사회주의운동의 주요 인물로 활동하는 노초 정백과 노작 홍사용, 월탄 박종화의 친분 관계 및 불화에 대해서는 윤병로의 『박종화의 삶과 문학 — 미공개 월탄일기 평설』(서울신문사, 1993, 25~31쪽)을 참조하고, 『문우』에 참여하고 편집을 주도했던 정황에 대해서는 박종화의 『역사는 흐르는데 청산은 말이 없네』(삼경출판사, 1979, 402~405쪽) 참조.

7   윤병로, 앞의 책, 27쪽.

적지 않은 영향을 미쳤음을 쉽게 유추할 수 있다. 창간호가 곧 종간호가 되어버린『문우』동인의 사정은 이러했다. 따라서 문학동인지로서의『문우』는 한편으로『백조』를 예비하고 준비했던『백조』의 과거이자,『백조』이전『백조』가 담지하고 있던 또 다른 가능성이 표현된『백조』의 미래이기도 하다.

주요 편집진이던 정백과 박종화, 홍사용의 비중은 창간호의 지면에서도 드러난다. 권두시는 '새별'을 필명으로 한 홍사용[8]의 「새해」이고, 연이어 소아(笑啞)라는 다른 필명을 사용한 홍사용이 시 「크다란 집의 찬밤」을, 묵소(黙笑)를 필명으로 한 정백이 소설 「廿一日」을, 월탄(月灘)을 필명으로 한 박종화가 시 「왜 이리 슲허?」, 「제야(除夜)에」, 「미친 구름」을 나란히 게재한다. 이 중 박종화는 평론 「샘볼리슴[象徵主義]」과 소설 「백열(白熱)」도 게재하여 가장 많은 글을 실었을 뿐 아니라 시와 소설, 비평에 이르기까지 광범위한 문학적 소양을 보여준다. 비록 정백과의 친우관계로『서광』및 문흥사에 발을 들여놓았고, 회고에서는 정백, 홍사용과 함께 편집을 했다고 기록했으나, 실제로『문우』에서 가장 지대한 역할을 담당하고 있었던 것은 박종화였음을 확인할 수 있다.

이들 외로 외돗 이서구가 시 「첫 빗」을, 동원 이일이 시 「차고 밝은 달아」, 「눈의 키쓰」를, 최정묵이 논설 「신시대(新時代)와 신생활(新生活)」을, 차동균이 평론 「문예부흥(文藝復興) 이후(以後)의 문예사조(文藝思潮) 변천(變遷)과 우리의 목표(目標)」를, 박헌영이 미국 시인인 로웰의 시 「유산(遺産)」과 역시

---

8   이 시기 '새별'이라는 필명을 사용했던 사람으로『창조』의 동인이었던 '박석윤'이 있다. 그러나 박석윤이『문우』와 관계를 맺은 정황은 발견되지 않고, 박종화는 「샘볼리슴」(『문우』창간호, 1920.5)에서 당시 상징시의 선두로 '洪새별 君'을 소개하고 대표작으로 「어둔밤」을 제시한 바 있다.『서광』창간호에 실린 「어둔밤」은 홍사용의 작품이다. 이런 정황은『문우』에서 권두시 「새해」를 싣고 '새별'을 별호로 사용한 작자가 '박석윤'이 아니라 '홍사용'임을 드러낸다. 따라서 홍사용은『문우』에서 근대적 정신을 환기하는 '새별'과 3·1운동을 암시하는 '소아(笑啞)' 두 개의 필명을 사용했다고 할 수 있다.

미국 시인인 휘트먼의 시「청년(靑年)은 주(晝) 노년(老年)은 야(夜)」,「감옥(監獄)의 가자(歌者)」[9]를 번역한「나의 읽은 중(中)에서」를 게재한다. 시와 소설, 평론과 번역 등 문학의 제 분야가 고루 배치되었고, 이는『창조』나『폐허』등의 동인지들이 택한 구성과 유사하다.

타 동인지와 구별되는『문우』의 특이성은 편집이나 양식, 문체에서 드러나기보다 인적 구성과 주제의식에서 도드라진다.『문우』의 필진은 대략 세 그룹으로 분류할 수 있다. 먼저 박종화와 홍사용은 문학의 창신을 도모했던 상징주의자 그룹이라 할 수 있고, 이서구와 최정묵, 차동균 등은 당시『서광』에 글을 올리던 개조론적 지식인 그룹으로 분류할 수 있으며, 정백과 박헌영은 사회운동적 지향이 강했던 그룹이었다.[10]

이들은 모두 새로운 문학의 출현을 위해 문학동인지를 발행한다는 목적을 공유했지만 다른 한편으로 '문학'에 대한 견해와 관심사는 서로 달랐다. 박종화 그룹은 새로운 문학의 모델을 창출하고 제반의 제도를 구축하려는 시도로서『문우』를 설정했다. 이에 따라『문우』이후로도 이들은『백조』를 창간하고『조선문단』등의 필진으로 활동하는 등 문학적 기틀을 세우는 데 주력하게 된다. 반면 정백과 박헌영의 경우는 사회주의운동에 투신하는 길을 택하게 된다. 정백은 시사종합지『서광』과『신생활』에서 활동하며 서울

---

9 박헌영이 번역한 휘트먼의 시「監獄의 歌者」는 원문이 실리지 않았다. 다만 "監獄의 歌者 以下四十五行은當局에忌諱에因ᄒ야削除되다"라는 편집자의 설명이 붙어 있다.『문우』에서 검열의 흔적이 남은 것은 박헌영의「감옥의 가자」가 유일하다.

10 이러한 구분은 개인의 친분이나 연관의 고리와 동일하지는 않을 듯하다. 초기 이들의 관계는 학연이나 지연 등에 의존했을 가능성이 오히려 크다. 실제로 필자들은 경성고보와 휘문고보 출신이 많고, 서울을 중심으로 황해, 충청, 강원 등 인접지역 출신자가 다수를 이룬다. 그러나 이들이 이제 막 사회적 활동을 시작한 청년들이었다는 점과 아직 이념적, 실천적 경계가 뚜렷하지 않았던 점, 또『문우』가 이들을 하나로 묶을 수 있었던 힘이자 분화의 결절점이었음을 고려하면『문우』의 관계는 과거의 관계로부터 파악하기보다는 발행 당시 이들의 지향과 향후 활동의 궤적을 통해 이해하는 것이 더 적절하다고 보았다.

청년회를 통해 사회주의운동을 펼치고, 박헌영은 홍명희, 김억 등과 함께 조선에스페란토협회 창립에 잠시 관여하다가 상해로 망명하여 사회주의운동에 가담했다.[11] 이서구는 신문과 잡지 등을 가리지 않는 전천후 저널리즘을 선보였으며, 최정묵은 진취적인 변호사로서 평양을 중심으로 활동했다. 동인으로 참여했던 인물 중 차동균은『문우』이후의 행적에 관해 알려진 바가 거의 없다.[12]

『문우』이후의 활동으로 볼 때, 무시할 수 없는 경향적 차이를 지닌 이들이 한자리에 모일 수 있었던 것은 문학의 사회성에 대한 인식의 공유가 깊었기 때문이었던 것으로 보인다. 이들이 선보인 작품들은 경향적 차이에도 불구하고 문학 속에 짙은 사회성을 함유하고 있다.

3. 사회 귀속적 문학과 문학 자율적 운동 그리고 문학의 현실

1) 사회주의적 경향성과 문학의 사회적 귀속성

1920년 무렵의 동인지의 작품들을 일별해볼 때,『문우』를 특징짓는 가장 주목되는 작품은 묵소(默笑) 정백[13]의 「廿一日(21일)」[14]이다. 능숙한 서울말로 대화와 회상, 편지 등을 통해 당시 작품들에서 흔히 보기 어려운 풍부하면서도 세련된 문체를 구사했다는 점은 표현에 있어 「21일」이 가진 큰 성취

---

11   이정박헌영전집편집위원회,『이정 박헌영 전집』9, 역사비평사, 2004, 128~132쪽.

12   차동균은 이후 문화적, 사회적 활동을 접고 운수업에 종사한 것으로 추측된다.

13   정백의 본명은 정지현이다. 3·1운동 직후 3·1운동을 은유하며 묵소(默笑)라는 별호를 사용했으나 그 후로는 사회주의운동가 노초(路草) 정백으로 널리 알려졌다.

14   「廿一日」은 '21일' 혹은 '스무하룻날'을 뜻한다. 원문의 표기를 그대로 살리기 위해 「廿一日」로 기재하지만 일상어의 측면에서 그 뜻을 살리는 것도 중요하다고 판단되어 이하 「21일」을 혼용한다.

이겠고, 퇴근 후 잠자리에 들기까지 일가족 4인의 짧은 일상을 그리면서 시련과 좌절에서 희망적 메시지로 반전을 일구어낸 플롯도 당시로서는 찾아보기 어려운 서사 장악력을 보여준다.

그러나 무엇보다 「21일」을 돋보이게 하는 것은 3·1운동 직후의 사회와 빈곤한 생활을 한데 엮어내는 예민한 사회인식을 배경으로 고단한 삶 속에서도 희망을 찾고자 한 선명한 주제의식이다. 냉철한 사회인식을 보여준 「21일」은 주제의식과 구성, 문체에서 독특한 당대적 실감에 이르기까지 1920년의 소설에서는 보기 어려운 수작이라 평가할 수 있다.

「21일」의 첫 대목은 눈 내리는 깊은 겨울, 월급날 저녁의 풍경을 묘사하는 것으로 시작한다. 도입부에서부터 작자의 필력은 모자람 없이 부각된다. 희고 부드럽게 묘사된 눈의 이미지는 어둠 및 추위와 대비되며 월급날의 위안과 불안을 동시에 환기한다면, "뉘웃뉘웃" 하는 석양과 "야금야금" 먹어오는 어둠, "살금살금" 또 "사풋사풋" "검은 쌍을 분(粉)발너"주며 내리는 눈에 대한 묘사는 분위기를 한껏 고조시키는 풍부한 서정을 자아낸다.

삼청동 언덕배기의 초가집에 살고 있는 '정수'는 칡끈에 꿴 명태와 신문지에 싼 콩나물을 월급날의 만찬을 위해 사가지고 들어간다. 외상으로 대 먹는 쌀이 제때 오지 않아 늦어진 식사를 자책하는 정수의 아내 '정희'와 왜떡을 사 온 줄로 오해하고 신문지에 덤벼드는 코흘리개 아들 '일남'이, 그리고 돋보기를 쓴 채 삯바느질을 하며 걱정을 멈추지 못하는 어머니가 그의 가족들이다.

그의 귀가와 함께 펼쳐지는 가족들의 정황에서도 암시되는바, 서사의 흐름을 이끄는 문제는 빈곤의 고통과 생계의 공포이다. 월급날 저녁이건만 여의치 않은 그의 지갑사정은 갈등의 촉발지점과 주제의식의 기반을 적절히 지목한다. '정수'의 지갑은 빈곤에 지쳐가는 삶의 고단함을 상징한다.

아짜 경기도청(京畿道廳)에서바든 조선은행절수(朝鮮銀行切手) 일금사십원야

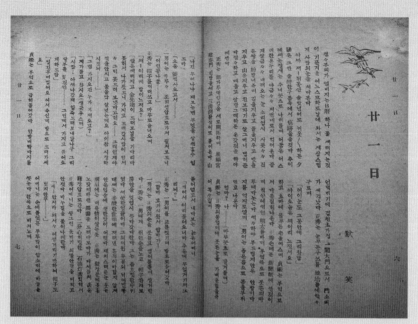

「21일」 원본

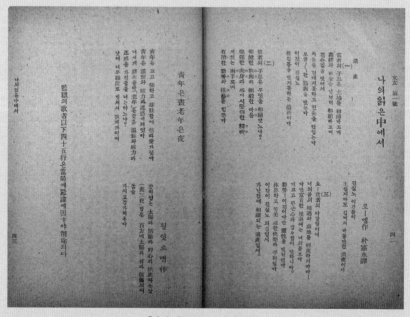

「나의 읽은 중(中)에서」 원본

(一金四十圓也)가 김선달(金先達) 쌀가가(假家)에서 쌀갑으로 이십오원(二十五圓) 약간전(若干錢)에 넘겨맛기고 일원(壹圓)짜리열셋 갈갈히 씨저진 십전(十錢)짜리일곱장을 차젓다 집에 드러오는길에 동구(洞口) 반찬가가에서 우스리달닌 일원(一圓)두장을 작별(作別)하고 지금(只今)저지갑(紙匣)속에 안저잇는 쏠쏠 뭉친속에서 '나는장차(將次) 밝는날 월수(月收)징이집으로 써나갈 하로밤ㅅ새가는 나그네요' 하는 놈은 일금이원오십전야(一金二圓五十錢也)다 그나머지 귀쩌러진 십원(十圓)은 전(前)에 금(金)태한동다리 정수(正秀)의처분(處分)만 기다린다 쏘 조속에서 예금통장(預金通帳)으로 을마…… 나무한바리로 을마…… 쏘무엇으로 을마……

'경기도청'으로 언급된 '정수'의 직장은 그의 사회적 지위가 그리 낮지 않음을 시사한다. 그러나 이상을 좇던 희망 가득했던 학생 시절의 꿈은 좌절되었고 지독한 생활고는 그를 번민에 빠뜨린다. 남부여대하여 만주로 행하던 사람들에 대해 동정심 가득한 시선을 보내던 그가, 생계에 대한 불안과 고통이 자신에게 닥치자, 만주에서의 밀수와 아편, 일확천금을 상상하는 존재로 타락하고 만다. 사회적 이상과 성공의 욕망이 빈한한 생계의 문제에 부딪히며 좌절과 고뇌로 촉발된다.

세상의 쓴잔을 알게 된 '정수'가 위안과 치유를 얻은 것은 그의 아내 '정희'의 인고와 정성에 대한 깨달음에 기인한다. 열세 살에 시집온 '정희'는 매운 시집살이를 겪어야 했고, 부친의 별세 후 서울로 이사하게 되면서는 친정 식구와의 이별, 셋집을 전전하는 빈곤한 생활, 연애신성론을 신봉하던 '정수'의 외면을 견뎌야 했다.

'정수'와 '정희'는 대립적 위치에 놓여 있다. '정수'가 철없이 이상적인, 또 빈곤한 생계 앞에 나약하기만 한 인간인 반면, '정희'는 지속적 신뢰와 오랜 인내를 실천해온 천진과 희망의 표상이다. 빈곤으로부터의 번민이 '정희'의 존재에 대한 새삼스런 인식을 통해 소멸하며 희망을 산출한다. '정희'에게서 위안처를 찾은 '정수'는 '정희'에게 기독교의 신앙을 심어주고 한문과 역사, 지리, 가정을 가르치며 '사랑'의 의미를 깨닫게 되는 결론에 미친다.

'정수'와 '정희'의 구도는 세상과 가정, 빈곤과 사랑을 환유하며 「21일」의 반전적 플롯을 지탱한다. 당연하게도 사회적 문제를 가족의 위안으로 치환하는 도피적 태도가 목격되고, '사랑'을 종교적 신앙에 잇대어 신성화하려는 가족주의적 환상도 엿보인다. 또 '정수'를 선생으로 '정희'를 제자로 위치시켜 '가정'을 가르치는 대목은, 교과 지식을 통해 성별 위계적 근대 가족을 형상화하는 소시민적 발상으로 여겨진다.

그러나 가족 혹은 가정을 다루고 있는 대개의 근대적 작품에서 드러나는 근대 가족제도의 결박을 재차 지적할 필요는 없어 보인다. 오히려 이 소설에서 '정희'는 가족제도의 희생양이라는 측면보다는 당대 조선인들의 삶과 생활을 대표하는 인물로 파악함이 적절할 것이다. 나아가 「21일」에서 가정 혹은 가족이 의미를 갖는 이유, 즉 식민지 현실의 척박함과 빈곤함에 주목함이 이 소설로부터 문학사적 의미를 길어 올리는 첩경일 것이다. '정수'가 가족을 도피의 장소로 선택한 것에 앞서 '도피'를 불가피하게 한 강력한 사회적 억압이 있었으며, 그 억압의 실체가 빈곤과 생활고에 있음을 발견하고 있다는 점이며, 또 '정수'가 찾은 도피의 공간에 역설적이게도 당대 조선인의 삶이 현현하고 있었다는 점에 의미를 부여할 필요가 있다는 것이다.

정백이 이후 사회주의운동의 주요 인물이 된다는 사실을 고려하지 않더라도, '빈곤'을 조선 사회의 핵심 모순으로 파악했다는 점은 특별한 주목을 요한다. '빈곤'과 '가난'이 작가의 촉수에 접촉한 작품으로 이르게는 「빈처」가 있겠고, 그 후 「탈출기」를 위시한 최서해 등의 작품이 뒤를 잇고 있다는 점에서, 정백의 「21일」은 가장 앞선 시기에 '빈곤'의 문제를 사회적 논제로 제시한 작품이기 때문이다. 더구나 신문과 잡지의 논설들은 3·1운동 직후 민족과 국가의 전망에 대한 계몽적 담론들이 주류를 이루고 있었다. 문학작품들은 소설을 어떻게 구성할 것인가와 소설의 실감을 어떻게 확보할 것인가, 즉 조선에 신문물로서의 문학을 어떻게 구현할 것인가를 묻고 있던 시기임을 고려한다면, '빈곤'을 주제로 선택한 정백의 예리한 선견과 생활의 묘사를 동반한 실감의 선취는 동인지의 일개 작품이라는 의미를 넘어선다.

정백의 「21일」이 제시한 '빈곤'의 문제는 이후 그의 행보를 사회주의로 기울게 했던 질문이 무엇이었는가를 확인해주는 한편, 획득한 실감이 어디에서 기인했는가를 설명해준다. 「21일」에서 상황을 창출하는 제재들은 대부분 생활의 경험으로부터 추출된 것들이다. 명태와 콩나물, 삯바느질, 지갑, 모자, 물동이, 잡지, 반지 등은 당대 조선인들의 삶을 풍경처럼 보여주는 일상용품들이거니와 제재들이 놓인 자리와 인물들의 행동은 매우 경험적이고 일상적인 짜임에 의해 조직되었다. 인물들 역시 당대 조선에서 흔하게 그 예를 찾을 수 있는 평범한 성격의 소유자들이다. 이 지점에서 '빈곤'의 문제는 개인적 문제를 넘어 사회적 문제이자 조선의 문제가 된다. 생활과 경험에 대한 천착이 「21일」을 낳은 셈이다. 하고 보면, 정백의 소설 「21일」은 한편으로 '빈곤'에의 천착을 중심으로 한 사회주의적 경향성과 다른 한편으로 경험을 기초한 '실감'의 구축을 시도한 리얼리즘적 경향성으로 평가할 수 있을 것이다.[15]

정백은 이 소설을 1920년 1월 1일 완성했다. 『문우』의 발행 예정에 맞춘 집필이기도 하지만, 묵소(默笑)라는 의미심장한 필명으로 보건대 3·1운동과

15　여기서 '사회주의적 경향성'과 '리얼리즘적 경향성'은 가능성과 미달태를 동시에 의미한다. 이는 『문우』 직후 정백의 선택을 필연적 사회주의화로 해석하는 것을 경계하기 위한 것이다. 이 시기의 정백에게 계급적 모순이나 노동 착취, 혁명 등 사회주의의 중심적 명제에 명료한 의식이 있었다고 보기는 어렵다. 또 작품에서도 사회적 의미에서의 해결책을 찾고 있지 않다. 그러나 다른 한편으로 정백이 사회적 빈곤을 당대 조선의 중심적 테제로 제시하고 있다는 점에서 사회주의와의 친연성도 무시할 수는 없다고 보았다. 또 작품의 중반부까지 그가 획득한 실감은 상당한 수준에 이른 것으로 평가되지만 후반부에 이르러 일부 계몽적 서술, 작위적 상황설정이 개입해 있다는 점에서 이 역시 '경향성'이라는 유동적 개념으로의 파악이 적절할 것으로 판단했다. 이러한 판단은 박헌영에게도 적용된다.

연계된 사회인식이 이 작품을 집필하게 된 동기라고 할 수 있다. 3·1운동에 대한 경험의 재현이 직접적으로 작품 속에서 드러나는 부분은 찾기 어렵다. 다만 결말 부분에 잠시 모습을 드러내는 '태극반지'의 형상은 작품의 주제의식이 민족의식의 각성에서 비롯된 것임을 암시한다.

작품 전체의 자연스러운 실감에 비추어 볼 때, '정희'의 '태극반지'는 매우 작위적이고 갑작스런 상징물이다. 그러나 그 비약이 오히려 말하고 싶지만 말하기 어려웠던 행간의 은유를 드러내준다. 이상의 좌절과 생계의 고통, 가족에의 사랑으로 이어지는 이야기는 3·1운동 직후 조선의 사회상에 대한 강력한 은유로 해석될 수 있는 것이다.

3·1운동의 경험으로 인해 정백은 조선인들의 경제적, 생존적 고통에 주목하게 되었으며, 교육에 의한 근대적 가치에의 지향과 함께 당대 민중들의 삶과 생활을 긍정하는 데에 이르렀다. 이광수의 「민족개조론」에서 확인되는 것처럼, 1920년경 조선의 지식인들은 근대열(近代熱)에 휩쓸리며 조선인에 대해 환멸적 시선을 견지하고 있었다.[16] 세련되고 감각적인 문체와 실감을 강화하는 짜임새 있는 플롯도 「21일」의 가치를 드러내지만, 근대적 가치에 입각해 개조의 대상으로 전락했던 조선인의 삶을 희망으로 전환시키는 주제의식은 「21일」의 귀중한 성과이다.

정백의 작품과 함께 『문우』의 특별함을 전언하는 작품으로 박헌영의 번역시가 있다. 박헌영은 「나의 읽은 중(中)에서」라는 제목으로 미국 시인 로웰의 「유산(遺産)」과 역시 미국 시인인 휘트먼의 「청년(靑年)은 주(晝) 노년(老年)은 야(夜)」, 「감옥(監獄)의 가자(歌者)」를 게재한다.[17] 「감옥의 가자」는

---

16 이경돈, 「1920년대 민족 인식의 전환과 미디어의 역할」, 『사림』 23집, 2005.6 참조.

17 박헌영이 미국 시인들의 작품을 번역했던 것은 그가 경성고보 시절부터 조선중앙기독교 청년회(YMCA)에서 약 5년에 걸쳐 영어를 수학했던 경험에 바탕하고 있는 것으로 보인다. 20세까지 영어를 공부했다고 하니 『문우』가 발행되기 직전까지도 영어 학습을 하고 있었던 셈이다. 이정박헌영전집편집위원회, 앞의 책, 120~121쪽 참조.

검열로 삭제되었지만, 이 3편의 시는 정백의 소설 「21일」과 함께 1920년경의 동인지 중 『문우』만이 보여줄 수 있는 특징을 드러낸다.

「유산(遺産)」은 제임스 러셀 로웰(James Russell Lowell, 1819~1891)의 시로 원작은 9연으로 구성되어 있다. 원작은 줄곧 빈자의 유산을 부자의 유산과 대비시켜 그 육체적, 정신적 강인함을 칭송한다. 박헌영은 원작으로부터 1연, 4연, 8연을 취했다. 열거적 방법으로 이어진 시 중에서 가장 강렬한 대목만을 골라 번역한 셈이다. 연이어 게재된 「청년(靑年)은 주(晝) 노년(老年)은 야(夜)」는 월터 휘트먼(Walter Whitman, 1819~1892)의 시로, 밤과 낮, 청년과 노년을 간단하고 명료하게 대비시킨 짧고 명료한 작품이다. 그러나 흔히 이 시기의 작품들에서 볼 수 있는 의욕적이고 혈기왕성한 칭송으로서의 '청년주의'로 파악하기는 어렵다. 오히려 청년과 같은 가치와 의미를 가진 노년을 교차시킴으로써 자연의 장엄한 순환과 변화를 제시한다.

삭제된 「감옥(監獄)의 가자(歌者)」의 원작은 감옥에 갇힌 영혼의 고통과 좌절이 노래를 통해 정화되는 경이적 순간을 포착한 시이다. 「감옥의 가자」가 삭제되었기 때문에 번역자 박헌영의 의도를 온전히 읽어낼 수는 없다. 원작으로 유추해볼 때, 이 시는 한편으로 '감옥'이라는 특수한 공간에서 펼쳐지는 비인간성을 묘사한다. 인간에 의해 정죄되어 감금된 죄인들의 참혹상을 들춘다. 다른 한편, 비탄하며 절규하는 수인들이 한 여인의 노래를 통해 평화와 해방을 얻는 과정을 통해 '노래'와 '시'의 가치를 환기한다. 묶인 육체와 영혼을 승화시킬 수 있는 '노래'에 대한 믿음이 도드라진다.

박헌영의 번역시를 이해하는 데 있어 그 원작자들의 이념적 성향이나 형상화 방법은 부차적 문제로 보인다. 로웰과 휘트먼은 대개 자유주의적 경향이 강했다는 평가를 받고 있지만, 박헌영이 번역, 소개한 세 편의 시가 선별되어 한자리에 모였을 때 원작자들에 대한 세간의 평가와는 구도가 현저히 달라진다. '빈자', '변화', '감옥', '노래' 등 작품들의 키워드로 볼 때 작품의 선별은 일정한 맥락을 가진 것으로 파악되며, 박헌영은 번역자의 선택적 권한을 이용하여 재구성함으로써 자신의 이상과 가치를 표현했던 것으로 판단된다. 그런 의미에서 세 편의 시를 연속체로 번역한 『문우』의 번역시들은 로웰과 휘트먼의 것이 아니라 그들의 작품으로부터 재료를 취해 다시 구성한 박헌영의 것이다.

'빈자'와 '변화', 그리고 '감옥'과 '노래'라는 메시지의 연속체는 박헌영의 지향과 가치를 함축적으로 드러낸다. '빈자'로 표상되는 역사적 주체로서의 노동자, 자연의 순환적 '변화'에서 연상되는 '혁명'의 필연성은 노동자를 중심으로 한 기층민중의 혁명적 실천을 암시한다. 또 '감옥'은 지배 기구의 폭력적 탄압의 현실을 환기하고, '노래'는 '시'와 '문학'을 통한 해방에의 갈망을 드러낸다. 박헌영이 선택하고 배치한 이 연쇄적 메시지에서, 그가 이미 사회주의적 경향의 사회인식을 가졌음을 읽을 수 있고, 다른 한편으로 그가 운동으로서의 문학을 지향했음도 볼 수 있다. 그러한 해석의 연장선상에서 「감옥의 가자」의 전면 삭제도 이해될 수 있다.

「감옥의 가자」는 개별적 작품으로선 그리 위험한 의미를 지니지 않는다. 감옥은 법질서하에서 죄지은 자들의 공간으로 표상되었고, 해방도 '노래'라는 온건하고 낭만적인 방법으로 제안된다. 그러나 '감옥'이라는 표상은 외적으로 3·1운동으로 인한 수많은 '감옥'의 경험자들에게 기억을 재생시키는 역할을 하며, 동시에 텍스트 내적으로 '빈자'와 '변화'의 연속체 속에서 제국의 폭력과 억압을 환기시키는 중요한 키워드로 작동된다. 「감옥의 가자」의 전면 삭제는, 현실 환기의 언어를 정치적 맥락으로부터 적출하는 3·1운동 직후의 검열 상황을 말해준다.

동인지에서 검열의 흔적은 그리 흔하지 않다. 문학작품이 검열의 칼을 피할 수 있는 유력한 메시지의 전파 형식이라는 이유도 있지만, 동인지가 근대적 문학 성형과정의 초기단계에 있었기 때문에 사회적 의식을 새로운 문학 형식으로 담아내는 데 어려움을 겪고 있었다는 점도 1920년대 초반 동인지의 문학작품에서 검열의 흔적을 찾기 어려운 이유였다. 검열로부터 상대적으로 먼 거리를 유지하던 동인지의 문학작품이 전면 삭제되었다는 사실은, 역으로 박헌영의 번역시가 문학으로서의 성격에 앞서 운동으로서의 성격을 강하게 품고 있었음을 보여주는 반증이기도 하다.

'빈자'와 '변화', 그리고 '감옥'을 통해 구현되는 박헌영의 현실인식 역시 정백과 유사한 경향성을 유지한다. 구체성에 있어서는 정백의 묘사적 서사가 명료하지만, 상징성에 있어서는 박헌영의 선택된 번역시가 더 우위를 점한다. 그런 의미에서 박헌영의 번역시를 통해 사회주의적 경향성을 읽어내는 것도 무리는 아닐 것이다. 박헌영과 정백이 사회주의에 대한 지식을 얼마나 가지고 있었으며 어느 정도 동조하고 있었는지는 알 길이 없다. 다만 작품의 특성으로 추정되는바, 이들의 현실인식이 특정한 체계를 갖춘 지식의 산물일 가능성은 낮아 보인다. 조선에서 조선인으로 살아가는 생활에 대한 성찰과 3·1운동의 경험으로 촉발된 자각이 자생적인 사회주의적 경향으로 드러났을 확률이 높다. 그러나 이 두 인물이 제시한 사회적 테제가 조선 사회나 조선인의 삶에 대한 인식에 있어 이미 사회주의의 세계인식과 공점하고 있는 부분이 적지 않았음은 분명하다.

문학사적 견지에서 보았을 때, 정백의 「21일」과 박헌영의 번역시들은 예술성 혹은 자율성의 등장을 화두로 하는 1920년대 초반의 사정에 대한 해명에 의구심을 자아낸다. 굳건하면서도 명료한 사회인식은 작품의 주제가 되었고, 구성에서 문체에 이르기까지 작품의 완성도는 같은 시기 작품들을 오히려 압도한다. 이들의 작품을 고려하건대, 1920년대 초반 동인지문학은 예술성을 통해 자명해진다기보다, 문학의 사회적 귀속성과 문학 자율적 운동성이 병존적 구도를 취하고 있다는 평가가 더 설득력을 얻을 수 있을지 모른다.

2) 상징주의와 문학의 자율성

정백이나 박헌영의 작품을 통해 『문우』가 사회 귀속적 문학을 지향했던 면모를 볼 수 있다면, 박종화와 홍사용을 통해서는 문학 자율적 운동에 개입하는 경로를 볼 수 있다. 2년 후『백조』의 창간으로 그 실체가 더욱 분명해지는 이들의 흐름은『문우』의 한 축을 이루며 문학운동을 예고하고 있었다.

『문우』가 문학운동으로서 의미를 갖는 것은 박종화와 홍사용을 중심으로 한 상징주의의 소개와 실험 때문이다. 박종화는 평론「샘볼리슴」에서 상징주의를 과학적 세계인식에 기반한 자연주의의 한계를 넘어서는 이념으로 소개한다. 이 글에서 상징주의는 양가적 의미로 해석되었다. 먼저 상징주의는 새로운 문예사조로서 의미를 갖는다. "일세(一世)의 문단(文壇)을 풍미(風靡)하던 자연주의(自然主義)"의 "기반(羈絆)을 버슨 문단(文壇)의 추세(趨勢)"가 상징주의이다. 이 언급에는 이미 부침과 명멸의 사조적 흐름 속에서 상징주의의 위치를 이해하고 있음이 드러난다. 그래서 박종화는 "우리는 로만티시슴시대(時代)에도 쭘가운듸에 방황(彷徨)하엿고 우리는 자연주의시대(自然主義時代)에도 지리(支離)하얏다 우리는 샘볼리슴씨에와서 겨우 합품을 하고 눈을부븨엿다"고 판단할 수 있었고 상징주의의 도입으로 "우리의 문단(文壇)을 새울야하고 우리의 예원(藝園)을 개척(開拓)하랴 한다"는 의지를 세울 수 있었던 것이다.

또한 박종화에게 상징주의는 "감각(感覺)을 초월(超越)한 신비(神秘)의 세계(世界)"에서 "비로소 참다운 인생(人生)"을 찾게 해주는 세계관이자 인생관으로서의 '이슴(ism)'을 의미하기도 했다. 이에 따라 상징주의는 "현재(現在)의 세계(世界)로부터 미래(未來)의 세계(世界), 벌서 아러온 세계(世界)로부터 아직 모름의 세계(世界)를 향(向)"해야만 하는 시대적 의미를 부여받는다. 박종화에게 상징주의는 조선의 문단을 창출할 수 있는 유력한 문예사조인 동시에 삶과 세계를 이해하는 세계관으로서의 이념이었기 때문이다.

하지만 실제『문우』에 실린 박종화와 홍사용의 시편들이 박종화가 주장한 상징주의의 본령에 다가서고 있는가는 의문이다.「샘볼리슴」에서 조선의 상징주의적 추세를 보여주는 예로 거론된 홍사용의 경우, 권두시인「새해」

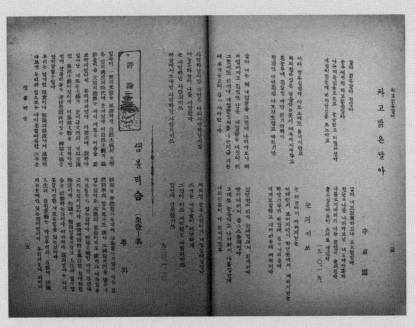

「샘볼리슴」원본

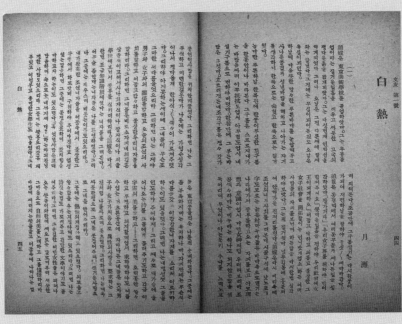

「백열」원본

와 「크다란 집의 찬밤」, 「철모르는 아히가」, 「벗에게」 등 작품에서 감각적 서정성을 중심으로 구성하고 있어 상징주의적 경향과는 거리가 멀다. 적어도 『문우』에서의 홍사용은 상징주의 시인이라기보다는 서정 시인이었다고 할수 있다.

홍사용에 비해 박종화는 상징주의적 작시법을 충실히 시도했던 것으로 평가할 수 있다. 「샘볼리슴」에서 언급한 러시아 상징주의자 안드레예프의 「붉은 웃음」을 본으로 삼았다고 할 수 있는 구절이 「왜 이리 슯허?」, 「제야에」, 「미친 구름」 3편의 시에서 고루 발견된다. 그러나 그의 시 역시 완숙한 상징을 구사하지는 못해, 당시 세간의 비판처럼 '몽롱체'에 가깝다는 평가[18]를 비켜 가기는 어려워 보인다. 이서구의 「첫 빗」은 홍사용의 서정에 가깝고, 이일의 「차고 밝은 달아」와 「눈의 키쓰」는 박종화의 실험에서 그리 멀지 않다. 『문우』에 시를 게재한 이들은 박종화를 중심으로 상징주의의 도입과 실험에 동의한 것으로 보이지만 상징주의에 대한 이해와 구현에 있어서는 주목할 만한 성과를 일궈내지 못한 것으로 평가할 수 있다. 그의 소설 「백열(白熱)」도 같은 맥락에서 해석된다. 「백열」은 박종화의 최초 소설 작품이라는 점에서 주목할 필요가 있지만 『문우』라는 동인지의 성격과 상징주의적 경향성 속에서는 특별한 의미를 가지지 못하는 작품이다.

그럼에도 불구하고 이들의 상징주의 실험은 적지 않은 의미를 가지는데, 이는 상징주의의 수용이 현실적 가치에 대한 저항성에 결부되어 있었기 때문이다. 일찍 서구의 문예사조를 소개했던 김억은 프랑스 상징주의자들을 일컬어 "고결한 이상, 현실의 명리가 한갓 쓸쓸하야 환영에 지내지 안앗다"[19]고 지적했다. 반문화적 데카당스 경향과 상징주의가 동일 범주에서 소개되었던 것은 이 때문이다. 이를 통해 김억은 "시인적(詩人的) 시인(詩人)"으로서

---

18   현철, 「소위 신시형과 몽롱체」, 『개벽』, 1921.2, 129쪽.

19   안서생, 「쯔란스詩壇」, 『태서문예신보』 10호, 1918.12.7, 5쪽.

의 상징주의자를 의미화시킬 수 있었다.

현실에 대한 부정을 상징주의의 본질로 파악했던 김억의 견해는 황석우의 상징주의 소개에서도 동일하게 드러난다. 황석우가 주장했던 현실을 초월하는 '영감(靈感)'과 '신흥(神興)'으로서의 시, "영어(靈語)와 영률(靈律)로써 신(神)과 교섭(交涉)하는 시(詩)"[20]는 현실을 인정하는 부정적 힘을 담지하고 있었다. 그가 상징주의운동을 통해 아나키즘과 긴밀한 연관관계를 맺고 있었던 것도 상징주의의 반문화적 전복성이 정치적 견해로 외화된 것으로 파악할 수 있을 것이다.[21]

그런 점에서 『문우』의 상징주의는 사회적 의미, 운동적 의미를 획득한다. 「샘볼리슴」에서 박종화가 상징주의를 세계관 혹은 인생관으로서의 '이슴(ism)'으로 수용함으로써 감각의 세계와 절연할 수 있었고, 세계와의 절연은 현실에 대한 전면적 부정으로 이어졌다. 또 현실에 대한 부정은 다시 반문화적 전복성의 세계에 진입할 수 있는 동력을 생산한다. 박종화와 홍사용을 필두로 한 상징주의 문학운동의 흐름이 정백과 박헌영을 앞세운 사회적 운동문학과 만날 수 있었던 까닭이 여기에 있다. 현실 부정적 상징주의 문학운동과 사회 변혁적 운동문학의 섞여듦이 『문우』라는 혼종적(混種的) 동인지의 출현을 가능하게 했던 것이다.

1920년 『문우』라는 문학동인지에서 상징주의적 문학운동의 경향과 사회주의적 운동문학의 경향[22]이 동시적으로 공존하고 있었다는 사실의 의미는

20　황석우, 「詩話」, 『매일신보』, 1919.10.13.

21　한기형, 「초기 염상섭의 아나키즘 수용과 탈식민적 태도 ─ 잡지 『삼광』에 실린 염상섭 자료에 대하여」, 『한민족어문학』, 2003; 이종호, 「일제시대 아나키즘 문학 형성 연구 ─『근대사조』, 『삼광』, 『폐허』를 중심으로」, 성대 석사논문, 2005.

22　이 시기 정백과 박헌영을 명백한 사회주의자로 간주하기는 어렵다. 이들 모두 1920년대 초반에 사회주의자로서의 면모를 드러내지만, 1920년경에는 사상적으로나 조직적으로 사회주의에 가담한 증거는 찾을 수 없다. 다만 앞서 살펴본바, 정백의 「廿一日」과 박헌영

동인지시대에 대해 재해석해야 할 이유의 일부가 된다. 동인지라는 매우 폐쇄적이고 고립적인 존재 형식이 기실 그리 완결적인 내적 동질성과 항상성을 지니지 않았음을 알려주기 때문이다. 오히려 한국문학사의 원류를 보여주는 문학동인지는 유동성과 가변성을 특질로 하고 있었으며, 그것은 동인들이 모이고 흩어지며 같은 곡조에 다른 소리를 낼 수 있었던 이유가 되기도 했던 것이다.

3) 현실을 중시했던 개조론적 문학

『문우』에는 동인지시대의 유동성과 가변성을 확인할 수 있는 또 다른 흐름이 있다. 이서구와 이일의 시편과 최정묵, 차동균의 비평은 정백과 박헌영, 박종화가 보여주는 선도적 주장에 비해 상대적으로 온건하고 타협적인 견해를 드러낸다. 1920년대 전반 세간에 퍼졌던 서정적 자유시 및 개조론적 견해가 이들의 글을 관통한다.

이서구와 이일의 시들은 운율로부터 자유로운 시형을 취하고 있다는 점에서 자유시의 특질을 지니고 있다. 황석우는 자유시운동과 상징주의운동을 동일 맥락에서 해석한 바 있고, 또 1920년경 자유시는 선도성을 잃지 않고 있었다는 점에서 자유시의 창작은 그 자체로 의미를 가진다. 그러나 다른 한편으로 3편의 시는 모두 상징주의적 실험과는 거리가 먼 풍부한 서정을 지향하고 있다. 과도한 감탄의 남발과 정서에의 함몰은 박종화의 상징주의

의 번역시는 빈곤을 중심으로 사회적 현실에 대해 지대한 관심을 표명하고 있다는 점과 그 현실에 대한 적극적 저항성이 드러난다는 점에서 사회주의적 가치의 지향이 이미 경향적으로 나타난다고 보았다. 다른 한편, 박종화와 홍사용 등의 경우에는 「샘볼리슴」에서 상징주의를 선언적으로 제시하고 있지만 그 구현 작품은 완성도가 낮다는 점에서 '상징주의자'로서 규정하기는 어렵다. 『문우』 이후 이들의 작품에서 상징주의적 경향성이 현저히 줄어드는 것도 그러한 판단에 무게를 실어준다.

기치를 무색하게 하며 전복적 색채도 띠지 않는다. 『학지광』을 비롯한 1910년대 후반의 시적 경향이 추수되고 있는 형국이다.

최정묵은 「신시대와 신생활」에서 "강권(强權)은 완강(頑强)히 저항(抵抗)ᄒ여왔으며 공리(公理)난 용감(勇敢)히 진격(進擊)ᄒ여왔다"며 사회주의를 "신시대(新時代)의 복음(福音)"으로 인식하는 선도적 의식을 보여준다. 또 민족에 대해서도 "우리는 이럿틋한 선각자(先覺者)이며 우리는 이럿틋한 선진(先進)의 민족(民族)이다. 엇지 저 애급(埃及)의 문명(文明)에 굴복(屈服)ᄒ며 나마(羅馬)의 문명(文明)에 ○두(○頭)할 자(者)이랴"며 "찬란(燦爛)하고 위대(偉大)ᄒ 역사(歷史)를 가진 우리 민족(民族)"을 긍정하는 당시로서는 이례적인 민족 예찬론을 서술한다. 그러나 사회주의를 19세기 최선의 공리로 제시하는 선도적 견해는 '세계적 추세'에만 한정되었으며, 조선의 현실에 대한 인식이 첨부되며 개조론적 타협으로 귀결된다. 흡사 이광수 「민족개조론」의 전편과 유사해진다. 이러할 때, 최정묵이 주장한 신시대는 현실에 강박당한 신시대일 수밖에 없으며, 민족은 역사적 주체의 의미를 상실한 객체로서의 지위로 제한됨으로써, 결국 계몽의 도착에 함몰된다.

차동균의 「문예부흥(文藝復興) 이후(以後)의 문예사조(文藝思潮) 변천(變遷)과 우리의 목표(目標)」도 이러한 경향에 합류한다. 이 글은 문예부흥시대 이후 "크랏씨슴(Classicism)"과 "로만티시슴(Romanticism)", 그리고 "나츄라리슴(Naturalism)"에 이어 "네오 로오만티시슴(Neo Romanticism)"이 문예사조의 주류를 이룰 것이라 전망하면서도 "지금(只今) 그냥 네오로오만티시슴 사조(思潮)를 수입(輸入)하면 우리의 문예사조(文藝思潮)난 십구세기(十九世紀) 초두(初頭)의 문예사조(文藝思潮)처럼 공상화(空想化)만될 거이다"면서 '자연주의 연구'를 주창한다.

정백과 박헌영, 박종화와 비교할 때, 이들의 관점은 매우 현실적이고, 타협적이다. 또 문학이라는 새로운 문명을 적극적으로 수용하면서도 문학의 가치를 도구적으로 이해하고 있다. 조선의 문명화, 문화화에 복무하는 문학,

신시대와 신생활로의 개조에 필요한 문학을 요구하는 것이다. '신시대'는 점진적이고 단계적으로 다가올 것이며 현실에 대한 적극적 천착 속에서만이 실현 가능한 것이라는 견해가 그 배경을 이룬다. 따라서 최정묵이나 차동균에게 문학은 현실 개조에 유효적절한 것이어야만 했고, 이는 전복성의 거세로 나타났다.

이렇게 볼 때, 정백과 박헌영, 박종화의 견해나 작품이 저항적, 전복적 경향을 띠고 있다면, 최정묵과 차동균, 이서구와 이일 등의 견해와 작품은 현실적, 타협적 경향에 기울고 있다고 볼 수 있다. 문학운동과 운동문학이 결절을 이루며 착종되어 있다면, 다른 한편으로는 진보적, 이상적 지향과 타협적, 현실적 주장이 단층을 이루며 섞여드는 중층적 구조이다. 『문우』는 혼류 속에 공존하는 문학동인지인 것이다.

정백과 박헌영, 박종화와는 추구했던 바가 현저히 다른 이들이 함께 『문우』를 구성할 수 있었던 것은, 『문우』의 동인이 사회 이념적 동질성에 의해 구성되었다기보다, '문학이라는 이념'의 수립과 구현에 동의하는 자들, 문학이 갖는 사회적 역할에 동의하는 자들로 구성되었기 때문이다. 운동의 문학이나 사회를 위한 문학, 문학운동이나 초월적 상징주의, 문화주의나 문화 개조론은 '문학'을 창출하기 위한 공유지를 토대로 집결할 수 있었다. 『문우』의 동인들은 근대문명의 총아인 문학의 성립을 우선적 과제로 인식하였기에 사회에 대한 견해 차이나 이념의 갈등은 묵과될 수 있었으며, 그 결과로 『문우』는 다점성과 혼종성을 갖게 되었던 것이다.

물론 이 현저한 다점성과 혼종성은 『문우』가 창간호로 종간을 맞는 이유가 되었다. 『문우』의 공통 경험을 통해 동인들은 단일 매체 안의 다점적 공존이 실현되기 어려운 충돌의 구조임을 인식하게 되었고, 정백과 박종화, 홍사용은 서신과 대화를 통해 결별을 확인했다. 그러나 동인지들은 『문우』가 빠졌던 함정에 끊임없이 발을 들여놓는다. 동인지들의 짧은 생명은 한편으로 자금난을 이유로 하지만 다른 한편으로는 '같은 자'만이 동인일 수 있었던 이 시기 동인제도의 자폐성에 기인한 것이기도 하다. 그것이『개벽』이나『조선문단』과 같은 공론적 문학장이 동인지시대에도 의미를 갖는 이유이며, 강고한 제도가 고착된 문학장에서 동인지가 의미를 생산할 수 있는 까닭이기도 하다.

『문우』이후 정백과 박헌영은 사회주의운동가로 나섰다. 그럼에도 그들은 신문, 잡지의 기자로 활동하며 글쓰기를 멈추지 않았다. 박종화와 홍사용은 아예 작가로서의 진로를 택했으며, 이서구와 이일은 신문과 잡지계에서 지속적인 문필활동을 이어간다. 이념과 성격은 달랐으나『문우』이후로도 문학의 사회적 역할에 대한 인식은 오랫동안 공유되었다. 그런 의미에서도『문우』는 식민지 조선에서 다른 이념과 사상의 혼류를 보여주는 다점적 혼종성의 양상을 드러내는 동인지라 할 것이다.

4. 맺음말

1920년은 3·1운동 직후라는 점에서 또 미디어와 텍스트의 폭발이 일어났던 해라는 점에서 근대문학을 이해하는 첩경이 되는 해이다.『문우』는 1920년 5월 경성에서 창간되었다.『창조』가 1919년 2월에 일본에서 발행되었고,『폐허』가 1920년 7월에 발행되었으니,『여광』(1920.3),『근화』(1920.4)와 함께 동인지시대를 열었던 주요 잡지 중 하나이다.

월탄 박종화와 노작 홍사용, 노초 정백이 편집을 주도했고 박헌영과 이서구, 이일, 최정묵, 차동균이 동인으로 함께했다. 이들은 모두『문우』의 동인이었지만 이념적 경향성은 서로 달랐다. 정백과 박헌영은 빈곤으로 고통받는 조선인과 억압적, 폭력적인 당대 사회에 천착한 작품으로 사회주의적 경향성을 보여주었고, 박종화는 전복적 의미를 내포한 상징주의를 주창하며 문학으로의 길을 제시했다. 전자가 사회적 귀속성이 강한 작품으로 문학으로서의 운동을 지향했다면, 후자는 상징주의를 전면에 내세워 자율적 문학으로 사회에 복귀하는 길을 제시했다는 점에서 서로 만나고 헤어진다. 반면 최정묵과 이서구 등은 문화주의적 개조론의 경향하에 현실적이고 도구적인 의미로서 문학을 이해하는 동인들이었다.

사회를 총체로 간주하고 그 안에서 문학의 자리와 역할을 찾고자 한 운동 문학의 흐름과, 사회로부터 문학을 분리하고 다시 그 분리의 행위로써 사회적 역할을 수행하고자 한 문학운동의 흐름이 『문우』에서 동시적으로 공존하고 있다. 또 현실에 대한 부정과 전복을 모색하는 경향과 현실 속에서 실현 가능한 방법을 모색하는 경향이 함께 지면을 채우고 있다. 이러한 공존은 그 자체로 『문우』의 성격을 규정하는 한편, 동인지시대의 다점성(多點性)과 혼종성(混種性)을 선명하게 드러낸다. 동인지시대의 의미를 재구성해야 하는 이유가 여기에 있다.

초출일람

제1부 노작 연구의 시작
최원식, 「洪思容 文學과 主體의 覺醒」, 『한국학논집』 5, 계명대학교 한국학연구원, 1978.
임기중, 「『靑邱歌曲』과 洪思容」, 『국어국문학』 102, 국어국문학회, 1989.

제2부 낭만과 저항: 노작 문학 재조명
정우택, 「근대문학 초창기 매체와 홍사용, 그리고 초기시」, 『시와희곡』 1, 노작홍사용문학관,
　　　 2019.
송현지, 「홍사용 시의 '눈물'과 시적 실천으로서의 민요시」, 『시와희곡』 3, 노작홍사용문학관,
　　　 2020.
허희, 「홍사용 소설의 낭만적 정치성」, 『시와희곡』 3, 노작홍사용문학관, 2020.
윤지영, 「내면의 발견과 풍경으로서의 고향」, 『한국문학논집』 65, 한국문학회, 2013.

제3부 노작 문학의 다층적 성격과 문화정치
박수연, 「노래의 기억과 영원의 귀향」, 『시와희곡』 3, 노작홍사용문학관, 2020.
구인모, 「홍사용과 구술문화 전통의 의미」, 『동악어문학』 56, 동악어문학회, 2011.
윤진현, 「연극인 홍사용 연구」, 『민족문학사연구』 55, 민족문학사연구소, 2014.
손필영, 「시인 홍사용과 희곡」, 『시와희곡』 1, 노작홍사용문학관, 2019.

제4부 1920년대 한국근대문학장의 형성과 『백조』의 위치
최원식, 「『백조』의 양면성」, 『계간 백조』 4, 노작홍사용문학관, 2020.
권보드래, 「3·1운동과 동인지의 시대」, 『계간 백조』 4, 노작홍사용문학관, 2020.
최가은, 「『백조』, 왕복행 승차권」, 『계간 백조』 4, 노작홍사용문학관, 2020.
도재학, 「키워드를 통해 보는 근대 잡지의 문예사조적 특성 ─『백조』와 낭만주의를 중심으로」,
　　　 『개념과 소통』 26, 한림과학원, 2020.
이경돈, 「동인지 『문우』와 다점적 혼종의 문학」, 『상허학보』 28, 상허학회, 2010.